ATRIUM

MARK
BILLINGHAM

KRIMINALROMAN

DIE TOTEN KATZEN VON LONDON

Aus dem Englischen
von Stefan Lux

Atrium Verlag · Zürich

Für Claire, Katie und Jack.
Gut, dass Kevin und Stan nicht lesen können …

Ich finde absolut kein Vergnügen in den
Stimulanzien, denen ich auf zuweilen so wahnwitzige
Weise fröne. Es war nicht die Jagd nach Vergnügungen,
die mich das Leben, den Ruf und den Verstand hat
riskieren lassen. Es war der verzweifelte Versuch,
quälenden Erinnerungen zu entkommen …

Edgar Allan Poe

Das Meer hat Fische für einen jeden.

William Camden

Die Party war in vollem Gange. Der Alkohol aus dem Getränkemarkt floss in Strömen, und das Buffet, mit dem seine Frau sich abgeplagt hatte, wurde gnadenlos geplündert. In diesem Moment entdeckt Andrew Evans die Duchess, und er spürte sofort Übelkeit in sich aufsteigen.

Als er sie sah, stand er im Garten und schaute seinem Sohn, den er achtzehn Monate lang nicht gesehen hatte, dabei zu, wie er vorsichtig eine Plastikrutsche hinunterkroch. Die Duchess stand an der offenen Hintertür, in der einen Hand eine Serviette, in der anderen einen Drink. Sie lächelte und trat zur Seite, um einen Teenager vorbeizulassen. Dann drehte sie sich um und sah Evans an.

Sie winkte und hob den Pappbecher, aus dem sie trank.

»Läuft doch ganz gut, oder?« Evans' Frau half ihrem Sohn vom unteren Ende der Rutsche herunter und schüttelte den Kopf, als der Junge sofort um das Gerät herumrannte, um erneut hochzuklettern. »Sind einige gekommen.«

»Ja.«

»Und Glück mit dem Wetter haben wir auch.« Sie schaute ihn an. »Alles klar bei dir?«

»Ja, alles prima«, sagte Evans. »Warum auch nicht?« Er streckte die Hand aus, streichelte ihren nackten Arm, stürzte dann den Rest seines Biers herunter und zerdrückte die Dose in der Hand. »Ich gehe kurz rein, um mir noch was zu trinken zu holen.«

Das Willkommen-zu-Hause-Spruchband, das über die kleine Terrasse gespannt war, hing inzwischen ein Stück herab, sodass er sich auf dem Weg ducken musste, als er zur Hintertür ging.

Die alte Frau im Türrahmen trat zur Seite, und er ging grußlos an ihr vorbei. In der Küche schnappte er sich das Bier, das er plötzlich dringend brauchte, und umarmte seine Schwester, die offenbar selbst schon einiges getrunken hatte. Als er sich zum Gehen wandte, wurde er von mehreren Leuten angesprochen, mit denen er früher zusammengearbeitet hatte. Er dankte ihnen für ihr Kommen und betonte, dass es ihm viel bedeute, und er werde sich später Zeit für sie nehmen. Dann ging Evans – auch wenn es das Letzte war, was er tun wollte – wieder nach draußen. Er legte im Vorbeigehen seine Hand auf den marmorierten, fleischigen Arm der alten Frau, um ihr zu signalisieren, sie solle ihm folgen.

Kurz darauf trat sie durch das seitliche Gartentor und leistete ihm vor dem Haus Gesellschaft.

»Was wollen Sie hier?« Er trank noch einen Schluck aus der bereits halb leeren Dose.

»Das ist jetzt nicht besonders nett.« Sie klang ehrlich verletzt. »Ich meine, warum sollte ich nicht hier sein?«

»Das ist meine Familie. Freunde.«

»Nun seien Sie nicht so«, sagte sie. »Es ist doch ein besonderer Anlass, oder? Und bis gestern war ich eine sehr gute Freundin.« Sie trat auf ihn zu und stieß mit ihrem Pappbecher an seine Bierdose. »Herzlichen Glückwunsch übrigens!«

Evans starrte sie an und widerstand dem Drang, vor ihr zurückzuweichen.

Die Duchess …

So wurde sie von denen, die sie besuchen kam, genannt, weil sie immer vornehm wie eine Herzogin auftrat. Immer adrett gekleidet und das Haar hochgesteckt. Sie roch nach einem süßlichen Parfum und trug eine Spur zu viel damenhaftes Make-up, als wäre sie die Großmutter von irgendwem. Wahrscheinlich war sie das wirklich, denn sie spielte diese Rolle ziemlich gut. Großmutter von wer weiß wie vielen Kerlen, jedenfalls an Besuchstagen.

Sie strich ihr Cocktailkleid glatt, blickte wieder auf und bemerkte, dass er sie anstarrte. »Wie gesagt, ein besonderer Anlass … Da habe ich mir Mühe gegeben. Das tue ich immer.«

Egal, wie man sie nannte, egal, wie sie aussehen wollte, ihr Akzent war pures Essex.

Er sagte: »Sie sollten jetzt gehen. Wir können das am Telefon erledigen.«

»Ich wollte nur, dass Sie wissen, wie die Dinge liegen. Es ist meine Aufgabe, dafür zu sorgen, dass Ihnen die Situation klar ist.«

»Es geht um die zwei Riesen, stimmt's?« Evans trank noch einen Schluck. »Dass ich noch keinen Job habe, ist wohl klar, oder? Ich meine, es ist schließlich erst ein Tag vergangen. Sobald ich kann, fange ich mit der Rückzahlung an.«

Die Duchess nickte und lächelte. »Das ist nett«, sagte sie. »Und vergessen Sie die Zinsen nicht, mein Lieber.« Sie schüttelte den Kopf und lachte leise, als sei dies ein leidiges Problem. »Und die Zinseszinsen.« Sie beugte sich hinunter und stieß mit dem Finger in einen Blumentopf. »Die braucht dringend Wasser. Die Erde ist knochentrocken.«

»Wie viel?« Die Hand, mit der er die Bierdose umklammert hielt, hatte ein wenig zu zittern begonnen. Um es zu verbergen, hielt er den Arm dicht am Oberkörper.

»So etwa zwölf, glaube ich …«

»Was?«

»Keine Sorge, deswegen bin ich ja hier, oder? Es besteht kein Grund zur Panik, denn Sie können es abarbeiten. Das ist das Schöne daran.«

»Abarbeiten? Wie?« Aus dem Augenwinkel nahm Evans etwas Helles wahr. Er blickte auf und sah einen Willkommen-zu-Hause-Ballon, der sich gelöst hatte und davonflog. Er hörte seine Gäste im Garten lachen.

»Oh, das kann ich nicht genau sagen, mein Lieber. Kleinkram, sonst nichts. Nur ein bisschen Kleinkram. Man gibt mir Bescheid, und ich gebe Ihnen Bescheid, okay?«

»Und wenn ich nicht will?«

»Seien Sie nicht albern, mein Lieber.«

Als die Duchess jetzt auf ihn zutrat, wich Evans tatsächlich zurück und stand plötzlich mit dem Rücken an der Garagenwand. Sie griff nach seiner Hand, und als er sie schließlich ausstreckte, drückte sie ihm ein kleines Päckchen in die Handfläche und umfing seine Finger mit ihren. »Bitte schön.« Sie tätschelte seinen Handrücken. »Ich wette, das können Sie brauchen.«

In den wenigen Sekunden, ehe Evans das Päckchen in seine Tasche gleiten ließ und sich von der Wand abstieß, konnte er sie riechen: viel zu süß, irgendwie kränklich, ihren Nagellack und die Hautcreme.

»Und das hier geht aufs Haus«, sagte sie. »Eine Art … wie soll ich es nennen … Geste des guten Willens.«

Als er wieder durch das Gartentor trat, hörte er sie hinter seinem Rücken kichern. »Ein Willkommensgeschenk von Großmutter.« Und dann: »Macht es Ihnen etwas aus, wenn ich noch ein bisschen bleibe, mein Lieber? Die Sandwiches sind wirklich köstlich.«

Evans' Frau kam über den Rasen auf ihn zu. Das Lächeln schwand aus ihrem Gesicht, und sie schien etwas sagen zu wollen, doch er beeilte sich und wich nach links aus, auf die Terrasse, und ging weiter ins Haus. Hinein in den Lärm und das Gewühl. Sofort reckten sich ihm Arme entgegen, doch er schob sich an ihnen vorbei, ging schnell in den Flur und stieg die Treppe hinauf.

Er nahm zwei Stufen auf einmal.

Die Duchess hatte recht gehabt. Er brauchte das, was sie ihm zugesteckt hatte. Aber zuerst musste er sich übergeben.

EINS

NEUN LEBEN, ZWEI TODE

Er war jedes Mal erstaunt, wie leicht es war. Was zum Teil natürlich an ihm selbst lag, daran, dass er seinen gesunden Menschenverstand benutzte. Die sorgfältigen Vorbereitungen, die Gedankenarbeit. Die Vorsicht, die er jedes Mal aufs Neue walten ließ, und die Weigerung, sich dem Leichtsinn zu überlassen.

Denn bequem waren schließlich *sie*. So vertrauensvoll und so begierig nach Zuwendung.

Opfer zu finden war nie ein Problem gewesen, im Gegenteil. Und trotzdem erforderte die Arbeit jeden Abend aufs Neue große Umsicht. Gewisse Prinzipien waren zu beachten, zum Beispiel einen Bogen um Kameras und dergleichen zu machen. Er war kein Experte in Sachen Kriminaltechnik, wusste aber genug, um keinerlei Spuren zu hinterlassen. Die Handschuhe waren dick und eher unbequem, doch daran ließ sich nichts ändern. Das Fingerspitzengefühl litt ein wenig, leider, doch er wollte nicht das Risiko eingehen, sich kratzen zu lassen.

Er fühlte noch immer genug. Ja, mehr als das. Was er empfand, brachte ihn ... ins innere Gleichgewicht

Es fühlte sich erhebend an.

Ein komisches, altmodisches Wort, doch es klang passend.

Er schüttelte den Kopf, trank Tee und dachte, mit einem Ohr am Radio, darüber nach, wer er war.

Ihm war klar, dass es Menschen gab, die in seinem Tun einen Ausdruck von Hass sehen würden. Doch das war Unsinn, über den es sich nicht weiter nachzudenken lohnte. Und ganz sicher ging es nicht um Sex, schon die Vorstellung war ... lächerlich.

Er grinste und schüttelte den Kopf, sobald er auch nur darüber nachdachte.

Musste es überhaupt um *irgendwas* gehen? War der ganze Wirbel überhaupt nötig?

Eigentlich nicht, wenn man genauer darüber nachdachte, wenn man sich hinsetzte und das, was er tat, ins richtige Licht rückte. Angesichts explodierender Bomben, abstürzender Flugzeuge und Kinder mit Krebs konnten diese lächerlichen Kreaturen doch wohl kaum etwas bedeuten? Worin bestand ihre Rolle im großen Ganzen? Wie viele Menschen würden sie am Ende wirklich vermissen?

Er schaltete das Radio aus und nahm die Tasse mit dem restlichen Tee mit hinaus in den Flur. Beim Austrinken betrachtete er sich im Spiegel. Er überprüfte, ob die Haustür abgeschlossen war, und ging dann ins Wohnzimmer.

Dort blieb er stehen und strich sich mit der Hand über den Bauch.

Er hatte das Gefühl, dass es Zeit wurde, wieder Ausschau zu halten. Wobei er sich natürlich nicht groß anstrengen musste.

Möglicherweise würde er sich sogar ein Paar neue Handschuhe gönnen.

EINS

»Katzen?« Thorne schüttelte den Kopf. »Machen Sie Witze? Ich meine, das sind doch nur … Katzen.«

DCI Russell Brigstocke schob ein paar lose Papiere auf seinem Schreibtisch zu einem ordentlichen Stapel zusammen. »Schon, aber inzwischen sind einige zusammengekommen. Allein in den letzten zehn Wochen gab es fünfzehn Fälle.« In diesem Moment meldete sich sein Handy. Er nahm es in die Hand, wischte und stocherte auf dem Display herum und legte es dann wieder auf den Schreibtisch.

»Ein Haufen tote Katzen, das ist mir schon klar.« Thorne hatte die Berichte über den Fall in den Zeitungen und online verfolgt und wusste, worauf Brigstocke hinauswollte. »Natürlich sind die Menschen erschüttert, und ich kann mir auch vorstellen, dass Ihnen der Chief Superintendent im Nacken sitzt, aber es gibt doch sicher andere, die sich darum kümmern können. Fürs Erste jedenfalls. Ich meine, wir sind hier in der Mordkommission, nicht beim …«

Brigstocke grinste. »Tierschutzverein?«

»Sie sagen es.«

Thorne konnte sich ein Grinsen nicht verkneifen. »Vielleicht mag unser Täter Katzen einfach nicht. Könnte doch sein, oder? Solche Leute gibt's. Sie finden Katzen irgendwie unheimlich.«

»Wir müssen die Sache ernst nehmen, Tom.« Brigstocke lehnte sich auf seinem Bürostuhl zurück und fuhr sich durch die Haare, die jeden Tag grauer zu werden schienen. »Ich muss das nicht erklären, oder? Schon gar nicht *Ihnen*.«

Thorne wusste, dass Brigstocke keine Antwort auf diese Frage erwartete. Thorne kämpfte auf verlorenem Posten. Dass er überhaupt zu kämpfen begonnen hatte, entsprang eigentlich nur einem Reflex. Einer gewissen rebellischen Grundhaltung, die einfach von ihm erwartet wurde, vor allem zu Beginn der Woche, wenn seine Laune nicht die beste war, weil er sich am Wochenende vergeblich zu erholen versucht hatte – mit seiner Freundin Helen und ihrem hyperaktiven Vierjährigen.

Und davon abgesehen wusste er genau, wovon Brigstocke sprach.

Inzwischen galt es als anerkannte Tatsache, dass der leichengepflasterte Weg eines gewöhnlichen Serienmörders – auch wenn es einen solchen eigentlich nicht gab – in vielen Fällen mit dem Töten oder Quälen von Tieren begann. Katzen, Hunde, Vögel. Ebenso wie Brandstiftung oder anhaltendes Bettnässen jenseits eines Alters von fünf Jahren galt es als verräterisches Merkmal im Sinne der sogenannten Macdonald-Triade. In den frühen sechziger Jahren hatte der amerikanische Psychiater John Macdonald auf das Zusammenspiel dieser drei Verhaltensmuster hingewiesen, was dabei helfen sollte, angehende Serientäter zu identifizieren. Ein gewöhnlicher Bulle – und von *denen* gab es eine ganze Menge – konnte das Glück (oder das Pech) haben, es einmal im Laufe seiner Karriere mit diesem außergewöhnlichen Tätertyp zu tun zu bekommen.

Thorne hatte in dieser Hinsicht sein Soll längst mehr als erfüllt.

Er dachte an den Mann, der seine Opfer ins Koma versetzt hatte, um sie bewegungsunfähig und wehrlos zu machen, zu Gefangenen in ihrem eigenen Körper.

Er dachte an den Mann, der sich die Kinder von Menschen als Opfer wählte, die viele Jahre zuvor selbst ermordet worden waren.

Er dachte an einen Mann namens Stuart Nicklin, der dank Thornes Hilfe für die abartigsten Morde verurteilt worden war, die man sich vorstellen konnte, dessen derzeitiger Aufenthaltsort aber unbekannt war.

Gerade an ihn dachte er noch sehr oft.

Thorne seufzte. »Sie glauben also, dass wir mit Morden rechnen müssen?«

»Mit Morden müssen wir immer rechnen, Tom.« Brigstocke klang mittlerweile ein wenig gereizt. »Damit verdienen wir schließlich unseren Lebensunterhalt, oder nicht?«

»Sie wissen schon, was ich meine.«

»Na ja, wir wollen es natürlich nicht hoffen. Aber eine gewisse Wahrscheinlichkeit müssen wir einkalkulieren. Und wenn es dazu kommt, müssen wir vorbereitet sein.« Brigstocke nahm seine Brille ab, um die Gläser zu putzen. Er lächelte eisig, ein klares Warnsignal. »Also hören Sie mit dem Jammern auf, und machen Sie einfach Ihre Arbeit.«

Thorne breitete die Arme aus, ganz das Unschuldslamm. »Ich brenne darauf, loszulegen, Russell. Ehrlich gesagt habe ich auch schon eine Idee. Wir könnten versuchen, dem Täter eine Falle zu stellen, und einen Lockvogel einsetzen.«

Brigstocke setzte die Brille wieder auf und verschränkte die Arme vor der Brust. Er sagte nichts, doch seine Miene machte deutlich, dass er ahnte, was als Nächstes kommen würde.

»Je länger ich darüber nachdenke, desto genialer finde ich es.« Thorne erhob sich. »Ich kenne einen Kostümladen, in dem ich das perfekte Outfit besorgen könnte. Dann brauche ich nur noch ein Halsband mit einem Glöckchen …«

Brigstocke schüttelte den Kopf, hielt ein Papier hoch und wedelte damit herum, bis Thorne auf ihn zutrat und es an sich nahm. »Sorgen Sie dafür, dass Sie auf dem aktuellen Stand sind. Der bisherige Ermittlungsleiter sitzt im Revier Kentish Town.

Wenn Sie also mit dem Klugscheißen fertig sind, fahren Sie hin und stellen sich ihm vor. Er weiß, dass Sie kommen. Ihre alte Gegend, stimmt's?«

Bei dem Wort »alt« zuckte Thorne leicht zusammen. Zwar verbrachte er inzwischen neunundneunzig Prozent seiner Zeit mit Helen und ihrem Sohn in Tulse Hill, doch wirklich wohl fühlte er sich im Süden von London noch nicht. Und er bezweifelte auch, dass es jemals so weit kommen würde. Er hasste das tägliche Pendeln nach Hendon. Und er vermisste das Pub und den Inder, als deren Stammgast er sich noch immer betrachtete. Er vermisste es, an Spieltagen anderen Spurs-Fans über den Weg zu laufen. Ja, was Arbeit und Kinderbetreuung betraf, waren seine Lebensumstände ideal für seine bessere Hälfte, und die Mieteinnahmen aus seiner alten Wohnung kamen mehr als gelegen. Trotzdem hoffte er noch immer, dass Helen irgendwann zur Vernunft kommen würde und sie zu dritt auf die *richtige* Seite des Flusses ziehen könnten.

»Tom?« Brigstocke hielt das Telefon ans Ohr. Er hatte bereits gewählt. »Sonst noch was, womit Sie mich nerven wollen?«

Thorne schüttelte den Kopf und wandte sich ab. Er faltete das Blatt Papier zusammen und steckte es in die Tasche seiner Lederjacke. Er fühlte sich jetzt leichter als noch vor einer halben Stunde. Plötzlich spürte er eine Erregung, nicht nur wegen des Schlagabtauschs mit seinem Chef und der willkommenen Gelegenheit, sich im Bengal Lancer ein Curry zum Mitnehmen zu besorgen, sondern weil es schon immer das Außergewöhnliche gewesen war, das seinen Puls nach oben trieb. Weil immerhin die Chance bestand – gering, aber nichtsdestoweniger verlockend –, dass sein Katzenmörderfall sich zu etwas Größerem entwickeln konnte.

»Sir«, murmelte er und ging zur Tür. Als er sie öffnete, konnte er sich ein »Miau« nicht verkneifen.

In Russell Brigstockes Bemerkung hatte zwar der für ihn typische Zynismus mitgeschwungen, aber letztlich hatte der Mann recht: Morde sorgten dafür, dass Thorne und seine Kollegen ihre Miete bezahlen konnten. Was sie bei ihrer Arbeit durchhalten ließ, war ein ganz spezieller Humor, düster wie die Nacht. Er ölte eine Maschine, deren Treibstoff Gewalt und Grausamkeiten waren. Die schlechten Witze und Albereien waren oft nötig, um mit der unterschwelligen Wut und der Hoffnungslosigkeit fertigzuwerden.

Was natürlich nicht bei allen funktionierte.

Thorne hatte den Rest des Vormittags damit zugebracht, sich durch einen Berg liegen gebliebener Akten zu arbeiten. Doch als er vom Mittagessen zurückkam, hatte die Nachricht von seinem neuen Fall im Büro offenbar bereits die Runde gemacht. Wie erwartet, sah er sich auf dem Weg in sein Büro grinsenden Gesichtern gegenüber und schnappte mehrere Kommentare über »Muschis« auf. Vermutlich war es DI Yvonne Kitson gewesen, die ihm eine Whiskas-Dose auf den Schreibtisch gestellt hatte. Thorne zeigte ihr im Vorbeigehen beiläufig den Mittelfinger. Dass sie seine Begrüßung mit einer unschuldigen Miene erwiderte, bestätigte seine Vermutung. Umgekehrt hätte Thorne sich wahrscheinlich auch den einen oder anderen Scherz erlaubt, auch wenn er bezweifelte, dass er lange Spaß daran gehabt hätte.

Er las die Aufzeichnungen durch, die er von Brigstocke erhalten hatte, und den E-Mail-Anhang, der kurz darauf eingegangen war.

Die Einzelheiten waren tatsächlich grauenvoll.

Während er sich im Detail damit vertraut machte, was so viele hilflose und unschuldige Tiere hatten erdulden müssen, hoffte Thorne, dass diese Verbrechen, so schrecklich sie sein mochten, nicht bloß ein Vorspiel waren. Dass er nicht nur die Anfangskapitel einer billigen True-Crime-Geschichte vor sich hatte, deren Hauptteil erst noch geschrieben werden musste.

Er schaute zu Yvonne Kitson hinüber, und als sie seinen Gesichtsausdruck bemerkte, verschwand ihr Lächeln.

Auf dem Weg zum Kaffeeautomaten ignorierte er das Grinsen eines pickligen DC.

Falls ein mit solcher Brutalität vorgehender Mörder sich tatsächlich entscheiden sollte, sein Repertoire zu erweitern, würde nicht nur er einen Gang höher schalten. Dann würde die ganze Maschinerie, in der Thorne nur ein winziges Zahnrad darstellte, auf Hochtouren arbeiten müssen, mit Volldampf und schnell genug, um mit aller Kraft zuschlagen zu können.

Und dann würden auch alle Witze und Albereien nicht mehr helfen.

ZWEI

Als der Mann, zu dem man ihn geschickt hatte, die Tür öffnete, wartete Andrew Evans ein oder zwei Sekunden, ehe er langsam den Motorradhelm abnahm. So lautete die Anweisung. So hatte man es der Duchess aufgetragen, und die Duchess ihm.

»Das schüchtert sie schon ein, bevor es überhaupt losgeht«, hatte sie erklärt. »Und *dann* nehmen Sie den Helm ab, damit die Leute sich Ihre große, hässliche Visage in Ruhe anschauen können. Das bringt sie gleich in die Defensive, und sie versuchen erst gar keine Dummheiten.«

Die Frau wusste eindeutig, wovon sie sprach. Er sah, wie der Mann einen halben Schritt zurücktrat, wie die Farbe aus seinen eingefallenen Wangen wich, sobald er begriffen hatte, dass Evans nicht nach dem Weg fragen oder ein Päckchen abliefern wollte.

»Es ist nicht nötig, extra vorbeizukommen«, sagte der Mann.

»Doch, das ist es.«

»Ich bezahle doch, oder?«

Evans blickte hinter den Mann in den Hausflur, dann schaute er sich um, kontrollierte die Straße. Er wollte sichergehen, dass niemand sie beobachtete. »Wir können keine Zeugen gebrauchen«, hatte die Duchess ihm gesagt. »Rein und raus, ehe jemand seine Nase in unsere Angelegenheiten stecken kann.« Er zog die Lederhandschuhe aus und stopfte sie in seinen Helm.

»Nicht schnell genug«, sagte er. »Es reicht nicht mal für die Zinsen.«

»Wollen Sie mich verarschen?«

In der schockierten Miene erkannte Evans sich selbst wieder, am Tag seiner Willkommensparty, doch der Schockzustand hielt nur wenige Sekunden an. Dann ließ der Mann den Kopf sinken und biss die Zähne zusammen. Er schien zu begreifen, dass es dumm gewesen war zu glauben, dass er damit durchkommen würde.

Auch diese Reaktion war Evans vertraut.

»Gib mir alles, was du im Haus hast«, sagte er. »Sofort.«

Er hatte keine Ahnung, wie hoch die Schulden des Mannes waren. Größer als seine eigenen? Oder kleiner? Es ging um Drogen, vermutete er – zumindest sah der Mann auf der Türschwelle danach aus –, aber vermutlich handelten die Leute, für die Evans jetzt arbeitete, mit allem möglichen. Ihm war noch immer nicht klar, warum niemand an *seine* Tür geklopft hatte, warum sie beschlossen hatten, ihn seine Schulden abarbeiten zu lassen. Doch inzwischen war er klug genug, um keine Fragen zu stellen. Es ging darum, möglichst nicht aufzufallen und einfach den Job zu erledigen. Nicht dass er viel mitzureden hätte. Was immer sein Auftraggeber sich bei all dem denken mochte, es war wahrscheinlich besser, zu denen zu gehören, die bei anderen klopften.

Nach einem weiteren Blick auf den Mann im Türrahmen war er allerdings nicht mehr sicher, wer von ihnen die größere Angst hatte.

»Ich hab nichts hier«, sagte der Mann. »Ein paar Pfund in bar, mehr nicht. Was noch von der Sozialhilfe übrig ist. Fürs Essen für die Kleinen.«

»Du lügst.«

»Ich schwöre es. Glauben Sie, ich würde es Ihnen nicht geben, wenn ich es hätte? Glauben Sie, mir gefällt das hier?«

»Ich glaube, du hast das meiste von deinem Geld genau für das Zeug verprasst, das dich in die Scheiße geritten hat, aber das ist nicht mein Problem.« Evans beugte sich zu ihm vor und senkte die Stimme. »Ich bin nur hier, um Geld einzutreiben, und wenn ich das nicht tue, bekomme *ich* den Ärger. Und den kann ich nicht gebrauchen.«

»Kommen Sie am Montag, wenn ich den nächsten Scheck vom Sozialamt bekomme.« Der Mann bemühte sich um ein Lächeln. »Bevor das Geld weg ist.«

»Wenn ich noch mal wiederkommen muss, bin ich nicht mehr halb so nett«, sagte Evans.

Der Mann schüttelte den Kopf und trat mit seinem Turnschuh leicht gegen den Türrahmen. »Ich hab nix, Kumpel, und das ist die Wahrheit.« Er hob die Arme und ließ sie wieder sinken. »Alles weg. Meine Freundin hat ein paar Zehner oder so im Portemonnaie, aber wie gesagt, die brauchen wir.«

Evans sagte: »Halt einfach die Schnauze und gib mir das Geld.« Das musste er sagen. Und er legte das nötige Maß an Bedrohlichkeit in seine Worte. Doch noch während er die Augen zu Schlitzen verengte und in seine Jackentasche griff, musste er gegen eine Welle der Sympathie für diesen Mann ankämpfen – mit seinem schäbigem T-Shirt, der schuppigen Haut und den Pickeln um den Mund herum. Es war offensichtlich, welche Fehler dieser Mann begangen hatte, und auch das nervöse Zucken kam ihm allzu bekannt vor. Vor ihm stand jemand, der genau an dem Punkt stand, an dem er sich selbst vor Kurzem noch befunden hatte.

Der Mann öffnete den Mund und wollte etwas sagen. Dann sah er die Pistole in Evans' Hand.

Die Waffe, die man ihm gestern Abend hatte zukommen lassen. Die ihm an der Straßenecke von jemandem zugesteckt worden war, der ähnlich gekleidet war wie er selbst. Während seine Frau ihren gemeinsamen Sohn ins Bett gebracht hatte …

Essen für die Kleinen …

Der Mann hob die Hände und rief »O Mann« oder »O Gott« oder etwas in der Art. Doch Andrew musste sich anstrengen, um ihn zu verstehen, denn in seinem Kopf summte es wie in einem Bienenstock. Der Tinnitus der Panik und des Schreckens.

Er packte den Griff der Pistole ein wenig fester und richtete sie auf den Mann, so lässig, als wäre sie ein zusätzlicher Finger. »Geld!«, brachte er mühsam hervor.

»Schon gut, Kumpel.« Der Mann trat weiter zurück. »Das Ding ist nicht nötig.«

»Dann hör endlich auf rumzulabern, und gib mir das Geld …« Evans erstarrte, als eine junge Frau hinter dem Mann in der Tür auftauchte. Erst als sie die Waffe sah und aufschrie, bemerkte er das Kleinkind an ihrer Hand, das mit großen Augen zu ihm hochstarrte.

»Halt bloß den Mund, klar?«, rief der Mann.

»Bitte …!«, flehte die Frau.

Der Mann drehte sich zu ihr um. »Geh und hol dein Portemonnaie.«

Die Frau starrte Evans nur an und drückte das Kind, das zu weinen begonnen hatte, fester an sich.

»Hol das verdammte *Portemonnaie.*«

Als die Frau sich ins Haus zurückgezogen hatte, starrten Evans und der Mann, den er einschüchtern sollte, sich einige endlos scheinende, peinliche Augenblicke lang an. Evans sah die Angst im Gesicht des Mannes, klar, aber er sah noch etwas anderes:

Abscheu. Sein Blick war der eines Mannes, der ein anderes Opfer auf den ersten Blick erkannte und der sich im Stillen vor ihm ekelte. Der Blick, den ein Knastbruder einem Mitgefangenen zuwirft, der Pluspunkte sammelt, indem er dafür sorgt, dass seinen Kameraden eine Strafe aufgebrummt wird.

Als Andrew Evans wenige Minuten später auf sein Motorrad stieg, die rund vierzig Pfund und die Pistole in seine Tasche steckte und den Helm aufsetzte, musste er immer noch an diese Szene denken.

Er legte die Hände fest um Gas- und Kupplungshebel. Nicht zuletzt, um sie am Zittern zu hindern.

Er brachte seinen Sohn ins Bett, während seine Frau Paula das Abendessen zubereitete. Nach dem Essen saßen sie zusammen vor dem Fernseher, und Evans tischte ihr wieder mal Lügen auf. Über die angeblichen Vorstellungsgespräche, die er am Nachmittag gehabt hatte, über die Besuche auf mehreren Baustellen, um sich vor Ort zu informieren, ob sie dort Leute einstellten.

»Du findest schon was«, sagte Paula. »Du kannst zupacken. Früher oder später wird das jemandem auffallen.«

»Ja«, sagte Evans. »Das hoffe ich.«

»Wir müssen nur ein bisschen vorsichtiger mit dem Geld umgehen, dann klappt es schon.« Es war nicht leicht für sie gewesen, als er im Knast gewesen war, das wusste er. Und er hasste es, dass sich daran bis jetzt nichts geändert hatte, dass sie zwei Teilzeitjobs hatte, damit sie nicht allein auf seine Sozialhilfe angewiesen waren.

»Mach dir keine Sorgen, ich suche weiter.«

Das Schlimme war, dass er mit der »Arbeit«, der er tatsächlich nachging, keinen Penny verdiente. In Wahrheit hielt er damit gerade eben den Kopf über Wasser.

»Geht's dir gut?«

Er schaute sie an. »Ja, prima.«

Sie streckte die Hand aus und legte sie ihm auf die Stirn. »Du bist immer noch nicht hundertprozentig fit.«

»Ich werde diese verdammte Erkältung einfach nicht los.« Er griff nach der Fernbedienung, um das Programm zu wechseln. Falls sie das Zittern seiner Hand bemerkte, sagte sie jedenfalls nichts. »Und während der achtzehn Monate im Bau war ich fit wie ein Turnschuh.«

Letztendlich konnte er nichts tun, um das Zittern und die nächtlichen Schweißausbrüche zu verbergen. Er war nur dankbar, dass sie nicht mitbekam, wenn er sich übergab, dass sie nicht hören konnte, wie sein Herz raste. Im Knast war es ihm gelungen, seine Sucht vor ihr zu verbergen. Jetzt, da sie wieder zusammenlebten, war das nicht mehr so leicht. Und Evans wusste, dass seine Frau nicht dumm war.

»Ich gehe morgen noch mal zur Apotheke«, sagte sie.

»Danke.«

»Und ich mache noch einen Termin für dich beim Arzt.«

Abgesehen von dem ersten Mal während der Party hatte er immer das Haus verlassen, wenn er neuen Stoff bekommen hatte und seine Dosis brauchte. Plötzlich war er derjenige, der freiwillig den Hund im Park ausführte. Oder er machte ungewöhnlich lange Einkäufe in den Läden um die Ecke. Bis jetzt war es gut gegangen, doch er war nicht sicher, wie lange er damit noch durchkommen würde.

Mit all den Lügen.

Es sei denn, er wäre der Dumme und Paula wüsste längst Bescheid. Vielleicht hatte sie von Anfang an gespürt, was bei ihm los war, und weigerte sich nur, ihn deswegen zu verurteilen. Vielleicht gestattete sie ihm, die Fassade aufrechtzuerhalten. Sollte sich herausstellen, dass es tatsächlich so war, dann würde er sich jedes Mal, wenn er ihr in die Augen schaute, noch mehr hassen, und Schuldgefühle würden wie saure Blasen in ihm hochsteigen, bis sie in seiner Kehle zerplatzten.

Es gab Augenblicke, in denen er diese verdammte Waffe gegen sich selbst richten wollte.

»Du solltest früh ins Bett gehen«, sagte Paula.

»Eigentlich wollte ich noch mit dem Hund raus.«

»Ist es dafür nicht schon ein bisschen spät?«

Evans stand auf und streckte sich, dann ging er hinaus in den Flur. »Ich glaube, die frische Luft tut mir gut«, sagte er. Von den letzten zehn Gramm, die er bekommen hatte, war noch ein bisschen übrig. Sie waren in einem Umschlag ganz unten in dem Plastikbeutel mit der Pistole gewesen. Seine Lohntüte. »Und die Bewegung auch.« Er kam ins Zimmer zurück, zog seinen Mantel an und beugte sich hinunter, um sie zu küssen. »Ich muss wieder fit werden.«

»Ja, seit du draußen bist, warst du ziemlich viel zu Fuß unterwegs.« Seine Frau lächelte, schaltete den Fernseher aus und griff nach der auf dem Boden liegenden Zeitung. »Wenigstens etwas.«

DREI Thorne kannte das Revier Kentish Town ziemlich gut. Er hatte hier selbst zwar nie gearbeitet, doch jahrelang nur fünf Minuten entfernt gewohnt. Außerdem war seine Wohnung zurzeit an zwei der hiesigen Streifenpolizisten vermietet. Trotzdem war die vertraute Stimme, die ihm beim Betreten des Großraumbüros entgegenschallte, die letzte, mit der er gerechnet hätte.

»Da leck mich doch … Schaut mal, was die Katze angeschleppt hat.«

Er lächelte. »O Gott, sei uns gnädig.«

Thorne hatte Sergeant Christine Treasure zuletzt vor mehreren Jahren gesehen, als er für eine kurze – und unglückliche – Zeit wieder Uniform tragen musste und als Inspector in ein Revier in Lewisham versetzt worden war. Mit einem Temperament ausgestattet, das perfekt zu ihrem dreckigen Mundwerk passte, war Treasure jederzeit bereit, sich unbeliebt zu machen, was wahrscheinlich dazu beigetragen hatte, dass sie zu den wenigen echten Verbündeten geworden war, die er damals hatte. Genauer gesagt: die er überhaupt je gehabt hatte. Sie hatte ihre Leute im Griff, und Thorne lernte schnell, ihr zu vertrauen, was aber nicht bedeutete, dass die Zusammenarbeit mit dieser Frau eine *rundum* erfreuliche Angelegenheit gewesen wäre. Der Fall, an dem Thorne damals gearbeitet hatte, hatte ihm einen Krankenhausaufenthalt und schwere Verletzungen eingebracht. Doch jetzt – da er die typisch großherzige Begrüßung vernommen hatte und die grinsende Christine Treasure vor sich sah – erschien ihm eine Schusswunde als unbedeutendes Missgeschick verglichen mit den schrecklichen Erinnerungen an ihre gemeinsamen Einsätze im Streifenwagen.

Die zügellose Treasure am Steuer des Wagens, dem sie den Namen »Muschi-Magnet« verpasst hatte.

Die miserablen Parodien und ihr Mitsingen bei Heavy-Metal-Nummern. Das Furzen auf Wettkampfniveau. Die sexuellen Anspielungen, die unweigerlich folgten, sobald sie ein Lebewesen mit zwei Beinen und Titten entdeckte und die Donald Trump als geradezu feinfühligen Verehrer des weiblichen Geschlechts erscheinen ließen.

Mit einem Tempo, das sie sonst allenfalls im Einsatz an den Tag legte, eilte Treasure quer durch das Großraumbüro auf ihn zu und schlang die Arme um ihn. Ein in der Nähe sitzender Beamter schaute von seiner Zeitung auf und stieß einen Pfiff aus. Das Funkgerät, die Schutzweste und der Gürtel mit Schlagstock, Handschellen und Pfefferspray sorgten dafür, dass die Umarmung ziemlich unbequem ausfiel. Trotzdem fühlte es sich gut an.

»Was zum Teufel machst du hier?«, fragte Thorne.

»Schön, dass du mich vermisst hasst.« Als er sie das letzte Mal gesehen hatte, waren Treasures Haare blond gefärbt und zu Stacheln hochgegelt gewesen. Jetzt trug sie sie länger und nach hinten gekämmt. Sie bemerkte, dass Thorne ihren neuen Look in Augenschein nahm, und lächelte. »Ich mache auf Fünfziger-Jahre-Leinwandgöttin«, erklärte sie. »Die Frauen lieben das.«

»Na ja, göttlich warst du irgendwie schon immer.«

Der Hieb auf seinen Arm rief ihm auf schmerzhafte Weise ins Gedächtnis, dass man sich besser nicht mit ihr anlegte. Er erinnerte sich an den Kinnhaken, mit der sie einen Betrunkenen in der Fußgängerzone von Catford zu Boden geschickt hatte, der dumm genug gewesen war, auf sie loszugehen.

»Mal ernsthaft«, sagte er. »Lewisham ist weit weg.«

Sie schob ihn in die Teeküche und schaltete den Wasserkocher ein. Der Geruch des kleinen Raums – es war eher ein begehbarer Schrank – versetzte ihn abermals in die wenigen, unangenehmen Monate seiner Degradierung zur »Trachtengruppe« zurück.

»Du hast damals immer erzählt, wie toll es hier wäre«, sagte sie. »Da wollte ich mal sehen, ob du bloß rumgelabert hast.«

»Und, hatte ich recht?«

»Ja, ich glaube schon.« Sie warf ihren Gürtel auf den Tisch und schälte sich aus ihrer Weste. Es war kurz nach Mittag, und sie hatte eindeutig gerade die Frühschicht hinter sich. »Hier läuft eine etwas gehobenere Art von Dreck herum.«

»Dreck« war Treasures politisch höchst unkorrekter Begriff für sämtliche Täter, die dreist genug waren, ihren Weg zu kreuzen und ihr bürokratischen Aufwand zu bescheren. Betrunkene Autofahrer, Diebe, Vergewaltiger. Sie hasste sie alle gleichermaßen.

»Außerdem wohnt meine Freundin in Tufnell Park. Praktisch, nicht?« Wieder grinste sie, und die Lücke zwischen ihren Schneidezähnen verlieh ihr ein trügerisch mädchenhaftes Aussehen. »Meine Zukünftige, sollte ich sagen.« Sie streckte eine Hand aus, um Thorne den Ring zu präsentieren, und wackelte wie eine Prinzessin mit den Fingern. »Die Hochzeit ist in zwei Monaten.«

»Herzlichen Glückwunsch«, sagte Thorne.

»Ich bin in ihre Fitnessgruppe gegangen und hab ihr über die Lautsprecheranlage einen Antrag gemacht. Nicht schlecht, hm?«

»So viel Stil hätte ich dir gar nicht zugetraut.«

»Hast du Lust zu kommen?«

»Muss ich einen Hut tragen?«

»Von mir aus kannst du in einem verdammten Tutu aufkreuzen.« Sie hielt einen Becher hoch. »Nimmst du einen Tee?«

»Eigentlich sollte ich los.« Thorne schaute zur Uhr. Für seinen Termin war er schon zwanzig Minuten zu spät dran. Außerdem musste er noch in die vermietete Wohnung, um sich eine feuchte Stelle an der Decke anzusehen. Und dann wollte er noch das Essen abholen.

Treasure zerdrückte ihren Teebeutel. »Du willst zu Onkel Fester, stimmt's? Wegen der Katzensache.«

»Hast du damit zu tun?«

»Ich hab mit allem zu tun, Kumpel, auf die eine oder andere Art. Hab ein paar Hausbesuche gemacht.«

»Muss ich über den Boss irgendwas wissen?«

»Er ist in Ordnung. Vielleicht hält er dich für ein bisschen unpassend gekleidet, aber er macht sicher keinen Stress.« Sie trank einen schnellen Schluck Tee. »Komm, ich bring dich hoch.«

Thorne folgte Treasure die Treppe hinauf und durch einen mit Teppich ausgelegten Gang in den Teil des Reviers, der das CID beherbergte. Eine Ansammlung kleiner Büros und ein großzügiger Einsatzraum. Er fragte, ob sie nach seinem Termin noch da sein würde, doch sie sagt, sie habe es eilig, in Tufnell Park warte ein heißer Körper auf sie.

Vor dem Büro des Detective Superintendent blieben sie stehen.

»Was wünschst du dir zur Hochzeit?«, fragte Thorne.

»Oh, ein Geschenk ist nicht nötig.«

»Okay, dann eben nicht.«

Wieder versetzte Treasure ihm einen Hieb, aber diesmal nicht so hart. »Ich schicke dir einen Link zur Hochzeitsliste.«

Thorne schüttelte den Kopf. »Hochzeitsliste! Seit du hier bist, bist du eindeutig extravaganter geworden. Lass mich raten: John Lewis? Harrods?«

Treasure grinste und wandte sich zum Gehen. »Lidl«, sagte sie.

Noch ehe er in Simon Fultons Büro Platz genommen hatte, verstand Thorne sowohl den Spitznamen als auch Treasures Bemerkung über seine Kleidung. Der Mann war kahl wie der Onkel der Addams Family, und die Mühe, die er auf seine sonstige äußere Erscheinung verwendete, ließ Thorne spekulieren, ob sein spärlicher Haarwuchs ihn zur Flucht nach vorn getrieben haben mochte. Er wirkte nicht wie ein Mann, der glücklich damit gewesen wäre, sich die Haare quer über die Glatze zu kämmen. Andererseits hatte Thorne nie begriffen, wie *irgendjemand* damit glücklich sein konnte. Fultons taubengrauer Anzug war nicht von der Stange und lag preislich weit über dem, was Thorne sich leisten konnte. Das weiße Hemd war makellos, und falls er sich die Zähne nicht hatte richten lassen, dann allenfalls deshalb, weil sie nicht gerichtet werden mussten.

Er sah aus wie dieser Schauspieler in *Kingsman*, auf dessen Namen Thorne gerade nicht kam.

»Normalerweise würde ich fragen, ob Sie gut hergefunden haben«, begann Fulton. »Aber ich schätze, das ist nicht nötig, stimmt's?«

Der Detective Superintendent war offensichtlich ein Mann, der seine Hausaufgaben machte und die Menschen gern wissen ließ, *dass* er sie machte. Und der gern so viel wie möglich über die Kollegen wusste, mit denen er zusammenarbeitete. Thorne hoffte nur, dass er nicht *zu* tief gegraben hatte.

»Ja, ich hab in der Gegend gewohnt«, antwortete Thorne. Mark irgendwas, dachte er – dieser Schauspieler.

Fulton nickte und rückte ein Foto gerade, das gerahmt auf seinem Schreibtisch stand. Seine Familie? Thorne entdeckte keinen Ehering. »Eine schöne Ecke von London«, sagte er. »Na ja, vielleicht nicht, wenn man Katzen liebt.«

»Also gut, was haben wir?«

Auf das »Wir« reagierte Fulton nicht, jedenfalls nicht sichtbar, was Thorne als gutes Zeichen wertete. Bei Kollegen, die sich ihrer Fähigkeiten oder ihrer Autorität weniger sicher waren, hätte es an dieser Stelle zu Reibungen kommen können.

»Das Wesentliche wissen Sie vermutlich bereits.«

Thorne nickte. »Die Zahlen.«

Fulton berichtete ihm trotzdem.

»Bei näherem Hinsehen sind die Zahlen nicht ganz eindeutig. Also, vor etwas mehr als einem Jahr hat uns eine lokale Tierschutzgruppe auf die getöteten Tiere aufmerksam gemacht. Und dafür sind wir ziemlich dankbar.«

»Natürlich«, sagte Thorne, der langsam den Eindruck bekam, dass Fulton vor allem dafür dankbar war, dass er diesen Fall endlich abgeben konnte.

»Die lokale Gruppe sagte, es gebe soundso viele Opfer, und der britische Tierschutzverein behauptet, das sei eine viel zu vorsichtige Schätzung, es gebe in Wirklichkeit soundso viele Opfer … Trotz aller Horrorgeschichten in den Zeitungen liegt die Wahrheit wahrscheinlich irgendwo in der Mitte. Inzwischen ist es so, dass Katzen sehr schnell als ermordet gemeldet werden, obwohl ein Tier bloß weggelaufen ist oder von einem Auto angefahren wurde. Aber selbst wenn *tatsächlich* Vorsatz dahintersteht, lässt sich niemals ausschließen, dass irgendjemand einfach die Schnauze voll davon hat, dass der rothaarige Kater von nebenan ihm schon wieder ins Blumenbeet gekackt hat oder dass irgendein Mistkerl die Aufmerksamkeit der Medien ausnutzt.«

»Ein Trittbrettfahrer?« Thorne unterdrückte ein Grinsen.

Fulton übernahm das Grinsen für sie beide und ließ dabei kurz die makellosen Zähne sehen. »Also, unsere Schätzung liegt bei gut dreihundert Fällen, die wir ein und demselben Täter zurechnen, die Mehrzahl davon im nördlichen London und der näheren Umgebung.«

»Ich dachte, die Tatorte lägen weiter entfernt«, sagte Thorne. »In manchen Zeitungen ist vom M25-Katzenmörder die Rede.«

»Ja, es gab ein paar Tiere, die ein Stück weiter entfernt gefunden wurden«, erklärte Fulton. »Und die vermutlich vom selben Täter getötet wurden. Wie schon erwähnt, lässt sich das kaum präzise sagen. Wir haben sämtliche Informationen einer Fallanalytikerin vorgelegt, die ein geografisches Profil erstellt und uns davon überzeugt hat, dass unser Täter hier in der Gegend wohnt.«

»Wie geht er vor?«

»Ein Teil der Tiere ist von einem Veterinärpathologen untersucht worden, wobei sich herausgestellt hat, dass der Mageninhalt bei allen Tieren Übereinstimmungen aufwies. Vermutlich lockt der Täter sie mit Hühnerfleisch an. Die Todesursache war in sämtlichen Fällen entweder Strangulation oder ein stumpfes Schädeltrauma. Die Tiere sind also betäubt oder bereits tot, wenn ihnen einzelne Körperteile abgetrennt werden. Kopf oder Schwanz normalerweise. Manchmal auch Extremitäten. Ziemlich saubere Schnitte, sodass wir an eine Gartenschere denken.«

»Wie sieht es mit verwertbaren Spuren oder Fingerabdrücken aus?«

Fulton schüttelte den Kopf.

»Kann man bei einer toten Katze überhaupt Fingerabdrücke nehmen?«

»Theoretisch ja, aber wir haben keine gefunden. Auch keine DNA. Wir vermuten, er trägt Handschuhe, weil er nicht gekratzt werden will. Er vermeidet eindeutig Risiken und wurde bisher kein einziges Mal beobachtet. Keine Hinweise durch Überwachungskameras oder automatische Nummernschilderkennung. Er hält sich gern an Wohngebiete, wo es weniger Kameras gibt. Wir halten ihn für alles andere als … impulsiv.«

»Wofür halten Sie ihn dann?«

Fulton beugte sich vor. »Im Lauf der Zeit haben wir mit drei verschiedenen Theorien gearbeitet.« Er zählte sie an seinen Fingern ab. »Zunächst haben wir eine forensische Psychiaterin hinzugezogen … eine Fallanalytikerin von der National Crime Agency.« Sein Zögern reichte aus, um unmissverständlich klarzumachen, was er von solchen »Experten« hielt. »Sie zog anfangs die Möglichkeit in Betracht, dass es sich bei unserem Täter um einen gelangweilten Teenager handeln könnte, kam dann aber zu dem Schluss, dass wir nach einem männlichen Weißen zwischen vierzig und fünfzig suchen.«

»Mit einer ungeklärten Mutterbeziehung.«

»Genau, und da wir sonst nichts hatten, nahmen wir dieses Profil eine Weile als Ausgangspunkt der Ermittlungen. Dann …«, ein zweiter Finger, »dachten wir in eine etwas spezifischere Richtung. Über den Tellerrand hinaus, könnte man vielleicht sagen.« Er lächelte erneut, sodass Thorne mutmaßte, die Theorie, die er jetzt hören würde, stamme vielleicht von Fulton selbst. »Wissen Sie, wie viele Vögel jedes Jahr von Hauskatzen getötet werden?«

»Keine Ahnung«, räumte Thorne ein. »Eine Menge wahrscheinlich.«

»Fünfundfünfzig Millionen.« Fulton lehnte sich wieder zurück. »Ich weiß, es klingt lächerlich, aber in diesem Land gibt es neun Millionen Katzen. Die Zahl basiert also auf der Annahme, dass jede Katze lediglich alle zwei Monate einen Vogel tötet. Wir zogen jedenfalls in Betracht, dass die Person, nach der wir suchen, vielleicht einen besonderen Groll gegen Katzen hegt und aus spezifischen Motiven handelt.«

»Ernsthaft? Eine durchgeknallter Ornithologe?«

»Warum nicht?«

»Ich vermute, Sie haben Bill Oddie zur Vernehmung einbestellt.«

Der Comedian war bekennender Vogelbeobachter, aber vielleicht wusste Fulton davon nichts. Jedenfalls ließ seine Miene nicht erkennen, wie er Thornes lockere Bemerkung aufgenommen hatte. »Diesen Ermittlungsansatz haben wir bis jetzt jedenfalls nicht zu den Akten gelegt«, sagte er stattdessen. Dann hob er den dritten Finger. »Und natürlich haben wir die Steigerungstheorie, die wahrscheinlich auch unsere Fallanalytikerin im Hinterkopf hatte. Und der wir es verdanken, dass Sie und Ihr Team jetzt ins Spiel kommen.«

»Genau«, sagte Thorne und fragte sich im Stillen: Als Kavallerie oder als Sündenbock?

»Bis jetzt können wir dankbar sein, dass es noch nicht zum Übergriff auf Menschen gekommen ist, aber wir wären dumm, wenn wir die Wahrscheinlichkeit nicht in Betracht zögen. Egal, ob eine unserer Theorien zutrifft: Wir müssen ihn schnappen. Oh, und Sie sollten auch wissen, dass mehrere Tierschutzorganisationen zusammengelegt und eine Belohnung von zehntausend Pfund ausgesetzt haben.«

»Wie nett.« Thorne war nicht überrascht. Tierschutzorganisationen waren finanziell oft ziemlich gut ausgestattet. Die meisten von ihnen hatten ein größeres Spendenaufkommen als Kinderschutzorganisationen.

Er war sich nicht sicher, was das über die Spender aussagte.

»Das beweist vielleicht kein großes Zutrauen in unsere Fähigkeiten, könnte sich aber als hilfreich erweisen.«

»Ein Teil der Tiere …«, sagte Thorne.

»Bitte?«

»Sie sagten, ein Teil der Tiere sei von einem Veterinärpathologen untersucht worden. Warum nicht alle?«

Die wenigen Augenblicke des offensichtlichen Unbehagens und der ernste Ton, in dem Fulton antwortete, ließen Thorne endlich den wahren Grund begreifen, warum dieser Fall der Mordkommission übertragen wurde.

»Nun, wie Sie sicher verstehen, können wir für diesen Fall derzeit nicht die Ausgaben rechtfertigen, die bei einem Mordfall selbstverständlich wären.« Fulton schüttelte den Kopf und mühte sich um einen enttäuschten Gesichtsausdruck. »Um ehrlich zu sein war die Fallanalytikerin der äußerste Luxus, den wir uns leisten konnten. Jetzt, wo sich ein spezialisiertes Mordermittlungsteam eingeschaltet hat, dürften die Kosten nicht mehr mit Argusaugen überwacht werden.«

»Ich verstehe«, sagte Thorne.

Nicht mehr euer Problem. Mein Problem.

Er schätzte, dass der DI den Impuls unterdrückte, die Faust in die Luft zu recken, weil der Kelch an ihm vorübergegangen war. Denn schließlich: Sollten die Taten nicht weiter eskalieren, hätten Fulton und sein Team einen Fall am Hals, für dessen Aufklärung sie nicht ausreichend ausgestattet waren. Sollte umgekehrt der Mann, den sie suchten, *tatsächlich* einen Schritt weiter gehen, sähe Fulton sich der Aufgabe gegenüber, einen extrem gefährlichen Mörder zu schnappen, und darauf war kein Polizist, der seinen Verstand beisammenhatte, besonders scharf.

Ausnahmen bestätigten natürlich die Regel.

Es folgten noch einige Minuten freundlichen Geplauders. Sollten Sie Hilfe brauchen … Ich helfe, wo ich kann … Sie sollten darüber nachdenken, wieder in den Norden zu ziehen … Aber die Frau, nicht wahr …?

Thorne blieb an der Tür stehen. »Bill Oddie ist passionierter Vogelbeobachter.«

Fulton zwinkerte. »Ja, natürlich. Das ist mir schon klar.«

VIER

»Es ist besser. Es ist *trotz allem* besser.«

Adnan Jandali lag unter einer dünnen, fleckigen Decke auf einem Sofa, das seine Nachbarn ausrangiert hatten, und sprach mit sich selbst. Flüsternd, wie so häufig in letzter Zeit, in den Augenblicken, in denen er nicht einfach zitternd oder zusammengekrümmt dalag. In diesen kurzen Augenblicken des Trostes. Dann stotterte er, weil er nicht aufhören konnte zu weinen, oder er sang – mit tiefer, gebrochener Stimme – und wanderte dabei ziellos von Zimmer zu Zimmer.

Es waren Momente wie schwimmende Wrackteile, an denen er sich festklammern konnte.

Es lief doch gar nicht so schlecht. Wie sollte es auch? Bei diesem Gedanken durchbrach ein schwaches Lächeln die teigige Maske seines Gesichts. *Schlecht* war eines der ersten Worte gewesen, die er im Aufnahmelager gelernt hatte, denn es war leicht zu merken und hatte alles zum Ausdruck gebracht, was er sagen wollte. In diesen ersten Wochen, als die Hoffnung ihn redselig gemacht hatte und er begierig gewesen war, sie an andere weiterzugeben. Als er versucht hatte, jedem, der ihm zuhören wollte, zu beschreiben, wie es an dem Ort gewesen war, an dem er seine lange Reise begonnen hatte.

»Glaub mir, hier ist es nicht so schlecht …«

So schrecklich er sich jetzt auch fühlte, so schlimm die Dinge auch geworden waren – so schlimm er sie hatte werden lassen –, Adnan vergaß nie, warum er überhaupt hier war. Warum ein Leben in diesem Land so viel besser war als dasjenige, das er zu Hause geführt hatte. Das Leben, das er so lange ertragen hatte, bis ihm keine Wahl mehr geblieben war. Als er damals hier angekommen war, als er und seine Kinder eine Stadt betreten hatten, die nicht in Schutt und Asche gebombt worden war, waren schlagartig alle Zweifel beseitigt gewesen.

Das kühle Wetter war wunderbar.

Die Sprache, die er nicht beherrschte, klang magisch.

Dies war nun sein Zuhause, hatte er sich gesagt. Hier würde er, so Gott wollte, seine Kinder großziehen und sie beschützen. Es würde ihnen an nichts mangeln, und vielleicht würden sie irgendwann ihre Mutter vergessen. Oder zumindest würde sie zur Erinnerung an eine wunderschöne Frau in einer Geschichte verblassen.

Sie würden vergessen, auch wenn Adnan selbst es nicht konnte.

In diesen langen Wochen im Lager hatte alles angefangen. In diesen Wochen, die zu Monaten geworden waren. In denen seine Papiere geprüft und Entscheidungen gefällt wurden. Und seine Kinder bei Fremden bleiben mussten. Er war verwirrt und frustriert gewesen, bis man ihm etwas anbot, von dem man ihm versprach, es würde ihm alles erleichtern und die Zeit schneller verstreichen lassen. Er hatte kein Geld, um es zu bezahlen, doch sie hatten gesagt, das wäre kein Problem.

Freundliches Lachen und aufmunterndes Schulterklopfen.

Sobald du hier raus bist und eine Wohnung hast, kannst du bezahlen.

Es hatte die Dinge erleichtert, da hatten sie nicht zu viel versprochen. Das, was sich in den kleinen Päckchen befand, war sein Heilmittel. Es schaltete sofort die Gedanken ab, die ihn sonst pausenlos heimsuchten. Natürlich, *natürlich*, konnte er nicht mehr ohne, als er aus dem Lager heraus und wieder bei seinen Jungs war. Er brauchte es mehr denn je, aber er hatte nie genug Geld.

Und jetzt waren ihm die Jungs wieder weggenommen worden. Jetzt hatte er Schulden. Und Schmerzen. Und ein unaufhörliches Verlangen nach etwas, das er sich nicht leisten konnte.

Das hier ist trotz allem besser.

Es gab ein Sprichwort über den Regen und die Traufe. Er verstand es, weil seine eigene Sprache eine ähnliche Redensart besaß. Es gab immer noch etwas, das schlechter war – so in der Art. Wenn es andersherum lief, gab es kein Sprichwort. Es war einfach das Glück, es muss das Glück sein. Er hatte so lange in der Traufe gestanden, und das jetzt war nur Regen. Auch jetzt, wo er hier lag, mit einem stinkenden Eimer neben sich auf dem Fußboden und einem unsäglichen Schmerz in der Brust, weil er nicht wusste, wo seine Kinder waren, spürte Adnan immer noch Dankbarkeit.

Wieder lächelte er dünn …

Denn immer noch war er dem Allmächtigen für diese Art Regen dankbar.

Der Fernseher war so laut aufgedreht, dass er mindestens eine Minute brauchte, um zu registrieren, dass es an der Tür klingelte. Lange und beharrlich. Es dauerte eine weitere Minute, bis er sich das Gesicht abgewischt und sein Hemd zugeknöpft hatte. Dann öffnete er und sah sich dem Mann mit dem dunklen Motorradhelm gegenüber.

Das kühle Wetter draußen war nicht ganz so wunderbar, wie er einmal geglaubt hatte.

Er sagte: »Ich hab nichts.«

Dann hob er den Arm, um den Schlag abzuwehren, und bemerkte zu spät, dass es kein Schlag war. Das Geräusch, das er hörte, klang, als würde jemand hinter vorgehaltener Hand husten. Noch ehe er auf die Knie sank und seinen Besucher davongehen sah, spürte Adnan, wie ihm das Blut durch die Finger sickerte. Die nächste Traufe, dachte er, war nie weit weg.

FÜNF

Nachdem er seine Wohnung aufgesucht und zu seiner Beruhigung festgestellt hatte, dass seine Mieter es offenbar nicht darauf angelegt hatten, sie komplett zu verwüsten, hatte Thorne sein Essen vom Takeaway-Imbiss abgeholt. Dann fuhr er nach Camden und parkte vor einem Fitnesscenter hinter dem Electric Ballroom. Wenige Minuten später saß er im blitzblanken Empfangsbereich des Studios, beobachtete Männer und Frauen in Elastanklamotten, die gerade ankamen oder gingen. Er wollte sich die gute Laune nicht durch die Einsicht verderben lassen, dass er einem Leben in körperlicher Fitness wohl niemals näher kommen würde als jetzt.

Thorne sah gerne Fußball und auch sonst so ziemlich jede Sportart – wenn es nicht gerade die tödlich langweilige Formel 1 war. Aber er selbst war nie ein begeisterter Sportler gewesen. Vor einigen Jahren hatte man ihn überredet, einen Abend im Hallenfußballteam der Abteilung für Schwerkriminalität mitzukicken. Dabei hatte er sich nicht gerade mit Ruhm bekleckert. Nachdem er sich zehn Minuten lang hatte vorführen lassen, von Kollegen, die halb so alt waren wie er, hatte er das Handtuch geworfen. Er hatte den Rest der Spielzeit nach Luft ringend im Tor verbracht und ein für alle Mal beschlossen, dass er zu Hause vor seinem Samsung-Fernseher besser aufgehoben war.

Mit einem Bier in der Hand.

Und einem Kebab …

Endlich entdeckte er Phil Hendricks, der – zwei Stufen auf einmal nehmend – die Treppe aus gebleichtem Holz herunterkam. An seiner Schulter hing eine mit Spikes verzierte Leder-Sporttasche, und das absurd enge schwarze T-Shirt brachte seine aufwändigen Tätowierungen zur Geltung.

»Du bist spät dran«, sagte Thorne.

»Tut mir leid, Kumpel.«

»Ich sitze hier schon zehn Minuten. Ich bin total geschafft.«

Hendricks stellte einen Fuß auf Thornes Stuhl, umfasste den Knöchel und bog das Bein zurück. »Ich brauch noch ein bisschen für das Cool-down.«

»Was?«

»Das bringt den Puls wieder runter.« Nach einer Weile richtete Hendricks sich auf und machte sich auf den Weg zum Ausgang. »Damit dein Blutdruck nicht in den Keller geht, weil das ganze Blut sich in den gedehnten Muskeln sammelt.«

Thorne erhob sich und folgte seinem Freund durch die Drehtür. »Wenn du es sagst.«

Hendricks stand auf dem Bürgersteig und setzte dort seine Dehnübungen fort. »Hilft beim Abbau des Laktats und so weiter.«

»Schon gut«, sagte Thorne. »Verschon mich mit dem Kauderwelsch.«

Trotz seiner medizinisch nicht ganz präzisen Ausdrucksweise wusste Hendricks, wovon er sprach. Als Gerichtsmediziner hatte er ziemlich genaue Vorstellungen davon, was ein menschlicher Körper erleiden konnte – wobei Laktat noch das geringste Problem darstellte.

»Nach dem Work-out brauchst du ein Cool-down, Kumpel.« Hendricks grinste, ehe er sich in Bewegung setzte. »Das ist so, wie wenn du das Leergut zum Container bringst.«

Sie gingen zum Spread Eagle am Camden Parkway. Hendricks lud Thorne generös ein. In gespielter Empörung erklärte Thorne, er nehme ein Pint Guinness. »Ich sehe dir gern bei deinem Orangensaft zu.«

»Ich halte mich gern in Form«, sagte Hendricks. »Aber verrückt bin ich nicht.« Er bestellte zwei Pints und deutete dann auf eine Auswahl hausgemachter Brötchen und die Schottischen Eier auf dem Tresen. »Möchtest du was essen?«

Thorne sagte, dass er nur auf einen Drink bliebe und im Kofferraum Essen aus dem Bengal Lancer habe.

»Nanu?«, sagte Hendricks. Er nahm die Gläser und trug sie zu einem Fenstertisch. »Was führst du im Schilde? Willst du Helen mit einer extra-großen Portion Rogan Josh bestechen, um hierherziehen zu können?«

»Träumen wird man noch dürfen«, erwiderte Thorne.

Sie stießen an und tranken. Zwei Medientypen diskutierten an einem Nachbartisch über eine Ausstellung, die sie kürzlich besucht hatten. Und offenbar nahmen sie gleichzeitig am »Wer trägt die affigste Brille«-Wettbewerb teil.

»Was soll eigentlich diese Fitnessclub-Geschichte?«, fragte Thorne.

Die vielen Metallteilchen, die beinahe jede erdenkliche Stelle an Hendricks' Körper zierten, führten wahrscheinlich dazu, dass er ein paar zusätzliche Kilos auf die Waage brachte, doch er war immer muskulös und fit gewesen. Man hätte ihn leicht für einen etwas exotisch aussehenden Türsteher halten können, wobei er sich nie besondere Mühe hatte geben müssen, seine Figur zu halten. Während der längsten Zeit ihrer Freundschaft hatte Hendricks' Vorstellung von Work-out darin bestanden, bis zum Abwinken in einem düsteren Club zu tanzen und anschließend, wenn er Glück hatte, eine Marathonrunde Bettgymnastik mit einer Zufallsbekanntschaft dranzuhängen. Seit er sich vor einem Jahr mit seinem Partner Liam häuslich eingerichtet hatte, stand er allerdings plötzlich auf Fitnessstudios.

»Es geht um die hübschen Ärsche in den engen Hosen, stimmt's?«

Hendricks zuckte die Schultern. »Kein Interesse«, sagte er. »Ich meine, versteh mich nicht falsch, aber ich gehe ins Studio, weil ich mit Liam zusammenbleiben will.«

»Was? Du glaubst, er würde sich aus dem Staub machen, wenn du ein paar Pfund ansetzt?«

»Auf keinen Fall. Er weiß, dass er Glück gehabt hat.«

»Und warum dann? Ich dachte, wenn man mit jemandem zusammenzieht, dann … würde man irgendwie anfangen, sich gehen zu lassen. Du weißt schon, wenn man nicht mehr loszieht, um jemanden abzuschleppen.«

»Es gefällt ihm, dass ich fit bin, das ist alles. *Mir* gefällt, dass ich fit bin.«

Thorne brummte etwas, stand auf und holte neue Getränke.

»Dann hast *du* es wohl so gemacht, was? Dich gehen lassen?«, sagte Hendricks, als er wieder zurückkam.

»Nein …«

»Weiß Helen das?«

»Nein … Ihr macht es nichts aus, dass ich nicht wie ein Unterwäsche-Model aussehe.«

Hendricks nickte. »Das hat sie dir so gesagt?«

Thorne antwortete nicht.

»Na also. Würdest *du* etwas sagen, wenn du denkst, sie wird ein bisschen füllig?«

»Red keinen Blödsinn.«

»Genau. Aber *denken* würdest du es.«

»Sie muss gar nichts sagen«, erklärte Thorne. »Ich weiß, dass sie nicht so oberflächlich ist. Und sie muss meinen Körper auch nicht hundertprozentig lieben, ihr bleiben ja immer noch mein Wahnsinnsverstand und meine einnehmende Persönlichkeit.«

Hendricks lachte. »Verdammt, du hast echt ein Problem.«

»Halt's Maul«, murmelte Thorne in sein Guinness.

»Ich meine es ernst. Glaubst du, es gefällt ihr, wenn du dich gehen lässt?« Hendricks beugte sich über den Tisch. »Natürlich drücke ich mich nicht ganz korrekt aus, weil der Begriff impliziert, dass du dir irgendwann einmal Mühe gegeben hättest. Aber du weißt, was ich meine. Meinst du nicht, Helen wäre mit einem Sixpack glücklicher als mit einem Fässchen? Ich sag's dir, Mann, sie hat neulich sogar *mir* Blicke zugeworfen. Das zeigt doch, dass sie verzweifelt ist.«

»Ja, ja, alles klar.«

»Du könnest anfangen, indem du den Imbiss-Fraß wegschmeißt.«

»Auf keinen Fall.«

»Oder ihn mir gibst. Zum Glück bin ich ein toller Typ *und* habe einen hervorragenden Stoffwechsel.«

»Könnten wir das Thema wechseln?«

»Ganz zu schweigen davon, was du deinem Herzen und deinem Blutdruck antust ... Diabetes, Herzinfarkt ... Neulich hab ich einen Kerl aufgeschnitten, der ein bisschen aussah wie du. Er hatte ringsum eine Fettschicht dicker als eine Packung dänische Butter, eine Leber, die als Pastete hätte durchgehen können, und ein Herz wie ein Beutel Schweineschmalz.«

»Bist du fertig?«

»Kein schöner Anblick. Mehr sage ich gar nicht.«

»Was ist an dem Wort ›Themawechsel‹ so schwer zu verstehen?« Er sah zu, wie der Barkeeper den Männern am Nebentisch riesige Portionen einer Schickimicki-Variante von Fish and Chips servierte. So albern ihre Brillen auch aussahen, waren beide Männer dünn wie Bohnenstangen. Thorne argwöhnte, dass keiner von ihnen einen Gedanken an Cholesterin oder den Body-Mass-Index verschwendete.

Hendricks lächelte und sagte: »Wunden Punkt getroffen? Na

gut, also was treibst du hier in der Gegend? Ich weiß, dass der Lancer gut ist, aber …«

Thorne erzählte ihm von den Katzen.

»So was kann leicht richtig hässlich werden«, stellte Hendricks anschließend fest.

»Genau das ist unsere Sorge.«

»Hast du schon mal daran gedacht, dass es mehr als ein Täter sein könnte?«

Thorne wartete ab.

»Zum Beispiel eine Bande wütender Mäuse, die sich zusammengetan haben?«

»Sehr witzig«, sagte Thorne, obwohl die Idee kaum schlechter war als Fultons psychotischer Vogelliebhaber. »Mir stehen die blöden Sprüche schon bis hier.«

»Bestimmt war keiner davon so witzig wie meiner.«

Phils flapsige Kommentare standen wie immer in krassem Gegensatz zu der großen Gewissenhaftigkeit, die er jeden Tag im Umgang mit den ihm anvertrauten Leichen bewies. Darunter waren auch die Opfer diverser Serienmörder gewesen, und Thorne war klar, dass er die Implikationen des Falls, über den sie sprachen, sehr wohl begriffen hatte. Diesmal war einfach Thorne an der Reihe, den vernünftigen Part zu übernehmen, die Erwachsenenrolle zu spielen.

Deswegen schüttelte er jetzt ernst den Kopf. Denn *ernst* war der Fall, daran zweifelte er keinen Moment. Er hatte es gewusst, noch bevor er Fultons Büro in Kentish Town betreten hatte. Und je länger er darüber nachdachte, desto klarer wurde ihm, dass er schon in Russell Brigstockes Büro eine relativ deutliche Vorstellung davon gehabt hatte, was ihn erwartete. Als er noch protestiert und dumme Sprüche geklopft hatte.

Pfeifen im Walde.

»Die forensische Psychiaterin, mit der Fulton gearbeitet hat, scheint es für ziemlich eindeutig zu halten«, berichtete Thorne. »Auch wenn sie ihren Ruf wahrscheinlich nicht darauf verwetten würde.«

»Natürlich nicht«, sagte Hendricks. »Ich meine, man kann ganz schnell irgendetwas übersehen oder falsch deuten.«

»Sie vermutet eine Eskalation ganz nach Lehrbuch.«

»Ja, danach sieht es zugegebenermaßen aus.« Hendricks nickte langsam und starrte in sein Glas. »Den Gedanken hatte ich schon vor einem Monat, als die Zeitungen anfingen, darüber zu berichten. Ein Verrückter, der die Muskeln spielen lässt, um zu schauen, wie es ihm gefällt.«

»Tja, ich denke, wir können davon ausgehen, dass er seinen Spaß hat«, sagte Thorne.

»Wann war der letzte Vorfall?«

»Der letzte, der mit Sicherheit zur Serie gehört, ist zwei Wochen her, aber seine Spur lässt sich nur schwer nachverfolgen. Manchmal dauert es eine Weile, bis jemand sicher ist, dass sein Haustier verschwunden ist, und selbst dann könnte es einfach weggelaufen sein. In einigen Fällen hat sich auch herausgestellt, dass die Katzen überfahren wurden.«

»Na, wenn er sich *tatsächlich* noch aufwärmt, klingt es, als hätten wir eine Chance.«

»Wollen wir es hoffen.« Thorne war froh, das »Wir« zu hören. Die Antwort auf eine Frage, die er nicht hatte stellen müssen. Er und Hendricks hatten in beinahe allen Fällen, in denen Thorne Jagd auf einen Serientäter gemacht hatte, eng zusammengearbeitet. Er wollte es diesmal nicht anders haben. Denn trotz aller Frotzeleien waren sie ein Herz und eine Seele, nur so erzielten sie ihre Resultate. Sie lagen auf derselben Wellenlänge, sprachen dieselbe Sprache.

Hendricks stürzte den Rest seines Biers herunter und hob das Glas. »Bist du sicher, dass du keins mehr willst?«

Thorne hätte nur zu gerne noch eins getrunken, sagte aber, er wolle nach Hause, und nicht bloß wegen des Essens.

Als Hendricks mit seinem Bier zurückkehrte, starrte Thorne vor sich hin. »Was ist?«

»Was du eben gesagt hast.«

»Wann?« Hendricks sah, wie Thorne die Hand zum Hals hob – eine unbewusste Geste, die der Pathologe im Laufe der Jahre zu häufig gesehen hatte, um sie ignorieren zu können.

Thorne kratzte sich. Er zog eine Grimasse, als ihn ein Schauder erfasste. »Eben im Fitnessstudio.« Er beugte sich zu Hendricks hinüber und senkte die Stimme. »Was ist, wenn er nicht beim *Warm-up* ist? Könnte es sich bei dem Täter nicht um jemanden handeln, der das Work-out schon hinter sich hat, und diese Geschichte mit den Katzen ist … etwas anderes?«

»Langsam.« Hendricks hob eine Hand. »Eben hast du vom Lehrbuch gesprochen.«

»Vielleicht brauchen wir ein anderes Lehrbuch.«

»Das ist ein ziemlicher Sprung, Kumpel.«

Thorne schüttelte den Kopf und trank den Rest seines Biers aus. Ihm war soeben die Erkenntnis gekommen, dass ein weiteres Bier doch keine schlechte Idee wäre. Er knallte das leere Glas laut genug auf den Tisch, um Blicke von den beiden Männern nebenan zu provozieren. Er starrte sie an, bis sie sich wieder abwandten.

»Überleg doch mal, Phil. Was ist, wenn der Drecksack beim *Cool-down* ist?«

SECHS Wenn man bedachte, dass sie einen großen Teil ihres Berufslebens damit zubrachte, sich in die verworrene Psyche extrem geschädigter Individuen hineinzuversetzen, wirkte Dr. Melita Perera bemerkenswert munter und unbeschwert. Die von ihr verfassten Notizen in der Akte, die Thorne von Fulton erhalten hatte, klangen – nicht überraschend bei Sachverständigenaussagen – ein wenig trocken und akademisch. Bei der Lektüre ihrer psychologischen Einschätzung des unbekannten Verdächtigen hatte Thorne das Bild einer älteren Frau mit Dutt und Tweedrock vor Augen gehabt. Nachdem er sie allerdings gegoogelt hatte, wusste Thorne, dass die Frau Anfang vierzig war, und auf ihren Fotos wirkte sie, als wisse sie sehr genau, was ein Work-out war. Vermutlich ging sie jeden Tag ins Fitnessstudio und an ihren freien Tagen zum Eisklettern.

»Das ist eine interessante Theorie«, sagte sie. Thorne wusste, dass sie ursprünglich aus Sri Lanka stammte, hörte aber nicht den geringsten Anflug eines Akzents.

»Ernsthaft?« Thorne saß an seinem Schreibtisch und versuchte nach Kräften, den Bürolärm vor der Tür auszublenden. Beim Telefonieren kritzelte er auf der Rückseite eines Spesenformulars. »Ich meine, ganz ehrlich … Sagen Sie mir einfach, wenn ich Blödsinn rede. Dann verschwende ich weder meine eigene Zeit noch die Ihre.«

Er wiederholte mehr oder weniger das, was Hendricks am Abend zuvor gesagt hatte, wenn auch in verbindlichere Formulierungen verpackt. Beim dritten Bier hatte er sich genüsslich Thornes These vorgenommen und in allen Details durchgespielt. Er hatte behauptet, er wolle bloß den Advocatus Diaboli spielen. Vermutlich war er besorgt, Thorne könne sich mit seiner Idee vor den Kollegen zum Idioten machen.

»Ihr Ansatz ist kontraintuitiv, könnte man sagen«, stellte Perera fest. »Aber das heißt nicht notwendigerweise, dass er schlecht ist. Oftmals kommt man auf diese Weise zu einer These, die alles auf den Kopf stellt.«

»Wenn Sie das sagen.« Thorne beschloss, lieber nicht zu erwähnen, dass die »These« bei einem Bier entstanden war. Obwohl irgendetwas im Tonfall der Frau darauf hindeutete, dass sie nicht unbedingt ein Problem damit gehabt hätte.

»Hören Sie, wenn ich in der beruflichen … Nische, in der ich rätselhafterweise gelandet bin, etwas gelernt habe, dann das – dass es wichtig ist, unvoreingenommen zu denken. Natürlich haben wir unsere Leitlinien, aber es gibt keine festen … Regeln. Wie denn auch? Jeder Mörder, mit dem ich mich beschäftigt oder den ich befragt habe, hat etwas anderes auf den Tisch gebracht.«

»So muss man es wohl sehen«, sagte Thorne.

»Ja, und in mindestens einem Fall, an den ich mich erinnere, dürfen Sie das übrigens ziemlich wörtlich nehmen. Was ich sagen will, ist, dass sie niemals gleich sind, jedenfalls nicht komplett. Klar, es gibt gewisse Gemeinsamkeiten, signifikante Merkmale. Ich meine, so ist Macdonald schließlich auf seine inzwischen akzeptierte Triade gekommen. Und trotzdem hat jeder dieser Mörder etwas, das ihn von den anderen unterscheidet. Und genau darum geht es. Sie *wollen* nicht sein wie alle anderen. Sie brauchen das Gefühl, etwas Besonderes zu sein.«

»Brauchen wir das nicht alle?« Thorne kritzelte weiter auf seinem Formular herum – Gesichter und Umrisse, die er jemandem wie Melita Perera niemals zeigen würde. Er war nicht besonders scharf auf die Vorstellung, dass jemand in *seiner* verworrenen Psyche herumwühlte. »Ich hatte eigentlich erwartet, dass Sie meine Idee benutzen würden, um Ihr Kaminfeuer anzuzünden. Und mich gleich dazu.«

Die Frau lachte leise. »Ich hatte einen Patientin, der so was Ähnliches gemacht hat. Ein Exmilitär oben in Schottland. Er bekam einen Flammenwerfer in die Finger und grillte damit seine Mutter.«

»Uff.«

»Hören Sie, Tom, ich könnte Ihre Idee kleinreden, wenn mir danach wäre. Und es gibt wahrscheinlich eine Menge Leute mit akademischem Titel, die genau das getan hätten. Aber das sind nicht die Leute, die in ihrem Beruf wirklich gut sind.«

»Um ehrlich zu sein, hatte ein Teil von mir gehofft, Sie würden meine Idee kleinreden.«

»Das verstehe ich.«

»Schließlich ist diese Geschichte auch so schon schlimm genug.«

»Sie müssen bereit sein, Ihr Denken notfalls anzupassen, mehr sage ich nicht. Denn man weiß nie, was einen hinter der nächsten Ecke erwartet, stimmt's?«

»Wahrscheinlich nicht.«

»Oder *wer* einen dort erwartet.«

»Okay, vielen Dank«, sagte Thorne. »Wenn das keine guten Neuigkeiten sind.«

Wieder ließ Perera ihr helles, unbeschwertes Lachen hören, und Thorne beschloss, der Frau, wenn dies alles hinter ihm läge, einen oder zwei Drinks auszugeben, falls sie Interesse hatte. Und einen Abend lang den gruseligen Geschichten aus ihrem Berufsleben zu lauschen. »Ja, ich weiß, was Sie denken. Wenn Sie recht haben und unser Mörder gerade in einer Cool-down-Phase steckt, dann heißt das, dass er sein Work-out schon hinter sich hat. Dass er bereits ein paar Morde begangen hat, die Ihnen nicht aufgefallen sind.«

Thorne kritzelte ein großes, fettes Fragezeichen. »Ein paar, ja.« Er zerknüllte das Blatt, und es landete weit neben dem Papierkorb. »Ermordete Frauen, meinen Sie?«

»Na ja …«

»Sie sagten, Sie gingen mit einiger Sicherheit davon aus, dass unser Katzenmörder ein Mann ist. Was sagt uns das über seine menschlichen Opfer?«

»Wenn es welche gegeben hat.«

»Ja, klar«, sagte Thorne. »Frauen?«

»Wollen Sie eine Expertenmeinung?«

»Hören Sie, ich werde Ihnen am Ende keine Vorwürfe machen. Aber wir müssen irgendwo anfangen.«

»Wahrscheinlich Frauen«, sagte Perera schließlich. »Mehr kann ich nicht sagen.«

»Danke.«

»Aber wir wollen das Offensichtliche nicht einfach vom Tisch wischen.« Wieder lachte sie. »Vom Katzentisch.«

In einem Ton, als spräche sie zu einem Kind, wiederholte Perera einen Gedanken, den Hendricks bereits am Abend zuvor in die Diskussion geworfen hatte. Und obwohl er in seiner Aufregung darüber hinweggegangen war, hatte Thorne insgeheim schon da begriffen, wie recht sein Freund hatte. Inzwischen hatte sich dieser Gedanke wie ein schreckliches Bild aus einem vergessenen Albtraum in seinem Kopf eingenistet.

Und dort würde er auf absehbare Zeit auch bleiben.

Als Thorne sich wenige Minuten später auf den Weg zu Brigstockes Büro machte, grummelten Pereras Worte in seinem Inneren wie ein sich in der Ferne ankündigendes Gewitter.

»Ich muss das mit Fulton besprechen«, sagte der DCI.

Er erklärte, dass sie von nun an alles mit dem Detective Superintendent in Kentish Town besprechen mussten. Obwohl ihnen der Fall übertragen worden war, weil das Team in Kentish Town ihn allein nicht in den Griff bekommen konnte, blieb Fulton nominell der Ermittlungsleiter. »Wir werden den Einsatzraum bei uns einrichten und wahrscheinlich ein paar Leute aus dem ursprünglichen Team einbinden, aber Fulton muss auf dem Laufenden bleiben, ist das klar?«

Thorne nickte und ließ die organisatorischen Details wie üblich an sich vorbeirauschen. Ungeduldig wartete er auf Brigstockes Reaktion auf die Idee, dass der angehende Mörder vielleicht kein *angehender* Mörder war. Zuerst hatte er Brigstocke gegenüber nichts von seiner »These« erwähnen wollen, doch als sie von der forensischen Psychiaterin bestätigt oder zumindest nicht in Bausch und Bogen verworfen worden war, hatte er Mut gefasst. Zunächst hatte Brigstocke mit der ungerührten Miene reagiert, die Thorne nur allzu gut kannte. Doch während Thorne von seinem Gespräch mit Dr. Melita Perara berichtete, hatte er seine instinktive Abwehrhaltung nach und nach aufgegeben.

Der DCI hatte genickt und zustimmende Geräusche von sich gegeben. Während Thorne bei jeder Gelegenheit Begriffe wie *Lehrmeinung* oder *kontraintuitiv* in den Raum warf, hatte er sich eifrig Notizen gemacht.

»Kontraintuitiv … Mir war schon immer klar, dass Sie nicht ganz normal ticken.« Brigstocke lehnte sich zurück. »Nur dass ich die Formulierung ›eigensinniger Mistkerl‹ benutzt hätte.«

»Na, jetzt wissen Sie, dass es einen wissenschaftlichen Begriff dafür gibt«, sagte Thorne.

»Also gut … Wir müssen ein Stück in die Vergangenheit gehen«, stellte Brigstocke fest. »Vorausgesetzt, Onkel Fester hat kein Problem mit all dem.« Unbewusst fuhr er sich durch die eigene, vergleichsweise opulente Haarpracht.

»Das kann ich mir nicht vorstellen«, sagte Thorne. »Vor allem, da die Psychiaterin zugestimmt hat.«

»Hat sie das tatsächlich gesagt?«

»So gut wie.« Thorne sah, wie Brigstocke sich erneut Notizen machte, und sprach ein stilles Gebet, dass seine gut gemeinte Übertreibung sich später nicht als Bumerang erweisen würde.

»*Falls* Sie recht haben, müssen wir herausfinden, was der Mörder bisher getrieben hat«, sagte Brigstocke. »Und da Sie über die Katzenmorde vollständig im Bilde sind, ist Ihnen sicher klar, dass diese Aufgabe nicht leicht wird.«

Wieder nickte Thorne. Das Durchforsten der Aktenberge würde ihn vor eine ziemliche Herausforderung stellen. Auch wenn er diesmal etwas in der Hinterhand hatte. *Jemanden.*

»Wenn wir das ausgedehnte Gebiet bedenken, in dem er die Katzen getötet hat, bekommen wir eine Vorstellung von der Arbeit, die vor uns liegt.« Brigstocke schüttelte missmutig den Kopf. »Haben wir überhaupt eine Idee, wo wir anfangen sollen?«

Thorne schwieg.

»Oder nach wie vielen Toten wir suchen? Vielleicht haben wir ja Glück und finden heraus, dass dieser Kerl nach jedem einzelnen Mord seinen Cool-down braucht.« Er blickte zu Thorne auf. »Im besten Fall gibt es nur eine einzige Leiche.«

»Keine Chance«, erwiderte Thorne. »Bei der Menge von toten Tieren schätze ich, dass wir auch mit mehreren menschlichen Opfern rechnen müssen.«

Brigstocke nickte seufzend. Ihm war bewusst, dass sie sich an Strohhalme klammerten. »Okay. Fangen wir damit an, dass wir uns die Katzenmorde genauer vornehmen. Die Gegenden, in denen die Tatorte liegen, und die Methoden, mit denen er vorgeht. Und dann schauen wir, ob irgendetwas davon mit ungelösten Mordfällen übereinstimmt.« Er lehnte sich zurück. »Und wo wir gerade davon sprechen ...«

»Von ungelösten Mordfällen?«

»Davon, dass wir die Katzenmorde genauer unter die Lupe nehmen.«

»Ich dachte, genau das haben wir vor.«

Brigstocke schüttelte den Kopf. »Lassen Sie uns mal für eine Minute vergessen, was in Zukunft geschehen könnte.«

»Was schon passiert sein könnte, meinen Sie.«

»Vielleicht … So oder so, die hohen Tiere rennen mir die Tür ein, weil die Medien *denen* die Tür einrennen. Wir müssen etwas unternehmen.«

Thorne nickte. »Sie meinen, wir müssen dabei gesehen werden, wie wir etwas unternehmen.«

»Nun kommen Sie schon, Sie wissen, wie es läuft. Wir müssen demonstrieren, dass wir alles Erdenkliche tun, um diesen Kerl zu schnappen. Etwas Positives, mit dem wir die *Daily Mail* und eine verängstigte Nation von Tierfreunden glücklich machen. Mir ist klar, dass Sie das alles aus einem neuen Blickwinkel angehen wollen, und ich bin damit einverstanden. Aber Sie müssen sich die Zeit nehmen und etwas … Sichtbares auf die Beine stellen.«

Nun lehnte Thorne sich zurück. Er hatte das Gefühl, dass ihm das, was nun kommen würde, nicht besonders gefallen würde. »Zum Beispiel?«

»Nur routinemäßige Polizeiarbeit, nichts Besonderes. Ziehen Sie los, und reden Sie mit einem der Opfer.«

»Wie bitte?«

»Sie wissen schon, was ich meine.«

»Ich soll eine spiritistische Sitzung mit einer toten Katze veranstalten?«

Brigstocke winkte ab. »Mit dem *Besitzer* eines Opfers. Oder am besten gleich mit mehreren. Nehmen Sie ein paar Aussagen auf, aus denen die Pressestelle etwas basteln kann. Etwas, das einen guten Eindruck macht … das Übliche halt. Kommen Sie, das ist doch nicht zu viel verlangt! Verglichen mit dem, was Sie hier von mir verlangen.«

Thorne begriff, dass es keinen Sinn hatte, weiter zu diskutieren. »Gut.«

»Und Sie würden uns allen einen Gefallen tun, wenn Sie sich noch im Laufe des Tages die Zeit dafür nehmen könnten.« Brigstocke wartete einige Sekunden. »Gut. Dann ist ja alles geklärt.« Er griff erneut nach seinem Stift. »Und wo wollen Sie ansetzen, was diese theoretischen Morde an Menschen betrifft?«

»Wir lassen die Computer arbeiten und nach Mustern suchen.«

»Tatsächlich?« Wieder setzte Brigstocke eine leicht zweifelnde Miene auf. »Nicht gerade Ihre starke Seite.«

»Nein, aber wir beide kennen jemanden, der ziemlich gut darin ist«, erwiderte Thorne.

Brigstocke schüttelte den Kopf. »Das wird nichts. Sie hat gerade einen ziemlich scheußlichen Mord zu bearbeiten.«

»Oh, verstehe.« Thorne tat sein Bestes, um dem Eindruck zu erwecken, als wäre ihm dies neu.

»Ich will nicht, dass Sie ihr zu viel aufhalsen. Sie wissen schon, angesichts …«

»Nun kommen Sie, Russell. Multitasking beherrscht sie im Schlaf.«

Wie aufs Stichwort klopfte es an der Tür, und DI Nicola Tanner trat ein. Sie wirkte angemessen überrascht über Thornes Anwesenheit. Mit einem Blatt Papier trat sie auf Brigstockes Schreibtisch zu. »Wir hatten Glück im Mordfall Jandali, Sir. Die Fingerabdrücke auf der Mordwaffe haben einen Treffer geliefert.«

»Sehr schön«, sagte Thorne.

»Ich dachte bloß, Sie sollten wissen, dass ich ein paar bewaffnete Beamte anfordere und die Verhaftung vornehme.«

»Gute Neuigkeiten«, sagte Brigstocke.

Thorne sah seinen Chef an. »Könnten Sie nicht jemand anders hinschicken?«, fragte er.

»Warten Sie einen Moment«, sagte Brigstocke an Tanner gewandt, die bereits wieder gehen wollte.

Tanner schaute zwischen den beiden Männern hin und her.

Der DCI sah einen Moment vor sich hin. »Okay. Schicken Sie

Dipak wegen der Verhaftung.« Dann nahm er die Brille ab und massierte seinen Nasenrücken, als hätte ihn die erste Stunde im Büro bereits völlig geschafft. »Tom hat da eine Sache, bei der er Ihre Hilfe braucht.«

»Kinderleicht«, sagte Thorne und wandte sich an Tanner. »Ehrenwort.« Er setzte sein charmantestes Lächeln auf, das er sich normalerweise fürs Schlafzimmer oder – hin und wieder – für den Verhörraum aufsparte. »Ich kenne niemanden, der damit besser …«

Brigstocke setzte Tanner schnell darüber ins Bild, was sie vorhatten und warum sie die ideale Beamtin war, um diese Arbeit zu koordinieren: Eine landesweite Recherche in den Polizeidatenbanken. Gesucht wurden wiederkehrende Muster beim Tathergang. Schließlich besaß sie unschätzbare Kompetenzen im Abgleichen und Strukturieren von Daten … Dann befahl er beiden, sich aus dem Staub zu machen und an die Arbeit zu gehen. Er selbst wolle den unumgänglichen Anruf bei Fulton hinter sich bringen.

»Sir«, sagte Tanner zum Abschied.

Als sie die Tür schon fast erreicht hatten, ergriff Brigstocke noch einmal das Wort, und die unterschwellige Panik, die Thorne seit seinem Gespräch mit der Psychiaterin verspürte, bekam neuen Auftrieb. »Sie dürfen natürlich nicht nur in die *Vergangenheit* schauen …«

Genau das hatte die Psychiaterin am Telefon gesagt.

Ihre Theorie ist interessant, aber alles in allem ändert das nicht viel, oder? Nicht wenn es um den Punkt geht, dass die Aktivitäten des Verdächtigen irgendwann Fahrt aufnehmen, was weithin als üblicher Ablauf betrachtet wird. Der Gedanke ist nicht schön, aber letztlich nicht von der Hand zu weisen.

Thorne gingen die Worte nicht mehr aus dem Kopf.

Nach dem Work-out und dem Cool-down steht früher oder spä-

ter das nächste Work-out auf dem Programm, nicht wahr? In Melita Pereras Worten hatte es wie das Natürlichste auf der Welt geklungen, aber was ihre Worten bedeuteten, war alles anderes als natürlich.

Man wirft sich die Sporttasche über die Schulter und zieht wieder los.

SIEBEN

»Wir war mein Timing?«, fragte Tanner.

»Perfekt«, sagte Thorne. »Hast du vor der Tür gelauscht?«

Tanner lächelte geheimnisvoll, dann bediente sie sich an der Salatbar der Kantine. Sie häufte Krautsalat und Tomaten auf ihren Teller, während Thorne sich an ihr vorbeidrängte und Shepherd's Pie bestellte.

»Eine schön große Portion, bitte«, sagte er. »Vielleicht haben Sie ja noch eins von diesen wunderbar knusprigen Eckstücken, das wäre toll.« Die Frau hinter dem Tresen würdigte ihn keines Blickes. Wortlos reichte sie ihm ein normal großes Stück aus der Mitte. »Ja, besten Dank«, sagte Thorne, als er den Teller entgegennahm. Er verkniff sich jeden weiteren Kommentar. Er konnte nur mutmaßen, dass sie gerade einen nahen Angehörigen verloren hatte oder dass das alberne Hütchen mit Netz, das sie täglich tragen musste, zu ernsthaften Selbstwertproblemen geführt hatte.

Er holte Tanner ein, die an der Kasse auf ihn wartete.

»Geh ruhig vor«, sagte er.

»Nach dir.« Tanner starrte ihn an. »Ich schätze mal, mir ein Essen ausgeben ist wohl das Mindeste.«

Thorne sah zu, wie die Preise eingetippt wurden, und schüttelte den Kopf. »Drei Pfund neunundsiebzig? Ich hoffe, das bist du wert.«

»Behalt den Kassenbon«, entgegnete Tanner. »Für alle Fälle.«

Sie trugen ihre Tabletts an einen Ecktisch. Aus den Panoramafenstern im obersten Stockwerk des Becke House hatte Thorne einen guten Blick auf das weitläufige Areal des Peel Centre. Ursprünglich ein Stützpunkt der Royal Air Force, war es in den dreißiger Jahren zum Ausbildungszentrum der Metropolitan Police umgewandelt worden. Inzwischen diente es als eines von mehreren regionalen Trainingszentren, wo Beamte alle möglichen Kurse von Tatortanalyse bis zum spezialisierten Fahrtraining absolvieren konnten. Der Paradeplatz und die Laufbahn wurden – dankenswerterweise – nicht mehr für wichtig erachtet. Heutzutage verbrachten Kursteilnehmer mehr Zeit auf dem Schießstand oder in einer hochmodernen, sogenannten HYDRA-Suite zur Simulation potenziell kritischer Situationen. Wenn er an den Gebäuden vorbeischaute, sah Thorne den Gedenkgarten zu Ehren der Beamten, die im Dienst ihr Leben verloren hatten. Er versuchte sich zu erinnern, ob er je so engagiert gewesen war wie manche der eifrigen Frischlinge, die er jeden Tag von den neuen Anlagen Gebrauch machen sah.

Und er fragte sich, ob die da oben nicht gut daran täten, ein paar neue Kurse anzuregen, die näher an der Alltagsrealität waren. Er sah die Titel schon vor sich:

Hände weg von der Flasche

Paarberatung – Ihre einzige Chance

Machen Sie sich keine Illusionen, von jetzt an geht es nur noch abwärts

Vor einigen Jahren war es zu großer Aufregung gekommen, als mehrere Szenen des neuen *Avengers*-Films im Trainingszentrum gedreht worden waren. Für etwa eine Woche hatte es auf dem Gelände von Kamera- und Cateringwagen gewimmelt, und gelegentlich war ein dauergebräunter Filmstar aus einem absurd großen Wohnwagen aufgetaucht. Selbst Thorne hatte sich der allgemeinen Begeisterung nicht entziehen können. Anders als manche Kollegen hatte er sich nicht als Statist gemeldet, aber er hatte ein paar vertrauliche Worte mit einigen von ihnen gewechselt. Er hatte ihnen vorgeschlagen, doch ein paar von den skurrilen Requisiten oder Kostümen »verschwinden zu lassen«, wenn gerade niemand hinsah.

»Dieser riesige Hammer könnte sich noch als nützlich erweisen«, hatte er gesagt.

»Tom?«

Thorne wandte sich vom Fenster ab und sah Tanner an. »Du bist ein echter Glückspilz«, sagte sie.

Thorne nahm den ersten Bissen. »*Ich* bin ein Glückspilz? Ich darf den Rest des Tages damit zubringen, mich mit alten Damen über tote Katzen zu unterhalten. Du bist diejenige, die einen Fingerabdruck auf der Mordwaffe gefunden und einen bösen Buben geschnappt hat.«

»Ja, aber davon hast du profitiert, oder? Du hast bekommen, was du wolltest. Ich glaube nicht, dass Russell sich ansonsten darauf eingelassen hätte. Dass du und ich zusammenarbeiten.«

»Ich hätte ihn schon überredet«, behauptete Thorne.

»Glaubst du?«

Thorne grinste. Er wusste genau, dass er einen schweren Stand gehabt hatte, bis Tanner wie die Kavallerie zu seiner Unterstützung aufgetaucht war. »Ehrlich gesagt: Als du bei ihm reinmarschiert bist und ihm erklärt hast, dein Mordfall wäre in trockenen Tüchern … einen Moment lang hab ich geglaubt, du hättest das vielleicht bloß erfunden.«

Tanner betrachtete ihn mit offenem Mund. Thorne hielt die Hände hoch.

»Ich mache bloß Spaß.«

Früh am Morgen hatte er eine echte Charmeoffensive starten müssen, um Nicola Tanner zu überreden, seine Besprechung mit

Brigstocke zu »unterbrechen«, damit sie den DCI gemeinsam bearbeiten konnten. Thorne war klar, dass dieser Teil allein schon ihren persönlichen und professionellen Verhaltenskodex bis zum Äußersten strapazierte. An dem Tag, an dem sie einen ranghöheren Beamten belog, würde man vor Scotland Yard die Pferde reihenweise kotzen sehen.

Tanner warf ihm einen – nur zur Hälfte gespielten – finsteren Blick zu und spießte eine Kirschtomate auf. »Du schuldest mir einiges mehr als drei neunundsiebzig.«

Thorne war Nicola Tanner erstmals vor gut einem Jahr über den Weg gelaufen, als er bei einem Fall, bei dem sie die ganze Kleinarbeit geleistet hatte, zu einem Undercover-Einsatz hinzugezogen worden war. Beim darauffolgenden Prozess hatte sie ihn überraschenderweise erneut um Hilfe gebeten. Diesmal war es darum gegangen, zwei Männer zu schnappen, die sie verdächtigte, in eine Reihe von Ehrenmorden verwickelt zu sein. Im Verlauf der Ermittlungen hatte Tanner beinahe ihr Leben verloren. Damals war Thorne Zeuge geworden, wie sie eine Menge Regeln gebrochen hatte. Sie hatte Dinge getan, mit denen selbst er sich unwohl gefühlt hätte. Allerdings war es unter den speziellen Umständen unvermeidlich gewesen und hatte letztlich zum Erfolg geführt. Für Tanner war seitdem nichts mehr wie vorher. Sie hatte »inoffiziell« an einer Ermittlung teilgenommen, die streng nach Vorschrift für sie tabu gewesen wäre. Denn sie hatte versucht, die Männer zu schnappen, von denen sie glaubte, sie hätten ihre Partnerin Susan ermordet …

»Wenigstens gehe ich davon aus«, sagte Tanner jetzt.

»Wovon?«

»Dass der Fall in trockenen Tüchern ist. Der Mordfall Adnan Jandali.«

»Es gibt keinen Grund, das Gegenteil zu glauben, oder?«, wandte Thorne ein. »Ich meine, es wäre schon interessant mitzukriegen, wie der Mann seine Fingerabdrücke auf der Mordwaffe erklären will.«

Tanner nickte. »Stimmt.« Dipak Chall hatte ihr bereits eine SMS geschickt, um ihr mitzuteilen, dass die Verhaftung erfolgt und er zusammen mit dem Hauptverdächtigen auf dem Weg zurück aufs Revier war. »Wir bekommen noch vor Dienstschluss das Ergebnis der DNA-Analyse. Ich bin ziemlich sicher, dass wir auch da eine Übereinstimmung haben.«

»Na also.«

»Ich sag ja bloß. Wir haben alle schon erlebt, dass Fälle, die bereits gelöst erschienen, in letzter Minute noch in die Hose gehen, oder?«

Thorne war bewusst, dass dieser Mord wahrscheinlich der wichtigste Fall für Tanner war, seit sie ihre alte Stelle aufgegeben hatte und zu einem neuen Team gewechselt war. Ihre Nervosität war daher verständlich. Er sagte: »Klar, aber das wird diesmal nicht passieren.« Dann wandte er sich wieder seinem Shepherd's Pie zu. Jedes Mal, wenn er aufblickte, staunte er, in welchem Tempo Tanner ihr Essen verputzte.

Sie aß … effizient. Ob sie es genoss, ließ sich schwer sagen.

Noch immer hatte er das Bild vor Augen, wie sie völlig am Ende und bis in die Haarspitzen mit Schmerzmitteln zugedröhnt in ihrem Krankenhausbett gelegen hatte. Wie sie über ihre ermordete Geliebte gesprochen hatte, mal zärtlich, dann wieder wüst schimpfend. Und wie sie einen bestimmten Pathologen, den sie beide gut kannten, verflucht hatte.

Und Sie können mich auch am Arsch lecken, Philip …

Erst nach dem obligatorischen Sonderurlaub und einer längeren Reha-Phase wegen ihrer Verletzungen hatte Tanner zur Arbeit zurückkehren können. Eine Zeit lang hatte sie bei der Mordkommission im Revier Belgravia gearbeitet. Thorne und sie hatten den Kontakt anfangs aufrechterhalten, um sich über den Job auszutauschen. Doch irgendwann waren die Kurznachrichten und E-Mails immer sporadischer geworden. Dann hatten sie aufgehört.

Er war überrascht gewesen, als sie ihn vor drei Monaten angerufen und ihm erzählt hatte, sie brauche einen Tapetenwechsel und bemühe sich um eine Stelle im Becke House. Allein schon, dass sie – im Gegensatz zu ihm – wusste, dass eine solche Stelle überhaupt zu vergeben war, machte deutlich, wie unterschiedlich sie tickten. Was auch für das Selbstvertrauen galt, mit dem sie ankündigte, DS Dipak Chall, der ebenfalls an der damaligen Ermittlung beteiligt gewesen war, gleich mitzubringen, falls es mit der Stelle klappte.

Wie in den meisten Fällen hatte sie genau das bekommen, was sie gewollt hatte.

»Ich glaube, die haben gespürt, dass sie mir einen Gefallen schuldig sind«, hatte sie damals zu Thorne gesagt. »Nach allem, was geschehen ist.«

»Vielleicht«, hatte Thorne gesagt. »Aber wer fragt nach dem Warum? Hauptsache, du bist hier.«

Es war bis heute ein merkwürdiges, manchmal verwirrendes Gefühl, sie täglich zu sehen. Doch insgesamt war Thorne froh, dass sie da war. Die guten Erinnerungen – das Blut, die Kugeln, das positive Resultat – überwogen am Ende die schlechten.

Als Tanner aufgegessen hatte, schob sie den Teller von sich und tupfte sich mit einer Papierserviette den Mund ab. »Ich hoffe, dass ich diesen Mord so schnell wie möglich zu den Akten legen kann, denn ich bin mir nicht sicher, ob das, was du von mir verlangst, wirklich so leicht ist, wie du glaubst.«

»Das hab ich doch nur wegen Russell gesagt«, behauptete Thorne.

»Klar doch.«

»Ich hab ein bisschen übertrieben.«

»Ein bisschen? Ich hoffe, du hast die Befugnis, eine *Menge* Überstunden anzuordnen.«

»Ich kenne niemanden, dem ich diese Sache sonst anvertrauen kann.« Er schaute ihr lange genug in die Augen, um ihr klarzumachen, dass er zumindest in diesem Punkt die Wahrheit gesagt hatte. Dass er sie brauchte. Und lange genug, um sich selbst klarzumachen, dass Tanner auf mehr als eine Weise nicht mehr die Frau war, die er vor zwölf Monaten kennengelernt hatte.

Vor sechs Wochen, an ihrem ersten Tag in Hendon, hatte Thorne den Eindruck gehabt, sie hätte ein wenig an Gewicht verloren. Ihr Gesicht jedenfalls wirkte schmaler, und auch ihr Haar trug sie anders. Der strenge Bob war einem lockeren Kurzhaarschnitt gewichen. Auch die Kleidung hatte sich verändert. Zwar trug sie noch immer die typischen schnörkellosen Röcke und Blazer, doch in etwas helleren Farben als früher. Taubenblau und bordeauxrot. Mit Streifen …

»Weil ich ein Kontrollfreak bin?«

»Weil du *gut organisiert* bist, ja«, erwiderte Thorne lächelnd. Er musste an die beinahe pathologische Ordnung in Tanners Wohnzimmer und an die nach Farben sortierten Buchrücken in ihren Regalen denken. An die akribische Art und Weise, wie sie jegliches Material aufbereitete, wie sie alles sammelte und sortierte, von Tatortfotos bis hin zu Caféquittungen. »Ich weiß, wie gut du darin bist, Informationen zusammentragen, ohne dabei Dutzende von Leuten – Dutzende von *Polizeidienststellen* – gegen dich aufzubringen, auf deren Hilfe du angewiesen bist. Ich weiß, dass du wichtige von unwichtigen Dingen unterscheiden kannst. Und vor allem weiß ich, dass du, wenn du mit all dem fertig bist, auch erkennst, was all die Informationen zu *bedeuten* haben. Während Leute wie ich gern den Wald vor lauter Bäumen nicht sehen.«

Tanner nickte langsam und betrachtete ihn einige Sekunden lang. »Kontrollfreak. Kein Grund, drum herumzureden.«

Es war kein richtiges Lächeln, doch Thorne begriff, dass sie mit seiner Einschätzung einverstanden war. Nicht dass er ihr Honig ums Maul geschmiert hätte, denn dafür war Tanner nicht empfänglich. Es freute sie einfach, dass er die Tatsachen beim Namen genannt hatte. Nie war sie ihm auch nur in Ansätzen großspurig erschienen, doch sie kannte ihre Stärken so gut wie ihre Schwächen.

Und sie wusste, dass beide manchmal ein und dasselbe waren.

»Ich hoffe, du irrst dich«, sagte sie. »Was diesen Kerl angeht. Ich hoffe, ich werde nichts finden.«

Thorne schob seinen noch halb vollen Teller von sich. Falls die Theorie, die er Perera und Brigstocke vorgelegt hatte, sich bestätigte, würde dieser Fall deutlich größere Dimensionen annehmen als der simple Mord, der Tanner anscheinend so nervös machte. Die tödlichen Schüsse auf einen Mann an seiner Haustür würden sich im Vergleich dazu wie ein unbedeutender Ladendiebstahl ausnehmen.

Und Thorne glaubte nicht, dass er sich irrte.

Tanner hatte sich zum Fenster gewandt und schaute in dieselbe Richtung wie Thorne zuvor. Vielleicht blickte sie wie er auf den Ehrengarten, vielleicht aber auch weiter über die Dächer von Colindale hinweg zum grauen, gewundenen Band der M1. Dann bemerkte Thorne, dass sie die Augen weiter nach oben richtete, zum Himmel, über den schmutzig-weiße Wolken zogen. Die morgendliche Verheißung auf frühlingshaften Sonnenschein hatte sich als ebenso trügerisch erwiesen wie das Versprechen eines Junkies, ab sofort clean zu bleiben.

»Ich hoffe es auch«, sagte Thorne. »Aber wenn ich mich nicht irre, musst du mir helfen, ihn zu schnappen, Nic.«

Tanner schwieg so lange, dass Thorne schon glaubte, sie hätte ihn nicht gehört. Dann aber nickte sie, ohne den Blick vom Fenster abzuwenden.

ACHT Als Thorne das Haus in Gospel Oak hinter sich ließ, warf er einen Blick in den Rückspiegel und sah, dass die Frau immer noch in der Haustür stand. Eine Hand zum Abschied erhoben, hielt sie in der anderen das Foto, das sie vor einer halben Stunde aus einem Album gezogen, mit einem traurigen Lächeln betrachtet und Thorne schließlich in die Hand gedrückt hatte. Sie hatte ihm Tee gemacht und mit großem Aufwand das Kätzchen versorgt, das sie sich angeschafft hatte, um ihre verlorene Katze zu ersetzen. Nur einmal waren ihr Tränen in die Augen gestiegen, als sie über den Schmerz gesprochen hatte, als sie vor einigen Monaten nach Hause gekommen und beinahe über das gestolpert war, was von ihrem Haustier noch übrig gewesen war.

Von Blut durchweichte Brocken aus Fell und Fleisch.

»Die hier lasse ich auf keinen Fall raus.« Sie hob das Kätzchen hoch und drückte es an ihre Brust. »Nicht, bis Sie den Verbrecher geschnappt haben.«

»Das ist wahrscheinlich das Vernünftigste«, hatte Thorne gesagt.

»Auch wenn sie größer wird. Ist mir egal, wenn sie im Haus ihr Geschäft macht.« Als sie das Kätzchen wieder absetzte, wurde ihre Miene hart, ihre Mundwinkel zuckten. »Das ist krank, anders kann man das nicht nennen. Dass ein Mensch Spaß an so etwas hat. Im Dunkeln mit einem Hammer und einem Messer rumzuschleichen. Es wäre besser für ihn, wenn *Sie* ihn erwischen und nicht *wir*, mehr sage ich nicht. Wir haben vielleicht unsere Haustiere verloren, aber Hämmer und Messer haben wir auch.«

»Ja«, hatte Thorne gesagt.

Sie war gewiss nicht der Typ »alte Dame«, über den er sich im Gespräch mit Tanner mokiert hatte. Auch das junge Paar, das Thorne eine Stunde zuvor in der Wohnung in Archway aufgesucht hatte, hatte deutliche Worte gefunden. Im Rückblick hatte Brigstocke nicht unrecht gehabt, als er Thorne den Auftrag zur

Befragung der Opfer gegeben hatte. Zwar glaubte Thorne immer noch, dass die Katzenmorde Teil eines Musters waren, das auch schon Menschenleben gefordert hatte. Doch konnte es keinen Zweifel geben, dass das Abschlachten von Tieren in dieser Größenordnung und die ritualisierte Zurschaustellung der Kadaver auch auf die Menschen abzielte, die ihre Tiere geliebt hatten und sie nun betrauerten.

Ihr Schmerz war Teil des Spiels.

Thorne hatte selbst einmal eine Katze gehabt. Er hatte sie von einem Mordopfer geerbt. Er hatte ihr einen Namen gegeben, ehe er entdeckt hatte, dass es ein weibliches Tier war. Die Katze hatte trotzdem weiter Elvis geheißen, und der Gefallen, den er einer Toten hatte tun wollen, hatte sich in einen Segen für ihn selbst verwandelt. Thorne erinnerte sich an ihr lautes Miauen, wenn er einen Beutel mit Futter aufgerissen oder besondere Leckerbissen in ihren Napf geschüttet hatte, an ihr aufgeregtes Schnurren, während sie sich an seinen Schienbeinen rieb.

Er hielt am Ende der Straße und wartete auf eine Lücke im Verkehr. Dann wählte er eine CD aus, drehte die Lautstärke auf und stellte sich vor, wie die Frau, die er gerade besucht hatte, mit dem Schlauch das Blut von ihrem Gartenweg spritzte.

Elvis war jung gestorben, allerdings wesentlich friedlicher als die unglücklichen Tiere, um die es hier ging. Sie war im Garten begraben und nicht geköpft auf dem Rasen oder in Einzelteilen unter dem Schlafzimmerfenster des Besitzers entsorgt worden.

Er/sie gehörte zur Familie …

Mit diesem Satz hatte Thorne schon vor seinen Befragungen gerechnet, und als er ihn dann tatsächlich gehört hatte, war er eindeutig von Herzen gekommen.

Er hatte die Aussagen zusammengetragen, nach denen Brigstocke verlangt hatte. Ein paar O-Töne, die in der Presse für Aufmerksamkeit sorgen würden. Er hatte den Worten der Besitzer gelauscht, die dabei bekümmert nach Taschentüchern gesucht hatten. Er hatte den Kummer in ihren Gesichtern gelesen, als er ihnen die Hand geschüttelt und ihnen versichert hatte, alles in seiner Macht Stehende zu unternehmen.

Und auch *das* war von Herzen gekommen.

Thorne hörte die ersten Takte eines Willie-Nelson-Songs und musste sofort an Helen und ihr ebenso hartnäckiges wie unberechtigtes Gemäkel denken, dass es in Countrysongs ständig um tote oder sterbende Hunde ginge. Er versuchte sich den Aufschrei auszumalen, wenn Hunde anstatt Katzen abgeschlachtet würden. Wahrscheinlich wäre es auf den Straßen längst zu Krawallen gekommen.

Er fädelte sich in den stockenden Verkehr Richtung Süden ein.

Das Kätzchen war süß gewesen, keine Frage. Fuchsrot und weiß, genau wie Elvis.

NEUN

Es war schon beinahe sieben, als sie den nötigen Papierkram erledigt hatte. Die forensischen Proben waren genommen und die Vernehmungsfähigkeit des Inhaftierten festgestellt worden. Endlich saß Nicola Tanner dem Mann gegenüber, den sie für den Mörder von Adnan Jandali hielt.

Einem Mann, der sich inzwischen seit fast fünf Stunden in Gewahrsam befand.

Sie schaltete den Digitalrekorder ein und belehrte den Mann auf der anderen Seite des Tisches über seine Rechte. Fürs Protokoll vermerkte sie ihre eigene Anwesenheit sowie die von DS Dipak Chall und der Pflichtverteidigerin Angela Hooper. Nachdem sie eine halbe Minute lang in ihre Notizen geschaut hatte – was Teil der Show war –, blickte sie schließlich zum Verdächtigen auf.

»Nur drei Monate nach Ihrer Entlassung, Andrew.« Sie wandte sich an Chall, der demonstrativ mit der Zunge schnalzte. »Läuft nicht besonders gut, was?«

Andrew Evans saß mit gesenktem Kopf auf seinem Stuhl und murmelte: »Nein.«

»Ein bisschen lauter, bitte«, sagte Tanner. »Für die Aufnahme.«

Langsam hob Evans den Kopf. »Nein, läuft nicht besonders.«

Tanner betrachtete ihn. Er war groß und muskulös, trug die Haar kurz geschoren. Er hatte Adnan Jandali bestimmt bereits eingeschüchtert, ehe er überhaupt seine Waffe gezückt hatte. Die äußere Erscheinung des Mannes – unrasiert, Trainingshose und T-Shirt – stand in scharfem Kontrast zu dem Bild, das sie sich vor dem Betreten des Verhörraums gemacht hatte: dem des geschmeidigen, erfolgreichen City-Traders, der Andrew Evans einmal gewesen war.

Vor langer Zeit, vor dem Crash.

Vor dem an der Börse und dem anderen …

Chall blickte von seinen Notizen auf. »Achtzehn Monate von einer dreijährigen Haftstrafe wegen Gefährdung des Straßenverkehrs mit tödlichen Folgen. Sie haben Glück gehabt.« Vergeblich suchte er im Gesicht seines Gegenübers nach einer Reaktion. »Momentan liegt die Höchststrafe bei vierzehn Jahren, aber angeblich ist für Leute, die so etwas getan haben wie Sie, lebenslange Haft im Gespräch. Wie für Totschlag. Sie hatten auf jeden Fall mehr Glück als der Jugendliche, den Sie überfahren haben, weil Sie so mit Ihrem Social-Media-Account beschäftigt waren.«

Jetzt registrierte Tanner eine Veränderung in Evans' Mimik. Sein Kiefer spannte sich an, und seine Wangen zitterten. Er schluckte, und sie fragte sich, ob er sich gleich übergeben würde.

Hooper beugte sich vor. »Vielen Dank, dass Sie uns auf den neuesten Stand der Diskussion über Strafverschärfungen bringen. Aber, mit Verlaub, das ist Schnee von gestern. Ich sehe keinen Zusammenhang mit dem Vergehen, für das mein Mandant heute verhaftet wurde.«

Chall zuckte die Schultern. »Es geht um wichtige Hintergrundinformationen.«

»In welchem Universum?«

Tanner wandte sich an Chall. »Ich würde sagen, Miss Hooper hat nicht ganz unrecht«, sagte sie. »Ziehen wir einen Schlussstrich unter die Vergangenheit, okay?« Sie griff nach einem Stapel unberührt aussehender Unterlagen und legte sie vor sich auf den Tisch. Dann strich sie die Ärmel ihres Blazers glatt. »Kennen Sie einen Mann namens Adnan Jandali, Mr Evans?«

Die Anwältin drehte sich zur Seite und warf Evans einen strengen Blick zu.

»Kein Kommentar«, sagte er.

»Ernsthaft?« Chall seufzte und verschränkte die Arme. »So soll das Spiel laufen?«

»Waren Sie einmal bei Mr Jandali zu Hause? Die Adresse lautet 42, Athlone Gardens, Wanstead? Es geht um die Erdgeschosswohnung, falls Ihnen das hilft.«

»Kein Kommentar.«

»Mr Evans, Sie haben das Recht, hier zu sitzen und so lange ›Kein Kommentar‹ zu sagen, bis Sie schwarz werden. Aber Sie wissen sicher, dass wir auch das Recht haben, Ihr Schweigen zu Ihren Ungunsten zu interpretieren.« Chall warf Hooper einen Blick zu. »Das haben Sie ihm sicher erklärt?«

»Natürlich«, erwiderte Hooper leichthin, wirkte aber angesäuert, weil ihre professionelle Kompetenz infrage gestellt wurde. »Mein Mandant macht nur vom seinem Recht auf Schweigen Gebrauch, das im Police and Criminal Evidence Act von 1984 verankert ist und vom Europäischen Gerichtshof für Menschenrechte bestätigt wurde. Ist das ein Problem?«

Chall nickte, als wäre er beeindruckt.

»Na gut, Mr Evans«, ergriff Tanner wieder das Wort. »Ich erzähle Ihnen von Mr Jandali, einverstanden? Eine sehr interessante Geschichte.« Sie lehnte sich zurück. »Adnan Jandali kam als Flüchtling aus Syrien hierher, kurz nachdem seine Frau ums Leben gekommen war und, wie es der Zufall will, fast genau zu dem Zeitpunkt, als Sie eingebuchtet wurden.« Sie zog ein Foto aus einer Plastikmappe und schob es zu ihm hinüber. »Das ist er. Ich kann Ihnen nicht genau sagen, wie Mr Jandali ins Land gekommen ist, aber Sie dürfen sicher sein, dass er einen Höllentrip hinter sich hatte. Er verkaufte sein Haus für einen Apfel und ein Ei, um sich einen Flug von Beirut aus leisten zu können, wahrscheinlich nach Istanbul. Dort bezahlte er mit dem bisschen Geld, das ihm noch geblieben war, einen Menschenschmuggler mit einem kaum seetüchtigen Boot für die Überfahrt nach Griechenland und von dort weiter in ein Flüchtlingslager nach Frankreich. Und das alles mit zwei kleinen Kindern.«

Chall legte ein weiteres Foto auf den Tisch. Der lächelnde Jandali mit zwei kleinen Jungs in Fußballtrikots links und rechts von ihm. Hooper räusperte sich und schien etwas sagen zu wollen, doch Tanners Blick ließ sie innehalten.

»Als er schließlich als Asylsuchender hier eintraf, kamen Mr Jandalis Kinder in die Obhut des Jugendamts, während er selbst fast drei Monate in einem Aufnahmelager in Harmondsworth verbrachte. Seine Lage schien sich zu bessern, als er schließlich von dort entlassen wurde und wieder mit seinen Kindern zusammenkam. Sie wohnten gemeinsam in der Wohnung, deren Adresse ich bereits erwähnte. Und die Ihnen möglicherweise bekannt ist. Aber leider hat diese Geschichte kein Happy End. Denn vor zwei Monaten wurden ihm die Kinder wegen der Drogensucht, die Mr Jandali im Aufnahmelager entwickelt hatte, zum zweiten Mal weggenommen.«

Tanner hielt inne und beobachtete Evans. Sie sah den Schweiß auf seiner Stirn, an seinem Hals. Sie wusste nicht, was die Gefängniskrankenschwester ihm gegeben hatte. Aber einen Süchtigen erkannte sie auf den ersten Blick.

»Man sollte meinen, viel schlechter hätte es für Mr Jandali nicht mehr kommen können.«

»Das wäre ihm zu wünschen gewesen«, warf Chall ein.

»Tatsächlich aber lief es noch bedeutend schlechter, denn gestern in den frühen Morgenstunden öffnete er einem Besucher die Haustür, der ihm ohne zu zögern in den Hals schoss. Er verblutete noch auf der Türschwelle.«

Wieder schaute sie Evans an, der ihrem Blick jedoch auswich. Die Anwältin, die sich nicht wohl in ihrer Haut zu fühlen schien, holte eine Wasserflasche aus ihrer Tasche, auch wenn nicht ganz deutlich wurde, ob ihr die Geschichte selbst zusetzte oder die manipulative Art und Weise, in der Tanner sie vorgetragen hatte. Vielleicht hatte sie ja einfach nur Durst.

»Klingelt da bei Ihnen irgendwas, Mr Evans?«

Evans rutschte auf seinem Stuhl hin und her, griff sich mit der Hand in den Ausschnitt des T-Shirts und rieb sich nervös die Brust. »Kein Kommentar.«

»Mein Mandant erklärt, dass er zur angeblichen Tatzeit zu Hause bei seiner Frau war«, sagte Hooper. »Und dass seine Frau dies gern bestätigen wird.«

»Gut zu wissen«, erwiderte Tanner. Sie nickte Chall zu. »Selbstverständlich werden wir so bald wie möglich mit Mrs Evans sprechen.«

»Na gut, warum gehen wir nicht ein Stück zurück?«, schlug Chall mit einem Blick auf seine Notizen vor. »Vor drei Wochen wurden Beamte zu einer Wohnung in der Mercer Road in Tottenham gerufen. Kommt Ihnen das bekannt vor?« Er schaute zu Evans auf und schüttelte den Kopf. »Nein? Macht nichts. Eine Frau hatte die Polizei gerufen, nachdem sie Schreie gehört hatte und Zeugin einer gewaltsamen Auseinandersetzung an der Tür eines Nachbarn geworden war. Es heißt, ein Mann mit Motorradhelm hätte mit einer Pistole herumgefuchtelt. Anfangs stritt der Mann, der ihrer Aussage nach bedroht worden war, vehement ab, etwas von dem Vorfall zu wissen. Doch seine Freundin teilte den Beamten mit, dass der Streit tatsächlich stattgefunden hatte. Sie machte eine offizielle Aussage.«

»Durch die wir eine ziemlich gute Beschreibung der Waffe bekommen haben«, erklärte Tanner. »Und sie passt genau auf die Pistole, mit der Adnan Jandali erschossen wurde.«

»Machen Sie sich doch nicht lächerlich.« Hooper stellte ihre Wasserflasche auf den Tisch und beugte sich zu Tanner vor. »Eine ziemlich gute Beschreibung der Waffe? Eine kleine schwarze? Was glauben Sie, auf wie viele Pistolen Ihre Beschreibung zutrifft?«

Tanner nickte. Hooper hatte volle Einsicht in die gegen ihren Mandanten vorliegenden Beweise erhalten. Sie machte nur ihren Job, wobei ihre Einwände im Augenblick eher halbherzig wirkten.

Denn sie wusste, dass ihnen das Schlimmste noch bevorstand.

»Fahren Sie eine blaue Yamaha YZF?«

»Kein Kommentar.«

»Eine Menge Leute fahren Motorrad«, gab Hooper zu bedenken.

»Es war ohnehin nur eine rhetorische Frage, denn wir wissen, dass Sie dieses Motorrad besitzen. Wir haben es kurz nach Ihrer Festnahme beschlagnahmt. Im Augenblick wird es untersucht, zusammen mit Ihrem Motorradhelm. Es ist dasselbe Motorrad … Entschuldigung, dasselbe *Modell*, das von Adnan Jandalis Mörder gefahren wurde.«

Evans starrte sie an. Mit einem Mal wirkte er verängstigt.

»Und der Grund dafür, dass wir die Mordwaffe kennen, ist ganz einfach: Wir haben sie ebenfalls.« Wieder griff sie in die

Mappe und legte das Foto einer Pistole auf den Tisch. »Der Mörder war unvorsichtig und ließ sie fallen, während er sich in hohem Tempo vom Tatort entfernte. Haben Sie diese Waffe schon einmal gesehen, Mr Evans?«

»Kein Kommentar.«

»Ernsthaft?«

Chall lehnte sich zur Seite. »Sie haben die Abdrücke vergessen, Chef.«

Tanner rollte die Augen. »Sehen Sie, Mr Evans, wir alle vergessen mal irgendwas. Ich habe nicht daran gedacht, zu erwähnen, dass wir auf der Pistole, mit der Adnan Jandali erschossen wurde, Fingerabdrücke gefunden haben.«

»Gleich mehrere Abdrücke«, fügte Chall hinzu.

»Ihre Abdrücke.«

Evans atmete nun schwer und blinzelte heftig. Er senkte den Kopf, um sich das Gesicht am Ärmel seines T-Shirts abzuwischen. »Nein«, sagte er.

»Einfach ›nein‹?« Chall setzte eine verwirrte Miene auf. »Warum nicht lieber ›kein Kommentar‹?«

»Wir konnten Sie so schnell identifizieren, weil Ihre Abdrücke gespeichert sind. Dem Schnee von gestern sei Dank.« Tanner grinste Hooper an. »Wir rechnen jeden Moment mit den Ergebnissen der DNA-Untersuchung. Schließlich können wir auch da auf gespeichertes Vergleichsmaterial zurückgreifen.«

Tanner war zu optimistisch gewesen, als sie Thorne gegenüber geäußert hatte, sie rechne noch vor Dienstschluss mit den Resultaten. Umso zuversichtlicher ging sie davon aus, dass das am Tatort gefundene Material mit Andrew Evans' DNA übereinstimmen würde.

Tanner warf Hooper erneut einen Blick zu. Die Anwältin schwieg.

»Hören Sie, Mr Evans, die Sache ist folgendermaßen: Miss

Hooper hat Ihnen einen Ratschlag gegeben, der sich unter gewissen Umständen für einen Verdächtigen als nützlich erweisen kann. Im konkreten Fall allerdings würde *ich* Ihnen raten, es sich noch einmal sehr genau zu überlegen.« Sie ließ ihre Bemerkung wirken und sah, wie er sich wand. »Angesichts dessen, was ich Ihnen gerade gesagt habe, angesichts der Beweise, die ich offengelegt habe – und der Beweise, die wir in Kürze noch erwarten –, möchte ich Ihnen eine direkte Frage stellen. Haben Sie Adnan Jandali getötet?«

Evans schüttelte den Kopf, schien gar nicht mehr damit aufhören zu wollen.

»Diese Vernehmung wird gefilmt«, erklärte Tanner. »Aber bitte denken Sie auch an die Tonaufnahme.«

Evans warf Hooper einen fragenden Blick zu und flüsterte: »Kein Kommentar.«

Tanner und Chall nickten sich kurz zu. Tanner schaute auf ihre Uhr, verkündete das Ende der Vernehmung und stellte den Digitalrekorder ab.

»Wir sind fertig«, sagte sie. »Für heute.«

Als der vor der Tür wartende uniformierte Beamter Evans' Arm packte, trat Tanner dicht an den Verdächtigen heran.

»Vielleicht möchten Sie es noch einmal überschlafen, Mr Evans. Mal sehen, ob Sie morgen früh etwas redseliger sind.«

Er schaute sie an und versuchte halbherzig, sich dem Griff des Beamten zu entwinden. »Glauben Sie, ich könnte jetzt *schlafen*?«

Die Antwort auf diese Frage interessierte Tanner eher weniger. »Es wäre doch ganz wie in alten Zeiten.« Sie machte ein paar Schritte von ihm weg, drehte sich aber noch einmal um. »Versuchen Sie einfach, sich wieder ans Schlafen in einer Zelle zu gewöhnen. Denn ich schätze, auch Ihre Geschichte dürfte kein Happy End haben.«

ZEHN

Als Thorne Helens Wohnung betrat, hörte er aus dem Wohnzimmer Stimmen. Dass darunter die von Helens jüngerer Schwester Jenny war, begeisterte ihn nicht gerade. Da er glaubte, beim Betreten der Wohnung keinen Lärm gemacht zu haben, überlegte er kurz, wieder hinauszugehen und im Pub ein paar Häuser weiter zu warten, bis sie gegangen war. Im selben Moment aber rief Helen seinen Namen. Er stieß einen leisen Fluch aus, rang sich ein Lächeln ab, ging ins Wohnzimmer und sagte Hallo.

Er setzte sich lieber nicht hin.

Alfie kam angelaufen, um ihn zu umarmen, was Thorne gleich versöhnlicher stimmte. Doch der Vierjährige war eindeutig nicht in der Stimmung für ein Schwätzchen und hockte sich gleich wieder vor das Sofa.

Er hatte offenbar einen dringenden Termin mit dem Grüffelo auf Helens iPad.

Jennys Begrüßung fiel nicht überschwänglicher aus als die von Thorne. Also brachte er ein paar Minuten damit zu, mit Helen über seinen Arbeitstag zu plaudern, während ihre Schwester sich mit einem Glas Wein zu Alfie setzte, der ihre Gesellschaft – zu Thornes größter Zufriedenheit – überhaupt nicht zu registrieren schien.

Thorne berichtete Helen von seinen Begegnungen mit den Opfern des Katzenmörders und von dem Trick, mit dem sie Brigstocke über den Tisch gezogen hatten. Sie mahnte ihn zur Vorsicht: Wahrscheinlich sei der DCI klüger, als Thorne vermutete, und habe ihn längst durchschaut. Jedenfalls solle Thorne es mit seiner Selbstzufriedenheit nicht übertreiben.

Thorne stimmte ihr zu, was ihre Einschätzung von Brigstocke anging, aber Selbstzufriedenheit war wirklich das Letzte, was er nach einem Tag wie dem heutigen verspürte.

Er berichtete von den weiteren Highlights, was in Nullkommanichts geschehen war, da ihm außer dem Telefonat mit Melita Perera und dem kurzem Wortwechsel mit der mürrischen Kantinenmitarbeiterin nichts einfiel. Helens Zusammenfassung ihres Arbeitstages fiel noch knapper aus, was an sich nicht ungewöhnlich war. Ermittlungen zum Thema Kindesmisshandlung boten nun einmal wenig Stoff für gemütliche Plaudereien am Abend.

Wenn Helen überhaupt einmal von ihrer Arbeit sprach, dann sicher nicht im Beisein ihrer Schwester. Von den Kollegen in ihrem Team abgesehen, zog sie niemanden ins Vertrauen außer Thorne. Und wenn das einmal der Fall war, dann meistens zu einer Uhrzeit, zu der sie ihn erst einmal wecken musste.

Über manche Dinge ließ sich im Dunkeln leichter reden.

Thorne betrachtete Helens Schwester, die ihren Wein herunterstürzte und ungeheuer fasziniert tat von den Mätzchen des Grüffelo auf dem Display. Er schnitt eine säuerliche Grimasse, die nur Helen sehen konnte. Dann verkündete er, dass er eine Dusche nehmen wolle.

Unter dem brühend heißen Wasserstrahl dachte Thorne an die Momente des Tages, die viel banaler und deprimierender gewesen waren als das, was er Helen gerade erzählt hatte. Die zwei Stunden, die er mit Tanner vor dem Computer verbracht hatte, ehe er nach Archway und Gospel Oak aufgebrochen war. Zwei Stunden, in denen Tanner auf das Verhör mit ihrem Mordverdächtigen gewartet hatte. Gemeinsam hatten sie sich in eine schier endlose Serie von Katzenmorden vertieft, denen möglicherweise ganz andere Verbrechen vorangegangen waren.

Work-out und Cool-down.

Thorne seifte sich ein, schloss die Augen und ließ das Wasser hart auf sein Gesicht prasseln. Er dachte an weißes und rötliches, mit Blut getränktes Fell. Und an diejenigen, die ihre Lieblinge unwiederbringlich verloren hatten. An die Opfer, die er noch finden musste, die vermissten Ehefrauen und Töchter – denn bei den früheren Opfern würde es sich um Frauen handeln, mit ziemlicher Sicherheit. Was immer der Täter zu tun *glaubte* und welches Vergnügen er aus seinen Taten ziehen mochte – letztlich ging es dabei um Macht. Und wie die meisten Täter dieser Art würde er Opfer ins Visier genommen haben, die er für schwächer, für machtlos hielt.

Thorne trocknete sich im Bad ab und lief dann mit einem Handtuch um die Hüften ins Schlafzimmer, wo er beim Anziehen Radio 5 Live hörte. Auf dem Heimweg hatte er sich einen Abend in Jogginghose und einem verwaschenen Hank-Williams-T-Shirt ausgemalt. Aus Gründen allerdings, die ihm selbst nicht ganz klar waren, wollte er unbedingt vermeiden, dass Helens Schwester ihn in einem derartigen Outfit sah. Also entschied er sich für Jeans und ein frisches Polohemd. Auch die Schuhe zog er wieder an.

Munition, das war das Stichwort. Er wollte ihr keine Munition liefern, weil er wusste, dass sie sie bei passender Gelegenheit gegen ihn abfeuern würde.

Lässt er sich immer so hängen?

Warum trägt er in seinem Alter noch T-Shirts?

Vielleicht liegt es daran, dass du so viel jünger bist als er. Die Midlife-Crisis oder so was …

Sobald er das Radio ausgeschaltet hatte, hörte Thorne wieder die Stimmen aus dem Wohnzimmer. Er lehnte sich an die Schlafzimmertür, hörte einzelne Gesprächsfetzen. Jennys Stimme war viel lauter als die von Helen, schriller.

»Wenn diese Frau ins Spiel kommt, ist Ärger vorprogrammiert …« Und: »Wenn es so läuft wie beim letzten Mal …«

Helens Antwort, wenn es denn eine gab, konnte er nicht verstehen.

Mehrere Minuten lang tigerte er innerlich brodelnd im Schlafzimmer auf und ab, bis er zu seiner großen Freude hörte, dass die Tür geöffnet wurde und die Frauen sich verabschiedeten. Er stellte sich vor, wie die Schwestern sich umarmten und Jenny flüsterte, dass sie immer da wäre, falls Helen über etwas reden wolle.

Zum Beispiel darüber, wie unglücklich du bist.

Dann hörte er, wie Jenny rief: »Bis bald, Tom.«

Nicht wenn es sich vermeiden lässt.

»Ja, bis bald, Jenny.«

Sobald die Wohnungstür ins Schloss fiel, verließ Thorne das Schlafzimmer.

»Wie nett, dass Jenny mal wieder verkünden muss, was sie von Nicola Tanner hält«, sagte er, als er zu Helen ins Wohnzimmer trat.

Helen ließ sich aufs Sofa fallen und schaute zu ihm auf. Er wusste, dass Helen niemals mit ihrer Schwester über Tanner sprechen würde. Oder über die Einzelheiten einer Ermittlung, an der Thorne mitgearbeitet hatte. Aber das dramatische Schlusskapitel des Falls, mit dem Tanner und er im vergangenen Jahr beschäftigt gewesen waren, war in allen Zeitungen nachzulesen gewesen. Der Schusswaffeneinsatz, eine Verfolgungsjagd, eine Beamtin im Krankenhaus und ein toter Verdächtiger. Helens Schwester fühlte sich jedenfalls zur Expertin berufen.

»Vielleicht hat sie nicht ganz unrecht«, sagte Helen.

»Was?« Thorne setzte sich zu ihr aufs Sofa und schaute zu Alfie hinunter. Er bemühte sich, nicht die Stimme zu erheben, solange der Junge anwesend war. »Ich dachte, du magst Nicola.«

»Das tue ich auch«, sagte Helen. »Und sie hat mir leidgetan. Das tut sie immer noch.«

»Und?«

»Trotzdem glaube ich, dass sie zu schnell wieder angefangen hat zu arbeiten.«

»Komm schon. Es ist fast ein Jahr her.«

Helen sah auf die Uhr und stöhnte, als ihr bewusst wurde, dass sie Alfie längst ins Bett hätte bringen sollen. Sie beugte sich zu ihm hinunter und nahm ihm das iPad sanft aus der Hand. »Auf geht's, Kumpel. Zähneputzen. Schlafanzug.«

Sie sah zu, wie Alfie untröstlich aus dem Zimmer schlich, und wandte sich dann wieder an Thorne. »Ich bin nicht so schnell wieder zur Arbeit gegangen, nachdem Paul umgekommen ist. Nicht offiziell jedenfalls. Und *ich* hab nicht monatelang auf Krücken gehen müssen, nachdem jemand versucht hat, mich umzubringen. Sie ist immer noch … zerbrechlich, wenn du mich fragst. Und das kann nicht gut für die Menschen sein, mit denen sie zusammenarbeitet, verstehst du?«

Thorne wartete ein paar Sekunden, so wie jedes Mal, wenn Helens Ex erwähnt wurde. Der Mann, der wahrscheinlich Alfies Vater war und den Alfie nie kennengelernt hatte.

»Ich glaube, Nicola weiß, was sie tut«, sagte Thorne. »Auf mich macht sie den Eindruck, dass es ihr gut geht. Und sie ist *wirklich* die Beste für diesen Job.«

Helen stand auf und fing an, Spielzeug wegzuräumen. »Sie macht sich bloß Sorgen. Jenny, meine ich.«

»Deinetwegen vielleicht. Ganz sicher nicht meinetwegen.«

»Lass uns deswegen nicht wieder streiten.«

»Ich hab nicht vor, mich zu streiten«, sagte Thorne.

»Sollte ich Jenny wegschicken, wenn ich weiß, dass du kommst?«

»Nein …«

»Du weißt, dass sie mir genauso auf die Nerven geht wie dir.«

»Ich weiß nicht recht«, sagte Thorne.

Es stimmte, dass Jenny ihre ältere Schwester oftmals nervte und dass Helen sich nur nichts anmerken ließ, weil sie die Konfrontation scheute und, wichtiger noch, sie als Babysitter brauchte. Doch Jennys offensichtliche Abneigung – oder *Abscheu* – gegenüber Thorne war eine andere Sache. Wenn er in gnädiger Stimmung war, konnte er sogar verstehen, dass Jenny Helens Beziehung zu einem Polizeibeamten für unklug hielt, nachdem es schon einmal mit einem Polizisten unglücklich geendet hatte. Vielleicht hatte sie aber auch einfach Probleme mit dem Altersunterschied.

Zu anderen Zeiten allerdings glaubte er, dass Jenny ihn einfach als Person nicht ausstehen konnte. Und die Aversion schien immer schlimmer zu werden.

»Vielleicht schwärmt sie insgeheim von dir«, hatte Hendricks einmal gesagt. Sie hatten da schon ein paar Bier intus.

»Sie ist auch nur ein Mensch«, hatte Thorne erwidert. »Jedenfalls glaube ich das.«

»Dieser Fall ist nicht zu vergleichen mit dem im letzten Jahr«, sagte er jetzt zu Helen. »Glaub mir.« In Wahrheit hatte er nicht die geringste Idee, wohin der Fall sich entwickeln würde. Theoretisch bestand auch weiterhin die Möglichkeit, dass es überhaupt keinen Fall geben würde. Aber davon sagte er Helen nichts. Stattdessen sagte er: »Hör zu, wenn du es für besser hältst, werde ich Nicola im Auge behalten. Aber es wird nichts passieren. Sie wird wieder ganz die Alte sein, garantiert. Vernünftig, strukturiert …«

»Du selbst bist hoffentlich auch vernünftig«, sagte Helen.

»Das versteht sich von selbst«, erklärte Thorne.

»Ach ja?«

Als Alfie wieder ins Zimmer kam, schauten sie beide auf. Keiner von ihnen war sonderlich überrascht, dass er noch immer keinen Schlafanzug anhatte. Helen ging zu Alfie, um ihn Richtung Kinderzimmer zu scheuchen, doch der Junge wich aus und warf sich Thorne noch einmal um den Hals. Sosehr Thorne die Umarmung genoss, wusste er doch, dass diese Zurschaustellung von Zuneigung eine erprobte und wirkungsvolle Verzögerungstaktik war.

Er durchschaute Alfies Manöver so leicht, wie Brigstocke vermutlich seines durchschaut hatte.

»Schlaf gut, Plagegeist«, sagte er.

»Selber Plagegeist.« Alfie grinste und boxte ihn liebevoll. »Du bist ein *großer* Plagegeist.«

»Jetzt aber«, sagte Helen, die langsam die Geduld verlor.

Als sie das Zimmer verlassen hatten, spielte Thorne kurz mit dem Gedanken, sich noch einmal umzuziehen, um den Abend doch noch in Jogginghose ausklingen zu lassen. Doch es erschien ihm die Mühe nicht wert. Stattdessen lehnte er sich zurück und griff nach der Fernbedienung.

Er zappte durch die Sender und fragte sich, ob die Programmmacher ihn vielleicht verarschen wollten.

Eine Episode der Uralt-Polizeiserie *Juliet Bravo*.

Ein Dokumentarfilm über den Massenmörder Ted Bundy.

Und *Garfield – Der Film*.

ELF

Wenn sie die Treppe hinaufstieg, waren die Schmerzen in ihrer Hüfte und den Fußgelenken seltsamerweise geringer als beim Sitzen. Geringer auch als im Liegen, vor allem nachts, wenn sie von den Schmerzen geweckt wurde, aufstehen und sich bewegen musste. Alles in allem war es schon viel besser geworden, und Tanner war bereit, gute Miene zum bösen Spiel zu machen. Denn Schmerztabletten waren das Letzte, was sie wollte. Hatte die Abhängigkeit von Schmerzmitteln nicht letztlich Elvis und Michael Jackson und Prince unter die Erde gebracht? Sie hatte alles Mögliche darüber gelesen und war sich nicht sicher, was sie glauben sollte. Aber auf keinen Fall wollte sie ein Risiko eingehen. Schließlich hatte sie die Folgen der Sucht aus nächster Nähe miterlebt, und das war alles andere als erfreulich gewesen.

Ja, sie ertrug den Gedanken nicht, die Kontrolle zu verlieren, vor allem, wenn es um den eigenen Körper ging.

Susan hatte die Kontrolle über ihren Körper abgegeben. Aus Gründen, die Tanner nie begriffen hatte.

Tanner machte also einfach weiter, denn eine Wahl hatte sie ohnehin nicht. Sie hinkte nur noch unmerklich. Ein-, zweimal hatte Dipak Chall mitbekommen, wie sie beim Aussteigen aus dem Wagen zusammengezuckt war und wie ihr an einem wirklich schlimmen Tag die Farbe aus dem Gesicht gewichen war. Allerdings war er so klug gewesen, kein Wort darüber zu verlieren.

Auch Thorne hatte nichts gesagt. Vielleicht hatte er aber auch einfach nichts bemerkt. Bei ihm war sie nicht sicher.

Als sie im Badezimmer fertig war, ging sie ins Schlafzimmer und zog die Vorhänge zu. Draußen war es dunkel, doch die Aussicht auf die Terrasse hatte ohnehin ihren Reiz verloren, seit sie im letzten Jahr von hier oben auf den Betonboden gestürzt war. Das Gärtnern, wenn man es denn so nennen wollte, hatte sie seit Susans Tod und den darauffolgenden Ereignissen aufgegeben. Nachdem ihre Brüder angedroht hatten, die Sache in die Hand zu nehmen, hatte sie einen von ihnen vor einigen Wochen gebeten, zumindest das gröbste Unkraut zu entfernen. Nach dem Brand hatten ihre Brüder so vieles für sie getan, hatten alles renoviert und neu eingerichtet und ihr Bestes gegeben, damit sie sich wieder zu Hause fühlen konnte. Daran, was sie am meisten vermisste, hatten sie natürlich nichts ändern können.

Bevor sie sich auszog, legte sie sorgfältig die Kleidung für den nächsten Tag heraus. Dann schlug sie die Decke zurück und nahm das Buch vom Nachttisch. Seit Susans Tod hatte sie viel gelesen, mehr als je zuvor. Schließlich gab es im Bett nichts Besseres mehr zu tun. Nicht dass Susan und sie jeden Abend Sex gehabt hätten, dafür waren sie schon zu lange zusammen gewesen. Doch sie hatten immer über alles Mögliche geredet, geplaudert.

Sie hatten sich … wohl miteinander gefühlt.

Als sie merkte, dass sie seit mehreren Minuten nicht von der

Stelle gekommen war, legte sie das Buch beiseite. Ihre Augen waren müde. Sie hatte Stunden damit zugebracht, die Akten zu dem Fall zu studieren, der inzwischen »Operation Felix« getauft worden war. Sie hatte sich extra einen Ordner mit Datenbankausdrucken zu ungelösten Mordfällen aus dem ganzen Land mitgebracht.

Jetzt schaltete sie das Radio ein und löschte das Licht auf dem Nachttisch.

In letzter Zeit waren es die Gespräche auf Radio 4, die ihr beim Einschlafen halfen oder ihr Gesellschaft leisteten, wenn sie nachts aufstand und stundenlang durchs Haus lief. *Herumgeisterte*. Das war der richtige Ausdruck. Sie geisterte in einem Haus herum, das für eine Person viel zu groß war.

Eine Weile hatte sie mit dem Gedanken gespielt, umzuziehen, und mehr als einmal sogar die ersten Schritte in die Wege geleitet. Dann aber hatte sie die Sache wieder zurückgestellt. Weil sie einfach zu viel zu tun hatte, nicht etwa aus sentimentalen Gründen.

Auf keinen Fall.

Man nahm seine Erinnerungen mit, egal wohin man ging. Hier ging es bloß um Zimmer, um zu viele Wände, vor die sie laufen konnte, zu viel Raum.

Sie … fühlte sich *nicht wohl*.

Und so war es schon länger gewesen, jedenfalls in der letzten Phase. Sie hatte sich nicht wohl damit gefühlt, das Chaos zu beseitigen, das äußerliche wie das emotionale, wenn Susan sich wieder mal hatte volllaufen lassen. Sie hatte sich nicht wohlgefühlt, auf Mindeststandards zu beharren, die – wie ihr wenig freundlich mitgeteilt worden war – nur ein Roboter hätte einhalten können. Sie hatte sich nicht wohl damit gefühlt, von der Frau, die sie liebte, zu hören, dass sie schuld daran war, dass sie, Susan, trank.

Manche Erinnerungen wollte man lieber nicht mitnehmen.

Im Radio wurden gerade die aktuellen Vorgänge im Parlament diskutiert. Tanner nahm wahr, wie die streitenden Stimmen mehr und mehr zum Hintergrundgeräusch verblassten, während ihre Gedanken zu Andrew Evans schweiften.

Sein Aussehen passte. Er hatte das Gesicht eines Menschen, der es gewohnt war, andere einzuschüchtern. Nichts, was im Verhörraum geschehen war, hätte Tanner Anlass gegeben, diesen ersten Eindruck zu revidieren. Und trotz des Alibis, das seine Ehefrau ihm lieferte, sprachen die vorliegenden Beweise eindeutig für seine Schuld.

Und dennoch …

Sie hatte viele Mordverdächtige verhört. Die meisten leugneten die Tat mit Unschuldsmiene. Andere prahlten mit ihren Verbrechen. Einige brachen während des Verhörs zusammen und gestanden. Sie hatte alle möglichen Arten von Angst in den Gesichtern der Männer und Frauen im Verhörraum gesehen. Bei denen, die wussten, dass das Gefängnis sie erwartete, und bei den wenigen Unglücklichen, die tatsächlich keine Ahnung hatten, warum sie festgehalten wurden.

Ihr heutiger Verdächtiger hatte kaum gesprochen und sich exakt an die Anweisungen seiner Verteidigerin gehalten. Allerdings hatte er so gewirkt, als *wollte* er reden. So versteinert seine Miene gewesen sein mochte, war sie doch leicht zu entschlüsseln gewesen. Und diese Erinnerung nagte an Tanner, denn so klar die Beweise auch aussahen, wurde sie den Eindruck nicht los, dass Andrew Evans Angst gehabt hatte, einfach seine Unschuld zu beteuern.

Andrew Evans konnte nicht schlafen.

Vor wenigen Stunden, als man ihn in Handschellen zum Polizeiwagen geführt hatte, hatte er sich zu Paula an der Haustür umgedreht. Diesen Ausdruck auf ihrem Gesicht hatte er zuletzt vor fast zwei Jahren gesehen und danach alles getan, um ihn zu vergessen. Er hatte den Kopf geschüttelt und gesagt: »Ich schwöre, ich weiß nicht, was das zu bedeuten hat.« Und er hatte nicht gelogen. Er hatte den Satz noch mehrmals wiederholt. Auf der Fahrt zum Polizeirevier, als sich die Zellentür hinter ihm schloss, als die Krankenschwester ihn untersucht hatte.

Dann war die Anwältin aufgetaucht und hatte ihm die Lage erklärt, woraufhin er beschlossen hatte, lieber zu schweigen.

Die Stunden danach waren für ihn wie ein Albtraum gewesen. Er hatte das Gefühl gehabt zu fallen. Und je tiefer er stürzte, desto mehr ergriff eine Taubheit von seinem Körper Besitz. Ein Schrei gellte so laut durch seinen Kopf, dass er sich beim Sprechen kaum selbst verstehen konnte. Bedeutungslose Worte fanden ihren Weg über seine trockenen Lippen.

Kein Kommentar.

Kein Kommentar.

Kein …

Er sagte es immer und immer wieder, als hätte jemand auf einen Knopf gedrückt. Weil es ihm so aufgetragen worden war und weil er tatsächlich nichts anderes sagen *konnte*. Weil er immer noch fiel und weil er versuchte, das, was er hörte und womit man ihn konfrontierte, zu begreifen.

Pistolen und Fotos und Zeugen.

Ich schwöre, ich weiß nicht …

Er drehte sich auf der dünnen Plastikmatratze herum. Zitternd starrte er an die Wand. Mehr als alles andere brauchte er in diesem Moment seine Droge, aber das konnte er natürlich vergessen. Gleichzeitig wurde ihm bewusst, dass ebendieses Verlangen dazu geführt hatte, dass er jetzt hier war.

Er schlug gegen die Wand, einmal, zweimal, bis er spürte, wie die Haut auf seinen Knöcheln riss.

Nein, die Drogen waren später gekommen. Und was die Gründe anging, weswegen er sie gebraucht hatte, konnte er niemanden außer sich selbst verantwortlich machen.

Ein Blick zu viel auf das Handy auf seinem Schoß, eine Sekunde zu spät auf die Bremse getreten, und im nächsten Moment war nichts mehr wie vorher gewesen.

Er leckte sich das Blut von der Hand, spürte mit der Zunge die losen Hautfetzen und das rohe Fleisch. Wieder dachte er daran, was er zu Paula gesagt hatte. Als seine Worte noch wahr gewesen waren und er keinen Zweifel daran gehabt hatte, dass er rechtzeitig wieder zu Hause wäre, um seinen Sohn ins Bett zu bringen. Die Worte, die er auch in seinem Telefonat vom Polizeirevier aus noch einmal wiederholt hatte, wobei er laut geschrien hatte, um Paulas Schluchzen und das Weinen des Jungen im Hintergrund zu übertönen.

Was sollte er ihr jetzt sagen? Wie könnte er es ihr auch nur ansatzweise erklären?

Inzwischen hatte das Gefühl des Fallens aufgehört. Endlich begriff er, was los war. Worum es hier eigentlich ging. Er wusste, was man ihm angetan hatte und wer dahintersteckte. Doch sosehr er auch darüber grübelte, warum man ihm das alles antat, er fand keine Antwort.

Er nahm einen Bissen von der Toastscheibe, die dunkler war, als er es eigentlich mochte, und ließ den Bildschirm nicht aus den Augen. Er dachte daran, wie erbärmlich das alles war, wie *bedürftig* manche Menschen waren.

Diese Sehnsucht nach einer Hand, die man halten, nach einer Schulter, an der man sich ausweinen konnte. Nach einem Körper, an den man sich pressen konnte, wenn man mehr wollte.

Natürlich hatte ihm all das auch *genützt*. Und dennoch verblüffte ihn dieses überwältigende Bedürfnis, *geliebt* zu werden. Wie konnte jemand glauben, ein Anrecht auf Zuneigung zu haben? Man musste sie sich verdienen. Jemand, der die meiste Zeit in guter Gesellschaft verbrachte, hatte sich diese in der Regel auch verdient, da sich andere in seiner Gesellschaft ebenfalls wohlfühlten. Das war nicht so schwer zu begreifen, oder? Im Prinzip war es immer dasselbe: Man bekam zurück, was man selbst gab. Was diese Leute betraf, die sich in ihrer eigenen Gesellschaft nicht wohlfühlten, hielt er sich für so etwas wie einen Experten: Natürlich existierten eine Menge Menschen, die einsam waren, die nicht in der Lage waren, Anschluss zu finden, aber dafür gab es in der Regel auch einen triftigen Grund.

Auch wenn viele das nicht begriffen. Sie waren verblendet wie Möchtegern-Popstars und führten sich auf wie Marktschreier, die an ihren Ständen Frostschutzmittel als Chanel No. 5 anpriesen.

Kontaktfreudig bedeutete in Wirklichkeit *laut und nervig.*

Gebildet bedeutete *sterbenslangweilig.*

Sensibel bedeutete *gestört.*

Und was sich hinter *attraktiv* verbarg, musste man niemandem erklären, oder? Oder hinter *mit weiblichen Rundungen*, um Himmels willen. Die Leute machten sich ständig etwas vor. Aber es gab keine Entschuldigung dafür, anderen etwas vorzumachen. Nicht dass er mit denen, die darauf hereinfielen, auch nur das geringste Mitleid gehabt hätte, denn zum einen hätten sie es besser wissen müssen, und zum anderen waren sie in neunzig Prozent der Fälle aus demselben Holz geschnitzt.

Lügner und Versager, die ganze Bande.

So erbärmlich und bedürftig. Niemand würde ihnen hinterhertrauern. Sie alle machten es ihm bequem und einfach.

Nachdem er überprüft hatte, dass niemand kurzfristig seine Pläne geändert hatte – das hatte ihn schon einmal in Schwierigkeiten gebracht –, druckte er die Bilder aus, die er am folgenden Tag brauchen würde. Er fuhr den Computer herunter, betrachtete die Gesichter ein weiteres Mal und steckte sie, zusammen mit dem, was er sonst noch auf der Reise brauchte, in seine Umhängetasche.

Er würde diesmal nicht so lange unterwegs sein, weil er unnötige Zwischenstationen vermeiden wollte. Hinfahren, die Sache durchziehen und wieder zurück innerhalb weniger Stunden. So mochte er es am liebsten.

Er fegte Krümel von seinem Hemd und ging hinüber zum Bett. Er musste daran denken, wie falsch die Vorstellung war, dass man nur mit harter Arbeit etwas erreichte. Dass man kämpfen musste, um zu bekommen, was man wollte. Es mochte schwierig sein, diese Menschen zu verstehen oder gar zu mögen – doch sie zu finden war kinderleicht.

ZWÖLF

Als Thorne um kurz nach neun bei der Arbeit auftauchte, saß Tanner bereits an einem Schreibtisch im Einsatzraum. Auf seinem Weg in die Küche sah er sie grüßend die Hand heben. Angesichts ihres leeren Bechers und eines dicken Stapels von Notizen vermutete er, dass sie schon eine ganze Weile hier war.

Er trat mit seinem Kaffee an ihren Schreibtisch. »Glück gehabt?«

Tanner begegnete seinem Blick *»Glück?«*

»Du weißt, was ich meine.«

Sie wandte sich wieder dem Bildschirm zu. »Ich melde mich.«

Thorne nickte und ging in das Büro, das er mit DI Yvonne Kitson teilte. Sie tauchte wenige Minuten nach ihm auf. Offensichtlich nervös.

»Psychopathen.«

Thorne warf einen Blick Richtung Einsatzraum. »Ja, von denen wimmelt es hier.«

»Ich rede von *Kindern*«, sagte Kitson.

»Aha?«

»Kleine Bastarde. Teenager sind die Schlimmsten.«

Thorne nickte und schlürfte seinen Kaffee. Kitson war alleinerziehende Mutter zweier Söhne, deren genaues Alter er sich allerdings nicht merken konnte. Siebzehn, achtzehn ungefähr. »Um welchen geht's?«, fragte er.

»Beide.« Kitson stellte ihre Tasche auf den Schreibtisch und ließ sich auf ihren Stuhl fallen. »Ich meine es ernst. Teenager sind nichts anderes als Psychopathen mit Akne.«

»Mein Problem mit ihnen ist in erster Linie, dass sie sich die Hosen nicht ordentlich hochziehen.«

»Man kriegt den Eindruck, dass außerhalb ihrer kleinen Welt nichts zählt. Links und rechts davon gibt es nichts, nur ein schwarzes Nichts. Sie sind total egomanisch, ohne jede Empathie. Wie gesagt, Psychopathen.« Sie lehnte sich seufzend zurück. »Wo wir gerade davon reden – Tanner ist da draußen schwer zugange.«

Thorne zuckte mit den Schultern.

»Ich weiß nicht mal, ob sie überhaupt zu Hause war«, sagte er.

Kitson loggte sich in ihren Computer ein und bewegte eine Weile die Maus hin und her. »Sie waren schon mal bei ihr im Haus, oder?«

»Nur das eine Mal«, sagte Thorne. »Vor dem Brand.«

»Wie war es?«

»Es war … hübsch.«

»Hübsch?«

»Genau das, was man erwarten würde.«

Kitson nickte. »Tja, ich frage mich, was sie mit herumliegender Schmutzwäsche eines Teenagers machen würde.« Sie dachte nach. Dann lachte sie auf. »Sie hätte dafür wahrscheinlich eine eigene Ablage.«

Thorne grinste. Dann stürzte er den Rest seines Kaffees hinunter.

Tanner gleich am frühen Morgen »schwer zugange« zu sehen hatte Thorne in der Überzeugung bestärkt, dass sie die richtige Person für diesen Fall war, auch wenn er zwischenzeitlich ein gewisses Schuldgefühl verspürt hatte, weil sie schon eifriger an dem Fall arbeitete als er selbst. Er hatte sich mit dem Gedanken beruhigt, dass seine Zeit noch kommen würde, dass er diese Phase der Ermittlungen besser denjenigen überließ, die bei einer Computertabelle Anfang und Ende unterscheiden konnten. Die zumindest wussten, ob solche Tabellen ein Ende *hatten*.

Kontrollfreak. Kein Grund, drum herumzureden …

»Haben Sie viel zu tun?«, fragte Thorne.

»Normal.« Kitson gab ihm einen kurzen Überblick über die Fälle, die sie momentan bearbeitete. Eine Fahrerflucht in Crouch End, eine Messerstecherei in Kensal Green, vermutlich zwischen Gangmitgliedern. »Nichts, das ich nicht notfalls abgeben könnte.«

»Gut.«

»Wobei ich natürlich nicht hoffe, dass das notwendig sein wird.« Ihr war klar, dass sie und viele andere vom einen auf den anderen Moment würden mithelfen müssen, falls Thornes Befürchtungen sich als berechtigt herausstellten.

»Klar.«

Beide schauten auf, als Russell Brigstocke an der offenen Bürotür vorbeiging und einen kurzen Blick zu ihnen hineinwarf. Offenbar hatte er keine Zeit für ein Schwätzchen.

»Er hat seine besonders ernste Miene aufgesetzt«, stellte Kitson fest.

Thorne stand auf und fragte, ob sie einen Tee wolle. Noch während sie ihm beschrieb, in welchem Schrank sie ihre Schachtel mit Earl-Grey-Beuteln versteckt hatte, verließ er das Zimmer, um dem DCI zu folgen und die Gründe für dessen ernste Miene herauszufinden.

Ein paar Sekunden später steckte er den Kopf wieder ins Zimmer und sagte: »Was diesen Katzen-/Serienmörder-Fall betrifft: Falls einer Ihrer Jungs sich als verdächtig herausstellt, hätten Sie Lust, das Verhör zu übernehmen?«

Als Thorne Tanners Schreibtisch erreichte, war Brigstocke bereits in Fahrt. »Nein, ich habe nicht erwartet, dass es reibungslos läuft. Wann wäre es mit denen schließlich schon mal *reibungslos* gelaufen!« Er bemerkte, dass Thorne ihm über die Schulter schaute, und wandte sich um. »CPS.«

»Oh«, sagte Thorne.

Die Zusammenarbeit mit der Staatsanwaltschaft, dem Crown Prosecution Service, war normalerweise nichts, worauf sich ein Ermittlungsleiter freute. Wenn es darum ging, über den Job zu lästern, war die Staatsanwaltschaft mit Abstand das beliebteste Thema. Eine Zeit lang hatte die Staatsanwaltschaft ein Büro in der Etage direkt über ihnen gehabt. Doch das lag lange zurück, und inzwischen bestand die Zusammenarbeit aus endlosen Telefonaten oder Aktentransporten durch den dichten Londoner Verkehr. In einem inzwischen legendären Fall hatten die Akten sogar zu einem CPS-Büro an der Südküste gebracht werden müssen.

Wie Brigstocke gesagt hatte, lief es niemals reibungslos. Doch weil er von den üblichen Schwierigkeiten wusste, hatte der DCI alles frühzeitig in die Wege geleitet. Unmittelbar vor der Verhaftung von Andrew Evans hatte er einen Vertreter der Staatsanwaltschaft informiert. Er hatte ihn über das bereits vorliegende und über das noch ausstehende Beweismaterial in Kenntnis gesetzt und die nötigen Unterlagen auf den Weg gebracht.

»Man will schließlich Nägel mit Köpfen machen, nicht wahr?«

»Auf jeden Fall«, stimmte Thorne ihm zu.

»Also, Nicola und alle anderen haben sich die Ärsche aufgerissen und eine Extraschicht eingelegt, um in Windeseile alles zusammenzustellen. Ehrlich gesagt war ich vor einer halben Stunde an dem Punkt, wo ich ein bisschen ausgerastet bin, ich habe den Typen im CPS-Büro jedenfalls gefragt, worauf er denn jetzt noch wartet. Durch wie viele Reifen wir seiner Meinung nach noch springen sollen.« Er zählte an seinen Fingern ab. »Wir haben die Fingerabdrücke von der Mordwaffe rübergeschickt, einen Ausdruck des DNA-Materials von der Mordwaffe …«

Thorne warf Tanner einen Blick zu.

»Ist über Nacht reingekommen«, erklärte sie.

»Außerdem haben sie eine detaillierte Beschreibung des Motorrads, die exakt auf Evans' Maschine zutrifft. Und eine eindeutige, auf Fotos basierende Identifizierung durch die Frau, laut deren Aussage der Verdächtige ihren Freund vor gut drei Wochen mit einer Pistole bedroht hat. Wir haben sein ›Kein Kommentar‹ im Verhörraum. Das Einzige, was unser Verdächtiger zu seinen Gunsten vorweisen kann, ist das Alibi, das seine Frau ihm gibt. Und wie wir alle wissen, ist so was so viel wert wie eine aufblasbare Dartscheibe.«

Tanner nickte.

»Schließlich hab ich gesagt: ›Vielleicht soll ich rüberkommen und Ihnen einen runterholen. Ansonsten wüsste ich wirklich nicht, was ich noch tun kann, damit Sie endlich unterschreiben.‹« Er schaute beifallheischend zwischen Tanner und Thorne hin und her. »Also ruft er mich zehn Minuten später zurück, und es ist wirklich unglaublich …«

»Was denn?«, fragte Tanner pflichtschuldig.

Er zuckte die Schultern und setzte dann ein breites Grinsen auf. »Wir haben es geschafft.« Er legte Tanner eine Hand auf die Schulter. »Also sehen Sie zu, dass Sie nach Colindale kommen, und bringen Sie die Anklage auf den Weg.«

Sofort packte Tanner ihre Tasche.

»Gute Neuigkeiten«, sagte Brigstocke. »Einen Fall abzuschließen ist doch ein schöner Start in den Tag.«

»Gut gemacht, Nicola«, sagte Thorne. Das waren auch für ihn gute Neuigkeiten. Ein schnelles Ergebnis im Mordfall Jandali würde bedeuten, dass Tanner sich noch intensiver der Operation Felix widmen konnte, während andere sich um die Routinearbeiten kümmern würden, die vor Evans' Prozess und Verurteilung noch erledigt werden mussten.

Tanner warf ihm einen Blick zu. »Hast du Lust mitzukommen, Tom?«

»Na ja …«

»Wir können uns unterwegs unterhalten.«

»Hast du etwas gefunden?«

»Ich arbeite daran.« Sie stand auf. »Ich bitte dich bloß um einen Gefallen, mehr nicht.«

Brigstocke lächelte, als er sah, dass Thorne ein langes Gesicht machte. »Das ist nur fair, Mann.«

Tanner schob sich an Thorne vorbei Richtung Treppe und schien zu erwarten, dass er ihr folgte. Im Vorbeigehen sagte sie: »Ich hab dich gewarnt, dass du nicht mit drei neunundsiebzig davonkommst.«

DREIZEHN

Alice Matthews betrachtete ihr Bett. Die sorgfältig drapierte Kleidung ließ sie an einen Flohmarkt der gehobenen Art denken. Es war lächerlich und zugleich erregend.

Diese Erregung war berauschend und vertraut. Sie spürte dieselben Schmetterlinge im Bauch wie vor beinahe vierzig Jahren, als sie sich für ihren großen Abend im Kino mit Simon Phipps zurechtgemacht hatte. Auch wenn die Sache für keinen von ihnen gut gelaufen war, zauberte die Erinnerung noch immer ein Lächeln auf ihre Lippen.

Simon mit seiner Bundfaltenhose, den schwarz-weißen Creepers und der Bowie-Frisur, umgeben von einer Clearasil-Wolke.

Er hatte sie mit ins Gaumont genommen, wo sie sich den Film *Erdbeben* anschauten, mit Charlton Heston und diesem schwarzen Schauspieler, der auch Shaft gespielt hatte. Er hatte sie eingeladen und ihr Popcorn und eine Cola spendiert. Während der ersten zwanzig Minuten hatte er nicht versucht, den Arm um sie zu legen. Unglücklicherweise wartete der Film mit einer gruseligen Überraschung auf: Man *spürte* das Erdbeben, wenn es auf der Leinwand losging. Alice wusste bis heute nicht, wie sie das gemacht hatten – zusätzliche Lautsprecher vielleicht oder irgendetwas, dass unter den Sitzen vibrierte –, aber es hatte dazu geführt, dass ihr sofort schlecht geworden war und der arme Simon sie gerade noch rechtzeitig aus dem Kino schaffen konnte. Er hatte, nett wie er war, ihren Kopf gehalten, während sie ihm auf die glänzenden neuen Schuhe kotzte …

Sie nahm ein Paar Schuhe aus dem Schrank und stellte sie neben die anderen ans Fußende des Bettes.

Albern … es war so *albern*, dass sie wegen einer Verabredung mit einem Mann ihres Alters derart aufgeregt war. All die Blusen und Jacken hier auszubreiten, von denen sie die meisten auch schon anprobiert hatte. Dabei waren es bis zur Verabredung noch – sie schaute auf ihre Uhr – *sieben* Stunden. Du lieber Gott, war sie derart verzweifelt?

Sie warf einen letzten Blick in den Spiegel, immer noch unsicher wegen der Frisur, die sie sich gleich am Morgen hatte machen lassen. Dann ging sie nach unten und dachte wehmütig daran, wie unkompliziert alles doch mit sechzehn gewesen war.

Welche Jeans, welches Top? Wedges oder Doc Martens?

Wie unkompliziert *sie* gewesen war!

Ein wenig Knutschen, vielleicht ein bisschen Fummeln, und jemand, mit dem man zur Mittagszeit im Pausenhof Händchen halten konnte. Aber jetzt, im fortgeschrittenen Alter, war sie nicht sicher, was sie eigentlich wollte. Es ging nicht mehr in erster Linie um Sex. Obwohl sie nach ihrer Scheidung nicht wie eine Nonne gelebt hatte. Es hatte ein paar Männer gegeben, die sie auf der Arbeit kennengelernt hatte. Aber eine feste Beziehung hatte sie immer abgelehnt. Dafür war ihr keiner der Kandidaten auf Dauer interessant genug erschienen.

Sie hängte die Fotos ihrer Söhne an der Kork-Pinnwand in der Küche gerade. Der eine grinste am Tag seiner Promotion, der andere war dreiundzwanzig und hielt bereits ein Baby im Arm.

War das der Grund, warum sie sich so albern vorkam?

Eine Großmutter – um Himmels willen –, die herumflatterte wie ein Teenager.

Es waren ihre Jungs gewesen, die ihr geraten hatten, wieder vor die Tür zu gehen und sich unter die Leute zu mischen. Zumindest einen Blick zu riskieren. Sie beide hatten ihr versichert, dass sie nach wie vor eine attraktive Frau sei, dass sie nicht der Typ sei, der seinen Lebensabend mit Rätselheften und Gartensendungen verbrachte.

Komm schon, Mum, du bist eine echt scharfe Oma …

In den ersten paar Wochen hatte es Spaß gemacht, sozusagen die Zehen ins Wasser zu stecken und ein Gefühl dafür zu bekommen. Facebook war ihre erste Anlaufstelle gewesen. Sie hatte Stunden damit verbracht, nach jedem Einzelnen zu suchen, mit dem sie einmal etwas gehabt hatte. Männern, zu denen sie vor langer Zeit den Kontakt verloren hatte – Männern, Jungen. Einem Typen, mit dem sie an der Uni zusammen gewesen war und von dem sie zu ihrem Entsetzen herausfand, dass er mit dreiundvierzig gestorben war. Einem Mann, der sie geschwängert hatte, bevor sie ihren Ehemann kennengelernt hatte, und der abgehauen war und sie mit der Bescherung allein gelassen hatte. Sogar auf den guten alten Simon Phipps war sie gestoßen: einen zum dritten Mal verheirateten Börsenmakler mit Glatze und drei Kindern, die so alt waren wie ihre, dazu zwei weiteren unter zehn.

Am Ende war es einfach zu deprimierend gewesen.

Doch trotz allem waren die Schmetterlinge im Bauch auch jetzt noch, hier in ihrer Küche, deutlich zu spüren. Denn sie musste zugeben, dass Gavin alle Anforderungen erfüllte. Na ja, fast alle. Aber sie konnte schließlich nicht erwarten, dass jemand *all* ihre Interessen teilte – oder umgekehrt. Vielleicht waren solche Unterschiede letztlich gar nicht schlecht. In ihrem Alter würde sie in einer Beziehung Wert auf gewisse Freiräume legen, auf ein wenig Zeit für sich selbst.

Er war kunstbeflissen und intelligent, was ihr sehr wichtig war. Und außerdem sah er für sein Alter gut aus, was schließlich auch nicht schaden konnte.

Für sein Alter ...

Sie schüttelte den Kopf und massierte die Stelle an ihrem Finger, wo sie früher den Ehering getragen hatte. Er war drei Jahre jünger als sie.

Sein Gesicht wirkte ernsthaft, doch ein Funkeln in seinen Augen verriet, dass er wusste, wie man Spaß hatte. Er liebte Hunde. Er mochte dieselbe Musik wie sie. Und ganz sicher würde er ihr den Kopf halten, sollte sie sich jemals übergeben müssen.

Was sie schon lange nicht mehr getan hatte.

Mit einem Lächeln im Gesicht schwebte Alice aus dem Zimmer und ging unwillkürlich noch einmal die Treppe hoch. Es gab noch einen Rock, den sie anprobieren musste. Und auch für den passenden Schmuck hatte sie sich noch nicht entschieden.

VIERZEHN Tanner lehnte sich an die Wand des engen Gangs, wobei sie darauf achtete, nicht den Notfallalarm auszulösen. Sie sah zu, wie der uniformierte Beamte den Schlüssel drehte und die Tür dann mit der Spitze seines frisch polierten Doc Martens aufstieß. »Aufstehen«, sagte er und trat dann beiseite, um Tanner vorbeizulassen.

Andrew Evans saß auf seiner Pritsche.

»Kommen Sie, Mr Evans.«

Evans rührte sich nicht, schien ihre Anwesenheit überhaupt nicht zur Kenntnis zu nehmen.

»Hören Sie, ich hatte bisher einen guten Tag«, erklärte Tanner. »Also spielen Sie jetzt nicht den Idioten.« Sie drehte sich zu dem Uniformierten um, der sich bereits wieder entfernte.

Evans richtete seine Worte scheinbar an den Fußboden. »Ich will reden.«

»Kein Problem«, sagte Tanner. »Politik? Kino …?«

»Sie wissen, was ich meine.« Jetzt blickte Evans auf. Sein Gesicht wirkte grau mit den Bartstoppeln und den Augenringen, seine Lippen waren blass und trocken. »Ich will mit Ihnen über diese Sache reden. Warum alles … falsch ist.«

»Nun, dazu hatten Sie gestern jede Möglichkeit. Aber Sie haben es vorgezogen zu schweigen. Was natürlich ihr gutes Recht ist. Inzwischen hat sich die Situation allerdings verändert, sodass ich fürchte, es ist ein bisschen spät.«

»Sie irren sich.« Evans schüttelte den Kopf. »Nein, irren ist das falsche Wort. Sie haben nichts falsch gemacht. Sie haben genau das getan, was zu erwarten war. Alles ist so gelaufen, wie es laufen sollte.«

»Wie was laufen sollte?«

»Zunächst einmal – ich hab Adnan Jandali nicht getötet. Ich hab niemanden getötet.«

Tanner seufzte. Nach den guten Nachrichten von der Staatsanwaltschaft war sie wirklich guter Dinge gewesen. Offensichtlich hatte sie sich zu früh gefreut. »Gut, wenn Sie das zu Protokoll geben möchten, bevor Anklage erhoben wird, kann ich das für Sie arrangieren. Aber hier und jetzt können wir nicht darüber reden. Außerdem würde ich Ihnen dringend raten, Ihre Anwältin hinzuzuziehen.«

»Nein.« Wieder schüttelte Evans den Kopf und rutschte auf seiner Pritsche ein Stück nach vorn. »Ich will keine Anwältin, und ich will auf keinen Fall, dass etwas ins Protokoll kommt.«

»Anders geht es nicht«, sagte Tanner. »Da kann ich nichts machen.«

»Fünf Minuten, mehr nicht. Ich möchte bloß, dass Sie mir fünf Minuten zuhören.«

»Wo?« Tanner deutete hinter sich. »Sobald wir diesen Gang betreten, wird alles aufgenommen, mit Bild und Ton. Dasselbe gilt auch für den Verhörraum. Und das nicht nur zu unserer, sondern auch zu Ihrer Sicherheit.«

»Sicherheit.« Evans kaute auf den Innenseiten seiner Wangen herum. »Klar.«

»Okay, ich habe Ihnen die Lage erklärt. Und jetzt muss ich weitermachen. Also …«

Evans erhob sich so schnell, dass Tanner unwillkürlich einen Schritt zurücktrat. Sie schaute den Gang hinunter und sah, dass der Beamte ins Gespräch mit einem Kollegen vertieft war.

»Ja, ich hab diesen Junkie bedroht, okay?«

»Das können Sie in Ihre Aussage aufnehmen …«

»Und ja, es war dieselbe Waffe, das bestreite ich ja gar nicht. Genau das ist der Punkt. Ich bekomme die Waffe, ich gebe sie zurück. So läuft es.« Schwer atmend blickte er zu Boden. Dann griff er sich unters T-Shirt und rieb sich die Brust, so wie schon am Abend zuvor beim Verhör. Als er sich ihr wieder zuwandte, bemerkte Tanner den Schweißfilm auf seiner Haut. »Ich hab mich mies gefühlt, als ich dieser armen Sau Angst eingejagt hab, als ich ihm sein Geld abgenommen hab. Vor allem, weil ich selbst ein Junkie bin. Aber das wissen Sie ja längst … Mit der Pistole rumzufuchteln gehörte einfach dazu. So hatten sie es von Anfang an geplant. Wenn jemand einen derart in der Hand hat wie diese Leute mich, bleibt einem keine große Wahl. Aber mit dem ganzen Mist hier hab ich nie gerechnet, ich schwöre es.« Seine Schultern sackten herab. »Lassen Sie mich einfach erzählen, was los ist. Denn ich weiß, dass Sie am Ende eins und eins zusammenzählen werden, genau wie ich. Wenn Sie mich dann immer noch anklagen wollen, tun Sie das, denn ich bin sowieso am Ende.«

Tanner schaute zur Kamera an der Zellendecke.

»Fünf Minuten, um mehr bitte ich Sie nicht.« Seine Stimme klang nicht mehr zornig. Der Mann wirkte nur noch erschöpft. »Ich brauche nur fünf Minuten.«

Im Prinzip war es einfach, sie musste bloß die Vorschriften einhalten: Andrew Evans aus seiner Arrestzelle in die Untersuchungshaft überführen, ihn formell beschuldigen, fertig. So hatte ihr Vorgesetzter es angeordnet, und so entsprach es den Regularien.

Es lohnte sich nicht einmal, darüber nachzudenken.

Tanner gab sich einen Ruck. Sie deutete an die Zimmerdecke, zu der Kamera. »Video, aber kein Ton«, sagte sie. »In Ordnung?«

Evans schaute kurz zu der Kamera und nickte.

Noch einmal sah sie hinaus auf den Gang. Diesmal erwiderte der Uniformierte ihren Blick. Er hob die Hände in einer stummen Frage: *Warum brauchen Sie so lange?*

»Besser, Sie reden schnell«, sagte Tanner.

Thorne kannte den für die Arrestzellen verantwortlichen Sergeant in Colindale seit Jahren. Also plauderten sie eine Weile, während er darauf wartete, dass Tanner mit Evans auftauchte.

Über Fußball, die Familien und einen Autodieb, der bei seiner Verhaftung in der letzten Woche einem Constable das Ohrläppchen abgebissen hatte. Thorne lachte und schüttelte an den richtigen Stellen den Kopf. Doch in Gedanken war er ganz woanders. Er dachte an das Gespräch mit Tanner, das sie auf dem Weg vom Peel Centre hierher geführt hatten. Sie hatten unter anderem über die Operation Felix geredet, obwohl es, wenn man ehrlich war, nicht viel zu reden gab, denn bisher drehte sich ihre Ermittlung allein um Daten, Daten, Daten. Thorne hatte sich zumindest an den Vorarbeiten beteiligt, sodass er wusste, welch gewaltige Aufgabe vor ihnen lag.

Selbst für jemanden wie Tanner.

Die breite geografische Streuung der Katzenmorde legte nahe, dass sie landesweit suchen mussten. Was allerdings die zeitliche Eingrenzung betraf, so konnten sie nur spekulieren. Selbst wenn Thorne recht hatte, was seine These der Work-out- und Cooldown-Phasen des Täters betraf, hieß das nicht notwendigerweise, dass die Phasen klar voneinander abgegrenzt waren. Überschneidungen ließen sich nicht von vornherein ausschließen. Da es mit den Katzenmorden vor rund sechs Monaten losgegangen war, hatte Thorne – ein wenig willkürlich – entschieden, sich bei der Suche nach möglichen menschlichen Opfern auf die letzten achtzehn Monate zu konzentrieren.

Angesichts von rund siebenhundert Morden in diesem Zeitraum, deren Opfer schätzungsweise zu einem Drittel weiblich und von denen ein Fünftel der Fälle unaufgeklärt geblieben waren, hatten sie es schon jetzt mit etwa fünfzig infrage kommenden Morden zu tun.

»Dreiundfünfzig«, hatte Tanner erklärt, als sie das Gelände des Peel Centre verlassen hatten und weiter die Aerodrome Road entlang gegangen waren. »Das sind viel zu viele. Jedenfalls solange wir keine Unterstützung durch zusätzliche Kollegen bekommen. Wir müssen die Anzahl eingrenzen. Uns auf eine spezielle Art von Morden konzentrieren.«

Hier lag der Schlüssel, und die Entscheidung war alles andere als leicht.

Für Thorne war es eindeutig, dass nicht alle getöteten Tiere demselben Täter zum Opfer gefallen waren. Doch in den Fällen, die ihm das Werk ein und desselben Mannes zu sein schienen, waren die Tiere stets erwürgt oder mit einem stumpfen Gegenstand erschlagen worden. Immer wieder war auch eine Gartenschere oder eine Machete zum Einsatz gekommen, sowohl prä- als auch postmortal.

Melita Perera hatte in ihrem Bericht gewisse Zweifel daran geäußert, dass auch bei potenziellen menschlichen Opfern mit verschiedenen Methoden zu rechnen wäre. Natürlich mussten Ort und Zeitpunkt der Verbrechen in die Überlegungen einbezogen werden, ebenso der Umstand, dass Katzen wesentlich weniger Widerstand leisten würden als Menschen. Natürlich hatte die Psychiaterin sich nicht auf eine eindeutige Prognose festlegen lassen wollen. Immerhin hatte sie erklärt, sie hielte es auf der Grundlage ihrer Erfahrungen mit Serientätern für wahrscheinlicher, dass der Mörder bei menschlichen Opfern einem klarer umrissenen Modus Operandi folgte.

»Die Opfer durch Schusswaffen können wir wahrscheinlich außen vor lassen«, hatte Tanner erklärt. »Und auch diejenigen, die bei Bränden ums Leben kamen oder vergiftet wurden. Und alles, wo Drogen im Spiel waren. Aber selbst dann bleibt noch eine Riesenauswahl.«

Und eine Menge, worüber Thorne nachdenken musste. Auf dem Rest ihres Fußmarsches hatte Tanner dann den Gefallen zur Sprache gebracht, um den sie Thorne bitten wollte …

»Ich will das Haus verkaufen«, hatte sie gesagt.

»Oh, verstehe.«

»Es wird Zeit.«

»Was hast du vor? Willst du dir etwas Kleineres suchen?«

Tanner hatte genickt. Dann hatte sie sich, ohne ihren Schritt zu verlangsamen, gebückt, um eine weggeworfene Plastikflasche aufzuheben. »Wir hatten Lebensversicherungen abgeschlossen. Damit konnte ich nach Susans Tod die Hypothek tilgen. Also kann ich mir etwas Anständiges suchen und habe immer noch genug übrig, um mir keine finanziellen Sorgen machen zu müssen.«

Es überraschte Thorne nicht, dass Tanner für den schlimmsten Fall Vorkehrungen getroffen hatte. Allerdings hatte er noch nicht begriffen, was das alles mit ihm zu tun haben sollte.

»Also, hilfst du mir bei der Wohnungssuche?«

»Ich?« Er sah zu, wie sie die Flasche in einen Abfalleimer warf und sich die Hände an ihrer Jacke abwischte. »Ich würde dir keine große Hilfe sein.«

»Komm schon, ich brauche bloß ein zusätzliches Paar Augen.«

»Aber nicht meins, das kannst du nicht wollen. Glaub mir, für so was bin ich nicht zu gebrauchen.«

»Deine Wohnung ist doch schön.«

»Es ist Helens Wohnung. Das ist ausschließlich ihr Verdienst.«

»Und deine eigene Wohnung?«

»Die ist nicht ganz so schön.« Sie waren in den Grahame Park Way gegangen. Bis zur U-Bahn-Station waren es nur noch wenige Minuten. Thorne wusste, dass ihm nicht viel Zeit blieb, um sich aus dieser speziellen Falle zu befreien. »Ich hab null Fantasie in diesen Dingen. Ehrlich, ich würde einen Blick reinwerfen und sagen: ›Oh, die Wände haben eine schreckliche Farbe.‹ Natürlich weiß ich, dass man Wände überstreichen kann, und trotzdem kann ich nicht davon abstrahieren. Oder dass die Möbel blöd aussehen oder mir das Gesicht des Vermieters nicht gefällt. Ehrlich, du fragst besser jemand anderen. Wie wäre es mit Phil?«

Tanner schüttelte den Kopf. »Ich möchte einfach jemanden an meiner Seite haben. Und Phil kann ich nur eine Weile ertragen, ehe ich ihm eine reinhauen will. Hör zu, ich brauche doch bloß jemanden, der mir sagt, dass ich zu wählerisch bin. Jemanden, der mit den schleimigen Maklern umgehen kann.«

Thorne war schnell klar geworden, dass seine Argumente auf taube Ohren stießen, deswegen hatte er einen letzten Versuch unternommen. »Ich bin mir gar nicht so sicher, dass du die Zeit dafür haben wirst. Bei diesem Fall hier. Und den Überstunden.«

»Oh, ich hab kein Probleme damit, mir meine Zeit gut einzuteilen«, hatte Tanner seine Bedenken beiseitegewischt. »Du weißt, dass ich das kann. Hier und da eine Stunde oder zwei, um mir ein paar Wohnungen anzuschauen, mehr brauche ich ja nicht. Komm einfach mit, und schau dir ein paar mit mir an. Dann sind wir quitt ...«

In diesem Moment beugte sich der Sergeant über den Tresen. »Und ich sag noch: Da waren die Augen größer als der Magen ...«

Thorne starrte ihn an. »Wie bitte?«

Der Mann zupfte sich am Ohrläppchen. »Ich rede von unserem angeknabberten Constable.«

»Oh, klar.«

»Es heißt, Sie hätten diesen Katzenfall übernommen. Um rauszufinden, ob mehr dahintersteckt als ein Katzenfall.«

»Ja, hm, das werden wir sehen«, sagte Thorne.

Tanner hatte recht gehabt. Wenn sie irgendwie vorankommen wollten, mussten sie sich zumindest auf eine Gruppe von Opfern konzentrieren, auf eine Art von Morden. Jemand musste die Festlegung treffen und die Linie vorgeben.

Thorne holte sein Telefon hervor.

Wahrscheinlich wusste zum jetzigen Zeitpunkt niemand besser über den Fall Bescheid als Fulton. Thorne bezweifelte allerdings, dass Onkel Fester den Mut hätte, die Entscheidung zu treffen und mit der Kritik zu leben, falls sie sich hinterher als falsch erwies. Thorne hatte da weniger Bedenken, doch selbst er wollte sich vorher Rat holen. Und ihm war klar, wen er fragen musste.

Während der Sergeant sich weiter über das abgebissene Ohr ausließ und einen Witz über den Film *Reservoir Dogs* riss, schickte Thorne eine SMS ab. Gerade als er das Telefon wieder einsteckte, sah er Tanner aus dem Gang kommen. Allein. Der Sergeant reckte den Hals. Vielleicht glaubte er, dass Andrew Evans sich Zeit ließ und irgendwo hinter Tanner hergeschlendert kam.

»Was ist los?«, fragte Thorne.

Tanner schüttelte den Kopf und ging einfach an ihm vorbei. Dann winkte sie dem verwirrten Sergeant kurz zu und wandte sich zur Tür.

»Bist du schon fertig?« Thorne eilte ihr nach. Sie traten auf den Parkplatz und hielten auf die Hauptstraße zu. »Hauen wir wieder ab?«

Tanner nickte. »Ich muss mit Russell sprechen.«

»Das klingt nicht gut.«

Ein frischer Wind war aufgekommen. Tanner zog einen Schal aus ihrer Handtasche und wickelte ihn sich um den Hals. »Mr Evans hat eine äußerst interessante Geschichte zu erzählen.«

Thorne schwieg und schaute sie eine Weile erwartungsvoll an. Dann hielt er es nicht mehr aus. »Nicola!«

Tanner berichtete ihm in aller Kürze.

Vielleicht waren die Buschtrommeln schneller gewesen. Vielleicht war Russell Brigstocke aber auch gut darin, die Mienen seiner Beamten zu deuten. Was auch immer der Grund sein mochte: Als Tanner und Thorne zehn Minuten später sein Büro betraten, sah er aus wie jemand, der auf schlechte Nachrichten gefasst war.

Tanner sagte: »Wir haben ein Problem.« Sie legte ihren Schal ab. »Mit Andrew Evans.«

Brigstocke nickte mit finsterer Miene. »Haben Sie ihn deswegen noch nicht offiziell beschuldigt?«

»Die Sache ist kompliziert.«

Der DCI lehnte sich auf seinem Bürostuhl zurück und schaute zu der Uhr an der Wand. »Wir haben ihn jetzt seit fast vierundzwanzig Stunden in Gewahrsam. Ich gehe zum Superintendent und bitte ihn, weitere zwölf Stunden zu genehmigen. Das sollte kein Problem sein.«

»Ich brauche keine zusätzliche Zeit«, sagte Tanner.

»Na gut.« Brigstocke seufzte und nahm die Brille ab. »Ich muss Ihnen ja sicher nicht erklären, dass wir beim augenblicklichen Stand der Dinge – und dazu gehört, dass der Trottel, der Ihnen gegenübersitzt, nicht die geringste Ahnung hat, worauf Sie hinauswollen – nur zwei Optionen haben.«

Er warf Thorne einen Blick zu. Der zuckte die Schultern.

Brigstocke fuhr fort: »Wir beschuldigen ihn, oder wir lassen ihn laufen.«

Tanner stellte ihre Umhängetasche auf den Boden und zog einen Stuhl zu sich heran. »Ich will weder das eine noch das andere.«

FÜNFZEHN

Melita Perera hatte eine Bar in Holborn vorgeschlagen, nördlich der Lincoln's Inn Fields und nur ein paar Straßen von ihrem Büro entfernt. Sie müsse lange arbeiten, hatte sie Thorne erklärt und ihm versichert, die Bar sei ein netter Ort für ihr Treffen. Thorne hatte angesichts der Preise etwas noch viel Netteres erwartet, auch wenn es wahrscheinlich ein kleines Vermögen gekostet hatte, den Raum wie ein ausrangiertes Lagerhaus wirken zu lassen. Nackte Ziegelwände, Holzbänke und eine fahle Industriebeleuchtung.

Die Reihe angeschlagener Metallschemel am Tresen erinnerte ihn an viele ungemütliche Stunden im Chemielabor seiner Schule. Die ihm im wahrsten Sinne des Wortes auf den Sack gegangen waren. Er zog es vor, am Tresen zu stehen, und dachte dabei an den Lehrer, der ihn erwischt hatte, als er gerade Unfug mit einem Bunsenbrenner gemacht hatte. Er war ein großartiger Chemiker und ein nicht minder eindrucksvoller Rugbyspieler. Er hatte Thornes Hand ergriffen, die üblichen Schnitte und Kratzer gesucht und dann mit größter Freude unverdünntes Methanol darübergegossen.

Aber seine Kindheitstraumata wollte er nicht ausgerechnet vor einer Psychiaterin ausbreiten …

Thorne brachte die nächsten fünf Minuten damit zu, das bemerkenswerte Angebot an Craft-Bieren über dem Tresen zu studieren, ehe er doch lieber ein Guinness bestellte. Perera nahm ein Glas Rotwein.

Sie setzten sich an einen Tisch unter einem dicken, schlauchförmigen Heizlüfter, bei dem es sich um einen Dekorationsgegenstand handeln mochte oder schlicht um einen Heizlüfter. Perera war gertenschlank und hatte ihr dunkles Haar mit einem einfachen roten Band nach hinten gebunden. Da sie direkt von der Arbeit kam, waren der dunkle Rock und die dazu passende Jacke keine große Überraschung. Trotzdem gelang es ihr, gleichzeitig klug und lässig zu wirken. Thorne vermutete, dass sie unabhängig von der jeweiligen Umgebung mühelos stylish wirkte. Ein paar Minuten lang unterhielten sie sich über dies und das. Dann fragte Thorne: »Und wie sind Sie in dieses Spiel hineingeraten?«

»Spiel?« Die Frau schien seine Bemerkung witzig zu finden.

»Sie sagten, Sie wären rätselhafterweise in Ihrem Job gelandet. Oder etwas in der Art.«

Sie stellte ihr großes Glas Merlot ab. »Das weiß der Himmel. Wenn man eine Ausbildung macht, hat man nicht immer eine genaue Vorstellung, was man hinterher damit anfangen will. Man vertieft sich in irgendwelche Studien, besucht Kurse, und plötzlich spezialisiert man sich. Ich hatte das nicht unbedingt so geplant.«

»Na gut.«

»Um ehrlich zu sein, bin ich immer ein bisschen misstrauisch gegenüber Leuten, die auf diesem speziellen … Feld arbeiten *wollen*. Die es schon von Anfang an darauf anlegen. Genau wie bei Zahnärzten. Ich meine, wer hat schon wirklich Lust auf so etwas?« Sie schnupperte an ihrem Wein und trank einen Schluck. »Wollten Sie immer schon Polizist werden?«

Thorne überlegte einen Augenblick. »Eigentlich schon.«

»Ach ja?«

»Als es mit der Rockstar-Karriere nichts wurde und auch Tottenham Hotspur nicht anrief.«

Perera lächelte und nickte.

»Aber ein Interesse daran müssen Sie doch haben, oder?« Thorne zog seinen Stuhl ein bisschen näher an den Tisch. Die Beine scharrten laut über den Betonboden. »An diesem speziellen Typ Mensch?«

»Ja, natürlich, jedenfalls bei der Arbeit. Ich versuche allerdings, nicht zu viel davon mit nach Hause zu nehmen. Es macht sich nicht so gut beim Abendessen. Ich schätze, das ist bei Ihnen ähnlich.«

Thorne ertappte sich bei der Frage, wer wohl auf der anderen Seite ihres Esstisches sitzen mochte. Er entdeckte keinen Ehering, doch er selbst trug auch keinen. »Ja, klar«, sagte er nickend.

»Natürlich kann man es nicht einfach ein- oder ausschalten.

Man kann nicht an etwas *nicht* denken. Man muss die Bereiche einfach getrennt halten. Und doch gibt es Fälle, die an einem haften bleiben. Bestimmte Menschen.«

»Was war Ihr schlimmster Fall?«

Ihr Blick verriet, dass sie an diese Art Fragen gewöhnt war. Das makabre Interesse auf Partys, die Einladung, Horrorgeschichten zu erzählen. Ihre lockere Antwort allerdings ließ darauf schließen, dass sie hinter Thornes Interesse mehr als bloß morbide Neugier vermutete.

»Die Schlimmsten sind eigentlich die, die nichts sagen. Die grausigen Details treiben einen nach einer Weile nicht mehr um, weil man schon so viel davon gehört hat. Die Menschen allerdings, die sich an ihre Macht klammern, indem sie schweigen, sind diejenigen, an die man noch lange denkt.«

»Wie Shipman.«

»Absolut. Zweihundertachtzehn *identifizierte* Opfer, das heißt wahrscheinlich viel mehr. Und er hat nie gesagt, warum. Weigerte sich einfach, darüber zu sprechen. Hat der Polizei nicht das Geringste verraten und sich dann umgebracht.«

Thorne nickte und nahm einen Schluck. Er erinnerte sich an die wenig subtile Überschrift in der *Sun* nach dem Selbstmord des Arztes.

Ship Ship Hurra.

»Ich schätze, bei Ihnen ist es ähnlich«, sagte sie. »Dass Ihnen die ungelösten Fälle am längsten nachhängen.«

»Meistens.«

»Und gibt es Ausnahmen?«

»Erinnern Sie sich an einen gewissen Stuart Nicklin?«

Nach kurzem Nachdenken nickte sie. »Sie waren zu zweit, oder? Und haben zusammengearbeitet.«

»Nicklin war der Organisator«, sagte Thorne. »Er war derjenige, auf den es ankam.«

»Es kommt nicht oft vor, aber wenn Serienmörder im Tandem arbeiten, läuft es normalerweise so, dass einer der Kopf ist.«

»Ich ... konnte den Fall aufklären, und wir haben ihn weggesperrt. Aber jetzt ist er wieder draußen.« Thorne schaute ihr kurz in die Augen. »Er ist *entkommen*, und das lag mehr oder weniger an mir.«

Die Psychiaterin wartete ab, offenbar neugierig auf seine Geschichte. Thorne allerdings hatte wenig Interesse, sie vor ihr auszubreiten, sie noch einmal zu durchleben. Das, worauf es ihm ankam, hatte er schon erzählt.

»Ich frage mich bloß, was er jetzt vorhat.«

»Was er vorhat?«

»Falls Ihnen dazu irgendwelche Gedanken kommen ...«

Thorne selbst dachte eine Menge über dieses Thema nach.

»Na ja, wenn er einen Funken Verstand besitzt und nicht zurück ins Gefängnis will, tut er überhaupt nichts. Er verschwindet und fängt irgendwo von vorn an. Im Ausland vielleicht? Wenn er klug ist, hält er sich von Ihnen fern.« Sie warf ihm einen Blick zu. »Falls Sie sich deswegen Sorgen machen.«

»Oh, intelligent ist er ganz sicher«, sagte Thorne. »Er hat alle zum Narren gehalten, mich eingeschlossen. Aber ich bin überzeugt davon, dass gesunder Menschenverstand nicht gerade seine Stärke ist. Nicht in dem Sinn, wie Sie es eben gemeint haben. Seine Triebfeder ist etwas wesentlich ... Basaleres.«

Er zwang sich, das Bild von totem Fleisch in einem einfachen braunen Umschlag zu verdrängen. Die Narben auf Phil Hendricks' Rücken. Er trank sein Glas aus und sagte: »Also gut, wie sieht es aus mit unserem Mann?«

Perera lehnte sich lachend zurück.

»Was ist los?«

»Ich habe mich schon gefragt, wann Sie davon anfangen würden. Ich dachte schon, ich muss Ihnen Stunden berechnen.«

Thorne rang sich ein dünnes Lächeln ab.

»Soll ich uns noch etwas zu trinken holen?«, fragte sie.

Als Perera nach einigen Minuten wieder Platz genommen hatte, sagte sie: »Sie sind unsicher, was den richtigen Ansatzpunkt betrifft, stimmt's? Bezüglich der Methode. Darüber denke ich nach, seit Sie mir die SMS geschickt haben.«

»In Ihrem Bericht schreiben Sie, dass er sich wahrscheinlich auf eine Mordmethode beschränkt, falls er sich tatsächlich menschliche Opfer sucht.«

»Ja, *falls*. Und falls unser Täter ein *Er* ist.«

»Ganz sicher.«

»Nur wahrscheinlich. Bei Verbrechen dieser Art ist niemals etwas ganz sicher. So viel habe ich im Verlauf meiner Berufstätigkeit begriffen.«

»Okay, Botschaft angekommen. Aber … Sie sprachen von einer einzigen Methode.«

Schnell hob sie die Hand. »So habe ich das nicht gesagt. Es ging um eine … begründete Spekulation.«

»Nun, dann muss ich Sie bitten, noch etwas mehr zu spekulieren«, sagte Thorne.

»Schauen Sie, meine professionelle Einschätzung läuft weiterhin darauf hinaus, dass die variable Vorgehensweise bei der Tötung dieser Tiere sich nicht zwangsläufig auch bei potenziellen Morden an Menschen wiederfinden würde. Diese Art von … Flexibilität ist mir in meiner Arbeit bisher nicht begegnet. Ich weiß, dass ich am Telefon gesagt habe, dass solche Mörder alles tun, um anders zu sein. Und trotzdem findet sich meiner Erfahrung nach eine deutliche Tendenz zu einem festgelegten Modus Operandi.«

»Okay.«

»Jedenfalls zu Anfang.« Sie senkte die Stimme ein wenig. »Ich sage das nicht bloß, um mich abzusichern, aber es besteht immer die Möglichkeit, dass der Mörder mit jeder neuen Welle von Taten auch Veränderungen vornimmt. Bei jeder hypothetischen Welle. Um Ihre Work-out-Analogie ein bisschen weiterzuspinnen, könnte man sagen, dass er möglicherweise bei jeder Trainingsrunde eine neue Komponente einbaut.«

Thorne ließ sich ihre Worte durch den Kopf gehen. »Aber was mögliche Morde in der Vergangenheit betrifft …?«

»*Eine* Methode. *Wahrscheinlich.*«

»Gut, dann lassen Sie uns von dieser Annahme ausgehen. Wir haben die Todesursachen bereits auf drei eingeengt, aber auch das sind noch zu viele: Erdrosseln beziehungsweise Ersticken, Stichwunden oder Schläge mit einem stumpfen Gegenstand.«

Sie nickte. »Die Katzen wurden erdrosselt oder erschlagen. Und nachher wurden sie mit irgendeiner Art von Klinge bearbeitet.«

»Was folgt daraus für Menschen? Für Frauen?«

Perera blies die Wangen auf und ließ sich einen Moment Zeit. »Nun gut … Messer sind leise, *intim*, und das Eindringen ins Fleisch ließe sich als sexuelles Element interpretieren. Andererseits wäre es möglich, dass der Täter noch größere Nähe sucht und die Hände benutzt. Mit einem stumpfen Gegenstand geht es schneller, aber oftmals richtet das eine größere Schweinerei an als ein Messer …«

»Also, worauf würden Sie Ihr Geld setzen?«

»Ich weiß nicht, ob ich in diesem Fall wirklich Geld aufs Spiel setzen würde«, sagte sie. »Und ganz sicher nicht meine Karriere.«

»Das verlange ich auch nicht«, sagte Thorne. »Über dieses Gespräch hier wird es keinerlei Aufzeichnungen geben, okay? Wir trinken nur etwas zusammen.«

Die Psychiaterin fuhr über den Stiel ihres Weinglases.

»Ich werde derjenige sein, der die Entscheidung getroffen hat«, beharrte Thorne.

Kopfschüttelnd lehnte Melita Perera sich zurück. »Das ist wie in einer Spielshow. Ich fühle mich wie der Kandidat, der entscheiden soll, in welcher Kiste der Jackpot versteckt ist.«

»Stichverletzung, Strangulation, stumpfer Gegenstand.« Thorne nahm sein Glas und starrte sein Gegenüber an. »Suchen Sie sich etwas aus.«

SECHZEHN Alice starrte nach oben. Ihr Widerstandsgeist war praktisch erloschen, und sie dachte *Dumme Kuh* und *Wer zum Teufel erfüllt schon alle Anforderungen* und *O mein Gott, er ist so kräftig*. Dann trat sie ein letztes Mal um sich und dachte: *Irgendjemand wird kommen.*

Sie dachte an das Abendessen und das Singen im Auto und an die auf dem Bett ausgebreiteten Kleider. Sein ernsthaftes Gesicht im Restaurant. Das Austauschen von Telefonnummern und die Schmetterlinge im Bauch …

Irgendjemand wird kommen.

Das Licht wurde schwächer, am Rande ihres Gesichtsfelds wurde es dunkel. Sie erinnerte sich, wie schnell die Schwärze vor langer, langer Zeit gekommen war, als sie noch klein war. Jedes Mal, wenn ihr Dad den Fernseher ausgeschaltet hatte, war alles bis auf einen kleinen Punkt zusammengeschrumpft. Erst Bilder, dann plötzlich nichts mehr, und wusch!, schrumpfte alles zu diesem winzigen weißen Lichtpunkt zusammen. Sie hatte sich jedes Mal geweigert, ins Bett zu gehen, bevor nicht dieses stecknadelkopfgroße Licht verschwunden war.

Sie schlug um sich, während vor ihrem inneren Auge die Bilder vorbeizogen: all die Menschen, die sie geliebt hatte und von denen sie geliebt worden war. Ihre Söhne, ihre Eltern, ihre

Freunde, ihr nichtsnutziger Lump von Exmann … Ihre Zunge fühlte sich so schwer und nutzlos an.

Ein stiller Schrei, von dem sie wusste, dass niemand ihn hören würde. Es war nicht fair, es war so *unfair*.

Und ein Börsenmakler mit komischen Schuhen.

Der ihren Kopf festhielt und *sch…*, *sch…* machte.

Durch ihre hervortretenden Augen sah sie am Ende nur das zweifache Bild von einer, der ihr ähnlich sah. Immer, wenn sie blinzelte, verschwand es ganz kurz. Zwei winzige Bilder einer Frau, die unmöglich sie selbst sein konnte, so gekrümmt und entstellt. Ihr eigenes Gesicht, aufgeplatzt und feucht und hässlich. Gespiegelt in den Augen des Mannes, dessen Hände ihren Hals gepackt hielten.

Puppenaugen, dachte Alice. Tot. Nicht die Spur eines Funkelns.

Sie hörte etwas knacken, ein Schlüsselbein vielleicht.

Dann wurde es vollständig dunkel.

ZWEI

DAS BILD AUF DER SCHACHTEL

SIEBZEHN

Thorne nahm die M25 Richtung Süden und fuhr weiter über die M3 nach Salisbury. Kaum hatte er die Ausfahrt zum Flughafen hinter sich, ließ der Verkehr ein wenig nach. Er schaute zur Seite und stellte fest, dass seine Beifahrerin die Augen geschlossen hatte.

»Nicola.«

Sofort öffnete Tanner die Augen. »Ich habe nicht geschlafen.«

»Und wenn doch, würde es mich nicht wundern.«

»Ich war die ganze Zeit wach.«

»Na gut.« Thorne wusste, dass Tanner den größten Teil des Wochenendes damit zugebracht hatte, das weitere Vorgehen im Hinblick auf Andrew Evans zu planen und gleichzeitig mit dem Datenwust über die ungelösten Mordfälle der vergangenen achtzehn Monate voranzukommen. Er wusste, dass sie sich die Bezahlung jeder einzelnen Überstunde redlich verdient hatte. Und dass sie im Unterschied zu den meisten anderen Beamten – ihn selbst eingeschlossen – ausschließlich die Zeit berechnen würde, die sie tatsächlich gearbeitet hatte. »Die meisten Leute schnarchen allerdings nicht, wenn sie wach sind.«

Tanner ignorierte ihn. Sie war schon damit beschäftigt, ihre Unterlagen aus der Tasche zu holen und sie auszubreiten.

»Ein bisschen gesabbert hast du auch.« Thorne verließ die Überholspur und verlangsamte das Tempo ein wenig. Die Person, zu der sie wollten, würde nicht weglaufen, und Thorne wollte die Zeit nutzen, um mit Tanner über mögliche Fortschritte zu sprechen.

Sie brauchte noch einen Moment, bis sie alle Unterlagen zu ihrer Zufriedenheit sortiert hatte, und tippte dann mit dem Finger auf das oberste Blatt. »Also, wenn wir uns nur die Morde vornehmen, bei denen die Opfer erdrosselt wurden, kommen wir auf sechs ungelöste Fälle.«

»Nicht schlecht«, sagte Thorne.

»Es wird noch besser.«

»Tatsächlich?«

»Na ja, bis zu einem gewissen Grad.« Tanner griff nach einem anderen Blatt. »Also, den Mord in Aviemore vor elf Monaten würde ich nicht vollständig ignorieren, aber für den Moment doch außen vor lassen, denn das nördliche Schottland ist ziemlich weit entfernt von der Region, in der er sich an den Katzen vergriffen hat.«

»Klingt einleuchtend.«

»Für den Moment jedenfalls, wie gesagt. Vielleicht war er ja auch aus irgendeinem Grund in der Gegend und konnte es einfach nicht lassen. Vielleicht hat er Verwandte dort oben oder wandert einfach gern in den Highlands. Wir sollten nichts von vornherein ausschließen.«

»Natürlich nicht.« Thorne war genervt, weil der LKW vor ihm nicht schneller als fünfzig Meilen fuhr. Er wechselte wieder auf die Überholspur.

»Ich sortiere noch zwei andere aus. Den einen, weil die ermittelnden Kollegen davon überzeugt sind, dass es sich um eine Beziehungstat handelt, auch wenn sie es bis heute nicht beweisen können. Den anderen, weil der Täter laut Bericht des Pathologen eine Frau war.«

»Perera hält das nicht für unmöglich. Wir sollten es jedenfalls nicht grundsätzlich außer Acht lassen.«

»Wirklich? Eine Frau?« Tanner warf ihm einen Blick zu. »Das kann ich mir nicht vorstellen.«

»Ich auch nicht.«

»Sie will sich absichern, darum geht es.«

»Also bleiben uns drei Fälle«, stellte Thorne fest.

»Genau. Geografisch breit gestreut. Zwischen den Tatorten liegen jeweils mindestens hundert Meilen. Aber alle Opfer wurden in den letzten Monaten des vergangenen Jahres ermordet.«

Thorne schaute zu ihr hinüber.

»Und der chronologisch letzte liegt nur ein paar Wochen vor dem Beginn der Katzenmorde.«

»Das ist toll«, sagte Thorne. Er schüttelte den Kopf und hieb mit der Hand auf das Lenkrad. »Du weißt, wie ich das meine. Klasse Arbeit, Nic.«

Falls Tanner an Thornes unglücklicher Wortwahl Anstoß genommen hatte, zeigte sie es jedenfalls nicht. »Wir haben einen vermasselten Einbruch. Einen Mord, bei dem es so aussieht, als hätte das Opfer den Mörder gekannt. Und einen Fall, in dem die Ermittlungen in eine Sackgasse geraten sind. Wie gesagt, vielversprechend bis zu einem gewissen Grad.«

»Erzähl mir etwas über die Opfer«, sagte Thorne.

Tanner blätterte wieder in ihren Unterlagen und schob alles, womit sie fertig war, in ihre Tasche im Fußraum des Wagens. »Patricia Somersby, eine achtundfünfzigjährige Witwe und ehemalige Bibliothekarin aus Bristol. Annette Mangan, sechsundzwanzig, Studentin an der Kent University, und Leila Fadel, Ärztin.« Sie warf noch einen Blick in ihre Notizen. »Einunddreißig. Sie wurde in Norwich ermordet.«

»Was glaubst du? Suchen wir nach jemandem, der beruflich viel unterwegs ist?«

»Vielleicht«, sagte Tanner. »Vielleicht sollen wir das aber auch nur glauben.«

»Jedenfalls stammen die Opfer aus verschiedenen Altersgruppen.« Als Thorne einen Blick zur Seite riskierte, sah er, dass Tanner drei Blätter hochhielt: die Fotos der drei Mordopfer. »Offenbar gibt es auch äußerlich keine Ähnlichkeiten.«

»Falls derjenige, der die Katzen gequält und getötet hat, tatsächlich hinter diesen Morden steckt, scheint er nicht auf einen bestimmten Typ zu stehen«, sagte Tanner. »Ich meine, er vergreift sich auch nicht nur an Katern mit rötlichem Fell, oder?«

Thorne wartete.

»*Frauen* sind sein Typ.«

»Keine offensichtlichen Verbindungen zwischen den Opfern?«

Tanner schüttelte den Kopf. »Allerdings gibt es Ähnlichkeiten. Alle Opfer waren Singles, aus dem einen oder anderen Grund, und alle wurden zu Hause ermordet.«

»Okay.«

»Ich weiß …«

Ein Mord in den eigenen vier Wänden war für sich genommen nichts Ungewöhnliches. Sie wussten beide, dass die überwältigende Mehrheit weiblicher Mordopfer in ihrem eigenen Zuhause ums Leben kam. Außerdem war Thorne der Ansicht, dass es am Ende keinen großen Unterschied ausmachte, ob man mit dem Gesicht nach unten auf dem eigenen Teppich oder im Dreck einer holprigen Nebenstraße lag. Er bezweifelte, dass ein vertrautes Foto oder der Küchenschrank viel Trost bieten konnten, wenn einem das Leben aus dem Körper gepresst wurde.

»Das muss für den Moment reichen«, sagte Tanner.

Obwohl sie noch einen weiten Weg vor sich hatten und er gern mehr spannende Details erfahren hätte, musste Thorne zugeben, dass er und Tanner nun über Anhaltspunkte verfügten, auf deren Basis sie ihr weiteres Vorgehen planen konnten. Er wechselte erneut auf die Überholspur und ließ sich die Neuigkeiten durch den Kopf gehen. Der Umstand, dass alle drei Morde innerhalb weniger Monate begangen worden waren, musste etwas zu bedeuten haben.

»Ich wünschte, wir könnten uns *sofort* damit beschäftigen. Ein bisschen tiefer graben.«

»Ja, ich auch. Und das werden wir schon bald tun.« Sie lehnte sich mit dem Rücken ans Fenster, sodass sie ihn direkt im Blick hatte. »Russell zieht die Truppen zusammen. Yvonne und Dipak sind schon an der Arbeit. Ich hab dir doch gesagt, dass wir Zeit genug haben, um beide Fälle zu bearbeiten.«

Thorne deutete mit dem Kopf auf die vor ihnen liegende Strecke. »Was glaubst du, wie lange wir dort brauchen?«

»Ich weiß nicht. Nicht den ganzen Tag. Aber sicher ein paar Stunden. Wir müssen uns auf einen Mörder konzentrieren, von dem wir *wissen*, dass er da draußen rumläuft. Und auf die Drahtzieher im Hintergrund.«

Thorne war frustriert, aber es hatte keinen Sinn, sich aufzulehnen. Seit der Fall Adnan Jandali vor einigen Tagen seine unerwartete Wendung genommen hatte, war klar geworden, dass diese Ermittlung auf ihre Art ebenso wichtig war wie die Jagd auf einen hypothetischen Serienmörder.

ACHTZEHN

Long Barrow Manor lag auf einem rund zweieinhalb Hektar großen Grundstück etwa eine Meile südlich von Salisbury. Von der Frontseite des Hauses schaute man über Felder und Parkflächen, und an schönen Tagen hatte man von den Schlafzimmern auf der Rückseite einen wunderbaren Blick über die Auenlandschaft und den Fluss Avon bis hin zum gerade noch sichtbaren höchsten Kirchturm des Landes. Vorausgesetzt, der Benutzer des Schlafzimmers war fit genug, um es aus dem Bett zu schaffen, und außerdem an dem Panorama interessiert, wovon nicht immer auszugehen war.

Auf dem letzten Teil der Strecke hatte Tanner Thorne kurz über die Geschichte des Gebäudes ins Bild gesetzt.

Ursprünglich ein prächtiges Herrenhaus, das später zu einer privaten psychiatrischen Anstalt umgewandelt worden war, hatte sich das Anwesen seit Mitte der fünfziger Jahre im Besitz des National Health Service befunden. Dreißig Jahre später war die psychiatrische Klinik geschlossen und das Gebäude sich selbst überlassen worden. Niemand hätte noch sagen können, wer auf die Idee gekommen war, Long Barrow Manor in die etwas sonderbare Einrichtung zu verwandeln, die es inzwischen war. Da der Erwerb des Anwesens aber von Nutzen für verschiedene Polizeikräfte war, darunter die Metropolitan Police, war es relativ unproblematisch gewesen, die nötigen Mittel zum Kauf und zur Renovierung aufzutreiben.

Thorne hatte seine Zweifel, ob ein derartiger Plan heutzutage noch Zustimmung finden würde. Infolge der drastischen Budgetkürzungen der letzten Jahre galt inzwischen schon die Anschaffung eines Wasserkochers für den Aufenthaltsraum als Luxus.

»Wenn man darüber nachdenkt, ergibt es Sinn«, hatte Tanner im Auto erklärt. »Man hat Zeugen, die in Lebensgefahr schweben und zu ihrem Schutz in ein Versteck gebracht werden müssen. Falls sie gleichzeitig ein Suchtproblem haben, muss ein Entzug durchgeführt werden, damit ihre Aussage vor Gericht Bestand hat. Folglich braucht man einen Ort, an dem für beides gleichzeitig gesorgt ist.«

»Halb Safehouse, halb Reha.«

»Die Idee ist doch clever.«

»Kontraintuitiv«, hatte Thorne erwidert.

Tanner erzählte von einem Freund, der in der Abteilung für Bandenkriminalität und Organisiertes Verbrechen arbeitete und von dem sie ein Jahr zuvor erstmals von Long Barrow Manor erfahren hatte. »Er sagte, es sei ein bisschen wie im Priory Hospital, bloß mit schäbigeren Möbeln. Und mit Einbrechern statt Popstars als Insassen.«

»Klingt ja reizend.«

»Die Landschaft ist jedenfalls herrlich.«

»Kann man Zimmer reservieren?« Thorne drosselte jetzt die Geschwindigkeit, da sie nur noch eine Meile bis zur Ausfahrt hatten. »Vielleicht hat Helen ja Lust auf einen Wochenendausflug.«

Tanner lachte und deutete auf das Schild, das die Ausfahrt anzeigte – nur für den Fall, dass Thorne die drei vorherigen nicht bemerkt hatte. »Ich glaube, das ist nicht unbedingt der Ort für einen romantischen Kurzurlaub. Aber als mir klar geworden ist, dass wir den Fall Jandali mit anderen Augen betrachten müssen, dachte ich, dass wir unseren Hauptzeugen hier unterbringen könnten.«

»Wollen wir hoffen, dass er das wirklich ist.«

»Diese Ausfahrt hier«, sagte Tanner, erneut gestikulierend.

»Ich weiß«, sagte Thorne.

Sie umfuhren das Stadtzentrum und folgten einer handschriftlichen Streckenbeschreibung, bis sie eine gewundene Nebenstraße erreichten, auf der sie noch rund eine halbe Meile weiterfuhren, über klappernde Weideroste hinweg und zwischen hohen Hecken hindurch. Gleich hinter einem abblätternden Schild, das für frische Eier vom Bauernhof warb, bogen sie scharf in einen schmalen Feldweg und hielten an einem Tor. Offenbar hatte ihr Wagen irgendwo einen Alarm ausgelöst, denn keine halbe Minute später tauchte ein uniformierter Beamter auf, der ihre Ausweise überprüfte, ehe er das Tor öffnete.

Der Polizist deutete in die Richtung, in die sie fahren mussten, und lächelte entschuldigend. »Kennen Sie den von den Irren, die die Anstalt übernehmen und …«

Offensichtlich war das sein Standardwitz, den jeder Besucher zu hören bekam. Thorne spürte ein leises Schuldgefühl, als er losfuhr, ohne dem Mann die Chance gegeben zu haben, die Pointe zu verraten.

Nach weiteren fünf Minuten hielten sie vor dem Haus.

Zwei Beamte in Zivil prüften ihre Ausweise erneut und brachten sie in ein kleines, in einer Ecke der Eingangshalle untergebrachtes Büro, wo sie sich in ein Besucherverzeichnis eintragen mussten.

»Wie viele Bewohner haben Sie hier?«, fragte Tanner.

Der Gesprächigere der beiden sagte: »Nur den einen, ob Sie es glauben oder nicht. In ein paar Tagen erwarten wir zwei Neuankömmlinge, aber im Moment ist es ziemlich ruhig. Schon erstaunlich, was? Wir sind ungefähr zwanzig Leute hier, die Sicherheitsleute, die Ärzte und Therapeuten und noch so ein paar andere. Zwanzig Leute, um für den einen Typen Kindermädchen zu spielen. Tja …«

»Tatsächlich?« Tanner schaute demonstrativ zur Uhr, bis der Beamte den Wink begriff und sie durch die Eingangshalle und einen Flur zu einer hohen, zweiflügeligen Tür führte.

»Dann lasse ich Sie mal allein«, sagte er. Er klopfte leise und öffnete behutsam die Tür, wobei er den Eindruck machte, sie am liebsten eintreten zu wollen.

»Heilige Scheiße.« Der Raum war ungefähr so groß wie Thornes komplette Wohnung. Direkt vor ihnen befand sich eine breite Fensterfront mit einer Glastür, die auf eine überdachte Terrasse mit Plastiktischen und -stühlen führte. Dahinter zog sich eine üppig wuchernde Rasenfläche hin bis zu einer dichten Baumreihe. Im Raum befanden sich etwa ein Dutzend nicht zusammenpassender Sessel und schmaler Sofas, dazu eine Ansammlung von Beistelltischen und Stehlampen. Insgesamt bot sich der Eindruck eines schäbigen Möbelhauses mit bunt zusammengewürfeltem Angebot. Als er weiter in den Raum trat, bemerkte Thorne, das ansonsten alles farblos und nach Nützlichkeitsgesichtspunkten ausgewählt schien: dunkelbraune Vorhänge aus Cordsamt, ein grauer Teppichboden mit frischen Staubsaugerspuren, ein paar billige Drucke in Wechselrahmen über einem großen Kamin mit Eichenumrandung und ein riesiger Fernseher auf einem staubigen Untergestell aus Glas und Metall.

Daneben lagen einzelne DVDs. *100 Great Premiership Goals … Michael McIntyre: Live & Laughing … Fast & Furious 6 …*

Außerdem nahm er einen speziellen Geruch wahr – ein scharfes Reinigungsmittel vermischt mit etwas Muffigem. Thorne fühlte sich unmittelbar an den Aufenthaltsraum in einem Altersheim erinnert.

Andrew Evans saß auf einem Sofa in der Ecke neben einem Mann mittleren Alters im Anzug, der sich erhob, als sich Thorne und Tanner näherten. Er murmelte Evans etwas zu, ging dann lächelnd an den Besuchern vorbei und schloss die Tür hinter ihnen.

»Der Suchtberater«, sagte Evans. »Redet Stuss ohne Ende, aber mit wem sollte ich mich sonst unterhalten?«

»Na, jetzt haben Sie ja uns.« Tanner stellte ihm Thorne vor, und sie zogen ein paar Sessel heran.

Evans sah zu, wie Thorne seine Jacke auszog, und ließ seinen Blick dann durch den Raum wandern. »Ganz in Ordnung hier, oder?«

»Besser als eine Zelle, schätze ich«, sagte Thorne. Auch wenn die Möblierung viele Wünsche offenließ, wirkte der Raum für sich genommen beeindruckend. Thorne fragte sich, wozu er ursprünglich gedient haben mochte. Wahrscheinlich für Bälle oder Bankette – damals, ehe es denjenigen zum Zuhause geworden war, deren Verhalten die Empfindlichkeiten der viktorianischen Epoche störte. Männern, die unter nervösen Beschwerden litten oder vielleicht gern ein Glas zu viel tranken. Frauen mit postnataler Depression oder solchen, deren Untreue zur »sittlichen Unzurechnungsfähigkeit« erklärt worden war.

»Nicht ganz billig, würde ich sagen«, bemerkte Evans nickend. »Genau die Art Schuppen, den meine Firma sich unter den Nagel gerissen hätte, als ich noch ein Arschloch im Bankenviertel war. Das war natürlich zu der Zeit, als alle noch im Geld schwammen. Sie wissen schon, vor dem …«

»Wir wissen Bescheid«, sagte Tanner. »Steht alles in Ihrer Akte.«

»Ehe Sie bei fünfzig Meilen pro Stunde Ihren Facebook-Account gecheckt haben«, fügte Thorne hinzu.

Evans senkte den Kopf und zog die Ärmel seines Sweatshirts bis über die Hände. »War mein Standardspruch, als ich eingesessen hab«, sagte er. »Dass ich nicht wüsste, worüber ich mich mehr schäme. Über das, was ich diesem Jungen angetan hab, oder über meine Arbeit in der City.« Er blickte auf und lief rot an. »Dämlicher Spruch, aber ich habe es so gemeint …«

»Sie sehen besser aus als beim letzten Mal«, sagte Tanner.

»Finden Sie?« Sein Gesicht wirkte immer noch abgehärmt und kränklich, und er klopfte nervös mit der rechten Ferse auf den Teppich. Zu dem sackartigen blauen Sweatshirt trug er eine verschlissene Trainingshose und Turnschuhe. Wahrscheinlich stammte alles aus einem Kleiderfundus im Haus.

»Ein bisschen jedenfalls.«

»Fühlt sich nicht so an.«

»Wie geht es Ihnen denn?«

»Oh, davon abgesehen, dass ich nicht richtig schlafen und essen kann, dass ich jede Stunde kotzen muss und Verstopfung hab, ist es super.«

»Ich spreche von der Behandlung.«

»Na ja, die psychologische Betreuung hat angefangen, was immer das bringen soll. Aber richtig loslegen können sie mit der Entwöhnung erst, wenn ich das hier hinter mir hab.« Evans lächelte und entblößte sein überraschend gutes Gebiss. »Von Spice runterzukommen ist zehnmal schwieriger als Heroinentzug, heißt es. Vielleicht hätte ich mich gleich an Heroin halten sollen, aber das war im Knast noch teurer.«

»Ja, die Preise heutzutage sind schockierend«, sagte Thorne.

Evans ignorierte ihn und konzentrierte sich weiterhin auf Tanner. »Ich bekomme etwas, das verhindern soll, dass ich Anfälle kriege, und etwas gegen das, was sie mein *Unwohlsein* nennen. Und zur Beruhigung ein Medikament, dessen Namen ich nicht mal aussprechen kann. Der Entzug schlaucht mich total.«

»Da müssen Sie durch«, sagte Tanner.

»Dieser Berater sagt mir die ganze Zeit, dass ich mein Leben auf die Reihe kriegen muss, und ich sag ihm immer wieder, dass ich genau das vorhab.« Sein Fuß war weiterhin in Bewegung. »Deshalb bin ich schließlich hier, oder?«

»Das ist *ein* Grund, warum Sie hier sind«, sagte Tanner. »Sie verstehen doch, was gespielt wird, oder? Warum *wir* hier sind?«

»Klar«, sagte Evans und nickte.

»Gut.« Tanner beugte sich vor. »Also, ich kenne Ihre Geschichte.« Sie deutete mit dem Kopf auf Thorne. »Und natürlich hab ich sie meinem Kollegen erzählt. Aber ich möchte gern, dass er sie auch von Ihnen hört. Also erzählen Sie alles noch einmal.«

Evans atmete tief durch und beschrieb seine ersten schrecklichen Wochen im Londoner Pentonville-Gefängnis. Er sprach über die Wochen und Monate danach, die ihm damals viel erträglicher vorgekommen waren, die dank der Droge, von der er im Handumdrehen abhängig geworden war, schneller vergangen waren. Und von der Frau, die ihn beliefert hatte.

»Das ist die Frau, die Sie Duchess nannten?«

»Sie weiß, dass wir sie so nannten«, bekräftigte Evans. »Ich glaube, es gefiel ihr.«

Thorne wusste sehr gut, dass der Drogenkonsum in den Gefängnissen epidemische Ausmaße angenommen hatte. Und dass mit dem Einschmuggeln von allem Möglichen – von Heroin bis zu Mobiltelefonen – riesige Geschäfte gemacht wurden. Trotzdem war er schockiert über die offensichtliche Mühelosigkeit, mit der diese Geschäfte abgewickelt wurden.

»Drohnen sind im Moment eine große Sache«, erklärte Evans. »Wahrscheinlich arbeitet inzwischen auch die Duchess damit, aber bei uns lief es noch ohne Hightech. Sie brachte diese Telefone mit, die klein genug waren, um sie im Arsch zu verstecken, wenn nötig gleich zwei oder drei. So machte sie es auch mit dem Spice, aber es gab noch eine Menge andere Möglichkeiten. Sie besorgte es zum Beispiel in flüssiger Form, sprühte es über Kinderzeichnungen und ließ es trocknen. So konnte sie es leicht an den Mann bringen, und man musste bloß einen Streifen abreißen, eine Zigarette damit rollen, und los ging's. Ein Anruf, und sie brachte alles rein, was man wollte.«

»Und nach Ihrer Entlassung?«

Die Beschreibung dieses letzten Teils der Reise kostete Evans erkennbar mehr Mühe. Er stolperte über seine Worte, und die Pausen, in denen er seine Gedanken sortieren musste, wurden länger. Mehrfach schien er den Tränen nahe.

»Die Leute, die das Spice geliefert hatten, haben mir klargemacht, dass ich, um meine Schulden abzuzahlen … und wenn ich noch mehr wollte … dass ich gewisse … Dinge für sie erledigen musste.«

»Und Sie hatten keine Vorstellung davon, was für *Dinge* das sein würden? Dachten Sie etwa, Sie kämen mit ein paar Hausmeisterarbeiten davon? Ein bisschen Rasenmähen?«

Tanner warf Thorne einen Blick zu. *Immer mit der Ruhe …*

»Was hätte ich denn tun sollen? Glauben Sie, ich habe diese Dinge gern getan?«

Thorne antwortete nicht.

»Sie gaben mir Sachen, auf die ich aufpassen sollte, Taschen, die ich auf dem Dachboden versteckt habe … Drogen oder Bargeld, ich hab nie reingeschaut. Dann kamen Jobs … ein paar armen Schweinen, die ihnen Geld schuldeten, ein bisschen Angst einjagen. Nichts allzu Schwieriges am Anfang, bis dieser Typ die Pistole brachte.«

»Was für ein Typ?«

Evans schüttelte den Kopf. »Sein Gesicht hab ich nicht gesehen. Er trug einen Motorradhelm, genau wie ich. Es war die Waffe, mit der ich das arme Schwein in Tottenham bedroht hab … Deshalb sind meine Fingerabdrücke drauf.« Er schaute zwischen Tanner und Thorne hin und her. »Offenbar hatten sie das von Anfang an so geplant, obwohl ich noch immer nicht verstehe, warum.«

»Weil Sie entbehrlich sind«, stellte Tanner fest.

»Genau«, sagte Thorne. »So laufen solche Geschäfte. Vielleicht hatte Jandali gedroht, zur Polizei zu gehen. Oder einfach erklärt, er wolle nicht mehr zahlen. So oder so wurde beschlossen, durch seine Ermordung ein Zeichen zu setzen. Und ich wette, dass die Hintermänner nicht riskieren wollten, den Mann zu verlieren, der Ihnen die Waffe übergeben hat. Denn er macht seinen Job offenbar ziemlich gut. Also schob man es Ihnen in die Schuhe, denn diesen Leuten kam es mehr auf das Signal an, das sie aussenden wollten, als auf das Geld, dass Jandali oder Sie ihnen schuldeten.« Er zuckte die Schultern. »Sie kamen diesen Typen einfach gelegen.«

Tanner nickte. »Alles rein geschäftlich.«

»Diese Leute sind gefährlich«, sagte Thorne. »Und deshalb müssen wir sie schnappen. Und Sie werden uns dabei helfen.«

Einen Moment lang sah es so aus, als würde Evans gleich aufspringen und weglaufen.

»Aber was werden die denken, was jetzt passiert?« Er befeuchtete seine Lippen und schluckte. »Darüber mache ich mir Sorgen.«

»Ich kann Ihnen nicht folgen«, sagte Tanner.

»Na ja, die haben ganze Arbeit geleistet. Mich auf dem Präsentierteller zu servieren, die ganzen Beweise zu manipulieren. Wahrscheinlich glauben sie, dass ich zu viel Angst hab, um den Mund aufzumachen. Stattdessen rechnen sie damit, dass ich angeklagt werde und in den Knast gehe, stimmt's? Ich meine, verstehen Sie mich nicht falsch – natürlich hab ich Angst vor denen. Aber nach deren Plan sollte ich jetzt in Untersuchungshaft sitzen. Was passiert, wenn sie rausfinden, dass etwas im Busch ist?«

»Das lässt sich nicht ausschließen«, sagte Thorne.

»Eine bessere Chance bekommen Sie nicht, Andrew.« Tanner blickte ihn fest an. »Und ehrlich gesagt haben Sie gar keine andere Wahl.«

Andere Wahl oder nicht, Evans sah aus, als stünde sein nächstes Rendezvous mit der Toilettenschüssel unmittelbar bevor.

»Hören Sie …« Tanners Stimme war eindringlich. »Natürlich hätten Sie den Mund halten und für ein Verbrechen, das Sie nicht begangen haben, in den Knast gehen können. Wir hätten Sie auch im vollen Bewusstsein, dass Sie Adnan Jandali nicht getötet haben, in Untersuchungshaft stecken können, um den äußeren Anschein zu wahren. So oder so wären Sie jetzt im Gefängnis. Und wir alle wissen genau, dass Sie gerade im Knast nicht in Sicherheit wären, falls die Leute, die hinter all dem stecken, auf die Idee kämen, Sie könnten uns vorher irgendwas verraten haben.«

Evans nickte und drückte beide Hände auf die Oberschenkel, um das Zittern in seinen Beinen zu unterdrücken.

»Unsere größte Chance besteht darin, diese Duchess aufzuspüren«, sagte Tanner. »Und das wird nicht leicht sein, denn nach Ihrer Verhaftung dürfte sie untergetaucht sein oder sich aus dem Staub gemacht haben. Die Nummer, unter der Sie sie angerufen haben, gehörte zu einem Handy mit Guthabenkarte und ist inzwischen tot, was zu erwarten war. Vielleicht wusste sie Bescheid, dass Sie hereingelegt werden sollten, vielleicht auch nicht. So oder so ist sie unsere einzige Verbindung zu den Hintermännern. Natürlich werden wir uns auch mit anderen Gefängnissen in Verbindung setzen, in denen sie vielleicht Geschäfte gemacht hat. Aber davon verspreche ich mir nicht allzu viel. Nach allem, was Sie mir in Colindale erzählt haben, würde ich vermuten, dass sie verschiedene Pseudonyme und gefälschte Ausweise benutzt.«

»Wir brauchen Namen«, erklärte Thorne. »Ihre anderen Kunden.«

Während Evans noch nachdachte, zog Tanner ihr Notizbuch hervor. Dann schrieb sie die Namen auf, die er ihr nannte.

»Sind das Leute, die immer noch einsitzen?«, fragte sie.

»Ja, ich glaube schon.«

Thorne schüttelte den Kopf. »Gar nicht gut. Wie sieht es mit Leuten aus, die schon draußen sind?«

»Wo ist der Unterschied?«

»Wir müssen vorausdenken«, sagte Tanner. »Geschworene neigen dazu, Häftlingen zu misstrauen. Sie unterstellen ihnen, alles Mögliche auszusagen, um sich damit ein paar Monate weniger im Knast zu erkaufen.«

»Normalerweise nicht ganz zu Unrecht«, fügte Thorne hinzu.

»Fällt Ihnen irgendjemand ein, der die Duchess kannte und inzwischen raus ist?«

Wieder dachte Evans nach. Thorne blickte auf, als ein Beamter dicht am Fenster vorbeiging und nähertrat, um einen Blick in den Raum zu werfen. Thorne verscheuchte den Mann mit einer schnellen Kopfbewegung.

»Ja, da gibt es zwei. Einen Typen namens Mason, mit dem

ich ein paarmal telefoniert hab. Kyle Mason. Wohnt, glaube ich, irgendwo in der Nähe der Caledonian Road.«

»Wir finden ihn schon«, erklärte Tanner.

»Und Graham French. Er hat mir nach meiner Entlassung ein paarmal die Haare geschnitten.«

»Wie bitte?«

»Er ist Friseur … Hairstylist, was auch immer. Drinnen hat er allen die Haare geschnitten. Er saß wegen Betrug ein, glaube ich … irgendwas in der Art.«

Tanner notierte die Anschrift und steckte ihr Notizbuch wieder ein.

Evans sah sie an. »Was glauben Sie, wie lange das alles dauern wird?«

»Wir werden versuchen, Sie auf dem Laufenden zu halten.« Tanner erhob sich. »Und wir kommen wieder, wenn wir noch Fragen haben.«

Vor dem Fenster tauchte der neugierige Polizist wieder auf. »Offensichtlich haben Sie aber ja Gesellschaft hier«, sagte Thorne.

Auf dem Rückweg, im Auto, sagte Tanner: »Du gehst zu hart mit ihm ins Gericht.«

»Ich tue mich schwer, ihn als Opfer zu betrachten«, sagte Thorne. »Das ist alles.«

»Das begreife ich nicht.« Tanner lehnte sich zurück und drehte sich zum Fenster. »Er hat eine Straftat begangen und seine Zeit abgesessen. Jetzt ist er bloß ein Typ mit einer bedauerlichen Drogensucht, der zu Unrecht beschuldigt wurde. Was für mich eindeutig feststeht.«

Thorne sagte nichts, weil es keinen Sinn hatte. Bei Tanner gab es praktisch keine Grauzonen. Unschuldig oder schuldig. Die korrekte Vorgehensweise oder … na ja, was Tanner betraf, gab es dazu eigentlich keine Alternative.

Als er nach einigen Minuten zu ihr hinüberschaute, hatte sie die Augen wieder geschlossen.

»Mach ruhig Musik, wenn du willst.«

»Ich dachte, du magst keine Musik«, sagte Thorne.

»Ich schlafe wahrscheinlich sowieso gleich ein.« Sie lehnte den Kopf gegen die Scheibe. »Also mach ruhig. Was hast du denn so?«

Thorne ging die Liste des CD-Wechslers durch und präsentierte ihr das Angebot: George Jones, Patsy Cline, Merle Haggard und Gram Parsons. Margo Price, damit niemand glaubte, er würde sich nur die Musik von Toten anhören.

»Hast du nichts Anständiges? Billy Ray Cyrus zum Beispiel?«

»Was?« Thorne wandte sich zur Seite und bemerkte ihr Grinsen.

»Die anderen haben recht«, sagte Tanner. »Man kann dich *so* leicht auf den Arm nehmen.«

Thorne wusste, wer *die anderen* waren. Kitson, Brigstocke, Hendricks. Vielleicht sogar Helen. Er und Tanner mochten noch nicht lange zum selben Team gehören, doch sie hatte sich offenbar informiert. Er entschied sich für Merle Haggard, drehte die Lautstärke auf und trat das Gaspedal durch.

NEUNZEHN

Eine halbe Stunde Schlaf im Auto hatte nicht viel genutzt. Als Tanner nach einem Vierzehn-Stunden-Tag ihr Haus betrat und die Tür hinter sich abschloss, fühlte sie sich gerädert. Sie füllte Katzenfutter in den Fressnapf, duschte und ging im Morgenmantel wieder nach unten. Dann warf sie die täglichen Werbeprospekte weg und wischte mit einem Lappen über die Arbeitsflächen in der Küche. Schließlich starrte sie durch die Glastür der Mikrowelle auf die sich langsam drehende Fertigmahlzeit, von der sie kaum noch wusste, wie sie dorthin gekommen war.

Zwei größere Ermittlungen, über die sie nachdenken, deren Entwicklung sie in Worte fassen musste.

Informationen, die genauer betrachtet und priorisiert werden mussten.

Konkrete Schritte …

Sie hatte sich bereits um die Namen gekümmert, die Andrew Evans ihnen genannt hatte, und plante die erste Befragung, die vielleicht einen Anhaltspunkt bei der Suche nach der Duchess liefern konnte. Außerdem hatte sie mit dem stellvertretenden Direktor des Pentonville-Gefängnisses gesprochen und um die Übersendung von Besucherausweisen und Aufzeichnungen des Wachdienstes gebeten. Allerdings machte sie sich, wie sie Evans bereits erklärt hatte, keine großen Hoffnungen, was diesen Ermittlungsansatz anging. Wer auch immer die Frau sein mochte, sie hatte es geschafft, die Sicherheitskontrollen diverser Einrichtungen problemlos zu umgehen, sie hatte sich Zutritt zu den Gefängnissen verschafft und mit großer Selbstverständlichkeit Handys und Drogen hineingeschmuggelt. Die Frau war ein Profi.

Tanner betrachtete den sich langsam im orangefarbenen Licht drehenden Plastikbehälter und dachte an Andrew Evans. Wie froh musste er damals, im Knast, gewesen sein, wenn diese Frau ihm auf der anderen Seite des Tisches gegenübersaß. Wenn er an sich nahm, was sie mitgebracht hatte. War er wirklich so naiv gewesen, nicht zu begreifen, dass sie später, nach seiner Entlassung, wieder bei ihm auftauchen würde? Dass es ein böses Erwachen geben würde? Thorne, so viel stand fest, hatte ihm diesen Teil nicht abgenommen. Tanner erinnerte sich an ihr Gespräch im Auto, als sie darauf beharrt hatte, dass Evans ein Opfer wie alle anderen war. Sie war sich nicht ganz sicher, ob sie das im tiefsten Inneren wirklich glaubte. Doch was sie glaubte, war ohnehin nicht wichtig. Ja, Andrew Evans hatte jemanden mit vorgehaltener Waffe bedroht. Inzwischen aber arbeitete er für sie, also spielte das keine Rolle mehr – oder zumindest eine deutlich geringere als zuvor. Der Zweck heiligt die Mittel und so weiter. Mitgefühl, oder der Mangel daran, war einfach nicht relevant. Ein Übermaß an Mitgefühl war ohnehin nichts, womit Tanner sich normalerweise belastete.

Und ganz sicher nicht seit der Sache mit Susan. Damals hatte sie ihren Vorrat an Mitgefühl weitgehend ausgeschöpft, es allem voran für sich selbst gebraucht.

Für den Mann im Zentrum dieser Ermittlung spürte sie keinen Funken Mitgefühl, so verzweifelt er auch sein mochte. So verzweifelt er auch *war*. Um seine Probleme sollten sich Menschen wie Melita Perera kümmern.

Der größte Teil des Nachmittags war für eine umfangreiche Besprechung der Operation Felix draufgegangen. Sie hatten das inzwischen deutlich erweiterte Team mit den drei ungelösten Mordfällen vertraut gemacht, die sie ausgewählt hatten. Verschiedene Befragungen waren arrangiert worden: mit einer Freundin von Annette Mangan und den Eltern von Leila Fadel. Beim dritten Opfer würde es etwas länger dauern, bis sie Kontakt zu einer nahestehenden Person aufnehmen konnten. Patricia Somersbys nächste Verwandte war eine Schwester in den Vereinigten Staaten. Inzwischen hatte Tanner mehrere vergebliche Versuche unternommen, den Ermittlungsleiter in ihrem Fall zu erreichen.

Wieder ein Fall, an dem sie und Tom Thorne gemeinsam arbeiteten.

Dreamteam. Diesen Ausdruck hatte Phil Hendricks im letzten Jahr benutzt. Natürlich, um sich über sie lustig zu machen. Und trotzdem. Der Fall damals hatte sie wesentlich persönlicher betroffen, und dies hier würde ihre Zusammenarbeit auf eine erneute Probe stellen: Diesmal würden sie beide unweigerlich herausfinden, was für eine Art Team sie waren.

Als ihr Essen fertig war, trug sie es auf einem Tablett ins Wohnzimmer und schaltete den Fernseher ein. Es war wie üblich. Was immer auch lief – nach wenigen Minuten schweiften ihre Gedanken ab. Sie hatte nie viel ferngesehen, auch in der Zeit vor Susan nicht, doch inzwischen diente es ihr ausschließlich als Hintergrundgeräusch. Und das bisschen, das sie tatsächlich mitbekam, bestätigte sie in der Auffassung, dass dies auch der eigentliche Zweck des Programms war. Kochen, Antiquitäten, Leute, die zusammen auf irgendeine Insel abhauten, was auch immer. Einen Moment lang fragte sie sich, ob es die Mühe wert war, sich eine oder zwei der zahlreichen Immobiliensendungen anzuschauen. *Homes Under the Hammer … Location, Location, Location … Property Ladder*. Doch sie entschied sich dagegen. Eine Sendung namens *Anständige Drei-Zimmer-Wohnung in London, die Sie nicht in den Ruin treibt* gab es offensichtlich nicht.

Eine Stunde später – die Katze neben ihr auf dem Sofa war bereits eingeschlafen, und auch bei Tanner war es fast so weit – klingelte das Telefon.

»Sorry, ein echter Scheißtag«, meldete sich DC Terry Jackson. »Patricia Somersby, richtig? Wenn ich Sie richtig verstanden hab, könnte der Fall Teil einer größeren Sache sein …«

Tanner erklärte ihm, was sie zu dieser Vermutung gebracht hatte. Und sie versuchte ihm so kollegial wie möglich zu vermitteln, warum der Fall nun nicht mehr seiner war. Jackson klang nicht allzu verärgert. Vielleicht lag das aber auch an seinem weichen West-Country-Akzent.

»Also ein Einbruch, der aus dem Ruder gelaufen ist?«, fragte Tanner.

»Es sieht zumindest so aus.«

»*Sieht so aus?*«

»Nun, es gibt jedenfalls nichts, das auf eine andere Möglichkeit hindeutet. Natürlich haben wir auch andere Tatabläufe in Betracht gezogen, aber bis jetzt gibt es rein gar nichts, was auf etwas anderes schließen ließe.« Er legte eine Pause ein. »Und Ihr Team glaubt, dass eine größere Sache dahintersteckt?«

»Sah die Wohnung sehr chaotisch aus?«

»Nein, eigentlich nicht«, sagte Jackson. »Offene Schubladen, das Übliche … Ich meine, es waren mit Sicherheit keine Jugendlichen. Keine Scheißhaufen auf dem Bett, nichts in der Art. Und mitgenommen wurde das, was in solch einem Fall eben mitgenommen wird, kleinere Wertgegenstände. Mobiltelefon, Laptop, Handtasche.«

»Was er problemlos tragen konnte.«

»Genau.«

»Wie hat der Täter sich Zutritt verschafft?«

»Auf der Rückseite war ein Fenster eingeschlagen.«

»Halten Sie es für möglich, dass das im Nachhinein geschehen ist?«

»Tja … *könnte* natürlich sein.«

»Fingerabdrücke und forensische Spuren?«

»Nichts. Haben Sie die Akte noch nicht eingesehen?«

»Die ist auf dem Weg hierher«, sagte Tanner. »Aber ich wollte Sie vorher nach Ihren Eindrücken fragen, weil Sie den Fall am besten kennen.« Sie wusste bereits, dass am Somersby-Tatort wie auch an den beiden anderen keine verwertbaren Spuren entdeckt worden waren. Trotzdem konnte es nicht schaden, ihm ein wenig Honig ums Maul zu schmieren. Niemand aus der Mordkommission in Avon and Somerset würde besonders traurig sein, einen ungelösten Mordfall loszuwerden. Aber für gewöhnlich spielte die Berufsehre doch eine gewisse Rolle, und Tanner war klug genug, an diese zu appellieren.

»Keine Abdrücke, die nicht von ihr stammten«, erklärte Jackson. »Soweit wir das beurteilen können, hatte sie kaum Besuch von Freunden. Auch an der Leiche gab es keine forensischen Spuren. Es sieht aus, als hätte er Handschuhe getragen, aber das ist bei einem Berufseinbrecher kaum überraschend. Patricia muss einfach unerwartet nach Hause gekommen sein.«

»Möglich.« Tanner hatte sich bereits gefragt, ob das Opfer *tatsächlich* unerwartet aufgetaucht war. Vielleicht war sie auch zu Hause gewesen, als der Mörder eintraf, und hatte ihn hereingelassen. Hatte Patricia Somersby den Mann, der sie ermordet hatte, vielleicht sogar erwartet?

»Es geht um die Katzensache, stimmt's?«, fragte Jackson. »Deshalb nehmen Sie diese ungelösten Fälle unter die Lupe. Meinen Einbrecher.«

Der Mann war eindeutig nicht dumm.

»Die Ermittlungen sind ausgeweitet worden, ja.«

Der Mann lachte leise. »Okay … dann also Katzendieb.«

Tanner brachte nur ein unverbindliches Grummeln zustande. Sie starrte auf die gegenüberliegende Wand und die vier gerahmten Drucke, die Susan und sie vor Jahren auf dem Camden Market gekauft hatten. Einfache Bleistiftzeichnungen, in die sie sich beide verliebt und für die sie einen viel zu hohen Preis bezahlt hatten. Wie alles andere im Erdgeschoss waren die ursprünglichen Rahmen beim Brand zerstört worden. Doch obwohl auch das Glas zersplittert und geschwärzt gewesen war, hatte Tanner es geschafft, die Zeichnungen selbst zu retten.

Sie erinnerte sich noch, wie Susan sich damals beim Aufhängen der Bilder angestellt hatte. Fluchend hatte sie auf einem Stuhl gestanden. Tanner hatte daraufhin die Wände vermessen und ein Diagramm für sie gezeichnet, damit sie die Abstände richtig hinbekam.

»Hören Sie, Sie wollen doch ganz sicher vorbeikommen«, sagte Jackson. »Geben Sie mir einfach vorher Bescheid. Dann versuche ich, mir Zeit für Sie zu nehmen. Ich zeige Ihnen, was Bristol so zu bieten hat.«

Tanner änderte ihre Meinung über den Mann schlagartig. »Danke, Terry.«

Er war eindeutig *ziemlich* dumm.

ZWANZIG

»Einen Vorteil hat ein Streit immer.« Thorne rutschte langsam auf Helens Seite des Betts hinüber. »Den anschließenden Versöhnungssex.«

»Träum weiter«, sagte Helen. »Außerdem war es kein Streit.«

»Nicht?«

»Kein richtiger.«

»Okay, kann man nach einer gesunden und offenen Diskussion denn keinen Versöhnungssex haben?«

»Jedenfalls kein Streit mit dir. Ich war hinterher bloß sauer auf dich, weil du Phils Partei ergriffen hast.«

»Ich hab nicht für ihn Partei ergriffen«, verteidigte sich Thorne. »Ich hab nur versucht, dir zu sagen, dass er es nicht ernst gemeint hat. Er hat dich bloß auf die Schippe genommen.«

Sie hatten in einem türkischen Restaurant in Camberwell zusammen gegessen. Thorne und Helen, Hendricks und Liam. Alles war gut gelaufen – tolles Essen, kaltes Efes-Bier und entspanntes Geplauder –, bis Thorne den Fall Andrew Evans ins Spiel gebracht hatte und ihr Gespräch auf das Thema Drogen im Knast gekommen war.

»In Northumberland wurden in zwei Zellen Drogen im Wert von 350 000 Pfund entdeckt«, hatte Thorne gesagt. »Und das ist nur der Wert, den es drinnen hat. Draußen auf der Straße bringt es zehnmal so viel.«

»Wie kommt es überhaupt in ein Gefängnis rein?« Liam schien ehrlich interessiert.

Hendricks beugte sich vor und tätschelte den Arm seines Partners. »Er ist so unschuldig, der Gute.«

Liam stieß seinen Arm fort. »Natürlich weiß ich, wie es reinkommt.« Seine Arbeit als forensischer Entomologe hatte ihn so oft in Kontakt mit der Polizei gebracht, dass er mehr über diese Dinge wusste als ein normaler Bürger. »Aber wie schafft man solche Mengen rein?«

»Zumindest ein Teil der Wärter muss mit drinstecken«, sagte Thorne.

Hendricks nickte. »Genau, und außerdem schauen eine Menge Leute weg, auch wenn sie selbst nicht mitverdienen.«

»Verdammt«, sagte Liam.

»Es ist ihnen lieber, wenn die Knastbrüder zugedröhnt sind«, sagte Thorne. »Das erleichtert ihnen die Arbeit.«

»Heutzutage sind es die Insassen, die im Knast das Sagen haben.« Hendricks füllte Joghurt auf seinen Teller. »Und das Personal interessiert es nicht die Bohne.«

»Aber es geht doch um richtig viel Geld«, sagte Liam.

»Ja, und um richtig heftige Drogen. Dieses neue synthetische Zeug ist wirklich übel.«

»Spice, richtig?«

»Du bist ja *so was* von auf Augenhöhe mit den jungen Leuten«, sagte Hendricks.

»Ich lese Zeitung.«

»Ja, Spice oder Genie oder Black Mamba oder wie auch immer es diese Woche heißt. Fordert von Jahr zu Jahr mehr Opfer. Jeden Monat gibt es mehrere Tote, und das weiß ich deshalb, weil ich einige von ihnen auf dem Tisch hatte. Und da sind noch nicht die Leute eingerechnet, die dran glauben mussten, weil jemand anders ausgetickt ist.«

Thorne und Liam aßen nickend weiter.

»Ich würde es wieder legalisieren«, sagte Helen plötzlich. »Es war viel sicherer, als es noch nicht verboten war und die Leute es einfach in einem Headshop oder an einem Stand auf dem Camden Market kaufen konnten. Es ist doch immer dieselbe Geschichte. Jetzt wird der Handel von Kriminellen kontrolliert, und – *Überraschung!* – das Zeug ist *viel* stärker und gefährlicher. Die Konsumenten laufen rum wie Zombies, werden ausgenommen und sexuell misshandelt. Ich würde es mit allen Drogen so machen.« Sie riss ein Stück Brot ab und steckte es sich in den Mund. »Alle Drogen legalisieren.«

Thorne warf ihr einen Blick zu. »Ähm …«

»Oder zumindest entkriminalisieren. Das ist einfach Unfug.«

Es war nicht das erste Mal, dass Thorne diesen Standpunkt von Helen zu hören bekam. Er wusste, dass sie, wie auch er und die meisten Bullen, es für Verschwendung von Zeit und Geld hielten, wenn Leute juristisch verfolgt wurden, weil sie Gras rauchten. Und dass es sicher nur eine Frage der Zeit war, ehe Cannabis legalisiert würde. Aber so radikal hatte sie es noch nie geäußert.

Hendricks wandte sich ihr zu. »Du willst ernsthaft, dass alle Drogen legalisiert werden? Heroin, Acid, alles?«

Helen nickte kauend.

»Ich denke, das schießt ein wenig übers Ziel hinaus.«

»Wirklich?«

»Ja, und wahrscheinlich solltest du so etwas nicht sagen, wenn dein DCI in der Nähe ist. Nicht wenn du in nächster Zeit befördert werden möchtest.«

»Ich hab doch das Recht auf meine eigene Meinung.«

»Er zieht dich nur auf«, sagte Thorne.

Doch Helen hörte nicht zu. »In Portugal haben sie es so gemacht«, sagte sie. »Vor etwas mehr als fünfzehn Jahren wurden alle Drogen entkriminalisiert. Die Ergebnisse waren ganz erstaunlich.«

»Ja, gut, aber das ist halt Portugal, oder?«

»Wie meinst du das?«

»Die Sonne scheint, und deswegen scheren die Leute sich nicht so viel um Drogen.«

»Ich sag dir was. Die Suchtquote ist rapide gefallen, die Zahl der Schwerverbrechen ebenfalls, die Rate der Aids-Infektionen liegt so niedrig wie nie zuvor … Und mit dem ganzen Geld, das nicht mehr für einen sinnlosen Krieg gegen hilflose Junkies gebraucht wird, wurden Jobs geschaffen und Reha-Zentren gebaut. Ich begreife nicht, warum niemand das an die große Glocke hängt.«

Hendricks warf Thorne einen Blick zu. »Oder es in türkischen Restaurants rausposaunt.«

»Ich hab nichts rausposaunt.«

»Hilflose Junkies, hast du gesagt. *Hilflos?* Ernsthaft?«

»Ja, einige zumindest. Die *meisten.*«

»Das ist mir neu.«

»Und wir sitzen hier und schütten uns den Alkohol rein.« Sie griff nach ihrer Bierflasche. »Eine nette *legale* Droge, die jedes Jahr mehr Menschenleben fordert als alle illegalen Drogen zusammen. Diese Doppelmoral geht mir am allermeisten auf die Nerven.«

Hendricks zuckte die Schultern und nahm einen Schluck von seiner netten legalen Droge. »Und überhaupt, nur weil etwas in Portugal funktioniert … Ich weiß einfach nicht …«

»Dann mach dich halt schlau.«

»Ignorier ihn einfach, Helen«, versuchte Thorne es nochmals.

»Aber selbst wenn, wer weiß schon, ob es auch woanders funktioniert? Die Folgen könnten verheerend sein.«

»Und ich glaube, du irrst dich.« Helen hob die Flasche und prostete ihm ironisch zu.

»Warum hängst du dich überhaupt so in dieses Thema rein?«, fragte Hendricks.

Helen starrte ihn einige Sekunden lang an. »Ich kann nicht glauben, dass du mir solch eine Frage stellst. Du hast doch wohl nicht so viel getrunken, dass du nicht mehr weißt, was ich beruflich mache?«

»Doch, das weiß ich«, erwiderte Hendricks.

Thorne schüttelte den Kopf, und Liam starrte auf den Tisch.

»Nun, erst einmal habe ich häufig mit Kindern zu tun, die von drogenabhängigen Eltern großgezogen werden, wobei sie oftmals körperlichen Gefährdungen ausgesetzt sind, was an sich schon eine Art von Misshandlung darstellt. Ich rede doch nicht zu schnell für dich, oder, Phil?«

Thorne bemerkte, dass ein Paar am Nachbartisch zu ihnen herübersah.

»Und was noch wichtiger ist – zahlreiche Studien belegen, dass Kindesmisshandlung nicht nur zu psychischen Problemen, sondern in vielen Fällen auch zu späterem Drogenmissbrauch führt. Erst das Trauma, dann die Selbstmedikation, ich meine, das ist keine höhere Mathematik, oder? Also nicht genug damit, dass diese Kinder, die ich täglich bei der Arbeit zu sehen bekomme, misshandelt werden. Nein, wegen unserer dämlichen Haltung gegenüber Süchtigen werden dann einige später als Kriminelle abgestempelt.« Helen trank einen Schluck und wollte sich noch ein Stück Fladenbrot abreißen. »Also …«

Hendricks nickte langsam, schaute dann zu dem Paar am Nachbartisch hinüber und lächelte. »Was soll ich Ihnen sagen? Sie ist einfach high.«

»Du kannst mich mal, Phil.«

Thorne beugte sich zu ihr hinüber. »Er macht Spaß, Hel…«

Jetzt, wo sie zusammen im Bett lagen, sagte Thorne: »Er hat das alles nur wegen Liam gesagt. Ich meine, damals, als er noch jede verdammte Nacht in irgendwelchen Clubs zugebracht hat, dürfte Phil wahrscheinlich keine Droge ausgelassen haben. Ehrlich gesagt: Ich *weiß*, dass es so war. Vielleicht will er nicht, dass Liam all das über ihn erfährt.«

Helen brummte unverbindlich.

»Weißt du, jetzt ist er in festen Händen und will als braver Junge dastehen. Es geht nur noch darum, sich fit zu halten und ich weiß nicht was … sonntags ins Gartencenter zu fahren.« Thorne rückte noch ein Stück näher. »Es war nur Gerede. Du kennst ihn doch.«

»Ja«, sagte Helen. »Und ich wollte auch nicht so stur klingen.«

Thorne hoffte, dass das Thema Versöhnungssex noch nicht vom Tisch war. »Schon in Ordnung, wenn du stur bist«, sagte er. »Das ist ehrlich gesagt ziemlich sexy.«

»Letzte Woche ist dieser Junge in der Sozialbausiedlung fast ums Leben gekommen«, sagte Helen. »Bloß weil seine Mutter es für eine gute Idee hielt, ihr Methadon in einer Fruchtsaftflasche aufzubewahren. Am Ende ist er durchgekommen, aber es stand auf Messers Schneide.«

»Mein Gott.«

Sie zog die Decke hoch und streckte den Arm aus, um ihr Buch vom Nachttisch zu angeln. »Er war in Alfies Alter.«

Thorne sagte nichts. Er seufzte und betrachtete eine Weile die Lampe an der Zimmerdecke. Als er die Augen schloss, sah er die Umrisse der Glühbirne weiterhin auf seiner Netzhaut.

Als könnte sie seine Gedanken lesen, blätterte Helen um und sagte: »Wenn du willst, kannst du dich gern versöhnen, versöhn dich mit dir selbst.«

EINUNDZWANZIG Er hatte die letzte Stunde damit zugebracht, auf Facebook herumzustöbern, sich wahllos Profile anzuschauen und die Gesichter von Fremden zu betrachten. Ihre Freunde, ihre Partner, ihre Haustiere. Diese Beschäftigung half ihm oft, nach einem langen, stressigen Tag zu entspannen. Und doch war keines dieser Bilder vergleichbar mit denen, die ihm während der letzten drei Tage durch den Kopf gegangen waren.

Sein ultimatives privates Fotoalbum!

Der Freitagabend war zweifellos denkwürdig gewesen, wahrscheinlich der beste überhaupt. Allerdings war er nicht ganz sicher, ob es daran lag, dass er von Mal zu Mal besser wurde, dass er lernte, sich ein bisschen zu entspannen und es zu genießen, oder ob es an ihr gelegen hatte. Von dem Moment an, als er sie zum ersten Mal gesehen hatte, war ihm klar gewesen, dass sie etwas Besonderes war, dass am Ende kein schaler Beigeschmack zurückbleiben würde. Dieses Kleid und die schicken Schuhe, der Aufwand, den sie mit ihrem Haar und dem Make-up betrieben hatte.

Sie hatte sich richtig herausgeputzt.

Und das hatte er zu schätzen gewusst.

Von Anfang an hatte er vermutet, dass Alice sich Mühe geben würde, ihr Eifer war unübersehbar gewesen. Aber wahrscheinlich hatte sie sich keine Vorstellung von der Mühe gemacht, die auch *er* sich gegeben hatte. Keine von ihnen hatte das getan. All die Gedankenarbeit, die er investiert hatte, das beträchtliche Maß an Zeit und Arbeit. Vielleicht war es ihr ganz am Ende gedämmert, klar, vielleicht hatte sie schließlich eins und eins zusammengezählt, doch wahrscheinlich waren ihr in diesem Augenblick andere Dinge wichtiger gewesen.

Welche das gewesen sein mochten, darüber konnte er auch diesmal bloß spekulieren.

Wahrscheinlich rasten ihre Gedanken, und sie überlegte, an welchen Punkt der Geschichte alles schiefgelaufen war …

Er hatte fraglos eine gute Wahl getroffen, und das befriedigte ihn enorm. Heutzutage gab es eigentlich zu *viel* Auswahl. Zu viele Optionen bei allem Möglichen. Schon zum Kaffeebestellen brauchte man heute eine halbe Stunde und einen Abschluss in Italienisch. Er konnte sich gut daran erinnern, wie er in Amerika einmal ein Frühstück bestellt hatte. Fünf Minuten lang hatte die Kellnerin die verschiedenen Brotsorten im Angebot heruntergerasselt, und das nur, weil er dumm genug gewesen war, nach einem Toast zu fragen.

Wer brauchte den ganzen Stress?

Und so war es mit allem. Viel zu viele Kanäle im Fernsehen, zu viele Produkte in den Regalen der Supermärkte, und was er alles mit seinem Telefon anstellen konnte, hatte er bis heute nicht begriffen.

Nicht dass er ein Problem mit dem technologischen Fortschritt hätte. Ohne ihn wäre es kaum möglich, seine Opfer auszuwählen.

Er klickte auf das Foto eines Jungen, der mit einem Welpen spielte, und »likte« ihn, weil er guter Stimmung war. Kurz darauf schaute er sich das Bild eines zerbrechlich wirkenden alten Mannes an, der vor Kurzem gestorben war. Er postete der Tochter des Verstorbenen ein trauriges Emoji, weil ihm das angemessen erschien.

Am Ende, so sah zumindest er es, kam es nicht auf die Anzahl der zur Verfügung stehenden Optionen an, sondern darauf, sorgfältig vorzugehen und eine gut begründete Wahl zu treffen. Seine Hausaufgaben zu machen. Jeder Idiot konnte »diese da« sagen, aber auf diese Weise scheiterte man zwangsläufig. Abgesehen davon war das Gefühl viel intensiver, wenn man es richtig machte, und die Bilder danach waren so viel befriedigender.

Er vermutete, dass es nicht lange dauern würde, bis es wieder an der Zeit war, ein paar neue Möglichkeiten abzuchecken. Im

Moment war es noch nicht so weit, doch er spürte bereits die Vorfreude. Und zum Teufel, warum auch nicht?

Allein die Auswahl war schon das halbe Vergnügen.

ZWEIUNDZWANZIG

Kyle Mason arbeitete in der Kundendienstabteilung eines Autohauses in Holloway, keine Meile von dem Gefängnis entfernt, in dem er einst zusammen mit Andrew Evans eingesessen hatte. Tanner schätzte ihn auf Anfang dreißig. Er sah gut aus, doch als er in den Empfangsbereich trat, um sie zu begrüßen, war keine Spur von dem gewinnenden Lächeln zu entdecken, das sie auf seinem Foto gesehen hatte. Tanner stellte sich vor, woraufhin er nickte und die Hände ein wenig tiefer in die Taschen des blauen Overalls mit dem Firmenlogo schob.

Ein optimistisch erhobener Daumen mit einem netten, lächelnden Gesicht.

Tanner folgte Mason die schmale Treppe hinauf in einen Wartebereich mit Fensterfront, den der Geschäftsführer ihr für eine Viertelstunde zur Verfügung gestellt hatte. Für eine polizeiliche Befragung war es angemessen trostlos, mit einem sich an den Kanten hochrollenden Teppichboden und einer einzelnen staubigen Leuchtstoffröhre. Sie nahmen auf Plastikstühlen Platz, neben einem Getränkeautomaten, auf dem ein Pappschild mit der Aufschrift »Defekt« klebte. Auf dem niedrigen Tisch zwischen ihnen hatte jemand kunstvoll mehrere Ausgaben von *What Car?* und *Auto Express* arrangiert.

Tanner ignorierte so gut wie möglich die Musik aus einem blechern klingenden Lautsprecher an der Wand, stellte ihre Handtasche auf den Boden und starrte durch ein schmutziges Fenster hinunter in den Werkstattbereich. Auf einer Hebebühne sah sie einen Geländewagen, an dem sich drei, vier Mechaniker zu schaffen machten.

»Sonderbar«, erklärte Tanner. »Ich meine, man kann hier sitzen und zuschauen, wie der eigene Wagen repariert wird, aber man hat nicht die geringste Ahnung, was Ihre Kollegen da genau machen, oder? So würde es mir jedenfalls gehen.«

»Wird es lange dauern?« Der Mann hatte eine tiefe Stimme mit unverfälschtem Südlondoner Akzent. »Der Boss ist ein Risiko eingegangen, als er mir diesen Job gegeben hat, okay? Es sieht nicht toll aus, wenn Leute wie Sie hier auf ein Schwätzchen vorbeischauen.«

»Ich hab schon mit ihm gesprochen«, sagte Tanner. »Es ist kein Problem. Er weiß, dass Sie uns bei einer Ermittlung helfen wollen, und das macht sich doch gut, oder? Gut für alle. Also lassen Sie uns hoffen, dass Sie es auch können.«

»Was?«

»Uns helfen.« Sie registrierte, wie Mason unbehaglich auf dem Stuhl hin und her rutschte, und nahm ihr Notizbuch aus der Tasche. »Fühlt sich bestimmt seltsam an, mit Pentonville gleich vor der Tür.«

Mason zog die Nase hoch. »Ich fahre jeden Morgen auf dem Weg zur Arbeit mit dem Rad daran vorbei. Ich schaue es mir gern an.«

»Erinnerung an alte Zeiten?«

»Erinnerung an *beschissene* Zeiten. Zeiten, die ich nicht noch mal erleben will. Ein Ort, an den ich niemals zurückkehren will.«

»Weswegen waren Sie drin?«

»Nötigung.«

Tanner nickte. »Sexuelle Nötigung, richtig?«

Mason lehnte sich zurück und schnalzte mit der Zunge. »Warum fragen Sie, wenn Sie es schon wissen?«

»Ich wollte hören, was Sie sagen, deswegen. Wenn ich von jemandem Informationen brauche, weiß ich gern, wie offen derjenige ist. Es geht mir nicht darum, Sie zu linken.«

»Ich hab etwas Dummes gemacht und dafür bezahlt.«

»Etwas *Dummes*?«

»Etwas Schlechtes, okay. Ich bin ein anderer Mensch als damals. Ich hab mich geändert.«

»Gut zu wissen«, sagte Tanner.

Aus der Werkstatt klangen Rufe und dröhnendes Gelächter herauf. Das Zischen von Druckluft und das wiederholte kurze Sirren eines Bohrers.

»Was für Informationen?«, fragte Mason.

Tanner öffnete ihr Notizbuch und deutete mit dem Kopf zur Tür und auf die darunterliegende Straße. »Einen Teil Ihrer Strafe haben Sie in Pentonville abgesessen, im selben Flügel wie ein gewisser Andrew Evans.«

»Ja, das stimmt. Andy war eine Art Kumpel. Wir sind in Verbindung geblieben.«

»Genau. Sie und Ihr Kumpel Andy haben Spice konsumiert, als Sie drinnen waren.«

Mason zögerte.

»Das interessiert mich nicht.« Tanner schaute ihm fest in die Augen, um sicherzugehen, dass ihre Worte bei ihm ankamen. »Ich bin nur hier, um ein wenig mehr über die Frau zu erfahren, die Sie beide beliefert hat.«

Er verschränkte die Arme und zog eine Grimasse. »Ach die. Die *Duchess.*«

»Nun, Sie mögen inzwischen nicht mehr besonders gut über sie denken, aber ich schätze, das war anders, als Sie noch im Knast waren. Andrew Evans hat ausgesagt, dass sie Sie Dutzende Male besucht hat.«

»Ja, wahrscheinlich.«

»Worüber haben Sie während dieser Besuche gesprochen?«

Mason schüttelte den Kopf, als kostete es ihn große Mühe, sich an irgendetwas zu erinnern.

»Schauen Sie, wir wissen, dass sie verschiedene Namen benutzt hat, von denen keiner echt war.« Tanner beugte sich vor. »Zum jetzigen Zeitpunkt haben wir nur ein Foto auf einem Haufen gefälschter Ausweise. Alles, was Sie uns sagen können, wäre eine echte Hilfe. Und ich hab Ihrem Geschäftsführer erklärt, Sie würden uns helfen.«

»Sie hat über alles Mögliche geredet«, sagte Mason schließlich. »Das Wetter, die Nachrichten, alles. Damit es so aussah, als wäre der Besuch harmlos, falls zufällig ein Aufseher vorbeikam. Die meiste Zeit wollte sie wissen, wie es mir geht, wie das Essen war, wie meine Ausbildung lief.« Zum ersten Mal blitzte sein gewinnendes Lächeln auf. »Ich hab dort gelernt, Autos zu reparieren. Und am Ende habe ich diesen Job hier bekommen. Man konnte auswählen: Computer, Fremdsprachen und so weiter …«

»Und über sich selbst hat sie nie gesprochen? Über ihre Familie? Woher sie stammte?«

»Ich glaube nicht.«

»Hatte sie einen Akzent?«

Er zuckte die Schultern. »Ganz normal, irgendwie. Ich meine, weder aus dem Norden noch schottisch oder irgendwas Ausländisches.«

»Ein Londoner Akzent?«

Mason schnippte mit den Fingern. »Sie hatte ein Kind.« Er nickte. »Ja, das hat sie auf jeden Fall erwähnt.«

Tanner kritzelte etwas in ihr Buch. »Junge oder Mädchen?«

»Ich glaube nicht, dass sie das gesagt hat. Ich habe ihr erzählt, wie sehr ich meinen Sohn vermisse, und sie sagte, das könne sie sich vorstellen. Dass sie wahnsinnig werden würde, wenn sie ihr Kind nicht sehen könnte. Etwas in der Art.« Er sah zu, wie Tanner schrieb. »Hilft Ihnen das?«

»Es ist ein Anfang.« Tanner schaute wieder zu ihm auf. »Fällt Ihnen sonst noch irgendwas ein? Irgendein Kommentar, den sie gemacht hat …«

Mason schaute durchs Fenster. Einer seiner Kollegen hatte ihn bemerkt und winkte, während ein anderer ihn fröhlich mit Wichsgesten bedachte. Mason wandte sich wieder Tanner zu. »Einmal hat sie etwas über das Meer gesagt. Dass es für Kinder ein guter Ort zum Aufwachsen wäre. Wenn ich rauskäme, sollte ich mit meinem Sohn dorthin fahren, ihn für eine Weile aus London rausbringen.«

»Könnte es sein, dass *sie* dort aufgewachsen ist?«

»Ja, schon möglich, schätze ich.« Er wandte sich wieder zum Fenster. »Ich meine, die meiste Zeit war ich völlig neben der Kappe, wenn ich mit ihr geredet hab. Deshalb erinnere ich mich nicht so gut. Verstehen Sie, was ich meine?«

Die Männer unten waren inzwischen zu Gesten übergegangen, die noch weniger subtil waren. Sie ließen die Zungen heraushängen und vollführten Stöße mit ihren Hüften.

Tanner nickte und klappte ihr Notizbuch zu.

»Sind wir dann fertig?« Als Tanner nach ihrer Tasche griff, stand Mason auf. Er wirkte unendlich dankbar, sich aus dem Staub machen zu können. »Also … Wie geht's Andy?«

»Wie meinen Sie das?«

»Na ja, ich hab ihn kurz nach seiner Entlassung gesehen. Es war ziemlich offensichtlich, dass er abhängig war.«

»Inzwischen geht es ihm besser.« Auch Tanner erhob sich.

»Das ist gut. Das ist gut …«

Tanner trat an ihm vorbei und blieb vor der obersten Treppenstufe stehen. »Wie haben Sie es geschafft, sich auf Kurs zu bringen, Kyle? Und ich spreche jetzt nicht von Ihrem Job.«

»Hören Sie, ich hatte eine Menge Freunde, die vor mir im Knast waren und die dasselbe Zeug genommen hatten. Also wusste ich, wie der Scheiß läuft. Welche *Schulden* man hat, wenn man rauskommt. Sobald ich draußen und clean war, habe ich alles abbezahlt.«

»Wie Sie das sagen, klingt es ziemlich einfach.«

»Nein, einfach war es nicht, es war die einzige Möglichkeit. Ich habe mein Auto verkauft und alles, was ich nicht unbedingt brauchte. Irgendwie habe ich das Geld zusammengekratzt und mir diese Tiere vom Hals geschafft.« Wieder lächelte er, diesmal breiter. »Und als ich den Job hatte, hab ich sogar einen kleinen Bankkredit bekommen.«

»Ich staune.« Tanner fragte sich, warum Andrew Evans nicht in der Lage gewesen war, sein Leben auf ähnliche Weise in den Griff zu bekommen. Ob es ihm vielleicht sogar gelungen wäre, wenn die Leute, denen er das Geld schuldete, ihm nicht so großzügig einen anderen Ausweg eröffnet hätten.

Wenn er so lebensklug gewesen wäre wie sein Freund.

»Ich bin nicht dämlich«, sagte Mason. »Ich weiß, dass man auch einen Kredit bei der Bank zurückzahlen muss.« Wieder nickte er, diesmal ohne zu lächeln. »Aber wenn es nicht funktioniert, steht die Bank immerhin nicht mit einer Pistole vor der Tür. Verstehen Sie, was ich meine?«

Auf dem Parkplatz des Autohauses setzte Tanner sich in ihren VW Golf und nahm einen Anruf aus Long Barrow Manor entgegen.

»Ich muss Paula sehen«, sagte Evans.

Er bemühte sich, ruhig zu klingen, doch Tanner entging die Anspannung in seiner Stimme nicht. »Das ist leider nicht möglich, Andrew«, sagte sie.

»Ich muss meine Frau sehen. Wo ist das Problem? Warum darf ich meine Frau nicht sehen?«

»Das haben wir doch alles besprochen.«

»Ja, aber ich kapier's nicht.« Inzwischen gab er sich keine Mühe mehr, seine Anspannung zu kaschieren. »Schon klar, dass *die* nicht wissen sollen, was läuft. Alles schön und gut. Aber warum soll Paula nichts wissen? Das ist nicht fair.«

»Sie weiß, dass Sie in Sicherheit sind. Wir haben es ihr gesagt.«

»Ja, aber sie muss auch *sehen*, dass es mir gut geht. Und mein kleiner Sohn muss es auch sehen.«

»Das kann ich nicht machen.«

»Nur für eine Stunde oder so, ja?«

»Hören Sie, vielleicht kann ich einen Anruf arrangieren, aber ich kann Ihnen nichts versprechen, also …«

»Ich will nicht mit ihr telefonieren. Warum kann sie nicht kommen und mich sehen?«

»Diese Leute wissen nicht, was läuft und wo Sie sich aufhalten. Das heißt aber nicht, dass sie nicht versuchen werden, es herauszufinden.« Kaum hatte sie zu Ende geredet, begriff Tanner, dass sie einen Fehler gemacht hatte.

»Wollen Sie damit sagen, sie ist in Gefahr?«

»Nein, das will ich nicht sagen.« Im Rückspiegel sah sie ihr eigenes Kopfschütteln. »Das will ich wirklich nicht sagen, Andrew. Ich will Ihnen nur begreiflich machen, weshalb niemand Ihren Aufenthaltsort kennen darf, mehr nicht.«

Tanner sah auf und bemerkte, dass der Geschäftsführer des Autohauses sie vom Eingang aus beobachtete. Als er merkte, dass sie ihn gesehen hatte, winkte er. Tanner hörte Evans' Atem und sagte schließlich: »Ich fahre zu ihr und spreche mit ihr, okay?«

Evans murmelte etwas, schnell und mit tiefer Stimme, doch Tanner verstand ihn nicht.

»Ich fahre zu Paula«, sagte sie. »Das verspreche ich Ihnen.« Ein Summen signalisierte ihr, dass ein weiterer Anrufer sie zu erreichen versuchte. »Hören Sie, es tut mir leid, aber ich muss jetzt auflegen.«

DREIUNDZWANZIG

»Leila war so beschäftigt«, sagte Mina Fadel. »Ich glaube, das war das Problem.«

Leilas Vater Barin, der neben ihr saß, nickte. »Sehr beschäftigt, aber das lag daran, dass sie so beliebt war. Die beliebteste Ärztin in der Praxis, auch weil sie die beste war.«

»Sind Sie sicher, dass Sie nichts zu trinken möchten?«

»Nein, danke«, sagte Chall.

»Aber Sie sind von so weit her gekommen …«

»Wir haben im Zug gegessen«, sagte Kitson.

Ein Brötchen mit Bacon für Kitson und einen dünnen Muffin für Chall, beides kurz vor dem Einsteigen in einer Bäckerei im Bahnhof von Liverpool gekauft.

»Nun kommen Sie schon, erzählen Sie mir etwas über Nicola«, hatte Kitson gesagt, kaum dass sie ihr Frühstück beendet hatten.

»Was soll ich erzählen?«

»Plaudern Sie ein bisschen aus dem Nähkästchen. Kommen Sie, Sie arbeiten doch schon lange genug mit ihr zusammen.«

»Da gibt es nichts zu erzählen.«

»Sie sind loyal.« Kitson hatte genickt und sich zurückgelehnt. »Das ist gut.«

»Und was ist mit Thorne? Mit ihm arbeiten Sie auch schon lange zusammen.«

Kitson hatte nichts geantwortet.

»Dann sind wir schon zwei«, hatte Chall festgestellt. »Beide loyal.«

»Das hat nichts mit loyal zu tun«, hatte Kitson gesagt. »Es gibt nur nichts zu sagen, das er Ihnen nicht auch selbst erzählen würde. Eigentlich würde mir eine ganze Menge einfallen, aber wir haben nicht genug Zeit.«

»Bis Norwich sind es fast zwei Stunden.«

Kitson hatte die Schultern gezuckt. »Wie gesagt …«

»Also«, sagte jetzt Barin Fadel. Er rutschte auf dem Sofa herum und griff nach der Hand seiner Frau. »Warum haben Sie den weiten Weg auf sich genommen? Gibt es etwas Neues?«

»Wir nehmen uns den Fall noch einmal vor«, sagte Kitson. »Was nicht heißen soll, dass die anderen Beamten ihm nicht die nötige Aufmerksamkeit geschenkt hätten.«

»Wir schauen nur aus einem etwas anderen Winkel darauf«, erklärte Chall.

Mina schüttelte den Kopf. »Wir haben der Polizei schon alles erzählt. Mehr als einmal.«

»Ich weiß«, sagte Kitson. »Aber das ist vier Monate her, und wir haben gehofft, dass Ihnen noch etwas eingefallen sein könnte. Irgendetwas.«

Der Mann und die Frau tauschten Blicke aus. Er hatte volles silbriges Haar und war trotz seines Ruhestands so gekleidet, als ginge er immer noch zur Arbeit. Hemd und Krawatte, eine braune Strickjacke. Wirkte die Kleidung des Mannes vielleicht ein wenig eintönig, so war bei seiner Frau das komplette Gegenteil der Fall. Sie trug einen roten Hosenanzug und eine weiße Bluse. An der Jacke steckte eine riesige Brosche, passend zu den goldenen Armreifen an beiden dünnen Handgelenken. Ihre gefärbten Haare waren in bester *Denver-Clan*-Manier frisiert, die pinkfarbenen Fingernägel offensichtlich frisch manikürt. Eine Frau, die allem Anschein nach Wert auf ihre äußere Erscheinung legte und die nicht merkte – oder der es egal war –, dass sie in ihrem vorstädtischen Wohnzimmer ein wenig overdressed war.

»Zu beschäftigt, um Freundschaften zu pflegen, sagten Sie?« Kitson schaute zwischen den beiden hin und her.

Leilas Vater schüttelte den Kopf. »Nein, nein. Natürlich hatte sie Freunde. Die Menschen mochten sie gern.«

»Sie war die beliebteste Ärztin in der Praxis«, erinnerte Mina sie.

»Zu beschäftigt, um häufig auszugehen, meinte ich. Das ist etwas anderes.«

Beide hatten einen starken iranischen Akzent, obwohl sie bereits Mitte der achtziger Jahre nach Großbritannien gekommen waren. Sie hatten beinahe dreißig Jahre im selben Haus gewohnt, keine Meile von der Praxis entfernt, in der ihre Tochter gearbeitet hatte. Und nur ein Stückchen weiter weg von der Wohnung, in der sie gestorben war.

Das alles hatte in der Fallakte gestanden, die Chall und Kitson im Zug gelesen hatten. Zwischendurch hatten sie immer wieder auf das Braun und Grün der ebenen Ackerflächen und Wiesen geschaut, ehe sie sich erneut den Fotos der strangulierten Frau zugewandt hatten: Schaum in den Mundwinkeln, eine schwarze, aufgeblähte, praktisch abgetrennte Zunge zwischen perfekten weißen Zähnen.

»Leila trug elegante Kleidung, als sie … gefunden wurde.«

»Natürlich«, sagte Mina. Sie drehte an einem ihrer goldenen Armreifen.

Chall nickte. Es war möglich, dass Mina Fadels Ideal eines perfekten Äußeren schlicht auf ihre Tochter abgefärbt hatte – oder ihr eingetrichtert worden war. Doch er hatte seine Zweifel. Er warf einen Blick auf die gerahmten Fotos auf einem Schrank neben dem Fernseher: Leila, wie sie stolz mit ihrer Promotionsurkunde posierte; wie sie ein wenig steif zwischen ihren Eltern saß; wie sie die Arme um ihren jüngeren Bruder schlang. »Könnte es sein, dass sie an dem Abend vielleicht ausgehen wollte oder von irgendwoher zurückgekehrt war?«

»Das hat die Polizei uns schon gefragt«, erklärte Mina.

»Ja, ich weiß.«

»Wir können Ihnen nur sagen, was wir damals auch schon gesagt haben.« Barin Fadel stieß seine Hand, in der er immer noch die seiner Frau hielt, bekräftigend ins Sofakissen. »Leila war berufstätig und legte großen Wert auf ihre Erscheinung. Sie trug dieselbe Art Kleidung, die sie auch täglich bei der Arbeit anhatte.«

»Allerdings war es ein Samstag«, wandte Kitson ein.

»Ja, das weiß ich.«

»Leila war an diesem Tag nicht in der Praxis.«

Der alte Mann konnte einen Anflug von Ärger nicht verbergen. »Meine Tochter war *immer* gut angezogen.«

Hundertsechzig Meilen entfernt, in Canterbury, saß Tom Thorne in der Küche einer Wohngemeinschaft und sah einer jungen Frau dabei zu, wie sie einen grünen Tee trank, der irgendwie nach Fisch roch.

Nach schamponiertem Fisch.

Vom Kräutertee einmal abgesehen waren seine Erwartungen an die Studenten-WG, in der Zoe McCausland wohnte, weitgehend unerfüllt geblieben. Er hatte sich, basierend auf seinen Erinnerungen an alte Episoden der Serie *The Young Ones*, bunte Fahrräder im Hausflur, Pilzkulturen auf der eiskalten Toilette und Finger-weg-von-meinem-Käse!-Schilder am Kühlschrank vorgestellt. Tatsächlich war die Küche, wie alles, was er bisher gesehen hatte, blitzblank. In einem Weidenkorb an der Tür lag die ordentlich gefaltete Wäsche, und hinter ihm brummte die Spülmaschine. Das alles wirkte weit entfernt von dem berauschenden Studentenleben, an das Phil Hendricks und andere sich so gern erinnerten. Und das verpasst zu haben Thorne so oft bedauert hatte.

Die »Universität des Lebens« war schon in Ordnung, allerdings musste man früh aufstehen und Steuern zahlen. Und man hatte nicht annähernd so viel Sex.

Auch die junge Frau, eine Freundin von Annette Mangan bis zu deren Ermordung vor sechs Monaten, entsprach keineswegs

Thornes Erwartungen. Sie hatte rosige Wangen, kleine, leuchtende Augen und einen lockigen Wuschelkopf. Thorne rechnete es ihr hoch an, dass sie keinen Versuch unternahm, ihre kleinbürgerliche Herkunft zu verbergen, die schon ihr Akzent deutlich verriet. Sie wirkte mit sich selbst völlig im Reinen. Doch abgesehen von dem Diamantstecker in ihrer Nase ließ nichts an eine Schauspielschülerin im dritten Jahr denken.

»Eigentlich kannte ich Annette nicht besonders gut«, sagte Zoe. »Das hab ich der Polizei damals schon gesagt. Ich meine, wahrscheinlich so gut wie alle anderen.«

»Gut genug, um zu wissen, ob sie mit jemandem zusammen war?«

»Ich glaube nicht. Ich weiß es nicht.«

»Es gab keinen festen Freund?«

»Nein.« Sie nippte an ihrem sonderbaren Tee und lächelte. »Es sei denn, sie hätte ihn irgendwo versteckt.«

»Sie haben sie nie mit jemandem zusammen gesehen?«

Zoe schüttelte den Kopf. »Nein. Aber einmal hat sie etwas gesagt, das mich vermuten ließ, dass es da einen Kerl gab. Nur so eine kurze Bemerkung. An den Wortlaut kann ich mich nicht mehr erinnern, tut mir leid.«

»Schon in Ordnung«, sagte Thorne.

Die junge Frau stellte ihren Becher ab und sah ihn an. »Glauben Sie, dass Annette von einem Fremden getötet wurde?«

Anders als bei dem Mord in Bristol gab es keine Anzeichen für ein gewaltsames Eindringen in das kleine Apartment, das Annette Mangan allein bewohnt hatte. Der ursprüngliche Ermittlungsleiter hatte daraus – durchaus nachvollziehbar – den Schluss gezogen, dass sie ihren Mörder möglicherweise gekannt hatte. Wie Leila Fadel und Patricia Somersby war sie nicht annähernd so leger gekleidet gewesen, wie man es spätabends erwarten sollte. Schwarzes Kleid, Strümpfe, Schuhe mit Absätzen. An ihrem

Körper war kein Schmuck gefunden worden. Allerdings hatten Abschürfungen an mehreren Fingern in den Augen der ermittelnden Beamten dafür gesprochen, dass ihr Mörder Ringe hatte mitgehen lassen, wie auch ihr Smartphone, ihren Laptop und das Bargeld aus ihrer Handtasche.

Ehe Thorne Zoes Frage beantworten konnte, kam ein junger Mann in die Küche und betrachtete sie desinteressiert. Er kam Thornes Erwartungen von einem Studenten schon näher: nackte Füße, noch im Halbschlaf, Trainingshose und ein verwaschenes *Star-Wars*-T-Shirt. Dazu ein Bart, der so aussah, als hätte ihm jemand Klebstoff ans Kinn geschmiert und ihn dann mit Schamhaaren beworfen.

»Das ist Detective Inspector Thorne«, sagte Zoe. »Er ist hier, um über Annette zu sprechen.«

Der junge Mann nickte, verzog das Gesicht, drehte sich um und ging wieder hinaus.

»Was sollte das bedeuten?«, fragte Thorne.

»Was?«

»Dieser Blick, gerade eben.« Thorne kannte den *Oh, Polizei-*Blick recht genau. Im Gesicht des jungen Mannes allerdings hatte er etwas anderes registriert. Seine Miene hatte sich bei der Erwähnung von Annette Mangans Namen verändert.

Zoe schien sich plötzlich ein wenig unbehaglich zu fühlen. »Na ja, um ehrlich zu sein, Annette war ein bisschen … seltsam.«

»Ich glaube immer noch, dass es um Drogen ging«, sagte Barin Fadel. »Ein- oder zweimal gab es Einbrüche in der Praxis. Sie wissen schon, Leute, die nach Drogen gesucht haben.« Seine Frau nickte zustimmend. »Vielleicht hat der Mörder geglaubt, Leila hätte irgendetwas zu Hause. Vielleicht wurde er wütend, als er nichts fand. Und unsere Tochter kam ihm einfach in die Quere.«

Kitson nickte, als dächte sie darüber nach. Doch sie wusste, dass diese Möglichkeit bereits früh verworfen worden war. Dass der Mörder ihr Telefon und alles Bargeld mitgenommen hatte, passte durchaus zur Junkie-Theorie. Aber wenn er wirklich auf der Suche nach Drogen gewesen war, warum hatte er dann nicht die Wohnung durchwühlt, warum ihren Laptop zurückgelassen?

Warum hätte er sie überhaupt töten sollen?

»Sie haben vorhin gesagt, Leila hätte Freunde gehabt.« Chall wandte sich direkt an Mina. »Gab es darunter vielleicht Männer, die ... mehr als nur Freunde waren?«

Leilas Vater schüttelte heftig den Kopf. »Das hätten wir gewusst. Sie war viel zu beschäftigt in ihrem Beruf. Aber sie hätte es uns erzählt, falls es jemanden gegeben hätte.« Seine Blicke suchten Unterstützung bei seiner Frau, doch diese schaute auf ihre im Schoß gefalteten Hände.

»Was ist?«, fragte Kitson.

Die Frau schien ein wenig in sich zusammenzusacken. Ihre Stimme war leiser als zuvor: »Manchmal hab ich mich gefragt ...«

Ihr Mann starrte sie an. »Was gefragt?«

»Ob sie mit jemandem zusammen war oder wenigstens versuchte, jemanden kennenzulernen. Zuerst dachte ich, es wäre bloß Wunschdenken, nicht wahr, weil ich wollte, dass sie glücklich ist, aber dann hatte ich plötzlich so ein Gefühl ...«

»Warum um alles in der Welt hast du das vor vier Monaten nicht gesagt?«

Kitson und Chall sahen das Ehepaar schweigend an.

»Weil es nur ein Gefühl war. Aber ich denke ständig an Leila, jede einzelne Minute ...«

»Das tue ich auch.«

»Und in letzter Zeit glaube ich manchmal, dass ich recht hatte. An manchen Tagen wirkte sie ... strahlender. Verstehst du?« Sie streckte den Arm aus und tätschelte das Bein ihres Mannes. »Vielleicht bemerkt nur eine Mutter solche Dinge. Wenn sie anrief, um mit mir zu reden, oder auf ein Schwätzchen vorbeikam, war da etwas in ihrer Stimme … Selbst ihr Gang wirkte an solchen Tagen beschwingter.«

»Wir alle haben gute und schlechte Tage«, gab ihr Mann zu bedenken.

»Nein, es war mehr als das. Sie hat sich auch neue Kleider gekauft. Und manchmal hat sie erzählt, dass sie in hübschen Restaurants gegessen hätte.«

»Vielleicht mit einem der anderen Ärzte.« Barin warf Chall einen Blick zu. »Einem Kollegen.«

»Vielleicht«, sagte Mina.

»Hat sie jemals einen Namen erwähnt?«, fragte Kitson. »Vielleicht nur so nebenbei?«

Mina schüttelte den Kopf, dann sah sie ihrem Mann hinterher, der aufstand und an den Schrank neben dem Fernseher trat. Er nahm eines der Fotos in die Hand, wischte mit dem Ärmel über den Rahmen und stellte es wieder hin.

»Verdammte Fotos«, sagte er. »Was nützen einem schon Fotos.«

Hin und wieder hatte Kitson in vergleichbaren Situationen etwas über glückliche Erinnerungen zum Besten gegeben, doch ein Blick in Barin Fadels Gesicht überzeugte sie, dass es banal und bedeutungslos geklungen hätte. Dass es banal und bedeutungslos gewesen *wäre*.

»Ich bewahre oben ein paar Dinge auf«, sagte Mina und beugte sich zu Kitson vor. »Alte Kindersachen vor allem.«

»Wir mussten nachher ihre Wohnung ausräumen.« Ihr Mann hatte nach einem anderen Bild gegriffen. Er presste sich die flache Hand auf die Brust und schaute zu Kitson und Chall hinüber. »Gott sollte nicht zulassen, dass man so etwas je tun muss. Wir haben ihre Kleidung in einen Wohltätigkeitsladen gegeben, und all ihre Bücher.«

»Ihre medizinischen Fachbücher habe ich aufbewahrt.« Es schien, als spräche Mina zu sich selbst, ehe sie ihren Mann wieder anschaute. »Und den Laptop haben wir Hassan gegeben, weißt du noch?«

Barin nickte und stellte das Foto zurück. »Leilas jüngerer Bruder wollte gerade zur Uni gehen. Wenigstens etwas.« Er kam zurück und setzte sich auf die Lehne des Sofas. »Er ist nicht annähernd so klug wie seine Schwester.«

»Das ist nicht fair.«

Er hob die Hand, um anzudeuten, dass er noch nicht fertig war. »Aber eines muss man ihm lassen. Er hat ordentliche Prüfungen abgelegt, und Leeds ist eine sehr gute Universität.« Er warf Chall einen Blick zu. »Meinen Sie nicht?«

Chall nickte und machte eine Bemerkung über die tolle Stadt Leeds. Derweil ließ Kitson sich durch den Kopf gehen, was Leila Fadels Eltern über ihre Tochter gesagt hatten. Sie betrachtete die frisch abgestaubten Bilder auf dem Schrank und fragte sich, warum die junge Frau auf keinem einzigen davon lächelte.

Ihr gingen dieselben drei Begriffe durch den Kopf, die sich ihr aufgedrängt hatten, seit sie den ersten Schritt ins Wohnzimmer der Fadels gesetzt und die Bilder entdeckt hatte.

Klug. Übergewichtig. Einsam.

»Annette war gern für sich allein«, sagte Zoe. »Daran ist natürlich nichts verkehrt, aber es führte dazu, dass manche Leute sie für ein bisschen hochnäsig hielten. Oder gar sonderbar. Vergessen Sie nicht, dass sie ein paar Jahre älter war als wir anderen. Es ist also kaum ungewöhnlich, dass wir nicht viele Gemeinsamkeiten hatten. Ich schätze, Annette passte irgendwie nicht richtig rein. Sie wollte nie Gras rauchen oder sich irgendwelche Bands anschauen.« Zoe zuckte die Schultern. »Und auch nicht jeden Abend ausgehen und sich volllaufen lassen.«

Thorne betrachtete die junge Frau. Er war froh, dass sie den Mund aufmachte, konnte sich gleichzeitig aber kaum vorstellen, dass sie gerade *ihre eigene* bevorzugte Freizeitgestaltung beschrieb.

»Sie war nicht komplett verschlossen. Sie wollte auch nicht geheimnisvoll wirken oder so. Sie gab einfach nicht viel von sich preis. Ich meine, vielleicht hat sie jeden Abend da oben in ihrem Zimmer gesessen und gearbeitet. Aber eigentlich wusste niemand, was sie gerade trieb, nicht genau.«

»Sie war zurückhaltend«, sagte Thorne.

»Ja, genau. Aber wenn mehrere von uns zusammensaßen und Annette nicht zu Hause war, was praktisch niemals vorkam, redeten die Leute über sie und malten sich aus, was sie wohl gerade machte. Nur zum Spaß, verstehen Sie? Ich wette, sie treibt gerade dieses oder jenes. Blöde Witze. Dass sie sich Pornos mit Tieren reinzieht oder auf dem Friedhof rumhängt. Blödsinn, und nach dem, was ihr zugestoßen ist, klingt es natürlich schrecklich. Aber es war nicht böse gemeint. Die Leute haben nicht wirklich so gedacht.«

»Was dachten Sie selbst?«

»Soll ich das wirklich sagen?«

»Ich hab schließlich gefragt.«

Zoe grinste geheimnisvoll. »Ich glaube, sie hatte eine ganz andere Seite. Ich glaube, sie war im Geheimen nymphomanisch.« Sie lehnte sich zurück und schüttelte den Kopf. »Verdammt, habe ich das wirklich gesagt? Was für ein dämliches Wort. Klingt wie eine Überschrift in der *Sun*. Nein … Ich glaube einfach, dass sie Spaß an Sex hatte, und warum auch nicht?«

»Genau«, sagte Thorne.

»Wenn es Sie wirklich interessiert, was ich denke, würde ich sagen, dass Annette regelmäßig Clubs und Bars besuchte, um dort fremde Männer abzuschleppen. Ich schätze, sie hat sie aufgegabelt, mit nach Hause genommen und bis zum Gehtnichtmehr gevögelt. Und ich glaube, dass sie in *jener* Nacht einfach an den Falschen geraten ist. Vielleicht hat sie gespürt, dass er irgendwie seltsam war, oder vielleicht hat er ihn auch einfach nicht hochgekriegt, wie auch immer, vielleicht ist er durchgedreht und ... na ja, den Rest kennen Sie ja.« Sie verschränkte die Arme und lehnte sich selbstzufrieden zurück. »Ich meine, möglich wäre es doch, oder? Die Theorie ist nicht schlechter als jede andere, oder?«

Da es die erste Theorie war, die er überhaupt gehört hatte, konnte Thorne ihr kaum widersprechen. Stattdessen fragte er: »Haben Sie schon mal darüber nachgedacht, Detective zu werden?«

Die junge Frau lachte. »Tut mir leid. Ich will Schauspielerin werden.«

»Kein Problem«, sagte Thorne. »Für einen Detective ist das nicht die schlechteste Voraussetzung.«

Auf dem Rückweg zu seinem Wagen fragte Thorne sich gerade, wie viel man ihm an Parkgebühren abknöpfen würde, als ihn ein Anruf von Tanner erreichte.

»Wie ist es mit dem Mechaniker gelaufen?«, fragte er. »Hat er sich um dein Pleuellager gekümmert?«

»Wir haben noch ein Opfer«, sagte Tanner. »Ein neues.«

Thorne blieb abrupt stehen.

»Ich habe im System einen Alarm für plötzliche Todesfälle eingerichtet, auf die unsere Kriterien passen. Heute Morgen kam eine Meldung von den Kollegen der Thames-Valley-Polizei in Amersham. Diesmal also ganz in der Nähe. Das Opfer heißt Alice Matthews, und wie es aussieht, wurde sie in der Nacht auf Freitag getötet.«

»Freitag? Und erst jetzt ...«

»Sie hat in Teilzeit gearbeitet und hatte am Freitag keinen

Dienst, sodass sie niemand vermisst hat. Die Leiche wurde erst gestern Morgen gefunden.«

Thorne setzte sich wieder in Bewegung. Das Telefon schien an seinem Ohr zu brennen.

»Tom?«

»Sorry. Ich bin in schätzungsweise anderthalb Stunden zurück.«

»Es sieht aus, als hätte er wieder mit dem Work-out begonnen.«

Thorne sagte etwas Unverständliches. Er beschleunigte seine Schritte und wich einem Kinderwagen aus. Dann zog er das Portemonnaie aus seiner Innentasche und wühlte nach Kleingeld für den *beschissenen* Automaten.

Niemand hat sie vermisst, dachte er.

VIERUNDZWANZIG Tanner stand in ihrer Küche und sah zu, wie Thorne das Essen, das er unterwegs bei einem Thailänder besorgt hatte, auf zwei Teller verteilte: rotes Garnelen-Curry, gebratenes Lamm und Hühnchenflügel in Salz-und-Pfeffer-Marinade. Es roch fantastisch.

»Ich hätte uns auch etwas kochen können.«

»Ach ja?«, fragte Thorne.

»Ich hätte … irgendwas Schnelles zaubern können.«

Thorne trat an den Kühlschrank, öffnete ihn. Er betrachtete den Inhalt mit einem skeptischen Blick. »Das dachte ich mir.«

»Was dachtest du dir?« Tanner trat beleidigt hinzu und schaute selbst in den Kühlschrank, als rechne sie mit einer opulenten Auswahl köstlicher Gerichte, die dort aus dem Nichts aufgetaucht waren.

»Du hast nach Susans Tod gesagt, du würdest dich überwiegend von Käsetoast ernähren. Ich schätze, sie hat sich bei euch ums Kochen gekümmert.«

»Ich bin besser geworden.« Tanner schloss die Kühlschranktür.

»Jedenfalls sterbe ich vor Hunger, und bei diesen Fertiggerichten reichen die Portionen nie aus.« Er reichte ihr das Tablett mit den beiden Tellern und öffnete zwei Dosen Tiger-Bier, die er gleich mitgebracht hatte. »Und überhaupt. Wer hat nach so einem Tag noch die Energie zum Kochen?«

Sie brachten das Essen ins Wohnzimmer, setzten sich nebeneinander aufs Sofa und begannen zu essen.

»Ich hab dir noch gar nicht von meinem Gespräch mit Kyle Mason erzählt«, sagte Tanner. »Ich wollte dich kurz ins Bild setzen, aber dann …«

Thorne nickte. Nach seiner Rückkehr aus Canterbury war er – wie alle anderen – für den Rest des Tages mit dem Mord an Alice Matthews beschäftigt gewesen. Zunächst hatten sie das Material durchforstet, das die Thames-Valley-Kollegen geschickt hatten. Dann waren Beamte losgeschickt worden, um die beiden Söhne und den Exmann des Opfers zu befragen. Und schließlich mussten alle, die irgendwie mit der Operation Felix zu tun hatten, auf den neuesten Stand gebracht werden.

An die Pinnwand im Einsatzraum war ein neues Foto geheftet worden.

Sie hatten die Befragungen von Leila Fadels Eltern und von Zoe McCausland zu Papier gebracht und in die Akte aufgenommen. Und schließlich war es irgendwem gelungen, Patricia Somersbys Schwester in Florida ans Telefon zu bekommen. Da sie und Patricia allerdings nur sehr unregelmäßig Kontakt hatten, war die Frau nicht in der Lage gewesen, ihnen irgendetwas Neues zu berichten.

»Pat hat einen Einbrecher überrascht«, hatte die Frau am Telefon gesagt. »Stimmt's? So habe ich es jedenfalls von der Polizei gehört.«

Der Beamte hatte erwidert, sie führten lediglich zusätzliche Ermittlungen durch. Dann hatte er versprochen, sie über die weiteren Entwicklungen auf dem Laufenden zu halten.

»Es gibt sowieso nichts Weltbewegendes zu erzählen«, sagte Tanner jetzt. »Mason hat ein paar interessante Bemerkungen gemacht, aber viel war es nicht. Ich hoffe, aus Graham French bekomme ich ein bisschen mehr heraus.«

Thorne schob sich einen Löffel voll Reis in den Mund.

»Dem Friseur.« Tanner wartete. »Der mit Andrew Evans in Pentonville saß. Vielleicht kann er uns einen Hinweis auf die Duchess liefern.«

»Genau.« In Wahrheit hatte Thorne mit dem Namen einen Moment lang nichts anfangen können, was Tanner natürlich sofort bemerkt hatte. Der aktuellste Fall in ihrer mutmaßlichen Mordserie schien im Augenblick seine sämtlichen kognitiven Kapazitäten zu beanspruchen.

»Ich leg dir morgen meinen Bericht zu Mason vor, dann kannst du einen Blick darauf werfen.«

Thorne war klar, dass Tanner den Bericht vermutlich umgehend schreiben würde, sobald er das Haus verlassen hatte. Und die Berichte über ihre sonstigen heutigen Aktivitäten. Diesen Teil der Arbeit schob Thorne für gewöhnlich bis zum allerletzten Moment auf, wie in seiner Schulzeit die Hausaufgaben. Oftmals reichte es gerade dazu, die Berichte in sein iPhone zu diktieren und einem übereifrigen Nachwuchspolizisten einen Zwanziger zuzustecken, damit der sich an einen Computer setzte und die Aufnahme für ihn abtippte.

»Vier Opfer in sechs Monaten.« Tanner hatte eindeutig weit weniger Probleme damit, die Einzelheiten zweier Fälle gleichzeitig im Kopf zu behalten. Sie schob das Essen auf ihrem Teller hin und her. »Über Katzenmorde sind wir längst hinaus.«

»Ja, das schätze ich auch.« Thorne war bereits mit seiner Mahlzeit fertig. Er lehnte sich zurück und griff nach seinem Bier. »Nicht dass ich sagen könnte, wo genau wir jetzt stehen.«

»Wenn das so leicht wäre, hätte ihn längst jemand geschnappt.« Tanner legte die Gabel auf ihren Teller. Sie nahm Thornes leeren Teller, schob ihn unter ihren eigenen und stellte beide samt dem Tablett auf den flachen Tisch neben dem Sofa. Er schaute zu, wie sie die benutzten Papierservietten zusammenknüllte und sich hinüberlehnte, um sie ebenfalls auf dem Tablett zu deponieren.

Thorne schüttelte den Kopf und zählte an den Fingern die von Tanner erwähnten Opfer ab. »Eine Frau Ende fünfzig, eine Studentin in den Zwanzigern, eine Ärztin …«

»Leila Fadel war einunddreißig.«

»Genau. Und jetzt eine Großmutter in Altersteilzeit.«

»Alle Singles.« Tanner schaute ihn an. »Alle wohnten allein. Wir müssen uns auf die Gemeinsamkeiten konzentrieren.«

»In Norwich, Bristol, Kent.«

»Ein gewaltsames Eindringen, das wahrscheinlich im Nachhinein vorgetäuscht wurde, um es nach einem Einbruch aussehen zu lassen. In den anderen Fällen haben die Opfer ihn hereingelassen. Oder er war zumindest in der Lage, sich Zutritt zu *verschaffen*.«

»Vielleicht kannten sie ihn«, sagte Thorne.

Nun lehnte sich auch Tanner zurück. Allerdings wirkte die Bierdose in ihrer Hand nicht annähernd so natürlich wie bei Thorne. »Genauso gehe ich beim Puzzeln vor.«

»Wie?«

»Du weißt, dass ich ganz gerne Puzzles lege?«

Thorne nickte. Er hatte eins gekauft und Tanner ans Bett gestellt, als sie im Jahr zuvor im Krankenhaus gelegen hatte. »Ordnung im Chaos schaffen … Oder wie hast du das genannt? Allerdings warst du zu der Zeit zugedröhnt mit Morphium.«

»Aber genau darum geht es. Solange man nur jedes einzelne Teil betrachtet, kommt man nicht weiter. Dann ist alles bloß Chaos. Ja, vielleicht bringt man das eine oder andere Teil sogar zusammen. Aber während man das versucht, muss man ständig das Bild auf der Schachtel im Auge behalten und sich das große Ganze vor Augen führen. Das ist das Entscheidende. Die meisten behaupten, es gäbe nichts Schlimmeres als ein Puzzle, bei dem ein Teil fehlt. Aber *in Wirklichkeit* ist ein Puzzle nur dann sinnlos, wenn die Schachtel fehlt. Wenn man kein Bild hat, an dem man sich orientieren kann.« Sie betrachtete ihn, als läge die Antwort auf ihre nächste Frage auf der Hand: »Also, wie sieht unser Bild aus?«

Thorne hob die Dose, als wolle er ihr zuprosten. »Nun, ich persönlich sehe ein wunderschönes Bild vor mir von diesem Drecksack auf der Anklagebank im Old Bailey.«

»Jetzt im Moment, meine ich.«

»Oder vielleicht, wie er im Gefängnis abgestochen wird, wenn wir richtig Glück haben.«

»Er ist ein Mann, der sich ziemliche Mühe gibt, nicht geschnappt zu werden«, sagte Tanner. »So einfach ist das. Ich meine, es gibt Täter, die im tiefsten Inneren erwischt werden *wollen*, stimmt's? Das würde deine Dr. Perera jedenfalls behaupten.«

»Seit wann ist sie *meine* Dr. Perera?«

Tanner lächelte und pickte irgendeinen Krümel vom Sofa. »Aber wir suchen jemanden, der das, was er tut, aus irgendeinem Antrieb heraus macht … aus welchem auch immer … der aber trotzdem clever genug ist, alle möglichen Vorsichtsmaßnahmen zu ergreifen, damit er ungestört weitermachen kann.«

»Der geografische Aspekt«, sagte Thorne. »Die Distanzen, die er zurücklegen muss.«

»Das gehört dazu.«

»Und die Gegenstände, die er an den Tatorten mitgehen lässt.«

»Genau.« Tanner wandte sich zu ihm um. »Das sind keine Andenken, die er zu Hause anschaut oder streichelt. Wenn solche Täter Souvenirs mitnehmen, dann Locken oder Kleidungsstücke, kleine Dinge, die dem Opfer etwas bedeutet haben. Und sicher keine Mobiltelefone und Laptops.«

Thorne nickte. »Er versucht, Beweismittel zu vernichten. Kurznachrichten, E-Mails, was auch immer. Er will alles zerstören, das uns einen Hinweis darauf liefern würde, dass er seine Opfer kannte.«

»Genau. Das ist das Bild, das ich sehe«, erklärte Tanner.

Danach schwiegen sie eine Weile, und Thorne versuchte, sich nicht allzu offensichtlich im Raum umzusehen. Ihn mit dem Zustand zu vergleichen, in dem er ihn früher einmal erlebt hatte. Die Möbel, auch wenn sie offensichtlich neu waren, ähnelten stark denjenigen, die durch das Feuer vernichtet worden waren. Thorne freute sich über die geretteten Drucke an der Wand. Auf dem Regal neben dem Kamin standen nur wenige Bücher. Daher ließ sich noch nicht sagen, ob sie – wie ihre Vorgänger – wieder nach Farben sortiert werden würden.

Thorne lächelte und rutschte zur Sofakante. »Nun, dann …«

Tanner erhob sich.

»Ich glaube, ich hab meine Jacke in der Küche gelassen.«

»Ich habe sie aufgehängt«, sagte Tanner.

»Natürlich.«

FÜNFUNDZWANZIG

Als Thorne zurück in die Wohnung kam, lief eine Fernsehsendung, die Helen offenbar kaum eines Blickes würdigte. Irgendwelche Männer auf einer Insel, die sich gegenseitig anbrüllten. Alfie lag neben ihr auf dem Sofa, in Unterwäsche und mit einem Waschlappen auf der Stirn.

»Er hat Temperatur«, erklärte Helen. »Natürlich nicht so hoch, dass die Kinderärztin den Hintern hochkriegen und vorbeischauen würde.«

»Willst du ihn zum Notdienst bringen?«

Helen schüttelte den Kopf. »Ein Löffel Hexal und ein kalter Waschlappen sollten reichen.« Sie beugte sich über den Jungen und steckte ihm das Thermometer ins Ohr. Er stöhnte leise. »Schon gut, mein Schatz.«

Thorne zog die Jacke aus und hockte sich auf die Armlehne des Sofas. »Wie geht's dir, Rabauke?«

Alfie genoss eindeutig die Situation. Er schob die Unterlippe vor und drehte sich weg, sobald Helen das Thermometer herausgenommen hatte.

»Die Temperatur ist ein bisschen gefallen«, sagte sie.

»Glaubst du, er kann morgen in den Kindergarten?«

»Na ja, wenn nicht, werde ich Jenny anrufen müssen. Was ich lieber vermeiden würde.«

»Warum?«

»Ich hab heute mit ihr telefoniert. Wir haben uns in die Wolle gekriegt.«

Thorne stand auf und ging in die Küche, um den Wasserkocher anzustellen. »Das sieht dir gar nicht ähnlich.«

»Ach, sie hat mich genervt, und da wusste ich noch nicht, dass ich sie vielleicht brauchen würde.«

Thorne hielt einen Becher hoch, doch Helen schüttelte den Kopf. »Meinetwegen vermutlich.«

»Was?«

»Der Streit mit deiner Schwester.«

»Nicht alles dreht sich um dich.«

»Klar.« Er ging zum Kühlschrank und öffnete die Tür. Ein letztes Bier vor dem Einschlafen war verlockend, vor allem, weil es bis dahin noch eine Weile dauern konnte. Doch stattdessen nahm er die Milch heraus.

»Dein Name ist tatsächlich gefallen.«

Thorne drehte sich zur Arbeitsfläche, damit Helen sein Grinsen nicht sehen konnte.

»Ich hab auch mit Phil gesprochen.«

»Und wie ist es gelaufen?«

»Wir sind wieder Freunde. Ich meine, nicht dass wir vorher *keine* Freunde mehr gewesen wären, aber …«

Thorne tat einen Teebeutel in seinen Becher. »Na, wer von euch hat sich zuerst entschuldigt?«

»Spielt das eine Rolle?«

»Wahrscheinlich nicht.« Thorne war klar, auf wen er setzen würde. Niemand wusste besser als er, wie stur Hendricks sein konnte. Aber Helen spielte noch einmal in einer ganz anderen Liga. Er kehrte mit dem Tee ins Wohnzimmer zurück und quetschte sich neben ihr aufs Sofa.

»Er hat mehr oder weniger zugegeben, dass ich recht hatte.« Helen bemühte sich, nicht allzu selbstzufrieden zu klingen. »Er sagte, er wollte mich einfach ein bisschen ärgern.«

»Hab ich's dir nicht gesagt?«

Alfie begann zu jammern, und Helen strich ihm über den Arm und zog den Waschlappen glatt. »Er meinte, er würde vor allem deswegen Drogen nicht legalisieren wollen, weil es dann weniger Spaß macht, sie zu nehmen.«

»Wie kann ein so kluger Mann derartigen Schwachsinn von sich geben.«

»Kannst du laut sagen.«

»Ich glaube nicht, dass Andrew Evans viel Spaß gehabt hat.« Thorne trank einen Schluck Tee. Im Fernsehen steuerte ein Schauspieler, der ihm vage bekannt vorkam, einen altertümlichen Kahn auf irgendeinem Kanal in der Provinz. »Oder Adnan Jandalis Kinder.«

»Wie kommt ihr voran?«

»Tja. Tanner arbeitet daran, aber vielleicht muss sie sich jetzt eine Weile allein darum kümmern.« Er erzählte ihr von Alice Matthews. Der Fall, der vor gut einer Woche mit ein paar grässlichen Katzenwitzen begonnen hatte, war inzwischen in die intensive Jagd nach einem Serienmörder übergegangen.

»Du solltest ein bisschen schlafen«, sagte Helen.

»Nein, ich warte auf dich.«

»Sei nicht albern.«

»Geh ins Bett, und ich bleibe noch ein bisschen mit Alfie auf. Wahrscheinlich läuft noch irgendwo Fußball.«

»Geh du ins Bett.«

Thorne nickte. Er war froh, es ihr angeboten zu haben, aber noch froher, dass sie nicht darauf eingegangen war. »Wahrscheinlich kann ich sowieso nicht schlafen.« Seine Besprechung mit Tanner ging ihm immer noch durch den Kopf. Ein Mörder, der entschlossen war, ihnen stets einen Schritt voraus zu sein. Das neue Gesamtbild, das er den Kollegen morgen als Erstes mit auf den Weg geben musste. Er griff nach der Flasche Hexal auf dem Fußboden. »Dieses Zeug setzt einen ziemlich außer Gefecht, oder?«

»Ich weiß nicht«, sagte Helen. »Ich glaube, es ist einfach flüssiges Paracetamol.«

Thorne nahm den Deckel ab und schnupperte. »Ich frage mich, was es bewirkt, wenn man davon was in den Tee schüttet.«

SECHSUNDZWANZIG

Auf beiden Seiten des Einsatzraums liefen Mitarbeiter hin und her und gingen ihrer Arbeit an verschiedenen Fällen nach. Währenddessen blieben andere – überwiegend zivile Ermittler – bewusst sitzen, um aufmerksam zuzuhören. Sie waren diese ganz eigene Art Aufregung noch nicht gewohnt. Besprechungen wie diese gab es glücklicherweise nur selten.

Was auch für den speziellen Typ von Mörder galt, der im Zentrum ihrer Teamsitzung stand.

Thorne stand in der Mitte, sah in die Gesichter der rund ein Dutzend Detectives, die an den Schreibtischen ganz in seiner Nähe saßen. Der harte Kern ihres Teams. Für viele von ihnen war dies der größte Fall, an dem sie bisher gearbeitet hatten. Und vielleicht jemals arbeiten würden. Thorne registrierte die verräterischen Anzeichen ihrer Nervosität. Die Stifte, mit denen gegen Tischkanten geklopft wurde. Das Räuspern. Das Kratzen von Handflächen, die über Bartstoppeln strichen.

»Die Operation fokussiert sich auf eine Person, die wir aus guten Gründen verdächtigen, in den letzten sieben Monaten mindestens drei Menschen getötet zu haben. Sie verfügen über sämtliche Informationen zu diesen Taten.« Thorne sah zu, wie Seiten umgeblättert wurden. Als das Rascheln nachließ, ergriff er wieder das Wort. »Aber von jetzt an werden wir unsere ganze Aufmerksamkeit seinem letzten Opfer zuwenden. Alice Matthews, vierundfünfzig, wurde vor vier Tagen in ihrer Wohnung in Amersham ermordet.« Obwohl sich in den Unterlagen, die alle Beamten erhalten hatten, ein Foto von Alice Matthews befand, blickten die meisten von ihren Seiten auf und starrten an ihm vorbei auf das großformatige Hochglanzfoto an der Pinnwand.

Thorne drehte sich um und warf selbst einen Blick auf das Bild.

Ein Foto, das einer der erwachsenen Söhne von Alice Matthews aufgenommen hatte, bei der Feier anlässlich der Taufe ihres ersten Enkelkindes.

»Bei den meisten Ermittlungen braucht man ein wenig Glück.« Thorne schaute weiterhin auf das Bild. »Einen Durchbruch. Wir hatten Glück ... Das hier ist unser Durchbruch, denn jetzt können wir einen frischen Fall bearbeiten ... neue Hinweise, neue Spuren.« Er wandte sich um und sah, dass alle Augen auf ihn gerichtet waren. »Alice Matthews hatte kein Glück, und das gilt auch für die Menschen, denen sie etwas bedeutet hat. Ihre dreiundachtzigjährige Mutter, all ihre Freunde und ihre beiden Söhne ... Sie alle haben kein Glück gehabt. Ganz sicher nicht ihre Enkelin, die jetzt heranwächst, ohne ihre Oma kennenzulernen.«

Er hielt inne und nickte einem der kürzlich hinzugekommenen Mitglieder des Teams zu, der etwas in sein Notizbuch schrieb. »Ja, schreiben Sie das auf«, sagte er. »Sagen Sie es sich jeden Morgen vor der Arbeit auf. Lassen Sie es sich auf Ihre Ärsche tätowieren, wenn es sein muss, Hauptsache, Sie vergessen es nicht. Weil dies die Menschen sind, für die wir unsere Arbeit machen. Und wenn wir alle unseren Job anständig erledigen, ist dies der Moment, wo auch den Mörder sein Glück verlässt.« Er ließ seine Worte ein paar Sekunden wirken. Dann setzte er sich auf die Kante seines Schreibtisches.

»Also gut.« Yvonne Kitson erhob sich. »Wir gehen von der Annahme aus, dass der Täter nicht erst am Abend des Mordes Kontakt zu Alice Matthews aufgenommen hat. Die Frage, die uns zunächst beschäftigt, ist, *wie* er den Kontakt hergestellt hat.«

Wäre Nicola Tanner nicht unterwegs gewesen, um Hinweisen im Fall Evans/Jandali nachzugehen, dann hätte Thorne die Einweisung der Kollegen sicher ihr überlassen. Andererseits war er froh, die praktischen Details von einer Kollegin vortragen zu lassen, die den meisten im Team bereits vertraut war. Um ehrlich zu sein, hatte Tanners Abwesenheit in diesem Moment durchaus Vorteile. Keine Frage, dass sie in der Lage gewesen wäre, hier die Peitsche zu schwingen. Trotzdem war es manchmal effektiver, wenn die Adressaten bereits eine Beziehung zu der Person aufgebaut hatten, die die Peitsche schwang. Abgesehen von Dipak Chall und ein paar vom Revier Kentish Town hinzugezogenen Beamten arbeiteten alle im Raum bereits seit Jahren mit Kitson zusammen.

»Es sieht so aus, als hätte der Verdächtige das Telefon und den Computer von Alice mitgenommen«, sagte Kitson. »So war es auch bei seinen früheren Opfern. Daher vermuten wir, dass es ihm darum ging, sämtliche Hinweise auf die Art der Kontaktaufnahme zu beseitigen. Er stiehlt diese Gegenstände nicht aus einer Laune heraus. Was also will er verbergen?«

Eine Hand wurde erhoben. »E-Mails? Kurznachrichten?«

»Genau das denken wir. Wir müssen also Kontakt mit Alice Matthews' Mobilfunk-Provider aufnehmen und sehen, auf welche Daten wir Zugriff bekommen.« Sie nickte, als sich das erwartbare Gemurre erhob. Ein endloser Papierkrieg stand ihnen bevor, eine zeitraubende und kostspielige Prozedur mit festgelegten Abläufen. »Ein Albtraum, ich weiß. Und wahrscheinlich sind wir alle in Pension, bis wir zu irgendwelchen Ergebnissen kommen. Trotzdem, packen wir die Sache an.«

Ein weiblicher Sergeant in der ersten Reihe fragte: »Was ist mit sozialen Medien?«

»Um die kümmern wir uns auch«, sagte Kitson. »Alice' Exmann hat gegenüber den Beamten vor Ort erklärt, dass sie einen Facebook-Account hatte. Das sieht also nach einer realistischen Chance aus. Wahrscheinlich werden wir mit Facebook und Google noch viel härtere Nüssen zu knacken haben, aber daran führt kein Weg vorbei.«

»Alle Opfer waren Singles«, sagte Chall. »Vielleicht sollten wir uns auch um die Dating-Apps kümmern. Tinder und so weiter.«

Der Beamte hinter Chall legte ihm eine Hand auf die Schulter. »Damit kennen Sie sich aus, Dipak, stimmt's?«

Eine Stimme aus dem Hintergrund meldete sich zu Wort. »Wohl eher mit Grindr.«

Kitson grinste, und die Kollegen lachten. Dann wurde sie wieder ernst. »Ja, Datingplattformen sind eine gute Idee. Aber das wird auch nicht leicht ohne Zugriff auf das Suchprotokoll. Was das angeht, haben wir allerdings eine Chance.«

Chall drehte sich zu den anderen um. »Nicht bei allen Opfern wurden die Computer gestohlen. Leila Fadels Eltern haben erklärt, dass sie ihren Laptop an ihren jüngeren Bruder weitergegeben haben.«

»Er hat ihn mitgenommen, als er zur Uni ging«, fügte Kitson hinzu.

»Warum hat der Mörder das Gerät zurückgelassen?«, fragte die Frau ganz vorne.

»Keine Ahnung«, erklärte Thorne. »Lassen Sie uns hoffen, dass er einfach einen Fehler gemacht hat. Vielleicht war der Laptop irgendwo versteckt, und der Täter hatte es eilig. Auf jeden Fall müssen wir Kontakt zu dem Bruder aufnehmen und das Gerät so schnell wie möglich herschaffen.«

Allgemeines Nicken und Notizenmachen, dazu aufgeregtes Gemurmel.

Kitson übertönte die Kollegen. »Einige von Ihnen werden also diesen Fragen nachgehen. Gleichzeitig müssen wir exakt rekonstruieren, was Alice am Abend ihrer Ermordung gemacht hat. Wir vermuten, sie ist ausgegangen. Vielleicht war sie sogar mit ihrem Mörder verabredet. Also, wo ist sie gewesen? Wie ist sie dorthin gekommen? Natürlich müssen wir uns die Überwachungskameras vornehmen. Das Thames-Valley-Team hat damit bereits angefangen. Sie müssen also mit den Kollegen zusammenarbeiten.«

»Alice hatte Alkohol im Blut«, sagte Thorne. »Das spricht dafür, dass sie nicht mit dem Auto unterwegs war. Lassen Sie ihr Kennzeichen zur Sicherheit trotzdem durch die automatische Nummernschilderkennung laufen. Danach nehmen Sie sich die örtlichen Taxiunternehmen vor.«

Kitson warf einen Blick auf ihre Notizen. »Bei der Autopsie wurde in ihrem Magen etwas gefunden, bei dem es sich wahrscheinlich um halb verdaute Pasta handelt. Wir müssen also in jedem Restaurant in der Gegend von Amersham, das italienisches Essen anbietet, ihr Bild herumzeigen. Auch hier müssen Sie sich mit den uniformierten Beamten vor Ort kurzschließen, damit es schneller geht. Wir müssen wissen, wo sie war und mit wem sie sich getroffen hat.«

»Sie muss ein Date gehabt haben.« Der Beamte hinter Chall lehnte sich zurück und nickte wissend. »Dafür geht man zum Italiener, oder? Das ist romantischer.«

»Ich kann italienisches Essen nicht ausstehen«, warf die Frau in der ersten Reihe ein. »Für mich darf es jeden Tag Nando's sein.«

»Wenn das kein preiswertes Date ist«, sagte jemand.

Die Frau lachte. »Ja, mit würzigem Hühnchen kriegt mich jeder rum.«

Thorne drehte sich noch einmal zu dem Foto um. Er fragte sich, ob der Mann, der sich mit Alice Matthews getroffen hatte, dieses Lächeln zu sehen bekommen hatte. Ob er ihr Lächeln erwidert hatte, während hinter der Fassade bereits seine düsteren Fantasien Gestalt angenommen hatten.

»Gut, können Sie die Einteilung vornehmen, Sam?«, sagte Kitson.

DS Samir Karim stand auf und verteilte die Aufgaben. Thorne

und Kitson traten zu Brigstocke, der die Besprechung in einer Ecke des Raums verfolgt hatte. Sie folgten ihm hinaus auf den Gang.

»Gute Arbeit, Tom«, sagte Brigstocke. »Dieses ›Glück gehabt‹ … das hat die Kollegen wirklich angefeuert.«

»Ja, du warst schon lange nicht mehr so gut«, fügte Kitson hinzu.

Thorne brummte dankbar oder zustimmend, er war sich selbst nicht ganz sicher.

In Wahrheit fühlte er sich plötzlich ein wenig unwohl. Als hätte er ihnen was vorgemacht. Er wusste, dass er einen guten Job gemacht und die Truppen geschlossen hinter sich gebracht hatte. Doch auch wenn er jedes einzelne Wort im Einsatzraum genau so gemeint hatte, waren es letztlich bloß Worte gewesen. In letzter Zeit konnte er manchmal kaum unterscheiden zwischen echter Leidenschaft und dem, was einfach … angemessen war. Was erwartet wurde. Er hatte Alice Matthews nicht gekannt, hatte den Schmerz in den Gesichtern derer, die sie geliebt hatten, nicht gesehen. Er konnte sich nicht einmal ansatzweise einfühlen. Es war sein Job, den Mann zu verhaften, der all diesen Menschen Schmerzen zugefügt hatte. Also würde er alles unternehmen, was dazu nötig war. Aber selbst wenn er andere anfeuern konnte, änderte das nichts daran, dass er sich ein bisschen wie ein Schwindler fühlte.

Er sagte: »Wir werden noch eine Menge mehr Glück brauchen.«

SIEBENUNDZWANZIG

French's Hair & Beauty lag in einer Ladenzeile an der High Road, gegenüber dem Bahnhof Wembley Central und eingezwängt zwischen einer Bank und einem Wettbüro. Tanner warf einen Blick durch das Schaufenster und stellte überrascht fest, dass der Laden voll war. Überrascht vor allem, weil sie einen kurzen Blick auf die Preisliste an der Tür geworfen hatte. Sie fragte sich, wie viele Kunden vor ihrem Besuch erst in einem der Läden links oder rechts vorbeischauen mussten.

Ein kurzfristiger Kredit für eine Färbung der Haaransätze. Ein Fünfer auf ein Pferd im Fünfzehn-Uhr-Rennen in Kempton Park, wobei mit etwas Glück und einer guten Quote eine Haarentfernung in der Bikinizone herausspringen konnte.

Tanner wurde von einer Mitarbeiterin am Empfang freundlich begrüßt und in den Wartebereich verwiesen. Auf einem Korbtisch lagen diverse Zeitungen. Doch noch ehe sie einen Blick auf die Schlagzeilen werfen konnte, tauchte eine junge Frau in einem Marken-Poloshirt auf, um ihr eine Auswahl an Heißgetränken anzubieten.

»Danke, ich möchte nichts«, sagte Tanner.

»Die Getränke sind im Preis inbegriffen«, erklärte das Mädchen.

»Das will ich hoffen.« Tanner zückte ihren Dienstausweis und sagte: »Ich würde mich gern mit Mr French unterhalten.«

Die junge Frau nickte, als hätte sie den ganzen Tag nichts annähernd so Spannendes erlebt – was wahrscheinlich auch den Tatsachen entsprach. Sie wandte sich um und eilte durch den Raum auf einen Mann zu, bei dem es sich schon deshalb um Graham French handeln musste, weil er der einzige Mann im Salon war.

Während die junge Frau ihm etwas ins Ohr flüsterte, blickte er zu Tanner herüber und nickte.

Wahrscheinlich musste sie dicht herangehen, dachte Tanner,

um sich im allgemeinen Lärm bemerkbar zu machen. Die Gespräche zwischen den Friseuren und ihren jeweiligen Kundinnen und das konstante Brummen der Haartrockner bildeten schon einen dichten Klangteppich, auf den sich zusätzlich noch die MTV-Klangflut aus drei an die Wände montierten Fernsehern ergoss. Tanner beobachtete eine junge Frau, die sich auf dem Weg von ihrem Arbeitsplatz zum Empfangstresen im Rhythmus der Musik bewegte: Tinchy Tempah oder Teeny Rascal oder Dizzee Lizzee oder was auch immer.

Tanner erinnerte sich an einen Witz, den sie einmal gehört hatte …

Wie darf ich Ihnen das Haar schneiden?

In absoluter Stille, bitte.

Graham French war groß und schlank. Er musste in den Fünfzigern sein, hatte ein strahlend weißes – vermutlich falsches – Gebiss und den zu erwartenden üppigen Haarschopf: füllig, bei jedem Schritt federnd und verdächtig dunkelbraun. Allerdings hatte Tanner ohnehin noch nie einen Friseur kennengelernt, dessen Frisur ihr gefallen hätte. In ihren Augen waren Glatzköpfe die verlässlichsten Friseure. Schließlich wendeten sie ihr ganzes Geschick und ihre Hingabe für etwas auf, das sie selbst nicht mehr besaßen und an das sie umso zärtlichere Erinnerungen hatten.

French nahm neben Tanner Platz. Er sprach mit leiser Stimme und einem spröden Midlands-Akzent. Obwohl er die Arme lässig über die Rückenlehne seines Stuhls legte und sich ein Lächeln abrang, konnte er die tief verwurzelte Befangenheit des Exknackis gegenüber einer Polizistin kaum verbergen.

»Was kann ich für Sie tun?«

Tanner brachte ihr Anliegen mit ebenso leiser Stimme vor.

French nickte, weiterhin lächelnd. »Wäre es in Ordnung, wenn wir mein Büro benutzen? Büro, was rede ich …«

»Bestens«, sagte Tanner.

Sie stand auf und folgte ihm hinter den Empfangstresen und durch einen Gang voller Kisten mit Spülungen und Haarwachs. Sie erreichten einen kleinen Raum, der fast vollständig von einem Schreibtisch, einem Computer und zwei schäbigen Sesseln eingenommen wurde.

French setzte sich in einen der Sessel. »Die meisten Leute hier wissen, dass ich im Gefängnis war«, sagte er. »Das war nie ein Problem, weil die Menschen begreifen, dass man Fehler machen kann. Ich hab keine einzige Stammkundin verloren, und wenn jemand danach fragt, rede ich offen darüber.« Er beugte sich vor und schob die Tür zu. »Trotzdem muss man es nicht an die große Glocke hängen, nicht wahr?«

»Wenn Sie in einer Bank arbeiten würden, wäre die Sache vielleicht ein bisschen komplizierter«, sagte Tanner.

»Da dürften Sie recht haben.«

French hatte wegen Betrugs fast zwei Jahre in Maidstone und Pentonville eingesessen. Mit den Einzelheiten hatte Tanner sich nicht beschäftigt, doch sie tippte auf Kreditbetrug. Vielleicht hatte er auch versucht, etwas am Finanzamt vorbeizuschmuggeln. Für eine derart lange Strafe hätte es sich allerdings um eine beträchtliche Summe handeln müssen.

Tanner zog ihr Notizbuch aus der Tasche und deutete mit dem Kopf in Richtung des Salons. »Netter Laden.«

»Danke.« French wirkte aufrichtig geschmeichelt. »Wir bemühen uns um eine angenehme Atmosphäre. Man soll hierherkommen, um sich verwöhnen zu lassen. Auf Schickimicki legen wir keinen Wert.«

»Die Preise kommen mir aber ziemlich schickimicki vor.«

Er lächelte. Inzwischen war Tanner sicher, dass er ein künstliches Gebiss trug.

»Na ja, wir müssen die Angestellten bezahlen, und die Miete ist einfach irrsinnig hoch. Meine Schwester kümmert sich ums

Geschäftliche, arbeitet im Hintergrund. Ich bin bloß der Mann mit der Schere, der die Damen bei Laune hält.« Er ließ die Arme sinken. »Nein, ernsthaft, sie hat den Salon am Laufen gehalten, als ich weg war. Sie hat dafür gesorgt, dass ich einen Hafen hatte, in den ich zurückkehren konnte.«

»Ich schätze, so etwas braucht man wohl«, stellte Tanner fest.

»Allerdings. Die meisten Typen, die ich drinnen kennengelernt hab, hatten gar nichts, nachdem sie ihre Zeit abgesessen hatten. Dann brachten sie ein paar Monate damit zu, die verpassten Sauftouren nachzuholen und ihr Geld aus dem Fenster zu werfen, bis sie irgendeine Dummheit machten und wieder in den Bau wanderten.«

»Andrew Evans hat mir erzählt, Sie hätten ihm im Knast die Haare geschnitten.«

French nickte. »Ja, ich wollte nicht aus der Übung kommen. Natürlich ging es selten um Styling. Den Jungs reichte in der Regel ein Standardschnitt. Nur hin und wieder wollte einer der Schwarzen an den Seiten irgendwas ausrasiert haben, Gangsymbole oder was auch immer. Auf diese Weise konnte ich drinnen jedenfalls ein bisschen Geld verdienen, ab und zu ein paar Pfund extra für die Kantine, was immer ein Vorteil ist. Telefonguthaben, Schokolade und so weiter. Natürlich hat meine Schwester mir ein bisschen Geld geschickt, aber sie hatte es mit dem Laden schon schwer genug. Auf jeden Fall …«

»Schokolade und Telefonguthaben?«

»Ja, oder Obst. Hin und wieder Schreibpapier.«

»Sehr gut«, bemerkte Tanner. »Aber ich schätze mal, dass ein bisschen von dem Extrageld auch für Ihr Spice draufging.«

Er lehnte sich zurück, nickte und nahm ironisch grinsend zur Kenntnis, dass es mit dem harmlosen Geplauder nun vorbei war. »Hm, ja, klar. Mit dem Geld war ich meistens in der Lage, direkt zu bezahlen, anstatt anschreiben zu lassen wie manche von den anderen Jungs. Ich weiß ja, wie gründlich das in die Hose gehen kann, wenn man wieder draußen ist.« Er beugte sich vor. »So ist es auch bei Andy gelaufen, stimmt's?«

»Ich darf keine Einzelheiten verraten«, sagte Tanner.

»Er steckte bis zum Hals in Schulden, nicht wahr?«

»Wie gesagt …«

French zuckte die Schultern. »Diese Leute sind deine besten Freunde, solange du im Knast bist«, erklärte er. »Sie besorgen dir, was immer du brauchst. Aber du willst auf keinen Fall Stress mit denen riskieren. Es ist so schon schwer genug, von dem Mist runterzukommen.«

»Erzählen Sie mir von der Duchess«, forderte Tanner ihn auf.

»Die?« Er lachte. »Die war eine Nummer für sich.«

Tanner wartete ab.

»Sie war … fast hätte ich gesagt *angenehm*, verstehen Sie? Sehr freundlich, hat gern geplaudert. Nun, wir waren einfach immer froh, sie zu sehen, und sie spielte ihre Rolle. Wer weiß also, wie sie in Wirklichkeit war.« Er strich mit dem Finger über eine seiner Koteletten. »Einmal hab ich ihr die Haare geschnitten, gleich nachdem ich rauskam. Ich weiß noch, dass sie erzählte, sie wäre mal mit einem Gefängniswärter verheiratet gewesen. Keine Ahnung, ob Ihnen das weiterhilft. Wahrscheinlich hat sie auf die Art rausbekommen, wie es drinnen so abläuft, mit den nötigen Insiderinformationen.«

»Den Namen ihres Exmanns hat sie wahrscheinlich nicht erwähnt?«

»Wenn, dann hab ich ihn vergessen«, sagte French. »Tut mir leid.«

»Kein Problem«, sagte Tanner. Eine heiße Spur wäre ja auch zu schön gewesen.

»Sie war immer ziemlich geschäftsmäßig, das kann ich Ihnen sagen. Gut in ihrem Job.«

»Ich habe mit einem gewissen Kyle Mason gesprochen«, sagte Tanner.

French nickte. »Dem hab ich oft die Haare geschnitten.«

»Er schien den Eindruck zu haben, dass sie irgendeinen Bezug zur Küste hatte. Dass sie etwas in der Richtung angedeutet hatte.«

»Wirklich?« French starrte an die Deckenplatten und dachte darüber nach. »Irgendwas klingelt da, glaube ich, aber ich kann mich an nichts Konkretes erinnern.«

»Sind Sie sicher, dass sie nie einen bestimmten Ort erwähnt hat?«

Er schüttelte den Kopf. »Allerdings war sie meistens ein bisschen gebräunt, wenn ich jetzt darüber nachdenke. Als würde sie mehr Sonne abkriegen als die meisten Leute. Ja, vielleicht wohnt sie irgendwo an der Küste.« Er nickte. »Also, es war jedenfalls definitiv kein Selbstbräuner. Den benutzen wir hier, und ich weiß, wie man nachher aussieht.« Er senkte die Stimme. »Als wäre man in Bratensoße getunkt worden. Das erwähne ich in den Werbebroschüren natürlich nicht.«

»Können Sie sich sonst an irgendwas erinnern? Irgendwelche Bemerkungen, über ihre Familie oder irgendwelche Freunde?«

»Sie hatte ein Kind. Das hat sie auf jeden Fall erwähnt.«

»Das war auch Kyle Masons Meinung.«

»Eine Tochter, glaube ich.«

Tanner notierte es sich. Abgesehen vom Hinweis auf ihren Exmann war es das Einzige, das sie bisher notiert hatte.

»Eines vielleicht noch«, sagte French. »Sie war immer total … cool, verstehen Sie? Nichts brachte sie aus dem Konzept. Wenn sie einem etwas zusteckte, musste man es gleich auf der Stelle verschwinden lassen. Die Übergabe verlief immer völlig unauffällig … blitzartig, könnte man sagen. Man durfte nichts in der Hand behalten oder in den Ärmel schieben, weil man beim Verlassen des Besucherraums immer durchsucht wurde. Man musste es dort verstecken, wo die Wärter es nicht finden konnten. Ich muss nicht näher in die Einzelheiten gehen, oder?«

Tanner schüttelte den Kopf.

»Irgendwie gelang es ihr immer, einem die nötige Zeit zu verschaffen. Ich meine, es dauert bloß ein paar Sekunden, weil man im Lauf der Zeit gut darin wird. Man schiebt die Hand kurz hinten in die Jogginghose, einfach so …« Er streckte die Hand hinter sich und demonstrierte es. »Jedenfalls hatte sie immer ein Gespür für das richtige Timing und gab einem ein entsprechendes Signal. Keinen Moment ließ sie die Wärter aus den Augen. Und sie wusste auch immer, was die Kameras gerade machten. Wenn sie *überhaupt* funktionierten.« Er schüttelte den Kopf. »Ja, die Duchess war eine Nummer für sich.«

Tanner steckte das Notizbuch ein. Sie wusste nicht, ob irgendetwas, das French ihr erzählt hatte, am Ende von Nutzen sein würde. Und sie fragte sich, ob der Besuch es wert gewesen war, sich Thornes Briefing für die Operation Felix entgehen zu lassen. Als sie wieder aufblickte, merkte sie, dass French sie musterte.

»Wenn Sie Lust haben, noch mal reinzuschauen, mache ich etwas mit Ihren Haaren.«

Tanner schaute ihn wortlos an.

»Verstehen Sie mich nicht falsch, die Frisur steht Ihnen. Gute Arbeit. Aber ich kann es besser.«

»Ich glaube nicht, dass ich mir das leisten könnte.«

French lächelte. »Freundschaftspreis.«

»Das ist gegen die Vorschriften«, sagte Tanner.

»Denken Sie einfach darüber nach«, schlug French vor. »Ich verspreche Ihnen, dass Sie nicht enttäuscht sein werden. Und der Kaffee ist auch gut.«

Tanner erhob sich. »Bieten Sie auch Ohrstöpsel an?«

ACHTUNDZWANZIG

Zum zweiten Mal an diesem Tag umriss Thorne die laufenden Ermittlungen im Mordfall Alice Matthews und die möglichen Zusammenhänge mit den drei früheren Opfern. Diesmal allerdings lief es weniger theatralisch ab als zwei Stunden zuvor im Einsatzraum im Becke House. Er sah es nicht als seine Aufgabe an, Detective Superintendent Simon Fulton für die Jagd nach dem Täter zu begeistern. Ein Blick auf den Mann überzeugte ihn davon, dass er sich damit ohnehin schwertun würde. Er hätte mit einem Trupp Motivationstrainer und einer Fuhre Kokain in das Büro des Mannes stürmen können und trotzdem seine Mühe gehabt.

Fulton hörte zu, tippte ein paar Notizen in sein iPad und lehnte sich zurück.

»Ziemlich beeindruckend, wie DI Tanner all diese Informationen zusammengetragen hat.«

»Ja, das hat sie großartig gemacht«, stimmte Thorne ihm zu.

Fulton nickte und brummte. »Vielleicht haben aber auch die Beamten, die ursprünglich für die Fälle verantwortlich waren, schlecht gearbeitet.«

»Das würde ich nicht sagen.«

»Nein?«

»Im Rückblick kann man immer leicht kritisieren, oder?«

»Aber wenn irgendeiner dieser Beamten die zusätzliche Arbeit hineingesteckt hätte, die Tanner geleistet hat, und dabei dieselben Zusammenhänge entdeckt hätte wie sie, wären uns vielleicht ein paar tote Frauen erspart geblieben. Und ganz sicher eine Menge tote Katzen.«

In dem, was Fulton sagte, mochte ein Körnchen Wahrheit liegen, das war Thorne bewusst. Und doch war es eine simple Tatsache, dass manche Menschen in ihrem Beruf einfach fähiger waren als andere. Nichts, was er in den Akten der anderen Polizeidienststellen gelesen hatte, deutete auf Nachlässigkeit hin. Er wusste, wie schnell Fehler passieren konnten, denn er hatte selbst schon so einige gemacht. Es war immer einfach, mit dem Finger auf andere zu zeigen. Deshalb gab es so viele Streber wie Fulton, die viel Zeit damit verschwendeten, die Schuld bei anderen zu suchen.

»Ich schätze, Tatsache ist, dass der Mörder alle Spuren, die auf Zusammenhänge zwischen den einzelnen Verbrechen hindeuten, geschickt verwischt hat«, erklärte Thorne. »Bisher jedenfalls.«

»Na schön.« Fulton zuckte die Schultern, als wäre das Thema damit erledigt. Thorne war allerdings klar, dass dem nicht so war. Sollten die Ermittlungen erfolgreich abgeschlossen werden, würde der DS seine eigene Rolle dabei wahrscheinlich mit Freuden hervorheben, wie unbedeutend sie auch gewesen sein mochte. Und dann würde es ein paar zusätzliche Pluspunkte geben, indem er diejenigen bloßstellte, die theoretisch schon früher für eine Verhaftung hätten sorgen können.

Damit wäre der Gerechtigkeit Genüge getan, ein oder zwei Karrieren lägen in Trümmern, und er selbst könnte die nächste Stufe der Leiter erklimmen.

»Es sieht so aus, als hätten Sie im Fall Alice Matthews alles in die Wege geleitet«, stellte Fulton fest. Er wischte über das Display seines iPads. »Sind die Uniformierten von der Thames-Valley-Polizei voll dabei?«

»Ja, Sir.«

»Gut. Ich werde mit dem Deputy Commander sprechen. Vielleicht können wir die Kommunikation mit dem Mobilfunk-Betreiber und den sozialen Medien ein wenig beschleunigen.«

»Das wäre hilfreich«, sagte Thorne.

Fulton klappte die Hülle seines Tablets zu. »Ich bin Ihnen sehr verbunden, dass Sie sich die Zeit genommen haben, vorbeizuschauen und mich auf den neuesten Stand zu bringen.«

Eine selbstmitleidige Stimme in Thornes Schädel schrie: *Brigstocke hat mich dazu gezwungen.* Stattdessen sagte er: »Wir sind alle hinter diesem Typen her. Da ist es nur selbstverständlich, dass ich Sie auf dem Laufenden halte.«

»Absolut«, sagte Fulton. »Das ist auch eine Frage der Etikette.«

»Genau.«

»Trotzdem hätte es nicht jeder so gemacht. Ich weiß das zu schätzen.«

Kurz blitzten Fultons weiße Zähne auf. Und doch verriet irgendetwas in seiner Miene, dass ihm absolut klar war, dass sein freundlich zurücklächelndes Gegenüber nicht ganz freiwillig bei ihm erschienen war.

In Tom Thornes Welt, so schien es, war *Etikette* etwas für Frauen auf Audienz bei der Queen.

Thorne stand auf der Außentreppe mit Blick auf den Parkplatz des Reviers Kentish Town und starrte auf die Reihen von Streifenwagen und einzelne Limousinen, die harmlos aussahen, es im Zweifelsfall aber mit einem Porsche aufnehmen konnten. Er japste wie ein Mann, der dringend frische Luft brauchte, erfreute sich im Stillen aber an dem Rauch von Christine Treasures Zigarette.

»Das ist nicht zwangsläufig so«, sagte Treasure. »Nur weil er einen höheren Rang hat, muss er nicht gleich ein Idiot sein.« Sie nahm einen Zug. »Ich meine, du bist auch ranghöher als ich und trotzdem nur *ein bisschen* bescheuert.«

»Es geht mir nicht um den Rang.«

»Aber sicher doch.«

»Er ist schleimig«, sagte Thorne.

»Ja, gut, dass passiert zwangsläufig, wenn man sich an den glitschigen Sprossen der Karriereleiter hochzieht.«

»Manche Leute tun sich damit aber leichter als andere.«

Ein Constable, der unten auf dem Parkplatz geraucht hatte, kam die Stufen herauf. Er blieb kurz stehen und sprach mit Treasure, die mühelos auf professionell umschaltete und ihm das weitere Vorgehen in einem Fall von Ruhestörung darlegte, zu dem er am Abend zuvor gerufen worden war. Als der PC sich wieder entfernte, sagte sie zu Thorne: »Ich meine, ich stehe ja selbst nicht auf glitschige Stäbe.« Sie zuckte mit den Augenbrauen wie eine Billigausgabe von Groucho Marx. »Sexuell gesehen, meine ich. Obwohl ich ein paar Kunststoffexemplare in meinem Nachttisch liegen hab.«

»Schade«, sagte Thorne. »Ich hatte gehofft, auf der Hochzeitsliste den einen oder anderen Dildo zu finden.«

»Nein, Alter, die Ausstattung ist komplett. Was wir wirklich brauchen, ist Geschirr.«

Thornes Handy meldete sich. Er zog es aus der Tasche und sah, dass eine SMS von Tanner eingegangen war.

»Aber deine zukünftige Braut weiß, dass du keine Jungfrau mehr bist, oder?«

Treasure hustete und stieß ein gurgelndes Lachen aus.

Thorne öffnete die SMS.

Mit Graham French gesprochen. Informiere dich später. Wie war das Briefing?

»Meine bessere Hälfte hat auch einiges hinter sich«, stellte Treasure grinsend fest. »Sagen wir mal so, sie und ich hatten zusammengenommen wahrscheinlich mehr Muschis, als du in einem durchschnittlichen Tierheim findest.« Sie deutete auf Thornes Handy. »Irgendwas Dringendes?«

Thorne schüttelte den Kopf, ließ das Telefon wieder in die Tasche gleiten und lächelte bei der Vorstellung, dass Christine Treasure und Nicola Tanner sich irgendwann über den Weg laufen würden. Ja, sie hatten eine wichtige Gemeinsamkeit, doch abgesehen von der Tatsache, dass die Menschen, mit denen sie schliefen, keine Penisse hatten – glitschig oder nicht –, konnte er sich keine zwei unterschiedlicheren Charaktere vorstellen als diese beiden. Treasure würde Tanner wahrscheinlich für eine kleinkarierte Streberin halten und Tanner wahrscheinlich Treasure für prollig und vulgär. Tanner hielt bereits Phil Hendricks für »zu freizügig«, was das Thema Sex anging. Thorne mochte sich kaum ausmalen, was sie erst über Christine Treasure sagen würde.

Treasure zog ein letztes Mal an ihrer Zigarette und schnippte die Kippe auf den Parkplatz. »Wo wir gerade von Muschis reden …«

Thorne nickte. Er erzählte ihr in groben Zügen das Gleiche wie zuvor schon Fulton.

»Na, wenn du noch ein paar Leute brauchst«, erwiderte sie, »bin ich gern dabei.«

»Danke.«

»Onkel Fester hätte sicher kein Problem damit.«

»Gut möglich, dass ich dich beim Wort nehme«, sagte Thorne. »Ich kann jede Hilfe gebrauchen.«

»Quatsch.« Treasure boxte ihn auf den Arm. »Du schnappst den Kerl zur Not auch allein.«

Thorne nickte und schloss einen Moment lang die Augen.

»Deswegen kannst du Leute wie Fulton nicht leiden«, sagte Treasure. »Weil du glaubst, sie scheren sich nicht darum. Womit du übrigens meistens danebenliegst. Du denkst immer, den anderen ist alles egal, nur dir nicht.«

»Ich weiß nicht, ob ich das tue«, sagte Thorne.

»Was?«

»Mich darum scheren.« Er schaute ihr in die Augen. »Du hättest mich heute Morgen hören sollen. Ich habe eine beeindruckende Rede gehalten … Schmerz und Verlust und Leere im Leben dieser Menschen, verstehst du? Die Kollegen haben mir an den Lippen gehangen. Aber ich bin mir nicht sicher, ob ich die Hand dafür ins Feuer legen würde, dass ich es wirklich so gemeint hab.«

»Blödsinn«, sagte Treasure.

Thorne schüttelte den Kopf. »Ich frag mich, warum aus deiner Karriere als Therapeutin nie etwas geworden ist.«

»Das ist bei dir ein Abwehrmechanismus, weiter nichts. Du hast Angst, dass du den Typen nicht schnappst, und das ist nur verständlich. Ich meine, vielleicht schnappst du ihn ja wirklich nicht. Wenn du dir sagst, dass du es im Grunde gar nicht gewollt hast, macht das den Frust hinterher vielleicht ein bisschen erträglicher. Vielleicht liegst du dann nicht die halben Nächte wach.« Sie lachte leise. »Sich nicht darum scheren? Ich hab mit dir gearbeitet, Kumpel, weißt du noch?«

Sie schlang die Arme um ihn. »Du kannst gern versuchen, dich selbst zu verarschen, wenn's dir Spaß macht. Aber bei mir schaffst du das nicht.«

»Ein Jammer, dass jemand wie du in Uniform rumläuft«, stellte Thorne fest.

»Ja, vielleicht hast du recht.« Treasure richtete ihren Gürtel und strich ihre Schutzweste glatt. »Ich möchte sie aber noch ein bisschen behalten.« Sie machte eine verschwörerische Miene. »Schon allein fürs Schlafzimmer.«

NEUNUNDZWANZIG

»Geht es Andy gut?« Paula Evans zog tief an ihrer E-Zigarette, die geradewegs aus *Doctor Who* zu stammen schien. Sie stieß eine enorme Qualmwolke aus und beugte sich in ihrem Ledersessel vor. »Ich habe doch ein Recht, wenigstens das zu erfahren.«

»Ich wünschte, ich könnte Ihnen mehr sagen«, erklärte Tanner.

»Gar nichts haben Sie gesagt.«

»Ja. Es geht ihm gut.«

Die Frau nickte und lehnte sich zurück. Sie war klein und schlank und trug Brille – ein altmodische Kassengestell. Ihr braunes Haar hatte sie zu einem Zopf zusammengebunden. »Na wenigstens etwas«, erwiderte sie.

Auf dem Fußboden des Wohnzimmers lag Spielzeug herum, das Tanner sicher längst weggeräumt hätte, und als sie beim Hereinkommen einen kurzen Blick in die Küche geworfen hatte, war ihr das dreckige Geschirr aufgefallen. Doch nicht jeder war so ordentlich wie sie. Und schließlich musste sie sich auch nicht allein um den Haushalt und ein dreijähriges Kind kümmern, weil man ihren Mann mit einem Streifenwagen abgeholt hatte.

»Er dachte, ich hätte nichts gemerkt«, sagte Paula. »Von den Drogen. Ich meine, es geht doch um Drogen, oder? Deswegen haben Sie ihn festgenommen, oder? Aber warum meldet er sich nicht?«

Tanner schwieg.

»Ich bin nicht dumm.« Sie nahm einen weiteren tiefen Zug. »Ich weiß, dass Sie niemanden so lange festhalten, nur weil er von Spice abhängig ist. Also läuft da offensichtlich noch etwas anderes.«

»Ich weiß, dass Sie nicht dumm sind«, sagte Tanner.

»Gut. Dann ist Ihnen sicher auch klar, dass Ihre Geheimnistuerei das alles für mich noch beängstigender macht.«

»Das tut mir leid.«

Paula stieß Rauch aus. »Sie machen bloß Ihre Arbeit, stimmt's?«

Tanner rang sich ein Lächeln ab und schaute sich um. Da zwischen seiner Entlassung aus Pentonville und seiner etwas anderen Art von Gefangenschaft in Long Barrow Manor nur drei Monate gelegen hatten, war es nur zu verständlich, dass Andrew Evans sein Zuhause vermisste. Ja, es war hier chaotisch, und auch die Atmosphäre mochte angespannt sein. Trotzdem spürte Tanner die häusliche Wärme, die sie selbst seit Susans Tod nicht mehr genossen hatte. Die tröstliche Wärme vertrauter Gegenstände und der Menschen, die verzweifelt darauf warteten, dass eine geliebte Person nach Hause kam. Auf Andrew Evans warteten eine Frau, die ihn wirklich liebte, und sein Sohn.

»Wo ist Sean?«, fragte Tanner.

»Im Kindergarten. Zum ersten Mal, seit Ihre Leute Andy geholt haben. Er ist ganz verstört, verstehen Sie … er vermisst seinen Dad. Und ich bin genauso durcheinander, obwohl ich versuche, es in Seans Gegenwart nicht zu zeigen.«

»Natürlich.«

»Sehen Sie, als sein Dad das letzte Mal verschwand, dauerte es achtzehn Monate, bis er zurückkam. Sean war damals erst zwei, aber ich weiß genau, dass er sich daran erinnert.« Sie schüttelte heftig den Kopf, als versuchte sie, einen Gedanken mit aller Macht zu vertreiben. Dann schaute sie Tanner fragend an: »Haben Sie Kinder?«

»Nein.«

»Verstehe.«

Tanner sah den Blick, den die Frau auf ihre linke Hand warf, wobei ihr nicht klar war, welche Rückschlüsse sich heutzutage aus dem Fehlen eines Eherings noch ziehen ließen.

»Dann sind Sie besser dran«, sagte Paula.

Tanner brachte das ironische Lächeln zustande, das vermutlich von ihr erwartet wurde, obwohl ihr klar war, dass Paula Evans nicht die Wahrheit sagte. Geplagte Eltern redeten häufig so, meinten es aber selten wirklich ernst. Im Normalfall bemitleideten sie einen, weil sie glaubten, man würde etwas verpassen. Oder – schlimmer noch – sie glaubten, man wäre irgendwie seltsam oder hätte zumindest eine seltsame Entscheidung getroffen.

Unabhängig davon, ob tatsächlich eine bewusste Entscheidung gefallen war.

Für kurze Zeit, vor einigen Jahren, hatten Susan und sie *tatsächlich* über ihren Kinderwunsch gesprochen, ohne dass mehr daraus geworden wäre. Ein paar Infoblätter zum Thema Adoption, eine Stunde auf den Websites diverser Samenbanken. Einer von Tanners Brüdern hatte im Spaß angeboten, sich als Spender zur Verfügung zu stellen, doch sie hatte sich nicht mit dem Gedanken anfreunden können, einen Sohn oder eine Tochter großzuziehen, der oder die gleichzeitig Neffe oder Nichte wäre. Susan hatte von einem Lehrerkollegen gesprochen, der sich möglicherweise zur Verfügung stellen würde. Irgendwann hatten sie das Thema fallen gelassen, so wie auch die Idee einer Heirat ein Strohfeuer ohne weitere Konsequenzen geblieben war. Ein paar aufgeregte Abende, anheimelnde Fantasien, deren Realisierung immer unwahrscheinlicher wurde, je mehr Susan sich dem Alkohol hingegeben hatte.

Am Ende waren sie zu dem Schluss gekommen, dass sie ihr Leben so mochten, wie es war.

»Warum etwas ändern, wenn es gut läuft?«, fragte Tanner.

Paula warf ihr einen verständnislosen Blick zu.

»Keine Kinder zu haben, meine ich.«

Warum etwas ändern …

Es war mehr oder weniger das, was Susan und sie sich gegenseitig versichert hatten. Mit einem Mal ertappte Tanner sich bei der Vorstellung, wie es gelaufen wäre, wenn Susan und sie den Sprung gewagt hätten. Dann wäre sie jetzt in einer ähnlichen Situation wie Paula Evans und müsste ihr Kind allein großziehen. Nein, es wäre noch schlimmer. In ihrem Fall würde der abwesende Elternteil niemals zurückkommen, und ihren Job würde sie mit einiger Sicherheit vergessen können.

»Na ja, für mich ist es wahrscheinlich schon ein bisschen spät.«

»Wie bitte?«

Paula klopfte sich auf den unauffällig flachen Bauch und seufzte theatralisch. Dann hielt sie ihre futuristische Zigarette hoch. »Damit sollte ich jetzt endgültig aufhören.«

»Oh«, sagte Tanner.

»Ja.« Vor dem endgültigen Aufhören nahm Paula aber noch einen tiefen Zug. Sie seufzte, als sie den Rauch ausstieß.

»Ihr Mann hat nichts davon erwähnt.«

»Weil er es noch nicht weiß.«

»Okay ...« Kurz spielte Tanner mit dem Gedanken, ihr zu gratulieren. Doch sie verkniff sich eine Bemerkung aus Angst, sie könne als taktlos oder unpassend empfunden werden.

»Ich wollte damit warten, bis er wieder ... besser drauf war ...« Kurz schloss sie die Augen. »Ich wünschte, ich hätte es ihm an dem Abend gesagt, als er aus dem Polizeirevier anrief.«

Tanner beugte sich vor. »Soll ich vielleicht ...?«

Paula schüttelte den Kopf.

»Vermutlich könnte er eine erfreuliche Nachricht gut gebrauchen.«

»Ich sag es ihm selbst. Sobald ich die Gelegenheit dazu bekomme.«

Tanner nickte. »Wann ist es so weit?«

»Im November. Ich bin erst am Anfang des dritten Monats.« Sie schluckte. »Dann ist er doch wieder hier, oder?«

Tanner schaute zur Seite, nur kurz. »Ich weiß, dass ich Ihnen kaum etwas gesagt habe, und zwar, weil ich es wirklich nicht darf. Aber vielleicht hilft es Ihnen ja, wenn ich Ihnen verrate, dass Andy dabei ist, clean zu werden. Er ist auf Entzug.«

»Wirklich?«

»Und ich sage Ihnen auch, dass er uns hilft. Weitere Einzelheiten werden Sie von mir nicht hören, aber ich kann Ihnen versichern, dass er etwas Gutes tut, okay?«

Paula nickte. Ihr Atem ging schneller. »Vielleicht fordere ich mein Glück allzu sehr heraus, aber können Sie mir nicht vielleicht sagen, wo er sich aufhält? Nur ungefähr.«

»Dazu kann ich leider nichts sagen.«

»Ist er in London? Oder auf den Äußeren Hebriden oder wo?«

»Ich habe schon mehr gesagt, als ich sagen darf«, erklärte Tanner.

Paula zuckte die Schultern, als habe sie mit dieser Antwort gerechnet. In diesem Moment hörte man das dumpfe Rumpeln eines in der Nähe vorbeifahrenden Zugs. Als es leiser wurde, sagte Paula: »Es überrascht mich nicht ... dass Sie sagen, er tut etwas Gutes, meine ich. Denn das ist Andys Art.« Sie lachte schnaubend, und plötzlich füllten sich ihre Augen mit Tränen. »Was mit diesem Jungen geschehen ist, hat ihn fertiggemacht, verstehen Sie? Danach war er einfach nicht mehr derselbe. Als wäre jede Freude aus ihm gewichen. Er ist in den Knast gegangen und hat seine Strafe abgesessen, weil ihm klar war, dass es so sein musste. Aber ich hab nicht mehr denselben Andy zurückbekommen. Klar, das lag zum Teil an diesen Scheißdrogen, aber manchmal ... manchmal merke ich auch heute noch, dass er, wenn er mich anschaut, in Wahrheit diesen armen Kerl sieht. Dass er diesen Sekundenbruchteil wieder durchlebt, in dem er von seinem Telefon aufschaut, das Fahrrad sieht und begreift, dass er nichts mehr machen kann ... Was er auch immer nach seiner Entlassung getrieben hat, es hat auf jeden Fall mit den Drogen zu tun. Aber ohne das Zeug ist er ein anständiger Kerl. Klar, er ist ein Idiot, ein großes Kind, und manchmal könnte ich ihn ohrfeigen, aber im Grunde ist er ein guter Mann. Eine gute Seele.«

»Ich weiß«, sagte Tanner. »Ich weiß, dass er viel durchgemacht hat.«

Paula schniefte, lächelte tapfer und griff nach einer Schachtel Papiertaschentücher auf einem Schränkchen neben ihrem Sessel.

»Ob Sie es glauben oder nicht, er ist auch stark. Was immer jetzt läuft, am Ende kommt er heil wieder raus.«

»Schauen Sie, Möglicherweise gibt es eine Chance, dass Sie ihm selbst davon erzählen.« Tanner erinnerte sich an das, was sie mit Andrew Evans bei ihrem letzten Besuch besprochen hatte. »Von dem Baby.«

Paula sah sie mit neuer Wachsamkeit an. Sie wickelte eine lose Haarsträhne um ihre Finger. In diesem Moment sah sie aus wie ein Teenager.

»Ich kann Ihnen allerdings nichts versprechen.«

Fünf Minuten später drehte Tanner sich im Vorgarten der Evans' noch einmal um. Ein gepflegtes, zweigeschossiges Reihenhaus in Bounds Green. Dies war nicht Hampstead oder Highgate, bei Weitem nicht, aber trotzdem hübsch. Mit einem Park und anständigen Schulen in der Nähe. Andrew Evans hatte ihr erzählt, dass Paula in Teilzeit als Buchhalterin arbeitete. Trotzdem fragte Tanner sich, wie sie es schaffen würde, die Kreditraten zu bezahlen.

Sie zog den Riemen der Tasche über ihre Schulter.

Selbst wenn es Tanner möglich gewesen wäre, Paula Evans über alles zu informieren und ihr zu versichern, dass ihr Ehemann rechtzeitig zur Geburt seines zweiten Kindes zurück sein würde – nicht alles wäre zwangsläufig nur positiv gewesen. Schließlich hätte sie nicht versprechen können, dass er am Ende nicht doch zurück ins Gefängnis musste. Ja, seine Unterstützung bei den laufenden Ermittlungen würde Berücksichtigung finden, und er war zu den Straftaten, die er begangen hatte, eindeutig genötigt worden. Und doch hatte Andrew Evans einen Mann mit einer Pistole bedroht, sodass es keine Garantie für einen Straferlass geben konnte. Alles würde seinen juristischen Gang gehen. Es war vielleicht naiv, aber Tanner hoffte inständig, dass er mit einem blauen Auge davonkommen würde. Sie nahm sich in diesem Moment jedenfalls vor, ihr Möglichstes zu tun, um Evans zu helfen.

Sie drehte sich um und ging zu ihrem Wagen.

Als Tanners Auto um die Ecke verschwand, zog der Mann, der sie von der anderen Straßenseite aus beobachtet hatte, seinen Motorradhelm über den Kopf, gab Gas und entfernte sich mit einem dröhnenden Aufheulen des Motors in die entgegengesetzte Richtung.

DREISSIG Thornes Lebensfreude schwand mit jeder weiteren Minute.

Der Immobilienmakler führte sie in die Küche. Er breitete die Arme aus, als könnte er dadurch auf wundersame Weise den Raum vergrößern, und sagte: »Das ist die Küche.«

Thorne beugte sich zu Tanner vor und sagte: »Gott sei Dank erklärt er uns alles. Ich habe mich schon gewundert, was der Kühlschrank und der große schmutzige Herd hier machen.«

»Psst«, machte Tanner nur.

»Ernsthaft, wenn er jetzt vom ›Wow-Faktor‹ spricht oder sagt, die Küche wäre ›wie für uns gemacht‹, gehe ich ihm mit ziemlicher Sicherheit an die Gurgel.«

»Sie hat eine ordentliche Größe«, sagte der Makler. »Und wie Sie sehen, gibt es auch eine hübsche Frühstücksecke.« Er deutete auf einen Tisch mit einer bunten Plastikdecke. Thorne war dankbar, nicht auch noch erklärt zu bekommen, dass es sich dabei um einen Tisch handelte. »Genug Platz für Sie beide, um Ihren Toast oder Ihre Cornflakes oder was auch immer zu frühstücken.«

»Hält er uns für ein *Paar*?«, fragte Thorne flüsternd.

»Keine Ahnung, wofür er uns hält«, sagte Tanner. »Aber die Idee ist doch nicht abwegig.« Sie betrachtete das in Kunststoff eingeschweißte Infoblatt mit den Objektdaten, das sie am Tag zuvor abgeholt hatte. »Und was wäre denn so schrecklich daran?«

Thorne folgte ihr schweigend ans Fenster.

Auch der Makler setzte sich in Bewegung und gesellte sich zu ihnen. Er trug eine dicke Brille und hatte dunkles Haar, war vermutlich Mitte zwanzig und steckte in einem Anzug, der zu groß für ihn war. Die glänzende Krawatte leuchtete in beinahe exakt demselben Pinkton wie seine von der Rasur wunde Gesichtshaut. »Ja, kein schlechter Ausblick, nicht wahr?«

»Das ist eine Terrasse«, erwiderte Thorne. »Und ein Zaun.«

»Das Problem der Abschirmung ist hier sehr schön gelöst.« Der Mann nickte und steckte die Hände in die Hosentaschen. »Hohe Bäume, die Sie vor Blicken von außen schützen, und der Platz reicht sogar für ein kleines Gartenhäuschen, falls das Ihr Ding ist. Ein Mann braucht einen Hobbyraum, oder nicht?«

»Irgendwo muss ich ja hin mit meiner Modelleisenbahn«, erwiderte Thorne.

»Genau.« Der Makler sah ihn an, als sei er sich nicht recht sicher, ob er auf den Arm genommen wurde.

»Es ist hübsch«, sagte Tanner.

Der Makler zog sich wieder zurück, vermutlich um ihnen Gelegenheit zu geben, ungestört die *Aussicht* zu genießen. Thorne wandte sich um und sah, wie er sinnlos Schränke öffnete und mit den Fingerspitzen über die Arbeitsflächen strich.

»Gefällt es dir?«

Thorne zuckte die Schultern. »Ich weiß nicht.«

»Danke, das ist sehr hilfreich.«

»Ich hab doch gesagt, dass ich für so was nicht tauge.«

Die Dreizimmerwohnung lag im Erdgeschoss eines Hauses in einer ruhigen Seitenstraße der High Road in East Finchley.

Auf der Herfahrt hatte Tanner ihm erzählt, dass sie, wenn sie das Haus in Hammersmith verkauft hätte, diese Wohnung hier in bar bezahlen könnte und trotzdem ein hübsches finanzielles Polster übrig behalten würde. »Vielleicht bleibt sogar noch etwas übrig für etwas Kleines auf dem Land«, hatte sie hinzugefügt.

»Auf dem *Land*?«

»Bloß fürs Wochenende.«

Thorne hatte sich theatralisch geschüttelt …

Immer noch starrten sie aus dem Küchenfenster. Eine schwarzweiße Katze kletterte vorsichtig über den Rand des Zauns. Sie wandte sich um, entdeckte die beiden Beobachter und sprang schnell wieder hinunter. Thorne deutete auf die Katzenklappe in der Hintertür. »Darum musst du dich schon mal nicht mehr kümmern.«

»Die brauche ich nicht«, erklärte Tanner. »Bis wir den Typen verhaftet haben, lasse ich meine Katze auf keinen Fall raus.«

Thorne nickte und schaute sich noch einmal um. »Ja, ich denke, die Wohnung ist ganz in Ordnung.« Dann griff er noch einmal nach seinem Handy und schaute, ob Nachrichten eingegangen waren. »Ehrlich gesagt ist mir nicht ganz klar, was genau du suchst.«

»Mir auch nicht«, räumte Tanner ein.

Der Tag neigte sich dem Ende zu, und im Becke House war inzwischen die nächste Schicht an die Arbeit gegangen. Ein deutlich größeres Team als im Normalfall. Sie folgten sämtlichen Hinweisen und speicherten jede kleinste Information ab, die im Zusammenhang mit dem Fall Alice Matthews stand und mit der Jagd auf den Mann, der schon mehrere andere Frauen auf dem Gewissen hatte.

Patricia Somersby.

Annette Mangan.

Leila Fadel.

Und das waren nur die Opfer, von denen sie wussten …

Nicht dass Thorne oder Tanner jemals Feierabend hatten, nicht bei einem Fall wie diesem. Dass keiner von ihnen es erwähnte, lag nur daran, dass es überflüssig war. Sie beide wussten genau, was dem jeweils anderen gerade durch den Kopf ging und dass es der denkbar ungünstigste Zeitpunkt war, sich um gut ausgestattete Küchen oder eingewachsene Baumreihen Gedanken zu machen.

»Schauen Sie sich ruhig alleine um.«

Beide hatten nicht bemerkt, dass der Makler wieder zu ihnen getreten war.

»Man bekommt ein besseres Gefühl für die Räumlichkeiten, wenn einem nicht die Ohren vollgequatscht werden. Ich mache mich einfach unsichtbar.«

Ohne ein Wort zu sagen, traten Thorne und Tanner hinaus in den Flur. Sie gingen ins kleinere der beiden Schlafzimmer, das eindeutig von einem Teenager-Mädchen eingerichtet worden war. Das gröbste Durcheinander war anlässlich des Besichtigungstermins beiseitegeschafft worden. Auf dem Bett lagen sorgsam arrangierte Kissen, und alles roch nach Lavendel.

Thorne breitete die Arme aus. »Das hier ist das *Kinderzimmer.*«

Tanner brummte und deutete ein Lächeln an.

Auf der Fensterbank standen Fotos. Thorne trat näher, um einen Blick darauf zu werfen. Er nahm eines der Bilder in die Hand. Dabei verspürte er einen Anflug von schlechtem Gewissen. Er hatte gehört, dass es Leute gab, die sich ohne jede Kaufabsicht, einfach so, Häuser und Wohnungen ansahen. Sie folgten einem voyeuristischen Impuls, wollten einen Blick in das Leben anderer Leute werfen. Einige gingen noch weiter und ließen in jeder Wohnung irgendetwas mitgehen. Gegenstände, die sich leicht in die Tasche stecken ließen und wahrscheinlich nicht vermisst wurden. Thorne konnte nur vermuten, dass der immer weiter anwachsende Schatz von Nippes diesen Leuten einen besonderen Kick verschaffte. Fragmente aus dem Leben anderer Menschen, die sich zu einem bizarren Mosaik fügten.

Stifte, Parfüms, Haarbürsten.

Er betrachtete das Foto: die lächelnden Eltern, die Tochter, der das Lächeln nicht recht gelingen wollte.

Er stellte das Foto wieder zurück.

»Wie ist es mit Andrew Evans' Frau gelaufen?«

»Hätte besser sein können«, erwiderte Tanner. »Es geht ihr nicht allzu gut.«

»Was hast du erwartet?«

»Und sie ist schwanger.«

»Gutes Timing.«

»Ich habe mir überlegt ... wenn wir jemanden in Schutzhaft nehmen ...«

»Das ist nicht ganz dasselbe.«

»Nein, aber er hilft uns doch bei einer Ermittlung, oder?« Tanner setzte sich auf die Bettkante. »Wenn wir jemanden aus seinem Umfeld herausreißen und er kein Geld verdienen kann, gibt es dann irgendeinen Fonds, irgendwelche Mittel, mit denen wir seine Familie unterstützen können? Bei den Kreditraten, Nebenkosten oder was auch immer?«

»Ehrlich gesagt habe ich meine Zweifel«, sagte Thorne.

»Das dachte ich mir.« Tanner warf ihm einen Blick zu. »Ein Grund mehr, warum wir diese Frau schnell finden müssen. Die Duchess ... und die Leute, für die sie arbeitet.«

So ziellos, wie der Makler zuvor die Küchenschränke geöffnet hatte, öffnete Thorne nun eine Kleiderschranktür. Das typische Teenager-Chaos.

»Ich glaube eigentlich nicht, dass Evans viel Geld mit nach Hause bringen würde, selbst wenn er nicht in unserer Obhut wäre. Er würde alles, was er mühsam zusammengekratzt hätte, gleich wieder für Stoff ausgeben. Wenn du mich fragst, tun wir ihm sogar einen Gefallen.«

Tanner ignorierte seine Bemerkung, falls sie überhaupt zugehört hatte. »Ich weiß, dass ich mich verkleinern sollte, von daher wäre eine Wohnung wie die hier ideal. Allerdings würde ich die Treppe vermissen.«

»Ehrlich?« Thorne schloss die Schranktür. »Wenn du mich fragst, ist es besser so. In ein paar Jahren schaffst du es sowieso nicht mehr die Treppe hoch.«

»Unverschämtheit. Ich bin ein ganzes Stück jünger als du.« Mit dem Kopf deutete Tanner in Richtung Küche, wo der Makler wahrscheinlich immer noch wartete. »Du solltest dich geschmeichelt fühlen, dass er dachte …«

In diesem Moment klingelte Thornes Telefon.

Als er das Gespräch beendet hatte, hatte Tanner sich bereits erhoben und sah ihn erwartungsvoll an. Die Wohnung spielte im Augenblick eindeutig keine Rolle mehr.

»Wir wissen, wo Alice Matthews am Abend ihres Todes war«, erklärte Thorne.

»Und?«

»Der Geschäftsführer eines italienischen Restaurants in Amersham hat sie auf dem Foto erkannt. Es gibt in unmittelbarer Nähe keine Überwachungskameras, aber er konnte den Mann, mit dem sie zusammen war, ziemlich gut beschreiben. *Und* uns den Namen nennen, auf den der Tisch reserviert wurde. Im Augenblick wird gerade ein Phantombild erstellt.«

Tanner grinste und ballte die Faust. »Na also.«

Obwohl er selbst ziemlich aufgeregt war, überraschte Thorne die Energie, die er plötzlich bei seiner Partnerin entdeckte. Die er geradezu körperlich spürte. Er erwiderte ihr Grinsen und dachte im Stillen, dass er wahrscheinlich längst unter der Erde sein würde, wenn Nicola Tanner einen Treppenlift brauchte.

EINUNDDREISSIG

Er hatte schon immer gern eingekauft, auch wenn es, wie heute, bloß um Lebensmittel ging. Ein echtes Vergnügen aber war es, sich nach etwas Besonderem umzusehen, vor allem, wenn es um elegante Kleidung und Schuhe ging. Er wusste, dass nicht viele Männer diese Vorliebe teilten. Er sah gern gut aus, sah gern aus, wie Männer aussehen *sollten*. Er genoss die leichte Erregung, die ein Kompliment oder ein bewundernder Blick hervorriefen, selbst wenn sie von einem anderen Kerl kamen. Wer würde so etwas nicht genießen? Natürlich gab es Leute, die behaupteten, sie würden sich nicht darum scheren. Die den Standpunkt vertraten, dass es lächerlich oder oberflächlich wäre, Wert auf die äußere Erscheinung zu legen. Dass nur das Innere zählte. In seinen Augen waren diese Menschen entweder Idioten oder Lügner. Er hatte sich nie in die Mentalität von jemandem hineinversetzen können, dem es egal war, was er trug, und der keinen Stolz daraus zog, wie er auf andere wirkte.

Und was das Innere betraf … das behielt er lieber für sich.

Er schob den großen Einkaufswagen durch den breiten Gang des Abholmarkts und blieb kurz stehen, um ein paar Kartons einzuladen. Lächelnd summte er die Melodie mit, die aus den Lautsprechern schallte, und dachte, dass ein oder zwei von denen, die er so sorgfältig ausgewählt hatte, sich vielleicht ein bisschen mehr um ihr Äußeres hätten kümmern sollen. Vielleicht wären sie dann ohne Inserate ausgekommen.

Doch im Grunde wäre es bei ihnen eh zu spät gewesen.

Man konnte verrottendes Obst nicht einfach umdrehen, um die faule Stelle zu verbergen, und hoffen, damit durchzukommen.

Vor ihm bückte sich eine junge Frau, um Paletten mit Dosengemüse hochzuheben, Bohnen und Tomaten. Er blieb stehen, um ihr zu helfen, und sie unterhielten sich eine oder zwei Minuten. Auf der Stelle bemerkte er das Fehlen von Schmuck an ihrem

Ringfinger. Während er lächelnd und nickend ihrem Loblied auf Vorratskäufe lauschte, arbeitete er im Stillen die Werbekampagne aus, mit der sich eine faulige Frucht wie sie an den Mann bringen ließe.

Riesige Werbetafeln, damit könnte es funktionieren. Wieder lächelte er. Irgendetwas, das die Aufmerksamkeit eines Mannes mit Augenproblemen und bescheidenen Bedürfnissen auf sich lenken würde.

»Danke«, sagte sie. »Bei diesen Paletten muss man aufpassen, dass man sich nicht verhebt.«

Nur wenn man nicht in Form ist, dachte er.

Er schaute ihr beim Weitergehen nach und machte sich noch einmal klar, wie sehr er Frauen doch liebte, wie er sie geradezu verehrte. Natürlich war ihm die Ironie dieses Gedankens bewusst, vor allem wenn er sich vorstellte, was die Leute über ihn sagen würden, wenn sie wüssten, was er getan hatte. Aber genau darum ging es. Er liebte Frauen, die so aussahen und sich so benahmen wie Frauen. Echte Frauen, die sich die nötige Mühe gaben und Opfer auf sich nahmen, was richtige Männer wie er ebenfalls taten. Natürlich war es in dieser Welt nicht leicht, eine Frau zu sein, aber es war schließlich nicht unmöglich.

War es denn nicht Anreiz genug, gemocht zu werden?

Die Ungewollten, der Ausschuss, na ja … Bei denen lagen die Dinge anders. Ein Schwein mit Lippenstift ist noch lange keine Dame, ganz einfach.

Der Mann an der Kasse hatte ihn schon häufig hier gesehen und war redselig wie immer. Aber das war in Ordnung, er hatte nichts gegen eine kleine Plauderei, während seine Kartons und Flaschen gescannt wurden.

»Viel zu tun?«

»Wie immer.«

»Das ist gut.«

Er nickte und dachte an Alice Matthews, die ihn mit tellergroßen Augen angestarrt hatte.

»Waren Sie unterwegs?«

»Unterwegs wäre zu viel gesagt.«

Wahrscheinlich hatte sie in diesen letzten Augenblicken besser ausgesehen als je zuvor.

»Wohin man fährt, ist gar nicht so wichtig, stimmt's? Es tut einfach gut, mal rauszukommen.«

»O ja, auf jeden Fall.«

Als er den letzten Karton wieder im Einkaufswagen verstaut hatte und dem Kassierer seine Kreditkarte reichte, griff er noch schnell nach dem *Standard*.

Er starrte auf die Titelseite. Sie zeigte ein Phantombild der Metropolitan Police. Darunter stand ein Name, den der Mann benutzt haben sollte. Er las den Aufruf, sich mit sachdienlichen Informationen an die Polizei zu wenden.

»Geben Sie einfach Ihre Geheimzahl ein, wenn Sie so weit sind.«

Er beugte sich vor. Sein Finger verharrte über der Tastatur.

»Alles in Ordnung mit Ihnen?«

Er atmete tief durch und gab die Geheimzahl ein. »Alles bestens.«

In einer anderen Stadt erledigte zur selben Zeit eine ältere Frau ihre Einkäufe beim Gemüsehändler ganz in der Nähe ihrer jetzigen Wohnung. Nur ein Korb mit dem Nötigsten.

Schließlich hatte sie noch etwas zu erledigen.

Die Frau wusste, dass irgendwann wieder Normalität einkehren würde, doch im Augenblick war noch alles ungewohnt. Schließlich hatte sie in Windeseile die Zelte abbrechen und verschwinden müssen. In ihrer Branche wurden ständig irgendwelche Leute eingebuchtet, natürlich, und normalerweise war das kein Problem. Man musste dann bloß für einen oder zwei Tage abtauchen. Die Geschäfte vorübergehend auf Eis legen. Diesmal allerdings war die Lage ein bisschen ernster. Das spürte sie, auch wenn niemand etwas sagte. Sie hatte Andrew Evans drinnen und draußen beliefert, und nach seiner Entlassung hatte er von ihren Bossen Anweisungen erhalten. Sie wusste nicht genau, was man von ihm erwartet hatte, auch wenn sie eine Vermutung hatte. Wer hochgenommen wurde, weil er Stoff besaß – oder selbst weil er ihn weiterverkaufte –, wurde normalerweise nicht von der Kriminalpolizei abgeholt.

Es fiel ihr schwer, kein Mitleid für ihn zu empfinden, doch im Moment musste sie an sich selbst denken.

Die Anweisung war schnell und in einem Ton gekommen, der nicht als höflicher Vorschlag missverstanden werden konnte. Den Laden dichtmachen und abhauen. Ärgerlich, aber immerhin hatte sie einen Ort, an den sie konnte.

Sie zählte die Teile in ihrem Korb und ging zur Kasse.

Für sie war dieser Ort stets ein Schlupfloch gewesen, ein Platz, an dem sie eine Auszeit nehmen konnte. Jetzt allerdings sah es so aus, als müsste sie eine Weile hierbleiben. Also konnte sie nur das Beste daraus machen. Was kein allzu großes Problem sein würde. Die Leute, für die sie arbeitete, machten überall Geschäfte und besaßen mehr Filialen als Starbucks. Für jemanden wie sie fand sich überall Verwendung, egal, wohin es sie verschlug.

Für jemanden, der seinen Job so gut machte wie sie.

Als Kind hatte sie sich immer gern verkleidet und war in Fantasiewelten abgetaucht. Es war der einzige Weg gewesen, in dem Drecksloch, in dem sie aufgewachsen war, über die Runden zu kommen. Damals hatte es noch überall Bombenkrater gegeben. Sie erinnerte sich, als Kind darin gespielt zu haben. Und dann die Lebensmittel-Rationierungen, du liebe Zeit. Natürlich war es einfacher gewesen, sich in das Leben einer Prinzessin hineinzufantasieren, als sich mit der Wirklichkeit abzufinden, in der sie aufgewachsen war. Wässriger Eintopf war leichter auszuhalten, wenn man sich einredete, es wäre ein fürstliches Mahl bei Hofe, und sie hatte nie Probleme, in den nach Urin riechenden Außengängen die Festungsmauern des väterlichen Schlosses zu sehen. Pfützen waren Burggräben, und wenn es mitten in der Nacht an der Tür klopfte, konnte es sich nur um einen schönen Prinzen handeln.

Nicht dass sie je von einem gerettet worden wäre.

Im Prinzip spielte sie noch immer dasselbe Spiel, wenn sie ihre Nummer in den Besucherräumen durchzog. Andererseits hatte sie im Lauf der Jahre tatsächlich einen kleinen Schatz angehäuft und ihn ganz altmodisch auf der Bank deponiert. Genug, um zurechtzukommen, wenn sie sich einmal ganz zurückziehen würde. Um sich um ihre eigene kleine Prinzessin zu kümmern.

Ihr Magen zog sich zusammen, als sie den Einkaufskorb abstellte und an ihre Tochter dachte. An ihren Zustand, als sie sich das letzte Mal unterhalten hatten. Ein Mädchen mit einer Menge Probleme, das sich nie so souverän in Fantasiewelten hatte bewegen können wie ihre Mutter.

Denn simple Lügen waren etwas völlig anderes.

Der junge Mann an der Kasse betrachtete erst den Inhalt ihres Einkaufskorbs, dann sie. Er nahm einen der Schokoriegel heraus, scannte ihn und gab dann die Menge ein.

»Da mag offensichtlich jemand Mars.«

Lächelnd zog sie die mitgebrachte Plastiktüte hervor und sagte: »Ich nasche halt gern.«

ZWEIUNDDREISSIG

Wieder schaute Thorne auf seine Armbanduhr.

»Dadurch kommt er auch nicht schneller«, sagte Tanner.

»Was meinst du, wie lange er noch braucht?«

»Das hängt vom Verkehr ab.«

»Sie nehmen doch einen Streifenwagen, oder?«

»Das bezweifle ich.« Tanner wirkte völlig ruhig. Die Aufregung und Anspannung, die überall im Haus herrschte, schien sie überhaupt nicht zu berühren. Thorne war klar, dass Tanner sich Erregung so schnell nicht anmerken ließ, und er beneidete sie um diese Coolness, zu der er für gewöhnlich nicht fähig war.

»Das Problem ist, dass es bei dir immer ›volle Pulle‹ oder ›leck mich‹ ist«, hatte Hendricks einmal gesagt. »Da liegt dein Problem, Kumpel. Na ja, *eines* deiner Probleme. Du musst dich zügeln!«

»Cooper kommt freiwillig her«, sagte Tanner. »Schon vergessen?«

»Mein Gott.« Thorne sprang auf und durchquerte mit schnellen Schritten den Einsatzraum. Dann trat er hinaus in den Gang und schob sich durch die Tür zur Herrentoilette. Er stieß dort beinahe mit einem jungen DC zusammen, der vom Revier Kentish Town abkommandiert war.

»Gleich geht's los?«

Thorne nickte und ging an ihm vorbei. Er versuchte so zu wirken, als hätte er kaum einen Gedanken an die bevorstehende Vernehmung verschwendet.

»Glauben Sie, er ist es?«

»Gut möglich«, sagte Thorne.

Auch wenn der Ruf der Natur alles andere als dringend war, benutzte Thorne die Toilette und betrachtete sich anschließend beim Händewaschen im Spiegel. Er beugte sich dicht zu dem schmierigen Glas vor und kam zu dem Schluss, dass er schon einmal besser ausgesehen hatte. Das dachte er in letzter Zeit eigentlich ständig, wenn er sein Spiegelbild betrachtete.

Besser, jünger, glücklicher.

Vielleicht sollte er wenigstens an einem dieser Punkte etwas ändern.

Glauben Sie, er ist es?

Gut möglich, dass sie vor einem schnellen Resultat standen. Gut möglich, dass er bald dem Mann gegenüberstehen würde, der Alice Matthews und mindestens drei weitere Frauen ermordet hatte. Wenn nur endlich der verdammte Streifenwagen aus Luton eintreffen würde. Wieder schaute Thorne zur Uhr. Seit dem letzten Mal waren gerade drei Minuten verstrichen.

Er ging zurück in sein Büro, wo Tanner über irgendwelchen Papieren brütete. Sekunden später trat Chall ins Zimmer.

»Ich habe endlich Leila Fadels jüngeren Bruder erwischt«, sagte der DS. »Er hat bestätigt, dass er Leilas Laptop geerbt und ihn mit an die Universität genommen hat. Aber er behauptet, es wäre nichts darauf.«

»Okay, sagen Sie ihm, er soll das Ding nicht mehr anfassen«, sagte Thorne.

»Was spielt das für eine ...«

»Wir schicken einen Wagen, um ihn abzuholen, und lassen die Computerfreaks einen Blick darauf werfen. Sie sollen sich die E-Mail-Ordner vornehmen oder was auch immer.«

Chall schüttelte den Kopf. »Nein, da ist wortwörtlich nichts zu finden. Er hat gesagt, von der Festplatte seien sämtliche Daten gelöscht gewesen, als er den Computer bekam. Er dachte, sein Dad hätte das gemacht.«

Tanner nickte, als sei die Sache für sie völlig klar. »Also lässt der Mörder die Computer entweder mitgehen, oder er löscht alles, und sie bleiben am Tatort zurück. Mal soll es nach einem

Einbruch aussehen, mal nicht. Hauptsache, es ist kein bestimmtes Muster zu erkennen.«

Thorne stieß einen leisen Fluch aus.

»Und mit den diversen Mobilfunkanbietern bin ich noch nicht weitergekommen«, sagte Chall.

Thorne warf ihm einen frustrierten Blick zu. Entweder hatte Fulton sein Angebot, Druck zu machen, vergessen, oder seine Intervention hatte sich als nutzlos erwiesen.

»Ehrlich gesagt ist es wahrscheinlich einfacher, Informationen aus dem Pentagon zu bekommen.«

»Dann machen Sie noch mehr Druck«, sagte Thorne.

Chall nickte und wandte sich zur Tür.

»Lassen Sie sich dabei von jemandem helfen. Als ich das letzte Mal nachgeschaut habe, hatten wir eine Menge Beamte und eine Menge Telefone zur Verfügung. Und Sie müssen mit dem Betreiber dieser Website reden, die Cooper im Revier in Luton erwähnt hat.«

»In Ordnung, Sir«, erwiderte Chall.

»Ein schönes Beispiel für Mitarbeiterführung«, sagte Tanner, als der DS gegangen war. »Er kommt hier rein und berichtet, wie hart er gearbeitet hat. Und du schickst ihn mit dem Gefühl wieder weg, dass er rein gar nichts geleistet hat.«

Thorne hörte nicht zu. Er sagte: »Es muss nichts heißen, dass dieser Kerl aus eigenem Antrieb kommt.« Er lehnte sich zurück und dachte daran, was Melita Perera ihm erzählt hatte. Seine Gedanken schweiften ab, er musste an andere Mörder denken, mit denen er in der Vergangenheit zu tun gehabt hatte … »Es könnte Teil seines Plans sein.«

Nachdem die Phantombilder am Tag zuvor in den Zeitungen abgedruckt und als Teil eines hastig zusammengeschusterten Aufrufs im Fernsehen gezeigt worden waren, hatte sich heute Morgen ein gewisser Gavin Cooper im nächstgelegenen Polizeirevier gemeldet. Mit einer Anwältin im Schlepptau. Er hatte eine kurze Aussage zu Protokoll gegeben und wurde nun zum Becke House gebracht. Den Beamten hatte er wiederholt erklärt, er wolle gern helfen, wenn er denn helfen könne.

Thorne warf Tanner einen Blick zu. »Ich meine, wenn dieser Typ so schlau ist, wie du glaubst, ist es dann nicht denkbar, dass er auch dreist genug ist, hier eine Show abzuziehen? Hier reinzumarschieren wie ein anständiger Bürger und dabei genau zu wissen, dass wir nichts gegen ihn in der Hand haben? Weil er uns ›gern helfen‹ will?«

»Möglich«, sagte Tanner.

Als das Telefon klingelte, schrak Thorne zusammen, als hätte jemand eine Waffe abgefeuert. Tanner nahm in aller Gemütsruhe den Hörer ab.

»Also gut«, sagte sie, nachdem sie wieder aufgelegt hatte. »Sie sind am Empfang.«

Thorne erhob sich.

»Immer langsam, Tom.« Tanner bückte sich nach ihrer Handtasche. »Ich hab nur gesagt, es könnte möglich sein.«

Thorne warf ihr einen finsteren Blick zu, wie ein Kind, das ans Zähneputzen erinnert wird. Dann ging er zur Tür. Bevor er sie öffnete, atmete er vorsichtshalber noch einmal tief durch.

Volle Pulle oder leck mich.

Gavin Cooper blickte Tom Thorne erwartungsvoll an. Der Mann im Verhörraum wirkte weder besonders nervös, noch schien er von der ungewohnten Umgebung irgendwie eingeschüchtert. Seine Anwältin – eine junge Frau namens Stacey Poole – hielt sich im Hintergrund und wirkte genauso entspannt wie ihr Mandant. Die beiden schienen sich gut zu kennen. Wäre Thorne ihnen unter anderen Umständen begegnet, hätte er sie für ein Paar gehalten.

Sobald das Aufnahmegerät lief, erinnerte Thorne Cooper daran, dass er nicht festgenommen war und die Vernehmung jederzeit beenden konnte. Cooper erklärte, das habe er verstanden. Auf Nachfrage nannte er seinen vollen Namen und seine Adresse. Nach einem kaum wahrnehmbaren Nicken seiner Anwältin setzte er hinzu: »Nur fürs Protokoll – ich bin aus freien Stücken hierhergekommen, nachdem ich meinen Namen und ein plumpes Phantombild bei verschiedenen Sendern und auf den Titelseiten mehrerer Zeitungen entdeckt habe.« Seine Stimme hätte sich im Radio gut gemacht, dachte Thorne. Sie passte zum Sakko, dem blassrosa Hemd und dem etwas bemühten Lächeln. Cooper lehnte sich zurück und verschränkte die Arme. »Ich möchte gern helfen. Wenn ich kann.«

Thorne ging durch den Kopf, dass sein Vater den Mann als »Lackaffen« bezeichnet hätte. Dann nahm er die Anwältin etwas genauer in Augenschein. Stacey Poole wirkte zufrieden mit ihrer Rolle der zurückhaltenden Begleiterin, doch sie war sicher keine Mimose. Zehn Minuten zuvor hatte er kurz unter vier Augen mit ihr gesprochen und ihr pflichtgemäß dargelegt, warum die Kriminalpolizei ein gesteigertes Interesse an einem Gespräch mit ihrem Mandanten hatte.

Sie hatte ihn nicht ausreden lassen, sondern gebieterisch die Hand gehoben. »Mr Cooper ist hier, weil er es so wünscht. So einfach ist das. Er ist hier, damit Sie seinen Namen so schnell wie möglich aus dieser Ermittlung streichen können.«

Nach Coopers einleitendem Statement im Verhörraum sagte Thorne: »Uns ist bewusst, dass Sie aus freien Stücken zu uns gekommen sind, und dafür sind wir Ihnen sehr dankbar.«

»Ja, vielen Dank«, sagte auch Tanner. »Wir werden versuchen, Sie nicht zu lange aufzuhalten.«

»Ich habe Sie über Ihr Recht auf einen kostenlosen und unabhängigen Rechtsbeistand informiert.« Erneut warf Thorne der

Anwältin einen Blick zu. »Aber das wird offensichtlich nicht nötig sein. Genau genommen ist es sogar ziemlich unnötig. Deswegen frage ich mich, warum Sie Ihre Anwältin mitgebracht haben.«

»Es erschien mir sinnvoll, das ist alles«, entgegnete Cooper. »Man hört so einiges.«

»Was meinen Sie damit?«

Cooper schien kein Bedürfnis zu haben, weiter ins Detail zu gehen. Stattdessen wandte er sich der Frau zu. »Mrs Poole ist meine Schwägerin. Von daher ...«

»Das ist natürlich praktisch.«

»Und wahrscheinlich auch preiswerter«, bemerkte Tanner. Sie blätterte eine Seite in ihrem Notizbuch um. »Würden Sie uns bitte kurz Ihr Verhältnis zu Alice Matthews schildern?«

Falls der plötzliche Themenwechsel Cooper überraschte, ließ er sich jedenfalls nichts anmerken. »Von Verhältnis würde ich nicht sprechen«, sagte er. »Wir haben uns einmal getroffen.«

»Erzählen Sie uns davon«, forderte Thorne ihn auf.

»Wir wurden uns gegenseitig auf einer Dating-Website vorgeschlagen. Das alles habe ich Ihren Kollegen heute Morgen schon erzählt.«

Tanner blickte auf ihre Notizen. »Sie sprechen von *Made In Heaven*?«

Cooper nickte.

»Wie funktioniert das?«, fragte Thorne.

»Na ja, das ist nicht gerade höhere Mathematik. Ich meine, viele Leute benutzen es. Man gibt seine persönlichen Daten ein, füllt einen Fragebogen aus, für den man eine halbe Stunde braucht, zahlt einen monatlichen Beitrag und erhält dafür Vorschläge.«

»Wonach haben Sie genau gesucht, Gavin?«

Zum ersten Mal schien Cooper sich unbehaglich zu fühlen. »Nun kommen Sie, was werden Leute, die eine solche Seite nutzen, schon suchen?«

»Ich weiß es nicht«, sagte Thorne. »Die wahre Liebe? Kameradschaft? Sex?«

Stacey Poole veränderte ihre Sitzposition.

»Ich habe nach einer Partnerin gesucht«, sagte Cooper. »Und das tue ich noch immer. Meine Ehe wurde vor sechs Jahren geschieden, und ich wäre gern wieder mit jemandem zusammen.« Er zuckte die Schultern. »Ich schätze, daran ist nichts merkwürdig oder … beschämend. Mir ist bewusst, dass statistisch gesehen die meisten Beziehungen am Arbeitsplatz beginnen, aber Verfahrenstechnik ist nicht besonders romantisch, und für Clubs und solchen Unfug bin ich zu alt. Also dachte ich mir, warum eigentlich nicht?«

Tanner lächelte. »Vielleicht sollte ich das auch mal versuchen.« Wieder blätterte sie eine Seite um. »Also hat das Portal Ihnen Alice Matthews vorgeschlagen.«

»Ja. Wir haben uns ein paar Kurznachrichten geschickt und sind dann zu privaten E-Mails übergegangen.«

»Wie viele Mails haben Sie ihr geschickt?«, fragte Thorne.

»Ein halbes Dutzend vielleicht.«

»Und worum ging es?«

»Am Anfang haben wir einfach nur geplaudert … über unsere Familien, Hobbys, alles Mögliche. Als wir dann beschlossen haben, uns zu treffen, ging es um die Details der Verabredung. Was wir gern essen, wohin wir gehen wollten.«

»Also sind Sie Alice Matthews zum ersten und einzigen Mal vor acht Tagen begegnet, am Abend des 19. April? Nachdem Sie einen Tisch im La Cucina in Amersham reserviert hatten? Ist das korrekt?«

Cooper bestätigte seine Angaben.

»Wie ist es gelaufen?«

»Es war … nett. *Sie* war nett. Ich kann immer noch nicht glauben, dass jemand ihr etwas angetan hat. Sie war reizend.«

»Aber nicht reizend genug.«

»Wie bitte?«

»Für Sie, meine ich?«

»So gesehen … nein. Es hat nicht gefunkt, könnte man sagen.«

»Fanden Sie sie attraktiv?«

»Ja, aber …«

»Fanden Sie sie sexy?«

»Schon, aber sie war nicht ganz mein …«

»Hatten Sie die Hoffnung, zusammen im Bett zu landen? Haben Sie es ihr vorgeschlagen?«

Cooper wirkte plötzlich erschüttert, und Poole legte ihm beruhigend eine Hand auf den Arm. »Du musst keine dieser Fragen beantworten, Gavin.«

»Nein, das müssen Sie nicht«, räumte Thorne ein. »Aber ich dachte, Sie wären interessiert daran, uns zu helfen.«

»Hören Sie, wir haben uns wirklich gut verstanden, okay? Wir haben uns während des Essens die ganze Zeit unterhalten, haben gelacht, aber es fehlte … wissen Sie, es fehlte …«

»Der Funke?«, fragte Tanner.

»Ja, wie gesagt, und offensichtlich ging es uns beiden so.«

Thorne nickte. »Was passierte im Anschluss?«

Cooper zuckte die Schultern. »Wir sind nach Hause gegangen. Nun, ich gehe mal davon aus, dass sie nach Hause gegangen ist … Ich habe erst aus der Zeitung erfahren, was ihr passiert ist. Ich habe die Rechnung beglichen, wir sind zum Parkplatz gegangen und haben Gute Nacht gesagt. Wir haben noch vereinbart, in Kontakt zu bleiben. Dann bin ich in mein Auto gestiegen und nach Hause gefahren.«

»Auf dem kürzesten Weg? Kann das irgendjemand bestätigen?«

»Ich lebe allein.«

»Gibt es Nachbarn, die angeben könnten, wann Sie nach Hause gekommen sind?«

»Möglich. Sie müssten sie fragen.« Cooper schüttelte den Kopf. »Aber haben Sie keine Möglichkeiten, das auf anderem Weg zu überprüfen?«

Poole setzte sich aufrechter hin. »Natürlich gibt es solche Möglichkeiten. Über die automatische Nummernschilderkennung oder Handydaten.« Sie musterte Thorne. »Ich vermute, Sie verfügen über all diese Möglichkeiten.«

»Genau«, sagte Cooper. »Sie können nachverfolgen, wo mein Handy zu welcher Zeit war, oder?«

»Ja, und das werden wir auch tun. Würden Sie uns bitte Ihre Nummer geben?«

»Wenn Sie wollen. Genau genommen habe ich sogar zwei Handys.«

Tanner nickte, als wäre sie beeindruckt. »Aber Sie arbeiten nicht nebenbei als Drogendealer, oder, Gavin?«

Cooper stieß ein humorloses Lachen aus. »Ich habe ein Telefon für die Arbeit und ein privates. Wie andere Leute auch.«

»Könnten Sie uns dann bitte beide Nummern geben?«

Cooper ratterte die Ziffern herunter.

Thorne warf ihm einen fragenden Blick zu. »Hatten Sie auch andere Verabredungen über *Made In Heaven*?«

»Ein paar.«

»Aber nichts, woraus etwas Ernsthafteres geworden wäre?«

»Bislang nicht«, sagte Cooper. »Es kann eine Weile dauern. Nicht alle Menschen sind besonders aufrichtig, wenn es um die Darstellung der eigenen Person geht.«

»Sie aber schon?«

Poole machte den Mund auf, doch Cooper kam ihr zuvor. »Doch, das würde ich sagen. Ich meine, jeder übertreibt natürlich ein bisschen, und niemand posaunt heraus, dass er fett und hässlich ist und Mundgeruch hat. Aber ich habe mich sicher nicht als zweiten George Clooney dargestellt.«

»Haben Sie sich zufällig mit irgendeiner der folgenden Frauen getroffen …« Thorne ließ ihn nicht aus den Augen, als er die Namen der drei weiteren Opfer nannte, die mutmaßlich von Alice Matthews' Mörder getötet worden waren.

Patricia Somersby, Annette Mangan, Leila Fadel.

Cooper schüttelte den Kopf. »Nein. Vor etwa einem Monat gab es zwar eine Annette, aber nicht mit diesem Nachnamen.«

»Wir gehen jetzt ein Stück weiter zurück«, sagte Thorne. »Können Sie uns sagen, was Sie am 9. und am 13. Oktober des letzten Jahres gemacht haben?«

»Nicht aus dem Stand. Könnten Sie das?«

»Oder am 28. Dezember des letzten Jahres?«

»Nein, auch nicht«, sagte Cooper. »Aber ich kann das nachprüfen. Ich müsste meine Firma anrufen und darum bitten, dass man in meinem Terminkalender nachschaut.«

»Das wäre wirklich hilfreich.«

Cooper schaute auf seine Armbanduhr.

»Halten wir Sie auf?«

»Ich versuche bloß, mir die Zeitverschiebung auszurechnen. Wahrscheinlich ist es noch zu früh.«

Thorne musterte ihn.

»In Toronto. Die Leute kommen erst in ein paar Stunden ins Büro.«

»Wie bitte?«

»Ich habe damals in Toronto gearbeitet«, erklärte Cooper. »Ich war vorübergehend zu einer Niederlassung der Firma dort versetzt worden.« Plötzlich entspannte er sich. Thornes Gesichtsausdruck verriet ihm auf der Stelle, dass er ohne es zu wissen seine »Du kommst aus dem Gefängnis frei«-Karte aufgedeckt hatte. »Ich bin erst vor drei Monaten aus Kanada zurückgekehrt.«

Cooper drehte sich zu Poole um und schüttelte den Kopf, als hätte er es mit Idioten zu tun. Lächelnd murmelte er etwas vor sich hin. Thorne sah, wie Tanner ihr Notizbuch zuklappte und das Aufnahmegerät ausschaltete.

DREIUNDDREISSIG

Die Partnerschaftsvermittlung *Made In Heaven* schien ihre Geschäfte ausschließlich online zu betreiben, sodass Dipak Chall erst eine Viertelstunde lang diverse Firmendatenbanken durchsuchen musste, ehe er auf eine Telefonnummer stieß. Und auch die Frau, die sich unter der Nummer meldete, verwies ihn als Erstes auf die Website des Unternehmens.

Chall unterbrach sie und gab sich als Polizist zu erkennen.

»Oh, prima, das ist gut«, sagte sie. »Es mag ein Klischee sein, na ja, aber viele unserer weiblichen Kunden haben eine Schwäche für Männer in Uniform.«

»Ich trage keine Uniform«, klärte Chall sie auf. »Und ich rufe nicht an, weil ich Ihre Dienste in Anspruch nehmen möchte. Ich brauche Informationen über zwei Ihrer Kunden, Alice Matthews und Gavin Cooper.«

»Ja …«

»Dürfte ich zunächst fragen, ob Sie bestätigen können, dass diese beiden bei Ihnen als Kunden registriert sind?«

»Also, die Namen sagen mir nichts«, erwiderte die Frau. »Aber wir haben ziemlich viele Kunden. Und abgesehen davon fürchte ich …«

»Könnten Sie dann bitte nachprüfen …«

»Ich wollte gerade sagen, wir sind Mitglieder im Verband der Partnervermittlungsagenturen und müssen uns an die üblichen Datenschutzbestimmungen halten.«

»Ja, aber noch mal: Hier spricht Detective Sergeant Dipak Chall, und …«

»Die Sache ist einfach die, dass ich solche Informationen nicht telefonisch weitergeben darf. Ich meine, das sollten Sie doch am besten wissen.«

Chall blickte auf und bemerkte, dass Yvonne Kitson ihn beobachtete. Er schüttelte den Kopf. »Das verstehe ich. Ich muss Ihnen allerdings mitteilen, dass ich in einem Team arbeite, das gerade einen Mordfall untersucht. Und dass wir glauben, dass das Opfer bei Ihrer Agentur registriert war.«

Einige Sekunden lang herrschte Stille. »Geht es dabei um die Namen, die Sie gerade erwähnt haben?«

»Korrekt. Alice Matthews wurde vor gut einer Woche ermordet.«

Er hörte die Frau seufzen. Dann fluchte sie: »Verdammter Mist, nicht schon wieder.«

Chall setzte sich ruckartig auf, hob die Hand und winkte Yvonne Kitson herüber. Dann nahm er einen Stift und zog ein Blatt Papier zu sich heran.

»Entschuldigung … könnten Sie das bitte wiederholen?«

VIERUNDDREISSIG

Vom Treppenhausfenster im ersten Stock aus sahen Thorne und Tanner zu, wie Gavin Cooper und seine Schwägerin in denselben Streifenwagen stiegen, der sie zuvor hergebracht hatte. Als der Volvo den Parkplatz verließ, wandte Thorne sich ab und lehnte sich mit dem Rücken gegen die Wand.

»Ich hätte den blasierten Wichser liebend gern mit dem Bus fahren lassen«, sagte er.

»Es wäre auch zu schön gewesen«, bemerkte Tanner. »Du hast doch nicht wirklich geglaubt, dass er es war, oder?«

»Gehofft hab ich es.«

»Natürlich.« Sie nahm ein Schminktäschchen aus ihrer Handtasche und öffnete eine Puderdose. Stirnrunzelnd fuhr sie sich durch die Haare, mit denen sie schon den ganzen Vormittag gekämpft hatte. »In dem Moment, als er ins Zimmer trat, wusste ich, dass er nicht unser Mann ist.«

»Nein, das konntest du nicht wissen. Und seit wann glaubst du an irgendwelche Eingebungen?«

»Tue ich nicht.« Tanner steckte ihr Make-up wieder ein. »Er kam mir nur nicht besonders gerissen vor, das ist alles.«

»Gerissen?«

»Okay, sagen wir ... *fähig* zu dem, was der Mörder getan hat.« Sie ging ein paar Schritte Richtung Einsatzraum und drehte sich um. »Komm schon, wir haben viel Arbeit vor uns. Ich weiß, wie sehr du dir ein schnelles Ende gewünscht hast, aber so läuft es nicht. Und deswegen müssen wir jetzt unseren Job machen.«

Thorne wusste, dass Tanner recht hatte. Dass es dumm gewesen war, auch nur zu denken, dass der Mann, hinter dem sie her waren, sich selbst auf dem Silbertablett präsentieren würde. Keine Frage, er hatte sich im Verhörraum eine blutige Nase geholt, doch das war schon häufig der Fall gewesen. Solche Dinge zählten zum Berufsrisiko und hinterließen selten bleibende Schäden.

Wenn man schnurstracks gegen eine Wand rennt, muss man eben mit einer blutigen Nase rechnen.

»Trotzdem kann es nicht einfach Zufall sein.« Thorne setzte sich in Bewegung. »Dass Alice Matthews ausgerechnet an dem Abend, an dem sie ermordet wurde, mit einem Fremden zum Abendessen verabredet war.«

»Es klingt unwahrscheinlich«, räumte Tanner ein. »Und trotzdem könnte es purer Zufall sein.«

Thorne schüttelte den Kopf. »Alle anderen Opfer waren alleinstehende Frauen, die irgendwelche Kontakte per SMS oder

E-Mail hatten. Und der Mörder wollte nicht, dass wir Spuren dieser Kontakte finden, richtig?«

Tanner nickte, während sie die Treppe hochstiegen.

Thorne fuhr fort. »Annette Mangans Freundin ahnte, dass sie sich mit Männern traf, und das gilt auch für Leila Fadels Mutter. Meinetwegen kann Gavin Cooper ein Dutzend Alibis haben. Dass er Alice ausgerechnet an diesem Abend getroffen hat, gehört für mich irgendwie ins Gesamtbild.« Vor der Tür blieb er kurz stehen. »Das Bild auf der Schachtel, von dem du gesprochen hast ...«

Sie betraten den Einsatzraum und sahen Dipak Chall, der sich aufgeregt mit Yvonne Kitson unterhielt. Als er sie bemerkte, hob er sofort die Hand. Tanner ging zu ihm. Sie spürte, dass es etwas Dringendes war.

»Ich hab mit einer Frau von dieser Website gesprochen«, sagte Chall. »Bei der Cooper registriert war.«

Thorne lehnte sich an den Schreibtisch. »Die Sache hat sich gerade erledigt. Cooper ist aus dem Schneider.«

»Ich weiß.«

»Tut mir übrigens leid, dass ich mich vorhin wie ein Idiot benommen hab. Ich weiß, dass Sie alle hervorragende Arbeit leisten.«

»Kein Problem«, erwiderte Chall.

»Warum soll die Sache erledigt sein?«, fragte Tanner. »Es kann kein Zufall sein, hast du eben gesagt.«

»Nein, kein Zufall.« Chall streckte ihnen die Unterlagen entgegen, die er in der Hand hielt.

»Sagen wir es so«, schlug Kitson vor. »Es wäre schon ein ganz erstaunlicher Zufall.«

Thorne und Tanner schauten die beiden verständnislos an.

»Letztes Jahr im Juni wurde eine Frau namens Karen Butcher ermordet.« Chall tippte mit dem Finger auf die Blätter in seiner

Hand. »Sie wurde in ihrer Wohnung in Coventry erwürgt. Sie war bei *Made In Heaven* registriert, wo sie einen Mann namens Terry Summers kennengelernt hatte, der schließlich wegen Mordes angeklagt wurde.«

»Angeklagt?« Tanner warf ihm einen fragenden Blick zu. »Wurde er auch verurteilt?«

»Wurde er«, sagte Kitson.

Thorne öffnete den Mund, schloss ihn aber wieder, deutete auf sein Büro und machte sich auf den Weg – Chall, Kitson und Tanner im Schlepptau.

Natürlich würde diese neue Entwicklung an sämtliche Beamte weitergegeben werden, die in der einen oder anderen Weise mit der Ermittlung befasst waren. Doch es war wichtig, dass sie, als Kern des Teams, die neuen Informationen zunächst aufarbeiteten. Und Thorne war klar, dass Chall noch nicht fertig war. Sobald Tanner die Tür hinter sich geschlossen hatte, nickte Thorne dem Detective zu.

Chall nickte ebenfalls. »Also, ich habe die Frau von der Website gebeten, in ihren Unterlagen nach Patricia Somersby und den anderen Frauen zu suchen. Sie hat versprochen, mich zurückzurufen. In der Zwischenzeit haben Yvonne und ich uns den Fall Karen Butcher etwas genauer angesehen.«

Kitson ergriff das Wort. »Sie hatte eine Verabredung mit Summers, der ihr von der Website vorgeschlagen worden war. Am nächsten Morgen wurde sie tot aufgefunden. Summers hatte kein Alibi, und es gab irgendwelche DNA-Spuren ...«

»Die Einzelheiten kennen wir noch nicht«, sagte Chall. »Ich habe die Ermittlungsakte angefordert.«

»Summers behauptete bis zuletzt, mit dem Mord nichts zu tun zu haben. Angeblich war er nach dem Treffen mit Karen Butcher nach Hause gegangen. Davon wollten die Geschworenen allerdings nichts wissen und verurteilten ihn zu lebenslänglich.«

Tanner zog sich einen Stuhl heran und setzte sich. »Scheiße.«
»Was meinst du?«, fragte Thorne.
»Ich habe mich nur um ungelöste Fälle gekümmert.«
»Natürlich. Darum habe ich dich schließlich gebeten.«
»Aber ich hätte gründlicher vorgehen müssen.«
Thorne holte tief Luft. Er wusste, dass er Tanner kaum davon abhalten konnte, sich wegen dieses vermeintlichen Versagens Vorwürfe zu machen. Darin war sie offenbar fast so gut wie er selbst. Er wandte sich an Kitson und Chall. »Gut. Es klingt so, als sollten wir uns mit Terry Summers unterhalten. Mit den jüngsten Morden kann er nichts zu tun haben. Mal sehen, ob er noch immer behauptet, auch Karen Butcher nicht getötet zu haben.«
»Da gibt es ein Problem«, sagte Chall.
»Summers hat weiterhin seine Unschuld beteuert«, sagte Kitson. »Bis er sich vor sechs Monaten in Wakefield erhängt hat.«
Nun zog sich auch Thorne einen Stuhl heran. Kitson und Chall lehnten sich an die Schreibtische. Tanner, die offenbar zu dem Schluss gelangt war, ihre Selbstzerfleischung auf einen späteren Zeitpunkt zu verschieben, brach das Schweigen.
»Okay, so langsam wird unser Bild ein bisschen klarer«, sagte sie.
»Tatsächlich?« Thorne lehnte sich zurück und streckte die Beine aus.
»Nehmen wir einmal an, Terry Summers war wirklich unschuldig.«
»Und die DNA?«, fragte Chall.
»Wir wissen noch nicht genau, worum es sich dabei handelt. Ob bei der Auswertung ein Fehler gemacht wurde. Oder ob die Beweisstücke gefälscht oder absichtlich beim Opfer platziert worden sind.«
Thorne, Chall und Kitson starrten sie an. Tanners Mienenspiel verriet ein Wechselbad der Gefühle. Anfänglicher Begeiste-

rung folgte ein gequälter Ausdruck des Zweifels, der wiederum einer gewissen Zuversicht wich – der Zuversicht, es zumindest mit einer erwägenswerten Möglichkeit zu tun zu haben.

»*So* lässt sich ein Muster jedenfalls perfekt kaschieren«, sagte sie. »Er tötet sein erstes Opfer und liefert der Polizei … irgendwie … auf dem Silbertablett einen glaubhaften Verdächtigen. Auf diese Art kommt beim nächsten Mord niemand auf die Idee, zwischen den beiden Verbrechen eine Verbindung herzustellen. Denn der erste Fall ist gelöst, und der Schuldige sitzt hinter Gittern. Dann tarnt er einen weiteren Mord als Einbruch … er fährt kreuz und quer durchs Land … nutzt verschiedene Möglichkeiten, die elektronischen Spuren zu verwischen … Er hat es sich nicht leicht gemacht, das muss man ihm lassen.« Jetzt riss sie die Augen auf. Anscheinend war gerade ein weiteres Puzzleteil an seinen Platz gefallen. »Und falls doch jemand eine Verbindung herstellt, und sei es bloß mit *einem* der anderen Morde, dann hat er es so gedreht, dass sich gleich ein perfekter Verdächtiger aufdrängt.«

»Wie Gavin Cooper zum Beispiel?«, fragte Thorne.

Tanner nickte. »Irgendein argloser Kerl, mit dem das Opfer gerade eine Verabredung hatte.« Sie lehnte sich zurück, lächelte zufrieden. »Er sucht sich nicht nur die Frauen aus, die er töten will, sondern auch die Männer, mit denen sie über die Website in Kontakt getreten sind. Auch die Männer müssen passen, damit sie im Notfall als glaubwürdige Täter durchgehen.«

»Aber wie findet er sie?«, fragte Thorne. »Offensichtlich ist er über die Partnervorschläge der Website auf dem Laufenden und findet irgendwie auch heraus, wo und wann sich die Paare verabreden. Ich denke, wir können mit Sicherheit sagen, dass dieses Datingportal im Zentrum der ganzen Angelegenheit steht.«

»Vielleicht ist es jemand, der dort arbeitet«, schlug Chall vor.

Thorne nickte nachdenklich.

»Oder er ist eine Art Hacker«, sagte Kitson. »Er hackt sich bei

Made In Heaven ein, schaut sich die Partnervorschläge an und sucht sich ein Paar heraus, das ihm gefällt. Und dann hackt er die privaten E-Mails, um Ort und Zeitpunkt des ersten Dates zu erfahren.«

»Aber wenn man selbst Zugriff auf das Computersystem hat, ist es sicher leichter«, sagte Thorne.

»Trotzdem hat Yvonne nicht unrecht«, sagte Chall. »Wir wissen ja schon, dass er sich mit Computern auskennt. Sonst hätte er nicht die komplette Festplatte von Leila Fadels Laptop löschen können. Ich meine, ich wüsste gar nicht, wie das geht. Sie?«

»Ich will nichts vorschnell ausschließen«, erwiderte Thorne. »Für den Moment sollten Sie den Leuten von der Website jedenfalls Druck machen, damit wir erfahren, ob die anderen Opfer dort Kunden waren. Wenn nötig, drohen Sie damit, den Laden dichtzumachen.«

»Ja, ziehen wir die Daumenschrauben ein bisschen an«, stimmte Kitson ihm zu. »Und sagen Sie, dass wir ihnen einen Besuch abstatten werden.«

»Nein«, sagten Thorne und Tanner fast unisono.

Thorne erhob sich. Er stand wieder unter Strom. Die Wand, gegen die er eben noch gerannt war, schien in Windeseile zu zerbröseln. »Sagen Sie kein Wort davon.«

FÜNFUNDDREISSIG

Der Suchtberater – »Nennen Sie mich Rob« – erklärte ihm, ihre Zeit für den heutigen Tag sei beinahe um. Also stand Evans auf und ging zur Tür.

»Wir sind auf einem guten Weg«, erklärte Rob. »Die physische Abhängigkeit ist beinahe überwunden. Das ist natürlich erst die Hälfte der Arbeit, aber Sie können mit Recht stolz auf sich sein.«

Evans schloss die Tür hinter sich und nickte dem Bullen zu, der mit einer Zeitung auf dem Treppenabsatz Posten bezogen hatte.

»Alles klar?«

»Es geht voran«, sagte Evans.

Er stieg die breite Treppe hinunter, durchquerte das große Wohnzimmer und öffnete die Fenstertüren zum Garten. Es war ein freundlicher Tag, aber kalt, und als er nach draußen trat, fröstelte er. Er ging über den weiten Rasen, den Hang hinunter bis zu den Bäumen und entdeckte in fünfzig Metern Entfernung, neben dem leeren Swimmingpool, einen weiteren Polizisten. Der Mann, hoch aufgeschossen und spindeldürr, hob die Hand zum Gruß. Evans winkte zurück.

Alle waren freundlich zu ihm.

Der einzige Bewohner hier zu sein fühlte sich allerdings nach wie vor seltsam an. Er war der Einzige, der sich abends nicht einfach nach Hause verziehen konnte. Während der letzten paar Tage hatte er dann doch ein wenig Gesellschaft gehabt, doch der junge Mann namens Christian war seit heute Morgen wieder verschwunden. Man hatte ihn abgeholt, noch bevor Evans aufgestanden war. Er hatte gewusst, dass es so kommen würde. Sie beide hatten zusammen herumhängen dürfen. Abends konnten sie eine oder zwei Stunden allein fernsehen. Entgegen den Regeln hatte der Junge ihm erklärt, dass er befürchte, dass seine Mutter bedroht werde. Er war auf Heroinentzug und sollte gegen eine Bande von Menschenschmugglern aussagen, die offensichtlich ebenso gefährlich war wie die Drogenbande, mit der Evans zu tun hatte. »Ich sag der Polizei, ich mach das nicht«, hatte der Junge erklärt. »Ganz einfach. Von mir aus geh ich in den Knast, aber ich riskier nicht, dass meiner Mutter was passiert.«

Nun begriff Evans, was Tanner gemeint hatte, als sie über Paula gesprochen hatten. Wodurch es ihm allerdings kein Stück besser ging. Dass seine Frau keine Ahnung hatte, wo er sich aufhielt, bedeutete noch längst nicht, dass die Männer, für die er gearbeitet hatte, ihr diese Frage nicht trotzdem stellen würden. Und schließlich wusste er besser als die meisten anderen, dass sie im Zweifelsfall keine Zeit mit Höflichkeiten verschwendeten.

Den Gesichtsausdruck des Junkies, als er die Pistole gezückt hatte, hatte er noch allzu gut vor Augen.

Er versuchte, nicht darüber nachzudenken, sich einzureden, dass die Drogen, die sich noch in seinem Körper befanden, ihn paranoid machten. Dass alles Nötige unternommen wurde, um Paula und Sean zu schützen.

Er lief den Hügel hinab bis zur Grundstücksgrenze. Beim Zaun angekommen, schloss er die Hände um die dünnen Metallstangen. Er schaute nach rechts und links, konnte aber niemanden entdecken. Er wusste, dass Streifenwagen regelmäßig ihre Runden drehten und dass das ganze Gelände mit Kameras gespickt war. Trotzdem glaubte er nicht, dass das Anwesen so gut gesichert war, wie alle behaupteten. Was sollte ihn davon abhalten, irgendein Haushaltsgerät aus der Küche zu stehlen und sich einen Weg durch den Zaun zu schneiden?

Allzu schwierig sah es nicht aus.

Er hatte zwar bislang keine Küche gesehen, doch er wusste, dass es irgendwo eine geben musste. Einer der Polizisten hatte davon gesprochen, dass die Küche zurzeit nicht in Betrieb sei. Es lohnte sich für einen einzigen Bewohner einfach nicht. Also bestellten er und das Personal, das über Nacht hierbleiben musste, ihr Essen bei einem Lieferservice. Indische und chinesische Gerichte, Pizza und Hamburger. Es war tausendmal besser als das, was er im Knast gewohnt war. Aber was er wirklich wollte, war, zu Hause neben Sean am Tisch zu sitzen und etwas zu essen, das er zusammen mit Paula zubereitet hatte. Pasta vielleicht, oder einen schönen Braten. Bohnen auf Toast … Kekse. Was auch immer.

Er wandte sich ab, ging zurück zum Haus und stieg die Treppe zur Steinterrasse vor dem Wohnzimmer hoch. Auf der obersten Stufe blieb er stehen, drehte sich langsam um und setzte sich.

Er schloss die Augen, atmete tief durch und versuchte sich auf das Plätschern des Wassers im Brunnen zu konzentrieren, der sich rechts neben der Terrasse befand.

Erst die Hälfte der Arbeit …

Nennen-Sie-mich-Rob hatte keine Ahnung, obwohl er sich alle Mühe gab. Evans war einfach nicht bereit, darüber zu reden, noch nicht. Es war schon schwer genug, mit seinem Körper zurande zu kommen, ohne all die Erinnerungen.

Die Wände der Zelle, in der er noch immer jeden Morgen aufzuwachen glaubte. Der Gestank und der Lärm und der absurde Wunsch, dass einer der Spinner auf seiner Etage durchdrehen und ihn nach Strich und Faden verprügeln würde, bloß damit er irgendetwas *fühlte*. Der Gesichtsausdruck dieser Frau, der Mutter des Jungen, den er getötet hatte. Ihre Schreie auf der Besuchergalerie, als das Urteil verlesen wurde. Kräftige Arme, die sie zurückhalten mussten, der Speichel in ihren Mundwinkeln …

Und jetzt ein neues, glasklares Bild, das ihn verfolgte. Seine Frau mit einer Pistole am Kopf, einem Messer an der Kehle.

Evans blickte auf und sah, dass der Bulle, der ihm vorhin zugewinkt hatte, näher kam.

»Jetzt haben Sie das Haus also wieder für sich allein, was, Andy?«

»Irgendwas Neues von DI Tanner?«

Der Polizist schnaufte und starrte in den Garten. »Nein, kein Wort. Soll ich ihr irgendwas ausrichten?«

Evans sagte, es sei schon in Ordnung, nichts Dringendes. Dann senkte er den Kopf, bis der Polizist wieder davonschlenderte.

Evans schaute auf seine Füße. Die Turnschuhe tippten auf den Steinboden.

Sein Magen rebellierte, und Säure stieg ihm in die Kehle.

Mehr als alles andere hoffte er, dass Tanner in die Gänge kommen und die Duchess bald schnappen würde. Jetzt allerdings, in diesem Augenblick, hätte er nichts dagegen gehabt, wenn die alte Frau ihm einen Besuch abgestattet hätte.

SECHSUNDDREISSIG Alfies Fieber neulich abends war ein einmaliger Vorfall geblieben. Trotzdem lauschte Helen mit einem Ohr auf Geräusche aus seinem Zimmer, während sie es sich zu dritt auf dem Sofa und dem Fußboden gemütlich machten. Hendricks hatte Essen vom Chinesen mitgebracht. Eine Art Friedensangebot, da Helen und er sich nach ihrer Meinungsverschiedenheit vor knapp einer Woche zum ersten Mal wieder begegneten.

Das Thema Drogen würde heute mit Sicherheit keine Rolle spielen. Abgesehen davon war Helens Stimmung schon wieder so gut, dass sie es kommentarlos über sich ergehen ließ, dass Thorne eine Johnny-Cash-CD auflegte.

American Recordings II: Unchained.

Der perfekte Soundtrack für ein nettes, entspanntes Gespräch über Mord.

»Es war doch bloß ein Glas«, sagte Hendricks kopfschüttelnd.

»Klar, bloß ein Glas, aber für die Geschworenen hat es eine entscheidende Rolle gespielt«, erwiderte Thorne. »Letztlich hat dieses Glas Terry Summers hinter Gitter gebracht.«

»Erstaunlich, wenn du mich fragst.«

»Ein Glas in Karen Butchers Wohnzimmer, auf dem Summers' Fingerabdrücke und Speichel gefunden wurden. Und gleich daneben ein Glas mit der DNA von Karen Butcher. Es sah so aus, als wären die beiden nach dem Abendessen noch zu ihr gegangen und hätten etwas getrunken.«

»Ja, aber sogar ich kann mir vorstellen, wie der Mörder das gedeichselt haben könnte. Und ich bin nur ein schlicht gestrickter Typ aus dem Norden.«

»Was niemand bestreiten würde.«

»Dann erzähl mal«, drängte ihn Helen.

Hendricks lehnte sich gegen das Sofa. »Er hat gewartet, bis sie das Restaurant verlassen haben, und sich dann ihre Gläser geschnappt, bevor der Kellner sie abräumen konnte. Kinderspiel.«

Helen schaute zu Thorne hinüber. »Da hat er nicht unrecht. Wir beide wissen, wie leicht so was ist, wenn man es gründlich plant.«

Sie musste nicht weiter ins Detail gehen. Bei einem Fall vor rund einem Jahr, der sie alle in Helens Heimatstadt Polesford verschlagen hatte, war ein Verdächtiger zu Unrecht wegen einer Zigarettenkippe hinter Gitter gekommen, die der wahre Mörder aufgehoben und an der richtigen Stelle platziert hatte. Forensischen Beweisstücken wie diesem Zigarettenstummel und dem Glas aus Karen Butchers Wohnung wurden sowohl von Polizisten als auch von der Öffentlichkeit große Bedeutung beigemessen, verständlicherweise. Und doch wussten sie alle drei, dass die in Stein gemeißelten Wahrheiten der DNA-Analyse ins Wanken geraten konnten, sobald böswillige Absicht oder pures menschliches Versagen ins Spiel kamen. Auch wenn die Fangemeinde von *CSI* das nicht wahrhaben wollte.

»Das würde aber bedeuten, dass er die beiden beobachtet«, bemerkte Thorne. »Im Restaurant, von der Bar aus oder wie auch immer. Er lässt sich ihr Rendezvous nicht entgehen.«

Helen stöhnte angewidert auf. »Als wäre der Typ nicht ohnehin schon eklig genug.«

»Na ja, anders geht es wohl nicht, oder?«, sagte Hendricks. »Er muss mit eigenen Augen sehen, dass der Mann nach Hause geht. Erst dann weiß er, dass es sicher ist, der Frau zu ihrer Wohnung zu folgen.«

»Jede Wette, dass er vorher herausgefunden hat, wo sie wohnt.«

»Höchstwahrscheinlich, vor allem wenn er auf ihren Account bei dieser Website Zugriff hat.«

»Aber was passiert, wenn der Mann *nicht* abhaut?« Thorne schaute zwischen Helen und Hendricks hin und her. »Ich meine, was macht der Mörder, wenn unsere Singles nach diesem ersten Date total scharf aufeinander sind und zusammen nach Hause gehen?«

Hendricks zuckte die Schultern. »Dann macht er sich vom Acker. Geht nach Hause, verkriecht sich in sein trauriges kleines Schlafzimmer und sucht sich das nächste Paar.«

»Und die Singles haben in jeder Hinsicht Glück gehabt«, bemerkte Helen.

Hendricks griff nach der Weinflasche auf dem Fernsehtisch und schenkte sich nach. Und der »Man in Black« sang *Sea of Heartbreak*, wobei er klang, als sei ihm dieses dunkle Gewässer nur allzu vertraut.

»Wie gut, dass ich kein Single mehr bin«, sagte Hendricks. »Und ehe ich dieses Internet-Dating riskiere, gehe ich lieber wieder in einen Schwulenschuppen.«

»Bist du sicher?«, fragte Helen.

Hendricks lehnte sich grinsend zurück. »Gute alte Zeiten.«

»Tatsächlich?«, fragte Thorne. »Alles klar zwischen dir und Liam?«

»Ja.«

Helen und Thorne musterten ihn.

»Ja. Aber … na ja, dass man Vegetarier geworden ist, heißt ja nicht, dass man sich nicht gelegentlich nach einem dicken, fetten Bacon-Sandwich sehnt.«

»Oder nach einem dicken, fetten Sonstwas«, sagte Helen.

Hendricks' selbstzufriedene Miene in diesem Moment ließ Thorne an Christine Treasure denken. »Macht euch da mal keine Sorgen. Liam hat *eine Menge* zu bieten.«

»So genau wollten wir es nicht wissen«, sagte Thorne.

»Ich meine ja bloß, dass man manchmal ein bisschen die Aufregung vermisst. Man vermisst …« Er hielt inne. »Mein Gott, fast hätte ich gesagt: *die Gefahr.*«

Helen wandte sich an Thorne. »Wahrscheinlich registrieren sich just in diesem Moment irgendwelche Männer und Frauen auf dieser Website.«

»Ich weiß.« Thornes Stimme klang schärfer als beabsichtigt. »Aber wenn wir sie dichtmachen, dann weiß er, dass wir ihm auf den Fersen sind.«

»All diese Leute laden Bilder hoch, ehrliche oder geschönte.« Hendricks schwenkte das Weinglas und sprach mit leiser Stimme, als redete er mit sich selbst. »Und sie beantworten tausend Fragen zu ihrer Persönlichkeit und ihren Hobbys. Ihren Vorlieben und Abneigungen.« Er starrte ins Glas. »Aber ich kann mir kaum vorstellen, dass allzu viele von ihnen Lust auf ein Rendezvous mit einem Serienmörder haben.«

Auf der Fahrt durch den Nieselregen auf der North Circular Road lauschte Tanner den Diskussionsbeiträgen zum Thema Globalisierung auf Radio 5 Live und beschloss, sich nach ihrer Pensionierung einen Hund zuzulegen.

Dieser Zeitpunkt lag noch weit in der Zukunft, und sie war auch nicht sicher, ob sie die Möglichkeit zum Ausscheiden nach dreißig Dienstjahren in Anspruch nehmen würde. Schließlich war das nicht mehr vorgeschrieben, und sie wäre dann ohnehin erst Anfang fünfzig. Es gab viele Kollegen – und einige kannte sie persönlich –, die schon weit früher ausgebrannt waren. Die es kaum erwarten konnten, sich die Pension zu schnappen und zu verschwinden. Sie glaubte, nicht zu diesen Leuten zu gehören.

Sie *hoffte*, nicht zu ihnen zu gehören.

Ein paar Jahre vor Susans Tod hatten sie eine Zeit lang darüber diskutiert, ob sie sich einen Hund anschaffen sollten. Das Thema hatte länger im Raum gestanden als die Kinderfrage, am Ende aber mit demselben Resultat geendet. Tanner war mit Hunden aufgewachsen, doch Susans Enthusiasmus hatte sich in Grenzen gehalten. Sie hatte zu Recht darauf hingewiesen, dass Tanners unregelmäßige Arbeitszeiten dazu führen würden, dass sie die Hauptarbeit mit dem Tier hatte. Abgesehen davon fragte sie sich, wie die Katze reagieren würde.

Tanner hatte dem schwerlich etwas entgegensetzen können und am Ende aufgegeben.

Jetzt, als alleinstehende Frau, gab es nichts, was sie davon abhalten konnte. Sie war überzeugt davon, dass die Katze zurechtkäme und der Chef im Haus bliebe, vor allem, wenn sie sich einen Welpen zulegte. Allerdings spielte sie mit dem Gedanken an einen Hund aus dem Tierheim, und die waren in der Regel ausgewachsen. Bei ihrer Suche nach einer Wohnung musste sie diesen Punkt auf jeden Fall berücksichtigen. Ein Garten war wichtig. Und ein anständiger Park in der Nähe.

Wobei sie davon ausging, dass sich, wenn es so weit wäre, an ihrem Single-Dasein nichts geändert hätte.

Sie wechselte auf die linke Spur und drosselte das Tempo ein wenig.

Wie die Dinge lagen, konnte sie sich eine Zukunft, in der ein Partner eine entscheidende Rolle spielte, kaum vorstellen. Aber genauso wenig mochte sie sich ein Leben ausmalen, in dem ihre Arbeit das einzige Gesprächsthema und Haustiere ihre ganze Gesellschaft waren. Doch im Augenblick sprach einiges dafür, dass sie in diese Richtung steuerte.

Natürlich war ihr klar, dass es Datingportale und Apps gab, die sich speziell an lesbische Frauen wandten. Sie versuchte sich vorzustellen, wie elend sie sich bei einem derartigen Versuch fühlen würde. Wie lange es dauern würde, bis sie sich eine solche Seite ohne Schuldgefühle auch nur ansehen konnte.

Vielleicht lag es ja bloß an den jüngsten Entwicklungen im Fall Alice Matthews, dass ihr diese Fragen überhaupt durch den Kopf gingen.

Einsame Frauen – getrennt, geschieden, verwitwet.

Vielleicht setzte sie ja deswegen nun den Blinker und fuhr auf die Standspur. Vielleicht schaltete sie deswegen die Warnblinkanlage ein und das Radio aus und blieb einfach sitzen, bis sie sich ausgeweint hatte.

Eine halbe Stunde später hatte sie einen Parkplatz am Ende der Straße in Bounds Green gefunden und ging langsam auf das Zivilfahrzeug zu. Das Fenster auf der Beifahrerseite glitt herunter, und Tanner zeigte ihren Dienstausweis.

»Alles ruhig?« Sie schaute hinüber zu Paula Evans' Haus, in dem keine Lichter zu sehen waren.

Der Beamte nickte. »Alles ruhig.« Er deutete mit dem Kopf auf seinen Kollegen. »Abgesehen von seiner Verdauung. An Ihrer Stelle würde ich ein Stück zurücktreten.«

»Ein paar Autos«, sagte der Fahrer. »Aber nichts Auffälliges. Niemand ist langsamer gefahren.«

»Die Kennzeichen haben wir trotzdem notiert.«

»An der Ecke haben ein paar Typen Gras geraucht. Und ein Fuchs hat sich einen überfahrenen Vogel geschnappt. Ansonsten nichts.«

Tanner nickte und nahm ihre Tasche von der Schulter. »Warum machen Sie beide nicht eine halbe Stunde Pause? Holen Sie sich einen Kaffee oder irgendwas.«

Die beiden Beamten nickten sich zu.

»Gehen Sie schon. Gleich um die Ecke ist eine Tankstelle.«

Tanner sah den beiden nach und nahm selbst auf dem Fahrersitz Platz. Sie ließ das Fenster offen und lehnte sich gegen die Tür. Dann stellte sie das Radio auf 5 Live ein, starrte zu dem dunklen Haus hinüber und fragte sich, wie lange Paula Evans noch allein hier wohnen musste.

Sie beschloss, sich – wenn es so weit war – einen Labrador oder einen Golden Retriever anzuschaffen. Ein robustes und zuverlässiges Tier. Susan hatte nicht viel für Hunde übriggehabt, aber das waren ihre Lieblingsrassen gewesen.

SIEBENUNDDREISSIG

Eine junge Friseurin hatte ihr die Haare gewaschen, kurz ihre Kopfhaut massiert und schließlich ihre Haare mit einem Handtuch getrocknet. Dann hatte sie Tanner vor dem Spiegel Platz nehmen lassen und ihr eine Zeitung gebracht. Noch bevor sie überhaupt einen Blick hineinwerfen konnte, war Graham French aufgetaucht.

»Danke, Keisha«, sagte er. Und: »Also gut. Was haben wir vor?«

Tanner zögerte kurz und gab sich dann alle Mühe, zu erklären, was ihr vorschwebte und warum sie sich entschlossen hatte, Frenchs Angebot anzunehmen. Am Ende klang es allerdings so, als wolle sie einfach denselben Schnitt wie immer. »Nur ein bisschen ordentlicher«, sagte sie. »Eleganter, verstehen Sie?« Kurz traf sich ihr Blick im Spiegel mit dem von French. »Ach, machen Sie einfach …«

Der Friseur legte die Hände an beide Seiten ihres Kopfes, hob das immer noch feuchte Haar ein Stück an, untersuchte es und ließ es dabei durch seine Finger gleiten. »Da ist eine *Spur* von Grau, allerdings nicht viel. Sollen wir das wegmachen?«

»Nein, geht schon.«

»Sicher?«

»Wie Sie schon sagen, viel ist es nicht. Wenn es so weit ist, mache ich wahrscheinlich voll auf Granny-Chic.«

»Sie haben Glück.« Er nahm den Haartrockner aus einem Metallständer. »Sie werden zu den Frauen gehören, die mit grauen Haaren *toll* aussehen. Wie Helen Mirren.«

»Damit hätte ich kein Problem«, entgegnete Tanner.

French bearbeitete sie dreißig Sekunden lang mit dem Fön, ehe er zur Schere griff und sich an die Arbeit machte.

Diesen Teil hatte Tanner noch nie gemocht. Sie war unsicher, wohin sie schauen sollte. Irgendwie kam es ihr falsch vor, sich selbst so lange im Spiegel anzustarren. Doch wenn sie die Augen schloss, konnte er fälschlicherweise denken, sie würde sich entspannen. Oder schlimmer noch – sie würde es *genießen*. Und auf keinen Fall wollte sie den Menschen anschauen, der gerade ihr Haar schnitt. Ihre Blicke könnten sich begegnen. Und in einem Spiegel kam ihr dieser Moment seltsamerweise noch intimer vor als gewöhnlich. Am Ende beschloss sie, den Kopf einfach stillzuhalten, den Blick zu senken und zu versuchen, die Zeitung zu lesen. Das gestaltete sich schwierig und wurde sicher nicht durch die Strähnen erleichtert, die den Nylonumhang hinabglitten. Also gab sie auf, fixierte im Spiegel eine Stelle rund zehn Zentimeter über ihrem Kopf und lauschte der Musik. Diesmal war sie zu ihrer großen Erleichterung ein wenig … sphärischer als bei ihrem letzten Besuch. Vielleicht, dachte sie, wurden die Beats schneller, wenn hier mehr Betrieb herrschte. Sie hatte sich bewusst einen frühen Termin geben lassen und war heilfroh, im Augenblick die einzige Kundin zu sein.

»Ich stelle mir das schwierig vor, immer stylish auszusehen«, sagte French. »In Ihrem Beruf.«

»Wie meinen Sie das?«

»Sie wissen schon, die ganzen Verfolgungsjagden.«

»Verwechseln Sie unseren Job lieber nicht mit Ihrer Lieblingskrimiserie.«

French lachte. »Ich wette, Sie hätten den Typen das Leben schwer gemacht.«

»Aber was die Zeit damals in Uniform angeht, haben Sie sicher recht. Man trägt die ganzen Zeit diese dämlichen Hüte, und entsprechend mies sieht die Frisur aus.«

»Dann sind Sie also lieber Detective? In Straßenkleidung, meine ich.« Er richtete sich auf und lächelte Tanner im Spiegel zu. »Nicht dass Ihre Kleidung irgendwie nachlässig wäre.«

Ihre Augen huschten kurz über das dicke goldene Kettchen an Frenchs Handgelenk, das bei jeder Bewegung mitschwang. »Marks & Spencer sei Dank.«

French summte bei der Arbeit vor sich hin, die er gelegentlich für einige Sekunden unterbrechen musste, um eine Frage der Frau am Empfang zu beantworten oder einer der jüngeren Friseurinnen Anweisungen zu geben. Tanner blätterte derweil wieder in ihrer Zeitung.

»Hatten Sie Glück mit der Duchess?«, fragte French.

»Bisher nicht.«

»Ja, dumm ist sie nicht. Weiß sie, dass sie gesucht wird?«

»Gut möglich.«

Er nickte. »Sie kann auf sich aufpassen. Sie kam mir immer ziemlich … unabhängig vor, wenn Sie verstehen, was ich meine.«

Tanner sagte, sie sei nicht ganz sicher.

French hörte mit dem Schneiden auf, klapperte aber weiter mit der Schere. Er senkte die Stimme. »Ich hatte immer den Eindruck, dass sie, mal abgesehen von der Sache mit den Drogen, sich um alles selbst kümmerte. So eine Art … Kleinunternehmerin, oder wie soll ich sagen. Ich hatte den Eindruck, sie wollte alles unter Kontrolle behalten und war stolz darauf, ihre Arbeit gut zu machen. Wie sie zum Beispiel die Mars-Riegel ausgehöhlt oder flüssiges Spice auf die Rückseiten von Kinderzeichnungen gesprüht hat. Ich schätze, sie bekam den Stoff von ihren Auftraggebern und kümmerte sich um alles andere selbst.« Er schenkte seine Aufmerksamkeit wieder Tanners Haaren und fuhr mit dem Kamm langsam hindurch, um die Länge zu prüfen.

»Glauben Sie, dass sie die Handys in großen Mengen gekauft hat?«, fragte Tanner.

»Wahrscheinlich. Jedenfalls dürfte sie nicht allzu lange darauf sitzen geblieben sein.«

»Wie bei Ihnen, wenn Sie Shampoo oder Spülungen kistenweise einkaufen?«

»Klar, das ist doch vernünftig. Wenn Sie Lebensmittelhändler sind, kaufen Sie ja auch kistenweise Baked Beans ein.«

Tanner nickte nachdenklich.

Als er beinahe fertig war, entschuldigte French sich kurz, um am Empfang einen Anruf entgegenzunehmen. Tanner nutzte die Chance und griff ebenfalls nach ihrem Handy.

»Hören Sie zu, Dipak. Wie wäre es zur Abwechslung mal mit einer *richtig* langweiligen Aufgabe?«

Chall lachte.

»Ich meine es ernst. Sie werden keinen Spaß daran haben, aber es muss gemacht werden.«

Als sie ihm erklärte, was sie vorhatte, klang seine Stimme ernüchtert.

»Na schön. Ich werde es überleben«, sagte er. »Hoffe ich.«

Nach dem Ende des Gesprächs nahm Tanner die Zeitung und blätterte sie durch. Ihr ging durch den Kopf, was French über die Duchess gesagt hatte. Dabei kamen ihr leise Zweifel, ob sie nicht sowohl Challs Zeit als auch ihre eigene verschwendete. Sie hielt mit dem Blättern inne, als ihr Blick auf eine Geschichte ganz unten auf der Seite fiel. In diesem Moment kam French zurück und machte eine Bemerkung über pampige Kundinnen. Dann entdeckte auch er die Story, die Tanners Aufmerksamkeit geweckt hatte.

»Verdammter Mist«, sagte er. »Ist dieser Irre noch immer nicht geschnappt worden?«

Tanner hatte den Artikel noch nicht zu Ende gelesen. Drei Absätze über eine verstümmelte Katzenleiche, die rituell in einem Vorgarten in St Albans deponiert worden war. Zitate von den früheren Opfern, mit denen Thorne vor anderthalb Wochen gesprochen hatte. Und das Statement eines ungenannten Polizeibeamten, der der Öffentlichkeit versicherte, dass die Jagd nach dem Täter erneut intensiviert worden war.

»Ich schwöre bei Gott«, sagte French, »wer einem wehrlosen Tier so etwas antun kann …«

Die junge Mitarbeiterin, die Tanners Haare gewaschen hatte, kam herüber und warf einen Blick auf die Zeitung. Sie schüttelte den Kopf. »Das ist voll abartig.«

Tanner fuhr mit einem Finger über die Zeitung. »Glauben Sie mir, wir tun, was wir können.«

Die junge Frau stieß French an. »Du solltest ihr erzählen, was du mir erzählt hast.«

»Was?«

»Diese grässliche Geschichte, weißt du noch? Der Typ, mit dem du gesessen hast.«

»Oh. Ja.«

Als die junge Frau wieder gegangen war, fragte Tanner: »Was für eine Geschichte?«

French trat um Tanners Stuhl herum und drehte ihn leicht, bis er ihr direkt in die Augen schauen konnte. »Hören Sie, es ist wahrscheinlich nur Blödsinn. Und trotzdem geht es mir nicht aus dem Kopf, seit ich zum ersten Mal gelesen hab, was all diesen Katzen angetan wurde. Deshalb hab ich Keisha davon erzählt … Na ja, vielleicht hätte ich es schon melden sollen. Man weiß ja nie.«

Tanner wartete ab.

»Als ich in Maidstone war, gab es da diesen Typen. Das war die Zeit, ehe ich nach Pentonville kam. Ich meine, ich bin ihm aus dem Weg gegangen, wie die meisten anderen auch. Denn er war .. nicht ganz richtig, verstehen Sie?«

»Was meinen Sie mit ›nicht ganz richtig‹?«

Wieder senkte French die Stimme. »Also. Einmal wurden ein paar Katzen ins Gefängnis gebracht. Nicht für die Gefangenen, obwohl solche Sachen in Amerika gemacht werden. Tiere zu Therapiezwecken und so. Nein, in diesem Fall ging es darum, dass der Knast voller Ratten war. Riesige Biester, die auf den Gängen und in den Küchen rumliefen. Egal. Jedenfalls wurden diese Katzen, nachdem sie gerade mal zwei Tage da waren, in Stücke geschnitten auf dem Gefängnishof gefunden. Buchstäblich in Einzelteilen. Und jeder wusste, dass er es gewesen war, dieser Typ, von dem ich rede, denn er prahlte damit herum. Sagte, er würde Katzen hassen. Sie können sich im Knast erkundigen, wenn Sie wollen. Ich meine, er wurde nie dafür bestraft oder so. Kurze Zeit später kam er sowieso raus.«

»Weswegen hat er gesessen?«, fragte Tanner.

»Wegen Vergewaltigung«, sagte French in einem Ton, in dem er auch »wegen nicht zurückgegebener Bibliothekbücher« hätte sagen können. Dann grinste er. »Wir waren alle froh, als er weg war, das kann ich Ihnen sagen. Als wäre man plötzlich einen üblen Gestank losgeworden. Das einzige Problem war, dass die Ratten immer noch da waren.«

Tanner faltete die Zeitung zusammen. »Wie hieß der Mann?«

French beugte sich zu ihr herunter, nannte ihr den Namen des Mannes, rückte den Stuhl wieder gerade und stellte sich hinter sie. Dann ging er noch einmal mit dem Fön durch Tanners Frisur, benutzte ein wenig Spray und sorgte mit den Fingern für den letzten Schliff.

Schließlich trat er zurück und grinste sie im Spiegel an.

»Hinreißend.«

ACHTUNDDREISSIG

So sah es heutzutage also aus, dachte Thorne und schaute sich um. Man führte ein, wie er schätzte, millionenschweres Unternehmen, das ausschließlich online in Erscheinung trat. Und die Zentrale dieses ganzen Imperiums bestand aus gerade mal zwei Zimmern im oberen Stockwerk eines Reihenhauses in Rugby. Eine Frau mittleren Alters namens Caroline Marchant, die Challs telefonische Anfragen beantwortet hatte, war an der Haustür erschienen, hinter der ein Flur und zwei weitere Türen zu erkennen waren. Ihre Überraschung war schnell nervöser Geschäftigkeit gewichen. Sie hatte Thorne und Kitson durch eine der Türen und dann eine schmale Treppe hinauf geführt und dabei praktisch ununterbrochen geredet.

Mit einer angenehmen Telefonstimme, die den Midlands-Akzent nicht ganz verleugnen konnte.

»Nun, ich sage mal, es passt so gut wie zu jedem anderen Zeitpunkt. Oder besser gesagt, so *schlecht*. Ich meine, sicher, es wäre ein bisschen einfacher gewesen, wenn wir gewusst hätten, dass Sie kommen, aber ich bin sicher, wir kriegen das geregelt, und wo Sie nun schon mal hier sind, helfen wir natürlich nach Kräften. Wenn Sie schon ganz aus London kommen. Wie war die

Fahrt? Die M1 kann die Hölle sein. Oder sind Sie mit dem Zug gekommen?«

Die Treppe führte in einen Arbeitsraum mit zwei Schreibtischen, auf denen jeweils zwei große Computerbildschirme standen. Eine jüngere Frau blickte von einem der Schreibtische auf und lächelte sie an.

»Das ist Sandra«, stellte Marchant sie vor. »Sie kümmert sich um das Finanzielle, die Abos, die Abrechnungen und so weiter.« Dann deutete sie mit dem Kopf auf die beiden Besucher und stellte das Radio auf dem Schreibtisch der jüngeren Frau aus. »Die beiden sind von der Polizei.«

Als Thorne Kitson und sich selbst vorstellte, stand die junge Frau auf und schüttelte ihnen die Hand. Sie war groß, schlank und hatte langes, dunkles Haar. Äußerlich bildete sie einen ziemlichen Kontrast zu der Frau, die Thorne für die Chefin hielt. »Sandra Cook. Ich kümmere mich um den unwichtigen Teil.«

»Blödsinn.« Marchant lächelte. »Ich kann kaum das Einmaleins. Ohne dich hätten wir ein echtes Problem.«

Thorne schaute sich um. Er sah einen Wandkalender, ein paar Poster – Sonnenuntergänge, Kätzchen, Arbeite hart und sei nett zu den Menschen – und einen altmodischen Aktenschrank aus Metall. Darauf standen ein Wasserkocher, ein Tablett und drei umgedrehte Becher.

»Wie viele Mitarbeiter haben Sie?«, fragte er. Durch die Tür konnte er einen Durchgang und ein weiteres Zimmer sehen, in dem ein Sofa und Sessel standen.

»Na ja, ich schätze, man könnte mich als den kreativen Kopf von *Made in Heaven* bezeichnen«, sagte Marchant. »Ich schreibe alles, was auf der Website erscheint, kümmere mich um die Werbung und so weiter. Sandra kommt drei Tage pro Woche und erledigt die Buchhaltung. Und dann ist da noch Ken, unser IT-

Profi. Er ist für die Computer und die Datenbank zuständig.« Sie deutete auf einen leeren Stuhl. »Kenneth Ablett.«

»Wo ist der Profi denn heute?«, fragte Kitson.

»Er arbeitet ebenfalls nur in Teilzeit, und heute kommt er leider nicht.«

»Würden Sie uns bitte seine Adresse geben?«

»Wenn Sie möchten, rufe ich ihn an. Er wohnt nur fünf Minuten von hier. Es würde ihm sicher nichts ausmachen, kurz vorbeizuschauen.«

»Das wäre wunderbar.«

»Warum setzen Sie sich nicht?« Sie deutete auf das andere Zimmer. »Ich rufe schnell bei Ken an.«

Thorne und Kitson folgten Marchants Aufforderung. Die Frau rief ihnen noch hinterher, dass sie links auch eine Toilette fänden – nach der langen Fahrt … Kitson nahm das Angebot dankend an. Thorne ging geradeaus weiter und ließ sich auf ein großes Ledersofa fallen. Von hier aus konnte man weder den kurzen Wortwechsel zwischen den beiden Frauen im Büro verstehen noch das, was Marchant anschließend am Telefon sagte.

Der Raum war zugestaubt, das Fenster musste dringend geputzt werden, und die kitschigen beziehungsweise motivierenden Poster waren offenbar mit Mengenrabatt angeschafft worden. An einer Wand standen zwei weitere Aktenschränke, dazu in der Ecke ein Fernseher und ein irgendwie aus dem Rahmen fallendes Heimtrainer-Rad.

Thorne zog sein Handy heraus, um den Posteingang zu checken. Sofort wurde ihm ein Zugang zum WLAN-Netzwerk *MadeInHeavenGuest* angeboten, für den er allerdings ein Passwort benötigte.

Ein Minimum an Sicherheitsmaßnahmen, immerhin.

Vergeblich versuchte er es mit *rendezvous* und *marchant*, dann gab er auf.

Kitson trat ins Zimmer, gefolgt von Marchant. Beide nahmen Platz.

»Ken ist unterwegs.«

Thorne bedankte sich und fragte sich im Stillen, warum sie ihnen nichts zu trinken angeboten hatte. Normalerweise war das eine gängige Taktik, wenn Leute nervös waren. Außerdem hätte er im Augenblick alles für einen Kaffee gegeben.

»Sandra bringt uns gleich einen Tee.«

Tee musste reichen. »Sie können wohl Gedanken lesen«, sagte Thorne.

Marchant lächelte. »Man muss schon ein bisschen Menschenkenntnis mitbringen«, sagte sie, »wenn man in dieser Branche Erfolg haben und Menschen zusammenbringen will.«

»Nun, da sind wir direkt beim Thema. Ich frage mich allerdings, warum Sie so erstaunt wirken, uns zu sehen.«

»Ich weiß nicht … *erstaunt* trifft es nicht so ganz.«

»Fünf Frauen, die sich bei Ihrer Agentur angemeldet haben, wurden in nicht mal einem Jahr ermordet. Vier allein in den letzten sechs Monaten. Da kommt unser Besuch doch wohl nicht ganz aus heiterem Himmel?«

Die Frau verschränkte die Hände im Schoß. »Vermutlich nicht.«

»Danke, dass Sie uns die Information so schnell liefern konnten«, sagte Kitson.

Der erste Anruf hatte bestätigt, was sie bereits über Alice Matthews wussten, und ihnen die für ihre Ermittlung bahnbrechende Information über den Mord an Karen Butcher geliefert. Später, auf einen gewissen Druck von Dipak Chall hin, hatte Marchant sich schließlich wieder gemeldet und »schockiert und traurig« bestätigt, dass Patricia Somersby, Annette Mangan und Leila Fadel ebenfalls bei ihrem Portal registriert gewesen waren.

Alle einsam und auf der Suche nach Kontakten.

»Na ja, leicht war es nicht. Wir haben Hunderte Kunden, und natürlich kennen wir keinen davon persönlich. Als wir dann gezielt gesucht haben … ich sage ›wir‹, aber natürlich hat Ken sich darum gekümmert … jedenfalls stellten wir fest, dass verschiedene Kundinnen sich unter falschem Namen registriert haben. Das ist an sich nicht ungewöhnlich, denn es gibt Menschen, die sich dafür schämen, eine solche Agentur in Anspruch zu nehmen. Für uns bedeutete es allerdings, dass wir ihre Zahlungen zurückverfolgen mussten. Lastschriften und was auch immer. Das alles war wirklich schockierend, ich sage es Ihnen. Schrecklich, einfach … schrecklich.«

Thorne lehnte sich zurück.

»Erklären Sie mir, wie Ihr Geschäft funktioniert.«

Marchant schien erleichtert, darüber sprechen zu können. Jetzt befand sie sich auf sicherem Terrain. Sie hielt nur einmal kurz inne, als Sandra Cook mit dem Tee ins Zimmer kam. Nachdem Thorne und Kitson ihr Dankeschön gemurmelt und sich Milch, aber keinen Zucker hatten geben lassen, fuhr sie fort. »Also im Prinzip läuft es wie jedes andere Geschäft. Ich meine, schließlich geht es ums Verkaufen. Und trotzdem macht der Mann im Sportladen an der Ecke andere Erfahrungen als der Geschäftsführer von Marks & Spencer. Zunächst einmal gibt es einen feinen Unterschied zwischen unserer Datingagentur und einem traditionellen Heiratsvermittler. Es gibt einige Firmen, die einen eher maßgeschneiderten Service bieten, also sich zum Beispiel mit ihren Kunden persönlich treffen, um die Profile möglichst exakt zu fassen. Natürlich muss man dafür tief in die Tasche greifen, Tausende Pfund pro Jahr in manchen Fällen. Wenn Sie mich fragen, ist das alles ein bisschen übertrieben, aber die Nachfrage bei diesen Firmen ist ungebrochen. Ihre Zielgruppe sind Singles mit viel Geld.«

Thorne hatte zwei Schlucke Tee getrunken und verlor langsam die Geduld. »Ich meinte eigentlich *Ihr* Geschäft.«

»Nun, wie Sie sehen, sind wir eine relativ kleine Firma.«

»Exklusiv«, kam Kitson ihr entgegen.

Marchant zeigte ein dünnes Lächeln. »Nein, wir haben trotz allem eine große Zahl von Kunden, bieten aber keinen übermäßig … personalisierten Service. Wenn ich ehrlich sein soll, wird in unserer Branche ziemlich viel Unsinn geredet. Einige dieser größeren Firmen zum Beispiel behaupten, Psychologen und Lifestyle-Berater angestellt zu haben. Sie werben mit Tipps zur Körperpflege und Modeberatung. Und dann kassieren sie ein Vermögen für etwas, das im Prinzip aufs selbe hinausläuft wie unser Angebot.«

»Dann sind Sie also so eine Art Schnäppchenanbieter«, stellte Thorne fest.

»Nein, das würde ich nicht sagen.«

»Ihr Service ist einfacher?«

»Komprimierter.«

»Was zahlt man denn nun?«, fragte Kitson.

Marchant warf Sandra Cook einen hilfesuchenden Blick zu.

»Es gibt verschiedene Pakete.« Cook schien sich unwohl dabei zu fühlen, plötzlich im Mittelpunkt zu stehen. »Es hängt davon ab, wie lange Ihr Vertrag läuft. Die Basis-Mitgliedschaft für 29,95 Pfund monatlich läuft mindestens ein halbes Jahr und umfasst die Online-Registrierung und eine garantierte Zahl von Dating-Vorschlägen pro Woche.«

»Ich kann Ihnen versichern, dass wir einen sehr sorgfältigen Service bieten«, ergriff Marchant wieder das Wort. »Die Vorschläge erfolgen auf wissenschaftlicher Basis und beruhen auf einem sehr gründlichen Registrierungsprozess.«

»Wissenschaftlich?« Thorne schaute sie fragend an. »Tatsächlich?«

»O ja, wir benutzen alle möglichen komplexen Algorithmen. Aber wie das funktioniert, kann Ken Ihnen besser erklären.« Sie lächelte kopfschüttelnd, und Sandra Cook tat es ihr nach. »Ich schaffe es gerade mal, eine E-Mail zu verschicken, und auch das nur an einem guten Tag.«

»Wissen Sie, ich habe mich gestern bei Ihnen registriert«, erklärte Thorne.

Marchant legte den Kopf zur Seite. »Ach ja?«

»Nicht dass ich jemanden suchen würde. Ich dachte bloß, es könnte eine interessante Erfahrung sein, nicht wahr? Meine 29,95 zu bezahlen und dieselben Schritte zu gehen wie die fünf Mordopfer. Den ganzen Registrierungsprozess zu durchlaufen.« Er schaute zu Kitson, die nickte, als hörte sie zum ersten Mal davon. »Zugegebenermaßen dauert es eine ganze Weile, die Fragen zu beantworten, da kann ich Ihnen nicht widersprechen. Aber ich hatte nicht das Gefühl, dass es die Zeit wirklich wert war.«

Marchant blinzelte und schluckte.

»Hatten Sie kein Glück?«, fragte Kitson.

Thorne schüttelte traurig den Kopf. »Ich habe mich als starken Raucher und überzeugten Atheisten ausgegeben. Und noch am selben Tag erhielt ich mehrere Vorschläge, darunter einige engagierte Christen und mehrere potenzielle Partnerinnen, die nichts mehr hassen als Zigarettenqualm.«

»Nun ja, kein Mensch passt hundertprozentig zum anderen«, wandte Marchant ein.

»Vielleicht dürfen Ihre Kunden bei dem Preis keine Wunder erwarten?«

»Sie sollten sich etwas Zeit nehmen und die Kommentare Hunderter zufriedener Nutzer lesen …«

Kitson schnitt der Frau das Wort ab. »Von denen Sie keinem einzigen je persönlich begegnet sind, richtig? Was im Übrigen auch für Alice Matthews und die anderen ermordeten Frauen gilt.«

»Wie ich schon sagte«, erwiderte Marchant, »ist das die Arbeitsweise unserer Agentur.«

»Das ergibt Sinn«, wandte Kitson sich an Thorne. »Auf diese Weise tritt kein Kunde je mit einem Mitarbeiter der Agentur persönlich in Kontakt. Es besteht also keine Gefahr, dass sich ein Angestellter der Agentur bei den Bildern in den Zeitungen an die Frauen erinnert.«

Thorne nickte und sah dann Marchant und Cook an. »Ja, wir haben uns tatsächlich gewundert, warum Sie keine Verbindung hergestellt haben. Fünf ermordete Frauen, alle in Ihren Unterlagen. Ich schätze, jetzt haben wir eine Erklärung.«

»Wie gesagt, wir haben eine ganze Menge Kunden.«

»Und trotzdem ...«

»Ihnen ist die Verbindung ja auch nicht aufgefallen.« Marchant schaute zwischen Thorne und Kitson hin und her. »Bis jetzt.« Sie lehnte sich zurück und verschränkte die Arme. »Ich meine, was auch immer Sie über unsere Arbeitsweise denken, die Arbeit der Polizei können wir schließlich nicht übernehmen.«

Die folgende unbehagliche Stille wurde vom Geräusch eines Schlüssels im Erdgeschoss unterbrochen. Keine dreißig Sekunden später stand ein Mann, bei dem es sich um Kenneth Ablett handeln musste, in der Zimmertür und musterte die beiden Gäste.

Er hockte sich auf die Lehne von Sandra Cooks Sessel. »Sieht aus, als hätte ich den Tee verpasst.«

Er war nicht besonders groß, Anfang dreißig, trug einen sorgfältig gepflegten Kinnbart und hatte das dunkle Haar zu einem Bun zusammengesteckt. Im Übrigen entsprach er nicht dem Bild des Computer-Nerds, den Thorne eigentlich erwartet hatte. Sein Äußeres wirkte gepflegt, er trug eine Baumwollhose, eine weiche Lederjacke und auf Hochglanz polierte Budapester. Thorne fragte sich unwillkürlich, was der Mann an seinem freien Tag vorgehabt hatte.

Marchant übernahm die Vorstellung.

»Caroline sprach gerade über das Computersystem«, sagte Thorne. »Dass Sie für Wartung und Betreuung zuständig sind.«

»Das stimmt.«

»Haben Sie das System selbst entwickelt?«

»Ja.« Er warf Sandra Cook neben sich einen Blick zu. »Es ist relativ unkompliziert, wenn man weiß, was man tut.«

»Und wie sicher ist es?«

»So sicher wie jedes andere.« Er zuckte die Schultern. »Oder so unsicher.«

»Würden Sie bemerken, wenn es gehackt würde?«

»Ja, klar. Es ist bisher zweimal gehackt worden.«

Thorne und Kitson sahen sich an. »Was ist passiert?«, fragte Kitson.

Wieder zuckte er die Schultern. »Das Übliche. Pornozeug. Die Leute melden sich bei ihrem Account an, um sich die neuesten Vorschläge anzusehen, und finden dort statt ihrem Traumpartner plötzlich Pornobilder.«

»Es war furchtbar«, sagte Marchant. »Einige unserer Kunden waren entsetzt.«

»Das glaube ich gern«, sagte Thorne.

»Aber bestimmt nicht alle.« Ablett wandte sich grinsend erneut Sandra Cook zu. Sie kicherte und wurde rot. Marchant zeigte keine Reaktion.

»Wahrscheinlich waren es bloß irgendwelche Jugendlichen, die Spaß am Hacken haben«, sagte Ablett. »Jedenfalls war es schnell wieder zu reparieren. Anschließend mussten ein paar Passwörter geändert werden. Kleinkram.«

»Sie haben von zwei Vorfällen gesprochen«, hakte Thorne nach.

»Ja. Wenn diese Typen clever genug sind, einmal ins System zu kommen, dann schaffen sie es auch beim zweiten Mal. Es ist eine Art Spiel, verstehen Sie?«

»Aber warum machen diese Leute so etwas?«

Ablett betrachtete Thorne, als wundere er sich, was daran nicht zu verstehen war. »Weil sie es können. Weil sie herausfinden wollen, *ob* sie es können. Weil sie sich langweilen.« Wieder ein Blick zu Sandra Cook, die zustimmend nickte. »Darum geht es beim Hacken meistens. Es ist ein Zeitvertreib.«

»Wir müssen unsere Kriminaltechniker vorbeischicken, um einen Blick auf Ihr System zu werfen.«

»Kein Problem«, sagte Ablett.

Marchant beugte sich vor. »Bedeutet das, dass wir unsere Seite vom Netz nehmen müssen?«

»Wohl nur für kurze Zeit«, erwiderte Thorne.

»Und was bedeutet das … längerfristig? Ich habe jeden Penny, den ich besitze, in diese Firma gesteckt.«

»Nun, angesichts dessen, was vorgefallen ist, kann ich Ihnen im Augenblick nichts versprechen.«

»Aber warum wir?« Marchant schaute hilfesuchend ihren IT-Profi an, doch der schüttelte nur den Kopf. Marchant seufzte. »Zuerst die Geschichte mit diesem Summers. Und jetzt das. Warum werden ausgerechnet wir ins Visier genommen?«

»Niemand nimmt Sie ins Visier«, sagte Thorne. »Jemand benutzt Sie, um Ihre Kundinnen ins Visier zu nehmen. Und wir sind nicht sicher, ob es sich wirklich um zwei verschiedene Täter handelt.«

Marchant wirkte verwirrt. »Aber Summers kann mit diesen Opfern doch nichts zu tun haben. Er sitzt im Gefängnis.«

»Terry Summers ist tot«, erklärte Kitson.

Marchant starrte sie entsetzt an.

Zum allerersten Mal brachte Thorne Mitgefühl für sie auf. Ihre Gesichtszüge entgleisten, und nur langsam gelang es ihr, wieder ein Minimum an Kraft und Würde aufzubringen. Doch wenn er ehrlich war, hielt sich sein Mitgefühl auch jetzt in Grenzen.

»Was wird jetzt geschehen?«, fragte sie.

»Nun, ich hoffe, dass wir den Mann schnappen, der diese fünf Frauen ermordet hat.«

»Ja, das versteht sich von selbst, aber, ich meine, müssen wir die Agentur *schließen*?«

Thorne hielt das für ziemlich wahrscheinlich. Und er glaubte, dass vielen Leichtgläubigen damit ein großer Dienst erwiesen wäre. Er suchte nach passenden Worten, um sie zu beruhigen. Am Ende entschloss er sich zur Ehrlichkeit, versuchte seine Genugtuung aber möglichst zu verbergen. »Ich kann mir nicht vorstellen, dass Sie diese Art von Publicity überleben werden, egal, wie kreativ Sie es anstellen.«

»Es tut uns leid, aber die Wahrscheinlichkeit, dass es irgendwann an die Öffentlichkeit dringt, ist wirklich hoch.« Kitson stellte ihren Becher auf das Tablett und erhob sich. »Es wäre sicher keine schlechte Idee, sich einen Plan B zurechtzulegen.«

»Und wenn ich den nicht habe?«

»Ich finde auf jeden Fall Arbeit«, stellte Ablett fest. »Im IT-Bereich werden immer Leute gesucht.«

Sandra Cook starrte auf ihre Füße. Caroline Marchant schaute Ablett an, als hätte er sie geschlagen.

Ablett holte geräuschvoll Luft, zupfte an einem losen Faden an seiner Hosennaht. »Ich meine ja bloß ...«

Auf dem Rückweg zur Autobahn sagte Thorne: »Wahrscheinlich sollten wir uns mit allen Männern unterhalten, mit denen Patricia Somersby, Annette Mangan und Leila Fadel über die Website in Kontakt gekommen sind.«

Kitson schaute ihn fragend an. »Meinen Sie wirklich?«

»Ich weiß. Es ist vielleicht reine Zeitverschwendung, und genau das hat der Mörder wohl bezweckt. Und trotzdem muss es erledigt werden. Wenn wir den Fall vor Gericht bringen – *falls* wir ihn vor Gericht bringen –, will ich nicht riskieren, dass uns ein cleverer Verteidiger vorwerfen kann, wir hätten nicht gründlich genug in alle Richtungen ermittelt.«

Kitson starrte hinaus, betrachtete die Geschäfte, die Häuser, die gebückt durch den zunehmenden Regen eilenden Passanten. »Marchants Frage war nicht ganz unberechtigt.«

»Welche? Ob wir den Laden dichtmachen?«

»Warum es ausgerechnet sie trifft.«

»Na ja, weil es ein mickriger kleiner Laden ist«, sagte Thorne. »Anonym, kein persönlicher Kontakt, bloß ein paar leichtgläubige Kunden, die zahlen und auf Ergebnisse warten. Hätte er sich nicht *diese* Website rausgesucht, dann irgendeine andere. Ich schätze, es gibt jede Menge davon.«

»Glauben Sie nicht, dass der Täter eine persönliche Verbindung zu diesem Portal hat?«

»Das werden wir rausfinden.« Thorne fluchte und trat vor einer Ampel auf die Bremse. »Tragen wir erst mal alles zusammen, was wir über unseren IT-Spezialisten finden können. Auch Sandra Cook sollten wir uns etwas gründlicher vornehmen. Ich habe den Eindruck, die beiden könnten mehr als nur Arbeitskollegen sein.«

Kitson nickte. »So wie er sie ständig angesehen hat.«

»Und die Kriminaltechniker müssen sich so schnell wie möglich das Computersystem vornehmen. Mal sehen, wie clever Kenneth Ablett wirklich ist.«

»Glauben Sie, er könnte der Täter sein?«

Thorne starrte auf die rote Ampel und trommelte mit den Fingern auf den Lenker. Ihm ging durch den Kopf, wie falsch er mit Gavin Cooper gelegen hatte. »So weit würde ich nicht gehen«, sagte er. »Aber im Moment haben wir keinen anderen Kandidaten.«

In diesem Augenblick rief Nicola Tanner an und nannte ihm einen Namen.

DREI

DIESER VERDAMMTE JOB

NEUNUNDDREISSIG

Sie saßen auf einem der vielen Sofas im Salon und tranken Kaffee. Es war kühl im Raum, und Tanner hatte ihren Mantel erst gar nicht ausgezogen. »Ich fasse immer noch nicht, wie geräumig es hier ist.« Heute wirkte der Salon noch riesiger und abweisender auf sie als bei ihrem letzten Besuch. Der offene Kamin war unglücklicherweise nicht in Betrieb. »Ich hab mir schon Wohnungen angesehen, die kleiner waren als dieser Raum hier.«

»Ziehen Sie um?«

»Ich suche noch.« Andrew Evans blickte sie an, als erwartete er, dass sie fortfuhr. Offenbar hatte er das Bedürfnis nach Unterhaltung. »Ich möchte irgendwo wohnen, wo ich es näher zur Arbeit habe.«

»Verstehe.«

Die Tür stand offen, und Tanner sah, dass einer der Beamten im Vorbeigehen seine Schritte verlangsamte und einen Blick hereinwarf. »Sie müssen sich hier einsam fühlen, Andrew.«

»Ja, ein bisschen.« Evans zuckte mit den Schultern und streckte die Beine aus. »Inzwischen sind noch ein paar Leute gekommen, aber wir haben nicht viel miteinander zu tun. Ist ja nicht gerade ein Ferienlager.«

Tanner nickte. Sie war jedes Mal informiert worden, wenn in Long Barrow Manor ein Neuankömmling erwartet wurde, verbunden mit einer Erinnerung an die Geheimhaltungsvorschriften, die für Besucher galten.

»Wir dürfen nicht miteinander reden. Ich meine, manchmal

tun wir es trotzdem, aber das Personal versucht es zu verhindern.«

»So läuft es halt«, sagte Tanner. »Wenn irgendwem etwas rausrutscht, kann er den anderen damit in Gefahr bringen.«

»In noch größere Gefahr, meinen Sie.«

Tanner antwortete nicht.

»Normalerweise sagen wir bloß ›Hallo‹ und wechseln ein oder zwei Worte beim Essen, denn meistens sind jede Menge Beamte in der Nähe. Die Polizei ist immer in der Überzahl.« Evans schüttelte lächelnd den Kopf. Er wirkte eindeutig entspannter als bei Tanners letztem Besuch. Auch der kürzlich eingegangene Bericht des Suchtberaters vor Ort hatte optimistisch geklungen. Der körperliche Entzug war so gut wie abgeschlossen, hatte der Mann geschrieben. Doch das war nur der erste Teil des Prozesses.

Evans rückte etwas näher und senkte die Stimme, auch wenn niemand in der Nähe war, der hätte mithören können. »Einer der Neuen sieht aus wie die Typen in Guy-Ritchie-Filmen. Ohne Scheiß. Kaputte Zähne und ein Blick, als würde er einem gleich an die Gurgel gehen. Vermutlich organisiertes Verbrechen, oder so. Der andere ist jünger. Weiß nicht, vielleicht sagt er bei einem Verfahren aus, in dem es um Drogen geht, wie ich.« Sein Blick verriet Tanner, dass er das Detektivspiel genoss. »Oder? Habe ich recht?«

»Das kann ich nicht sagen.«

»Ich meine, die beiden verbringen viel Zeit mit Nennen-Sie-mich-Rob, also haben sie offenbar … Probleme. Der Gangstertyp sieht aus wie ein schwerer Trinker. Seine Nase, wissen Sie? Wie eine matschige Tomate.«

»Ich kann es nicht sagen, weil ich es nicht weiß.«

»Wirklich nicht?«

»Die arbeiten mit anderen Polizeieinheiten zusammen«, sagte Tanner. »Also müsste ich genauso raten wie Sie. Ich weiß nur, dass alle, die hier landen, der Polizei bei Ermittlungen gegen wirklich gefährliche Leute helfen.« Sie bemerkte, wie Evans' Gesichtsausdruck sich veränderte. »Aber das wissen Sie ja schon.«

»Wie könnte ich es vergessen.«

»*Sie* scheinen jedenfalls Fortschritte zu machen mit diesem … wie haben Sie ihn genannt?«

Evans rückte wieder ein Stück von ihr ab. »Ja, aber das Problem ist, je klarer mein Kopf wird, desto mehr kann ich über die Scheiße nachdenken, in die ich mich reinmanövriert hab …«

Evans zitterte nicht mehr, und auch das Fußwippen war verschwunden. Trotzdem bemerkte Tanner seine Anspannung, seine Angst. Die Schuldgefühle setzten ihm offensichtlich noch immer zu.

Sie sagte: »Wir können Ihnen helfen.«

»Wirklich?«

Tanner griff nach ihrer Tasche, öffnete die Mappe, die sie mitgebracht hatte, und legte vorsichtig einige Blätter auf den niedrigen Sofatisch. Ausdrucke und Fotos. Evans beugte sich vor und deutete auf eines der Bilder: eine alte Frau mit einer großen Brille und Haaren wie Zuckerwatte.

»Das ist sie.« Er sprach leise und voller Widerwillen. »Die Duchess.«

»Sie ist auf allen Fotos zu sehen«, sagte Tanner. »Das sind ein paar von den Ausweisen, mit denen sie sich bei Ihren Besuchen in diversen Gefängnissen legitimiert hat. Alle auf verschiedene Namen ausgestellt. Gefälschte Führerscheine, Pässe und so weiter. Die Gefängnisse haben bei jedem Besuch Kopien gemacht, über die wir inzwischen verfügen.« Sie deutete auf die Sammlung. »Sehen Sie, wie geschickt sie ihr Aussehen verändert?« Gemeinsam betrachteten sie die Bilder, die auf den ersten Blick verschiedene Frauen im Alter zwischen fünfzig und fünfundsechzig zeigten. »Verschiedene Brillen, gar keine Brille, unterschiedliche

Perücken, Make-up, alles Mögliche. Wir wissen, dass die Kontrollen bei solchen Anlässen in der Regel nicht besonders gründlich sind, deshalb kam sie immer problemlos durch.«

Evans lehnte sich zurück. »Und, hilft Ihnen das, sie zu finden?«

»Ich habe die Bilder an sämtliche Polizeieinheiten im Land verschickt und werde bei den Orten in Küstennähe regelmäßig nachhaken, weil mehrere Zeugen von einer Verbindung zur Küste gesprochen haben. Also Devon und Cornwall, Kent, Dorset, Norfolk. Und natürlich sind die Fotos auch an alle Gefängnisse im Land gegangen, für den Fall, dass sie wieder aktiv wird. Doch, ich habe Hoffnung.« Sie schaute ihn an. Es war klar, dass ihre Worte seine Stimmung nicht verbessern würden und dass sie seine Frage nicht wirklich beantwortet hatte. »Wir verfolgen auch noch andere Ermittlungsansätze, Andrew«, sagte sie daher, was allerdings eine ziemliche Übertreibung war. Als sie Dipak Chall das letzte Mal begegnet war, hatte er ausgesehen wie jemand, den man dazu verdonnert hatte, von morgens bis abends gegen die Wand zu laufen. »Mir liegt ebenso viel daran, diese Frau zu fassen, wie Ihnen. Und sie kann uns zu den Leuten führen, für die sie arbeitet. Zu den Drahtziehern.«

»Wie lange noch?«

Andrew Evans klang müde. Er war intelligent genug, um selbst zu wissen, dass es auf diese Frage keine Antwort gab. Aber auch verzweifelt genug, sie trotzdem zu stellen.

Wie lange muss ich noch hierbleiben?

Wie lange schwebt meine Frau noch in Gefahr?

Wie lange wird es dauern, bis wir uns wiedersehen?

Tanner seufzte. Wieder griff sie nach ihrer Tasche, nahm ihr Handy heraus und scrollte durch ihre Kontaktliste. »Ich ziehe um, weil meine Partnerin gestorben ist«, sagte sie, um seine frühere Frage zu beantworten. »Das Haus, in dem wir gewohnt haben, ist mir jetzt einfach zu groß. Das ist der Grund.«

Evans blinzelte. »Das tut mir leid.«

»Kein Problem. Es ist bloß ein Haus.«

»Wirklich?« Ihre Behauptung schien ihn so wenig zu überzeugen wie der Bericht über ihre Fortschritte bei der Suche nach der Duchess.

Tanner wählte eine Nummer. Als der Anruf angenommen wurde, hörte sie ein paar Sekunden lang zu und sagte dann: »Ja, er ist hier bei mir.«

Evans richtete sich auf.

Sie reichte ihm das Handy und sagte: »Da will jemand mit Ihnen sprechen.« Sie nahm ihre Tasche und wartete, bis er ihr direkt ins Gesicht schaute. »Sie kennen die Regeln, Andy. Ich vertraue Ihnen.«

Tanner erhob sich und ging zur Tür. Sie drehte sich noch einmal um und sah, wie Evans die Augen schloss. Dann wurden seine Züge weicher. Sie schloss die Tür.

Paula klang fröhlich, wenn auch eine Spur zu bemüht, wie Evans nicht entging. Sie fragte nicht, wo er war oder was er machte. Vermutlich hatte Tanner ihr dieselben Verhaltensregeln eingeschärft wie ihm.

»Hier läuft es gut«, sagte sie.

»Das freut mich.«

»Natürlich ist es ein bisschen ruhiger als vorher.« Auch ihr Lachen klang ein wenig angestrengt.

»Wie geht's Sean? Ist er da?«

»Er ist im Kindergarten.«

»Ja, klar. Dumme Frage.«

»Aber er macht sich gut. In jeder Hinsicht.«

»Was hast du ihm gesagt, warum ich nicht bei euch bin?«

Er hörte, wie sie tief Luft holte. »Ich hab gesagt, du bist im Urlaub.«

Evans drehte sich um und sah einen Beamten, der ihn von draußen durchs Fenster anstarrte. Er hielt dem Blick stand. »Sag ihm, ich bringe ihm etwas mit, okay?«

»Keine Sorge, darauf ist er selbst schon gekommen.«

Jetzt lachte auch Evans. Nur mit Mühe gelang es ihm, ein Schluchzen zu unterdrücken.

»Andy …«

»Ja, ich …«

»Draußen ist Polizei«, sagte sie.

Evans erstarrte. »Was?«

»Sie sitzen im Wagen auf der anderen Straßenseite. Ich meine … Sie haben mir erst Angst gemacht, bis ich rausgefunden habe, dass es Polizisten sind. Jetzt bringe ich ihnen ab und zu einen Tee raus und plaudere ein bisschen mit ihnen. Aber sie schauen sich ständig um, als wollten sie alles im Auge behalten. Eigentlich sollte ich jetzt noch mehr Angst haben, oder? Weil offenbar jemand der Meinung ist, dass ihre Anwesenheit hier nötig ist. Andy …?«

»Das ist bloß Routine, okay? Ich verspreche dir, dass alles gut wird.«

»Versprochen?«

»Ich komme bald nach Hause, und ich werde mich ändern.«

Wieder eine Pause. »Alles wird sich ändern«, sagte sie.

Er hörte das Zittern in ihrer Stimme. »Ist sonst noch etwas?«, fragte er argwöhnisch.

Sie erzählte ihm von dem Baby, von dem zweiten Kind, über das sie vor seiner Festnahme gesprochen hatten. Sie sagte, man könne den Bauch gerade eben erahnen. Evans stieß einen Freudenschrei aus und grinste breit. Als sie ihm sagte, alles werde gut, begann er zu weinen.

»Nicht doch.«

»Ich sollte bei euch sein …«

»Vergiss einfach nicht, was dich hier zu Hause erwartet, okay?«

Er brachte kein Wort heraus.

»Ich liebe dich«, sagte sie.

Die Tür öffnete sich, und Tanner steckte den Kopf herein. Ihr Gesichtsausdruck sagte ihm, dass die Zeit abgelaufen war.

»Ich dich auch«, erwiderte er.

Er bat sie noch, Sean auszurichten, wie sehr er ihn vermisse. Sie solle auf sich und das Baby aufpassen. Schnell fügte er noch hinzu, dass er körperlich schon fast wieder fit sei und dass er über Jobs nachgedacht habe, die er nach seiner Rückkehr annehmen könne … Kleine Lügen.

Dann beendete er das Gespräch. Er ließ sich aufs Sofa fallen.

Das Hochgefühl, in das ihn die Stimme seiner Frau versetzt hatte – ihre aufregenden, wunderbaren Neuigkeiten –, war verschwunden, kaum dass er sich gesetzt hatte. Schnell wie das Blut, das aus dem Gesicht eines Junkies wich. Schnell wie der Junge, der über die Motorhaube auf ihn zugeschossen war – die Augen weit aufgerissen – in jenem Sekundenbruchteil vor dem schrecklichen Knall und dem blutigen Spinnwebmuster auf seiner Windschutzscheibe.

Er war aufgewühlt und verängstigt.

Hätte er in diesem Moment seine Droge gehabt, er hätte sich die Birne zugedröhnt.

VIERZIG

»Leider Gottes erinnere ich mich ziemlich deutlich an Aiden Goode.« Der stellvertretende Direktor des Maidstone-Gefängnisses lehnte sich seufzend zurück. »Das ist keiner, den man so leicht vergisst.« Jeremy Powell hatte ein schmales Gesicht und einen Bart, an dem er unablässig zupfte, als wollte er sich die

Haare einzeln ausreißen. Er wirkte deutlich älter als seine zweiundvierzig Jahre. »Und, was hat er angestellt?«

»Sie verstehen sicher, dass wir keine Einzelheiten nennen können«, erklärte Thorne.

»Wir müssen wegen einer laufenden Ermittlung dringend mit ihm reden«, sagte Kitson. »Mehr können wir leider nicht sagen.«

Powell nickte und zog eine dicke Aktenmappe zu sich heran. »Natürlich. Und da Sie beide zur Mordkommission gehören, ist mir auch klar, dass es sich um eine Ermittlung in einem schwerwiegenden Fall handeln muss.« Er öffnete die Mappe. »Also schön ...«

Seit Nicola Tanner ihnen am Tag zuvor den Namen genannt hatte, den sie von Graham French gehört hatte – und den Grund, warum er wichtig sein konnte –, hatte sich das ganze Team ins Zeug gelegt, um den Aufenthaltsort von Aiden Goode in Erfahrung zu bringen, einem dreiundvierzigjährigen Mann, der im Februar des vergangenen Jahres aus dem Gefängnis entlassen worden war.

Er hatte wegen mehrerer Verbrechen für acht Jahre eingesessen: sexuelle Nötigung mit Gewaltanwendung, versuchte Entführung, Vergewaltigung.

Sie hatten die Spur des Mannes, nach dem sie suchten, im Handumdrehen gefunden, sie aber ebenso schnell wieder verloren.

Nach der Entlassung war Goode wieder bei seiner Frau in Südlondon eingezogen. Zusammen hatten sie regelmäßig eine Paarberatung aufgesucht. Er hatte wöchentlich seinen Bewährungshelfer aufgesucht, verschiedene befristete Arbeitsstellen angenommen und zwischendurch Arbeitslosengeld bezogen. Obwohl er sicher nicht in der engeren Wahl zum »Bürger des Jahres« gestanden hatte, schien er sich inzwischen wieder in die Gesellschaft integriert zu haben.

Dann, fünf Monate nach seiner Entlassung, war Goode plötzlich verschwunden.

»Kurz vor dem Mord an Karen Butcher«, hatte Thorne von Tanner spät am gestrigen Abend gehört. »Er gaukelt allen vor, er hätte sich geändert, und fängt dann wieder an, Straftaten zu begehen. Nur diesmal weit schlimmere ...«

Doch die Tatsache, dass sie nun immerhin einen Verdächtigen hatten, war praktisch auch das einzig Erfreuliche an der Sache. Ein Hoffnungsfunke, der schnell wieder erlosch. Trotz aller Anstrengungen, trotz der Genehmigung bezahlter Überstunden gelangte das Team letztlich nur zu der Einsicht, dass Aiden Goode es meisterhaft verstanden hatte, sich unsichtbar zu machen. Er war spurlos verschwunden.

Für die vergangenen neun Monate verfügte weder die Führerscheinstelle noch das Finanzamt über irgendwelche Informationen zu seiner Person. Er hatte weder sein Handy noch die auf ihn registrierten Kreditkarten oder E-Mail-Accounts benutzt. Auch in den sozialen Medien war er nicht aktiv geworden. Er hatte keinen Kontakt zu Familienmitgliedern oder Bekannten aufgenommen, von denen die Polizei wusste. Er hatte keinen Arzt besucht, keine Sozialleistungen in Anspruch genommen und keinen Ärger mit der Polizei bekommen.

Und es war auch keine Sterbeurkunde auf seinen Namen ausgestellt worden.

»Wie vom Erdboden verschluckt«, hatte Tanner bemerkt, als sie und Thorne als Letzte im halbdunklen Büro vor ihren Bildschirmen gesessen hatten. Nur das Summen schlafender Computer und der Verkehrslärm von draußen waren zu hören gewesen. Auf dem Schreibtisch hinter ihnen stapelten sich leere Kaffeebecher und fettige Pizzakartons.

Mit brennenden Augen hatte Thorne das Gesicht auf seinem Monitor angestarrt: das letzte bekannte Foto von Aiden Patrick

Goode, unmittelbar vor seiner Entlassung aus dem Gefängnis aufgenommen. »Oder er hat sich in jemand anderen verwandelt ...«

»Was für einen Eindruck hatten Sie von ihm?«, fragte Thorne jetzt den stellvertretenden Direktor.

»Na ja, offiziell steht alles hier drin.« Powell deutete mit dem Kopf auf die Akte, die er ihnen über den Tisch geschoben hatte, den zwanzig Zentimeter dicken Papierberg, den Thorne und Kitson unter sich aufgeteilt hatten und in dem sie jetzt blätterten.

Aiden Goodes Gefangenenakte.

»Aber das Papier erzählt nicht die ganze Geschichte.«

Die im »Insassen-Informationssystem« gesammelten Unterlagen lieferten einen kompletten Überblick über die Zeit eines Gefangenen, der sich in der Obhut eines Staatsgefängnisses befand. Notizen zum Fall, Besucherlisten, Einzelheiten zu geleisteten Arbeiten, besuchten Reha-Programmen und Weiterbildungskursen, disziplinarische Maßnahmen, Briefe und offizielle Aussagen.

»Ja, Sie werden sehen, dass dieser spezielle Gefangene die richtigen Gruppen und Kurse besucht und alle geforderten Leistungen erbracht hat, und trotzdem ist es bloß eine Akte. Papiere, die ausgefüllt werden müssen, um mich und meine Vorgesetzten bei Laune zu halten. Nichts, was Sie dort finden, kann Ihnen ein Gefühl für den Mann vermitteln.« Das Bartzupfen wurde eine Spur fieberhafter, und Powell schluckte schwer, als wäre ihm etwas Bitteres die Kehle hochgestiegen. »Goode war in gewisser Weise ein Gefangener, wie man ihn sich wünscht. Während seiner Zeit hier hat er nichts getan, was ihm auch nur einen zusätzlichen Tag Strafe eingebracht hätte. Jedenfalls nichts, das je bemerkt oder gemeldet worden wäre. Aber ich hätte mich lieber zusammen mit einem unserer gewohnheitsmäßigen Krawallmacher und Schläger in eine Zelle sperren lassen, als auch nur fünf Minuten allein mit Aiden Goode zu verbringen. Ich war nicht glücklich darüber, dass er damals auf Bewährung freigekommen ist, und das habe ich auch sehr deutlich zum Ausdruck gebracht. Aber dass ich ihn los war, habe ich keine Sekunde bedauert.«

»Wir haben uns mit einem früheren Häftling unterhalten, der zur selben Zeit hier war«, sagte Kitson. »Er äußerte, nach Goodes Entlassung sei es gewesen, als wäre man einen üblen Geruch losgeworden.«

»Einen Gestank«, bekräftigte Powell.

Thorne blätterte die Seiten durch – Details über Goodes Verlegungen von einem Trakt in den anderen, ein Ausflug ins örtliche Krankenhaus wegen einer Zahnbehandlung. Dabei stach ihm etwas ins Auge. Er nahm ein Blatt aus der Akte und zeigte Kitson den Eintrag, der ihm aufgefallen war. Dann wandte er sich an Powell: »Ein Computerkurs für Fortgeschrittene?«

»Ja, er besaß ein gewisses Talent dafür. Ich glaube, er hatte damit angefangen, als er woanders einsaß, und wollte seine Kenntnisse bei uns hier vertiefen.«

»Was genau heißt ›fortgeschritten‹?«, fragte Thorne.

»Das kann ich Ihnen nicht sagen. Aber ich könnte versuchen, den Lehrplan aufzutreiben.«

»Fortgeschritten genug, um den Server einer Firma zu hacken?«

»Das steht mit Sicherheit nicht auf dem Lehrplan.«

»Aber Sie sagen, er war gut?«

Powell nickte. »Er hätte nach seiner Entlassung locker in dem Bereich arbeiten können.«

Thorne erklärte, er brauche eine Kopie von Goodes Kursunterlagen und eventuellen Prüfungen, die er abgelegt hatte. Powell versprach, ihm alles zu besorgen.

»Und jetzt erzählen Sie uns bitte von der Geschichte mit den Katzen.«

Der stellvertretende Direktor deutete auf die Papiere und machte sich dann wieder an seinem Bart zu schaffen. »Steht alles dort in den Unterlagen. Wir hatten ein größeres Problem mit Ratten, und Fallen haben sich als nutzlos erwiesen. Also haben wir es mit zwei Katzen versucht. Nach zwei Tagen wurden die armen Tiere verstümmelt aufgefunden.« Er schüttelte den Kopf. »Zerstückelt. Und für alle gut sichtbar ausgelegt.« Er wartete, während Thorne und Kitson nach den betreffenden Seiten in den Unterlagen suchten. »Den Aussagen werden Sie entnehmen, dass meine Beamten den dringenden Verdacht hatten, dass Goode dahintersteckte. Aber keine Beweise.«

Thorne las eine Aussage von Aiden Goode, der nach dem Vorfall befragt worden war.

Wer würde so etwas tun? Ich meine, mit solchen unschuldigen Kreaturen. Krank ist das. Wer auch immer das getan hat, sollte sich vorsehen. Denn wenn die Männer hier drinnen dahinterkommen, wer das war, könnte es böse für ihn enden.

»Er war es mit ziemlicher Sicherheit«, sagte Powell. »Aber ohne Beweise konnten wir nichts machen. Da geht es uns wie Ihnen.«

»Wie kommen Sie darauf, dass er es war?«, fragte Thorne.

Powell hob die Hände in einer fragenden Geste. »Vielleicht hat er Katzen so sehr gehasst wie Frauen. Denn *daran* konnte nun wirklich kein Zweifel bestehen. Hätte er den kleinsten Anflug von Bedauern darüber gezeigt, was er seinen weiblichen Opfern angetan hatte, wäre er vielleicht sogar noch früher entlassen worden. Natürlich hat er vor dem Bewährungsausschuss im passenden Moment erklärt, es täte ihm leid, aber davon hat man nicht das Geringste gemerkt.«

Am Abend zuvor hatte Thorne lange das Foto des Verdächtigen betrachtet. In seinem Gesicht hatte er keine Spur von Scham oder Reue entdecken können. Man hätte seinen Gesichtsausdruck nicht als Lächeln bezeichnen können, sicher nicht, doch seine Augenpartie drückte … irgendetwas … aus.

Es war eine Aufforderung. Oder Herausforderung.

Aber es war spät gewesen, wie Thorne sich eingestehen musste, er war müde gewesen. Vielleicht hatte er einfach gesehen, was er sehen wollte.

Kitson zog jetzt ein weiteres Blatt hervor. »Viel Besuch hatte er nicht.«

»Nein, nur seine Frau«, brummte Powell. »Wenn sie konnte, kam sie jede Woche. Aus irgendeinem Grund hielt sie zu ihm.«

»Vielleicht sollte *sie* mal zu einem Psychologen gehen.«

»Ich schätze, dass sie Angst vor ihm hatte«, sagte Powell. »So ging es vielen.«

Thorne schoss der Gedanke durch den Kopf, dass es vielleicht ganz einfach Selbstsicherheit gewesen war, die er in Aiden Goodes Gesicht entdeckt hatte. Das Wissen darum, wie leicht man andere einschüchtern konnte, hatte ihm ein Gefühl der Unantastbarkeit verliehen. Er sah Powell an und sagte: »Die Sache ist die, wir können ihn nicht finden. Er ist einfach von der Bildfläche verschwunden.«

Powell nickte, als überraschte ihn das nicht. »Auch zu diesem Thema finden Sie etwas in den Unterlagen. Einer meiner Beamten hat zufällig gehört, wie Goode einem anderen Häftling erklärte, es wäre ganz leicht, vom Radar zu verschwinden … sinngemäß jedenfalls. Noch so ein Punkt, den der Bewährungsausschuss ignoriert hat.«

»Ich schätze mal, mehr hat er zu diesem Thema nicht verraten?«

»Wie gesagt, es war nur eine Bemerkung, die ein Wärter aufgeschnappt hat.« Für einen kurzen Moment huschte ein Lächeln über Powells Gesicht. »Postkarten hat er mir jedenfalls keine geschrieben.«

»Bedauerlich«, sagte Kitson.

»Zu solchen Fehleinschätzungen kommt es immer wieder, nicht wahr?«, sagte Powell, während Thorne und Kitson die Blätter wieder einsortierten. »Im Justizministerium oder wo immer entschieden wird, wen man gefahrlos wieder auf die Allgemeinheit loslassen kann. Na ja, aber das wissen Sie sicher besser als ich, weil Sie diese Fälle hinterher wieder ausbaden müssen.« Er nahm die Akte, die Tanner ihm zurückgab, und schob sie an den Rand des Schreibtisches. »Selbst wenn Sie mir nicht sagen können, was Aiden Goode angestellt hat, ich habe da so eine Vermutung, und ich muss sagen, es wundert mich nicht.«

EINUNDVIERZIG

Es war dieselbe Bar wie beim letzten Mal, und die Tische füllten sich, jetzt am frühen Abend, langsam mit Leuten. Thorne schaute sich um und glaubte einige Banker zu erkennen, die sich auf einen langen Abend einrichteten, dazu ein paar Anwälte aus den umliegenden Kanzleien. Vielleicht irrte er sich, doch er konnte sich nicht vorstellen, dass irgendeiner der Gäste im Augenblick derart dringend einen Drink gebrauchen konnte wie er und die Frau, die ihm gegenübersaß.

Thorne hob sein Glas und sagte: »Danke fürs Kommen.«

»Kein Problem«, erwiderte Melita Perera.

»Reichlich kurzfristig, ich weiß. Tut mir leid.«

Nach einem schnellen Mittagessen war er aus Maidstone zurückgekehrt und hatte – wie alle anderen im Team – einige frustrierende Stunden mit der vergeblichen Suche nach Hinweisen auf ihren Hauptverdächtigen zugebracht. Er hatte kurz mit Helen über die Abendgestaltung gesprochen, doch die Geschichte, die Jeremy Powell ihm und Kitson erzählt hatte, wollte ihm einfach nicht mehr aus dem Kopf gehen. Allmählich glaubte er, selbst einen Hauch von dem »Gestank« riechen zu können, der Goode umweht haben sollte. Deswegen hatte er das dringende Bedürfnis nach einem kurzen Gespräch mit jener Frau verspürt, die sich mit Leuten wie Aiden Goode auskannte.

»Solange Sie nicht wieder ein Quiz daraus machen.« Die Psychiaterin griff nach ihrem Glas.

Thorne schaut sie verständnislos an.

»Die Millionenfrage, wie beim letzten Mal.« Perera lächelte. »Stichverletzung, Strangulation oder stumpfer Gegenstand.«

»Sie haben sich jedenfalls für die richtige Antwort entschieden.«

»Glück gehabt.«

Thorne trank einen Schluck von seinem Guinness. »Das glaube ich nicht.« Er hatte den Eindruck, dass sie einen helleren Rock und eine hellere Jacke trug als beim letzten Mal. Auch ihre Frisur war ein wenig anders. »Hatten Sie schon Zeit, einen Blick auf das Material zu werfen, das ich Ihnen geschickt habe?«

»Ich habe es einmal durchgelesen, ja.« Sie griff nach einer dünnen Ledermappe, zog einen Stoß Papiere heraus und legte ihn auf den Tisch. »Aber wie Sie schon sagten, Sie haben unser Treffen etwas kurzfristig anberaumt.«

»Schon klar«, sagte Thorne. »Ich brauche ja kein schriftliches Gutachten oder so was. Ich bin nur an Ihrem ersten Eindruck interessiert.« Er lächelte. »Sie dürfen gern wild spekulieren.«

Sie verdrehte die Augen, stellte ihr Glas ab und fing dann an, die Seiten durchzublättern.

Es fiel lockerer als zuletzt, dachte Thorne. Ihr Haar. Beim letzten Mal hatte sie es hochgebunden. »Was denken Sie zum Beispiel über das Töten der Katzen? Dass es bis jetzt nicht aufgehört hat, meine ich.«

Perera blickte auf. »Nun, das bedeutet natürlich, dass er im

Augenblick keine *Menschen* ermordet. Für eine Weile zumindest. Vorausgesetzt, Ihre Cool-down-Theorie ist zutreffend.«

»Na ja, langsam bekomme ich Zweifel.«

»Sie dürfen nicht erwarten, dass alles in eine Schablone passt«, sagte sie. »Nicht bei dieser Art von Tätern. Vielleicht beschäftigt er sich mit den Katzen bloß, bis er sein nächstes menschliches Opfer gefunden hat. Oder er tut beides zur gleichen Zeit. Vielleicht läuft das alles eher planlos ab.«

»Nein ... er wirkt ziemlich organisiert. Er weiß genau, was er tut.« Thorne hielt inne und schaute sie an. Ihm ging etwas durch den Kopf, was sie ihm vor vierzehn Tagen gesagt hatte.

Perera schüttelte den Kopf und las weiter. »Keine Sorge. Ich weiß, dass ich es bei unserem letzten Treffen vermieden habe, mich allzu deutlich festzulegen. Aber ich bin mir völlig sicher, dass es ein Mann ist, der hinter diesen Taten steckt. Ein Mann, der Frauen hasst.«

Thorne schätzte, dass man für diese Erkenntnis nicht unbedingt einen Doktortitel brauchte. »Nun, das dürfte auf Aiden Goode zweifellos zutreffen.«

Perera hob eine Hand. »Ich sollte mich etwas genauer ausdrücken. Ein Mann, der einen bestimmten Typ Frau hasst.«

Thorne wartete ab.

»Ich habe mich gerade gefragt«, fuhr sie fort, »ob diese Datingagentur für ihn noch mehr bedeutet als bloß eine praktische Möglichkeit, sich seine Opfer auszusuchen.«

»Nun ja, er findet dort alleinstehende Frauen, und genau die sucht er. Außerdem ist es dort leicht, möglichst viele Informationen über sie zu sammeln. Und den Verdacht auf die Männer zu lenken, mit denen sie ausgehen.«

»Ja, aber genau darauf will ich hinaus. Vielleicht spielt es ja eine Rolle, dass diese Frauen jemanden *suchen*? Dass sie offensiv für sich werben, wenn Sie so wollen.«

Sie starrten sich einige Sekunden lang an.

Als zwei junge Männer an dem Tisch nebenan Platz nahmen, beugte sie sich vor und senkte die Stimme.

»Vielleicht nimmt er sie deswegen ins Visier. Vielleicht fühlt er sich aus irgendwelchen Gründen von Frauen abgestoßen, die … sich selbst auf diese Weise präsentieren. Frauen, die schon älter oder ein bisschen übergewichtig sind oder ihm nach konventionellen Maßstäben nicht attraktiv erscheinen. Und die trotzdem den Mut haben, zu sagen: ›Hier bin ich.‹«

Sie richtete sich wieder auf und schaute ihn an. »Wenn das sein Blickwinkel ist, wenn dieses Sich-zur-Schau-Stellen nicht zu seiner Vorstellung von angemessenem weiblichen Verhalten passt, könnte er die Frauen auf dieser Website als besonders verachtenswert ansehen. Als wertlos.« Sie lehnte sich zurück, das Glas in der Hand. »Sie wollten, dass ich drauflosspekuliere. Also …«

»Ja. Das klingt vernünftig«, sagte Thorne. »Also, nicht *vernünftig* … Sie wissen schon, was ich meine.« Er bemerkte, dass einer der Männer, die sich an den Nachbartisch gesetzt hatten, zu ihnen herüberschaute – zu Perera herüberschaute. Als der Mann Thornes Blick bemerkte, wandte er sich ab. »Und wie sieht es unter diesem Blickwinkel mit Aiden Goode aus? Klingt er für Sie nach einem passenden Kandidaten?«

»Ich müsste sehen, wie er seine Taten genau begangen hat«, erklärte Perera.

Thorne war nicht davon ausgegangen, dass sie sich so weit auf das Thema einlassen würde. Ein paar begründete Vermutungen zu äußern war eine Sache. Ein unprofessioneller Schuss ins Blaue war weit mehr, als er zu hoffen gewagt hatte. »Er ist mehr oder weniger der einzige Verdächtige, den wir haben«, sagte er.

»Was halten *Sie* denn von ihm?«

Thorne hatte tatsächlich alles über die Verbrechen gelesen, für die Aiden Goode verurteilt worden war. Sein Vorgehen war –

verglichen mit den aktuellen Morden – eher simpel gewesen. Doch konnte kein Zweifel daran bestehen, dass es bei diesen Taten um Macht und um Hass gegangen war, dass er seine Opfer als wertlos betrachtet hatte.

Er hatte immer noch die angewiderte Miene von Jeremy Powell vor Augen.

»Er passt perfekt.«

Perera trank ihr Glas leer und sah zu, wie Thorne seins ebenfalls leerte. Inzwischen waren sämtliche Tische besetzt, und an der Bar standen die Gäste Schlange. Perera ließ die Unterlagen wieder in ihre Tasche gleiten und fragte: »Trinken wir noch ein Glas?«

Thorne schaute zur Uhr.

»Verdammt. Ich muss los …«

So war es auch, und trotzdem überlegte er, wie lange er für den Weg brauchen würde und ob ihm noch Zeit für ein letztes schnelles Glas blieb. Ob er anrufen und absagen sollte, weil es eigentlich um nichts ging, das nicht auch bis zum nächsten Morgen warten konnte.

Perera hob ihre perfekt gezupften Augenbrauen. »Sind Sie verabredet? Vermutlich mit einer Frau, wenn ich sehe, wie sehr Sie sich ums Zuspätkommen sorgen.«

»Ja, aber … nein, so ist es nicht.« Thorne hoffte, sein Lächeln wäre Erklärung genug. Doch das Lächeln, mit dem sie antwortete, machte die Sache nur komplizierter. Ein paar Sekunden verstrichen, ehe der gesunde Menschenverstand sich auf unangenehme Weise zu Wort meldete.

»Ich würde gern noch bleiben. Wirklich.« Thorne stieß einen von Herzen kommenden und nach Guinness schmeckenden Seufzer aus. »Aber die Frau, mit der ich verabredet bin, ist ein bisschen pedantisch.«

ZWEIUNDVIERZIG

Diesmal waren sie bei Thorne verabredet – bei *Helen* –, und Tanner brachte Fish and Chips mit. Thorne, dem es nichts ausmachte, aus dem Einpackpapier zu essen, nahm zwei Dosen Bier aus dem Kühlschrank und sah lächelnd zu, wie Tanner nach einem Teller und einer Küchenrolle griff.

»Helen muss heute länger arbeiten«, hatte Thorne ihr erklärt, als sie Ort und Zeit ihres Treffens besprochen hatten. »Und Alfie übernachtet bei ihrer Schwester. Wir haben die Wohnung also für uns.« Er war sich nicht sicher gewesen – und war es auch jetzt noch nicht –, was ihn zu einer derart ausführlichen Erklärung veranlasst hatte. Wahrscheinlich wollte er sich beruhigen, denn im Laufe des Tages war es zu einer Abfolge von genervten Kurznachrichten gekommen.

Nicola T kommt später vielleicht vorbei. Okay?

Bin nicht zu Hause.

Nur eine Besprechung, dauert nicht lange.

Ganz egal.

Helen hatte sich nach ihrem Streit am Morgen offenbar nicht beruhigt. Sie hatte ihn, noch gereizt nach einem komplizierten Gespräch mit ihrer Schwester, angeblafft, woraufhin Thorne zurückgeblafft hatte …

»Eigentlich schmeckt es mir besser mit Schellfisch.« Tanner drückte vorsichtig einen Klecks Ketchup auf ihren Tellerrand. »Aber aus irgendwelchen Gründen hat der Laden hier um die Ecke nur Kabeljau.« Thorne nahm ihr die Flasche aus der Hand und spritzte reichlich Ketchup über sein Essen.

Dann ließen sie es sich schmecken.

»Wie kommt Evans zurecht?«, fragte Thorne.

»Als ich mit ihm gesprochen habe, ging es ihm ganz gut.« Tanner kratzte Teig von ihrem Fisch. »Nach dem Anruf seiner Frau war er ein bisschen durcheinander. Sie hat ihm von dem Baby erzählt.«

»Er hat Angst, dass er nicht da ist, wenn es zur Welt kommt.«

»Dazu hat er auch allen Grund«, sagte Tanner. Sie erzählte Thorne von der Aufgabe, mit der sie Dipak Chall betraut hatte. Es war der einzige erfolgversprechende Ansatz im Mordfall Adnan Jandali. Bei der Suche nach der Frau, die nur als die »Duchess« bekannt war.

»Man kann nie wissen«, sagte Thorne.

»Mir ist klar, dass wir mehr unternehmen müssten, aber ich habe einfach keinen Ansatz. Jandalis Mörder ist genauso schnell von der Bildfläche verschwunden wie die Duchess. Wir haben keinen Hinweis auf das Motorrad und keine forensischen Spuren außer denen, die auf Evans hindeuten. Und die wurden mit Absicht gelegt.«

»Offensichtlich hast du es mit sehr gefährlichen Hintermännern zu tun«, bemerkte Thorne.

»Eine Erkenntnis, die Andrew Evans nicht viel hilft, oder?«

Thorne brummte zustimmend. Es fiel ihm immer noch schwer, dem Mann in Long Barrow Manor mehr Sympathie entgegenzubringen als bei seiner Festnahme. Evans musste doch zumindest eine Ahnung davon gehabt haben, mit welchen Leuten er sich einließ. Spätestens als er mit einer Waffe herumgefuchtelt und Menschen bedroht hatte, um Schulden einzutreiben.

»Er sitzt da und dreht langsam durch«, fuhr Tanner fort. »Weil seine Frau schwanger ist und weil er keine Ahnung hat, wie es ihr geht. Und ich kann nichts tun, außer vielleicht einen Strampler für das Baby zu kaufen.«

»Aber genau das ist der Punkt. Was könntest du anderes tun?«

»Ich könnte ihn nach Hause zu seiner Familie schicken.«

Thorne blickte auf und bemerkte Tanners besorgte Miene. In diesem Moment schien sich ihre Stimmung auf ihn zu übertragen. Zumindest spürte er den Anflug eines Gefühls, das Besorgnis sehr nahe kam. Vielleicht hatte er einfach zu viel anderes im

Kopf gehabt, um sich Gedanken über das Wohlergehen von Andrew Evans zu machen.

»Tut mir leid, ich hab nicht gerade viel dazu beigetragen«, sagte er. »Zum Fall Jandali. Und was Evans angeht …«

Tanner warf ihm einen fragenden Blick zu.

»Du hast dich in meinen Fall mit reingehängt, und ich hab versprochen, dich ebenfalls zu unterstützen.«

Tanner grinste skeptisch.

»Ernsthaft.«

Tanner schüttelte den Kopf und spießte ein dickes Stück Pommes auf. »Dein Fall hat nun mal wesentlich größere Dimensionen angenommen als vorher gedacht. Und überhaupt – mach dir mal keine Sorgen.« Sie lächelte und schob sich die Pommes in den Mund. »Denn du wirst *auf jeden Fall* deine Gegenleistung bringen.«

Woran Thorne keinen Augenblick zweifelte.

Sie aßen halbherzig weiter, doch keiner von ihnen schaffte seine Portion. Tanner sprang irgendwann auf und räumte den Tisch ab, ehe Thorne sie davon abhalten konnte. Sie schmiss die Reste in den Mülleimer und sortierte das Papier und die leeren Dosen in die Recycling-Säcke. Während sie ihren Teller unter heißem Wasser abspülte, sagte sie: »Was ist nun mit dieser Katzengeschichte?«

»Was soll damit sein?«

»Was bedeutet es für unsere Theorie, wenn er damit weitermacht oder wieder angefangen hat? Ist er jetzt beim Cool-down?«

»Ich habe noch mal mit Perera gesprochen«, sagte Thorne. »Gerade eben, bevor ich nach Hause gekommen bin.«

Tanner stellte den Teller in die Spülmaschine und schob die Klappe zu. »Ach, tatsächlich.«

»Sie hält die Theorie immer noch für vernünftig, glaubt aber, dass es niemals genau nach Schema läuft. Vielleicht bringt er die ganze Zeit Katzen um. Vielleicht aber auch nur hin und wieder, wenn er gerade nicht schnell genug ein menschliches Opfer findet.«

»Das klingt nicht gut.«

»Bei diesem Fall klingt gar nichts gut.«

Tanner setzte sich wieder hin, und Thorne holte für sie ein Wasser und für sich selbst noch ein Bier.

»Also deutet alles auf Aiden Goode hin.«

»So scheint es.« Thorne öffnete die Dose. »Alles, was der stellvertretende Direktor in Maidstone über ihn erzählt hat, passt ins Bild. Und nichts, was Melita gesagt hätte, würde dem widersprechen.«

»Melita?«

»Perera. So heißt sie.« Thorne wandte sich ab, konnte Tanners Grinsen aber geradezu spüren.

»Prima. Trotzdem denke ich, wir sollten diesen Computermenschen von der Datingagentur ein bisschen genauer unter die Lupe nehmen.«

Thorne brummte unverbindlich. Ablett …

»Zumindest sollten wir ihn im Auge behalten«, beharrte Tanner.

Thorne starrte auf die Dose in seiner Hand. »Bei dem Kerl sind meine Alarmglocken nicht losgegangen. Aber in letzter Zeit frage ich mich häufiger, ob meine Menschenkenntnis noch etwas taugt. Wenn sie denn jemals getaugt hat.«

»Sei nicht so bescheiden«, sagte Tanner.

Thorne war nicht in der Stimmung, sich beschwichtigen zu lassen. »Vielleicht verliert man diese Fähigkeit mit dem Älterwerden.«

»Ach, jetzt komm schon, es ist genau andersrum. Ich meine … wir sprechen nicht von einem Zaubertrick, oder? Bei Menschenkenntnis geht es um *Erfahrung*.«

»So wie man auch weniger Energie hat. Alles wird weniger im Alter. Man sieht und hört nicht mehr so gut und muss sich hinsetzen, um die verdammten Socken anzuziehen.«

Tanner lachte. »Ich würde sagen, wenn du dich hinsetzen musst, um deine *Hose* anzuziehen, dann solltest du dir langsam Sorge machen.«

Thorne erinnerte sich an sein Gespräch mit Christine Treasure. An ihre Idee, dass seine Anflüge von Selbstzweifeln in Wahrheit eine Art Selbstschutz waren. Dass er sich vorab gegen die Möglichkeit wappnete, am Ende mit einem unbefriedigenden Ergebnis dazustehen. Oder ganz ohne Ergebnis. Er seufzte und sagte: »Wahrscheinlich hast du recht. Wie immer.«

»Praktisch wäre es immerhin, wenn er der Täter wäre«, sagte Tanner. »Ablett, meine ich.«

»Klar, zumindest wüssten wir, wo wir ihn finden.«

»Und dann wäre wenigstens einer unserer Fälle abgeschlossen.«

»Aber wie würde das in dein Bild passen? Ein Mörder, der alles tut, um nicht entdeckt zu werden. Und dann läuft er uns gleich am ersten Ort, an dem wir suchen, über den Weg?«

»Warum nicht? Sich vor aller Augen verstecken. Ach …« Sie streckte einen Finger hoch, als sei ihr plötzlich etwas eingefallen. Dann wühlte sie in der Handtasche nach ihrem Handy. »Was willst du übrigens wegen der Website unternehmen?«

»Wie meinst du das?«

»Wenn die Forensiker damit fertig sind. Ich habe den Eindruck, Russell wird langsam nervös. Öffentliche Sicherheit und so.«

»Ich rede mit ihm«, erklärte Thorne.

Tanner tippte und wischte auf ihrem Telefon herum. Dann rückte sie ihren Stuhl so, dass Thorne das Display sehen konnte. Sie scrollte die Bilder durch. »Noch ein paar Wohnungen, die mir ganz gut gefallen.«

»Der Ausblick auf den Zaun und der tolle Schuppen haben dich also nicht überzeugt?«

»Morgen schaue ich mir eine davon an. Falls du also …«

Thorne hob abwehrend die Hände. »Tut mir leid, morgen kann ich nicht. Ich habe Helen in den letzten Tagen kaum gesehen.« Die Worte kamen spontan, und er fühlte sich plötzlich schuldig. »Ich meine …«

»Kein Problem.« Tanner ließ das Handy wieder in ihre Tasche gleiten. »Beim letzten Mal warst du sowieso keine große Hilfe.«

»Wir müssen einfach mal einen ruhigen Abend zu Hause verbringen.«

»Schon gut, Tom, wirklich.«

»Ganz entspannt, weißt du?«

Tanner nickte. Dann beugte sie sich hinab und nahm ihre Tasche, als habe sie Thornes Absage als Signal zum Aufbruch verstanden.

»Beim nächsten Mal wieder, versprochen«, sagte er und erntete ein müdes Lächeln. Tanner stand auf und griff nach ihrem Mantel, der über der Stuhllehne hing. Thorne fragte sich, wie lange es her war, seit sie zuletzt einen entspannten Abend mit jemandem verbracht hatte.

DREIUNDVIERZIG

Auf dem Whiteboard, das in den Einsatzraum gerollt worden war, standen neue Namen. Und es gab weitere Fotos. Stühle waren aus irgendwelchen Ecken oder hinter den Schreibtischen hervorgeholt worden. Und nicht zuletzt waren mehr Beamte anwesend als beim letzten Mal. Sie hatten Kaffeebecher in der Hand, gaben sich wacher, als sie waren, und blätterten die Informationen durch, die vor zehn Minuten verteilt worden waren.

Als Thorne schließlich das Wort ergriff, blickte er in erwartungsvolle Gesichter.

»Ich weiß, dass es ziemlich früh ist«, sagte er lächelnd, als eine weit vorn sitzende Beamtin ausgiebig gähnte. »Sie hatten trotzdem hoffentlich schon die Möglichkeit, sich den kriminaltechnischen Bericht zum Computersystem der *Made-in-Heaven*-Website anzuschauen. Das meiste davon verstehe ich selbst nicht, aber es genügt, wenn Sie den Schluss lesen.« Er wartete, bis die Kollegen umgeblättert hatten. »Die Website wurde zweimal gehackt. Man hat es so aussehen lassen, als wäre es nur darum gegangen, ein bisschen Ärger zu machen. Jemand hat ein paar Pornofotos eingestellt.«

Ein Kollege hob die Hand. »Sollten wir uns die nicht lieber ansehen?« Der Beamte blätterte seine Unterlagen durch, scheinbar auf der Suche. »Damit wir wirklich im Bild sind?«

Er erntete wie erwartet Lacher und witzige Kommentare, und Thorne dachte daran, wie er in den frühen Morgenstunden aufgewacht war und die Bettdeckte beiseitegestrampelt hatte. Wie er in der warmen Dunkelheit die Umrisse der Deckenlampe fixiert hatte und im Kopf seinen Text durchgegangen war. Wort für Wort, in der richtigen Mischung aus Eindringlichkeit und Zuversicht. Helen hatte mit dem Rücken zu ihm gelegen, und er wusste nicht, wie lange schon. Er war ins Bett gegangen, noch ehe sie nach Hause gekommen war, und hatte nicht mitbekommen, dass sie sich neben ihn gelegt hatte. Vielleicht war er ja auch dadurch wach geworden. Jedenfalls fühlte er sich durcheinander und orientierungslos. Er wusste nicht, ob sie wach war oder schlief, doch als er ihre Schulter berührt hatte, reagierte sie nicht. Er hatte nichts gesagt.

Nun betrachtete er Tanner, die ihm am nächsten saß. Sie sah

ihn erwartungsvoll an, denn das allgemeine Gelächter hatte sich bereits gelegt. Also fuhr er fort.

»Bei der ersten Hackerattacke drang der Angreifer tatsächlich ziemlich tief ins System ein. Er verschaffte sich die Administratorenrechte und hackte sich in die Datenbank ein. Dort konnte er auf die individuellen E-Mail-Adressen der Kunden zugreifen. Wenn er so gut ist, wie es nach diesem Bericht den Anschein hat, dürfte er damit in der Lage gewesen sein, an die Onlinedaten der Betroffenen zu kommen. Ihre Kurznachrichten in den sozialen Medien und so weiter.«

Thorne wartete einige Sekunden.

Helen hatte noch geschlafen, als er zur Arbeit gegangen war.

»So. Nun wissen wir, wie er vorgeht. Was seine Identität betrifft, konzentrieren wir uns ab sofort auf zwei Hauptverdächtige.« Er betrachtete die beiden neuen Fotos am Whiteboard, und zahlreiche Augenpaare folgten seinem Blick. Andere konzentrierten sich auf die Schwarzweißfotos in ihren Unterlagen. »Wir haben das Team von *Made in Heaven* genauer unter die Lupe genommen. Bei Caroline Marchant und Sandra Cook war nichts Aufregendes zu finden. Kenneth Ablett allerdings, unser Computerexperte, hat keine blütenweiße Weste.«

»Wobei er nie festgenommen wurde«, gab Chall zu bedenken.

»Nein, aber er ist kein unbeschriebenes Blatt.«

»Er hatte Glück.« Kitson drehte sich zu Chall um. »Die betroffene Frau wollte keine Anzeige erstatten.«

»Laden wir Kenny auf ein Schwätzchen ein«, sagte Thorne. »Mal sehen, wie er reagiert, wenn wir *seine* Administratorenrechte übernehmen.«

Die Beamtin, die eben noch gegähnt hatte, nun aber hellwach wirkte, hob die Hand. »Wenn es tatsächlich Ablett wäre, warum sollte er sich dann die Mühe machen, sein eigenes System zu hacken? Ich meine, er hatte doch sowieso Zugriff auf sämtliche Informationen.«

»Weil er schlau ist«, sagte Tanner. »Oder sich dafür hält.«

»Ja, Ablett hat mit Sicherheit eine hohe Meinung von sich selbst«, bestätigte Kitson.

Chall nickte. »Er lässt es so aussehen, als wäre jemand anders ins System eingedrungen. Nur für den Fall, dass die Verbindung zur Agentur ans Licht kommt. Auf diese Weise schützt er sich selbst.«

»Das finden wir noch früh genug heraus«, sagte Thorne. »Und bis dahin konzentrieren wir uns auf Aiden Goode.« Diesmal stand er auf, trat zum Whiteboard und tippte mit dem Finger auf das Foto.

Dieses angedeutete Lächeln, als wolle er jemanden herausfordern.

»Bloß dass wir ihn nicht haben, oder?«

Thorne schaute den jungen Beamten an, von dem der Einwand gekommen war. Er gehörte zu den Polizisten, die vom Revier Kentish Town abkommandiert waren.

»Und das liegt sicher nicht daran, dass wir nicht gründlich gesucht hätten.«

Der junge Mann hatte nicht unrecht, keine Frage.

»Aus Goodes Gefängnisunterlagen geht eindeutig hervor, dass er davon gesprochen hat abzutauchen«, erklärte Thorne. »Von der Bildfläche zu verschwinden. Alles, was wir über den Mann in Erfahrung bringen konnten, macht ihn verdächtig.« Er wandte sich wieder dem jungen Beamten zu und dachte an die Gespräche mit Tanner und Treasure. Über seine Selbstzweifel, ob sie nun real waren oder nur zum Selbstschutz vorgeschoben. Und ganz egal, ob seine Menschenkenntnis noch richtig funktionierte: Einen Mann, der einen Anschiss brauchte, erkannte er auf den ersten Blick. »Sie treffen den Nagel auf den Kopf, wir haben ihn noch nicht. Und es tut mir leid, wenn das für Sie bedeutet, dass Sie sich noch ein bisschen mehr hinter die Sache klemmen müssen, dass Sie ein bisschen mehr schuften müssen, als Sie es gewohnt sind. Sollten Sie damit ein Problem haben, können Sie gern Ihre Versetzung beantragen und sich nach Kentish Town verziehen. Einverstanden?« Er sah, wie der junge Mann rot anlief, als sich immer mehr Köpfe in seine Richtung drehten. »Wir arbeiten noch härter, klar? Wir arbeiten härter und länger, und wir finden ihn. Aiden Goode ist nicht Lord Lucan, kein Mann von Welt, der über internationale Beziehungen verfügt. Er ist bloß ein beschissener kleiner Vergewaltiger, der zum Spaß Tiere aufschlitzt. Ein Versager, der es für sein gottgegebenes Recht hält, Frauen zu misshandeln, und der vielleicht schon fünfmal gemordet hat. Wir alle machen uns jetzt wieder an die Arbeit und spüren ihn auf.« Er blickte Tanner, Kitson und Chall an und musterte zuletzt den jungen Beamten aus Kentish Town. Er wartete, bis dieser nickte. Dann erwiderte er das Nicken und deutete auf DS Samir Karim. »Also dann! Sam verteilt die Aufgaben.«

Während alle langsam an ihre Schreibtische zurückkehrten, trat DCI Russell Brigstocke aus dem hinteren Teil des Raums nach vorn. Thorne lächelte, obwohl er ahnte, was ihm bevorstand. Brigstocke wirkte nervös. Tanner hatte es am Abend zuvor bereits angedeutet.

»Auf ein Wort«, sagte Brigstocke.

Tanner fing Chall auf dem Weg zu seinem Schreibtisch ab. Er wirkte alles andere als glücklich, durch die Einsatzbesprechung in seiner Arbeit unterbrochen worden zu sein.

»Wie läuft es, Dipak?«

Sein tiefer Seufzer machte deutlich, dass er genau verstanden hatte, worauf sich ihre Frage bezog. »Na ja, Sie haben nicht übertrieben«, sagte er. »Es ist tatsächlich verdammt öde.«

Sie folgte ihm an seinen Arbeitsplatz und blieb hinter seinem Stuhl stehen, während Dipak Platz nahm. »Ich hatte nicht gemeint, dass Sie sich ganz allein darum kümmern sollen.«

Er wandte sich zu ihr um. »Machen Sie Witze? Ich habe zwei nette, eifrige junge Beamte, die mir helfen.« Er deutete mit dem Kopf auf die beiden Kollegen, die telefonierend am anderen Ende des Raums saßen. Dann zog er auf seinem Desktop den Cursor auf ein Ordnersymbol und klickte. »Ich schätze mal, nach diesem Auftrag wechseln die den Beruf.«

»Na, dann sind ja alle zufrieden«, bemerkte Tanner. »Sie sorgen also höchstpersönlich für den notwendigen Stellenabbau.«

»Mit Verlaub, Chef ...«, entgegnete Chall und streckte den Mittelfinger aus.

»Also, wie ist die Lage?«

Der DS öffnete schnell ein halbes Dutzend verschiedene Dokumente und verkleinerte sie, damit Tanner alle gleichzeitig sehen konnte. »Haben Sie eine Vorstellung davon, wie viele von diesen Dingern verkauft werden?«

»Es ist eine Wachstumsbranche«, bemerkte Tanner trocken.

Sie warf einen Blick auf das erste Bildschirmfenster und sah die Abbildung eines winzigen Mobiltelefons, das jemand zwischen Daumen und Zeigefinger hielt. Auf einem anderen Bild lag ein ebenso kleines Handy neben einer im Vergleich riesigen Cola-Dose. Weitere Geräte waren zu Demonstrationszwecken neben Standard-Handys oder Streichholzschachteln abgebildet. Und darüber entsprechende Slogans.

Das kleinste Handy der Welt!!!

Miniphone. 100 % Plastik

Bestverkauftes Spy-Phone

»Spy-Phone, wer lässt sich von so was verarschen!«, sagte sie.

»Arsch ist das richtige Stichwort«, sagte Chall. »Schauen Sie sich den ganzen Mist hier an.« Er deutete auf einige der Werbesprüche. Die wichtigsten Schlagwörter lauteten: Mikro, Zelle, Gefängnis. Und *Verarsch den Boss …* »Als ginge es darum, seinen Boss zu verarschen, indem man ein kleines Telefon besitzt.« Beide wussten, dass BOSS in ihrem speziellen Kontext für »Body Orifice Security Scanner« stand, einen in Gefängnissen eingesetzten Scanner zur Überprüfung der Körperöffnungen. »Es soll so klingen, als wären sie klein genug für jede Hemdtasche. Dabei ist klar, wo die Dinger in Wirklichkeit versteckt werden sollen. Haben Sie das hier gesehen?« Er deutete auf die Liste mit den Produktvorteilen eines bestimmten Geräts. Leises Klingeln zur Vermeidung von Aufmerksamkeit. »Klar, wer will schon, dass die Titelmusik von *Star Wars* losdröhnt, wenn er das Ding gerade im Arsch stecken hat?«

»Keiner vermutlich«, bemerkte Tanner trocken.

»Die meisten werden über eBay verkauft«, sagte Chall. »Aber es gibt auch jede Menge andere Seiten, auf denen sie angeboten werden. Hunderte.«

»Sie schaffen das«, erklärte Tanner.

»Also müssen wir die Verkäufer einzeln kontaktieren …«

»Gut.«

»… *und* uns mit dem beschissenen eBay herumschlagen.«

Tanner griff nach der Maus und beugte sich vor, um noch ein paar Modelle in Augenschein zu nehmen. »Lässt sich nicht vermeiden.«

»Und dabei macht uns der Fall mit der Datingagentur schon genug Arbeit. Na ja, Sie haben es ja gehört.«

»Tut mir leid, aber die Duchess ist die einzige Person, über die wir zumindest eine Chance haben, den Mordfall Jandali aufzuklären. Und solange niemand eine bessere Idee hat, sehe ich hier die beste Möglichkeit, sie aufzuspüren.«

Chall zuckte die Schultern und ließ den Kopf kreisen, um den

Nacken zu entspannen. »Ja, klar. Um die Wahrheit zu sagen, könnte ich ein paar bezahlte Überstunden gut gebrauchen.«

»Die sollen Sie haben.« Tanner legte ihre Hand kurz auf die Schulter des DS, dann wandte sie sich ab. »Und sagen Sie nicht, ich würde nie etwas für Sie tun.«

VIERUNDVIERZIG

Brigstocke schloss die Tür seines Büros und sagte: »Also, was haben Sie vor, Tom?«

»Sie haben es gehört«, sagte Thorne. »Wir holen Ablett her und spüren Goode auf. Vor allem konzentrieren wir uns dabei auf seine Familie und bekannte Kontaktpersonen, auf deren Geburtstage und andere wichtige Daten. Und wir werden nochmals bei der Grenzpolizei anfragen und sämtliche relevanten Datenbanken überprüfen …«

Der DCI brachte ihn mit einer Handbewegung zum Schweigen und setzte sich hinter seinen Schreibtisch. Thorne hielt abrupt inne.

»Ich spreche von der Dating-Website.«

Thorne setzte sich auf den Besucherstuhl. »Nun, sobald die Sache abgeschlossen ist, können wir diese lächerliche Firma gern dichtmachen. Wahrscheinlich bekommen sie sowieso einige Prozesse an den Hals, sobald die Geschichte öffentlich bekannt wird.«

»Stellen Sie sich nicht dümmer, als Sie sind, Tom. Wie wollen Sie *jetzt*, in diesem Augenblick, mit dieser Website umgehen?«

Thorne schloss für einige Sekunden die Augen. Er hatte diesen Moment kommen sehen, aber bewusst nicht darüber nachdenken wollen. Auf diese Auseinandersetzung war er schlecht vorbereitet.

Er sagte: »Wenn wir den Laden jetzt dichtmachen, verlieren wir seine Spur.«

»Das können Sie nicht mit Sicherheit sagen.«

»Er wird auf jeden Fall kapieren, dass wir ihm auf die Schliche gekommen sind.«

»Es tut mir leid, aber das Risiko müssen wir eingehen.«

»Dann wird er für eine Weile aufhören und sich eine neue Methode suchen.«

»Sie haben es da draußen selbst gesagt.« Brigstocke deutete mit dem Finger in Richtung Einsatzraum. »Er benutzt diese Website, um seine Opfer zu finden, um seine Wahl zu treffen. Jeder Dreijährige kapiert, dass wir Menschen in Gefahr bringen, wenn sich weiterhin Leute bei *Made in Heaven* registrieren und sich mit potenziellen Partnern verabreden, solange wir ihm nicht das Handwerk gelegt haben.«

»Nun …«

»Jeder Dreijährige, Tom.«

»Aber die Seite zu schließen würde die Gefahr nicht aus der Welt schaffen, oder?«

»Das denke ich sehr wohl.«

»Er sucht sich die Opfer woanders, das ist alles. Glauben Sie, er denkt ›*Oh, schade, es lief gerade so gut*‹, und lässt es dann einfach bleiben?«

Brigstocke warf ihm einen verständnislosen Blick zu. »Ist Ihnen eigentlich klar, in welcher Scheiße wir sitzen, wenn wir nichts unternehmen? Wenn noch eine Frau ermordet wird und später herauskommt, dass wir *Bescheid wussten*?«

»In ziemlich tiefer Scheiße, würde ich sagen.«

»Schön, dass Sie mir wenigstens in diesem Punkt zustimmen.«

»Aber die Frage ist doch, ob der Ärger geringer ausfällt, wenn wir die Seite aus dem Verkehr ziehen und er in einem halben

Jahr wieder auftaucht und woanders eine Frau ermordet? Oder mehrere Frauen? Ich will nur sagen, Scheiße bleibt Scheiße, das begreift auch ein Dreijähriger.«

»Fordern Sie Ihr Glück nicht heraus, Tom.«

»Im Zweifel geht es nicht um mein Glück, sondern vielleicht um das von jemand anderem. Trotzdem bleibe ich dabei, was immer wir tun, riecht nach Ärger, also sollten wir darauf keine Rücksicht nehmen.«

An diesem Punkt waren sie beide schon häufiger gewesen. Sie hatten den einen oder anderen hart ausgetragenen Konflikt hinter sich. Wenn Brigstocke anfing, Druck von oben weiterzugeben oder sich in die Vorschriften zu verbeißen, hing der Ausgang ihrer Auseinandersetzungen oftmals davon ab, wie weit der geradlinige Polizist, der Brigstocke einst gewesen war, sich den Zwängen politischen Taktierens beugte. Thorne pflegte dann für gewöhnlich an den Bullen zu appellieren, der in seinem Chef immer noch irgendwo steckte. Manchmal hing es einfach von der jeweiligen Stimmung des DCI ab.

»Unser Augenmerk muss in erster Linie der öffentlichen Sicherheit gelten.«

»Das verstehe ich«, sagte Thorne.

Brigstocke nahm ein Blatt Papier vom Schreibtisch und wedelte damit herum. Dann griff er nach einem Kaffeebecher und hielt ihn ebenfalls hoch. »Es steht schon in unserem Logo, verdammt.«

Die MET – Wir arbeiten für mehr Sicherheit in London.

Thorne zuckte die Schultern. »*Er* ist es, der das Leben von Menschen bedroht. Der Mann, der diese Verbrechen begangen hat. Und deswegen will ich ihn schnappen.« Er zuckte zusammen, als Brigstocke den Becher auf den Schreibtisch knallte.

»Ich will ihn auch schnappen.« Brigstocke schüttelte den Kopf. »Mein Gott, ich brauche einen *Notfallplan*, klar? Wenn Sie weitermachen wollen wie bisher, müssen wir eine Möglichkeit finden, die Risiken auszuschalten.«

»Okay.« Thorne hielt sich zurück. Gewöhnlich war es eine lohnenswerte Taktik, erst einmal Brigstockes Vorschläge abzuwarten und auf dieser Grundlage weiter zu verhandeln. In diesem besonderen Fall konnte er eh nichts anderes tun, da er keine eigenen Vorschläge hatte.

»Wir müssen komplett die Kontrolle über diese Website übernehmen«, sagte Brigstocke. »Alles muss nach unseren Vorgaben laufen.«

»Gut.«

»Sie werden mit sämtlichen Kunden der Agentur Kontakt aufnehmen. Und für den Fall, dass er sich in ihre E-Mail-Konten gehackt hat, muss das natürlich telefonisch geschehen.«

»Wollen Sie mich auf den Arm nehmen?«

»Sehe ich etwa so aus?«

»Und wenn der Mörder sich selbst registriert hat?«

»Das Risiko müssen wir eingehen.«

»In diesem Fall würden wir ihn höchstpersönlich vorwarnen.«

»Haben Sie eine bessere Idee, Mann?«

Thorne suchte verzweifelt nach einer Lösung. »Wir brauchen uns nur an die Kunden zu wenden, die seit dem Mord an Alice Matthews Kontaktvorschläge erhalten haben. So ist es jedenfalls bisher gelaufen. Bisher ist jedes Opfer aus den Vorschlägen ausgewählt worden, die seit dem vorangegangenen Mord gemacht wurden.«

Brigstocke dachte kurz nach. »Gut, einverstanden.«

»Und nur die Frauen, richtig? Wir haben keinen Grund zu der Annahme, dass Männer in Gefahr sind.«

»Das leuchtet ein. Es bleibt aber trotzdem eine Menge Arbeit.«

Thorne sah zum Fenster. Draußen auf dem Fensterbrett hockte eine fette Taube. »Was genau sollen wir ihnen sagen?«

»Alles, was nötig ist, um sie vorzuwarnen.«

»›Wissen Sie, da läuft ein Mörder frei herum, der wahrscheinlich ziemlich viel über Sie weiß. Vielleicht möchten Sie Ihre Verabredung für kommenden Freitag lieber noch einmal überdenken‹? So jagen wir den Leuten bloß einen Schrecken ein.«

»Sagen Sie ihnen, dass die Website gehackt wurde und persönliche Daten möglicherweise in die falschen Hände gelangt sind. Und wahrscheinlich ist es am besten, wenn nicht *Sie* mit den Leuten reden, denn der Anruf sollte nicht aus der Mordkommission kommen.« Der DCI lehnte sich zurück. »Die Sicherheit muss an oberster Stelle stehen, aber schließlich wollen wir auch keine Panik auslösen. Rufen Sie die jeweiligen Polizeireviere an den Wohnorten der Frauen an, setzen Sie die Kollegen ins Bild, und lassen Sie die die Anrufe übernehmen.«

»Und wenn eine der Frauen sich an die Presse wendet?«

»Du meine Güte, Tom, muss ich Ihnen alles vorkauen?«

»Ich versuche nur, die Sache zu Ende zu denken.«

»Den Frauen muss erklärt werden, dass wir dankbar für ihre Mitarbeit sind, dass sie die Polizei bei einer wichtigen Ermittlung unterstützen und dass sie unter keinen Umständen mit irgendwem darüber reden dürfen, weil sie damit die ganze Operation in Gefahr bringen würden.« Brigstocke breitete die Arme aus. »Soll ich es Ihnen aufschreiben?«

»Ich bin für jede Hilfe dankbar«, sagte Thorne.

Brigstocke lächelte nicht. »Und *falls* irgendwelche Verabredungen getroffen werden, müssen wir vor Ort für ein angemessenes Maß an Überwachung und Schutz sorgen. Das bedeutet, dass wir uns mit den Polizeikräften vor Ort kurzschließen müssen. Diesen besonderen Albtraum überlasse ich Ihnen persönlich. Denn erstens haben Sie ihn verdient, und zweitens werde ich Ihnen nicht noch mehr Arbeit abnehmen, als ich schon getan habe.«

Thorne nickte und erhob sich.

»Stellen Sie ein spezialisiertes Computerteam zusammen und ein Team für die Koordination. Sorgen Sie dafür, dass alles ins Rollen kommt, okay? Und sehen Sie mich nicht an wie ein geprügelter Hund. Mehr können Sie wahrhaftig nicht erwarten. Wenn Sie nicht dafür sorgen, dass es funktioniert, ist mir egal, was mit Ihrer Ermittlung passiert ... Dann ziehe ich den Stecker.«

FÜNFUNDVIERZIG

Das Pub war auf tröstliche Weise schlicht eingerichtet und außerdem deutlich preiswerter als die meisten im Stadtzentrum. Es gab weder Fernseher noch Techno-Musik, die jede Unterhaltung übertönten. Vor allem aber lag der Laden nahe beim Leichenschauhaus in Hornsey, sodass Hendricks nur fünf Minuten zu Fuß brauchte. Und Thorne kam sowieso auf dem Heimweg daran vorbei.

Mehr oder weniger.

»Witzig, irgendwie bekommen wir immer einen Platz«, stellte Thorne fest. »Ist dir das schon mal aufgefallen? Ich meine, dass sich offensichtlich niemand gern in unserer Nähe aufhält?«

Hendricks zuckte die Schultern. »Ich beschwere mich nicht.«

Natürlich mochte das Äußere seines Freundes ein Grund sein, die Piercings und aufwändigen Tattoos. Manchmal fragte Thorne sich aber auch, ob Hendricks möglicherweise ständig von einem Formaldehydhauch umweht wurde, den sie beide längst nicht mehr wahrnahmen, der andere Biertrinker aber auf Abstand hielt. Vielleicht wirkten sie aber auch einfach so, als wären sie nicht an weiterer Gesellschaft interessiert. Was durchaus der Realität entsprach.

So oder so, er stellte mit Erleichterung fest, dass Hendricks das vor ihm stehende Bier genauso sehr zu brauchen schien wie er selbst.

»Harter Tag?«

»Geht so«, erwiderte Hendricks »Zwei Schlaganfälle und ein Erstochener. Und so weiter und so fort. Und bei dir?«

Nachdem Thorne sein Glas zur Hälfte geleert hat, berichtete er von der Übereinkunft zwischen ihm und Russell Brigstocke. Von dem äußerst heiklen Stadium, in dem sich die Ermittlung augenblicklich befand. »Hätte aber schlimmer kommen können. Wenigstens nehmen wir die Website nicht vom Netz. Dafür müssen wir allerdings Kontakt mit einem Haufen Frauen aufnehmen, die sich registriert haben. Was bedeutet, dass sie mit drinhängen, wie immer man das findet.«

»Vergiss nicht, dass eine dieser Frauen bereits von euerm Mann ins Visier genommen worden sein könnte.«

»Wer immer ›unser Mann‹ ist.« Thorne trank noch einen Schluck. »Falls es tatsächlich Aiden Goode ist, würde ich mich lieber auf die Jagd nach ihm machen, statt Zeit zu vergeuden und an Russells ›Notfallplan‹ zu arbeiten.«

»Kannst du die Sache nicht irgendwie eingrenzen, alles ein bisschen vereinfachen? Die Liste der potenziellen Opfer, meine ich.«

»Na ja, es geht nur um die Frauen, die ungefähr in den beiden letzten Wochen Kontaktvorschläge erhalten haben, seit dem Mord an Alice Matthews. Und wir konzentrieren uns auf mögliche Verabredungen an Freitagen oder Samstagen. Sämtliche Morde wurden an den Abenden dieser beiden Wochentage verübt.«

»Klar, die üblichen Tage, wenn man ausgehen will.«

»Ja«, sagte Thorne. »Das engt die Auswahl ein bisschen ein, aber andere Anhaltspunkte haben wir nicht. Er konzentriert sich nicht auf eine spezielle Altersgruppe oder einen besonderen Typ. Es geht einfach um … Frauen.«

»Alleinstehende Frauen.«

»Frauen, die verzweifelt auf der Suche sind.«

Hendricks schaute ihn an. »Traurige Sache.«

»Ich hab noch mal mit der Psychiaterin gesprochen«, sagte Thorne und schüttelte den Kopf. »Sie glaubt, dass der Mörder genau das in seinen Opfern sieht. Er verabscheut sie, weil sie bedürftig sind und weil sie es zeigen. Es ekelt ihn an, wie diese Frauen sich präsentieren, weil sich Frauen in seinem Weltbild nicht so verhalten dürfen. Frauen sind dazu da, dass man ihnen nachstellt ... Eroberung und all der Mist.«

»Erniedrigung wäre wohl das richtige Wort«, bemerkte Hendricks trocken.

Thorne griff nach seinem Glas und warf einen Blick zur Bar. Zwei nach Handwerkern aussehende Männer in staubigen Sweatshirts, die zu ihnen herübergesehen hatten, wandten sich schnell ab und unterhielten sich flüsternd. Das hier war keine traditionelle Kneipe für alte Männer – die Wände waren nicht mit Bierdeckeln tapeziert, und unter den Tischen lagen keine furzenden Hunde –, doch der Anblick eines Typen, der geradewegs aus *Hellraiser* zu stammen schien, sorgte dennoch für eine gewisse Aufregung. Sie befanden sich eindeutig in einer anderen Art von Lokal als dem, das er am Abend zuvor mit Melita Perera besucht hatte. Vermutlich nervten nur wenige der Stammkunden den stummen Barkeeper mit Wünschen nach einem Mojito oder einem netten Gläschen vom roten Hauswein.

»Und du hältst ihn wirklich für so clever?«, fragte Hendricks. »Dass er begreift, dass ihr ihm auf die Schliche gekommen seid, wenn ihr die Website aus dem Verkehr zieht?«

»Für dumm halte ich ihn jedenfalls nicht.«

»Sei froh. Es sind die Dummen, um die du dir wirklich Sorgen machen musst.«

Thorne sah, wie sein Freund sich leicht vorbeugte. Er wollte eindeutig etwas loswerden. »Nun red schon.«

»Der Dunning-Kruger-Effekt.«

»Ja?«

»Es geht um kognitive Verzerrung.«

»Angeber.«

Hendricks grinste. »Bezieht sich auf einen Vorfall in den Neunzigern, irgendwo in Amerika. Irgendein Typ hat gelesen, dass man Zitronensaft als unsichtbare Tinte verwenden kann. Also schmiert er sich das Gesicht mit dem Zeug ein und überfällt eine Bank. Im festen Glauben, dass er für die Überwachungskameras unsichtbar ist.«

»Klingt doch ganz vernünftig, oder?«, bemerkte Thorne.

»Natürlich war der Schwachkopf völlig baff, als er geschnappt wurde. Er konnte es einfach nicht fassen. Irgendwann hörten zwei Psychologen von der Sache und begannen sich dafür zu interessieren. Sie führten Testreihen durch, bei denen am Ende herauskam, dass ziemlich dumme Menschen dazu neigen, ihre eigenen Fähigkeiten dramatisch zu überschätzen. Sie sind zu dumm, um zu merken, dass sie dumm sind, falls du verstehst, was ich meine. Die Fähigkeiten, an denen es ihnen mangelt, sind genau die Fähigkeiten, die sie bräuchten, um ihre eigene Inkompetenz zu erkennen. Im Wesentlichen bedeutet das, dass Leute, die dumm wie Stroh sind, über ein hohes Maß an Selbstvertrauen verfügen, das im besten Falle … unangebracht ist.«

Thorne nickte. »Und im schlimmsten Fall gefährlich.«

»Genau.« Hendricks prostete ihm zu. »Du brauchst dir nur anzuschauen, wen manche dieser Vollidioten wählen.«

»Ich glaube eigentlich nicht, dass Intelligenz wirklich ausschlaggebend ist«, wandte Thorne ein. »Ich hatte mit Mördern zu tun, deren IQ wahrscheinlich für eine Aufnahme bei Mensa gereicht hätte, und anderen, die kaum einen einfachen Satz bilden konnten. Den Opfern ist das vermutlich ziemlich egal.«

»Und welche sind leichter zu schnappen?«

»Manchmal neigen die Klugen dazu, ein wenig *zu* klug zu sein«, sagte Thorne. »Wollen wir hoffen, dass es in unserem Fall so läuft. Im Augenblick hat er jedenfalls kein Problem damit, sich unsichtbar zu machen. Aber vielleicht hat er sich ja mit Zitronensaft eingerieben.« Er schaute zur Bar und leerte sein Glas. Die beiden Männer, die sie zuvor beobachtet hatten, lachten und sagten etwas zum Barkeeper. Thorne vermutete, dass er und Hendricks das Thema ihrer Unterhaltung waren. Insgeheim lauerte Thorne nur darauf, dass irgendeine blöde Bemerkung eine Spur zu laut ausfallen würde.

Er wollte, dass etwas passierte.

In diesem Moment meldete sich sein Handy, und er griff in die Tasche. Eine SMS von Tanner.

Die Wohnung ist noch schlimmer als die letzte. Bad in Lila!!! Hoffe, Helen und du genießt den Abend zu Hause.

Thorne steckte das Handy wieder ein. »Nicola.«

»Wie läuft's mit ihrem Fall?«, fragte Hendricks. »Mit der Spice-Gang?«

Thorne wandte sich ihm wieder zu. »Sie kommt nicht recht von der Stelle. Und ich bin ihr auch keine große Hilfe.«

»Klar, du hast ja auch nichts anderes zu tun, wie man sieht.«

»Vermutlich.« Thorne hielt sein Glas hoch. »Noch mal dasselbe?«

Hendricks schaute zur Uhr. »Liam kocht heute, von daher …«

»Kein Problem.«

»Und überhaupt, bist du nicht mit dem Auto?« Hendricks betrachtete seinen Freund genauer. Es war deutlich, dass Thorne es nicht besonders eilig hatte, nach Hause zu kommen. »Oh …«

»Helens Schwester«, sagte Thorne.

»Ja.« Von diesem Thema hörte Hendricks nicht zum ersten Mal.

»Helen hat sich mit ihr gestritten und es dann an mir ausgelassen.«

»Na ja, du bist halt in der Nähe.«

Thorne nickte.

»Dass man hin und wieder den Sandsack spielt, gehört zur Jobbeschreibung, Mann.«

»Ja, aber ich hab die Schnauze voll davon. Und bei meinen Überstunden – *unseren* Überstunden – bleibt nicht so viel Zeit, um sich mal hinzusetzen und darüber zu sprechen.« Thorne schloss die Augen. Als er sie wieder öffnete, starrte er die beiden Männer an der Bar aggressiv an. »Ich weiß nicht … Und dann noch dieser Fall. Heute Morgen hab ich es an einem DC mit losem Mundwerk ausgelassen … einem Frischling, der gerade angefangen hat, sich zu rasieren.«

»Wie wär's mit einem Auftragskiller?«

Thorne schaute ihn verständnislos an.

»Für die Schwester.«

»Kann ich mir wahrscheinlich nicht leisten.« Thorne lehnte sich zurück und brachte zum ersten Mal an diesem Abend so etwas wie ein Lächeln zustande. »Allerdings könnte ich es selbst machen.« Er griff über den Tisch nach Hendricks' leerem Glas. »Du müsstest nur die Autopsieergebnisse für mich frisieren.«

Hendricks grinste. »Wozu sind Freunde da?«

SECHSUNDVIERZIG

Ihr richtiger Name war Frances Coombs. Da sie ihn nie so recht gemocht hatte, war es ein Vergnügen gewesen, sich andere auszudenken samt den dazugehörigen Identitäten. Oftmals hatte sie sich bei alten Filmstars bedient, mit denen sie aufgewachsen war – den unschuldigen jungen Mädchen und den Femmes fatales. Diesen glamourösen Frauen, in deren Leben sie sich hineingeträumt hatte, nachdem sie für die Prinzessinnen-Spiele zu alt geworden war.

Joan Rogers, Audrey Davis, Grace Taylor …

Natürlich kannte sie auch den Spitznamen, den ihre Schützlinge im Gefängnis verwendeten, und sie konnte ihm durchaus etwas abgewinnen. Warum auch nicht? Sie hätten sich schlimmere Bezeichnungen ausdenken können, und eigentlich entsprach er genau den Tagträumen ihrer Kindheit und Jugend, denen sie in der schrecklichen Sozialbausiedlung nachgehangen hatte.

Im Grunde hatte sie sich diesen Spitznamen redlich verdient.

Nun, wo sie die Arbeit wieder aufgenommen hatte, hatte sie ein paar neue Namen gebraucht – Sophia Crawford, Barbara Leigh. Sie war froh, wieder einen Grund zu haben, am Morgen aufzustehen, Geld zu verdienen, Geld beiseitezulegen … Ihr war klar gewesen, dass es nicht lange dauern würde, bis sie wieder grünes Licht bekam. Bis sie wieder die dummen kleinen Telefone kaufen und Päckchen abholen konnte. Außerdem waren die Leute, mit denen sie hier unten zu tun hatte, ein bisschen freundlicher als die oben in London. Oder besser gesagt, ein bisschen weniger unangenehm. Gegen den Mann, mit dem sie telefonisch zu tun gehabt hatte, als sie noch in Wandsworth, Brixton und Pentonville gearbeitet hatte, war nichts einzuwenden gewesen, doch den Lieferanten hatte sie nie gemocht. Der eine zum Beispiel, wie hieß er schon wieder, ein unheimlicher Typ – er hatte niemals den Motorradhelm abgenommen und praktisch kein Wort von sich gegeben. Und wenn er doch gesprochen hatte, konnte sie ihn nicht verstehen.

Ein Pole, vermutete sie, oder Rumäne. Eines von beiden.

Sie schaltete den Fernseher aus und durchquerte das Zimmer, um eine Möwe von der Fensterbank zu verscheuchen. Die Größe dieser verdammten Biester verblüffte sie immer wieder. Außerdem konnte sie kaum fassen, wie dreist sie waren. Frech wie Oskar, genau wie die Füchse in London. Sie stürzten herab, um sich Pommes frites von ihrem Teller zu schnappen, oder setzten sich auf das Dach ihres Autos, als wäre es die natürlichste Sache der Welt.

Von den Möwen einmal abgesehen, fing sie langsam an zu glauben, dass sie sich wohlfühlen würde, solange sie hier zu tun hatte. Sie fragte sich, wie sie reagieren sollte, wenn man sie irgendwann wieder zurückschickte. Letztlich hätte sie wahrscheinlich keine Wahl, da sie möglichst in der Nähe ihrer Tochter wohnen wollte. Und dass ihre Tochter sich hier niederlassen würde, zwischen all dem Grün und dem Sand und den albernen kleinen Geschäften, konnte sie sich kaum vorstellen.

Wahrscheinlich käme ihr hier alles ein bisschen zu altmodisch und zu *weiß* vor.

Ihre Tochter hatte leider schon immer einen Hang zum Ausgefallenen gehabt.

Sie machte sich einen Tee, um ihn mit ins Bett zu nehmen. Dabei wanderten ihre Gedanken von ihrer Tochter mühelos zu den armen Teufeln, die sie in den Nachrichten gesehen hatte. Die Spice-Opfer in Manchester und sonst wo. Wie lebende Tote torkelten sie herum oder lagen einfach zitternd auf dem Bürgersteig. Das Zeug war inzwischen offenbar deutlich stärker als früher. Jetzt starben die Leute daran. Einfach furchtbar. Sie hatte keine Ahnung, wie stark das Zeug war, das sie selbst an den Mann brachte, weil sie nie gefragt hatte. Vor etwa einem Jahr hatte sie einen Dokumentarfilm gesehen. Ein Polizeibeamter hatte sich schreiend auf dem Boden des Bereitschaftsraums gekrümmt, nachdem er im Rahmen eines Selbstversuchs einen tiefen Zug genommen hatte. Sie hatte immer schon gewusst, dass das Zeug stärker war als das Gras, das sie früher geraucht hatte, aber inzwischen spitzte sich alles auf völlig idiotische Weise zu.

Vermutlich war deswegen so viel Geld zu verdienen. Tummelten sich deswegen so viele fiese Typen im Geschäft. Wurden deswegen Menschen erschossen oder erstochen oder in die Falle gelockt wie das arme Schwein Andrew Evans.

Natürlich war nichts davon ihre Schuld. Das sagte sie sich immer wieder. Mal abgesehen von den unvermeidbaren Gängen zur Toilette und dem gelegentlichen Sodbrennen, schlief sie sehr gut. Warum auch nicht? Wenn jemand acht Dosen White Lightning trinkt, sich dann ins Auto setzt und in eine Menschenmenge an der Bushaltestellte rast, wird ja auch nicht der Typ verhaftet, der ihm das Bier verkauft hat, oder? Wessen Schuld war es, dass ihr Ehemann Krebs bekommen hatte? Seine oder die des Kioskbesitzers, der ihm die Zigaretten verkauft hatte?

Sie nahm ihren Tee und ging ins Schlafzimmer.

Wenn von ihr das nächste Mal verlangt würde, woanders ihre Besuche zu machen, würde sie sich die Haare braun färben. Und zwar richtig. Bei einem Friseur und nicht mit einer billigen Tönung vom Supermarkt.

Sie legte sich ins Bett, lauschte dem Meeresrauschen und machte sich Gedanken über hübsche neue Fotos und hübsche neue Namen. Rhonda Hayworth oder Maureen Sheridan. Beides klang ganz passabel.

Rita Fleming vielleicht …

SIEBENUNDVIERZIG

Am Tag nach Alice Matthews hatte er sich Bilder angeschaut. Vielleicht war es sogar noch am selben Tag gewesen, wenn er jetzt darüber nachdachte. Aber das hatte nichts zu bedeuten gehabt. Er loggte sich beinahe täglich ein, um sich Bilder anzusehen. Jeden Abend. Es ging dabei noch nicht um die Planung fürs nächste Mal. Sondern bloß darum, zu sehen, was da draußen vor sich ging, wer sich kürzlich angemeldet oder Vorschläge erhalten hatte. Er fasste ein paar Möglichkeiten ins Auge, weiter nichts.

Und ganz sicher war es kein Hunger, kein unkontrollierbares Verlangen, das unausweichlich wachsen und auf Befriedigung drängen würde. Mit solchem Unsinn hatte es nichts zu tun. Er hatte einiges von diesem armseligen Psycho-Blödsinn gelesen. Und auch im Internet und auf diesen billigen, marktschreierischen True-Crime-Sendern ganz unten auf seiner Programmliste herrschte kein Mangel daran. Es war ganz unterhaltsam, wenn sonst nichts Anständiges lief, aber ernst nehmen konnte man es nicht.

Blutgier.

Die *perversen* Triebe und *abartigen* Gedanken eines Mörders.

Gelaber, nichts als Gelaber …

Denn eigentlich bot er einen Service an, jedenfalls so gut wie. Wie diese … Zollbeamten oder was immer sie waren, deren Arbeit darin bestand, gefälschte Parfüms oder nachgemachte Designer-Klamotten aufzuspüren, damit die Straßen nicht von billigen Kopien überschwemmt wurden. Das Echte blieb nun mal das Echte. Was war daran so schwer zu begreifen? Niemand, der seinen Verstand beisammenhatte, würde es bezweifeln. Egal, wie etwas aussah, selbst wenn es die richtigen Labels hatte – nur das Authentische besaß letztlich die richtige Qualität.

Billig kaufen heißt doppelt kaufen. Zigmal kaufen.

Er lächelte.

Okay, vielleicht trieb er die Analogie ein bisschen zu weit, doch was ihn betraf, gab es echte Frauen, die sich wie echte Frauen verhielten. Und es gab billige Kopien. Alles an den richtigen Stellen und im Notfall vielleicht zu gebrauchen, wenn es gerade keine andere Möglichkeit gab. Aber nichts, wofür man sich bewusst entscheiden würde. Wertlos im Vergleich zum Original.

Eine echte Frau besaß Anmut und Stärke, Selbstvertrauen. Sie wusste, was sie wollte und was ein echter Mann im Gegenzug erwartete, denn natürlich hatte sie nur ein Interesse an echten Männern. Sie würde sich nie mit zweiter Wahl zufriedengeben, da sie wusste, was ihr zustand. Sie würde nie aufhören, sich anzustrengen, sich zu perfektionieren.

Eine Kopie reicht da nicht heran. Ein drittklassiger Abklatsch auf der Suche nach einem Mann, der genauso untauglich und verzweifelt war wie sie selbst. In seinen Augen rangierten manche dieser Frauen nur knapp über den Sexrobotern, die er im Fernsehen gesehen hatte. Sie fühlten sich sogar wie Frauen an, jedenfalls die teureren Modelle. Sie verfügten über alle nötigen Körperöffnungen und Titten in jeder gewünschten Größe und Form. Aber ernsthaft – welcher Mann würde für so etwas Geld hinlegen? Nur die Sorte Mann, die nichts Besseres bekam, die sich mit Kopien zufriedengeben musste.

Und was manche Frauen in ihre Profile schrieben, du meine Güte! Was diese Kreaturen offensichtlich für *Verkaufsargumente* hielten!

Ich will Kreativität in eine Beziehung einbringen.

Ich spiele gern Rugby und schaue mir Drag Races an.

Vorlieben: Politik/Tagesgeschehen. Am Abend ein kühles Bier.

Er loggte sich in die Seite ein und begann herumzustöbern. Ein paar neue Namen und Fotos, ein paar neue armselige Biografien.

Ava. 36. Designerin

Christine. 55. Firmenchefin

Julie. 29. Leitende Angestellte im Einzelhandel

Das Merkwürdigste war – und dieser Umstand versetzte ihn jedes Mal wieder in Erstaunen –, dass ein paar der Frauen gar nicht so schlecht aussahen. Vermutlich waren ihre Fotos genauso falsch wie die Frauen selbst. Und trotzdem. Eine oder zwei von ihnen waren … okay. Wie sie sich präsentierten, war so eben noch akzeptabel. Aber der Umstand, *dass* sie es taten, dass sie sich buchstäblich ins Schaufenster stellten …

Was ihn mehr als alles andere erschütterte, war der völlige Mangel an Würde.

Und da sollte *er* derjenige sein, der eine kranke Art von Hunger verspürte?

Er scrollte und traf eine Auswahl, lud herunter und druckte aus. Natürlich ging es auch darum, Zeit totzuschlagen, denn er war nicht auf der Suche, noch nicht. Natürlich bestand immer die Chance, dass er etwas entdecken würde, das einfach zu perfekt war, um es links liegen zu lassen. Etwas, dem er nicht widerstehen konnte.

Aber das war nicht der Grund, warum er hier war.

Er öffnete Avas Profil und begann zu lesen.

Er wollte nur ein wenig stöbern.

ACHTUNDVIERZIG

Als der Mann zu Boden gegangen war und mit trägen Bewegungen um sich trat wie eine sterbende Schmeißfliege, nahm Kieran Sykes sein Handy heraus und begann zu filmen. Es war unglaublich komisch. Besser als Fernsehen. Wenn diese beknackten Home-Video-Sendungen in der Glotze bloß ein bisschen mutiger wären, könnte er sich locker etwas dazuverdienen.

Der Mann war ein paar Meter getaumelt, hatte sich gegen eine Wand gelehnt, als wollte er pissen, und war dann umgekippt wie ein gefällter Baum.

Kieran trat auf die Straße, wich einem Lieferwagen aus und zoomte heran, auch wenn der Kerl jetzt nicht mehr mit den Beinen zuckte. Er kommentierte das Geschehen in Reportermanier, um später seine Kumpels damit zum Lachen zu bringen.

»Da sieht man wieder, was Drogen anrichten können. Drogen sind böse! Dieser Mann ist ein angesehener Politiker. Und das hat ein Joint mit nur ein, zwei Tropfen ›Zombie Juice‹ aus ihm gemacht. Wie können wir unsere Kinder schützen? Wie können wir verhindern, dass diese schreckliche Droge eine Armee von Untoten hervorbringt, die unsere Innenstädte zerstören …«

Lachend schaltete Kieran sein Handy aus und schlenderte langsam in Richtung seiner Wohnung. Es stand außer Frage, dass er guten Stoff verkaufte. Ein Joint, das war alles gewesen. Und schon gedreht, als besonderer Service für den Käufer. Um ehrlich zu sein, er hatte es lieber so, denn davon abgesehen, dass die meisten Käufer es viel zu eilig hatten, um selbst zu drehen, behielt er so die Kontrolle über die Menge des Stoffs. Eigentlich hatte er bei dem letzten Typen sogar geknausert. Doch diesmal musste der Stoff deutlich heftiger sein, als man ihm gesagt hatte. Was gut war, weil es bedeutete, dass er beim nächsten Mal noch weniger hineintun würde.

Die Kasse klingelte!

Weniger gut war es für die arme Sau, die er auf dem Bürgersteig zurückgelassen lassen. Für den *Politiker* – was der Angelegenheit eine besondere Note verlieh …

Er überquerte die Seven Sisters Road und überlegte kurz, sich noch etwas zu essen zu besorgen. Die Schlange vor dem Kebab-Laden schreckte ihn allerdings ab. Zehn Minuten später bog er in die Straße, in der er wohnte, und beschloss, dass ein Käsetoast völlig in Ordnung wäre. In diesem Moment bemerkte er das abgestellte Motorrad vor seinem Haus und den Mann, der auf der niedrigen Gartenmauer saß.

Als Kieran an ihm vorbeiging, stand der Mann auf. Er trug von Kopf bis Fuß schwarzes Leder, als käme er direkt aus einem Schwulenporno, und hielt den Helm in der Hand.

»Sir.«

Kieran drehte sich um und sagte: »Wenn du keine Pizza auf dem Gepäckträger hast, machst du besser, dass du wegkommst.«

»Ich habe eine Nachricht für Sie, sonst nichts.«

Kieran trat auf ihn zu. Was für ein Akzent war das? Irgendwas Osteuropäisches. Wie ein Vampir oder eine Nutte.

»Sie können hier nicht mehr arbeiten«, sagte der Motorradfahrer. »Okay? Nicht in Tottenham, nicht in Hackney. Nicht im … Norden.«

»Sag das noch mal, Chef.«

»Das ist alles. Sie verkaufen hier nicht mehr, weil nicht genug Platz ist. Verstanden?«

»Ich bitte dich, Kumpel. Willst du mir sagen, dass im Norden von London kein Platz ist für einen unabhängigen Händler, der seinen Lebensunterhalt verdienen will?« Kieran lächelte und wartete, doch der Mann sah ihn nur schweigend an. Kieran breitete die Arme aus. »Ich verticke bloß ein paar Joints, mein Gott. Das reicht gerade fürs Bier.« Als er noch immer keine Antwort erhielt, ließ Kieran die Arme sinken und trat einen Schritt näher. »Ist das deine Meinung oder die von irgendeinem Wichtigtuer, der dich geschickt hat, um es mir nicht selbst sagen zu müssen? Der sich für Pablo Escobar hält, oder was?«

Der Motorradfahrer schüttelte den Kopf.

»Na gut, wer auch immer dich geschickt hat, sag ihm, ein bisschen gesunde Konkurrenz ist gut für alle, klar? Das ist der freie Markt. Damit ist dieses Land groß geworden. Und das soll keine Beleidigung sein.«

Der Motorradfahrer nickte. »Ich sollte die Nachricht überbringen. Ich habe die Nachricht überbracht.«

Kieran drehte sich um und ging aufs Haus zu. Als er den Vorgarten durchquerte, rief er: »Gut, Nachricht erhalten, danke.« Inzwischen lachte er wieder. »Erhalten und abgeheftet unter ›Interessiert mich einen Scheiß‹.« Mit der linken Hand suchte er nach seinem Schlüssel, mit der rechten zeigte er dem Mann den Mittelfinger.

Der Motorradfahrer zuckte die Schultern, zog Helm und Handschuhe wieder an und nahm dann die Pistole aus der Jackentasche. Während Kieran den Haustürschlüssel ins Schloss steckte, näherte er sich in einer geschmeidigen Bewegung über den Gartenweg und schoss ihm in den Hinterkopf.

NEUNUNDVIERZIG Kenneth Ablett gehörte zu jenen unglücklichen Menschen, deren Gesichter stets so wirkten, als würden sie sich über irgendetwas amüsieren. Deren natürlicher Gesichtsausdruck einem Grinsen gleichkam. Es war Kitson bereits im Büro von *Made in Heaven* aufgefallen. Ein solches Gesicht, dachte sie, war vielleicht nützlich, wenn man als Komiker auf der Bühne stand, doch in einem Verhörraum der Polizei war eher das Gegenteil der Fall. Immerhin hatte er heute Morgen auf den albernen Bun verzichtet, vielleicht aus dem verständlichen Grund, die verhörenden Beamten nicht unnötig gegen sich aufzubringen.

Schließlich hatte er Gründe genug, sich nicht unbeliebt zu machen.

Insgesamt hatte Ablett sich von Anfang an kooperativ gezeigt. Er hatte das Angebot eines Rechtsbeistands ausgeschlagen und sich durch Dipak Challs Rechtsbelehrung hindurchgegrinst. Anschließend hatte er die Arme verschränkt und gewartet, bis der lange Signalton des Audiorekorders verklungen und Kitson seine Personalien mit ihm durchgegangen war.

Schließlich erklärte sie: »Ich möchte bloß noch über einige Dinge sprechen, die unser Computerteam bei Ihnen entdeckt hat. Was die Vorfälle in Ihrem System betrifft.«

Ablett nickte. »Okay.«

»Ihnen war bewusst, dass Ihr System gehackt worden war, das haben Sie uns vor einigen Tagen schon gesagt. War Ihnen aber auch klar, dass die Hacker viel tiefer ins System eingedrungen sind, als es nötig war, um ein paar Pornobilder einzustellen?«

»Sprechen Sie von einem gefakten Hackerangriff?«

»Wenn Sie damit einen Hack meinen, der einen gänzlich anderen Zweck verfolgt, als es auf den ersten Blick den Anschein hat, dann spreche ich davon.« Kitson musterte ihn. »Glauben Sie immer noch, dass irgendwelche Jugendlichen dahinterstecken, Mr Ablett?«

»Möglicherweise.«

»Die es tun, weil sie es können?«

»Oder rauskriegen wollen, *ob* sie es können.«

»Derjenige, der sich bei *Made in Heaven* eingehackt hat, hat auf praktisch alles Zugriff bekommen. Auf alle Datenbanken, mit sämtlichen Rechten. Und dabei hat er nicht die geringste Spur seiner eigenen IP-Adresse hinterlassen.«

»Na ja, dann waren es vielleicht keine Teenies, aber wahrscheinlich Leute, die jünger sind als wir. Wie dieser Junge, der letztes Jahr den Angriff mit Erpressungssoftware entdeckt hat. WannaCry? Die Attacke auf den National Health Service?« Sein Grinsen wurde breiter. »Er hat anschließend einen Job in einer Cyber-Security-Firma bekommen.«

»Genau, weil er einen Angriff *gestoppt* hat. Wir sprechen allerdings von jemandem, der vertrauliche Informationen über sämtliche Kunden Ihrer Agentur gesammelt und diese User dann einzeln ins Visier genommen hat.«

»Das nennt man Spear-Phishing.« Er nickte. »Wenn man einen Hack gezielt auf eine bestimmte Person ausrichtet.«

»Sie kennen sich wirklich bestens aus«, stellte Chall fest.

»Ich arbeite mit Computern«, sagte Ablett. »Da bekommt man solche Dinge mit.«

»Und haben Sie genug mitbekommen, um so etwas selbst durchziehen zu können?«

»Bloß weil man weiß, wie bestimmte Dinge genannt werden …«

»Also haben Sie es nie gemacht?«

»Was *gemacht*?«

»Haben Sie sich jemals in einen fremden Computer gehackt, Mr Ablett? Haben Sie jemals ›Spear-Phishing‹ betrieben?«

»Nein«

»Wirklich nicht?«

Kitson schaute auf das vor ihr liegende Blatt Papier. »Judith Holloway scheint anderer Meinung zu sein.«

Ablett lehnte sich seufzend zurück. »Was zum Teufel hat die mit der Sache zu tun? Sie ist völlig …« Er verdrehte die Augen und tippte sich mit einem Finger an die Schläfe.

»Als Miss Holloway vor acht Monaten zur Polizei ging … als sie *zum ersten Mal* zur Polizei ging … behauptete sie, Sie hätten sich Zugang zu ihren privaten E-Mails und Kurznachrichten verschafft.«

Ablett schüttelte den Kopf.

»Sie hat behauptet, Sie hätten auf diese Weise herausgefunden, wohin sie ging und mit wem sie sich traf. Und dort wären Sie dann aus heiterem Himmel aufgetaucht, was kein Zufall gewesen sein könne. Sie hat daraus jedenfalls den Schluss gezogen, dass sie von Ihnen gezielt ausspioniert wurde.«

»Ja, sie hat eine Menge behauptet. Aber offensichtlich gab es keine Beweise, oder? Sonst hätten Ihre Kollegen mich wohl festgenommen. Was aber nicht passiert ist.«

Chall blätterte in seinen Unterlagen. »Tatsächlich hätten Miss Holloways Vorwürfe wohl für eine Festnahme ausgereicht. Doch aus irgendeinem Grund beschloss sie, keine Anzeige zu erstatten.«

»Da sehen Sie es.«

»Ein Beamter, der damals mit ihr gesprochen hat, bekam den Eindruck, sie hätte Angst gehabt. Was sagen Sie dazu?«

»Ich hab Ihnen doch schon gesagt, dass sie nicht ganz richtig tickt. Sie setzt sich irgendwas in den Kopf, und am nächsten Tag kommt sie mit was Neuem an. Manisch-depressiv, würde ich sagen.«

Kitson nickte, als wäre dies eine völlig einleuchtende Diagnose. »Sind Sie ein Stalker, Mr Ablett?«

»Nein, bin ich nicht.«

»Also haben Sie Judith Holloway nicht gestalkt?«

»Das sagte ich doch gerade, oder?«

»Wie würden Sie die Art Ihrer Beziehung beschreiben?«

»Es gab keine Beziehung. Ja, sie gefiel mir, und ich habe sie gefragt, ob sie mit mir ausgehen will. Wir waren ein paarmal etwas trinken, mehr nicht.«

»Hatte sie danach kein Interesse mehr?«

»Na ja, das … beruhte eigentlich auf Gegenseitigkeit. Es hat sich einfach nicht ergeben.«

»Und trotzdem haben Sie es in den folgenden Wochen geschafft, immer zur gleichen Zeit am gleichen Ort zu sein wie sie. In Geschäften und Bars und Restaurants. Mehrfach hat sie Sie auch auf der anderen Straßenseite entdeckt, als sie gerade ihren Arbeitsplatz verließ.«

»Verfolgungswahn.«

»Aber sie hat bei mehreren solcher Anlässe Handyfotos von Ihnen gemacht.«

Ablett zuckte die Schultern. »Ja, vielleicht bin ich ihr ein paarmal über den Weg gelaufen. Rugby ist schließlich nicht so groß, jedenfalls nicht das Zentrum. Ich laufe ständig Freunden über den Weg.«

»Sind Sie Miss Holloway in letzter Zeit begegnet?«

»Nein.«

»Das ist wahrscheinlich gut so«, stellte Chall fest. »Denn laut dem Bericht von damals wurde Ihnen unmissverständlich erklärt, dass Sie bei der nächsten Beschwerde von Miss Holloway festgenommen würden. Ganz egal, ob sie Anzeige erstattet oder nicht.«

Ablett sagte nichts. Er warf den Kopf zurück und fuhr sich mit seinen Fingern durchs Haar.

»Erzählen Sie mir von Sandra Cook«, sagte Kitson.

»Was ist mit ihr?«

In diesem Punkt fischten Sie noch ein wenig im Trüben, doch da Thorne bei ihrem Besuch gespürt hatte, dass zwischen Ablett und der Frau, die sich um die Finanzen von *Made in Heaven* kümmerte, etwas lief, erschien es Kitson sinnvoll nachzuhaken.

»Wie würden Sie Ihre Beziehung zu ihr beschreiben?«

»Wir arbeiten zusammen.«

»Sonst nichts?« Die Art, wie Ablett auf seinem Stuhl herumrutschte, verriet Kitson, dass Thorne mit seinem Instinkt richtiggelegen hatte.

»Wir waren ein-, zweimal zusammen aus, mehr nicht.«

»Zusammen aus?«

»Ja, im Pub, im Kino.«

»Haben Sie eine sexuelle Beziehung zu Miss Cook?«

Ablett erwiderte Kitsons Blick. »Noch nicht. Aber das wäre der Plan.«

»Und sind Sie ihr kürzlich über den Weg gelaufen? Wo Rugby doch so klein ist? Sind Sie ihr zufällig beim Einkaufen begegnet oder als sie mit Freunden unterwegs war?«

»Nein.«

»Weiß sie von Ihrer ... Geschichte mit Judith Holloway?«

»Nein.«

»Von dem Stalken und Spionieren?«

»Ich hab Ihnen doch gesagt ...«

»Wahrscheinlich wäre sie nicht besonders angetan, oder? Ich schätze, das könnte Ihren schönen Plan ins Wanken bringen.«

Ablett setzte sich aufrecht hin, als wollte er sich erheben. »Sie sagten, ich kann jederzeit gehen, oder?«

»Selbstverständlich«, erklärte Chall. »Aber würden Sie uns vorher noch kurz sagen, was Sie am Freitag, den 19. April gemacht haben?«

»Was?« Ablett blähte die Wangen, stieß die Luft aus und schüttelte langsam den Kopf, als versuchte er angestrengt, sich zu erinnern. »Da müsste ich in meinen Kalender schauen.«

Kitson warf einen Blick in ihre Unterlagen. »Und am 22. Juni, 9. Oktober, 30. Oktober und ... 28. Dezember letzten Jahres?«

»Wie soll ich mich so weit zurückerinnern?«

Kitson lächelte. »Ich wette, Sie gehören zu diesen top-organisierten Menschen, die ihren Terminkalender auf dem Handy haben. Mit dem Computer synchronisiert und alles.«

Ablett blinzelte.

»Es ist leichter, wenn wir es jetzt klären«, sagte Chall. »Schauen Sie einfach kurz nach, damit wir die Sache abhaken können. Und dann gehen Sie nach Hause.«

Ablett atmete geräuschvoll durch den Mund und griff in die Innentasche seiner weichen Lederjacke.

Nun war das Grinsen doch noch verschwunden.

FÜNFZIG Die Frau zuckte die Schultern. Sie hatte Erfahrung im Schulterzucken.

»Wirklich?« Thorne betrachtete sie fragend. »Das klingt, als wäre Ihr Mann kurz rausgegangen, um Milch zu holen, und nicht wieder zurückgekommen.«

Wieder zuckte Tracey Goode die Schultern. »So hat es sich auch angefühlt.«

Die Erdgeschosswohnung lag hinter dem Bahnhof Walthamstow. Ein Immobilienmakler hätte sie vielleicht als »gemütlich« beschrieben. Thorne dagegen hatte auf der Stelle »eng« gedacht, als Tanner und er zusammen eingetreten waren. Vom schmalen Flur aus hatten sie einen Blick auf die handtuchgroße Terrasse werfen können. Das Wohnzimmer war mit einer dreiteiligen Ledergarnitur und einem Breitbildfernseher möbliert. Mehr hätte auch nicht hineingepasst.

Tracey Goode saß mit nackten Füßen in einem der großen Sessel und hatte die Beine unter sich gezogen. Sie trug kurzes, wasserstoffblondes Haar und Piercings. Sie trank große Schlucke aus einer Plastikflasche mit einem Energydrink und zupfte am Halsausschnitt des Sweatshirts, das ihr viel zu groß war.

»Er ist also einfach zur Arbeit gegangen«, sagte Tanner.

»Ja, das hab ich jedenfalls gedacht.« Tracey streckte ein Bein aus und streichelte mit dem Fuß den großen Hund neben ihrem Sessel. »Da ist er aber nicht angekommen. Damals dachte ich, er ist nur für ein, zwei Tage auf Sauftour oder so. Ich meine, er hatte nicht gerade den Traumjob. Sein Bewährungshelfer hat ihm empfohlen, die Stelle anzunehmen, aber Aiden hat die Arbeit gehasst. Ich meine, Reinigungskraft, echt! Er hatte mehr drauf.«

»Inwiefern?«, fragte Thorne.

»Er hat sich weitergebildet.«

»Sie meinen den Computerkram, den er im Knast gelernt hat?«

Tracey nickte. »Er hatte auch an der Schule gute Abschlüsse in mehreren Fächern. Geografie und noch irgendwas. Für einen Wischmopp war er jedenfalls überqualifiziert.«

»Es wäre nicht das erste Mal gewesen, oder?« Tanner lächelte. »Dass er auf Sauftour gegangen ist?«

»Kam immer mal wieder vor. Ich meine, im Knast kann man ein bisschen seltsam werden, oder? Da muss man ab und zu die Sau rauslassen.«

Thorne hätte gern angemerkt, dass Aiden Goode schon vor seiner Zeit im Gefängnis »seltsam« gewesen war. Doch er nickte bloß und sagte: »Als er dann nicht zurückkam und Ihnen klar wurde, dass er nicht einfach irgendwo Dampf ablässt, was haben Sie unternommen?«

»Ich hab die Polizei angerufen.« Wieder dieses Schulterzucken. »Was man halt so macht, oder?«

Thorne stimmte ihr zu.

»Aber man hat mich nicht ernst genommen.«

Thorne nickte, als täte es ihm leid. Allerdings hatte er keine große Lust, sich für seine Kollegen zu entschuldigen. Wahrscheinlich hatten sie einen zweiundvierzigjährigen Exknacki, der seine Frau verlassen hatte, auf ihrer Prioritätenliste nicht ganz nach oben gesetzt. »Was haben Sie gedacht, wohin er gegangen ist? Als er nicht zurückkam?«

»Keine Ahnung«, sagte Tracey. »Aber irgendwann habe ich mich gefragt, was eigentlich wirklich ablief. Denn er hat Sachen mitgenommen.«

»Was für Sachen?«

»Na ja, nicht seinen Reisepass oder so. Aber eine Tasche mit Klamotten, ein paar Kleinigkeiten. Ich hab erst nach ein paar Tagen gemerkt, dass sie fehlen. An dem Morgen, als er gegangen ist, habe ich noch im Bett gelegen. Deshalb wusste ich nicht, dass er was eingepackt hat.«

»Und das war wann? Vor einem Jahr ungefähr?«

»Ja, fast.«

»Und seitdem haben Sie nichts von Ihrem Mann gehört?«

»Kein einziges Wort.«

»Keine Anrufe, Briefe, nichts?«

»Sag ich doch.« Sie lächelte bitter, trank einen Schluck. »Hat sich einfach verpisst.«

»Haben Sie mit Freunden von ihm geredet?«, fragte Tanner.

»Na ja, Aidens Freunde waren nicht gerade meine Freunde.« Sie zuckte die Schultern. »Er verbrachte ziemlich viel Zeit mit seinen Kumpels. Ohne mich. Wie alle Männer, oder?«

»Nicht alle«, sagte Thorne.

Tanner schaute in das Notizbuch, das aufgeschlagen auf ihren Knien lag, und las drei Namen vor.

»Ja, genau«, sagte Tracey. »Mit denen sollten Sie reden.«

»Das haben wir schon«, sagte Thorne. Es ging um die Männer, von denen sie wussten, dass sie mit Aiden Goode in der Zeit zwischen seiner Haftentlassung und seinem Verschwinden regelmäßig Kontakt gehabt hatten. Pubs, Clubs, Fußballspiele, ein Männerausflug nach Thailand. Alle drei behaupteten, seit über einem Jahr keinen Kontakt mehr zu Aiden Goode zu haben und nicht das Geringste über seinen Aufenthaltsort zu wissen.

Hat die Biege gemacht, nehm ich an, hatte einer der Männer gesagt. *Woanders neu angefangen. Verdammter Glückspilz.*

»Und haben die Ihnen was verraten?« Tracey schüttelte den Kopf, ohne auf eine Antwort zu warten. »Nee, natürlich nicht. Vor allem nicht, wenn er jetzt bei einer anderen wohnt. Das Pack hält natürlich zusammen.«

Als der Hund sich erhob und im Flur verschwand, stand auch Thorne auf und fragte, ob er die Toilette benutzen dürfe. Einmal mehr zuckte Tracey Goode die Schultern.

Nach Thornes Verschwinden sagte Tanner eine Weile nichts.

Sie sah zu, wie Aiden Goodes Ehefrau ihren Energydrink austrank und dann den Hund ausschimpfte, der bellte, weil er durch die Küchentür nach draußen gelassen werden wollte.

»Warum sind Sie bei ihm geblieben, Tracey?«, fragte Tanner schließlich. »Nach dem, was er getan hat?«

Die Frau zog die Beine wieder unter sich. »Ich kann nicht glauben, dass er irgendwas getan hat.«

»Nicht?«

»Zu mir ist er nie so gewesen. Er war nie brutal.«

»Das hat nicht viel zu bedeuten«, entgegnete Tanner.

»Für mich schon. Ja, wahrscheinlich hat er sich mit diesen Mädchen eingelassen ... geflirtet und so. Das heißt aber nicht, dass die kleinen Nutten sich den Rest nicht einfach ausgedacht haben.«

»Die Geschworenen haben ihnen geglaubt.«

Tracey schüttelte den Kopf. »Ja, aber heißt es nicht, im Zweifel für den Angeklagten?«

Tanner schaute sie nur an.

»Ich meine, jetzt würde ich ihn nicht mehr zurücknehmen. Nicht, wo er ohne ein Wort abgehauen ist. So behandelt man einfach keinen Menschen.«

Als Thorne zurückkam, setzte er sich nicht mehr hin.

»Das ist *mein* Rasierer im Bad«, sagte Tracey. »Für meine Beine.«

»Wie bitte?«

»Ich weiß genau, was Sie da oben gemacht haben, wonach Sie gesucht haben. Ich bin ja nicht blöd.«

»Ich hab gepinkelt«, sagte Thorne. »Und anschließend hab ich die Brille wieder runtergeklappt.«

Sie deutete auf Tanner. »Ich hab ihr gerade gesagt, dass ich Aiden nicht mehr hier sehen will, falls er irgendwann wieder auftaucht. Ich hab von Typen die Schnauze voll. Mein Hund leistet mir Gesellschaft, und oben hab ich meinen elektrischen Freund, wenn Sie verstehen, was ich meine.« Sie deutete mit dem Kopf auf Tanner. »Sie weiß, wovon ich rede.«

Tanner erhob sie. »Bedaure, ich glaube nicht.«

Mit verschwörerischer Miene wandte Tracey sich an Thorne. »Sie lügt, glauben Sie mir.«

»Im Zweifel für die Angeklagte, gilt das nicht auch für mich?«

EINUNDFÜNFZIG

Auf dem Weg zur U-Bahn klingelte Tanners Handy. Nach einem fünfminütigen Austausch, zu dem sie überwiegend Seufzer und einige harsche Worte beitrug, setzte sie Thorne über die Neuigkeiten ins Bild.

»In Tottenham wurde ein Mann erschossen, vorletzte Nacht«, sagte sie. »Ein kleiner Drogendealer namens Kieran Sykes. Der Schuss wurde von vielen Zeugen gehört, und mehrere Leute haben den Täter auch gesehen. Er trug Motorradklamotten.«

Thorne sah sie fragend an.

Tanner fuhr fort. »Klingt ziemlich nach den Leuten, die Adnan Jandali auf dem Gewissen haben und es Evans anhängen wollten. Derselbe Täter. Wie es aussieht, ging es diesmal um Revierstreitigkeiten.«

»Und warum erfahren wir das erst jetzt?«

»Ein Team aus Edmonton hat den Fall übernommen und bis jetzt gebraucht, um herauszukriegen, dass er für uns interessant sein könnte. Unglaublich.«

»Haben sie eine Spur?«

»Was glaubst du? Leute haben den Schuss gehört, und irgendwer hat es gemeldet. Doch sobald ein Bulle vor der Tür steht, hält man den Mund. Bisher hat nicht mal jemand zugegeben, dass er wusste, womit Sykes seinen Lebensunterhalt verdiente.«

»Das überrascht mich nicht«, sagte Thorne. »Niemand gibt gern zu, dass solche Dinge vor der eigenen Haustür passieren. Außerdem haben die Leute Angst, dass sie Schwierigkeiten bekommen, wenn sie den Mund aufmachen. Und das kann ich ihnen nicht verübeln.«

Tanner brummte zustimmend, sah aber so aus, als brauchte sie dringend jemanden, dem sie etwas verübeln konnte.

»Was haben die Kameras und die automatische Nummernschilderkennung gebracht?«

»Das Motorrad wurde mehrmals gefilmt, als es auf der Seven Sisters Road Richtung Norden fuhr, aber das Nummernschild war gestohlen. Keine verwertbaren Spuren am Tatort. Die Kollegen haben praktisch nichts.«

Sie gingen an einem Ladenlokal vorbei, hinter dessen großspuriger Bezeichnung »Casino« sich eine schäbige Spielhalle verbarg. Die Geschäfte schienen gut zu laufen. Dann passierten sie eine Pfandleihe und die nicht besonders glamouröse Fassade eines Travelodge-Hotels.

»Gut zu wissen, dass wir nicht die Einzigen sind«, bemerkte Thorne.

Tanner warf ihm einen finsteren Blick zu. »Ich kann nur mit dem arbeiten, was ich habe.«

»Ich weiß. Ich sagte auch *wir*.«

»Na, schön zu hören, dass du noch mit von der Partie bist.«

»Okay, mir ist schon klar, dass du bei diesem Fall die Hauptarbeit geleistet hast. Aber fairerweise muss man auch sagen, dass es gar nicht so viel zu tun gab.«

»Ja, aber vielleicht ändert sich das jetzt endlich.« Tanner suchte in der Handtasche nach ihrer Oyster Card. »Jetzt geht es um zwei Morde.«

»Ich bin gespannt wie ein Flitzebogen.«

Im Zug von Walthamstow Central nach King's Cross beobachtete Thorne die ihm gegenübersitzende junge Frau. Gleichzeitig weinerlich und merkwürdig entschlossen tippte sie etwas in ihr Handy. Trennte sie sich gerade von jemandem, oder hatte sie ihren Job verloren? Hatte ihre Lieblings-Boygroup ihre Auflösung angekündigt, oder hatte sie eine echte Schicksalsnachricht erhalten? Ein paar Sitze weiter lächelte ein Mann mittleren Alters über etwas auf dem Display *seines* Telefons. Ein lustiges Katzenvideo vielleicht oder Fotos seines ersten Enkels. Vielleicht hatte er aber auch erfahren, dass seiner Firma gerade eine feindliche Übernahme gelungen war und dass mehrere hundert Entlassungen bevorstanden.

In die Köpfe anderer Leute zu schauen war niemals leicht.

»Ich will, dass Tracey Goode überwacht wird«, sagte Thorne, als der Zug Finsbury Park verließ. »Offen, aber auch verdeckt. Lass uns einen oder zwei Tage lang jede ihrer Bewegungen im Auge behalten. Und dann bringen wir im Haus ein paar Wanzen an. Das heißt, wenn wir irgendwo Platz finden, um sie zu verstecken.«

Tanners Kopf tauchte hinter der Gratiszeitung auf, die sie sich beim Einsteigen mitgenommen hatte. Thorne war sich nicht sicher, ob sie überhaupt darin gelesen hatte. Wahrscheinlich hatte sie noch über den Drogenmord nachgedacht. Die Bande, gegen die sie mithilfe von Andrew Evans vorgehen wollte, war anscheinend noch skrupelloser als ursprünglich angenommen.

»Hast du im Badezimmer etwas gefunden?«

»Schlafzimmer sind aufschlussreicher«, sagte Thorne.

Er rechnete mit einem Vortrag über Dienstvorschriften. Dass er sich über einschlägige Regeln gegen illegale Durchsuchungen hinweggesetzt habe. Doch sie sagte kein Wort. Ihr strenger Blick sorgte auch so dafür, dass er sich unbehaglich fühlte.

»Auf der anderen Seite des Bettes lag eine Zeitschrift über Autorennen. *F1 Monthly* oder etwas in der Art.«

»Und?« Tanner wandte sich ihm zu. »Das bedeutet doch nicht, dass sich ein Kerl im Haus aufhält. Susan war Formel-1-Fan. Diese Zeitschrift beweist gar nichts.«

»Ich kapiere nicht, was *irgendwer* daran toll finden kann.«

»Das rechtfertigt aber keine Verhaftung, oder?«

»Trotzdem glaube ich nicht, dass sie ehrlich zu uns war.«

Tanner wandte sich wieder ihrer Zeitung zu. »Also gut, schaden kann es nicht.«

»Auch Aiden Goodes sogenannte Freunde sollten wir im Auge behalten. Vielleicht können wir sie irgendwie nervös machen. Und wir müssen das Handy der sitzen gelassenen treuen Ehefrau überwachen.«

Tanner verdrehte die Augen. »Darf ich raten, wer von uns beiden stundenlang über den entsprechenden Antragsformularen hocken wird?«

Sie beiden wussten nur zu gut, dass die Überwachung eines Mobiltelefons strengen gesetzlichen Bestimmungen unterlag, die eine formelle Ermächtigung durch das Innenministerium verlangten. Einfach würde es nicht werden, und Beweise aufgrund einer Abhörmaßnahme waren vor Gericht ohnehin unzulässig. Trotzdem fand Thorne, dass es den Aufwand wert war – mit dem er Tanner natürlich allein lassen musste, denn er hatte etwas anderes zu tun.

Etwas weit Unangenehmeres.

Heute war Freitag.

Der Tag, an dem man ausging …

ZWEIUNDFÜNFZIG Nennen-Sie-mich-Rob verabschiedete ihn an der Tür seines Behandlungszimmers. »Glückwünsch, Andy. Von der Droge befindet sich praktisch nichts mehr in Ihrem Körper.« Er schüttelte Evans die Hand und deutete dann auf seinen Kopf. »Jetzt geht es nur noch darum, was hier drin ist.«

Evans, vom väterlichen Ton des Suchtberaters genervt wie eh und je, nickte lächelnd. Er fühlte sich in seine Kindheit zurückversetzt, wenn er den Behandlungsraum des Zahnarztes verlassen durfte. Ein Schulterklopfen und ein Schubser in Richtung Wartezimmer, wo seine Mutter mit einem Kreuzworträtselheft gesessen hatte. Fehlte nur noch die Plakette mit der Aufschrift *Tapferer Junge*.

»Den schwierigen Teil haben Sie geschafft.« Das Händeschütteln dauerte schon viel zu lange, um noch als angenehm durchgehen zu können, und Rob brachte nun auch noch seine zweite Hand ins Spiel, die ebenfalls zupackte und drückte. »Jetzt heißt es durchhalten.«

»Keine Sorge«, erwiderte Evans.

Der schwierige Teil …

Verglichen damit erschienen ihm ein paar Zahnfüllungen im Rückblick wie ein Witz.

Auf dem Weg zu seinem Zimmer kam Evans an einem der freundlicheren Beamten vorbei, dem großen, schlanken, der Barrett hieß. Evans blieb auf ein kurzes Schwätzchen stehen und ließ sich überreden, später mit ihm auf Sky ein Fußballspiel anzuschauen. Sie sprachen über die beiden neuen Bewohner, die vor ein paar Tagen eingetroffen waren, zwei junge Asiaten, die in Evans' Augen wie Brüder aussahen. Er hatte bisher mit keinem von ihnen ein Wort gewechselt, doch Barrett versicherte ihm, dass beide in Anbetracht der Umstände ziemlich umgänglich seien.

Evans ging weiter und fragte sich, mit welcher Sucht die Neuankömmlinge wohl zu kämpfen hatten und für welche Vergehen sie verurteilt worden waren. Waren sie große Nummern oder kleine Fische, Superhirne oder Idioten? Er fragte sich, wie sie ihn einschätzen würden, falls sie sich dieselben Fragen über ihn stellten.

Aber wahrscheinlich sah er genau nach dem Mann aus, der er war.

Ein Mann, der sich bemühte, Stärke zu zeigen, und damit doch nur seine Schwäche kaschierte. Der mit dem, was er tat, den Menschen wehtat, die ihm am nächsten standen. Ein Mann, der sein eigenes Leben mehr als einmal zerstört hatte – sein Leben und das von anderen. Ein Verbrecher. Ein menschliches Wrack.

Zurück in seinem Zimmer, legte Evans sich aufs Bett und dachte über die Worte des Suchtberaters nach. Nennen-Sie-mich-Rob mochte mit ihm geredet haben wie mit einem Idioten, aber was das eigentliche Problem betraf, hatte er den Nagel auf den Kopf getroffen. *Jetzt geht es nur noch darum, was hier drin ist.*

So vieles geisterte ihm durch den Kopf, und es war so schwer, das alles auf die Reihe zu kriegen.

Die Droge hatte ihn in diesen Sumpf hineingeritten, die Droge war der Grund für alles, die Droge war der Teufel. Es stimmte, das Verlangen war abgeklungen, er lag nachts nicht mehr unter Schmerzen wach.

Und doch …

Er dachte daran, wie die Wirkung für gewöhnlich einsetzte – wie mit einem Paukenschlag. Er dachte an das benebelte Gefühl von Gelöstheit. Wie die Zeit erst zu tröpfeln begann und dann mit Macht an ihm vorbeizurauschen schien. Dass er oft nicht mehr gewusst hatte, wo der Boden und wo die Decke war. Und dass es ihm egal gewesen war, weil ohnehin nichts mehr von Bedeutung war.

Wie lange würde es dauern, bis dies keine glücklichen Erinnerungen mehr wären? Bevor er seine alberne Plakette wirklich verdient hätte?

Tapferer Junge?

Total verkorkster Junge! Kaputter Junge.

Wie sonst hätte er sich seine Gefühle für Nicola Tanner erklären sollen?

Sie war der einzige Grund, warum er nicht irgendwo in der Untersuchungshaft vergammelte und auf seinen Mordprozess wartete. Denn darauf hatten die Leute es angelegt, als sie ihn in die Falle gelockt hatten. All die Beweise, die sie geliefert hatten, wären mehr als ausreichend gewesen, um ihn wieder hinter Gitter zu bringen. Natürlich hatten diese Leute gewusst, dass neun von zehn Bullen sich seine jämmerliche Geschichte gar nicht erst angehört hätten. Weil kein Grund dazu bestanden hatte. Und selbst wenn der Durchschnittspolizist ihm geglaubt hätte – er hätte sich kurz durch den Kopf gehen lassen, was für einen perfekten Fall er auf dem Silbertablett serviert bekommen hatte, inklusive Fingerabdrücken, DNA und allem Drum und Dran. Und dann wäre er glücklich und zufrieden damit zum Staatsanwalt marschiert. Was denn sonst?

Mit Nicola Tanner hatte das Gesocks, das ihn in die Falle gelockt hatte, allerdings nicht gerechnet.

Und trotzdem …

Er hasste sie. Auch wenn er wusste, dass es keinen Sinn ergab. Aber sie war nun einmal auch der Grund, warum er hier war. Anstatt bei Paula.

Es war Freitagabend, und er sollte zu Hause bei seiner Frau sein, mit ihr am Tisch sitzen beim gemeinsamen Essen. Sie sollten Sean ins Bett bringen und es sich dann gemütlich machen. Mit Reden und Fernsehen. Er sollte neben ihr liegen und ihren Atem hören, nachdem sie eingeschlafen war, näher an sie heranrutschen und ihren Bauch umfassen. Und die leichten Tritte spüren.

Sein zweiter Sohn. Seine Tochter …

Evans setzte sich auf, starrte eine Weile auf die blassgelbe Wand und sah sich selbst dabei zu, wie er nach einem Taschenbuch von dem Stapel auf seinem Nachttisch griff. Thriller, gebrauchte Ausgaben, die einer der Polizisten für ihn besorgt hatte, nachdem Evans ihm erzählt hatte, dass er so etwas gern las. Er blätterte auf die Seite zurück, die er zuletzt gelesen hatte, und versuchte sich zu konzentrieren, doch die Worte schienen heute keinen Sinn zu ergeben.

Er musste dringend schlafen. Als er um Schlaftabletten gebeten hatte, hatte man ihm erklärt, dass er im Augenblick keine nehmen dürfe.

Er lehnte sich zurück und schloss die Augen. Unten klingelte das Handy eines Polizisten, und er hörte das Schließen einer Tür. Er ließ das Buch langsam auf seinen Schoß sinken und griff nach der Bettdecke. Er wusste, dass die Geschichten in seinen Taschenbüchern meist damit endeten, dass die Guten gewannen und die Bösen ihre verdiente Strafe bekamen. Wahrscheinlich mochte er die Bücher deshalb. Das Problem war nur, dass Andrew Evans nicht mehr wusste, zu welcher Seite er gehörte. Vielleicht hatte er es nie gewusst.

In Wirklichkeit wusste er überhaupt ziemlich wenig. Seit Wochen oder Monaten saß er nun in diesem Fünf-Sterne-Krankenhaus fest, das in Wahrheit ein Gefängnis war, und konnte nicht einmal sagen, ob er später zurück in den Knast musste oder ob seine Frau und sein Sohn wirklich in Sicherheit waren. Wie lange es dauernd würde, bis er nicht mehr das Gefühl haben würde, dass eine Betonplatte seine Brust eindrückte. Ob er bei der Geburt seines Babys dabei sein würde.

Immerhin wusste er, dass die Geschichten in den Büchern nur Geschichten waren.

Happy Ends und gerechte Strafen. Alles bloß Geschichten.

DREIUNDFÜNFZIG

»Was ist denn so wichtig?«

Thorne legte das Handy zurück auf die Sofalehne.

Sowohl er als auch Helen wurden ständig zu den unmöglichsten Zeiten angerufen. Das brachte der Beruf so mit sich. Und selten waren die Neuigkeiten angenehmer Art. Doch diesmal war es anders, das spürte Helen. Thorne schien auf einen bestimmten Anruf zu warten.

Thorne wusste, dass Helen ihn beobachtete.

Er wusste, dass er ihr hätte erklären müssen, was heute bevorstand. Die Dates, die über *Made in Heaven* arrangiert worden waren – in Northampton, Bournemouth und Hull. Drei Begegnungen, die von Dutzenden Zivilbeamten aus verschiedenen Einheiten sorgfältig überwacht wurden, an Treffpunkten, die von den Kollegen vor Ort bereits im Vorhinein ausgekundschaftet worden waren. Und ein Mann, den sie alle jagten und der über die betreffenden Männer und Frauen längst so gut Bescheid wusste wie die beteiligten Polizisten. Der möglicherweise selbst eins der Rendezvous im Auge behielt.

Der zwei Menschen beim Essen und Plaudern zuschaute. Und auf seine Chance wartete, zuzuschlagen.

Als Thorne Helens fragenden Blick bemerkte, wich er ihm aus. Er hatte ein schlechtes Gewissen, dass er ihr bislang nichts von all dem erzählt hatte. Sie beide hatten in den letzten Tagen viel gearbeitet, was an sich nichts Ungewöhnliches war. Es war nicht nur der Mangel an Gelegenheiten. Es war deutlich, dass zwischen ihnen bereits seit einer ganzen Weile eine Anspannung schwelte. Die schlechte Laune und der aggressive Ton, über den er sich bei Phil beklagt hatte. Etwas knackte im Gebälk und drohte zu zerbrechen, und meist blieb nur Raum für Gespräche über das Alltägliche.

Die Betreuung von Alfie. Waschen, Einkaufen, Abfall.

»Sag mal, was würdest du tun …« Thorne bemühte sich um

ein Lächeln. »… wenn es mich nicht gäbe. Also, ich meine, würdest du so eine Datingagentur in Anspruch nehmen?«

»Warum? Weil ich sonst keinen Mann abbekommen würde?«

»Nein, natürlich würdest du das. Sie würden dich umschwirren wie Motten das Licht.«

»Ja, genau.«

»Ich hab mich bloß gefragt, ob du es mit so einem Onlinedienst versuchen würdest.«

Helen rückte ein Stück von ihm ab. Sie griff nach der Fernbedienung und schaltete den Fernseher stumm. »Ist das dein Ernst?«

»Viele Leute nutzen so was.«

»Willst du mich sitzen lassen?«

»Nein, aber … ich könnte von einem Bus überfahren werden.« Thorne zuckte innerlich zusammen. Helens früherer Partner Paul war an einer Bushaltestelle ums Leben gekommen. Kurz vor Alfies Geburt hatte ein Auto ihn einfach umgemäht. Thorne sah, wie sie blinzelte und den Blick abwandte. »Ich meine ja nur.«

»Nun, das wollen wir nicht hoffen.«

»Oder du wirfst mich raus.«

»Das schon eher.«

»Na siehst du!«

»Die Möglichkeit besteht.«

»Deine Schwester würde sich freuen.« Die Worte waren heraus, ehe er darüber nachgedacht hatte.

Helens Gesicht verfinsterte sich. Dabei schien sie sich gerade ein wenig entspannt zu haben. Helen rückte vollends in die gegenüberliegende Ecke des Sofas. »Warum landen unsere Gespräche eigentlich immer bei Jenny?«

»Tun sie nicht«, sagte Thorne.

»Ziemlich häufig.«

»Ja, gut, aber nur, wenn es gerade nicht so gut läuft … wenn sie dir irgendeinen Floh ins Ohr gesetzt hat. Wenn sie dich aufgestachelt hat.«

Helen schaute weg. »Na bitte, jetzt geht das wieder los.«

»Wir müssen das irgendwie auf die Reihe kriegen«, sagte Thorne. »Ich weiß nicht, ob sie wirklich ein Problem mit mir hat oder ob es letztlich nur um euch beide geht. Und ich einfach irgendwie dazwischengerate.« Er legte eine Pause ein, ehe er weitersprach. Er wusste, er begab sich auf gefährliches Terrain. »Ist es wegen Polesford?«

Helens Kopf fuhr herum.

»Wegen dem, was damals passiert ist …«

Im Verlauf des Falls, an dem sie im letzten Jahr in Helens Heimatstadt gearbeitet hatten, waren dunkle Geheimnisse über Missbrauch in ihrer Kindheit ans Licht gekommen, denen sie sich nur schmerzhaft hatte stellen können. Thorne war klar, dass sie sich für den Rest ihres Lebens damit herumschlagen würde. Er wusste nicht, was im Einzelnen bei den darauffolgenden Gesprächen mit ihrer jüngeren Schwester auf den Tisch gekommen war. Aber es war nicht schwer sich auszumalen, dass die ohnehin schon schwierige Beziehung durch mehr als bloße Geschwisterrivalität belastet wurde.

»Vielleicht hat sie Schuldgefühle«, sagte Thorne.

Helen schüttelte den Kopf.

»Sie weiß, dass du versucht hast, sie zu beschützen. Und jetzt ist sie …«

»Das ist nicht der Punkt.« Ihre Kiefermuskeln arbeiteten, und sie strich mit der Hand über die Sofalehne. »Es ist kompliziert.«

»Aus meiner Perspektive ist es ziemlich einfach. Du triffst deine Schwester oder telefonierst mit ihr. Und sie kann es nicht lassen, gegen mich zu sticheln. Woraufhin du mich verteidigst.« Er versuchte zu lächeln, wenn auch mit mäßigem Erfolg. »Wenigstens *hoffe* ich das. Aber wenn du dann zurückkommst, kriege ich aus irgendeinem Grund eins aufs Dach.«

»Das stimmt nicht.«

»So sieht es aber aus. Kaum redest du mit Jenny, muss ich mich auf Streit gefasst machen. Wobei ich fairerweise unterstelle, dass es dir gar nicht auffällt.«

»Und welchen Grund hätte ich dann, sauer auf *dich* zu sein?«

»Ich weiß nicht … Vielleicht gibt ein Teil von dir ihr recht. Ich meine, ich bin älter als du, wir sind nie einer Meinung, was Musik und Fußball angeht, ich bin ein alter Miesepeter.«

Helen lächelte matt. »Um das zu begreifen, brauche ich meine Schwester nicht.«

»Und vielleicht bin ich einfach nicht Paul.«

Wieder wandte Helen den Blick ab, und ihr Lächeln verschwand.

»Tut mir leid. Das war nicht so gemeint.« Er griff nach ihrer Hand. »Hör zu, ich hab keine Ahnung, woran es liegt. Warum deine Schwester alles kompliziert macht und ob sie das mit Absicht tut. Aber … im Moment läuft es nicht so toll, stimmt's?«

Eine Weile saßen sie schweigend da und schauten reglos auf den stummen Fernseher. Dann stand Helen auf und ging in die Küche. Sie setzte den Teekessel auf, wischte über Oberflächen, die bereits sauber waren, und wartete, bis das Wasser zu kochen begann. Dann sagte sie: »Ich gehe ins Bett.«

»Okay.«

»Ich bin total erledigt.«

»Okay.«

An der Tür blieb sie stehen. »Ich glaube, du hast recht mit dem, was du sagst.«

Thorne war schon wieder dabei, auf sein Handy zu schauen.

Tanner träumte nur selten von ihrer ermordeten Partnerin. Doch für jedes dieser kleinen Geschenke war sie dankbar, denn stets erinnerte sie sich nachher an jedes einzelne Bild und an jedes Wort. Die Details blieben ihr gestochen scharf im Gedächtnis, als stammten sie aus einem Film, den sie gerade gesehen hatte. Auch ihre Gefühle während des Traums blieben lebendig. Sie verfolgten sie im Alltag. Bei einer Besprechung, im Auto, während einer trivialen Unterhaltung am Arbeitsplatz. Eine vertraute Ausdrucksweise oder ein Lied im Radio konnten die Auslöser sein. Meistens spürte sie Traurigkeit – schwer und klamm, bis sie sich ganz erschöpft fühlte –, oft ein rauschhaftes Hochgefühl, immer aber auch Wut.

Vielleicht sollte sie aufhören, diese Momente als Geschenke zu sehen.

Um kurz nach neun war sie nach Hause gekommen und hatte zunächst den Bericht über Tracey Goodes Befragung durchgelesen. Dann war sie noch einmal die Antragsformulare für die verschiedenen Überwachungen durchgegangen, auf deren Unterzeichnung am morgigen Tag sie hoffte. Sie hatte mit dem Ermittlungsleiter in Edmonton gesprochen und erfahren, dass man dort auf der Stelle trat und keine brauchbaren Hinweise im Mordfall Kieran Sykes mehr bekommen hatte. Nicht einmal *unbrauchbare* Beweise. Sie hatte telefonisch mit dem diensthabenden Beamten in Long Barrow Manor gesprochen und sich über Andrew Evans' Fortschritte berichten lassen. Und schließlich hatte sie direkten Funkkontakt mit den Beamten der Nachtschicht vor Evans' Haus aufgenommen, um sich bestätigen zu lassen, dass alles in Ordnung war.

Sie hatte die Katze gefüttert, Werbeprospekte weggeworfen und sich in der Mikrowelle eine Ofenkartoffel warm gemacht.

Beim Durchblättern der Abendzeitung hatte sie sich abgeschminkt.

Zuletzt hatte sie die Türschlösser vorn und hinten überprüft, geduscht und war ins Bett gegangen, um dort binnen weniger Minuten einzuschlafen. Dann war sie zu Susan hinaus in den Garten gegangen.

Ihre Partnerin erwartete sie im spätnachmittäglichen Sonnenschein auf der Terrasse. Sie saß auf einem der Stühle, die sie zusammen im Gartencenter gekauft hatten und deren Montage Susan ein ganzes Wochenende gekostet hatte. Sie hatte geflucht und geschwitzt, während Tanner wenig hilfreiche Vorschläge beigesteuert und über einer Anleitung gebrütet hatte, die ebenso gut in Chinesisch hätte verfasst sein können. Jetzt saß Susan in diesem Stuhl, eine Flasche Bier in der Hand. Ihre obere Gesichtshälfte lag im Schatten, da sie die Augen mit der Linken gegen das grelle Licht abschirmte.

Susan trank einen Schluck, lächelte und sagte: »Nun komm schon, Süße, es sind doch bloß zwei Flaschen Bier, mach kein Theater.« Ihr Lächeln ging in ein Lachen über. »Warum nimmst du dir nicht auch eins? Sei nicht immer so korrekt. Warum entspannst du dich nicht zur Abwechslung mal? Kann doch nicht schaden, oder?«

Die Katze hatte schlafend zu Susans Füßen gelegen. Jetzt öffnete sie die Augen, stand auf, machte einen Buckel und fauchte zustimmend. Es mochte bloß ein Fauchen sein, doch Tanner verstand, was die Katze ihr sagen wollte.

Das Leben ist zu kurz.

Lass dich gehen.

Später wird es dir leidtun …

Tanner wollte nur zu gern, hätte mit Vergnügen nach der eiskalten Flasche gegriffen, die Susan ihr anbot. Dann aber sah sie all die anderen Flaschen, Hunderte. Sie waren leer und in kunstvollen Arrangements im Garten verteilt, oder sie hingen sanft schwingend an den Ästen eines Baumes. Sie hörte das zarte Klirren beim Kuss zweier Flaschen.

Sie sah, dass in jedem Flaschenhals eine farbige Blume steckte.

Sah ihren Garten – Blüten und Glas.

Dann schüttelte Susan den Kopf. Tanner hob den Blick und sah, wie der Himmel dunkler und schließlich schwarz wurde. Sie hörte den Regen, der lauter war als tausend wütende Katzen. Als Tanner ihren Blick wieder senkte, lag die Katze tot zwischen zerbrochenen Flaschen und abgebrochenen Blüten. Ihr Kopf und ihr Schwanz fehlten, das Fell war glanzlos und nass. Zu einer Seite des Tiers bildete sich eine Pfütze von Blut, das über die Ritzen zwischen den Betonplatten langsam zur anderen Seite floss. Susans Haar klebte an ihrer Kopfhaut, und als sie die linke Hand herunternahm, sah Tanner die tiefen Löcher, dort, wo ihre Augen gewesen waren, bevor sie ausgebrannt waren. Kohlschwarz …

»Nur ein Bier«, sagte Susan. »Nic, komm schon …«

Dann beugte sie sich in ihrer Blindheit hinab, schnalzte mit der Zunge, um die Katze anzulocken.

Tanner fuhr vom feuchten Kissen hoch. Sie griff nach dem Telefon auf ihrem Nachttisch. Sie hatte es gerade in der Hand, als das Signal, das sie geweckt hatte, ein zweites Mal ertönte.

Eine SMS.

Sie stammte von Thorne.

Zielpersonen Hull, Bournemouth, Northampton wieder sicher zu Hause. Grundstücke werden bewacht, keine Spur vom Täter. Bin eher enttäuscht als erleichtert. Hasse mich dafür. Scheißjob. TT

VIERUNDFÜNFZIG

Es war Thornes schlimmster Albtraum.

Ein klimatisierter Konferenzraum in New Scotland Yard. PowerPoint und Machtspiele. Am Tisch diverse Unbekannte, die schweigend an ihrem Mineralwasser nippten und sich mit schicken, spitzen *Met Police*-Bleistiften Notizen machten. Von einigen kannte er zumindest den Namen. Ein weiblicher Deputy Assistant Commissioner, deren rasanter Aufstieg auf der Karriereleiter so eindrucksvoll war wie ihr hitziges, meist nur mit Mühe im Zaum gehaltenes Temperament. Ein Assistant Chief Constable, der sich gern als »einer der Jungs« gab, wenn er nicht gerade Überstunden zusammenstrich oder Stellen kürzte. Eine Pressesprecherin, die viel nickte und mit ihrem iPad verwachsen zu sein schien. Sie musterte Thorne, als taxierte sie, wie viel Gewicht er verlieren müsste, um vor den Kameras einen guten Eindruck zu machen.

Ob vielleicht Botox helfen könnte.

Natürlich war auch Fulton hier, dessen polierter Schädel mindestens ebenso glänzte wie das Mobiliar. Am anderen Ende des Tisches – dicht neben der DAC und mit einem Gesichtsausdruck, als hätte er zum Frühstück Zitronen gegessen – saß Chief Superintendent Trevor Jesmond, der es anscheinend kaum erwarten konnte, Thorne gehörig in die Suppe zu spucken. Und allen anderen gleich mit.

Als Thorne sich umschaute, konnte er sich kaum vorstellen, dass irgendeiner dieser Menschen jemals ein echter Bulle im positiven Sinn des Wortes gewesen war, dass irgendeiner von ihnen je wie er selbst gewesen war.

Dass irgendjemand fühlte wie er.

Denselben Schmerz spürte wie er.

»Sie verlangen eine ganze Menge.« Die PowerPoint-Präsentation ging zu Ende, und Jesmond sah der Pressesprecherin dabei zu, wie sie die Rollos hochfuhr, um das schwache Morgenlicht hereinzulassen. Er warf Thorne ein Lächeln zu, doch seine Augen waren so tot wie die eines präparierten Fisches.

Thorne erwiderte das Lächeln, denn er hatte keine andere Wahl. Plötzlich verspürte er das Bedürfnis, sich die Zähne zu putzen oder wenigstens mit irgendetwas zu gurgeln.

»Unser Vorschlag verlangt gewiss einen beträchtlichen Aufwand, ja«, sagte Brigstocke. »An Geld und Ressourcen. Aber ich vertraue der Einschätzung meines Teams, dass wir keine sinnvolle Alternative haben. Und ich stimmte DI Thorne in allen Punkten zu, die er in der Präsentation aufgeführt hat.«

»Gut zu wissen«, erwiderte Jesmond.

Thorne war froh, Brigstocke an seiner Seite zu haben. Und dass außerdem Nicola Tanner neben ihm saß, konnte auch nicht schaden. Die Unterstützung einer guten Polizistin mit makellosem Ruf war viel wert.

Jesmond hob den vor ihm liegenden Ordner prüfend an, als wäre sein genaues Gewicht irgendwie entscheidend. Er enthielt die wichtigsten Punkte von Thornes Präsentation in Form einer Zusammenfassung für alle Anwesenden. Ein Stapel laminierter Seiten, sorgfältig gegliedert und zusammengefasst.

Ziele der Operation

Personelle Ausstattung

Anforderungen an die technische Hilfestellung

Sicherheit und körperliche Unversehrtheit …

»Das ist sehr beeindruckend.« Jesmond nickte Thorne zu, konnte sich aber einen wissenden Blick in Tanners Richtung nicht verkneifen. Natürlich war ihm klar, wer für die Zusammenstellung verantwortlich war. »Und angesichts dessen, wofür Sie hier grünes Licht haben wollen, muss es das wohl auch sein. Die Frage ist allerdings: Ist es beeindruckend genug?«

»Es geht hier nicht darum, irgendjemanden zu *beeindrucken*«, sagte Thorne.

Ehe er weiterreden konnte, bemerkte Thorne den warnenden Blick von Brigstocke, der ihn bereits vor der Sitzung beiseitegenommen hatte. Seine Mahnung war nicht sonderlich kompliziert ausgefallen: *Überlassen Sie das Reden mir.*

Jesmond legte den Ordner wieder hin und wandte sich an Fulton. »Wie ist Ihr Standpunkt in dieser Frage, Simon?«

Fulton erstarrte wie ein Kaninchen im Scheinwerferlicht. »Sir?«

»Nun, angesichts der Tatsache, dass diese Ermittlung ursprünglich in Ihrer Zuständigkeit lag, würde es uns interessieren, wie Sie zu diesen Vorschlägen stehen. Ob wir dem Einsatz diese … neue Richtung geben sollen. Ich meine, wir haben alle begriffen, dass es nicht mehr nur um ein paar tote Katzen geht.«

Thorne staunte über Jesmonds Hang zum Understatement. Er ließ sich gegen die Stuhllehne sinken und wartete ab. Jede Wette, dass Onkel Fester nach Möglichkeit jede Festlegung vermeiden und auf Nummer sicher gehen würde. Schließlich waren die Anlässe, die den Mann aus Kentish Town aus seiner Komfortzone vertrieben, so rar gesät wie seine Friseurbesuche.

»Nun, die Vorschläge haben wahrscheinlich einiges für sich«, sagte Fulton. »Und natürlich weiß ich Ihre Entschlossenheit zu schätzen.« Er schaute zu Thorne und zu Tanner. »Den unstrittigen Ehrgeiz Ihres Plans. Wir sollten aber trotzdem auch über die Konsequenzen nachdenken, für den Fall, dass dieses Vorgehen keine Früchte trägt.« Er nickte der Pressesprecherin zu, die ihm direkt gegenübersaß. »Würde solch ein Fehlschlag öffentlich werden … Nun, das würde sich in der Presse sicher nicht gut machen.«

Jesmond brummte zustimmend, und die Pressesprecherin machte sich Notizen.

Thorne ballte die Fäuste unter dem Tisch und schloss für einen Moment die Augen. Als er den Kopf wieder hob und sah, dass die DAC ihn anstarrte, gab er sich alle Mühe, Selbstvertrauen und Entschlossenheit auszustrahlen. Aber er ahnte – man hatte es ihm oft genug zum Vorwurf gemacht –, dass seine Miene wahrscheinlich eher überheblich als verbindlich wirkte.

Deputy Assistant Commissioner Lucinda Abbott sagte: »DI Thorne, ich würde gern hören, warum Sie mit der derzeitigen Ausrichtung der Ermittlung unzufrieden sind.«

»Nicht *unzufrieden* …«

»Soweit ich verstanden habe, wurde die Überwachung der Paare, die sich über diese Website verabredeten, auf Ihre Initiative hin durchgeführt. DCI Brigstocke hatte stattdessen vorgeschlagen, die Website vom Netz nehmen zu lassen.«

»Das stimmt.«

»Ich habe mich davon überzeugen lassen, dass dieser Schritt falsch gewesen wäre«, erklärte Brigstocke. »Dass der Weg, den wir stattdessen eingeschlagen haben, sinnvoller ist … natürlich unter der Voraussetzung, dass alles unternommen wird, um die Öffentlichkeit zu schützen.«

»Gut«, sagte Abbott.

Thorne nickte. Ihm wurde bewusst, dass die Zahl der Pints, die er seinem Boss schuldete, rapide anstieg. »Ich glaube immer noch, dass unser Weg der richtige war. Leider ist es eine simple Tatsache, dass wir bislang kein Resultat erzielt haben. Ja, wir sorgen dafür, dass die Betroffenen beschützt werden. Aber einer Verhaftung sind wir bisher nicht näher gekommen. Wir sind seit zwei Wochen dran … zwei Freitage und zwei Samstage. Und nichts ist passiert, außer dass ein paar Kunden von *Made in Heaven* gut gegessen und ein paar Kollegen ansehnliche Überstunden angesammelt haben. Wir haben weiterhin keine Spur von unserem Hauptverdächtigen. Und das Einzige, das wir durch die Überwachung von Aiden Goodes Frau erfahren haben, ist, dass sie es mit jemand anderem treibt.«

Jesmond räusperte sich. »Wenn mir nicht irgendetwas entgangen ist, gibt es bisher keinen konkreten Beweis dafür, dass Aiden Goode der Mann ist, der hinter diesen Morden steckt.«

»Wie gesagt, er ist unser Hauptverdächtiger.«

»Ihr einziger Verdächtiger.«

»Deshalb ist er unser Hauptverdächtiger.«

Jesmond ignorierte den Sarkasmus. »Ist Ihnen schon mal die Idee gekommen, dass Aiden Goode tot sein könnte?«

»Nur die Idee, dass er uns *glauben* machen will, er wäre tot.«

An dieser Stelle ergriff Assistant Chief Constable Allan Shand erstmals das Wort. »Diese Einschätzung ist sicher realistisch, Trevor.«

Thorne schätzte, er schuldete nun auch dem ACC einen Drink. »Wir müssen ihm ein Stück entgegenkommen«, sagte er. »Goode, meine ich. Wir lassen die Website von *Made in Heaven* vierundzwanzig Stunden am Tag durch ein Team von Computerspezialisten überwachen. Laut deren Erkenntnissen erfolgen weiterhin regelmäßige illegale Zugriffe. Allerdings geht der Hacker zu geschickt vor, um für uns verwertbare Spuren zu hinterlassen, irgendeinen Online-Fingerabdruck oder was auch immer. Allerdings haben wir eindeutige Beweise, dass er sich dort herumtreibt.« Er machte eine Pause, um die Informationen wirken zu lassen. »Deshalb sollten wir ihm einen Lockvogel präsentieren, statt zu warten, bis er sich ein Opfer sucht, das wir im schlimmsten Fall nicht schützen können. Aus diesem Grund wollen wir unser Vorgehen ändern, und dieser Vorschlag stützt sich auch auf die Einschätzungen der Profilerin, die von Detective Superintendent Fulton hinzugezogen wurde.«

Thorne schaute in ausdruckslose Gesichter. Er entschied sich für ein Argument, das ihnen vielleicht eher einleuchtete.

»Von allem anderen einmal abgesehen, verschwenden wir im Augenblick eine Menge Geld, für nichts und wieder nichts.«

Abbott warf ihm einen kalten Blick zu. »Ich weiß Ihre Sorgen um unser Budget zu schätzen«, sagte sie. »Oder sagen wir, ich würde sie zu schätzen wissen, wenn Ihr neuer Vorschlag uns nicht das Dreifache kosten würde.«

»Mindestens«, stimmte Jesmond ihr zu. »Wir reden über einen beträchtlichen organisatorischen Aufwand.«

»Wir versuchen, proaktiv tätig zu werden«, gab Tanner zu bedenken.

Thorne warf Nicola einen dankbaren Blick zu. Endlich beteiligte sie sich an der Debatte. »Ganz genau.«

»Ist das nicht genau das, wozu wir angehalten sind?« Tanner blickte von Abbott zu Jesmond und zu Shand. »Jede zweite Woche bekomme ich Memos zu diesem Thema. Ich habe sogar schon Seminare besucht.«

Thorne nickte demonstrativ, auch wenn er selbst sich lieber ins Knie geschossen hätte, als offizielle Memos zu lesen oder Zeit auf irgendwelchen Sitzsäcken zu verplempern. Er bemerkte, dass Russell Brigstocke sich heldenhaft bemühte, ein Lächeln zu unterdrücken.

»Proaktiv ist gut.« Die Pressesprecherin lächelte und musterte erwartungsvoll ihre drei Vorgesetzten. »Unsere Daten besagen, dass die Öffentlichkeit gegenüber proaktiven Einsätzen überaus positiv eingestellt ist.«

Shand nickte. »Moderne Polizeiarbeit macht sich immer gut.«

»Und genau das haben wir vor«, bekräftigte Tanner.

Zufrieden stellte Thorne fest, dass die Reaktionen am Tisch, Jesmond ausgenommen, mit einem Mal deutlich freundlicher ausfielen. Auch wenn das Gerede von »moderner Polizeiarbeit« bei ihm normalerweise heftige Aggressionen hervorrief. Die höheren Ränge und die Medientypen schienen diese Phrase zu lieben, hinter der sich in der alltäglichen Arbeit meist bloß heiße Luft verbarg. Sicher, es gab neue Ansätze bei den Ermittlungsmethoden, die stärker auf moderne wissenschaftliche oder psychologische Techniken setzten. Auch in Sachen Bürgerrechte und Schutz von Minderheiten hatte es Fortschritte gegeben, keine Frage. Doch Thorne wusste auch, dass irgendwo tief unten in einer Schublade seines Schreibtisches eine Liste mit Regeln lag, die mehr als hundert Jahre alt waren, das korrekte Verhalten bei formellen »Mittagsmahlzeiten« der Detectives betrafen und bis heute gültig waren: wie man sich zu kleiden hatte, wie man Vorgesetzte anredete, wem man die »Laufarbeit« aufbürden durfte. Daneben gab es eine weitere Liste, in der es um die zulässigen Bestrafungen für Neulinge ging, die bei einer unerwartet ruhigen Schicht das Wort »Langeweile« in den Mund nahmen oder dem Sergeant nicht zur gewünschten Zeit seinen Tee servierten. Alle Kriminaltechnik der Welt und alle fortschrittlichen Änderungen im Polizeigesetz konnten nicht darüber hinwegtäuschen, dass viele Kollegen sich bis heute verhielten, als gäbe es immer noch hölzerne Schlagstöcke und blaue Lampen draußen vor dem Reviereingang.

»Ich denke, wir verfügen jetzt über genügend Informationen für eine Entscheidung«, erklärte Abbott.

»Mehr als genügend«, fügte Jesmond hinzu.

»Ich möchte mich bei allen fürs Kommen bedanken.« Sie legte die Hand auf den Ordner, als wolle sie ihn liebkosen. »Ich verspreche Ihnen, dass wir alles sehr sorgfältig abwägen, ehe wir zu einem Beschluss kommen.«

»Nun gut«, sagte Thorne. »Aber könnten Sie bitte versuchen, Ihren Beschluss so schnell wie möglich zu fassen?«

Thorne sah das Funkeln in Abbotts Augen, als wollte sie ihm an die Gurgel gehen. Doch dann erschien ein eisiges Lächeln auf ihren Lippen. »Wir geben uns Mühe, Sie nicht warten zu lassen, DI Thorne.«

Es folgten einige Sekunden unbehaglichen Schweigens, dann erhoben sich Thorne, Tanner und Brigstocke.

»Russell«, sagte Abbott. »Könnte ich Sie vielleicht noch kurz sprechen?«

Der DCI nahm erneut Platz, während Tanner und Thorne ihre Sachen packten.

»Nur noch ein paar Kleinigkeiten.«

Als Thorne sich an der Tür umwandte, sah er Jesmond, der ihm mit seinen toten Fischaugen nachblickte. Seine verzerrte Miene sollte wohl ein Lächeln sein.

Während Tanner die Toilette aufsuchte, ging Thorne durch die Drehtür hinaus ins Freie. Er brauchte frische Luft. Überrascht entdeckte er Christine Treasure, die rauchend an der Wand lehnte. Sie lächelte Thorne an, bemerkte seinen fragenden Blick und blies ihm fröhlich Rauch ins Gesicht.

»Ich hab mich freiwillig als Fahrerin für Onkel Fester gemeldet«, sagte sie.

»Seit wann meldest du dich für irgendwas freiwillig?«

»Immer dann, wenn ich neugierig bin und der Boss nichts verraten will.« Sie grinste und boxte Thorne heftig gegen den Arm. »Aber sicher verrätst du es mir.«

Als er mit seinem Bericht fertig war, hatte der Schmerz in seinem Arm nachgelassen.

»Scheiße«, sagte sie. »Ziemlich mutig.«

»Du kennst mich doch.«

»Na ja, die Grenze zwischen mutig und verrückt ist fließend.« Sie schnippte ihre Kippe weg. »Glaubst du, die lassen sich darauf ein?«

»Weiß der Himmel. Der einzige Vorschlag von mir, den Jesmond ohne Zögern akzeptieren würde, wäre wohl mein Entlassungsgesuch. Aber ich habe keine Ahnung, wie die anderen ticken.«

»Falls sie zustimmen, wäre ich jedenfalls gern dabei.«

Thorne lachte. »Ernsthaft?«

»Warum nicht?«

»Danke für das Angebot.« Thorne ging zurück zum Eingang. »Ich behalte es im Hinterkopf.«

»Hast du schon mein Geschenk?«

»Was?«

»Die Hochzeit, Mann«, rief sie ihm hinterher. »Ich will was Ordentliches.«

»Ich spare noch.«

Beim Betreten der Herrentoilette stieß Thorne auf Brigstocke, der sich gerade die Hände wusch.

»Was war denn noch?«

Brigstocke schüttelte sich das Wasser von den Händen und rief über den Lärm des Trockners hinweg: »Nichts Besonderes. Sie wollten nur wissen, was ich denke.«

»Aber das haben Sie denen doch schon gesagt.«

»Ja.« Brigstocke schaute ihm direkt in die Augen. »Bitte schön, übrigens.«

Thorne musterte sein eigenes Gesicht im Spiegel. Hendricks, Helen und die anderen hatten recht: Er konnte den überheblichen Gesichtausdruck einfach nicht abstellen. »Ich schulde Ihnen einen Drink.«

»Einen?«

»Sie wissen schon, was ich meine.«

»Beim nächsten Mal im Oak geben Sie mir besser gleich Ihre Kreditkarte.«

»Damit bekommen Sie nicht mal ein halbes Pint«, erwiderte Thorne.

»Die wollten sichergehen, dass ich voll hinter Ihrem Plan stehe«, sagte Brigstocke. »Sonst nichts. Die hatten Angst, ich hätte nur deshalb zugestimmt, weil ich vor meinem Team als loyal dastehen wollte.«

»Und was haben Sie gesagt?«

»Ich hab gelogen.« Der Trockner schaltete sich aus. »Ich hab gesagt, ich halte es tatsächlich für eine gute Idee.«

»Nun kommen Sie, Russell …«

»Zugegeben, der Plan ist nicht völlig daneben.«

»Wenn das kein Kompliment ist«, erwiderte Thorne.

Brigstocke öffnete die Tür, blieb noch einmal stehen. »Kontraintuitiv, würde Ihre Freundin Dr. Perera wahrscheinlich sagen.«

Thorne folgte seinem Chef wenige Minuten später und fand Tanner im Eingangsbereich. Gerade als er zu ihr trat, öffneten sich die Aufzugstüren. Jesmond und Shand traten heraus. Völlig in ihr Gespräch vertieft, würdigten die beiden Vorgesetzten Tanner und Thorne keines Blickes.

»Schön zu sehen, dass Laurel und Hardy noch aktiv sind«, bemerkte Thorne. Er sah den beiden hinterher, als sie durch die Drehtür gingen, zu den Autos, die zweifellos schon warteten, um sie zurück ins Büro zu bringen. Oder zurück in die Gruft.

»Ich hab gerade deine Freundin Treasure getroffen«, sagte Tanner.

Thorne sah sie an. Er wäre bei diesem ersten Zusammenprall der Gegensätze gern dabei gewesen. »Und?«

»Sie ist wirklich eine Nummer für sich.«

»So kann man es ausdrücken.«

»Aber sie ist toll, stimmt's?«

»*Was?*«

»Sie hat mich zu ihrer Hochzeit eingeladen. Peinlicherweise muss ich zugeben, dass es meine erste lesbische Hochzeit wäre. Hast du schon ein Geschenk überlegt?«

Thorne war fassungslos. Damit war nicht zu rechnen gewesen. »Aber ihr seid wie … Materie und Antimaterie. Wie kannst du sie … *mögen*? Ich meine, klar ist sie toll … in geringer Dosierung.

Aber ich hätte nie gedacht, dass ihr beide euch …« Er gab es auf und ging kopfschüttelnd zum Ausgang.

Tanner folgte ihm. »Was glaubst du, wie es da oben gelaufen ist?«

Thorne brummte etwas Unverständliches.

»Ich finde, wir waren ziemlich gut. Klar, Jesmond ist offensichtlich ein Arsch und mag dich nicht besonders, aber ich schätze, wir haben Grund zur Hoffnung.« An der Tür blieb sie stehen. »Tom?«

Tanner und Treasure
Jesmond und Shand
Aiden Goode …

Er hatte Menschenkenntnis immer für eine seiner Stärken gehalten, die ihn letztlich zu einem ordentlichen Polizisten gemacht hatte. Oder zu einem einigermaßen ordentlichen. Doch inzwischen fühlte Thorne sich, was das Einschätzen von Menschen, das Einschätzen von Situationen betraf, eindeutig wie ein Analphabet.

»Du sprichst mit dem Falschen«, sagte er. »Ich würde wohl nicht mal aufs richtige Pferd setzen, wenn nur ein Reiter am Start wäre.«

FÜNFUNDFÜNFZIG

Vier Tage nach der Besprechung bei Scotland Yard und drei nach der offiziellen Genehmigung von Thornes Plan winkte Dipak Chall Tanner zu sich an den Schreibtisch. Seit zwei Wochen war er damit beschäftigt, die Verkäufe von Miniaturhandys zu überprüfen, und zum ersten Mal sah Tanner ihn wieder lächeln.

»Haben Sie etwas?«

»Gut möglich«, sagte er. »Vielleicht.«

Chall scrollte sich durch diverse Screenshots, und Tanner zog sich vom Schreibtisch nebenan einen Stuhl heran. »Also, ich habe mich mit Leuten unterhalten, die diese verdammten Dinger verkaufen. Jedenfalls habe ich es versucht. Viele von ihnen sitzen in China oder im Nahen Osten, und die Suche nach Kontaktnummern ist ein echter Albtraum.«

Tanner schaute sich die Fotos an. Die abgebildeten Handys waren noch kleiner als die, die Chall ihr beim ersten Mal gezeigt hatte. Einige Modelle waren neben Münzen oder Büroklammern abgebildet. Chall scrollte zu einem, das auf einer Fingerkuppe Platz hatte.

»Die meisten haben ungefähr das Format von kleinen Einwegfeuerzeugen«, sagte Chall.

»Wie drückt man da überhaupt die Tasten?«, fragte Tanner.

Chall zuckte die Schultern. »Vielleicht mit einem Streichholz? Jedenfalls habe ich einen Händler aufgespürt, der letzte Woche fünfundzwanzig Stück davon verkauft hat.« Er öffnete einen weiteren Screenshot, markierte die ID des Verkäufers und wandte sich zu Tanner um. »An ein und dieselbe Person.«

»Sie haben nicht zufällig Name und Adresse?«

Er schüttelte den Kopf, suchte weiter und klickte. »Ich kann die Datenschutzmaßnahmen nicht austricksen, aber immerhin habe ich den Namen, den der Käufer online benutzt.«

Tanner beugte sich vor, um sich das Käuferprofil anzuschauen.

*ScreenSiren (63 *****)*

Feedback: 98 % positiv

Wohnort: Hastings, UK

»Ich habe mir die Liste der bisherigen Käufe angeschaut«, sagte Chall. »Mal vorausgesetzt, sie ist es tatsächlich … Dort habe ich nicht nur gesehen, dass sie vor ein paar Monaten schon mal die gleiche Anzahl von Handys gekauft hat. Vor dem letzten Kauf hat sie sich außerdem eine Großpackung hiervon besorgt.« Mit einem Klick brachte er einen weiteren Screenshot zum Vorschein, verkleinerte ihn und zog ihn neben das Käuferprofil.

Transparente Plastiksprühflasche/Zerstäuber, Fassungsvermögen 100 ml

Beim Lesen der Beschreibung musste Tanner lächeln. »›Gleichmäßiger Sprühnebel‹. Wie schön. ›Ideal für Wasser, Mundwasser oder Parfüm‹.«

Chall nickte. »Ja, und wahrscheinlich ganz nützlich, wenn man einen Brief von zu Hause oder eine Kinderzeichnung mit Spice besprühen will.«

»Hastings«, sagte sie.

»Am Meer«, sagte Chall.

Als Tanner klopfte, betete Thorne gerade um einen frühzeitigen Tod.

Seit zehn Minuten befand er sich im Gespräch mit einem Techniker aus dem Computerteam, bei dem er schon nach wenigen Sekunden nur noch Bahnhof verstand. Bei der Besprechung mit dem technischen Leiter der Operation eine halbe Stunde zuvor hatte er auch schon nicht folgen können. Als hätte er in einem schlecht eingestellten Radio einen fremdsprachigen Vortrag gehört. Proxy-Server, VPN-Verbindungen, temporäre Mail-Adressen … Ab und zu brummte er höflich, weil er ansonsten nichts beizusteuern hatte. Die Kopfschmerzen, die sich bereits vor dieser einseitigen Unterhaltung angekündigt hatten, wurden zusehends heftiger.

»Ja?«, sagte er jetzt und winkte Tanner mit übertriebener Begeisterung herein. Als der IT-Experte seinen verbalen Download unverdrossen fortsetzte, verdrehte er die Augen und schloss sie schließlich ganz.

Guerilla-Mail. Profilgeneratoren. Online-Reputationsmanagement.

Natürlich begriff Thorne, dass dieses Zeug wichtig war. Er begriff, dass die Vorarbeit, die im Augenblick von den Technikfreaks geleistet wurde, für das Gelingen der ganzen Operation entscheidend war. Und dass das Kommunikationsnetzwerk, das am Tag X zum Einsatz kommen sollte, weitaus komplexer war als alles, womit er je zu tun gehabt hatte. Und trotzdem.

Am liebsten hätte er ihnen allen gesagt, sie sollten einfach den Mund halten und ihn für eine oder zwei Sekunden mit ihrem Gequassel verschonen, damit er die einzige Frage stellen konnte, auf die er wirklich eine Antwort brauchte.

Wann?

»Überlegen Sie sich gut, was Sie sich wünschen.« Das hatte Brigstocke vor drei Tagen grinsend bemerkt, als die Nachricht von der Genehmigung ihres Plans gekommen war. »Mehr will ich gar nicht sagen, Tom.« Dann hatte er an verschiedene Unwägbarkeiten erinnert, die weit unangenehmere Konsequenzen zur Folge haben würden als öde Technikbesprechungen. So oder so, Thorne hoffte, das Schlimmste bald hinter sich zu haben.

Ein paar Aspirin konnten allerdings nicht schaden, gegen das Schädelbrummen.

Mit erhobener Hand signalisierte er Tanner, dass er beinahe fertig war.

Er versuchte positiv zu denken. Schließlich ging es hier um seine eigene dämliche Idee. Trotz aller Bemühungen war es ihm in den letzten Tagen nicht gelungen, das eklige Lächeln von Trevor Jesmond aus dem Kopf zu kriegen. Oder das kurze Aufflackern von Wut im Gesicht der DAC. Er musste ihnen beweisen, dass er richtiggelegen hatte.

»Hören Sie, hier hat sich gerade etwas Wichtiges ergeben«, sagte er. »Können Sie mir den Rest per E-Mail schicken?« Noch während der große Junge am anderen Ende der Leitung sich einverstanden erklärte, bedauerte Thorne seine Worte. Weil es wahrscheinlich weitaus quälender sein würde, sich die Mail durchzulesen, als den Worten des Kollegen zu lauschen.

»Ich wünschte, du würdest das für mich machen«, sagte Thorne. »Oder es wenigstens für mich übersetzen.«

»Als hätte ich nicht schon genug zu tun«, sagte Tanner. »Ich arbeite immer noch an einem anderen großen Fall. Den beiden Morden, schon vergessen?«

Thorne rieb sich die Schläfen. Es fühlte sich an, als würde er den Schmerz nur tiefer in seinen Schädel massieren. »Ja, tut mir leid. Du brauchst mich nicht daran zu erinnern, dass ich keine große Hilfe bin.«

»Sicher? Ich mache das nämlich gern.« Tanner bemerkte Thornes schmerzerfüllten Gesichtsausdruck. »Schon gut, ich weiß, dass du es nicht leicht hast.«

Dem konnte er kaum widersprechen. Abgesehen von dem nervtötenden Zeug, mit dem er sich im Moment herumschlagen musste, war auch die Jagd auf Aiden Goode auf Hochtouren gelaufen, bloß weitgehend ergebnislos. Das Einzige, was knapp zwei Wochen verdeckte Überwachung von Tracey Goode zutage gefördert hatte, war die Erkenntnis, dass die Formel-1-Zeitschrift, die Thorne entdeckt hatte, einem Kumpel ihres Mannes gehörte, der offenbar Dienstleistungen im Angebot hatte, die ihr »elektrischer Freund« nicht bieten konnte.

Viel Aufwand, hohe Kosten, und sie waren keinen Schritt weiter.

»Ich glaube, wir könnten vor einem Durchbruch stehen«, sagte Tanner. »In den Mordfällen Jandali und Sykes.«

»Ach ja?«

Adnan Jandali …

Thorne wurde schlagartig bewusst, dass ihm dieser Name in

den letzten Wochen nicht so häufig durch den Kopf gegangen war, wie er es wahrscheinlich hätte tun sollen. Während Tanner mit der weiteren Betreuung von Andrew Evans und der Suche nach der Frau beschäftigt gewesen war, die das Bindeglied zwischen ihm und den Drogenhändlern darstellte, war das erste Opfer vielleicht ein wenig … in Vergessenheit geraten. Thorne erinnerte sich an den aufrüttelnden Vortrag, den er dem Team nach dem Mord an Alice Matthews gehalten hatte. Ja, er hatte für die Kollegen eine kleine »Show« veranstaltet, hatte ihnen Fotos gezeigt und ihnen ins Gewissen geredet. Und doch waren diese Worte irgendwo tief aus seinem Inneren gekommen.

Sie hatten seinen Gefühlen entsprochen.

Er wusste, dass Tanner Andrew Evans zu seiner Familie zurückbringen und um jeden Preis die Frau auftreiben wollte, die ihn im Gefängnis mit Drogen versorgt hatte. Und ihm war klar, dass sie mit derselben Leidenschaft auch den Mann schnappen wollte, der am helllichten Tag einen wehrlosen Flüchtling vor seiner Haustür erschossen hatte. Dass sie Gerechtigkeit für Adnan Jandali und die beiden Jungen wollte, die nun Waisen waren. Er wusste, wie viel es ihr bedeutete und dass sie es auch Kieran Sykes' Familie ermöglichen wollte, am Prozess gegen seinen Mörder teilzunehmen.

»Weißt du noch, dass ich Dipak gebeten habe, sich ein bisschen ums Onlineshopping zu kümmern?«

Thorne gab vor, sich zu erinnern, auch wenn es in Wahrheit einen Moment dauerte, ehe ihm die Zusammenhänge wieder klar wurden. Die Kopfschmerzen schienen allmählich ein wenig nachzulassen. Als Tanner schließlich zu Challs Entdeckung kam und ihm erklärte, was sie mit dieser Informationen anfangen wollte, sagte er: »Ich bin dabei.«

»Bist du sicher?«

»Ich kann sowieso nichts Sinnvolles tun, solange alles vorbereitet wird, oder? Ich sitze hier rum wie bestellt und nicht abgeholt. Dieser Technikkram treibt mich bloß zur Verzweiflung.«

»Also gut«, sagte Tanner. »Besorg dir einen Sandeimer und ein Schäufelchen. Vielleicht können wir ein bisschen Spaß haben.«

SECHSUNDFÜNFZIG Zwar hatte Brigstocke keine Gelegenheit ausgelassen, Thorne an seine Schulden zu erinnern, doch nach der Genehmigung des Plans, den sie bei Scotland Yard präsentiert hatten, war noch keine Zeit für einen gemeinsamen Besuch im Oak gewesen. Jetzt endlich war es so weit, und alles sprach für einen langen und kostspieligen Abend. Zu allem Überfluss war ein ungebetener Gast aufgetaucht, der sich die Gelegenheit – Thorne in Spendierhosen – nicht entgehen lassen wollte.

Als Thorne die Biergläser an den Tisch brachte, grinsten Brigstocke und Hendricks ihn schadenfroh an.

Thorne sah Hendricks kopfschüttelnd an. »Dein Leben muss noch langweiliger sein, als ich dachte«, sagte er.

»Schlimmer, als du dir vorstellen kannst.«

Der Pathologe stieß mit dem DCI an. »Prost.«

»Und warum soll ich dein Bier überhaupt bezahlen?«, fragte Thorne.

Hendricks tat so, als müsste er seinen ersten Schluck gleich wieder ausspucken. »Machst du Witze? Du schuldest mir Gefälligkeiten aus zig Jahren, Mann. *Jahren*. Wenn ich die alle einlöse, geht dem Laden hier das Bier aus.« Er trank noch einen Schluck und bemerkte: »Ich sag dir was, ich steuere eine Portion Nüsse bei. Was meinst du?«

Für die nächsten zwanzig Minuten – und jeweils zwei Pints – unterhielt Hendricks die Runde mit ein paar neuen, ebenso makabren wie komischen Anekdoten von seiner Arbeit. Von dem Vikar, der erfolgreich Selbstmord begangen hatte und dessen Leiche ein paar interessante Intimpiercings aufwies. Von der halb verwesten Frau, die erst entdeckt wurde, als die Nachbarn auf das Bellen eines *sehr* wohlgenährten Rauhaardackels aufmerksam wurden. Und als krönenden Abschluss die Geschichte eines gestörten jungen Mannes, der sich selbst so oft und so heftig geschlagen hatte, dass sich Blutgerinnsel bildeten, die in seine Lunge eindrangen und zum Erstickungstod führten.

Kopfschüttelnd tranken sie von ihren Bieren, und jeder machte seine mehr oder weniger witzigen Bemerkungen. Doch Thorne wusste, dass sie – zumindest er und Brigstocke – nicht nur zu ihrem Vergnügen hier waren.

Als Thorne die dritte Runde zum Tisch gebracht hatte, beschloss er, zur Sprache zu bringen, was ihm schon die ganze Zeit auf den Nägeln brannte.

Er sagte: »Es gibt keine Garantie, dass wir es gleich im ersten Anlauf schaffen, Russell.«

Brigstocke schaute ihn wortlos an.

»Um ehrlich zu sein, wäre ich erstaunt, wenn es so wäre«, fuhr Thorne fort.

»Die DAC hat ausdrücklich eine einmalige Operation genehmigt.«

»Ja, ich weiß«, sagte Thorne. »Aber Abbott würde sicher auch einem zweiten Versuch zustimmen.«

»Darauf würde ich nicht wetten.«

»Aber offenbar glaubt sie, wir hätten eine Chance.«

»Wenn wir kein Geld dafür bekommen, ist es egal, was sie glaubt.«

Thorne schnitt eine verächtliche Grimasse.

Brigstocke stellte sein Glas auf den Tisch und beugte sich vor. »Hören Sie, mir ist klar, dass solche Kleinigkeiten wie Budgets

Ihnen keine schlaflosen Nächte bereiten, aber ich habe die Zahlen gesehen. Es kostet ein Vermögen, Mann.«

»Er hat fünf Frauen getötet, Russell.«

»Ich weiß, wie viele Frauen er getötet hat, verdammt.«

»Tut mir leid.«

»Ich hab Ihnen geholfen, grünes Licht zu bekommen, schon vergessen?«

Eine Weile tranken sie schweigend.

Thorne sah Brigstocke an. »Also, was passiert, wenn wir es im ersten Anlauf nicht schaffen?«

Der DCI leerte sein Glas. »Na ja, Jesmond, dieser Widerling, wird sagen: ›Ich wusste es doch gleich.‹ Und einer von uns beiden muss sich darauf einstellen, ein bisschen mehr Zeit mit seiner Familie zu verbringen.« Er schwenkte demonstrativ sein leeres Glas. »Und das werde nicht ich sein.«

Thorne nickte und starrte in sein beinahe leeres Glas.

Überlegen Sie sich gut, was Sie sich wünschen …

»Tja, wirklich lustig«, sagte Hendricks und schaute zwischen Thorne und Brigstocke hin und her. »Ich hätte da noch eine Geschichte über ein Kleinkind und einen Zementwagen, falls ihr die noch nicht kennt …«

»Du solltest ein paar Tage zu mir kommen.« Frances Coombs versuchte, sich die Nervosität nicht anmerken zu lassen. Gleichzeitig wollte sie nicht aufdringlich wirken, denn das funktionierte nie. »Es würde dir gefallen, Liebes.«

»Ich weiß nicht.« Wie üblich gab ihre Tochter sich weit weniger Mühe, ihre Gefühle zu verbergen. »Es wirkt ein bisschen langweilig.«

Also hatte sie recherchiert. Das war zumindest ein Anfang. »Es ist sonnig hier.« Frances ließ ihre heisere Raucherlache hören. »Jedenfalls sonniger als in Hackney.«

»Ich hatte eigentlich was anderes vor.«

»Was denn?«

»Leute treffen und so.«

»Ich meine doch nur ein paar Tage. Es gibt eine tolle Seebrücke, eine wunderbare neue Kunstgalerie, mit diesen modernen Sachen, glaube ich.«

»Seit wann interessierst du dich für Kunst?«

»Du kämst einfach mal raus.«

Ihre Tochter schnaubte. Im Hintergrund lief Musik, so nervös und aggressiv wie sie.

»Ich meine doch bloß, Nat.«

Seit sechs Jahren ging das nun so, und Frances wusste beim besten Willen nicht, wie es so weit hatte kommen können. Sie wusste nur, dass alles ihre Schuld war. Es wäre schwierig gewesen, vor einem neugierigen Teenager zu verbergen, womit sie ihr Geld verdiente. All ihre Arbeitsutensilien hatten im Wohnzimmer gelegen. Die Telefone, die Sprayflaschen, die Marsriegel.

Der Geruch aus den kleinen Plastikbriefchen.

Was hätte sie tun sollen? Lange Zeit hatte sie nicht gewusst, was ihr Mann getrieben hatte, wie er seine monatliche Lohntüte vom Gefängnis aufgebessert hatte. Erst als er nicht mehr da war, hatte sie alles auf seinem Handy entdeckt. Die Daten der Leute, für die er gearbeitet hatte. Ein paar Anrufe hatten genügt, um ihn zu beerben. Das Geschäft war in der Familie geblieben. Doch ihre Tochter durfte unter keinen Umständen mit hineingezogen werden.

Vielleicht hätte sie auch alles vor ihrem Mädchen geheim halten können. Aber wie, in einer kleinen Wohnung? Sie hatten einfach nicht genug Platz. Und außerdem – wer hätte ihr schon abgenommen, dass sie als Avon-Beraterin arbeitete? Inzwischen kam es wahrscheinlich sowieso nicht mehr darauf an, wie ihre Tochter in den Schlamassel geraten war. Eines Tages hatte jemand Stoff an der Wohnungstür abgeliefert. Ein netter kleiner Plausch, und schon bekam Nathalie den härteren Stoff mit Rabatt, weil ihre Mutter auf der Lohnliste stand.

Ein Freundschaftspreis.

Es war ihre Schuld, doch alles Jammern und Klagen änderte nichts. Seitdem tat sie das Einzige, was sie tun konnte: Sie legte Geld zurück und wartete, bis sie genug hatte, um ihre Tochter zu einer dieser Kuren zu schicken. Sie entgiften zu lassen. Sie hatte noch nicht darüber nachgedacht, *wie* sie das anstellen, wie sie Nathalie überreden würde. Doch wenn es erst so weit war, würde sie sich schon etwas einfallen lassen, und wenn sie sie persönlich dorthin schleppen musste. Zuerst aber musste sie Geld ansparen, und dazu reichte ihre Pension natürlich nicht aus. Nach der Geschichte mit Andrew Evans hatte sie schon Panik bekommen, weil ihre Aktivitäten auf Eis gelegt worden waren. Doch jetzt war sie wieder im Geschäft.

Allerdings musste sie sich auf ganz neue Kunden einstellen. Vielleicht sollte sie ihren Auftraggebern auch anbieten, weiter weg zu arbeiten. Es gab mehrere Jugendstrafanstalten, die mit dem Bus zu erreichen waren …

Natürlich war ihr die Ironie bewusst. Wie auch nicht? Dass sie die armen Schweine hinter Gittern zu Junkies machte, damit sie am Ende ihrer eigenen Tochter helfen konnte.

»Also, was meinst du?«

»Hab ich doch gesagt. Ich hab was vor.«

»Ich schicke dir das Geld für den Zug.«

»Wenn du willst.«

Frances bedauerte ihr Angebot auf der Stelle. Sie wusste ganz genau, dass ihre Tochter nicht kommen würde, und natürlich bestand auch kein Zweifel, wofür sie das Geld stattdessen ausgeben würde. »Ich hab dich seit Ewigkeiten nicht gesehen, Liebes.«

»Mein Gott, jetzt fang nicht wieder damit an.«

»Womit?« Frances musste sich konzentrieren, um die Stimme ihrer Tochter bei der lauten Musik zu verstehen.

»Mit der Scheiße von wegen, wie sehr du dich um mich sorgst.«

»Na ja, ich kann nun mal nicht anders.«

»Kannst du dir eigentlich vorstellen, wie sehr mich das stresst?«

»Tut mir leid ...«

»*Fertig* macht mich das ...«

Frances sah aus dem Fenster, hinunter auf die dunkle Straße. Mitten auf der Fahrbahn pickte eine dieser monströsen Möwen an irgendwas herum. Ein junges Paar mit Bierdosen in der Hand saß auf einer niedrigen Mauer. »So sind Eltern nun mal. Wer weiß, vielleicht hast du eines Tages mal eigene Kinder. Dann verstehst du, wovon ich spreche.« Sie sah zu, wie das Mädchen auf der Mauer mit seiner leeren Dose nach dem Vogel warf, der gleichgültig zur Seite hüpfte. »Wie läuft es übrigens mit deinem Freund? Dwayne, nicht wahr?«

Doch ihre Tochter hatte bereits aufgelegt.

Thorne ging zum Telefonieren vor das Pub. Er genoss die frische Luft, was ihn nicht davon abhielt, dankbar den Zigarettenqualm einer Gruppe von Leuten zu inhalieren, die ganz in der Nähe standen und sich lautstark unterhielten.

»Ich wollte dir nur sagen, dass es spät werden könnte.«

»Okay«, sagte Helen.

»Ich hab Russell einladen müssen, du weißt schon.«

»Du fährst hoffentlich nicht mit dem Auto.«

»Natürlich nicht.«

»Dann sehe ich dich morgen früh.«

»Ist alles klar bei dir?«

»Ja, ich bin nur müde. Alfie war eine Nervensäge heute Abend.«

»Du klingst ein bisschen ...«

Helen lachte leise. »Und du klingst auch *ein bisschen*.«

»Jenny hat irgendwas gesagt, stimmt's?«

Einige Sekunden lang herrschte Schweigen in der Leitung. Hinter Thorne lärmten die Raucher. Studenten, vermutete Thorne, oder vielleicht Neulinge vom Revier Colindale. Manchmal waren sie schwer zu unterscheiden.

»Nein.«

»Wir müssen eine Lösung finden, Helen. Oder *ich* muss eine Lösung finden. Weiß der Himmel.«

»Ich hab schon seit Tagen nicht mehr mit Jenny gesprochen, okay?«

»Du hast mal gesagt, dass sie Paul früher auch runtergemacht hat, weißt du noch? Vielleicht glaubt sie einfach, es ist nicht gut, wenn Polizisten zusammen sind. Als wäre es ungesund oder so was. Und vielleicht hat sie ja bald erreicht, was sie wollte.«

»Ich gehe jetzt ins Bett, Tom.«

»Dann muss sie sich allerdings was anderes suchen, worüber sie lästern kann.« Thorne atmete tief ein und bemerkte in einem plötzlichen Anflug von Nüchternheit, dass er seine schlechte Laune an Helen ausließ. Er tat genau das, was er Helen vorwarf. »Phil hat vorgeschlagen, ich sollte mir einen Auftragskiller mieten.« Er zwang sich zu einem Lachen, damit kein Zweifel kam, dass er Spaß machte. »Um deine Schwester zu beseitigen. Was meinst du?«

»Wie viel hast du getrunken?«

»Ein bisschen«, sagte Thorne. »Noch nicht genug.«

Er sah zu, wie einer der Raucher seine Kippe in den Rinnstein schnippte. Kurz spielte er mit dem Gedanken, hinzugehen und den Rowdy festzunehmen. Vielleicht sollte er gleich die ganze Gruppe verhaften, ehe auch die anderen ihren Müll auf die Straße werfen konnten. Das wäre wahrhaftig proaktiv, oder? Und auch nicht teuer, sodass es das Budget schonen und ihn nicht die Karriere kosten würde.

Eine Win-win-Situation.

Helen sagte: »Schlaf nicht ein in der U-Bahn.«

SIEBENUNDFÜNFZIG Der junge Mann, der ihr gegenübersaß, hatte beim Hereinkommen breit gelächelt. Natürlich hatte er sich gefreut, sie zu sehen. Nun allerdings, nachdem er bekommen hatte, was er wollte, schien er nur noch möglichst schnell verschwinden und sich über das Zeug, das sie ihm mitgebracht hatte, hermachen zu wollen. Beim Small Talk schien er sich unwohl zu führen.

»Hör nicht auf zu lächeln«, sagte die Duchess.

»Was?«

»Du bist froh, dass ich hier bin, schon vergessen?«

Der Junge tat sein Bestes – als posierte er für ein Foto.

»Viel besser«, sagte sie. »Und jetzt sprich mit mir.«

»Wie lange denn noch?«

Er war hager, trug T-Shirt und Jogginghose. Er war erst fünfzehn Jahre und sprach in diesem nörgelnden Ton, den sie nur allzu gut kannte. Nat war aus dieser Phase nie herausgekommen. »Es ist ein regulärer Besuch, okay? Alles muss normal aussehen, darum geht es. Vor allem, weil ich noch öfter kommen werde.« Sie streckte den Arm aus und tätschelte seine blasse Hand. »Es soll so aussehen, als wären wir Verwandte, Tony.«

»Verwandte?«

»Als wäre ich deine Großmutter oder Tante oder so was. Oder eine gute Samariterin, die vorbeischaut, um dich ein wenig aufzumuntern.« Sie warf einen Blick auf den Vollzugsbeamten in ihrer Nähe, der sich für nichts zu interessieren schien, außer dem, was er aus seiner Nase zu holen versuchte. »Die Beamten dürfen nicht fragen, deshalb ist es egal. Aber wenn ich nach fünf Minuten wieder abhaue, könnte das ein bisschen verdächtig wirken, meinst du nicht?«

Der Junge zuckte die Schultern.

»Tony?«

Er lächelte wieder, allerdings wenig überzeugend. »Wie alt sind Sie eigentlich?«

»Eine Dame nennt nicht ihr Alter«, sagte die Duchess.

Alt genug, um Bescheid zu wissen.

»Wie Sie meinen«, sagte der Junge. »Das Ganze ist nur ein bisschen abgefahren, finde ich.«

Sie war zum ersten Mal hier, und bisher war alles problemlos gelaufen. Man hatte sie informiert, welche Beamten bereit waren wegzusehen – wie früher ihr Mann – und auf welche Kameras sie achten musste. Ihre Auftraggeber verfügten stets über gute Informationen. Sie war direkt zum Snackautomaten gegangen, um dort den Schokoriegel zu ziehen, den sie gegen den in ihrer Tasche austauschen wollte. Dem Jungen dann den präparierten Riegel hinüberzuschieben war ganz einfach gewesen. Er hatte vorsichtig so weit wie nötig abgebissen und die Füllung dann geschickt verschwinden lassen, als hätte er die entsprechende Bewegung jahrelang geübt.

Die Neulinge wurden in Windeseile angelernt.

»Ich hab dir einen Brief von deiner Mum mitgebracht«, sagte die Duchess jetzt.

Der Junge musterte sie verwundert, dann nickte er.

Aus der Handtasche zog sie den Brief, den sie am Abend zuvor präpariert hatte, und schob ihn lächelnd über den Tisch.

»Danke«, sagte der Junge.

»Nein.« Sie schüttelte den Kopf, um den Jungen davon abzuhalten, den Brief gleich in die Tasche seiner Jogginghose zu stecken. »Lies ihn.« Sie beugte sich ein Stück vor, lächelte und senkte die Stimme. »Das ist ein Brief von zu Hause, klar? Bist du nicht glücklich darüber? Versuch so zu wirken, als würde er dir etwas bedeuten. Nicht als ob du ihn am liebsten gleich aufreißen und rauchen würdest.«

Der Junge nickte, eindeutig ein wenig eingeschüchtert, was sie für ein gutes Zeichen hielt. Er las langsam und bewegte dabei die Lippen.

»Jetzt lächle und steck ihn weg. Braver Junge.«

Er gehorchte und warf einen verstohlenen Blick auf die Uhr an der gegenüberliegenden Wand.

»Warum bist du hier, Tony?«

Er schaute sie verständnislos an.

»Wir müssen Zeit totschlagen.« Sie lehnte sich zurück. »Da können wir sie auch nutzen.«

»Ich hab ein Auto geklaut.« Er verschränkte die Arme. »Ein teures.«

»Das ist doch kein Schwerverbrechen, oder?«

»Na ja. Ich hab auch ziemlich für Schrott gesorgt. Hab einen Typen in einem kleinen Vauxhall Astra erwischt. Aber das war nicht meine Schuld!«

»Ist ihm etwas passiert?«

»Eine Woche Krankenhaus. Eine *Woche*. Und ich kriege achtzehn Monate. Voll krass.«

»Achtzehn Monate gehen schnell vorbei«, sagte sie. »Vor allem, wenn ich dich regelmäßig besuchen komme.«

»Scheiße.«

»Na ja, die Entscheidung liegt natürlich bei dir, aber …«

Als sie bemerkte, dass der Junge an ihr vorbeischaute, hielt sie inne. Sie wandte sich um und sah, dass ein Vollzugsbeamter sich mit schnellen Schritten näherte, im Schlepptau einen Mann und eine Frau, die nicht zum Personal zu gehören schienen. Sie wandte sich wieder dem Jungen zu, der bereits den Kopf gesenkt hatte.

Dabei entging ihr nicht, dass alle im Besucherbereich die kleine Gruppe hinter ihrem Rücken beobachteten. Wer ein Auge für solche Dinge hatte, begriff sofort, dass es sich nicht um irgendwelche Besucher handelte.

»Mrs Fleming?«

Als die Frau am Tisch aufblickte, hielten Tanner und Thorne bereits ihre Dienstausweise in der Hand. Tanner erklärte der Frau, wer sie waren.

Thorne hob die Hand und wandte sich an alle Anwesenden. »Tut uns leid, dass wir stören müssen.«

»Wären Sie bereit, sich kurz mit uns zu unterhalten?«

»Das hier ist ein Besuch mit offizieller Genehmigung«, sagte die Frau.

»Ach ja?« Thorne deutete mit dem Kopf auf den Jungen, der immer noch vor sich auf den Tisch schaute. »Allzu begeistert wirkt er nicht.«

»Ansonsten müssten wir Sie auf der Stelle festnehmen«, sagte Tanner. »Und dabei würden wir nicht besonders diskret vorgehen. Ich schätze, Sie sollten sich überlegen, wie schnell die Leute, für die Sie arbeiten, Bescheid wissen sollen.«

Die Duchess sah zuerst Tanner an, dann die Zuschauer an den anderen Tischen. Vorsichtig nahm sie die Handtasche vom Boden und erhob sich von ihrem Stuhl.

»Kluge Entscheidung«, sagte Tanner.

Thorne deutete auf den Jungen und das leere Marspapier auf dem Tisch. Er stieß den neben ihm stehenden Vollzugsbeamten an. »Worauf warten Sie, Mann? Es ist Zeit für den Gummihandschuh.«

Der Beamte schaute ihn wenig begeistert an.

»Nun kommen Sie schon«, sagte Thorne. »Tun Sie nicht so, als wäre das kein Highlight in Ihrem Job.«

ACHTUNDFÜNFZIG Er wurde bei der Arbeit nachlässig, machte dumme Fehler, und das sah ihm nicht ähnlich. Nicht dass er nie Fehler gemacht hätte. Ab und zu ließ er sich durchaus ablenken. Zumindest in dieser Hinsicht unterschied er sich nicht von anderen Menschen. Aber im Unterschied zu den meisten war ihm klar, warum es passierte. Es war dieses Kribbeln, das ihn erfasste und ihn wissen ließ, dass es bald wieder so weit war.

Sich umzuschauen war natürlich ein notwendiger Teil des Ganzen. Dabei ging es darum, diejenigen auszusortieren, die aus dem einen oder anderen Grund nicht passten, und die Liste der möglichen Kandidaten enger zu fassen. Er liebte diesen Teil der Arbeit, denn er war nicht weniger neugierig auf das Leben fremder Menschen als andere auch. Er genoss es, im Geheimen viel über sie zu wissen. Unbemerkt beobachten und dokumentieren zu können. Oftmals setzte er sich noch nach dem Abendessen an seinen Laptop und stöberte wie im Rausch herum, bis er irgendwann auf die Uhr schaute und feststellte, dass fünf oder sechs Stunden vergangen waren. Selbst wenn er dann irgendwann ins Bett ging, lag er noch lange wach und fügte im Kopf Bilder zusammen: sie mit ihm, er mit ihr, an diesem oder an jenem Ort. Es war faszinierend.

Und doch war Vorbereitung das eine, die eigentliche Tat aber etwas ganz anderes.

Es wurde Zeit für die endgültige Entscheidung. Und endlich loszulegen. So viel Spaß das Organisieren ihm auch machte, letztlich zielte doch alles auf den Moment ab, wo er sich dem Ziel, das er mit so viel Bedacht ausgesucht hatte, Auge in Auge gegenübersah. Ob sie von ihrem Traumdate freudig erregt war oder nach einem Reinfall ihre Wunden leckte, war dann nicht so wichtig. Diese Gefühle hielten ohnehin nur eine Sekunde oder zwei vor. Dann ging es für ihn nur noch darum, ihre Schreie zum Verstummen zu bringen. Doch diese Momente waren es, die ihn glücklich durch die nachfolgenden langen Tage und Wochen trugen, wenn er allabendlich am Computer saß, wenn er klickte und scrollte und an seinem neuesten Abenteuer bastelte.

Bis es ihn wieder zu kribbeln begann.

Er trank seinen Kaffee aus, denn es war Zeit, sich wieder an die Arbeit zu machen. Selbst die Tatsache, dass der schicke neue Nespresso-Automat noch nicht gekommen war, hatte ihm die gute Laune nicht verdorben. Heute Abend würde er nach Hause gehen und sich an die Arbeit machen. Er würde alles bis aufs i-Tüpfelchen vorbereiten. Er würde die verbleibenden Gesichter ausdrucken und an die Wand über seinem Schreibtisch hängen. Die drei letzten Kandidatinnen. Er würde ihre erwartungsvollen Gesichter anstarren, bis sie sich in seine Netzhaut eingebrannt hatten. Dann würde er die Augen schließen und … Ja, es war albern, weil niemand ihn dabei sehen konnte, doch er würde den Moment ein wenig in die Länge ziehen, so wie sie es in den Talentshows im Fernsehen machten.

Und die Gewinnerin ist …

Wenn das erledigt war und er die Übriggebliebenen für den Moment vergessen konnte, würde er sich noch einmal vergewissern, dass sich am Arrangement nicht in letzter Minute noch etwas geändert hatte. Gründlichkeit zahlte sich stets aus, und Frauen hatten nun mal die unangenehme Angewohnheit, im letzten Moment alles über den Haufen zu werfen.

Eigentlich esse ich doch lieber italienisch.

Tut mir leid, aber könnten wir vielleicht in dieses neue Weinlokal gehen?

Er würde noch ein bisschen googeln müssen, Straßenkarten studieren und Routen auswählen. Er würde sich Grundrisse von Restaurants und Pubs einprägen und sich für die günstigsten Beobachtungspunkte entscheiden. Doch all das würde nicht viel Zeit in Anspruch nehmen, weil er nun einmal über ein besonderes Gehirn verfügte. Und weil einem das Lernen immer leichtfiel, wenn es um ein Thema ging, an dem man Freude hatte.

Für das man brannte.

Dann, wenn alles erledigt war und nur das langsame Verstreichen der Stunden bis zur Verabredung ihn noch von der Erfüllung trennte, würde er ins Bett gehen. Ruhig und zufrieden.

Und so gut schlafen wie schon lange nicht mehr.

NEUNUNDFÜNFZIG

Von dem Augenblick an, als sie die Frau, die sich Rita Fleming nannte, aus dem Warren-Park-Gefängnis begleitet hatten – einer Jugendstrafastalt zwischen Hastings und Folkestone –, war alles so gelaufen, wie Tanner und Thorne es erwartet hatten.

Leider.

Die »Duchess« hatte während der zweieinhalbstündigen Fahrt nach London kein Wort gesprochen. Auch nach ihrer Ankunft im Revier Colindale hatte sie nur ihren korrekten Namen und ihre Adresse preisgegeben. Während des darauffolgenden Telefongesprächs allerdings musste sie den Mund aufgemacht haben, denn binnen einer Stunde war ein gut gekleideter, nicht zu Späßen aufgelegter Anwalt hereingerauscht und hatte das Heft in die Hand genommen. Er wurde pflichtgemäß über die vorliegenden Beweise informiert: mehrere gefälschte Ausweisdokumente, dazu Handys und Drogen, die inzwischen bei einer noch andauernden Durchsuchung in Hastings entdeckt worden waren. Anschließend zog er sich zu einer zehnminütigen Beratung mit seiner Klientin zurück. Und schließlich saß der Anwalt schweigend dabei, als Frances Elizabeth Coombs einem zwanzigminütigen Verhör unterzogen wurde. Erneut blieb sie mehr oder weniger stumm. Sie sagte nur das, wozu sie offenbar instruiert worden war.

Die vorhersehbaren zwei Worte.

Eine Stunde später sah Thorne zu, wie Nicola Tanner in seinem Büro im Becke House unablässig hin und her tigerte. Sie schüttelte den Kopf und blieb kurz stehen, um dem Bein seines Schreibtisches einen Tritt zu verpassen.

»Das bringt es nicht«, sagte Thorne. »Warum gehst du nicht nach Hause und trittst deine Katze? Das ist viel befriedigender.«

Sie warf ihm einen finsteren Blick zu und setzte sich dann auf den Besucherstuhl.

»Warum bist du so überrascht?«, fragte er.

»Ich bin nicht überrascht«, sagte Tanner. »Ich bin sauer. Es hat *ewig* gedauert, sie aufzuspüren ...«

»Vielleicht finden die Kollegen irgendwas in ihrer Wohnung. Sie steht offensichtlich in ständigem Kontakt mit den Leuten, die Jandali und Sykes haben umbringen lassen, also muss es irgendwo einen Namen oder eine Telefonnummer geben. Wahrscheinlich hat sie nicht gerade einen Zettel an ihre Kühlschranktür gehängt, aber wer weiß?«

»Hast du gemerkt, wie ängstlich sie war?«

»Du bist nun mal Furcht einflößend«, sagte Thorne. »Manchmal erinnerst du mich an Rosa Klebb.«

»An wen?«

»*Liebesgrüße aus Moskau.* Sie hatte ein Messer im Schuh.«

»Die Frau hatte Angst vor dem Anwalt.« Tanner setzte sich. »Hast du das nicht gemerkt? Bei jedem Blick von ihm ist sie zusammengezuckt.«

»Na ja, dazu dürfte sie auch Grund haben, denn er arbeitet offenbar für dieselbe Firma wie sie. Sicher hat er bei den Bossen angerufen, ehe er sich auf den Weg gemacht hat. Und ihr bei der Vorbesprechung klargemacht, was von ihr erwartet wird.«

»Ja, und wenn nicht irgendein Wunder geschieht, wird sie uns genauso wenig nützen wie Andrew Evans.«

»Sie ist schuldig«, sagte Thorne. »Und Evans ist … na ja, nur ein bisschen schuldig. Das ist schon mal etwas.«

»Dann haben wir also dafür gesorgt, dass ein paar Handys weniger in Gefängnisse geschmuggelt werden. Und etwas weniger Spice. Aber das hilft uns nicht, die Mörder von Jandali und Sykes zu finden, oder?«

»Wahrscheinlich nicht«, räumte Thorne ein.

»Und wer weiß, was passiert, wenn wir sie einbuchten? Diese Typen haben sicher Verbindungen zu Häftlingen, die bereit sind, ihnen einen Gefallen zu tun.«

»Mach dir darüber keine Gedanken.«

»Ach nein?«

Thorne lehnte sich zurück und trommelte mit den Fingern auf den Tisch. »Ich denke darüber nach, einen Laden zu eröffnen.«

»Was?«

»Wenn die Aiden-Goode-Geschichte in die Hose geht und ich rausfliege.«

»Das wird nicht passieren«, sagte Tanner.

»Schallplatten vielleicht … oder Secondhand-Klamotten. Obst und Gemüse? Das brauchen die Leute immer.«

»Wie ich sehe, hast du alles schon gründlich durchdacht.«

»Warum schmeißt du den Job nicht auch hin und steigst bei mir ein?«

Tanner lächelte. In diesem Augenblick klopfte eine Mitarbeiterin in Zivil an die Tür und steckte den Kopf herein.

»Verzeihung«, sagte sie. »Aber die alte Frau in der Zelle sagt, sie will eine zweite Vernehmung. Ohne ihren Anwalt.«

Tanner stand auf und wartete, dass Thorne sich anschloss. »Vielleicht schaue ich hin und wieder rein. Und kaufe einen Blumenkohl.«

SECHZIG

»Déjà-vu«, sagte Tanner. Sie schob im selben Verhörraum dasselbe Blatt Papier über den Tisch wie einige Stunden zuvor. Die Fotokopie eines Reisepasses, den die Frau im Gefängnis Warren Park benutzt hatte. »Das sind Sie, richtig?«

»Ja, das bin ich.« Frances Coombs hatte kaum hingesehen. Als sie Tanners unzufriedene Reaktion bemerkte, zog sie eine Brille mit Drahtgestell aus einem schäbigen Lederetui und setzte sie auf. »Da hab ich noch besser ausgesehen.«

»Hm, ich weiß nicht«, sagte Thorne. »Ich finde, das Kastanienbraun steht Ihnen gut.«

»Wirklich?«

Thorne nickte. »Macht Sie jünger.«

In Wirklichkeit sah man der Frau, die ihnen gegenübersaß – trotz Make-up und gefärbter Haare –, die neunundsechzig Jahre sehr wohl an. Ihre Wangen waren eingefallen und von Äderchen durchzogen, die Haut an ihrem Hals hing schlaff herab. Auf dem Foto sah sie jünger aus, und aufgrund der Berichte über ihre Gefängnisbesuche hatten sie mit einer deutlich energiegeladeneren Frau gerechnet. Offenbar hatte es irgendwie belebend auf sie gewirkt, dort ihre Rolle zu spielen. Natürlich spielte sie auch jetzt eine Rolle und gab sich selbstbeherrscht und zuversichtlich, doch verjüngend wirkte diese Vorstellung nicht.

Tanner schob ihr drei weitere Blätter zu. »Und das hier sind Sie auch, oder? Der Pass lautet auf den Namen Sophia Crawford, der Führerschein auf Audrey Davis.«

»Ja, das bin ich auch.« Frances Coombs schob die Blätter zur Seite. »Hören Sie, Sie wissen, warum ich Sie noch einmal sprechen wollte. Sie sind nicht dumm.«

»Nein, das sind wir nicht«, bestätigte Thorne.

»Warum verschwenden wir dann unsere Zeit?«

»Haben Sie noch etwas vor?«, fragte Thorne. »Wir halten Sie hoffentlich nicht vom Bingo ab, oder so?«

Coombs wandte sich Tanner zu und deutete auf Thorne. »Hält er das für witzig?«

»Wir müssen es genau wissen, Frances«, sagte Tanner. Sie blätterte eine Seite in ihrem Notizbuch um, während Thorne grinste. »Sie haben diese und andere gefälschte Papiere benutzt, um sich über mehrere Jahre hinweg Zugang zu verschiedenen Gefängnissen zu verschaffen, darunter Maidstone, Pentonville und die Jugendstrafanstalt Warren Park.«

»Ja.«

»Sie gaben sich dort als Besucherin aus.«

»Ja.«

»In Wirklichkeit aber schmuggelten Sie für verschiedene Häftlinge diverse Gegenstände hinein.«

»Das wissen Sie doch.«

»Drogen, zum Beispiel Spice.«

»Ja, überwiegend Spice. Ein- oder zweimal Koks, Speed …«

»Sonst noch was?«

»Handys. Die hatte ich oft dabei.«

»Die niedlichen kleinen, arschgerechten Dinger«, stellte Thorne fest.

»Damit kennen Sie sich bestimmt aus, oder?«

Thorne spielte den Geschockten und wandte sich an Tanner: »Hält sie das für witzig?«

»Diese Häftlinge, die Sie besucht haben, waren darunter auch Graham French, Kyle Mason und Andrew Evans?«

»Ich hab viele Leute besucht, meine Liebe.«

»Ja, aber an Andrew Evans müssten Sie sich eigentlich erinnern«, erwiderte Tanner. »Er war einer von denen, mit denen Sie auch nach seiner Haftzeit noch zu tun hatten. Und zwar nicht in grauer Vorzeit.«

»Kommen Sie schon.« Thorne tippte sich gegen den Kopf. »Ich bin sicher, Sie finden es irgendwo da drin.«

Coombs berührte mit der Hand vorsichtig ihr Haar. »Ja, ich erinnere mich an ihn.«

»Sie haben ihm auch später noch Drogen geliefert«, stellte Tanner fest. »Und dafür gesorgt, dass er genau wusste, wie hoch seine Schulden waren. Und Sie stellten die Verbindung zu den Leuten her, denen er das Geld schuldete.«

»Zu den Leuten, für die Sie arbeiten«, sagte Thorne.

Bei der Erwähnung der Menschen, die sie über Jahre hinweg mit Ware versorgt und ihr jetzt so hilfsbereit einen Anwalt zur Seite gestellt hatten, erhielt die Fassade der Frau einen leichten Riss. Sie nahm die Brille ab und rieb sich die Augen.

»Brauchen Sie etwas zu trinken, Frances?«

Coombs schüttelte den Kopf, und als sie endlich aufblickte, schien sie sich gesammelt oder zumindest an die Rolle erinnert zu haben, die sie hier spielen wollte. »Können wir jetzt endlich zum Thema kommen?«

»Zum Thema?«

»Wie gesagt, Sie sind nicht dumm. Also ist Ihnen klar, warum ich meinen Anwalt nicht dabeihaben wollte.«

Thorne sah sie fragend an.

»Sind Sie denn schon zufrieden, mit dem, was Sie haben? Mit dem hier?« Coombs griff nach den Kopien der falschen Ausweise und wedelte damit vor Thornes Nase herum.

»Wir sind nicht besonders anspruchsvoll.«

Sie wandte sich an Tanner. »Was ist aus Andrew Evans geworden?«

»Das kann ich Ihnen leider nicht sagen.«

»Sie haben ihn offensichtlich irgendwo versteckt. Aber glauben Sie mir, solange Sie nur ihn in der Hinterhand haben, erreichen Sie gar nichts. Sie kommen höchstens an ein paar kleine Dealer heran. Niemals an die Drahtzieher. Niemand kommt vor Gericht, denn Evans weiß nichts.« Sie lächelte, berührte wieder ihr Haar und legte dann die von Altersflecken übersäten Hände übereinander. »Wissen Sie, in dieser Branche ist es am besten, wenn so wenige Menschen wie möglich etwas wissen. So ist es den großen Bossen am liebsten. Aber wenn man so lange dabei ist wie ich, schnappt man zwangsläufig das eine oder andere auf. Nicht weil man es bewusst darauf anlegt, sondern es ergibt sich einfach. Und man merkt sich diese Dinge, weil man weiß, dass man sie eines Tages vielleicht gebrauchen könnte, wenn die Geschäfte nicht mehr so gut laufen. Ein paar Namen, Telefonnummern, Orte, an denen sich die Leute, die diese Namen benutzen, regelmäßig aufhalten.« Sie lächelte Tanner an und entblößte ihre strahlenden dritten Zähne.

Tanner ließ einige Sekunden verstreichen. Dann sagte sie: »Falls ich Sie richtig verstehe und Sie uns Ihre volle Zusammenarbeit anbieten, und falls die Informationen, über die Sie zu verfügen behaupten, zu einer Festnahme im Zusammenhang mit den Morden an Adnan Jandali und Kieran Sykes führen …«

Die Frau richtete sich mit einem Ruck auf. »Moment! Von Morden weiß ich nichts.«

»Ach nein?« Thorne tat überrascht. »Davon haben Sie nie gehört? Nicht das eine oder andere *aufgeschnappt*?«

»Ich hab diese Namen noch nie gehört«, sagte Coombs. »Wie war noch mal der erste? Er klang ausländisch.«

Tanner hob eine Hand. »In Ordnung. Helfen Sie uns einfach, die Leute zu finden, die Andrew Evans mit Drogen versorgt haben. Das führt uns wahrscheinlich automatisch zu den Drahtziehern der Morde.«

»Gut.« Coombs tippte mit einem ihrer roten Fingernägel auf die Tischplatte. »Denn über solche Dinge werde ich nicht reden. Nicht über Mord.«

»Verstanden.«

»Gut.« Mit einem missbilligenden Blick auf Thorne fragte sie: »Kommen wir jetzt endlich zum Thema?«

Thorne verschränkte die Arme. »Schießen Sie los. Mal sehen, wie weit wir kommen.«

»Ich brauche Schutz.«

»Natürlich brauchen Sie den.«

»Für mich und meine Tochter. Es geht um uns beide. Sie … hat Probleme … ich kann sie nicht allein lassen.«

»Mir kommen die Tränen«, sagte Thorne.

Coombs schaute ihn an, als wolle sie ihm die hübschen roten Fingernägel am liebsten in die Augen rammen.

»Wir schauen, was wir tun können«, sagte Tanner. »Mehr kann ich im Augenblick nicht versprechen. Eine neue Identität sollte kein Problem sein, und was das angeht, bringen Sie ja eine gewisse Erfahrung mit. Wir könnten da etwas in die Wege leiten.«

»Aber falls Sie über ein neues Leben auf den Bahamas nachdenken, vergessen Sie's.« Thorne sah, wie die Frau nickte. Er bemerkte das Zucken in dem dunklen Tränensack unter ihrem rechten Auge. Dann sagte er: »Nach allem, was ich gehört habe, soll Wolverhampton ganz hübsch sein.«

EINUNDSECHZIG

Es war Susans Idee gewesen, die Katze »Mrs Slocombe« zu nennen. Tanner hatte es am Anfang durchaus witzig gefunden. Doch es war schon bald ermüdend geworden, jüngeren Leuten, die die Sitcom nicht mehr kannten, aus der der Name stammte, ständig den »Muschi«-Witz erklären zu müssen. Außerdem fühlte sie sich nicht besonders wohl, wenn sie den Namen laut rufen oder auch nur *aussprechen* musste. Zum Beispiel spätabends, wenn sie im Morgenmantel an der offenen Hintertür stand und mit einer Schachtel Katzenfutter rasselte.

Stattdessen flüsterte sie ihn, und das verdammte Biest schlich da draußen im Dunkeln herum und ignorierte sie.

Die Katze hatte Susan sowieso lieber gemocht, und Tanner war es nur recht gewesen. Das alles hatte sich mit Susans Tod verändert. Die Katze war nun mehr als ein Lebewesen, das sie füttern und zum Tierarzt bringen musste. Seit dem Brand hätte Tanner sich nicht mehr vorstellen können, ohne das Tier zu leben.

Seitdem Mrs Slocombe ihr das Leben gerettet hatte.

Sie hob die Katze hoch und nahm sie auf ihren Schoß. Die Katze beobachtete sie und hielt die Balance, während Tanner zunächst die Schuhe abstreifte und sie dann ordentlich nebeneinanderstellte. Dann lehnte sie sich auf dem Sofa zurück und griff nach ihrem Telefon. Die Katze ließ sich auf ihrer Brust nieder.

Tanner nannte dem diensthabenden Beamten in Long Barrow Manor den vereinbarten Code und wartete. Sie hörte, wie sich die Schritte des Mannes auf dem Holzboden entfernten. Inzwischen war die Katze dazu übergegangen, sie in regelmäßigen Abständen zu kratzen. Gerade als sie das Tier gepackt hatte, um es auf den Teppich zu setzen, meldete sich Andrew Evans.

»Was ist passiert?«

»Alles in Ordnung«, sagte Tanner schnell. »Paula und Sean geht es gut.« Sie hörte, wie Evans geräuschvoll ausatmete. »Ich habe gute Neuigkeiten. Wir haben die Duchess geschnappt.«

»Und?«

»Sie redet.«

»Ja, darin war sie schon immer gut.«

»Wir kommen voran, verstehen Sie?«

Evans sagte zunächst nichts. Tanner hörte irgendwo im Hintergrund Geplauder. »Ich schätze, ich muss nicht fragen, wann Sie mit einem Ergebnis rechnen?«

»Wir müssen so viel wie möglich aus ihr herausbekommen.« Tanner verscheuchte die Katze, die am Sofa zu kratzen begonnen hatte. »Vor allem, weil es inzwischen einen zweiten Mord gegeben hat.« Sie wartete, doch Evans reagierte nicht. »Dieselben Leute, die Adnan Jandali getötet haben, haben in Tottenham einen Dealer namens Kieran Sykes erschossen.« Sie hörte, wie Evans seufzte. »Andrew, Sie wussten doch, wie gefährlich diese Leute sind.«

»Ja klar«, brummte er. »Sie werden versuchen, mich umzubringen, sobald ich den Mund aufmache. Für mich ändert sich nicht viel, egal, ob es nun um einen oder zwei Morde geht.«

Tanner war froh, dass Evans die Nachricht so gelassen aufnahm. Sie hatte mit einer Panikreaktion gerechnet, hatte befürchtet, dass er den Entschluss zur Zusammenarbeit zurücknehmen würde. Aber er hatte natürlich recht mit seiner Einschätzung, dass er für die Männer, hinter denen sie her waren, ohnehin schon gefährlich genug war. »Wir müssen so viel wie möglich aus der Duchess herausbekommen und genug Material für Verhaftungen zusammentragen, damit wir den Mörder von Adnan Jandali und Kieran Sykes anklagen können. Wir müssen sehr gründlich arbeiten, schließlich geht es darum, die Grundlagen für einen Prozess zu legen. So etwas geht nicht über Nacht. Wir brauchen Sie immer noch als Zeugen.«

»Obwohl Sie die Duchess geschnappt haben?«

»Wir können nicht hundertprozentig sicher sein, dass sie vor Gericht aussagen wird«, sagte Tanner. »Aber entscheidend sind die Informationen, die sie uns geben kann. Ich meine, ich hoffe natürlich, dass sie aussagt, aber Sie bleiben für die Staatsanwaltschaft so oder so von Bedeutung. Weil diese Männer versucht haben, Ihnen den Jandali-Mord anzuhängen.«

»Dann muss ich also noch nicht zu packen anfangen?«

»Nein, aber die Sache ist jetzt ins Rollen gekommen ist. Ein Ende ist absehbar, okay?«

»Was werden Sie mit ihr machen? Wenn sie tatsächlich redet? Um Himmels willen, sie kommt doch nicht hierher, oder?«

Wo Frances Coombs im nächsten Stadium der Ermittlungen untergebracht werden sollte, war tatsächlich ein Diskussionspunkt gewesen. Verschiedene sichere Häuser waren vorgeschlagen worden, doch am Ende war die Wahl auf ein kleines Hotel in der Nähe des Alexandra Palace gefallen. Sie würde täglich von bewaffneten Beamten zum und vom Hotel eskortiert werden. Sie würde rund um die Uhr einen Alarmknopf tragen müssen, dessen Betätigung einen Notruf und die sofortige Verständigung von Tanner oder Thorne auslösen würde.

»Nein«, sagte Tanner. »Sie kommt nicht zu Ihnen, denn sie hat kein Suchtproblem. Abgesehen davon sind Sie beide Zeugen, sodass sie nicht zusammentreffen dürfen.«

»Glück für sie«, sagte Evans. »Ich würde ihr am liebsten die Gurgel umdrehen.«

Tanner hatte nicht erwartet, dass Andrew Evans reagieren würde, als hätte er im Lotto gewonnen. Und ihr war auch klar gewesen, dass er sich vor allem über die zeitlichen Abläufen Gedanken machen würde. Aber trotzdem wäre sie für ein bisschen … Anerkennung dankbar gewesen. Sie hätte die Geschichte, die er ihr vor Wochen in der Zelle erzählt hatte, problemlos ignorieren und sich auf die vorhandenen Beweise konzentrieren können. Sie hätte zur Staatsanwaltschaft gehen, Evans des Mordes an Jandali beschuldigen und den Fall abschließen können. Stattdessen hatte sie sich für ihn weit aus dem Fenster gelehnt.

Beinahe meinte sie die Stimme Thornes zu hören, der ihr erklärte, dass sie in diesem Job keine Dankbarkeit erwarten dürfe und dass jeder, der das tue, ein Idiot sei.

Sie sagte: »Das sind doch gute Neuigkeiten, Andrew.«

Wieder stieß Evans geräuschvoll die Luft aus. »Ja, ich schätze schon. Auf jeden Fall die besten, seit ich hierhergekommen bin.«

»Dann haben Sie wohl das Baby vergessen.«

Evans lachte. »Scheiße, ja.«

»Hören Sie, ich kann nichts versprechen, aber wenn keine größeren Probleme auftauchen, sehe ich keinen Grund, warum Sie nicht bei der Geburt dabei sein sollten.«

»Was … in sechseinhalb Monaten?«, fragte Evans. »Manche Mordprozesse dauern Jahre.«

»Manche.« Aus dem Augenwinkel bemerkte Tanner eine Bewegung. Die Katze war aufs Fensterbrett gesprungen. Tanner sah zu, wie sie den Schwanz hochreckte und hinter ein gerahmtes Foto schlich, das sie und Susan zeigte. »Ich verspreche, dass ich mein Bestes gebe, okay? Damit Sie es rechtzeitig schaffen.«

»Ja, gut«, sagte Evans. »Wäre toll.« Eine kurze Pause folgte und ein Geräusch, als würde er den Hörer vom einen Ohr ans andere legen. »Danke.«

Auf dem Weg zum gemeinschaftlichen Wohnzimmer kam er an Barrett vorbei, dem schlaksigen Polizisten, zu dem er in den letzten Wochen ein ziemlich gutes Verhältnis aufgebaut hatte. Evans' Vater hätte ihn wahrscheinlich als schmales Hemd bezeichnet, aber der Mann war wirklich nett. Chelsea-Fan – aber wer war schon perfekt?

»Gute Neuigkeiten, Andrew?«, fragte Barrett.

Evans warf ihm einen fragenden Blick zu.

»Sie gehen so beschwingt. Ich meine ja bloß.«

»Ich komme hier raus«, sagte Evans. »Ich meine, nicht morgen oder übermorgen, aber hoffentlich bald.«

Der Beamte lächelte matt. Es war klar, dass er diesen Spruch schon allzu oft gehört hatte. »Wie schön«, sagte er.

»Mit ein bisschen Glück bin ich zu Hause, wenn das Baby kommt.«

Barrett nickte. »Dann versuchen Sie die restliche Zeit hier zu genießen, Mann. Wenn Sie erst mal Windeln wechseln müssen und nachts nicht mehr zum Schlafen kommen, wird Ihnen das hier wie Urlaub vorkommen.«

»Haben Sie Kinder?«

»Teenager«, sagte Barrett. »Ich freue mich jeden Tag, wenn ich morgens zur Arbeit losgehen darf.«

Evans ging weiter ins Wohnzimmer, wo einer der Neuzugänge vor dem Fernseher saß. Der Mann war Anfang zwanzig, stämmig und trug einen Trainingsanzug. Er hatte sich einen Stuhl nahe an das Gerät gerückt und starrte auf den Bildschirm. Mit seinen tätowierten Händen rieb er sich unablässig die Knie. Als Evans eintrat, schaute er nicht auf.

»Alles klar?«, fragte Evans, als er langsam an dem Jungen vorbei zur Verandatür ging, erhielt aber keine Reaktion. Im Fernsehen fand gerade eine geräuschvolle Verfolgungsjagd statt.

Durch einen Vorhang von Nieselregen blickte Evans hinaus auf das Grundstück. Zwei Eichhörnchen liefen über den Rasen, hin zu den Bäumen jenseits des Zauns. Er betrachtete die Baumkronen, die sich im Wind bogen. Unwillkürlich fragte er sich, ob es um ihn auch so schlimm gestanden hatte, als er vor ungefähr einem Monat hier eingetroffen war.

Wahrscheinlich schlimmer, dachte er.

Noch immer traf er sich täglich mit Nennen-Sie-mich-Rob, doch inzwischen plauderten sie fast nur noch. Inzwischen freute er sich sogar darauf. Sie sprachen darüber, was für Jobs Evans annehmen könnte, wenn er rauskäme. Und über Paula und das Baby.

Über normale Sachen eben.

Gelegentlich hatte es noch diese Momente gegeben – ein Aufblitzen von Hunger, ein Impuls zur Handgreiflichkeit –, doch der letzte war bereits mehrere Tage her. Und schon vor Tanners Anruf hatte er immer häufiger gedacht, dass derjenige, der diesen Flüchtling ermordet und ihn selbst der Polizei zum Fraß vorgeworfen hatte, ihm letztlich einen Gefallen getan hatte. Ihm und seiner Familie. Damals hatte es sich natürlich nicht so angefühlt: gewaltsam von Paula und Sean getrennt zu werden; in dieser Zelle zu sitzen und nicht zu wissen, wie ihm geschah; in einem seltsamen alten Gebäude mitten im Nirgendwo mit Tabletten vollgepumpt zu werden.

Inzwischen kam ihm all das vor wie eine kuriose Geschichte, die man ihm erzählt hatte, die Geschichte eines anderen.

Inzwischen konnte er wieder schlafen und musste nicht jeden Morgen die Laken wechseln, weil sie derart durchgeschwitzt waren, dass man glauben konnte, er hätte sie vollgepisst.

Er war clean, wenn das Baby auf die Welt käme.

Evans drehte sich um, betrachtete seinen Mitbewohner, der immer noch vor dem Fernseher hockte. Seine Hände waren immer noch in Gang, doch jetzt sah Evans, dass der Kerl in Wahrheit überhaupt nicht hinschaute. Beide Augen waren fest geschlossen.

ZWEIUNDSECHZIG

Alfie saß zu Thornes Füßen und spielte mit Helens altem iPad, während Thorne die Dokumentation durchblätterte, die das Computerteam ihm geschickt hatte. Wie befürchtet, war es schwarz auf weiß ebenso unverständlich wie zuvor am Telefon. Doch er gab sein Bestes und sagte sich immer wieder, dass er nicht begreifen musste, *wie* es funktionierte, solange er nur glaubte, *dass* es funktionierte.

»Ja!«, sagte Alfie und ballte triumphierend die Faust. Offenbar war es ihm gelungen, einen Edelstein oder eine Schatztruhe zu finden oder ein Zombiehuhn abzuschießen.

»Treffer?« Thorne beugte sich hinunter, um einen Blick auf das Display zu werfen. Wieder einmal erstaunte es ihn, wie beängstigend geschickt das Kind im Umgang mit Technologie war. Dass Kinder in der Lage waren, derartige Spiele zu spielen, noch bevor sie lesen konnten, dass sie Apps öffneten und sich durch Bildschirme navigierten, ehe sie die Schreibschrift erlernten. Er erinnerte sich, wie Alfie das Bild vom Fernseher wischen wollte und laut verkündete, das Gerät wäre »blöd«.

»Ich hab eine Riesenschlange gefressen.« Der Junge streckte ihm stolz das iPad entgegen.

»Was spielst du denn?«

»Slither«, sagte Alfie. »Schau mal, wie groß ich jetzt bin.« Er deutete auf das Display und versuchte zu erklären, dass er eine Schlange war, die jedes Mal größer wurde, wenn sie eine andere Schlange schluckte, dass er aber explodieren würde, wenn er es übertrieb, und seine Einzelteile dann von einer anderen Schlange verspeist werden würden.

»Klar.« Thorne nickte ahnungslos, doch es war offensichtlich, wer von ihnen beiden mehr Spaß hatte.

Helen saß am Küchentisch und arbeitete an einem Bericht. Als DI im Dezernat für Kindesmisshandlungen hatte sie mit Sicherheit am wenigsten Spaß von allen. Sie schaute zu ihnen her. »Alles verstanden?«

»Na ja, die Sache mit dem Schlangenfressen erinnert mich an den einen oder anderen Vorgesetzten«, sagte Thorne. »Aber ansonsten: nein.« Er lehnte sich zurück und wedelte mit seinem Papierstoß herum.»Aber das hier begreife ich noch weniger.«

»Vielleicht sollte Alfie es sich einmal anschauen.«

»Ich glaube, er hat gerade zu viel zu tun.«

Helen lächelte, ehe sie sich wieder ihrem Bericht zuwandte. »Wer macht es denn nun? Am entscheidenden Abend?«

»Die Frage ist eher, wer *nicht* dabei ist. Ich musste sogar Christine Treasure ablehnen.«

»Warum? Es gibt doch keinen Grund, warum es mit zwei Frauen nicht gehen sollte, oder?«

Thorne ließ sich ihre Worte durch den Kopf gehen. »Wahrscheinlich nicht.«

»Nach allem, was du mir darüber erzählt hast, wie der Kerl die Frauen auf diesen Websites sieht, könnte es sogar eine gute Idee sein.«

»Hab noch eine«, sagte Alfie. »Ein *fettes Ding.*«

Helen schaute zu Thorne hinüber. »Mit seiner Einstellung, meine ich. Es könnte doch sein, dass eine Frau, die sich mit einer anderen Frau verabredet, für ihn den Gipfel an Schamlosigkeit darstellt.«

»Da könntest du recht haben.« Thorne ärgerte sich, dass er nicht selbst auf diese Idee gekommen war, doch jetzt war es zu spät, um noch Änderungen an den vorbereiteten Abläufen vorzunehmen. »Allerdings wäre ich trotzdem nicht sicher, dass Christine die richtige Wahl wäre. Ich weiß, wie sie sich für gewöhnlich in eine Aufgabe stürzt. Immer voller Einsatz, ohne Rücksicht auf Verluste. Aber hier ist mehr, wie soll sich sagen …«

»Finesse erfordert?«

»So könnte man es ausdrücken.«

»Bist du absolut sicher, dass *du* dabei sein solltest?«

Thorne blickte auf, sah Helens sarkastisches Grinsen und erwiderte neugierig ihren Blick.

»Wobei?«, fragte Alfie.

»Es geht um eine Arbeit, die Tom erledigen muss«, sagte Helen und musterte Thorne erneut. »Eine ziemlich knifflige Arbeit.«

Alfie schaute nicht mal von seinem Display auf. »Was bedeutet Finissi?«

»Finesse.«

»Was heißt das?«

Helen sah Thorne an, der nur die Hände hob. *Du bist dran.*

»Es bedeutet, dass man etwas sehr vorsichtig machen muss.«

»Geschickt«, ergänzte Thorne. »Und ohne groß aufzufallen.«

»So wie listig?«

»Ja, listig.«

Alfie nickte zufrieden. »So wie ich die Schlangen schnappe«, sagte er.

Helens Handy klingelte.

Thorne sah, wie sie auf das Display schaute, das Telefon nahm und ohne das Gespräch anzunehmen zur Tür ging. Natürlich hätte es ein dienstlicher Anruf sein können. Doch Thorne hatte Helens Gesichtsausdruck bemerkt und gleich begriffen, wer die Anruferin war.

Jenny.

Nach etwa einer halben Minute stand Alfie auf und kletterte aufs Sofa, wobei er Thornes Beine grob aus dem Weg schob. Er machte es sich bequem und fragte: »Wollen wir spielen?«

Thorne betrachtete seine Unterlagen mit den technischen Details, die er immer noch in der Hand hielt.

»Das macht Spaß. Du kannst eine rote oder eine blaue Schlange sein. Oder eine andere Farbe.«

Thorne legte die Unterlagen beiseite und fragte sich, ob der Junge für das Erspüren von Stimmungen ein ebensolches Händchen hatte wie für den Umgang mit Technik. Er sagte, er wolle gern mitspielen, und entschied sich für eine gestreifte Schlange.

»Schwarz-weiß kannst du sein.« Alfie lachte. »Wie die Spurs.«

Thorne hörte Helens Gemurmel im Schlafzimmer.

Wirklich schade, dass Alfie noch zu jung für die gewalttätigeren Ballerspiele war, denn im Moment gab es jemanden, den Thorne sich bestens als Ziel vorstellen konnte.

Beinahe hätte er es übersehen. *Sie* übersehen.

Er hätte einfach bei den dreien bleiben können, deren Bilder er an die Wand gehängt hatte, direkt über seine Straßenkarten, die Schaubildern und ausgedruckten Biografien.

Sarah (53) liebt Bergsteigen und guten Wein.

Jo (41) ist immer für ihre Freunde da.

Karen (26) streitet nicht gern, lässt sich aber nicht herumschubsen.

Diese drei Kandidatinnen hatte er in den vergangenen Wochen sehr sorgfältig ausgewählt. Er hatte gegrübelt und nachgeforscht und sie je nach Stimmung in der Rangfolge nach oben oder unten geschoben. Er hätte einfach die endgültige Entscheidung treffen und es durchziehen können, nichts hätte dagegengesprochen. Doch die Erfahrung hatte ihn gelehrt, dass ein letzter Check immer vernünftig war. Einfach um sicherzugehen, dass alle drei bei den Verabredungen mit ihren Traumdates geblieben waren und sich nicht in letzter Minute noch etwas geändert hatte.

Am Treffpunkt, der verabredeten Zeit oder sonst etwas.

Weil sie kalte Füße oder ein besseres Angebot bekommen hatten.

Er hatte nicht lange gebraucht, um zu sehen, dass zwischen den sechs Interessenten keine neuen E-Mails hin- und hergegangen waren. Er musste seine Pläne nicht ändern, da sie auch ihre nicht geändert hatten. Der Countdown lief. Doch dann hatte eine Stimme in seinem Hinterkopf, der zu vertrauen er gelernt hatte, ihm zum Abwarten geraten.

Man kann nie wissen, hatte sie gesagt.

Für alle Fälle hatte er die Website also noch einmal besucht und einen schnellen Blick auf die Neuanmeldungen geworfen, die erwartungsvollen neuen Kunden. Er hatte sich ein paar Minuten lang umgesehen … Eine Physiotherapeutin, die sich für »warmherzig und intelligent« hielt; eine Beraterin (was immer das heißen sollte), die »viel zu tun und zu wenig Zeit« hatte; eine Hausverwalterin, die »ohne Lächeln und Umarmungen« nicht leben konnte …

Da plötzlich entdeckte er sie.

Ihr Foto sprang ihn geradezu an. Dazu wohnte sie in London, was immer praktisch war. Er hätte nicht mehr sagen können, wie lange er die Aufnahme angestarrt hatte. Sie lehnte an einem Auto, im Hintergrund ein Boot. Neben ihr ein Mann, der ihr ähnlich genug sah, um ein Bruder sein zu können.

Dann scrollte er hinunter zu ihrem persönlichen Profil: Was sie zum Lachen brachte, wie sie ihre Freizeit verbrachte, was sie sich am meisten wünschte … Die Rubrik der Website, die ihm wie immer den größten Spaß machte, war mit *Emotionale Sensibilität* überschrieben.

Wir alle haben die Fähigkeit, intensive Gefühle zu empfinden. Das ist völlig normal. Wir alle spüren Angst und Freude, Traurigkeit und Zorn, genau wie Scham und Neid. Doch bis zu welchem Grad kontrollieren wir diese Gefühle? Hat Ihr potenzieller Partner seine Gefühle unter Kontrolle, oder kontrollieren die Gefühle umgekehrt ihn?

Beinahe hätte er laut aufgelacht.

Die mit Knallbonbons anstelle der üblichen Sternchen arbeitende Grafik verriet, dass *sie* sich für emotional ziemlich stabil hielt. Na, Gott sei Dank.

Er stand auf und ging in die Küche. Sein Hirn arbeitete auf Hochtouren. Er schenkte sich ein Glas Wein ein, trank es in einem Zug halb leer und nahm den Rest mit in das kleinere Zimmer, das er als Arbeitsraum nutzte. Als er sich wieder an den Schreibtisch setzte, würdigte er die drei Fotos an der Wand keines Blickes.

Sarah, Jo und Karen würden sich gedulden müssen.

Er starrte das neue Gesicht an.

Ja, er hatte auch früher schon Änderungen vornehmen müssen. Ein neuer Treffpunkt oder Verschiebungen um eine Woche, weil der Frau »etwas Berufliches« dazwischengekommen war oder der Mann eine kleinere Operation hatte. Bei einer Gelegenheit hatte das glückliche Paar die Finger nicht voneinander lassen können. Ohne noch einen Nachtisch zu bestellen, waren sie gleich zu ihrer Wohnung gefahren. Und dann hatte es natürlich keinen Sinn mehr gehabt, der notgeilen kleinen Schlampe einen Besuch abzustatten.

Aber dass er schon im Voraus einen Plan über den Haufen warf und ganz neu anfing, dazu war es noch nie gekommen.

Ganz einfach weil er bisher nie auf eine gestoßen war, die ihm dazu Anlass geboten hätte.

Keine Frau war es wert gewesen.

Diese hier schon.

DREIUNDSECHZIG Tanner hörte die Nachricht auf ihrer Mailbox ab und brummte etwas Unverständliches. Dann legte sie das Handy kopfschüttelnd und leise fluchend zurück auf den Tisch.

»Hör zu, ich bin nicht *ganz* dein Typ. Schon klar.« Thorne beugte sich über den Tisch. »Aber du solltest wenigstens so *tun*, als würde es dir Spaß machen, okay?«

»Ja, aber ...«

»Als wärst du gut drauf. Glücklich.«

Tanner antwortete im selben leisen Ton. »Frances Coombs' Alarmknopf wurde aktiviert.«

Thorne nickte, scheinbar fasziniert von einer Anekdote seiner Begleiterin. »Erzähl es mir. Aber lächle dabei.«

»Vermutlich nichts allzu Schlimmes.« Sie nahm ihr Weinglas, und Thorne nahm seins, um mit ihr anzustoßen. »Sie klagte über Schmerzen in der Brust. Herzrasen oder etwas in der Art. Die Kollegen haben sie ins Krankenhaus gebracht.«

»Also kein Grund zur Panik.«

»Ich traue ihr nicht über den Weg«, sagte Tanner. »Woher sollen wir wissen, mit wem sie telefoniert und was sie heimlich ausgeheckt hat? Vielleicht hat die andere Seite ihr ein besseres Angebot gemacht.«

»Wie immer diese Frau ticken mag, dumm ist sie nicht«, sagte Thorne. »Also versuch dich zu entspannen. Konzentrier dich auf den Spaß, den uns dieses Date macht, okay?« Er grinste demonstrativ.

»Schon gut, Tom.«

»*Alan*«, verbesserte sie Thorne. »Alan, der kürzlich geschiedene Landschaftsgärtner. Es gefällt dir, dass ich im Freien arbeite, weißt du noch?«

»Na ja, was hätte mir sonst an dir gefallen können?«

»Das Essen ist prima, findest du nicht?« Thorne nahm sich noch eins der Crostini. »Und vergiss nicht, die Rechnung für die Spesenabrechnung mitzunehmen. Ich schlage vor, wir bezahlen getrennt.«

Sie saßen am Ecktisch eines kleinen italienischen Restaurants am Rand von Watford. Zur selben Zeit aßen Yvonne Kitson und Russell Brigstocke zusammen bei einem Inder in Bromley, während Dipak Chall und eine DC namens Charita Desai sich in einer Weinbar in Hayes trafen. Die Lokale lagen im Umkreis von zwanzig Meilen vom Londoner Stadtzentrum entfernt. Für alle sechs waren im Lauf der letzten Woche auf *Made in Heaven* gefälschte Profile angelegt worden, die vom Computerteam der Operation gepflegt und überwacht wurden. Von jenem Team, das auch bestätigt hatte, dass zu später Stunde am Abend zuvor erneut ein illegaler Zugriff auf *Made in Heaven* erfolgt war.

An jedem der Treffpunkte waren außerdem zwei Beamte undercover als Gäste oder Angestellte im Einsatz, dazu weitere an ausgewählten Beobachtungspunkten außerhalb der Gebäude. Bewaffnete Einheiten warteten in den drei leer stehenden Häusern, die heute Abend als »Zuhause« für die drei Frauen dienten. Auf Thorne, Tanner und die Übrigen, die sich zu den Schein-Rendezvous trafen, kamen heute Abend jeweils vier weitere Beamte.

Wie Jesmond sehr richtig bemerkt hatte, war der Aufwand beträchtlich. Und doch war alles bemerkenswert schnell auf die Beine gestellt worden. Nun konnten sie nur noch hoffen, dass der Mann, für den sie die Köder ausgelegt hatten, auch tatsächlich anbiss. Drei »liebeshungrige« Frauen zur Auswahl, dazu drei Single-Männer, die allein wohnten und nur mit Mühe ein Alibi für den Abend würden vorweisen können. Und wenn die Profilerin richtiglag, fanden alle Verabredungen relativ nahe am Wohnort des Mörders statt.

Sie hatten es ihm leicht gemacht.

Der Kellner brachte den Hauptgang und fragte, wie ihnen die Vorspeisen geschmeckt hatten. Dann füllte er beide Gläser nach. Während der vergangenen Tage waren Management und Angestellte des Restaurants vorsichtig in die Planungen einbezogen worden. Der Kellner schien sich nicht weiter daran zu stören, ihnen Traubensaft in einer Pinot-Grigio-Flasche servieren zu müssen.

Er schien das Spielchen eher zu genießen.

Thorne nutzte die Gelegenheit, um einen Blick auf die Gäste an den Nachbartischen zu werfen. Würde der Mörder sich wirklich so nahe heranwagen? Eigentlich sprach nichts dagegen, denn an Selbstvertrauen mangelte es ihm offenbar nicht. Doch Thorne entdeckte keine allein sitzenden Männer. In diesem Moment wurde ihm klar, dass sie nie die Möglichkeit in Betracht gezogen hatten, dass der Mörder selbst ein Date arrangiert haben könnte. Das wäre sicherlich die perfekte Tarnung. Er könnte hier mit einer Frau sitzen, die nicht die geringste Ahnung von seinen wahren Motiven hatte. Oder mit einer Komplizin. Thorne sah sich erneut um. Bisher hatte nichts darauf hingedeutet, dass der Mann, den sie jagten, mit jemandem zusammenarbeitete. Aber vielleicht war diese Möglichkeit eine Überlegung wert. Der Einsatz war wegen der besonderen Dringlichkeit im Eiltempo vorbereitet worden. Jetzt, im allerletzten Moment, überfiel Thorne die Sorge, möglicherweise etwas Wichtiges übersehen zu haben.

Sie aßen und unterhielten sich, wobei Tanner, die mit dem Rücken zur Wand saß, ebenfalls einen Blick auf die anderen Restaurantbesucher warf. Sie beugte sich zu Thorne hinüber. »Einzelner Mann an der Bar. Kam rein, als wir uns gerade gesetzt haben.«

Thorne drehte sich nicht um. »Alter?«

»In den Fünfzigern. Eins achtzig, mindestens. Aber es ist nicht Aiden Goode.«

»Aiden Goode zu entdecken wäre ein echter Glücksfall«, sagte Thorne. »Aber wir können nicht sicher davon ausgehen, dass er der Täter ist.«

»Und wir können nicht davon ausgehen, dass der Mann, den wir suchen, überhaupt hier ist«, entgegnete Tanner. »Oder beim Inder. Oder in der Weinbar. Muss er auch nicht. Er kann sich einfach alles von draußen anschauen. Für ihn ist letztlich nur entscheidend, dass die Frau, auf die er es abgesehen hat, allein nach Hause geht.«

Für diesen Fall standen die Chancen, dass das Überwachungsteam ihn bereits entdeckt hatte, nicht schlecht. Das würde Thorne allerdings erst nach dem Essen erfahren, in seinem Auto, wo er über Funk mit dem Rest des Teams in Kontakt treten konnte.

»Allein nach Hause gehe ich auf jeden Fall«, sagte Tanner. »Tut mir leid, aber ich spüre keine echte Gemeinsamkeit. Der Funke springt nicht über.«

»Dabei gebe ich mein Bestes«, sagte Thorne.

Um zehn Uhr bat er um die Rechnung, im Wissen, dass die Kollegen in Hayes und Bromley dasselbe taten. Er hatte seinen Kaffee ausgetrunken und sah Tanner zu, wie sie ihre Tasse leerte. Ein willkommener Koffeinkick, ehe sie zum interessanten Teil des Abends kamen. Thorne reichte dem Kellner seine Kreditkarte, bedankte sich, stand auf und half Tanner in ihre Jacke.

Eine letzte Chance, sich noch einmal gründlich umzuschauen.

Ein kurzer Blick auf den Undercover-Beamten an der Tür, der ihm per Handzeichen zu verstehen gab, dass alles unter Kontrolle war.

Gemeinsam traten sie ins Freie und gingen die Hauptstraße entlang zum Parkplatz. Es war trocken, und der typische Freitagabendverkehr würde ihnen in die Hände spielen. Sollten sie ein Auto verfolgen müssen, würde es sicher nicht allzu schnell vorankommen.

»Bist du bereit?«, fragte Thorne.

»Aber ja doch«, erwiderte Tanner. »In zehn Minuten bin ich zu Hause und kann Besuch empfangen.«

»Hoffen wir, dass jemand kommt.«

Sie gingen zu ihren Autos, die – dank der Sorgfalt, mit der sich das Logistikteam um sämtliche Details der Operation gekümmert hatte – auf die Namen zugelassen waren, mit denen sie sich auch bei *Made in Heaven* registriert hatten. Äußerlich zwei stinknormale Fünftürer, deren Motoren aber derart hochgetunt waren, dass sie praktisch jedes andere Fahrzeug hinter sich lassen konnten.

Thorne beugte sich vor und küsste Tanner auf beide Wangen.

»Ich bin am Funkgerät, falls du mich brauchst, okay?«

»Ich weiß«, sagte Tanner. »Schließlich war ich dabei, als alles geplant wurde. Und wenn irgendwas passiert, werden sich die Kollegen vom Sondereinsatzkommando schon darum kümmern.«

»Ich meine ja bloß.«

»Ich freue mich jetzt schon auf sein Gesicht, wenn ich die Haustür öffne und ihm eine Glock 19 vor die Nase halte.«

Wenig später verließ Thorne in einem Skoda gleich hinter Tanners Volvo den Parkplatz. Er fuhr langsam in die entgegengesetzte Richtung und behielt Tanners Rücklichter so lange wie möglich im Auge. Bei der ersten Möglichkeit bog er rechts ab, fuhr halb auf den Bürgersteig und griff nach dem Funkgerät.

»An alle Einheiten. Tanner ist auf dem Heimweg.«

Auch Charita Desai in Hayes war inzwischen aufgebrochen, wie auch Yvonne Kitson, die sich auf den Weg zu einem Reihenhaus zehn Minuten entfernt vom Restaurant in Bromley gemacht hatte.

Die Beamten in der Weinbar und den beiden Restaurants gaben durch, dass keine anderen Gäste den jeweiligen Paaren gefolgt waren.

Thorne forderte sie auf, auf ihren Positionen zu bleiben und alle paar Minuten Bericht zu erstatten.

Die drei mobilen Überwachungsteams draußen hatten nichts zu berichten. Keines der Fahrzeuge schien verfolgt zu werden.

Thorne wiederholte die Anweisung, die er auch den Beamten in den Lokalen gegeben hatte.

Natürlich war es denkbar, dass der Mörder seinen Opfern nicht direkt vom Restaurant nach Hause folgte, dass er sie irgendwo auf dem Heimweg abpasste, da er wusste, welche Strecke sie nahmen.

Er sprach mit Desai und Kitson. Beiden gaben an, dass sie definitiv von keinem Wagen verfolgt wurden.

»Dazu kann ich nichts sagen«, erklärte Tanner über Funk. »Hier herrscht ziemlich dichter Verkehr ... Und ich vermute, er ist geschickt in so was.«

Daran zweifelte Thorne keinen Augenblick. Was auch immer Hendricks über dumme, allzu selbstbewusste Kriminelle sagen mochte, fünf tote Frauen waren ein deutlicher Beweis für die beträchtlichen Fähigkeiten des Mörders.

Für sein Geschick und seine gute Vorbereitung.

»Einheit drei, Watford.«

»Hier ist Thorne. Sprechen Sie.«

»Jemand verlässt den Parkplatz in einem roten Toyota Corolla.«

»Was? Ist er aus dem Restaurant gekommen?« Von den Beamten drinnen hatte Thorne nichts gehört.

»Negativ. Er kam von der Straße ... Ehrlich gesagt weiß ich nicht genau, von wo. Verdächtiges Fahrzeug biegt jetzt rechts ab. *Rechts* auf die High Street Richtung Exchange Road.«

In dieselbe Richtung wie Tanner.

»Personenbeschreibung?«

»Männlicher Weißer, in den Vierzigern. Mittelgroß, dunkle Haare ...«

Goode.

»Wir nehmen die Verfolgung auf. Ich wiederhole, nehmen Verfolgung auf.«

Thorne wendete den Skoda, hektisch vor- und zurückstoßend, funkte Tanner an und fädelte sich schließlich in den Verkehr auf der High Street ein.

»Ich habe mitgehört«, sagte Tanner.

»Ich bin nicht weit hinter dir.«

»Hoffentlich angeschnallt.«

Thorne wies alle Einheiten in Hayes und Bromley an, vor Ort zu bleiben, bis sie anderslautende Befehle erhielten. Dann sprach er mit dem leitenden Beamten des bewaffneten Einsatzkommandos in dem Haus in Watford, zu dem sie unterwegs waren.

»Versetzen Sie Ihre Leute in Einsatzbereitschaft.«

»Mit Vergnügen«, sagte der Mann.

»Wir sind in schätzungsweise fünf Minuten da.«

VIERUNDSECHZIG

Die Notaufnahme im Whittington Hospital war völlig überfüllt – ein typischer Samstagabend.

»Einen beschisseneren Zeitpunkt hätten wir uns nicht aussuchen können«, hatte einer der Polizisten während der Fahrt gemurrt.

»Da wird der Teufel los sein«, stimmte sein Kollege ihm zu.

Die Bullen mochten nicht die angenehmsten Begleiter sein, doch nichts ging über eine Polizeieskorte, wenn man sich in einer Schlange vordrängeln wollte. Ein kurzer Wortwechsel mit der Frau am Empfang, und dann blieb den Polizisten kaum die Zeit, sich einen Kaffee zu ziehen, ehe Frances Coombs auch schon aufgerufen wurde.

»Wir kommen gleich nach«, sagte einer der Beamten.

Ein Mann, der sich einen dicken Verband aufs Auge drückte und schon bei ihrer Ankunft dort gesessen hatte, streckte sein Bein aus, um sie am Vorbeigehen zu hindern. »Wie kann es sein, dass Sie vor mir drankommen? Ich warte hier schon seit zwei Stunden.«

Frances schob sein Bein beiseite. »Das Leben ist ungerecht, nicht wahr?«

Sie nahm in einer Kabine Platz und wartete auf den Arzt.

Eine Hand auf die Brust gepresst, versuchte sie, tief durchzuatmen.

Sie spürte ihr Herz bis hinauf in die Kehle.

Der Vorhang wurde beiseitegeschoben, und ein Mann trat zu ihr. Er fragte nach ihren Beschwerden, und Frances beschrieb sie ihm.

Genau genommen fühlte sie sich schon eine ganze Weile unwohl. Nicht erst, seit das Polizistenpaar im Besucherraum in Warren Park aufgetaucht war. In den letzten paar Tagen war es allerdings deutlich schlimmer geworden. Eingesperrt in diesem verdammten Hotel. Man hatte ihr einen Anruf bei Nat gestattet, um sie wissen zu lassen, dass es ihr gut ging, was sich allerdings als reine Zeitverschwendung erwiesen hatte, da ihre Tochter keinerlei Reaktion zeigte. Seitdem hatte sie herumgesessen und nichts getan, außer Essen beim Lieferservice zu bestellen und fernzusehen. Sie hatte zu schlafen versucht, während ihr Herz wie verrückt gehämmert hatte. Irgendwann war sie nach Luft ringend aufgewacht.

Und dann dieser dämliche Alarmknopf, den sich mit sich trug. Wie bei den Tattergreisen im Altersheim. Als wäre sie ein Pflegefall.

Fairerweise musste sie zugeben, dass man sie verdammt schnell hierhergebracht hatte.

»Wie fühlen Sie sich? Sie sagen, Ihr Herz rast?«, fragte der Arzt. »Oder fühlt es sich an, als würde es einzelne Schläge auslassen?«

»Beides«, sagte Frances.

»Und Sie spüren eine Enge im Brustkorb?«

Frances nickte.

Der Arzt setzte sich auf ihr Bett und hörte ihren Brustkorb ab. Dann fragte er, ob Frances viel Kaffee trinke, ob sie rauche, unter Anämie oder Diabetes leide oder jemals Probleme mit der Schilddrüse gehabt habe.

»Ja, Diabetes«, sagte sie. »Allerdings schon seit Jahren, und so wie jetzt hat es sich nie angefühlt.«

»Gut.« Er maß ihren Blutdruck und erklärte, er sei ein bisschen hoch, aber nicht besorgniserregend. »Nun, wenn alles andere, was ich Sie gefragt habe, nicht zutrifft, besteht die häufigste Ursache für Herzrhythmusstörungen in Stress oder Angst. Würden Sie sagen, dass Sie in letzter Zeit unter starkem Stress standen?«

»Auf jeden Fall«, erklärte Frances.

»Und was ist die Ursache?«

Frances erinnerte sich an ihre Gefühle im Verhörraum, als sie von dem Flüchtling gehört hatte, dem in den Hals geschossen worden war. An den furchterregenden Typen mit der Motorradkluft und dem abgedunkelten Visier. An die Stimme am Telefon, die ihre Bestellungen des Nachschubs entgegengenommen hatte. Sie dachte an die Namen, die sie Thorne und Tanner genannt hatte.

»Ach, normale Dinge, nicht wahr. Arbeit, Familie …«

Der Arzt betrachtete sie nickend. »Ich verschreibe Ihnen einen Angstlöser. Aber wo Sie schon mal hier sind, untersuchen wir auch Ihr Blut und machen zur Sicherheit eine Röntgenaufnahme.«

»Machen die abhängig? Diese Tabletten? Man hört ja immer wieder so Geschichten.«

»Natürlich kann es zu Nebenwirkungen kommen, aber ich hoffe, dass sich alles möglichst schnell wieder normalisiert.« Der Doktor warf sich das Stethoskop über die Schulter. »Der beste Rat, den ich Ihnen geben kann, besteht darin, dass Sie das aus der Welt schaffen, was Ihren Stress verursacht. Sie brauchen viel Ruhe. Gehen Sie raus in den Garten und machen Sie lange Spaziergänge. Haben Sie einen Hund?«

Sie sagte Nein.

»Auch Schwimmen ist gut.«

Eine Dreiviertelstunde später machte Frances sich mit einer

Wochenpackung Diazepam in einer Papiertüte auf den Weg zum Empfang. Sie nahm schon so viele Tabletten – wegen ihrer Arthritis, des Sodbrennens, des Cholesterinspiegels – da kam es auf ein paar weitere auch nicht mehr an, egal, welche Nebenwirkungen sie hatten. Um ehrlich zu sein, fühlte sie sich jetzt schon deutlich ruhiger als bei ihrer Ankunft. So wie die Dinge lagen, war eine mögliche Abhängigkeit von Beruhigungsmitteln wahrscheinlich ihre geringste Sorge.

FÜNFUNDSECHZIG Thorne gab sich Mühe, nicht allzu rücksichtslos zu fahren. Er vertraute darauf, dass der Verdächtige bis jetzt nicht gemerkt hatte, dass er verfolgt wurde. Inzwischen war er noch fünf Minuten vom Ziel entfernt, ohne das Fahrzeug im Blick zu haben. Der für Hochgeschwindigkeits-Verfolgungsjagden ausgerüstete Wagen der Kollegen vor ihm dagegen hatte den Corolla offenbar entdeckt und bereits das Kennzeichen überprüfen lassen.

»Der Wagen ist auf einen Brian Mulhearne zugelassen. Der Mann wohnt in Westlondon.«

Also saß in dem Auto vor ihnen nicht der Verdächtige, dessen Foto im Einsatzraum hing.

Es sei denn, Aiden Goode hätte sich in einen anderen verwandelt.

»Keine Vorstrafen. Nicht mal ein Bußgeld wegen überhöhter Geschwindigkeit.«

Thorne folgte dem Einbahnstraßensystem auf die A411 und fuhr mit knapp achtzig Sachen Richtung Süden, vorbei am Palace Theatre und der neu gestalteten Fassade des Intu-Einkaufszentrums. Ein kurzer vierspuriger Abschnitt gab ihm die Möglichkeit, ein Stück aufzuholen, und er nutzte sie dankbar. Er überholte abwechselnd auf beiden Spuren und scheuchte per Lichthupe einen widerstrebend ausweichenden LKW zur Seite.

Über das Funkgerät auf dem Beifahrersitz verfolgte er die regelmäßigen Positionsangaben Tanners und die Meldungen des Wagens, der den Corolla im Blick behielt.

»Ich biege links auf die Grosvenor Road.«

Und eine halbe Minute später: »Das Fahrzeug des Verdächtigen biegt links auf die Grosvenor Road.«

»Rechts auf die Stanley Road.«

Wieder folgte der Corolla.

Es konnte kaum ein Zweifel daran bestehen, dass der Mann Tanners Wagen folgte. Inzwischen fuhren vier Autos – jeweils eine halbe Meile voneinander entfernt – dieselbe Strecke.

Tanner. Der Verdächtige. Die ihn verfolgenden Beamten. Thorne.

Als Thorne in eine schmale Straße mit Reihenhäusern bog, drang eine vertraute Stimme durch das Knistern des Funkgeräts. DCI Brigstocke meldete sich aus Bromley.

»Tom? Ein Lagebericht wäre schön.«

Thorne setzte ihn so schnell wie möglich ins Bild und würgte ihn dann ab, um mit dem Leiter des Sondereinsatzkommandos zu sprechen.

»Geschätzte Ankunftszeit in drei Minuten.«

Im Eiltempo gingen sie noch einmal die vorbereitete Strategie zur Neutralisierung und Festnahme des Verdächtigen durch. Den Einsatz der Fahrzeuge und der bewaffneten Beamten sowohl im Gebäude als auch davor.

»Geschätzte Ankunftszeit in zwei Minuten«, meldete einer der Beamten im Wagen vor Thorne. »Zwei Minuten bis zum Ziel.«

Die Stimmen aller Beteiligten klangen inzwischen ein wenig angespannter und hektischer.

»Links auf die Gladstone Road«, sagte Tanner.

Hier wohnte die Frau, in deren Rolle Tanner geschlüpft war.

Sie war fast zu Hause.

Wegen der auf beiden Straßenseiten geparkten Autos konnte Thorne einen langsam fahrenden Geländewagen nicht überholen. Er hupte und wartete sehnlichst darauf, von irgendjemandem zu hören, dass Tanner angekommen und sicher ins Haus gelangt war.

»Nicola? Bist du schon da?«

Die Stimme eines der Beamten aus dem verfolgenden Fahrzeug bestätigte, dass der Corolla, der den Abstand zu Tanners Volvo offenbar verringert hatte, ebenfalls in die Straße einbog.

Nun erreichte auch Thorne die Abzweigung. Zum Glück fuhr der Geländewagen geradeaus weiter.

»Ich bin am Haus«, sagte Tanner. »Jetzt bin ich drinnen.«

»Der Wagen des Verdächtigen verringert das Tempo … Er stoppt ein paar Autos weiter.«

»Ich bin fast da«, brüllte Thorne. »Los, los, los!«

Ein Stück vor ihm, am anderen Ende der Straße, bog ein Zivilfahrzeug mit quietschenden Reifen um die Ecke und blieb wenige Zentimeter vor dem Toyota stehen, genau im selben Augenblick, als die Verfolger direkt neben ihm hielten. Sekundenbruchteile später öffnete sich eine Haustür an der gegenüberliegenden Straßenseite, und bewaffnete Beamte stürmten im Laufschritt zur Beifahrerseite des Corolla.

»Hände aufs Armaturenbrett«, brüllte einer von ihnen.

Inzwischen waren zwei weitere Bewaffnete aus ihren Autos gesprungen und richteten ihre Waffen auf das Fenster an der Fahrerseite.

»Hände aufs Armaturenbrett!«

Thorne hielt mitten auf der Straße, stieg aus und wartete. Im Augenblick lag die Verantwortung in den Händen des Sondereinsatzkommandos. Also hielt er sich zurück und sah zu, wie einer der Männer mit einer Taschenlampe ins Auto leuchtete. Er hielt nach Tanner Ausschau, entdeckte sie aber nirgends.

Ein Beamter bewegte sich vorsichtig auf die Tür des Corolla zu und öffnete sie.

»Steigen Sie langsam aus!«

Der Fahrer gehorchte und wurde sofort umgedreht und gegen den Wagen gestoßen. Sobald er abgetastet war und Handschellen angelegt bekommen hatte, trat der Beamte zurück. Der Einsatzleiter nahm seinen Platz ein, setzte den Helm ab und gab Thorne ein Zeichen zum Nähertreten.

»Wie heißen Sie?«, fragte Thorne.

Der Mann wirkte verängstigt. Er hatte die Augen weit aufgerissen, und sein Gesicht wirkte nicht nur wegen des Lichtkegels der Taschenlampe blass. Er schüttelte den Kopf, als hätte er vorübergehend seinen Namen vergessen. »Brian Mulhearne«, brachte er schließlich nickend heraus. »Ich heiße Brian Mulhearne.«

»Wo kommen Sie gerade her, Brian?«

»Ich war in der Stadt etwas trinken.« Er atmete schwer. »Nur auf ein Glas. Um Himmels willen, was geht hier …«

»Wo?«

»Im Black Horse. Auf der Clarendon Road.«

»Warum stand Ihr Wagen dann vor einem italienischen Restaurant?«

»Da kann man umsonst parken.« Er deutete ein Schulterzucken an. »Ich lasse ihn immer da stehen.«

Thorne deutete auf den Volvo. »Warum sind Sie diesem Wagen gefolgt?«

Der Mann betrachtete ihn verständnislos. »Ich bin keinem Wagen gefolgt.«

»Warum sind Sie dann hier? Sie wohnen hier nicht, oder?«

»Nein, aber meine Mutter wohnt hier.«

Thorne fühlte sich, als hätte ihm jemand den Boden unter den Füßen weggerissen. In diesem Moment bemerkte er, dass Tanner im Eingang des Hauses stand, aus dem die bewaffneten Beamten gestürmt waren. »Ihre Mutter?«

Der Mann deutete auf das Haus neben dem, vor dem Tanner stand. Wie auf Kommando öffnete sich die Haustür, und eine alte Frau spähte nach draußen. Mit hoher Stimme rief sie: »Brian?«

Der Mann winkte. »Alles in Ordnung, Mum ... Alles in Ordnung. Geh wieder rein.«

Thorne war bereits auf dem Rückweg zu seinem Wagen. Er öffnete die Tür gerade rechtzeitig, um die alles andere als verunsichert klingende Stimme Russell Brigstockes aus dem Funkgerät zu hören.

»Tom? Was zum Teufel ist da los?«

SECHSUNDSECHZIG

Als Frances Coombs den Behandlungsbereich verließ, war es an der Anmeldung noch voller geworden. Der Mann mit dem Verband wartete immer noch. Sie lächelte ihm zu, doch er schaute sie nur finster an und beschäftigte sich dann demonstrativ wieder mit seinem Handy.

Ihre Bewacher saßen nahe am Ausgang. Bei ihrem Erscheinen standen sie schwerfällig auf, so als würden sie aus einem gemütlichen Gespräch herausgerissen werden, während Frances auf Kosten des staatlichen Gesundheitssystems wertvolle Zeit verschwendet hatte.

Und die wertvolle Zeit der Met Police.

»Na denn«, sagte der eine. »Zurück ins Fawlty Towers.«

Sein Kollege zog die Autoschlüssel aus der Hosentasche. »Ich sag dir was. Mir würde es gar nichts ausmachen, im Hotel zu wohnen. Die räumen alles für dich auf, machen dir täglich das Bett und füttern dich durch. Ist doch perfekt.«

»Dann versuchen Sie es mal«, sagte Frances. »Wenn Sie nicht mit Ihrer Familie reden und nicht sagen dürfen, wo Sie sind. Das ist wie eine Ihrer Zellen, nur mit Zimmerservice.«

Der Polizist klimperte mit den Schlüsseln. »Umso besser.«

Sein Kollege legte eine Hand auf Frances' Rücken und schob sie sanft Richtung Tür. »Sie kennen seine Frau nicht.«

Hinter der automatischen Schiebetür blieben sie stehen. Auf einer Bank unterhielten sich mehrere Raucher. Der älteste schien eine Art Sauerstoffmaske zu tragen. Einer der Polizisten verkündete, er werde den Wagen holen, und ließ Frances mit seinem Kollegen zurück.

»Was macht Ihr Herzrasen?«

»Sie müssen kein Interesse heucheln«, sagte sie. »Mir ist klar, dass Sie glauben, ich mache Ihnen was vor.«

»Ich versuche nur ein bisschen Small Talk zu machen«, sagte er. Nachdem sie schweigend den Gehweg zur Straße zurückgelegt hatten, deutete er auf die Papiertüte in ihrer Hand. »Haben Sie ein paar Glückspillen bekommen?«

In diesem Augenblick nahm Frances das Geräusch wahr. Wie das Summen einer aggressiven Wespe dicht an ihrem Ohr.

»An manchen Tagen könnte ich selbst ein paar davon gebrauchen.«

Sie hörte nicht zu. Stattdessen schaute sie die abschüssige Straße hinunter und sah, dass sich ein einzelner Scheinwerfer näherte. Das Geräusch wurde lauter, *aggressiver*, und sie packte den Polizisten am Ärmel.

»Was ist?«

Nun richtete auch der Polizist seine Aufmerksamkeit auf die Straße, doch das Motorrad näherte sich bereits mit hoher Geschwindigkeit. Mit einem wütenden Aufheulen raste es auf sie zu, um erst im letzten Augenblick abzubremsen, als der Fahrer seinen Arm ausstreckte.

»Mein Gott!«

Der Polizist sprang schützend vor sie und versuchte sich dabei wegzudrehen.

Frances stolperte rückwärts, stieß einen Schrei aus und hob die Hände. In diesen letzten Momenten raste ihr der sinnlose Gedanke durch den Kopf, dass der Mann auf dem Motorrad, ganz egal ob Rumäne oder Pole, das Wort »Nein« doch sicher verstehen würde.

Eine Sekunde vor dem ersten Schuss schlug die Papiertüte mit den Tabletten auf dem Gehweg auf.

SIEBENUNDSECHZIG

Er hatte eine Weile von draußen zugeschaut und sich einen Drink in der Bar auf der anderen Straßenseite gegönnt. Dabei hatte er den Parkplatz des Restaurants nicht aus den Augen gelassen, bis sich das erwartungsfrohe Paar getroffen hatte und hineingegangen war. Heute Abend hatte er nur ihre Ankunft beobachten wollen, mehr nicht. Er wollte sich den Mann anschauen, mit dem sich seine Auserwählte verabredet hatte. Und sich einen Eindruck davon machen, wie sich die Dinge zwischen ihnen entwickelten.

Den Spaß würde er sich für später aufheben. Und diesmal wäre es eine ganz andere, neue Art von Spaß.

Inzwischen saß er wieder zu Hause, vor sich auf dem Schreibtisch eine Pizza – vom Italiener, ihnen zu Ehren. Er lächelte, als er sich den Ablauf dieses ersten Dates ausmalte. Das tat er immer. So wie er sich jedes Mal, wenn er an einer Tür klingelte oder wenn er die Hände um einen Hals legte und zudrückte, ausmalte, wie viel Elend er den Menschen letztlich ersparte. Doch dieses Date war etwas ganz Besonderes.

Er war als Erster eingetroffen – »Alan«, der »Landschaftsgärtner«. Zehn Minuten zu früh. In natura wirkte er genauso mürrisch wie auf seinem Profilbild. Nervös, aber entschlossen. Worüber hatten sie gesprochen?

Hatte die Chemie zwischen ihnen gestimmt?

Würden sie sich wiedersehen?

Grinsend nahm er ein Stück Pizza aus der Schachtel, biss hungrig ab und betrachtete ihr Foto, das nun als einziges über seinem Schreibtisch hing. Er hatte sich für das Motiv mit dem Boot entschieden, weil es ihm gefiel, wie der Wind mit ihrem Haar spielte. Es war damals länger gewesen. Besonders glücklich wirkte sie allerdings nicht, leider. Vielleicht gehörte sie zu denen, die sich nicht gern fotografieren ließen. Jedenfalls schmeichelte es ihr nicht. Vielleicht würde er ihr empfehlen, mehr zu lächeln, wenn er sie das nächste Mal sah. Was vermutlich sinnlos sein würde, weil es gleichzeitig ihr letztes Treffen sein und sie wenig Anlass zum Lächeln haben würde. Er wollte es ihr trotzdem sagen.

Weil sie es verdiente, diese Worte zu hören.

Sie hatte ein so wunderbares Lächeln.

Sie entschieden sich für den Skoda, mit dem Thorne gekommen war. Auf halbem Weg zurück nach Colindale nahm Tanner den Anruf an.

Bis dahin hatten sie kaum gesprochen. Die Stimmung war, wie nicht anders zu erwarten, im Keller gewesen. Tanner hatte einige erfolglose Versuche unternommen, Thorne wieder aufzumuntern.

»Niemand hat damit gerechnet, dass wir ihn gleich beim ersten Versuch schnappen«, sagte sie.

»Nein.«

»Sie werden uns sicher einen zweiten Anlauf genehmigen.« Sie lehnte sich auf dem Beifahrersitz zurück und drehte den Kopf zum Fenster. »Nach all der Arbeit, die in die Vorbereitungen gesteckt wurde, werden die Bosse jetzt keinen Rückzieher machen, bloß weil wir nicht auf Anhieb ein Ergebnis geliefert haben.«

Thorne sagte nichts und würgte den Geschmack von Knoblauch, Zwiebeln und Säure hinunter. Er konnte sich genau vorstellen, was ihnen bevorstand.

Verstärkter Druck von oben, interne Untersuchung …

»Es hätte schlimmer laufen können«, sagte Tanner.

Als sie seinen unfreundlichen Blick bemerkte, fügte sie hinzu: »Das weißt du doch selbst.«

Tanner hatte recht, auch wenn er keine Lust hatte, es zuzugeben. Wenn so viele Beamte an einem Einsatz beteiligt waren, wenn schnelle Fahrzeuge und Waffen ins Spiel kamen, konnte der kleinste Fehler zur Katastrophe führen.

»Keine Schüsse. Keine Verletzten.«

»Ja, wie im Lehrbuch.« Thorne starrte auf die Straße, spürte das Vibrieren des Motors in seinem Körper, sah eine weiße Linie nach der anderen unter den Rädern verschwinden. Erinnerte sich an den Schrecken und die Verwirrung im Gesicht des Mannes und in der Stimme der alten Frau, die ihn gerufen hatte. »Volle Punktzahl für alle, klar. Jeder hat seinen Job gemacht, der ganze Einsatz lief ab wie ein Uhrwerk. Und wenn der Auftrag darin bestanden hätte, viel Zeit zu vergeuden und einen Buchhalter aus Acton in Panik zu versetzen, der ein Geburtstagsgeschenk bei seiner Mutter abliefern wollte, dann wären wir jetzt echte Helden. Aber stattdessen …«

»Was hat Russell gesagt?«

»Dasselbe«, erwiderte Thorne. »Mehr oder weniger. Vielleicht eine Spur aufgeregter, als sein bevorstehendes Gespräch mit Trevor Jesmond zur Sprache kam«

Tanner schüttelte den Kopf. »Er wird uns nicht den Löwen zum Fraß vorwerfen. Er ist Teil dieser Geschichte.«

»Das bereut er offenbar inzwischen.«

»Immerhin hat er ein Gratisessen bekommen.«

In diesem Moment klingelte Tanners Handy.

Thorne hörte ihren Teil des Gesprächs mit, sodass er hinterher nicht viele Fragen stellen musste. »Klingt nicht gut«, bemerkte er.

Tanner schaute aus dem Fenster. »Coombs ist tot. Einer der Beamten, die sie begleitet haben, wird gerade operiert.«

»Scheiße.«

»Ein Motorrad.« Sie ließ das Handy wieder in ihre Handtasche gleiten. »Ich sollte nach Whittington fahren.«

»Was soll das bringen?«, fragte Thorne. »Ich meine, wenn sie ihn gerade operieren.«

»Und ich muss Andrew Evans anrufen. Ihm die schlechte Nachricht überbringen.«

»Wirklich?« Thorne konnte immer noch nicht nachvollziehen, dass Tanner dem Mann in Long Barrow Manor offenbar Sympathien entgegenbrachte. Als schuldete sie ihm irgendetwas.

Er drückte das Gaspedal durch und wechselte auf die Überholspur. Sie schwiegen eine Weile.

In einer einzigen Stunde waren gleich zwei Ermittlungen den Bach runtergegangen. Thorne fühlte sich ausgelaugt und erschöpft. Er brauchte jetzt vor allem Schlaf. Aber er hatte keine Lust, nach Hause zu fahren.

»Warum fahren wir nicht einfach zu dir?«, fragte er. »Wir genehmigen uns, was du gerade da hast, und lassen uns mal richtig volllaufen. Ehrlich, mir fällt nichts Besseres ein.«

Tanner schloss die Augen, als würde sie darüber nachdenken. Mit den Fingern trommelte sie unentwegt auf ihren Oberschenkel.

Dann sagte sie: »Lass mich am Krankenhaus raus.«

VIER

DIE NOTWENDIGEN SCHRITTE

ACHTUNDSECHZIG

Thorne sagte sich, dass es an den Ereignissen vom vergangenen Wochenende lag. An den Einsätzen in Watford, Bromley und Hayes. Sie hatten das Gefühl gehabt, sie würden den Modus Operandi des Mörders durchschauen, und am Ende waren sie ihm kein Stück näher gekommen … Sicher war das der Grund dafür, warum er jetzt hier in einer Bar in Camden saß, die Frau auf der anderen Seite des Tisches musterte und sich fragte, ob dies – falls er Single wäre und sie sich unter etwas anderen Umständen getroffen hätten – ein Date mit Perspektive hätte sein können.

Hatten Sie gemeinsame Interessen? Nun ja, ein Interesse auf jeden Fall.

Hatten sie Gesprächsthemen? Nun, der Gesprächsstoff würde ihnen wohl nicht so schnell ausgehen.

Fand er sie attraktiv?

Er ermahnte sich, mit dem Unsinn aufzuhören.

Die Verbindung zu den Dating-Morden erklärte allerdings nicht die seltsam unangemessenen Gedanken, die ihm Wochen zuvor kurz gekommen waren, als er mit Melita Perera in der Weinbar gesessen hatte. Und dass er darauf gehofft hatte, die Psychiaterin würde noch einmal anrufen und sich nach den Fortschritten erkundigen. Dass er darüber nachgedacht hatte, selbst anzurufen und sich noch einmal auf einen Drink zu verabreden. Oder zum Essen.

Wahrscheinlich war es gut, dass weder das eine noch das andere geschehen war.

So wie man nach Möglichkeit nicht an verheilenden Wunden kratzte oder auf entzündete Stellen im Mund biss, gab Thorne sich heute Abend alle Mühe, nicht an Seelenverwandtschaft oder romantische Rendezvous zu denken. Abgesehen davon handelte es sich bei der Frau ihm gegenüber um die Schwester seiner Freundin.

»Helen sagt, dass es bei der Arbeit im Moment nicht so gut läuft«, sagte Jenny. »Für dich, meine ich.«

»Tatsächlich?« Thorne hoffte, sein Lächeln wirkte überzeugend.

»Dieser große Fall, an dem du arbeitest.«

»Genau.«

»Natürlich hat sie keine Einzelheiten erwähnt.«

Thorne nickte. Er wusste, dass Helen unter keinen Umständen Details eines Falles mit ihrer Schwester besprechen würde. Und trotzdem ärgerte es ihn, dass Helen das Thema überhaupt angesprochen hatte.

Die Konsequenzen des fehlgeschlagenen Einsatzes vor einer Woche hätten kaum schlimmer sein können. Tanner hatte gehofft, dass der im Vorfeld erbrachte finanzielle Aufwand für eine Fortsetzung der Operation sprechen würde. Doch Trevor Jesmond vom Scotland Yard gehörte zu jener Sorte von Vorgesetzten, die sich ohne Rücksicht auf Verluste von allem zu distanzieren pflegten, was auch nur ansatzweise nach Misserfolg aussah. Besser jetzt den Rückzug antreten als noch mehr Geld verschwenden, lautete die Devise. Und natürlich brauchte man dann noch jemanden, dem man die Verantwortung zuschieben konnte.

Den schwarzen Peter weiterreichen und den eigenen Arsch retten.

In Windeseile war eine Untersuchung des Fiaskos in Watford eingeleitet worden. Und als wäre das nicht schon schlimm genug für Thorne und Brigstocke, hatte Brian Mulhearne die Metropolitan Police verklagt – wegen der psychischen Belastung, der er und seine betagte Mutter ausgesetzt gewesen waren.

Thorne war dazu verdonnert worden, sich um andere Fälle zu kümmern. Man hatte ihn kaltgestellt. Und plötzlich waren Scherze über eine Zukunft als Gemüsehändler gar nicht mehr lustig.

»Ich will eigentlich nicht über die Arbeit sprechen«, sagte er.

»Wie du meinst.« Jenny griff zum Weinglas. Es war das zweite binnen zehn Minuten.

Thorne betrachtete sie. Sie war *durchaus* attraktiv. Das war nicht zu leugnen. Doch ihrer älteren Schwester konnte sie nicht das Wasser reichen. »Deswegen habe ich nicht angerufen.«

Sie stellte das halb leere Glas zurück auf den Tisch. »Ja, das habe ich mir schon gedacht.« Sie richtete sich kerzengerade auf und wirkte plötzlich besorgt. »Mit Helen ist doch alles in Ordnung, oder?«

»Helen geht's prima«, sagte er. »Trotz dir.«

»Wie bitte?«

Thorne ließ sich Zeit. Er war diesen Text im Kopf immer wieder durchgegangen, seit er Helens Schwester vor zwei Tagen von der Arbeit aus angerufen hatte. Er hatte seine Worte auf der Fahrt von Tulse Hill hierher geprobt, nachdem er Helen gesagt hatte, er wolle sich mit Phil Hendricks treffen.

»Du hast eindeutig ein Problem mit mir«, begann er jetzt, »aus welchem Grund auch immer. Das könnte mir eigentlich ziemlich egal sein, aber leider wird daraus ein Problem zwischen Helen und mir. Und ich hab die Nase voll davon. Jedes Mal, wenn ihr euch trefft oder telefoniert, ziehst du über mich her … Ich bin zu alt, ich mach nichts her, sie hat etwas Besseres verdient, was auch immer …«

Jenny fiel ihm ins Wort. »Verhörst du so deine Verdächtigen, Tom?« Sie bemühte sich um einen lockeren Ton, was ihr aber nicht recht gelingen wollte. »Müssen die sich irgendwo hinsetzen, und du spielst den harten Typen?«

Thorne war entschlossen, zu Ende zu reden, seinen Standpunkt klarzumachen. »Ich hab genug davon, so einfach ist das. Du kannst mich nicht ausstehen, und ich kann es dir nicht einmal vorwerfen, denn die Antipathie beruht schließlich auf Gegenseitigkeit. Aber ich lasse nicht zu, dass du einen Keil zwischen Helen und mich treibst. Helen liebt dich, sie ist schließlich deine Schwester. Das bedeutet aber, dass wir eine Lösung finden müssen, wie wir drei miteinander umgehen wollen. Und es wäre mir wirklich eine große Hilfe, wenn du mir erklärst, was zum Teufel ich getan hab, um dich so gegen mich aufzubringen, und warum du dich derart bescheuert aufführst.«

Jenny schob sich eine Haarsträhne hinters Ohr und griff erneut nach ihrem Weinglas.

»Liegt es daran, dass ich ein Bulle bin?«

Sie schüttelte den Kopf.

»Glaubst du, Helen wäre mit einem netten Vertreter im Außendienst oder einem Lehrer besser bedient?«

»Nein …«

»Denn nach allem, was ich gehört hab, lief es ganz ähnlich, als sie mit Paul zusammen war.«

»Ich mochte Paul.«

»Ach ja?«

»Und ich hab auch nichts gegen dich.«

»Dann bilde ich mir das alles bloß ein, ja? Wie ich mir eben dein spöttisches Grinsen eingebildet hab, als du gesagt hast, dass es bei mir beruflich gerade nicht gut läuft?«

Helens Schwester schüttelte den Kopf. Sie kippte den Rest des Weins in sich hinein und schaute Thorne zum ersten Mal seit mehreren Minuten direkt und offen ins Gesicht. »Mach dich nicht lächerlich«, sagte sie.

»Tue ich das? Ich meine …«

»Ich bin *eifersüchtig*, okay?« Sie suchte Augenkontakt mit dem Kellner und hob ihr leeres Glas, um ein weiteres zu bestellen. Dann beugte sie sich vor und rang sich erneut ein Lächeln ab. »Bist du jetzt zufrieden? Ich bin eifersüchtig auf Helen.«

NEUNUNDSECHZIG

An der U-Bahn-Station Turnpike Lane vorbei fuhr Tanner nordwärts Richtung Wood Green. Ein kurzer Blick auf die Uhr im Armaturenbrett verriet ihr, dass sie zu spät zu ihrem Termin kommen würde. Normalerweise legte sie auf Pünktlichkeit den allergrößten Wert, doch heute war ihr die Verspätung herzlich egal.

Sie hatte weit wichtigere Sorgen als die Suche nach einer Wohnung.

Der Fall Jandali/Sykes steckte in einer Sackgasse, vielleicht endgültig. Frances Coombs war ihre einzige direkte Verbindung zu den Männern gewesen, die hinter den Morden an dem Flüchtling und dem Dealer standen. Jetzt, nachdem sie ebenfalls aus dem Weg geräumt worden war, hatte Tanner keine Ahnung, wie sie weitermachen, wo sie den Faden wieder aufnehmen sollte.

Und Andrew Evans hing völlig in der Luft.

Tanner erinnerte sich an das lange Schweigen, als sie in Long Barrow Manor angerufen und ihm die Nachricht vom Tod der Duchess überbracht hatte. Die Wut, gefolgt von Resignation, als er schließlich geantwortet hatte, und ihre eigenen halbherzigen Versuche, ihn zu beruhigen.

»Wir fangen von vorn an«, hatte sie gesagt. »Wir werden jemanden finden, der zu einer Aussage bereit ist.«

»Ja, klar. Nachdem die Duchess eine Kugel in den Kopf bekommen hat, stehen die anderen natürlich Schlange.«

Tanner hatte geschwiegen, weil ihr klar war, dass er recht hatte.

»Vielleicht bin ich dann wenigstens zum ersten Geburtstag meines Babys zu Hause.« Seine Stimme klang brüchig. »Immer positiv denken, nicht wahr?«

Das Gespräch mit Paula Evans war kaum einfacher verlaufen. Nach dem Mord an Frances Coombs war die Polizeipräsenz vor dem Haus verstärkt worden, sodass sie und ihr Sohn praktisch Gefangene in ihrem eigenen Haus waren. Die Anspannung, unter der sie stand, war nicht zu übersehen.

Mit den Tränen kämpfend hatte sie erklärt: »Es war leichter, als er im Gefängnis war.«

Und auch die Frau des angeschossenen Beamten hatte geweint – und Tanner hatte nichts weiter tun können, als ihr ein Papiertaschentuch anzubieten. Die einzige positive Nachricht seit jenem schrecklichen Abend war, dass der Kollege vor zwei Tagen die Intensivstation verlassen konnte.

Ein quälendes Schuldgefühl weniger.

Der Misserfolg lastete dennoch schwer auf Tanner. Und nicht nur auf ihr. Chall und die übrigen des Teams hatten die ganze Woche kaum miteinander gesprochen. Die Luft war raus. Sie machten Dienst nach Vorschrift. Bis etwas wirklich Dringendes wieder ihre ganze Konzentration erfordern würde. Zur Abwechslung vielleicht ein Fall, bei dem sie zu einem Resultat kommen würden.

Rund zehn Minuten später bog Tanner in eine kurze Straße parallel zur White Hart Lane ein. Sie lächelte. Auch wenn das Stadion der Spurs nicht direkt vor der Haustür lag, würde sich zumindest einer freuen, wenn sie demnächst hier einziehen würde. Doch ihr Lächeln schwand schnell, als sie sich den Albtraum der Parkplatzsuche an den Spieltagen ausmalte.

Vielleicht musste sie Tom Thorne doch enttäuschen.

Die Straße war allerdings ganz hübsch. Auf der einen Seite lagen neuere Gebäude, während die andere von älteren, zweigeschossigen Reihenhäusern eingenommen wurde. Ganz am Ende befand sich ein kleiner Park. Nichts Spektakuläres, aber dieser Termin diente ohnehin vor allem dazu, Tanner von anderen Themen abzulenken. Abgesehen davon, hatte sich der Makler als ziemlich freundlich entpuppt und die Besichtigungstermine an ihre Schichten angepasst.

Sie entdeckte sein Auto, parkte direkt dahinter, stieg aus und betrachtete das Gebäude.

Es lag genau in der Mitte der Häuserzeile, befand sich offenbar in gutem Zustand und war weiß gestrichen, was in Tanners Augen ein Pluspunkt war. Über dem Eingang befand sich ein kleines, mit Ziegeln gedecktes Vordach. Nichts an dem Haus ließ in ihrem Inneren die Leuchtschrift »Zuhause« aufblinken, doch der Preis war in Ordnung, sodass die zwanzig Minuten für eine kurze Besichtigung sicher keine vergeudete Zeit waren.

Sie ging zur Tür und klingelte bei der Wohnung im Erdgeschoss. Ein Summen ertönte, und das Schloss sprang auf. Tanner trat ins Treppenhaus. Auf einem Brett über den Verbrauchszählern stapelte sich Werbung, und an der Treppe zum ersten Stock lehnte ein Fahrrad. Sie schaute in den Flur und beschloss, am Ende auch einen Blick auf den Gemeinschaftsgarten an der Rückseite zu werfen.

Die Tür zur Erdgeschosswohnung stand offen, und sie steckte den Kopf hinein.

»Simon?«

»Hier drinnen.«

Sie betrat die Wohnung. Gleich links befand sich ein relativ geräumiges Wohnzimmer. Als sie den modernen Kamin entdeckte, beschloss sie auf der Stelle, ihn im Fall des Falles herausreißen zu lassen. Dann ging sie weiter in die Küche. Die Ausstattung war vom Feinsten, vor allem die Arbeitsflächen aus Marmor gefielen ihr. Aber der Raum war ein bisschen klein.

»Miss Tanner?«

»Die Küche ist nicht gerade riesig«, rief sie.

Die Stimme des Maklers klang gedämpft, als spräche er irgendwo hinter einer Tür oder mit dem Kopf in einem Schrank. Tanner ging zurück ins Wohnzimmer, kam an einem der Schlafräume vorbei und stieß die Tür zum Bad auf.

Der Makler lag in der Wanne.

Jedenfalls vermutete sie, dass er es war. Sie erkannte den Anzug wieder, das dunkle Haar, doch sonst wirkte nichts an seinem Anblick normal. Sie registrierte das Klebeband, mit dem seine Hände gefesselt waren, und die Blutlache unter seinem Kopf, die in einem grellen Kontrast zur weißen Emaille der Wanne stand.

Sie trat an den Wannenrand, um festzustellen, ob er noch lebte. In diesem Moment hörte sie hinter sich ein Geräusch. Sie wirbelte herum und sah sich einem Mann gegenüber, der vermutlich aus dem gegenüberliegenden Schlafzimmer gekommen war.

Er deutete mit dem Kopf auf die Szene hinter ihrem Rücken. »Diese Leute arbeiten wirklich hart für ihre Provision, was?«

Einige Sekunden lang verharrte Tanner reglos. Adrenalin schoss durch ihre Adern. Ihr Mund war staubtrocken, und ihr wurde schwindlig. Was sie sah, ergab überhaupt keinen Sinn. Natürlich wusste sie genau, wer der Mann war, doch hier hatte er eindeutig nichts zu suchen.

»Was haben Sie …«

Dann entdeckte sie, was ihr Gegenüber in der Hand hielt, und trotz des Rauschens in ihren Ohren sah sie mit einem Mal alles in voller Klarheit vor sich. Und spürte nur noch Angst. Sie begriff, wie dumm sie gewesen war – wie dumm sie alle gewesen waren.

Plötzlich machte der Mann einen Satz nach vorn und griff nach Tanners Haaren. Instinktiv wich sie zurück, bis sie den Wannenrand an ihren Beinen spürte. Sie schnappte nach Luft.

Er sagte: »Das Foto wird Ihnen wirklich nicht gerecht.«

SIEBZIG Thorne lehnte sich zurück und sah zu, wie der Kellner eine Flasche öffnete und die Flüssigkeit – diesmal ganz sicher kein Traubensaft – in ein neues Weinglas goss. Jenny trank den ersten Schluck. Sie schloss die Augen, schüttelte den Kopf, als bedauerte sie, was sie gerade gesagt hatte. Oder als wappnete sie sich für das, was nun kommen würde. Thorne legte die Hände um die einzige Flasche Bier, die er seit ihrer Ankunft bestellt hatte.

Sie war eifersüchtig?

Hendricks hatte diese Idee einmal geäußert, aber natürlich nur im Spaß …

Er schaute sie an.

»Nicht *so*«, sagte sie. »Ich fürchte, du bist nicht mein Typ, Tom.«

»Natürlich nicht. Und so hab ich es auch nicht verstanden.« Er lächelte und spürte, wie die Spannung ein wenig nachließ. »Also?«

Ihre Haarsträhne hatte sich wieder gelöst, doch diesmal ignorierte Jenny sie. »Ich bin nicht besonders stolz darauf. Ich meine, ich sollte mir doch wünschen, dass meine Schwester glücklich ist, oder? Jeder normale Mensch würde sich das wünschen. Und dass es bei ihr tatsächlich so ist, müsste mich eigentlich freuen.«

»Ja, das sollte man denken.«

»Genau. Aber es ist nun mal so, dass ich mich immer nur bis zu einem gewissen Punkt freue, nur ein bisschen halt.«

»Du bist eifersüchtig, weil Helen glücklich ist?«

Sie nickte. »Lächerlich, oder? Ich war eifersüchtig, weil sie glücklich mit Paul war. Und ich schätze, jetzt bin ich eifersüchtig, weil sie glücklich mit dir ist. Versteh mich nicht falsch. Wie man mit dir glücklich sein kann, ist mir ein Rätsel.« Ihr Lächeln war zaghaft, doch sie gab sich alle Mühe. »Also.« Sie griff nach ihrem Glas. »Jetzt weißt du Bescheid.«

Thorne beschloss, sie nicht allein trinken zu lassen, und hob seine Flasche. »Und du bist eifersüchtig auf Helens Glück, weil du selbst unglücklich bist?«

Sie starrte ihn mit großen Augen an. »Hallo? Bist du meinem Mann schon mal begegnet?«

Die Bemerkung war als Scherz gemeint, und Thorne lachte pflichtschuldig. Tim, der größte Langweiler der Welt. Ein Mann, dessen Monologe über die Freuden des Angelns und dessen detaillierte Beschreibungen seiner Autopflege die meisten Menschen binnen Sekunden ins Koma versetzen konnten. Und den man immer nur im Golfpullover sah. Das Schlimmste aber war: Thorne konnte sich nicht erinnern, je Zeuge einer zärtlichen oder besorgten Geste oder auch nur eines freundlichen Wortes dieses vermeintlichen Muster-Ehemanns geworden zu sein.

Eine Frau, die mit so einem Mann verheiratet war, musste einfach unglücklich sein. Und das mochte auch ihr Trinken erklären.

»Warum verlässt du ihn nicht? Oder sorgst dafür, dass er geht?«

Sie zuckte die Schultern. »Aus den üblichen Gründen. Da sind die Kinder. Da wäre das Haus. Die Angst vor dem Schritt ins Ungewisse …«

»Trotzdem.«

»Ich weiß. Du hast ja recht.«

»Sprich mit jemandem darüber. Sprich mit Helen.«

»Das wäre ja wohl der blanke Hohn. Meine Schwester wegen

meiner beschissenen Beziehung um Hilfe zu bitten, wo ich alles getan habe, um ihre guten Beziehungen zu sabotieren?«

Thorne wusste nicht, was er ihr sonst raten sollte. Seine Erfahrungen auf diesem Gebiet hielten sich in Grenzen. Er warf einen verstohlenen Blick auf die Uhr und sah, dass er aufbrechen musste. »Hör mal, ich muss los …«

Jenny nickte.

»Aber danke, dass du gekommen bist … Und danke für deine offenen Worte. Mein erster erfolgreicher Fall seit Langem.« Er musterte sie aufmerksam, weil er plötzlich nicht sicher war, ob seine Bemerkung angesichts ihres Geständnisses unsensibel geklungen hatte. Doch sie wirkte nicht beleidigt.

»Sag Helen nichts davon«, bat sie ihn. »Ich will es ihr selbst sagen. Mich entschuldigen.«

Thorne nickte und griff nach seiner über dem Stuhl hängenden Lederjacke. »Ich hatte mich schon gefragt, ob es irgendwas damit zu tun hat, was in Polesford geschehen ist. Die Sache mit dir und Helen.«

Sie holte tief Luft. Sie starrte auf die Tischplatte, während sie sprach. »Ja, das macht alles noch schlimmer. Bei allem, was sie damals getan hat, wie sie mich beschützt hat …und zum Dank verhalte ich mich so.« Wieder griff sie nach ihrem Glas. »Wie die allerletzte Zicke.«

»Sag das nicht«, sagte Thorne. Doch sie hörte ihm nicht zu. Sie warf den Kopf zurück und stürzte den Rest den Weins herunter.

Thorne legte einen Zwanzig-Pfund-Schein auf den Tisch und ging zum Ausgang. An der Tür drehte er sich noch einmal um und sah, dass Jenny den Kellner zu sich winkte. Sie sah nicht glücklich aus, keineswegs. Angesichts der Umstände allerdings wirkte sie zufrieden damit, dort sitzen zu können und für den Rest des Nachmittags weiter zu trinken.

EINUNDSIEBZIG

Tanner saß reglos auf einem Stuhl, mit dem Rücken zum Kamin. Die Knie fest zusammen und die Arme steif an die Seiten gepresst, betrachtete sie den Mann, der ihr gegenübersaß. Sie versuchte den Blick nicht von seinem Gesicht abzuwenden. Sie wollte ihre Angst nicht zeigen, trotz der Waffe in seiner rechten Hand

Sie wusste – jedenfalls hoffte sie das – genug über den Mann, der Alice Matthews, Patricia Somersby und die anderen ermordet hatte, um zu begreifen, dass Schwäche genau das war, woraus er sein Machtgefühl bezog. Dass Schwäche und Hilflosigkeit eine Frau in seinen Augen zum potenziellen Opfer machten.

Sie wusste, was diesen Mann zum Töten trieb.

Und obwohl sie nicht wusste, was ihr das im Augenblick nützen sollte, kannte sie nun auch seinen Namen.

Graham French, den Tanner zuletzt gesehen hatte, als er ihr vom Eingang seines überteuerten Salons aus nachgewinkt hatte, verlagerte jetzt das Gewicht von einem Bein auf das andere, und sagte: »Nein, im Ernst …« Er nickte mit Expertenmiene. »Sie sehen ein bisschen … altbacken aus, wenn ich ehrlich sein soll. Auf den Fotos, die Sie auf der Website gepostet haben, meine ich. Oder die jemand anders für Sie gepostet hat. Natürlich darf ich in aller Unbescheidenheit sagen, dass Sie jetzt eine viel bessere Frisur haben. Aber auf den Bildern wirken Sie, als wäre Ihnen das alles ziemlich egal. Und glauben Sie mir, ich hab Sie mir *oft* angeschaut. Ich meine, was war das für ein Lächeln? Nicht gerade verführerisch, wenn Sie es auf ein Date angelegt haben. Aber das war auch nicht der Plan, stimmt's?« Amüsiert schüttelte er den Kopf. »Ich habe den leisen Verdacht, dass ich es bin, den Sie auf sich aufmerksam machen wollten, oder?« Er schnalzte mit der Zunge. »Von Hinterhältigkeit war in Ihrer Selbstbeschreibung allerdings nicht die Rede, und das ist ziemlich unehrlich! Ich schätze, es gab an dem Abend mehrere Pseudo-Dates, denn das eine oder andere Paar kam mir ein bisschen suspekt vor.«

Er wartete, doch Tanner schwieg.

»Ich wünschte wirklich, Sie wären dabei gewesen, als ich mich eingeloggt hab und plötzlich Ihr Gesicht sah. Als ich zum ersten Mal Ihr Profil gelesen hab. Das war unbezahlbar, glauben Sie mir. Ja, und zugegebenermaßen auch ein kleiner Schock …«

Er hob die Hände und wedelte in gespieltem Schrecken mit ihnen herum. Tanner zwang sich, nicht die Waffe zu betrachten.

»Weil man mich *durchschaut* hatte.« Er ließ die Arme wieder sinken und zuckte die Schultern. »Nach dem ersten Schock war es dann nur noch … wahnsinnig komisch. Die Vorstellung, dass Sie glaubten, mich hinters Licht führen zu können. Mit ein paar Computertricks und ein bisschen Verkleidung. Ich musste laut lachen, ehrlich. Es hat fast so viel Spaß gemacht wie die Vorstellung, dass Sie alle wie aufgescheuchte Hühner herumlaufen, um meinen alten Freund Aiden Goode zu finden. Ich frage mich, was wohl aus ihm geworden ist?« Er beugte sich vor, als sei er auf einen kleinen Plausch mit ihr aus. »Kurz und gut, Sie haben *gründlich* Ihre Zeit vergeudet.«

Er lehnte sich zurück. Sein Lächeln verschwand, und er ließ die Schere um den Zeigefinger wirbeln.

»Haben Sie wirklich geglaubt, dass es so einfach wird? Halten Sie mich für dämlich?«

»Durchaus nicht«, sagte Tanner.

French wirkte zufrieden, dass sie endlich etwas gesagt hatte. »Ehrlich gesagt … ich glaube Ihnen. Ich meine, wie könnte jemand, der bei klarem Verstand ist, auf solch eine Idee kommen? Man erreicht nicht das, was ich erreicht habe, wenn man nicht ein bisschen was auf dem Kasten hat.« Er tippte sich einmal, zweimal an die Schläfe. »Ich behaupte ja nicht, ein zweiter Stephen Hawking zu sein. Aber ein Trottel bin ich nicht.«

Tanner warf einen Blick auf die wirbelnde Schere. Die Klingen waren in diesem Moment weit gespreizt, das könnte ihr vielleicht eine oder zwei zusätzliche Sekunden verschaffen. Vielleicht könnte sie ihn erwischen. Um zuzustechen, musste er den Finger bewegen, die Klingen zusammenklappen und die Faust ballen. Mit etwas Glück würde er sich ungeschickt anstellen. Ja, wahrscheinlich war er stärker als sie, aber sie konnte versuchen, sich an ihm vorbeizudrängen.

Mit einem schnellen Blick suchte sie den Raum nach etwas ab, das sich als Waffe verwenden ließ.

»Vorne hätte ich ein bisschen mehr wegnehmen sollen«, sagte er jetzt.

Tanner konzentrierte sich wieder auf French und folgte seinem Blick. »Finden Sie?« Ganz langsam hob sie eine Hand und fuhr sich mit den Fingern durchs Haar.

Ein bekümmertes Nicken. »Dumm von mir. Ich dachte es gleich in dem Moment, hab aber den Mund gehalten. Und jetzt schauen Sie es sich an.«

»Es ist perfekt«, sagte Tanner.

»Fast.«

»Mir gefällt es sehr gut.«

»Nein.« Er hörte auf, mit der Schere herumzuwirbeln, und schloss die Klingen. »Es wird schon strohig. Normalerweise würde ich Ihnen empfehlen, es möglichst bald nachschneiden zu lassen, aber das hat ja wohl keinen Sinn mehr.«

Tanner spürte einen kalten Klumpen im Bauch. Sie schluckte und sagte: »Und, was soll jetzt werden, Graham?« Sie versuchte sich daran zu erinnern, was sie vor einigen Jahren in einem dreitägigen Kurs zur Verhandlung mit Geiselnehmern gelernt hatte. Sie wusste allerdings nicht, ob Geisel in diesem Fall der korrekte Begriff war. Hatte es nicht unter anderem geheißen, dass man die Worte des Geiselnehmers wiederholen sollte? Ihn *einbeziehen* sollte? Immerhin wusste sie noch, dass die Benutzung des Vornamens bei jeder sich bietenden Gelegenheit eine gute Möglichkeit bot, Vertrauen aufzubauen.

French dachte einige Sekunden über ihre Frage nach. »Wollen Sie das wirklich wissen? Ich bin mir nicht ganz sicher. Ich meine, es wäre natürlich Blödsinn, wenn ich so täte, als hätte ich nicht zumindest eine ungefähre Vorstellung davon, was gleich geschieht. Mit Ihnen, meine ich. Aber die Situation hier ist für meinen Geschmack ein wenig zu spontan. Ich bin eher ein Planer … Aber das wissen Sie ja. Von dem Moment an, als ich Sie auf der Website entdeckt und erst mal gründlich gelacht hab, war mir klar, dass ich eine neue Richtung einschlagen muss. Aber ich war selbst überrascht, als mir das hier einfiel. Was auch immer *das hier* ist. Ich dachte bloß, dass es wichtig für Sie ist, zu erfahren, wie dumm Sie waren.« Er stach mit der Schere in die Luft, um seinem letzten Satz Nachdruck zu verleihen. »Und dass Sie erfahren sollen, mit wem Sie es zu tun haben. Verstehen Sie?«

Tanner senkte den Kopf.

Betrachtete das Webmuster des hübschen neuen Teppichs.

»Nicola?«

Der Ton seiner Stimme und das Klicken, von dem sie begleitet wurde, reichten aus, um Tanner ruckartig den Kopf heben zu lassen. Sie sah zu, wie er die Schere blitzschnell auf- und zuklappte.

Eine oft geübte, professionelle Geste.

Schnipp, schnapp, schnipp, schnapp …

Er sagte: »Also gut, machen wir uns an die Arbeit.«

ZWEIUNDSIEBZIG Natürlich war Thorne die Nähe zu seinem Lieblingsstadion nicht entgangen. Doch zumindest auf den ersten Blick hatte er nicht den Eindruck gehabt, dass die aktuell zur Debatte stehende Immobilie Nicola Tanners Geschmack entsprechen würde. Nicht dass er eine allzu klare Vorstellung von ihrem Geschmack hatte. Egal, wie die Wohnung von innen aussehen mochte, er selbst konnte sich jedenfalls für einen Samstagnachmittag angenehmere Beschäftigungen ausmalen.

Sport auf Sky schauen, schlafen, wieder Sport schauen …

Ein letztes Mal, überlegte er, dann wären sie quitt.

Als der Türsummer ertönte und er ins Haus trat, beschloss er, Helen anzurufen, sobald er hier fertig war. Vielleicht hätte sie Lust, Jenny zum Babysitten zu bitten und mit ihm ins Pub zu gehen. Oder vielleicht in diesen neuen kubanischen Laden in Herne Hill, über den sie gesprochen hatten. Dann fiel ihm ein, in welcher Verfassung Jenny gewesen war, als er sie verlassen hatte. Sicher wäre es keine gute Idee, Alfie heute in ihre Obhut zu geben.

Vielleicht war ein ruhiger Abend mit einem Essen vom Takeaway die bessere Idee.

Er hörte, wie Tanner hinter einer Tür seinen Namen rief.

Er öffnete sie und betrat das Zimmer.

Blieb reglos stehen.

Tanner war mit silberfarbenem Klebeband an Armen und Beinen an einen Stuhl gefesselt. Sie schnappte nach Luft. Ein Mann, den Thorne vage zu kennen glaubte, aber nicht einordnen konnte, stand neben ihr und drückte ihr die Spitze einer Schere an den Hals.

»Tut mir leid«, sagte Tanner. Sie starrte ihn an. Ihr Blick verriet ihre hilflose Wut.

»Schon in Ordnung«, sagte Thorne, obwohl eindeutig nichts in Ordnung war. Ihre Augen waren feucht und weit aufgerissen, ihr Gesicht mit Rotz und Tränen verschmiert. Über ihre Stirn lief ein dünner Streifen Blut.

Und Himmel … ihr Haar.

Der Mann deutete lässig mit der Schere auf ihn. »Wären Sie so nett, die Tür zu schließen?«

Thorne gehorchte und wandte sich um. Tanners Anblick war grauenvoll.

Was machte dieser Mann da? Wer war er?

Der Mann griff nach einem losen Ende des Klebebands und befestigte es wieder auf Tanners Mund. Dann folgte er Thornes Blick. »Oh, *das*, ja.« Er trat einen halben Schritt zurück, um besser sehen zu können, hielt die Schere aber weiterhin dicht an Tanners Hals. »Ich hab schon bessere Arbeit abgeliefert, keine Frage.«

Tanner stöhnte unter dem Klebeband.

»Pschschsch«, machte der Mann und drückte die Schere wieder stärker an ihren Hals.

In diesem Moment begriff Thorne, wen er vor sich hatte. Den Exknacki, mit dem Tanner sich während ihrer Suche nach der Duchess unterhalten hatte. Thorne hatte bisher nur ein Foto des Mannes gesehen, passbildgroß, in Tanners Bericht.

Er war derjenige, der ihr von den Katzenmorden im Maidstone-Gefängnis erzählt und Aiden Goodes Namen ins Spiel gebracht hatte. Der sich so überaus hilfsbereit gezeigt hatte.

Nun war klar, warum.

»Sie sind der Friseur«, stellte Thorne fest.

»Hairstylist, bitte.« Er hob die Schere und schob eine Strähne von Tanners Haaren beiseite. Oder das, was davon übrig war.

Tanners Kopf sah zum Fürchten aus. An einigen Stellen schien das Haar wie abrasiert, an anderen standen klebrig-feuchte Strähnen in alle Richtungen ab. Die Haut, wo sie leuchtend rosa zu sehen war, war von Schnitten durchzogen, aus denen kleine Rinnsale Blut flossen.

»Graham French.«

»Ja, genau.« Der Mann lächelte. »Und Sie sind der nicht ganz überzeugende Landschaftsgärtner. Ich hoffe, es hat Ihnen neulich Abend geschmeckt. Irgendwie ist es schade, wie sich alles entwickelt hat, denn Sie beide waren ein tolles Paar.«

Thorne sagte nichts, zur Passivität verdammt wie Tanner.

French …

Er hatte den Namen schon einmal gelesen. Nun wurde ihm klar, was ihm entgangen war.

French war der Häftling gewesen, der gehört haben wollte, dass Aiden Goode angedeutet hatte, nach seiner Entlassung verschwinden zu wollen. Der Name hatte in Goodes Akte gestanden, die Thorne im Maidstone-Gefängnis gelesen hatte. French war genau über Goodes Pläne im Bilde gewesen. Und er hatte ihm sicher dabei geholfen, sie zu gegebener Zeit in die Tat umzusetzen.

Und ihn für alle Zeit von der Bildfläche verschwinden zu lassen.

Es war von Anfang an klar gewesen, dass sie auf der Jagd nach einem sehr sorgfältig planenden Mörder waren, doch Thorne begann erst jetzt zu begreifen, wie weit voraus French gedacht hatte.

French hatte der Polizei nicht nur passende Verdächtige serviert, mit denen seine Opfer kurz vor der Tat ausgegangen waren. Für den Fall, dass die Zusammenhänge zwischen den einzelnen Taten ans Licht kamen, hatte er auf ganz ähnliche Art und Weise mit Aiden Goode einen idealen Kandidaten als Tatverdächtigen präsentiert.

»Nur interessehalber: Haben Sie das Essen selbst bezahlt oder konnten Sie es auf die Spesenrechnung setzen?«

Thorne musterte Graham French und versuchte weiter, sich ein Bild davon zu machen, mit wem er es hier zu tun hatte.

French hatte zusammen mit Goode einen Computerkurs besucht, obwohl er bereits über solide Kenntnisse verfügte. Wahrscheinlich hatte es sich bei dem Betrug, dessentwegen er eingesessen hatte, um Computerkriminalität gehandelt. Wer auch immer die Katzen in Maidstone abgeschlachtet haben mochte – nach seiner Entlassung und dem Beginn seiner eigenen Mordserie hatte es French bestens in den Kram gepasst, die Schuld Aiden Goode in die Schuhe schieben zu können.

Er manipulierte Menschen offenbar so problemlos wie Computer.

»Die Met hat bezahlt.« Thorne sah Tanner an, sah die Angst in ihren Augen, aber auch eine Spur von Entschlossenheit. »Auch in Watford und den anderen Orten. Ich meine, Sie sind ja offenbar dahintergekommen.«

French nickte. »Ich sagte Ihrer Freundin bereits – ich bin nicht blöd.«

»Niemand hat das erwartet.«

Thorne dachte an seine anfängliche Theorie und war sich in diesem Moment nicht mehr so sicher, ob die Cool-down-Theorie wirklich zutraf. Aber das war im Grunde auch ziemlich nebensächlich. Das Einzige, was zählte, war, den Mann am Reden zu halten, bis ihm etwas Besseres einfiel. *Irgendetwas …*

»Erzählen Sie mir von den Katzen.«

»Was wollen Sie wissen?«, fragte French.

»Warum haben Sie es getan?«

»Ernsthaft? Nach der traurigen, kleinen Alice und der armen, verzweifelten Leila und den anderen, nach all dem und angesichts der Situation hier im Moment wollen Sie tatsächlich über ein paar tote Katzen reden?«

»Es waren mehr als ein paar«, sagte Thorne.

French schwieg. Er legte den Kopf ein wenig zur Seite. Den Ausdruck von Verwirrung, der in diesem Moment über sein Gesicht glitt, würde Thorne erst viel später einordnen können.

»War es Goode? Diese Katzen in Maidstone?«

»Wahrscheinlich, ja«, sagte French. »Er wäre sicher dazu in der Lage gewesen. Aber wichtig war nur, dass *Sie* es geglaubt haben. Und dass Sie glaubten, er hätte danach einen Gang hö-hergeschaltet. Damit Sie Ihre Zeit damit verschwenden würden, einen Mann zu suchen, der nicht zu finden war. Wobei er keinen größeren Verlust darstellt als diese Frauen.«

Thorne nickte, als wäre er dankbar für die Information. »Nur damit Sie Bescheid wissen, ich bin mir der Situation tatsächlich bewusst.« Er trat einen halben Schritt auf Tanner zu und stellte mit Erleichterung fest, dass French sich deswegen keine Sorgen zu machen schien. Das musste er auch nicht. Schließlich hielt er ihr die Schere dicht an den Hals und spielte sanft mit ihrem Haar. »Der Situation hier und jetzt, meine ich. Und so, wie ich es sehe, besteht nicht die geringste Chance, dass die Sache gut für Sie ausgeht.«

French starrte ihn verständnislos an. »Für *mich*?«

»Na, Sie werden hier nicht einfach rausmarschieren, oder?« Er deutete auf Tanner und nahm Augenkontakt mit ihr auf. »Sobald Sie die kleinste Bewegung machen und meine Kollegin verletzen, bin ich bei Ihnen.«

»Tatsächlich?«

»Oder Sie versuchen, zuerst mich aus dem Weg zu schaffen.«

»Ja, das könnte ich tun.«

»Das wäre tatsächlich eine Möglichkeit.« Thorne bemühte sich um einen gleichmütigen Tonfall, auch wenn sein Mund so trocken war, dass er kaum sprechen konnte. Er machte sich immer noch Vorwürfe wegen des Brandes, der Tanner beinahe das Leben gekostet hätte. Eine falsche Entscheidung hier und jetzt, und sie wäre tatsächlich tot. »Die Met ist nicht nur dazu da, ihren Mitarbeitern italienisches Essen auszugeben. Sie zahlt auch für alles mögliche andere. Für die Nahkampfausbildung zum Beispiel … wie man Angriffen mit Messern begegnet. Oder mit Scheren.«

»Danke für die Warnung. Das ist gut zu wissen.«

»Ich sage nur, dass Sie das im Kopf haben sollten. Wägen Sie Ihre Optionen ab. Dann kommen Sie vielleicht zu dem Entschluss, die Schere lieber auf den Boden zu legen.«

Tanner starrte Thorne an, doch er konnte nicht entschlüsseln, ob sie ihm etwas mitteilen wollte. Und wenn ja, was.

Hatte er die richtige Taktik gewählt?

Oder setzte er French zu stark unter Druck?

French blies die Wangen auf und ließ sich einige Sekunden Zeit, als dächte er über Thornes Worte nach. Über seine Möglichkeiten. Dann sagte er: »Ja, ich verstehe, was Sie meinen. Und es ist riskant, keine Frage, ich hätte es wirklich gründlicher planen sollen. Eigentlich untypisch für mich. Aber da wir nun schon mal alle hier sind, sollte ich wohl *irgendwas* tun. Vermutlich sollte ich die hier einfach *zack* …« – er stieß die Schere in die Luft – »in Detective Tanners Hals stoßen. Und mich anschließend um Sie kümmern.«

»Davon würde ich Ihnen ernsthaft abraten«, sagte Thorne.

Plötzlich wirkte French unkonzentriert. »Ich weiß nicht …«

Wieder machte Thorne einen halben Schritt nach vorn.

»Um ehrlich zu sein, ist es nicht leicht, klar zu denken, wenn ein Job nicht erledigt ist.« French schaute auf Tanner hinab und schüttelte den Kopf. »Ich meine … meine Schuld ist es nicht, oder? Sie hat nichts davon gesagt, dass Sie auch kommen. Das war unehrlich, schon wieder. Sie haben mich unterbrochen, bevor ich fertig war. Man kann doch nicht … Ich meine, so kann ich es nicht lassen, oder?« Er beugte sich zu Tanner hinunter. »Hinten ist alles durcheinander. Ohne jede Form. Ich habe natürlich keinen Spiegel, also müssen Sie mir vertrauen, aber hier hinten muss noch ein bisschen was getan werden.«

Er begann zu schneiden, und Thorne sah, wie Tanner bei jedem Zuschnappen der Schere zusammenzuckte.

Das Klebeband dämpfte ihr Stöhnen.

Ihre Fäuste ballten sich, und ihre Nackenmuskeln spannten sich an, doch sie schaute Thorne weiterhin fest in die Augen.

»Besser«, murmelte French. »Viel besser …«

Er beugte sich noch tiefer und brachte den Mund dicht an Tanners Ohr. Immer weiter flüsternd und schneidend. Thorne verfolgte aufmerksam die Bewegungen der Schere. Dann schaute er Tanner wieder an und nickte kaum merklich. Tanner kniff die Augen zusammen und stieß ihren Kopf mit aller Kraft rückwärts in Frenchs Gesicht.

Thorne stürzte los.

Tanners Hinterkopf traf French nicht so fest, wie sie erhofft hatte, aber es reichte aus, um ihn zurücktaumeln zu lassen, die Hand mit der Schere schützend vors Gesicht gehoben.

Mehr Zeit brauchte Thorne nicht.

Während Tanner versuchte, den Stuhl zur Seite zu bewegen, packte Thorne Frenchs Handgelenk und verdrehte es, bis er die Schere zu Boden fallen ließ. Er ließ seinen Kopf auf Frenchs Nasenrücken krachen, packte ihn an der Jacke und schleuderte ihn quer durchs Zimmer. Im nächsten Moment war er über ihm. French versuchte sich aufzurichten, doch Thorne rammte ihm ein Knie in die Brust, stieß seinen Kopf mit einer Hand gegen eine Heizung und schlug mit der anderen so lange zu, bis er bewusstlos war.

Er hätte nicht sagen können, ob es Sekunden oder Minuten dauerte, bis er in der Lage war, aufzustehen und sich auf den Beinen zu halten. Er zitterte am ganzen Körper und musste ausspucken. Der Schmerz in seiner Hand war kaum auszuhalten, und im Oberschenkel hatte er sich einen Muskel gezerrt.

Ihm war speiübel.

Tanner schrie und fluchte, als er ihr das Klebeband vom Mund abzog.

»Tut mir leid«, sagte Thorne. Er nahm die Schere und schnitt auch das Band an ihren Armen und Beinen los.

»Hast du Handschellen im Auto?«, fragte Tanner.

»Ja, aber …«

Sie deutete mit dem Kopf auf French. »Hol sie.«

Thorne reichte ihr die Schere und lief hinaus, um die Handschellen zu holen, die er immer im Handschuhfach aufbewahrte. Als er zurückkam, war Tanner aufgestanden. Sie wankte ein wenig, starrte auf die Haarbüschel, die auf dem polierten Holzfußboden herumlagen. Dicke braune Strähnen, hier und da leicht silbergrau.

Thorne ging in die Küche und holte ein Handtuch und reichte es Tanner. Vorsichtig tupfte sie sich den blutigen Schädel ab. Thorne ging unterdessen zu French. Er hob den Mann in eine sitzende Position und kettete ihn ans Heizungsrohr.

»Wir müssen Meldung machen«, sagte Thorne.

»Ja. Natürlich«, sagte Tanner.

Er zog sein Handy aus der Tasche. »Und wir müssen einen Krankenwagen für dich rufen.«

»Ich brauche keinen Krankenwagen«, sagte Tanner. Ihre Stimme klang ungewohnt monoton. »Aber du solltest trotzdem einen rufen.« Mit dem Kopf deutete sie zum Badezimmer. »Da drin.«

Thorne rannte zum Bad, stieß die Tür auf und entdeckte den Makler in der Wanne. Er löste das Klebeband vom Mund des Mannes. Der Makler stöhnte und versuchte den Kopf wegzudrehen. Thorne sah, dass er trotz einer hässlichen Kopfwunde einigermaßen ruhig atmete.

Er rief einen Krankenwagen und versicherte dem Makler, dass Hilfe unterwegs sei. Gerade wollte er Polizeiverstärkung anfordern, als er ein Geräusch aus dem Wohnzimmer hörte. Nicht unbedingt ein Knall … eher klang es so, als wäre jemand auf einen Karton mit Eiern getreten.

Er lief zurück ins Wohnzimmer und begriff sofort, was er gehört hatte. French lag zusammengesackt auf dem Boden, den Kopf in einem merkwürdigen Winkel zum unteren Teil der Heizung verdreht.

Der Heizkörper war blutbespritzt. Dann sah Thorne das Blut, dass aus Frenchs Ohr trat.

Blut tropfte auch vom Schürhaken, den Nicola Tanner in der Hand hielt.

Ihr Gesicht war grau und unbeweglich.

»Mein Gott …« Thorne sah das dekorative Kaminset neben der offenen Feuerstelle, wo sich jetzt nur noch eine Bürste und eine Schaufel befanden.

Er eilte zu French, um an seinem Hals den Puls zu tasten. Nicht dass er sich große Hoffnungen machte. »Was zum Teufel hast du getan?«

Tanner ließ den Schürhaken fallen.

Langsam ging sie hinüber zum Stuhl und setzte sich – die Arme fest an die Seiten gepresst, als wäre sie wieder gefesselt.

Thorne stand auf.

Es war nur noch eine Frage von Minuten, ehe der Krankenwagen käme.

Er kämpfte gegen seine Panik an und versuchte, einen klaren Gedanken zu fassen.

»Mach Meldung«, sagte Tanner.

Thorne schaute sie ungläubig an. »Ist das dein Ernst?« Er deutete auf Frenchs Leiche. Das Blut lief über sein weißes Hemd. »Du hast gerade einen Mann erschlagen, der mit Handschellen an eine Heizung gefesselt war. Und dazu noch *bewusstlos*, um Himmels willen.«

Tanner schwieg.

»Hier geht's nicht nur um eine Suspendierung und deine beschissene Karriere. Du musst mit einer Mordanklage rechnen.« Er hockte sich neben Tanner, packte ihren Arm und schüttelte ihn. »Wir reden über Gefängnis, Nic!«

Sie wandte ihm ihre ausdruckslosen Augen zu und zuckte mit den Schultern.

»Wusste irgendjemand, dass du hierherkommen wolltest?« Er wartete. *»Nicola?«*

Sie deutete mit der Hand in Richtung Bad. »Ich hab Simon eine E-Mail geschickt, um den Termin zu bestätigen. Und vermutlich wusste *er* deswegen, dass ich hier sein würde.«

»Okay, dann können wir es also nicht einfach darauf ankommen lassen und verschwinden.«

Thorne erhob sich und ging wieder zu French.

»Gut. Als Erstes müssen wir die hier loswerden.«

Er kniete nieder, nahm French die Handschellen ab und steckte sie in seine Jackentasche. Er überprüfte, dass keine Abdrücke an Frenchs Handgelenken zu sehen waren. Wäre er bei Bewusstsein gewesen und hätte sich gegen die Handschellen gewehrt, wären fraglos Abdrücke zurückgeblieben.

»Gut. Hier sind die Blutspritzer, und daran können wir nichts ändern. Also hat alles sich hier abgespielt, okay?«

»Was hat sich hier abgespielt?« Tanner sprach, als wäre sie gerade aufgewacht.

»Hier hast du getan, was du tun musstest. Du hast getan, was nötig war, um dich vor seinem Angriff schützen.«

»Aber so war es nicht«, sagte Tanner.

»Halt einfach den Mund und *hör mir zu*. Okay?«

Er schaute sie ernst an, und sie nickte. Plötzlich wirkte sie verängstigt. Sie starrte erst auf den Schürhaken, dann auf die Leiche auf der anderen Seite des Zimmers, als würde ihr jetzt erst klar, was das eine mit dem anderen zu tun hatte. Dass sie für Frenchs

Tod verantwortlich war. Als er bemerkte, wie sich der Schock auf ihrem Gesicht abzeichnete, begann Thorne zu begreifen, warum sie es getan hatte. Warum sie ausgerastet war. Es war nicht um Graham French gegangen, jedenfalls nicht ausschließlich. Auch Susan hatte eine Rolle gespielt, und das Feuer, das so vieles von dem zerstört hatte, was ihr nach Susan noch geblieben war.

Mit der quälenden Erniedrigung, die Graham French ihr zugefügt hatte, hatte er gleichzeitig eine Wut freigesetzt, deren Ausmaß keiner von ihnen sich je hätte ausmalen können.

»Alles wird gut. Wir müssen nur ein paar entscheidende Dinge klären.« Thorne ging auf und ab und versuchte, sich einen plausiblen Ablauf zurechtzulegen. »Ich hab French für bewusstlos gehalten, gut, aber das war er nicht … Ich hab die Schere nicht an mich genommen, die er *hier* nach unserem Handgemenge auf den Boden hat fallen lassen.« Er trat zu Tanner. »Ich hätte sie aufheben sollen, aber stattdessen bin ich gleich zu dir gegangen, um zu sehen, ob alles in Ordnung ist. Und dann habe ich dich losgemacht … und währenddessen hat *er* die Schere an sich genommen. Ich habe mich ihm zugewandt und versucht, ihn zu entwaffnen.« Er drehte sich um und deutete zur Heizung. »Wieder haben wir miteinander gekämpft. Du hattest Angst, er könnte mich mit der Schere verletzen, also hast du den Schürhaken genommen …« Er hob die hinter dem Stuhl liegende Schere auf und ging zur Heizung. Dort setzte er sich neben Frenchs Leiche. »Fingerabdrücke sind kein Problem, weil jeder von uns dreien irgendwann die Schere angefasst hat, klar? Du hast sie genommen, als es schon passiert war.«

Tanner, die immer noch benommen und unsicher wirkte, stand auf und folgte ihm. »Als was passiert war?«

»Nachdem er dich mit der Schere angegriffen hat und du ihn geschlagen hast.« Er betrachtete die Schere in seiner Hand, die feinen Haare, die immer noch an den Klingen hafteten. »Das wird nicht reichen.«

»Was meinst du?«

»Du bist gewaltsam gegen den Verdächtigen vorgegangen, weil du geglaubt hast, ich könnte schwer verletzt, möglicherweise sogar getötet werden. Verstehst du, was ich sage? Du wolltest ihn nicht umbringen, aber dein erster Gedanke galt dem Leben eines Kollegen, und das ist … nachvollziehbar.« Thorne atmete schnell. Er machte sich bereit, weil ihm inzwischen klar war, was geschehen musste. »Sie müssen sehen, dass …«

Er drehte die Schere um und streckte sie Tanner entgegen.

Sie schüttelte den Kopf.

»Jeden Moment kommt der Krankenwagen.« Er drückte ihr die Schere in die Hand. »Nur so wird die Geschichte plausibel, verstehst du?«

»Das kann ich nicht.«

Thorne hielt die rechte Hand hoch, die Fläche ihr zugewandt. »Eine Abwehrverletzung, mehr ist nicht nötig. Es ist passiert, als er über mir war und ich die Hand gehoben hab, um mein Gesicht zu schützen. In dem Moment hast du nach dem Schürhaken gegriffen.« Er sah, wie sie sich vor ihm hinkniete und ihn dann anstarrte. »Beeil dich.«

»Wie soll ich …«

»Jetzt *mach* einfach, verdammt.«

»Wo?«

»Darüber können wir uns jetzt nicht den Kopf zerbrechen. Hauptsache, es fließt Blut …«

Tanner stach auf seine Hand ein.

»Gott … *Scheiße*!«

Tanner ließ die Schere fallen und wankte einen Moment, bevor sie sich umwandte und das Zimmer verließ. Thorne kniete sich neben French. Stöhnend vor Schmerz presste er Blut aus der

Wunde. Er schmierte den Hals des Friseurs und seinen Hemdkragen damit voll. Dann packte er den Hinterkopf mit beiden Händen und fuhr mit der blutigen Handfläche durch das dichte schwarze Haar des Mannes.

Zum zweiten Mal binnen fünf Minuten kämpfte er gegen den Drang an, sich zu übergeben.

Tanner tauchte mit einem Geschirrtuch auf, das Thorne nahm und sich um die verletzte Hand wickelte. »Tut es weh?«

»Höllisch.«

Tanner sank neben Thorne zu Boden und nahm seine andere Hand in ihre. Sie lehnte sich an ihn und schloss die Augen. Beide bluteten und zitterten.

»Und jetzt machen wir Meldung«, sagte Thorne.

DREIUNDSIEBZIG

Es war ein prächtiger Morgen Ende Juni. Die Sonne beschien die schiefen, honigfarbenen Mauern des Hauses. Überall wucherte und blühte es. Der parkartige Garten von Long Barrow Manor bot einen herrlichen Anblick und schien wie verwandelt.

Andrew Evans trat durch die Terrassentür ins Freie und blickte über den Rasen zu den Rosskastanien, die das Ende des Grundstücks markierten. Er betrachtete die Beete voller Tagetes und den Regenbogen aus Hortensien an drei Seiten des Springbrunnens.

Er genoss den Anblick, und doch war er noch immer ein Gefangener.

»Ich habe gehört, es hat einen Rückschlag bei den Ermittlungen gegeben«, hatte Nennen-Sie-mich-Rob ihm gesagt. »Aber es ist wichtig, darüber hinwegzukommen.«

»Einen Rückschlag?« Er hatte keine Ahnung, wie viel der Suchtberater über die Ermittlungen wusste. Aber sicher hatte der Mann trotz aller gerahmten Zertifikate auf seinem Schreibtisch keine Vorstellung davon, was er, Andrew Evans, sein »dienstältester« Patient, im Augenblick durchmachte. Von seinem Zusammenbruch und der inneren Leere.

»Vor allem, wenn man schon so weit gekommen ist.«

Genau. Ein Schritt nach vorn und weiß der Himmel wie viele zurück. Zurück in die Unsicherheit, die ihm das Gefühl gab, ziellos durch die Tage zu treiben. Nachts konnte er nicht mehr schlafen. Er war noch immer in einem Gefängnis, zu dem die Menschen, die er liebte, keinen Zutritt hatten – seine Frau, die ihn brauchte, und ein Baby, dessen Geburt er nun nicht miterleben würde.

Er hatte sie enttäuscht. Er konnte es sich selbst nicht verzeihen.

»Sie müssen sich zusammenreißen, Andrew. Ich bin sicher, Sie waren schon in weit schlimmeren Situationen.«

Er ging hinunter zum Springbrunnen, weil ihm nichts Besseres einfiel. Im Näherkommen sah er die junge Frau, die auf einer der Bänke saß. Sie war offensichtlich neu in Long Barrow Manor. Ein Buch lag auf ihrem Schoß, doch sie hatte den Kopf zurückgelegt und ließ ihr Gesicht von der Sonne bescheinen.

Als er sich neben sie setzte, schreckte sie hoch. Es gelang ihr gerade noch, das Buch festzuhalten, das beinahe heruntergefallen wäre.

»Tut mir leid«, sagte er.

»Schon in Ordnung.«

Allmächtiger Gott, wie sie aussah! Sie hatte sich das Haar hochgesteckt wie Amy Winehouse, doch es sah schrecklich ungepflegt aus, ungewaschen und fettig. Ihre Haut war picklig, und als sie zu lächeln versuchte, sah er mehr schwarze Löcher als weiße Zähne.

»Wie heißt du?«, fragte sie.

Evans schwieg. Er starrte den dekorativen Brunnen an und malte sich aus, wie gut es tun würde, ihn mit einem Vorschlaghammer zu bearbeiten.

»Dann eben nicht.«

»Wir dürfen uns nicht unterhalten.«

»Ja, hat man mir gesagt.« Die junge Frau holte eine Tabakdose aus ihrer Jackentasche, öffnete sie und drehte sich eine Zigarette. »Aber da scheiß ich drauf.«

Evans entdeckte den Polizisten, Barrett, der unter einem Baum stand und sie beobachtete. Als er winkte, erwiderte Barrett seinen Gruß und entfernte sich langsam. »Ich heiße Andrew.«

Die junge Frau nickte, schien aber zu sehr mit ihrer Zigarette beschäftigt, um ihm zu antworten.

»Bist du gerade angekommen?«

Sie nickte. »Scheint ganz okay zu sein.«

Paulas Bauch würde langsam dick werden, dachte Evans. Er erinnerte sich, wie es damals vor Seans Geburt gewesen war, als die Hormone die Regie übernommen hatten.

»Jedenfalls ein bisschen vornehmer, als ich es gewohnt bin.«

Er wünschte, sie würden ihm sein Handy zurückgeben, bloß für fünf Minuten, damit er sich die Fotos anschauen konnte. Seine Mutter hatte sie gemacht, als Sean geboren worden war. Zu dritt hatten sie im Bett gelegen, er hatte mit der Atemmaske herumgespielt …

»Ich hoffe, dass ich nicht lange hier bin …« Sie warf ihm einen Blick zu. »Verdammt, du heulst ja!«

Evans schüttelte den Kopf. Er wischte sich die Augen ab und bemerkte, dass die junge Frau sich gründlich umschaute, ehe sie eine kleine Tropfflasche aus ihrer Jackentasche zog. Er wusste genau, was in der Flasche war.

»Wie zum Teufel hast du die hier reingeschmuggelt?«

»Was glaubst du wohl?«

»Himmel!«

Sie lächelte. »Keine Sorge, ich hab sie gut abgewischt.«

Evans' Mund war mit einem Mal ausgetrocknet, und er spürte einen Schweißfilm in seinem Nacken, der nicht von der Sonne herrührte. Er sah zu, wie sie die Flüssigkeit in ihre Selbstgedrehte träufelte – ein halbes Dutzend gleichmäßig verteilte Tropfen, was mehr als genug war. Sein Blut geriet in Wallung. Seine Hände umklammerten die Sitzkante der Bank.

Das Mädchen leckte über das Papier und rollte mit geübten Bewegungen. Wieder schaute sie sich um, ob niemand zusah, als sie ihr Feuerzeug herausnahm. Sie musterte Evans, nickte und streckte ihm den Joint entgegen. »Bitte, Kumpel. Ich schätze, du brauchst ihn dringender als ich.«

Evans starrte die Zigarette an. Er konnte kaum atmen. Er sollte aufstehen und weggehen. Er musste einen der Polizisten alarmieren und dann alles Rob erzählen.

»Komm schon, willst du als Erster oder nicht?«

Ich verspreche dir, dass alles gut wird.

Schwörst du es?

Er wusste genau, was er jetzt tun musste.

Ich komme bald nach Hause, und ich werde mich ändern.

Er schnappte sich den Joint, steckte ihn sich zwischen die Lippen und beugte sich über die Flamme des Feuerzeugs, das sie entzündet hatte.

Dann hielt er inne. Etwas am Gesichtsausdruck der jungen Frau stimmte nicht. Er bemerkte eine Gier, die er vorher nicht bemerkt hatte und die ihm unpassend erschien, wenn sie jemand anderem den Genuss überlassen wollte. Dass ein Junkie einem anderen den Vortritt ließ, war an sich schon seltsam genug, vor allem einem völlig Fremden. Sie aber wirkte geradezu … *versessen* darauf, ihm den Stoff zu überlassen.

Heftig atmend richtete er sich wieder auf. Dann nahm er den unangezündeten Joint aus dem Mund und hielt ihn der Frau hin. »Nein, du zuerst.«

Ihre Miene veränderte sich schlagartig. Gereizt schüttelte sie den Kopf. »Nun zünd ihn schon an, verdammt.«

»Ich glaube nicht …«

In diesem Moment stürzte sich die Frau auf ihn, drückte ihn mit ihrem Gewicht auf die Bank, spuckte und zerkratzte ihm das Gesicht. Als er sich zur Seite drehte, um ihren Schlägen auszuweichen, sah Evans, dass Barrett auf sie zugelaufen kam.

»Ich heiße Nathalie, und das hier ist für meine Mutter, du mieses Arschloch!«

Das Mädchen war dünn wie eine Bohnenstange, doch die Wut verlieh ihm ungeahnte Kräfte. Evans konnte nur laut brüllen und um sich schlagen. Er kniff die Augen fest zu, um sich vor ihren Fingernägeln zu schützen. Er schmeckte Blut im Mund.

»Das ist für Frances Coombs.«

Dann war plötzlich Barrett das Angriffsziel ihrer Schläge. Der Polizist zerrte sie von der Bank.

»Ich hab dich bezahlt, du Drecksack.«

»Nicht hierfür.« Barrett schob sie von sich und hob die Arme vors Gesicht, als sie aufsprang und auf ihn losging.

»Ich hab dich *bezahlt!*«

Auch als er sie noch kräftiger wegstieß, ging sie erneut auf ihn los und versetzte ihm einen Tritt, der allerdings sein Ziel verfehlte. Sofort versuchte sie es erneut. Als der Beamte einen Schritt zurücktrat, um ihr auszuweichen, schrie sie frustriert auf. Dann hob Barrett warnend die Hand. Schwer atmend warf sie einen wütenden Blick auf Evans, der sich gerade wieder aufgerappelt hatte und nach den Wunden in seinem Gesicht tastete. Daraufhin drehte sie sich um und rannte auf die Baumreihe zu.

Evans und Barrett sahen ihr wortlos nach.

Kreischend und weinend verschwand sie zwischen den Bäumen, kroch dann durch das Loch, das in den Zaun geschnitten worden war, und lief zu dem schmalen Weg, wo ein Auto sie erwartete.

VIERUNDSIEBZIG

Er hatte bereits mehr als genug intus und wäre nicht in der Lage gewesen, aufzustehen und mitzumachen, selbst wenn er gewollt hätte. Thorne saß zusammen mit Tanner und Treasure an einem der großen runden Tische, nahm eine von den restlichen Pralinen und sah zu, wie Menschen, die noch betrunkener waren als er selbst, sich auf der überfüllten Tanzfläche ins Zeug legten. Krawattenknoten waren gelockert, Jacketts und hochhackige Schuhe ausgezogen worden. Als der Refrain von *Sex On Fire* begann, wurde der Gesang noch lauter, und Arme wurden in die Luft gereckt.

Thorne sang mit, ohne einen Ton zu treffen.

Es war seine erste homosexuelle Hochzeit. Doch wenn man davon absah, dass keine peinlich gestellten Fotos gemacht worden waren, dass Catwoman- und Batgirl-Figuren die Hochzeitstorte zierten und dass Treasure die für sie typische ordinäre Rede gehalten hatte, war eigentlich alles wie auf sämtlichen anderen Hochzeitsfeiern, auf denen er im Lauf der Jahre zu Gast gewesen war. Irgendwer hatte die Herrentoilette vollgekotzt, und auf der Treppe war er einer weinenden Frau begegnet. Er rechnete damit, dass jeden Moment eines der Kinder auf Knien über die Tanzfläche rutschen würde. Und nachdem er Treasures Bruder und dessen Kumpels kennengelernt hatte, würde es ihn nicht wundern, wenn die Verabschiedung der letzten Gäste in eine Schlägerei ausarten würde.

Treasure hatte sich an ihn gelehnt, und gemeinsam sahen sie der Frau, die sie gerade geheiratet hatte, beim Tanzen zu. Sie schrie vor Begeisterung auf, als der DJ die ersten Takte eines Songs der Black Eyed Peas erklingen ließ. Während der letzten Stunde hatte sie die Tanzfläche praktisch nicht verlassen. Zuvor hatten sie und Treasure zu *At Last* von Etta James eng umschlungen und knutschend den Tanz eröffnet – und damit viele ihrer Freunde und Angehörigen zu Tränen gerührt.

»Da hab ich mir was Feines angelacht, was?«

Thorne schaute sie an. Sie trug einen maßgeschneiderten Nadelstreifenanzug, hatte sich die Initialen ihrer Frau kurz zuvor aufs Handgelenk tätowieren lassen und lächelte nun schon den ganzen Tag wie eine wahre Grinsekatze. »Ja, sie sieht klasse aus«, stellte er fest.

»Und Sie sehen auch gut aus«, fügte Tanner hinzu.

Treasures Grinsen wurde noch breiter.

»Deshalb vermute ich, dass du irgendwas gegen sie in der Hand hast. Oder vielleicht bist du insgeheim stinkreich.« Thorne rückte ein Stück ab und wappnete sich gegen den unvermeidlichen Schlag. Stattdessen zog Treasure ihn wieder an sich und küsste ihn auf die Wange.

»Da du es bist, hab ich nichts dagegen, wenn du hin und wieder an sie denkst. Du weißt schon, wenn du dir einen runterholst.« Sie nickte und zwinkerte ihm zu. »Wobei du wohl jetzt die linke Hand nehmen musst.«

Thorne schaute auf seine rechte Handfläche. Die Narbe war noch deutlich zu sehen. Bis er die Hand wieder vollständig bewegen konnte, würde er noch viel Physiotherapie brauchen. Tanner saß neben ihm und rückte den schicken schwarzen Trilby zurecht, den sie für diesen Anlass gewählt hatte. Unter dem Hut, das wusste Thorne, wuchs ihr Haar langsam wieder nach. Es würde bald wieder lang genug sein, um ihre Narben zu verbergen.

»Ich denke, das kriege ich hin.«

Seit dem Vorfall in der Wohnung in Wood Green waren drei Wochen vergangen. Natürlich hatte der Todesfall eine Untersuchung nach sich gezogen, aber immerhin ohne Beteiligung der Dienstaufsicht. Die Durchsuchung von Graham Frenchs Wohnung über dem Salon in Wembley hatte mehr als genügend Beweise dafür geliefert, dass der Mann verantwortlich für fünf Morde war und dass er weitere geplant hatte. Außerdem war herausgekommen, dass French, ehe er im Gefängnis gelandet war, kurzzeitig eine Beziehung mit Sandra Cook gehabt hatte, der Buchhalterin von *Made in Heaven*. Auch wenn es keinen Anlass zu der Vermutung gab, dass die Frau in irgendeiner Weise Mittäterin gewesen war, hatte sie French mit großer Wahrscheinlichkeit auf die Website aufmerksam gemacht.

Das letzte Stück des Puzzles.

Wenigstens *ein* abgeschlossener Fall.

Denn auch wenn Tanner sich wieder mit vollem Elan auf den Mordfall Jandali gestürzt hatte, war es dort kein Stück vorangegangen. Sie hatten keine neuen Hinweise auf den Mann mit dem Motorradhelm erhalten, der Adnan Jandali, Kieran Sykes und Frances Coombs auf dem Gewissen hatte. Jedenfalls keine Hinweise auf Personen, die nicht plötzlich von Taubheit befallen wurden, sobald ihnen irgendwelche Fragen gestellt wurden. Ein Polizeibeamter war wegen eines gravierenden Verstoßes gegen die Sicherheitsvorschriften in Long Barrow Manor suspendiert worden. Man hatte eine Zigarette gefunden, die flüssiges Spice, versetzt mit Rattengift, enthielt. Derweil wurde wegen versuchten Mordes an Andrew Evans nach einer jungen Frau gefahndet, bei der es sich vermutlich um die Tochter von Frances Coombs handelte.

Und Evans würde auf absehbare Zeit nicht zu seiner schwangeren Frau zurückkehren können.

In der letzten Woche waren zwei weitere Spice-Konsumenten ums Leben gekommen.

»Wer will noch was trinken?« Treasure stand auf und tanzte auf der Stelle.

»Ich hab genug«, sagte Thorne.

Tanner schüttelte den Kopf.

Als Treasure sich auf den Weg zur Bar gemacht hatte, sagte Thorne: »Ein schöner Tag.«

»Der erste seit Langem«, stellte Tanner fest.

Natürlich waren sie nach Frenchs Tod getrennt befragt worden. Seit dem Eintreffen des Krankenwagens hatten sie praktisch nicht mehr miteinander gesprochen – jedenfalls nicht über das, was wirklich geschehen war. Was sie getan hatten, um die Wahrheit zu vertuschen.

»Alles in Ordnung?«

»Prima.«

»Wirklich?« Den Vorschriften entsprechend war ihnen beiden nach dem Vorfall psychologische Betreuung angeboten worden. Beide hatten abgelehnt, obwohl Thorne im Stillen gehofft hatte, Tanner würde die Hilfe in Anspruch nehmen.

Sie hatte weit mehr durchgemacht als er.

»Ich denke, ich mache mich auf den Weg«, sagte sie und erhob sich. Dabei rückte sie abermals ihren Hut zurecht. »Ich gehe mich mal verabschieden.«

Thorne sah ihr nach und bemerkte den Blick, den sie mit Phil Hendricks wechselte, als dieser gerade mit Helen und Liam die Tanzfläche verließ. Hendricks musterte Thorne, während die beiden anderen Richtung Bar abzogen. Er trat an Thornes Tisch und ließ sich auf den Stuhl neben ihm fallen.

»Ich bin fix und fertig«, sagte er. »Deine bessere Hälfte hat mich total geschafft.«

Hendricks hatte die Obduktion von Graham Frenchs Leiche

vorgenommen. Sein Bericht bestätigte, dass der Tod durch ein massives Schädeltrauma herbeigeführt worden war. Wobei er herausstrich, dass French eine außergewöhnlich dünne Schädeldecke gehabt hatte.

»Ich weiß nicht, woher sie diese Energie hat.«

»Die Frage ist …«, Hendricks beugte sich zu ihm hinüber, »ob sie *dich* total schafft.«

»Ich versuche mitzuhalten.«

»Ernsthaft.« Hendricks war auf gute Weise betrunken. Er sprach langsam, und sein Manchester-Akzent klang breiter denn je. »Schön, euch beide so zu sehen … so harmonisch. Kein Ärger mehr mit der kleinen Schwester?«

»Die kleine Schwester weiß sich neuerdings zu benehmen«, sagte Thorne. Er sah, wie Tanner Christine Treasure an der Bar umarmte, wobei sie mit einer Hand ihren Hut auf dem Kopf festhielt.

»Wie geht es Nicola?«, fragte Hendricks.

»Schwer zu sagen.«

»Na ja, du kennst sie besser als ich.«

»Da bin ich nicht so sicher.« Thorne schaute Tanner nach, die sich auf den Weg zur Garderobe machte. »Glaubst du, sie weiß Bescheid?«

Hendricks schüttelte den Kopf. »Keine Ahnung. Vielleicht.«

»Ich hab bemerkt, wie sie dich gerade eben angesehen hast.«

»Na ja, sie ist nicht dämlich.«

»Nicht auf die Art, wie du es meinst, nein.«

Graham French würden von niemandem vermisst werden – es gab keinen Grund, so zu tun, als wäre es anders. Und ganz sicher nicht von den Freunden und Familien der Frauen, die er ermordet hatte.

Alice Matthews.

Leila Fadel.

Patricia Somersby.

Annette Mangan.

Karen Butcher.

Und auch nicht von deren Kindern oder Enkeln.

Das sagte Thorne sich im Stillen immer wieder.

Er leerte die Flasche, aus der er gerade trank. »Nur interessehalber: Wie dünn war Graham Frenchs Schädeldecke *wirklich*?«

Ein Schulterzucken. »Nicht dünner als die von jedem anderen.« Hendricks sprach leise und ohne jede Spur eines Lallens. »Wenn überhaupt, dann ein bisschen dicker als der Durchschnitt.«

Als Liam und Helen mit neuen Getränken zum Tisch zurückkehrten, brachen sie ihr Gespräch ab. Kaum hatten sie sich hingesetzt, da ertönte ein Donnerschlag, gefolgt von den ersten Tönen von *We Found Love*. Liam und Helen schrien begeistert auf und konnten es kaum erwarten, zurück auf die Tanzfläche zu kommen. Hendricks sprang ebenso enthusiastisch auf und eilte mit Liam davon.

Thorne schaute ihnen nach. Er dachte immer noch an Nicola Tanner und das Komplott, in das er nun auch seinen engsten Freund hineingezogen hatte.

»Nun komm schon …« Helen lockte ihn mit dem Zeigefinger und einem verführerischen Lächeln.

Thorne schüttelte den Kopf, so als hätte er selbst dazu nicht mehr die Energie.

»Einen Tanz schaffst du doch bestimmt?«

Er schaute zu ihr auf. Der hämmernde Bass drang ihm durch die Eingeweide und ließ seine Knochen vibrieren.

»Ich bin nicht mehr der Mann, der ich mal war«, sagte er.

EPILOG

Sie war immer wieder verblüfft, wie einfach es war.

Nicht bei allen natürlich. Viele hatten nichts von ihr wissen wollen, so hartnäckig sie es auch versucht, welche Leckereien auch immer sie als Köder benutzt hatte. Aber am Ende hatte sich stets eine gefunden, die ihrem Angebot nicht widerstehen konnte. Wobei eine letztlich für ihre Bedürfnisse nicht ausreichte. O nein. Aber über mangelnden Nachschub musste sie sich keine Sorgen machen, oder?

Millionen von ihnen liefen durch die Gegend, fauchend und miauend.

Auf jeweils sechs Menschen kam eine Katze, hatte sie irgendwo gelesen. Vielleicht in einem der Zeitungsartikel, die sie über sich gelesen hatte. In denen darüber berichtet wurde, was sie mit ihren Hühnerfleisch-Häppchen und den an Fäden baumelnden Spielzeugen anstellte. Und über die Schere, deren Klingen sie regelmäßig schärfte.

Zuerst hatte das Lokalblatt die Story gebracht, später – kaum zu glauben – eine überregionale Zeitung. Sie las gern die Berichte über ihre Aktivitäten und genoss die ausführlich zitierten Reaktionen der Betroffenen oder der entrüsteten und entsetzten Bürger. Sie genoss die Bilder der Besitzer, wie sie trauerten – was einfach lächerlich war. *Niemand* schien die Ironie zu begreifen, denn die ach so niedlich anzusehenden Tierlein waren Mordmaschinen. Ratten und Mäuse, na gut, aber Kaninchenjunge? Singvögel? Und meistens verspeisten sie ihre Beute nicht einmal, sondern stießen die winzigen Körper hin und her, als gäbe es keinen größeren Spaß.

Der Höhepunkt der ganzen Berichterstattung allerdings waren die klugen und geistreichen Bemerkungen der üblichen Spinner, die sich aus allen Ecken mit halb verdauten Meinungen und Kommentaren zu Wort meldeten, weil sie den einen oder anderen Film gesehen hatten. Weil sie eines dieser dämlichen True-Crime-Bücher gelesen hatten und sich deshalb für Experten hielten.

So läuft es immer.

So fangen sie jedes Mal an …

Inzwischen legten sich auch die Gesetzeshüter mächtig ins Zeug. Offenbar standen sie unter Druck.

Das war kein Problem, denn es wurde ohnehin Zeit, dass sie aufhörte.

Hiermit aufhörte.

Eigentlich war es schade, denn sie war gern draußen unterwegs. Vor allem zu dieser Jahreszeit, wo die Nächte so mild waren. Wenn nur Blütenblätter an ihren Stiefeln klebten und die Rinnsteine nicht voll mit feuchtem, totem Laub waren. Sie genoss die frische Luft an Gesicht und Händen, wenn sie durch die Straßen ging. Wobei sie ihre Hände natürlich irgendwann mit Gartenhandschuhen schützen musste, damit sie nicht völlig zerkratzt wurden. Nun würde sie die Gartenhandschuhe für eine Weile unter der Treppe verstauen, weil sie stattdessen ein Paar dieser schicken hauchdünnen Exemplare brauchte. Wie diese aufgedonnerten Forensikerinnen im Fernsehen sie trugen. Am besten würde sie sich gleich mehrere besorgen, denn heutzutage konnte man auf menschlichem Fleisch Fingerabdrücke finden, wie sie irgendwo gehört hatte, auf dem Hals einer Frau zum Beispiel.

Der Gedanke an das, was vor ihr lag, war aufregend. Was nicht bedeutete, dass sie die Jagd auf Smoky und Blacky und wie immer sie hießen nicht vermissen würde. Die langen, stillen Nächte, in denen sie zu Fuß unterwegs war. Die Zeit zum Nachdenken. Die besonderen Momente, wenn die Scheinwerfer eines vorbeifahrenden Autos die verräterisch leuchtenden orangefarbenen Punkte erfassten – an einer Wand oder im Eingang eines Ladens. Das absolute Schweigen und der angehaltene Atem.

Die Frage: Geht sie in die Falle oder nicht?

Hier, miez-miez …

Jetzt stand für eine Weile etwas anderes auf dem Programm, doch das war in Ordnung. Denn es war eine Verbesserung.

Es war Zeit für den nächsten Schritt.

ANMERKUNG DES AUTORS

Die in diesem Buch fiktionalisierte Serie von Katzenmorden basiert auf einem verstörenden realen Fall, der zum Zeitpunkt, an dem ich dies schreibe, noch nicht aufgeklärt ist. Die Metropolitan Police begann mit ihrer Ermittlung im Jahr 2015, nachdem die Organisation South Norwood Animal Rescue and Liberty (SNARL) öffentlich ihre Besorgnis geäußert hatte. Die Person, die fortan zunächst als »Croydon Cat Killer«, später dann als »M25 Cat Killer« und schließlich als »UK Cat Killer« traurige Berühmtheit erlangte, hatte bis zu diesem Zeitpunkt vermutlich annähernd vierhundert Hauskatzen auf dem Gewissen, dazu eine große Zahl von Eichhörnchen, Kaninchen und Füchsen. Das Gebiet, in dem diese Taten verübt wurden, erstreckt sich bis nach Gloucestershire, in die West Midlands und auf die Isle of Wight.

Die Tierschutzorganisationen PETA UK und Outpaced haben eine Belohnung von 10 000 Pfund für Hinweise ausgesetzt, die zu einer Festnahme und Verurteilung führen. Jeder, der über hilfreiche Informationen verfügt, sollte sich bei der Polizei melden und sich auf die Operation Takahe beziehen.

Weitere Informationen finden sich bei: snarl.org.uk oder auf Twitter (@SNARLLondon).

Mark Billingham, Januar 2018

DANKSAGUNGEN

Ich bin mehreren (aktiven und in den Ruhestand getretenen) Polizeibeamten zu großem Dank verpflichtet, die mir erhellende Informationen über die Operation »Takahe« geliefert haben. Und über derzeitige Ermittlungsansätze bei der bis heute nicht abgeschlossenen Jagd auf den UK Cat Killer.

Die sogenannte Macdonald-Triade ist tatsächlich eine viel diskutierte wissenschaftliche These, doch – glücklicherweise – sind die Schlüsse, die Tom Thorne in diesem Buch zieht, rein fiktional.

Ich bin der echten Christine Treasure sehr verbunden, die mich auf die entsprechenden Ideen gebracht hat. (Und ich hoffe, ich bin deiner Hochzeit gerecht geworden!)

Wie üblich geht mein Dank an Wendy Lee, der nichts entgeht, und an Tim Marchant für seine Hilfe in technischen Fragen. An Chris Brookmyre, der mehr übers Hacken von Computern weiß, als er eigentlich sollte, und an Lisa Cutts für ihre unerschöpfliche Geduld mit meinen Fragen über polizeiliche Abläufe.

Jedes neue Buch erinnert mich daran, welches Glück ich habe, mit dem wunderbaren Team bei Little, Brown zusammenarbeiten zu dürfen. Ed Wood ist ein bemerkenswerter Lektor, und die Mittagessen im Nando's haben mein Buch *viel* besser gemacht. Vom ersten Entwurf bis zum gedruckten Buch könnte mein Geschreibsel in keinen besseren oder reizenderen Händen sein als in denen von Emma Williams, Catherine Burke, Sean Garrehy, Thalia Proctor, Tamsin Kitson, Robert Manser, Sarah Shrubb und der unvergleichlichen Laura Sherlock, die schlicht und ergreifend die beste Presseagentin aller Zeiten ist.

Gleichermaßen dankbar bin ich den entsprechenden Menschen jenseits des großen Teichs bei Grove Atlantic, US: Allison Malecha, Morgan Entrekin, Deb Seager und Justine Batchelor.

Danke natürlich auch meiner wunderbaren Agentin Sarah Lutyens sowie Juliet Mahony und Francesca Davies bei Lutyens & Rubinstein.

Ein dreifaches Hoch (keine Angst, ich trete schon vom Mikrofon zurück) auf meine Mitstreiter bei den Fun Lovin' Crime Writers (Val McDermid, Stuart Neville, Luca Veste, Doug Johnstone und Chris Brookmyre), die dazu beigetragen haben, das letzte Jahr so viel vergnüglicher zu machen, als es ohne die Band gewesen wäre.

Der größte Dank von allen gebührt wie immer meiner Frau Claire. Ich möchte noch einmal betonen, dass meine Registrierung bei dieser Dating-Website ausschließlich zu Recherchezwecken erfolgt ist. Nicht dass sich irgendjemand gemeldet hätte …

MIX
Papier aus verantwortungsvollen Quellen
FSC® C014496
FSC
www.fsc.org

Deutsche Erstausgabe
1. Auflage 2018

Die Originalausgabe erschien 2018 unter dem Titel
The Killing Habit bei Little, Brown, London

Aus dem Englischen von Stefan Lux
Lektorat: Heiko Arntz, Wedel
Umschlaggestaltung: Hauptmann & Kompanie Werbeagentur, Zürich, unter Verwendung eines Fotos von © Laura Kate Bradley/Trevillion Images
Satz: Greiner & Reichel, Köln
Druck und Bindung: GGP Media GmbH, Pößneck
Printed in Germany
ISBN 978-3-85535-033-9

www.atrium-verlag.com

Michael Martin
Dr. med. Christiane Lentz

KINDER VOR UMWELTERKRANKUNGEN BEWAHREN

SÜDWEST

INHALT

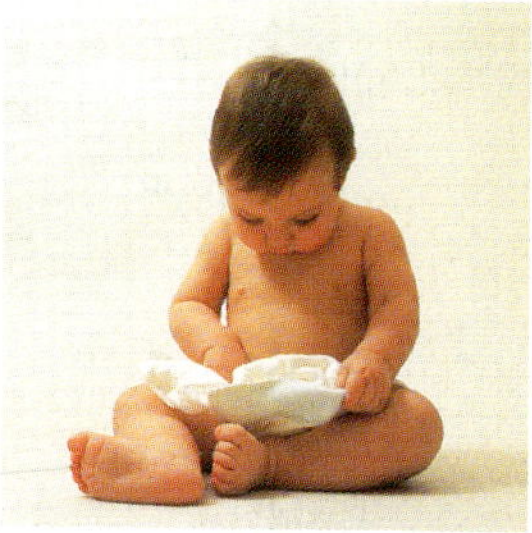

DIE UMWELT MACHT KINDER KRANK

Umweltschäden und Umweltkrankheiten sind Begriffe, mit denen unsere Kinder heute groß werden. Die Nachrichten über eine globale und gleichsam unsichtbare Bedrohung durch unsere Umwelt konfrontieren die heutigen Eltern mit Ängsten und Gefühlen der Ohnmacht. Die ständige Unsicherheit über das tatsächliche Ausmaß einer Bedrohung unserer Kinder erfordert eine gezielte Aufklärung über die Zusammenhänge zwischen Umweltfaktoren und Krankheiten im Kindesalter.

Umweltgifte führen zu Gesundheitsstörungen

Wenn wir uns mit umweltbedingten Erkrankungen auseinandersetzen wollten, ist es unumgänglich zu hinterfragen, wie es überhaupt zu solcher Art Erkrankungen kommen konnte. Unsere Umwelt ist unser aller Lebensgrundlage, und dennoch haben wir in einer – bezogen auf die Menschheitsgeschichte – sehr kurzen Zeit dermaßen in diese Lebensgrundlage eingegriffen, daß seit vielen Jahren Tausende von Menschen unter chronischen Befindlichkeitsstörungen oder schwerwiegenden Erkrankungen leiden.

Viele Substanzen in der Umwelt, mit denen heute der Kontakt gar nicht mehr vermieden werden kann, führen bei nicht wenigen von uns zu Symptomen, die diese Menschen als psychisch auffällig, verhaltensgestört, vegetativ labil, depressiv oder gar psychotisch erscheinen lassen.

Mancher Allergiker reagiert immer sensibler auf kleinste Konzentrationen irgendwelcher Substanzen und stößt auf erhebliches Unverständnis in seiner Umgebung – häufig auch bei seinen Ärzten und Therapeuten. Mancher kann sich einfach immer noch nicht vorstellen, daß es Patienten gibt, die auf alles und jedes – inklusive diverser Medikamente – negativ reagieren.

Wir alle werden seit Jahren täglich damit konfrontiert: Die gesamte Natur auf unserem Planeten befindet sich in einem dramatischen Zustand. Viele Wissenschaftler prognostizieren unserer Erde eine katastrophale Zukunft.

Globale Umweltbeeinträchtigungen

Fast täglich hören wir in den Medien von Umweltkatastrophen, Waldsterben, toxischen Belastungen in der Nahrung, im Wasser und in der Luft. Es ist die Rede von einer explosionsartigen Zunahme von umweltbedingten Erkrankungen wie z.B. Allergien. Besonders beängstigend sind diese Informationen für alle Eltern, die sich ohnmächtig einer unheilvollen Situation ausgesetzt sehen, die ihre Kinder zu bedrohen scheint, ohne recht faßbar zu sein.

Verstärkt wird die Unsicherheit durch die Diskrepanz zwischen den Erkenntnissen der Ökologie auf der einen Seite und den Konsequenzen in Gesellschaft, Politik und letztlich auch in der Medizin auf der anderen Seite. Während Phänomene wie Waldsterben, Artensterben

oder Ozonloch objektiv nachweisbar sind und als gesichert gelten, fühlen sich Eltern mit ihren Fragen nach umweltbedingten Erkrankungen im Kindesalter häufig nicht ernst genommen und im Stich gelassen.
Gesundheitsstörungen, die oft familiären Verhältnissen, Erbanlagen oder dem täglichen Schulstreß zugeschrieben werden, können auch zu den schleichenden Langzeitauswirkungen der Umweltgifte und damit zu den sogenannten ökosomatischen Erkrankungen gehören.

Kinder sind zwar durch Umweltbelastungen sehr viel stärker gefährdet als Erwachsene, aber sie können – selbst wenn sie in direkter Nähe einer Industrieanlage leben – gesund und unbeschwert aufwachsen, vorausgesetzt, ihre Eltern beherzigen die nötigen Schutzmaßnahmen.

Kinder leben gefährlich

Auf einzelne Stoffe bezogene und für Erwachsene festgelegte Grenzwerte für Lebensmittel, Trinkwasser und Luft haben dazu geführt, daß die Grenzen der körperlichen und psychischen Belastbarkeit, besonders bei Kindern im Vorschulalter, längst überschritten sind. Die Ernährung spielt bei Kindern schon deshalb eine so wichtige Rolle, weil sie aufgrund ihres noch nicht vollständig entwickelten Immun- und Nervensystems verstärkt gesundheitlichen Risiken durch Schwermetalle, Pestizidrückstände und andere giftige Substanzen ausgesetzt sind. Kinder essen im Verhältnis zu ihrem Körpergewicht mehr als Erwachsene und sind damit einer bis zu zehnmal höheren Schadstoffbelastung ausgesetzt.

Bei den beliebten Hinweisen auf die Vorzüge von Vollwert- und Naturkost ist ausschlaggebend, daß sie aus geprüfter ökologischer Landwirtschaft stammen.

Andere Bedingungen im kindlichen Körper

- Kinder haben im Verhältnis zu ihrem Gewicht eine etwa zweieinhalbfach größere Hautoberfläche als Erwachsene. Die kindliche Haut als ein wesentliches Organ der Schadstoffaufnahme ist deshalb stärker belastet.
- Kinder haben – bezogen auf jedes Kilogramm Körpergewicht – eine stärkere Atmung und atmen dadurch mehr Schadstoffe aus der Luft ein. Außerdem nehmen sie durch die geringere Körpergröße weit mehr Schadstoffe vom Boden und aus Autoabgasen auf.
- Kinder haben einen höheren Stoffwechsel; das bedeutet, daß sie pro Kilogramm Körpergewicht mehr Schadstoffe aufnehmen als Erwachsene.
- Der Körper von Kindern enthält mehr Wasser als der eines Erwachsenen. Die Schadstoffaufnahme konzentriert sich damit auf weniger Körpermasse.
- Die kindlichen Zellen sind kleiner und haben im Verhältnis zu ihrer Masse eine größere Oberfläche, die von Chemikalien angegriffen werden kann.
- Kinder nehmen Stoffe aus dem Magen-Darm-Trakt besser auf als Erwachsene. Auch die Durchlässigkeit des Körpergewebes ist hier für Chemikalien größer.
- Kinder haben weit schlechter abgeschirmte Nervenzellen als Erwachsene.

Die meisten Umweltgifte sind nicht nur krebserregend und nervenschädigend, sondern beeinträchtigen auch die Fortpflanzungsfähigkeit, schwächen das Abwehrsystem oder die Organe.

- Gefährliche Schadstoffe bleiben länger im kindlichen Körper als bei Erwachsenen, da die Enzymkonzentrationen bei Kindern geringer sind und die Entgiftungsenzyme noch nicht vollständig funktionieren.
- Der kindliche Körper kann Schadstoffe nicht so gut an Eiweißkörper im Blut binden. Die Eiweißbildung ist aber wesentlich für die Entgiftung.
- Kinder können Schadstoffe über Leber und Nieren schlechter ausscheiden, da diese Organe erst allmählich voll funktionsfähig werden.
- Kinder besitzen ein schlechter ausgebildetes Immunsystem als Erwachsene, vor allem in den ersten Lebensjahren.
- Kinder sind empfindlicher gegenüber krebserzeugenden Stoffen.

Betroffene Kinder brauchen Verständnis

Bereits jedes dritte Kind leidet unter Allergien wie z. B. Neurodermitis oder Heuschnupfen. Konzentrationsstörungen, Sprachschwierigkeiten, Aggressivität oder Beeinträchtigungen in der Bewegung sowie soziale und psychische Streßsituationen können neben vielen anderen Ursachen auch durch die Belastung mit Umweltschadstoffen ausgelöst werden. Stößt ein Kind mit diesen Symptomen nun in seiner Umwelt auf Unverständnis und Zurechtweisung, dann können sich daraus seelische Belastungen ergeben, die zusammen mit häufig auftretenden anderen unspezifischen Krankheitsanfälligkeiten die Persönlichkeitsentwicklung des Kindes beeinträchtigen können.

Medikamente können neue Krankheiten schaffen

Aber nicht nur mangelnde Einsicht, daß das Verhalten eines Kindes nicht auf Bösartigkeit, sondern auf gesundheitliche Probleme zurückzuführen ist, kann für dieses Kind eine folgenschwere Zusatzbelastung sein, sondern auch der immer sorglosere elterliche Griff nach angeblich harmlosen Medikamenten. Es ist bekannt, daß hierzulande jedes zehnte Kind unter 14 Jahren (ca. 800000 Kinder) regelmäßig und schon im Kleinkindalter Antidepressiva oder Tranquilizer (Beruhigungsmittel) einnimmt. Als Gründe für die Verordnung solcher Medikamente gelten schlechte Schulleistungen, Angst, Schlafstörungen, Müdigkeit, Wutausbrüche, Unzufriedenheit, Konzentrationsstörungen, Weinen, unangenehme Träume, Stehlen usw. Abgesehen davon, daß diese Medikamente persönlichkeitsverändernd wirken und viele anderen Nebenwirkungen haben, ist es längst nicht mehr auszuschließen, daß mit der Gewöhnung an solche Mittel auch dem Einstieg in die Drogenabhängigkeit Vorschub geleistet wird. Davor verschließt mancher Kinderarzt leider die Augen.

Dabei ist es in den meisten Situationen wichtiger, sich dem Kind liebevoll zuzuwenden, als es mit Medikamenten ruhigzustellen, zumal die Kindheit von Kindern mit schadstoffbedingten Erkrankungen meist nicht so unbeschwert verläuft, wie man es seinem Kind wünschen würde.

Zu einer Schadstoffreduzierung in allen Lebensbereichen wird es erst kommen, wenn wir die akute Gesundheitsgefährdung mit ihrer ganzen gesellschaftlichen Tragweite ernst nehmen.

Eine neue Erscheinung – Zukunftsangst

Die derzeitige Schadstoffbelastung der Umwelt löst nicht nur eine Fülle bisher unbekannter körperlicher Erkrankungen und Symptome aus, sondern hat auch gravierende seelische Folgen, die insbesondere Kindern Schaden zufügen. Kinder erleben die Schizophrenie der Erwachsenenwelt und müssen hilflos damit leben. Die Medien berichten tagtäglich über apokalyptische Umweltzerstörungen, und es wird nichts Ernsthaftes dagegen unternommen.

Der Alltag der Kinder wird zunehmend existenzbedrohender: erhöhtes Hautkrebsrisiko durch ungefilterte UV-Strahlen, Schädigungen der Atemwege durch Ozonsmog, atomare Bedrohung durch Kernkraftunfälle, vergiftete Nahrungsmittel und kontaminiertes Trinkwasser, verseuchte Spielplätze und Sandkästen. Es gibt für unsere Kinder kein normales, unbeschwertes Leben mehr.

Sie als Eltern können dazu beitragen, daß die Kindheit Ihres Kindes so günstig wie möglich verläuft. Lernen Sie die Umweltstoffe kennen, die auf Ihr Kind einwirken, und erfahren Sie, wie sie wirken. Sie können Ihr Kind ein Stück weit vor diesen Stoffen schützen, können den Körper Ihres Kindes durch eine gesunde, ausgewogene Ernährung unterstützen, mit den Angriffen, denen er ausgesetzt ist, fertig zu werden. Sie können durch Ihr Wissen Ihrem Kind den Umgang mit umweltbedingten Erkrankungen erleichtern und durch die Erziehung dazu beitragen, daß sich Ihr Kind umweltbewußt und gesundheitsförderlich verhält.

UMWELTGIFTE

Luft und Boden, Trinkwasser, Getreide, Gemüse, Obst und Tiere sind heute alle nicht mehr frei von Umweltgiften. Mit jedem Atemzug, mit jedem Bissen, den Kinder heute zu sich nehmen, belasten sie ihren kleinen Körper. Sie können als Eltern die Welt nicht ändern, aber Sie können Ihren Wohnraum, das Kinderzimmer und die täglichen Mahlzeiten so gesund und schadstoffarm wie irgend möglich gestalten. Dazu sollten Sie zunächst jedoch die Umweltgifte kennenlernen.

Belastete Lebensräume

Luftschadstoffe

Schadstoffe, die eingeatmet werden (Abgase), können zum Anschwellen der Lungenschleimhaut führen. Bei Kindern ist das besonders verhängnisvoll, weil der Durchmesser ihrer Lungenflügel deutlich kleiner ist als bei Erwachsenen. Außerdem haben Kinder im Verhältnis zu ihrer Körpergröße eine wesentlich höhere Atemfrequenz. Nicht zuletzt sind die Abgase in Kindernasenhöhe besonders konzentriert.

In Ballungsgebieten leiden deutlich mehr Kinder an Wucherungen der Rachen- und Gaumenmandeln. Auch die weißen Blutkörperchen sowie die Immunglobuline (Eiweißverbindungen des Immunsystems) sind verändert. Allergien, Infektanfälligkeit, Ekzeme häufen sich.

Die Zunahme von Kinderkrankheiten ist sicher nicht auf die Wirkung eines einzelnen Gifts zurückzuführen, sondern auf die brisante Mischung aller Schadstoffe.

Stickoxide

Diese aggressiven Reizgase, die hauptsächlich aus Autoabgasen stammen, führen zu Schädigungen der Schleimhäute. Durch Untersuchungen weiß man, daß Kinder selbst bei geringen Konzentrationen häufiger an Atemwegserkrankungen leiden, wenn sie massiv und regelmäßig Stickoxiden ausgesetzt sind – wie z.B. in Großstädten. Gesundheitlich relevante Konzentrationen sind alltäglich. Die zur Hauptverkehrszeit auftretenden Spitzenbelastungen sind besonders schädlich.

Kohlenmonoxid

Auch dieses Gift entsteht durch Kraftfahrzeuge. Es lagert sich wesentlich schneller an den Blutfarbstoff Hämoglobin an als Sauerstoff. So kommt es zu einem Sauerstoffmangel in Gefäßen und Organen, die normalerweise durch das Blut ständig mit frischem Sauerstoff versorgt werden. Leistungsminderung, Übelkeit, Kopfschmerzen und Benommenheit können auftreten. Die Gefährlichkeit dieses Gifts besteht auch darin, daß Kohlenmonoxid in reinem Zustand absolut geruch- und geschmacklos ist.

Schwefeldioxid

Dieses im Abgas vorhandene Gas verursacht in verkehrsreichen Gebieten und in Industriegebieten Erkrankungen der Atemwege. Das hochaggressive Gas verursacht beispielsweise Bronchitis und den sogenannten Pseudokrupp.

Benzol

Bei aggressivem Verhalten im Kindesalter sollte dringend auch auf eine mögliche Umweltbelastung hin untersucht werden.

Diese sehr krebserregende Substanz wird ebenfalls im Abgas, aber auch im Tabakrauch nachgewiesen. In Verkehrsballungsräumen sind die Benzolwerte im Blut von Kindern deutlich erhöht. Im Inneren von Kraftfahrzeugen können die Benzolwerte nicht nur bei starker Sonneneinstrahlung dramatisch ansteigen.
Symptome einer akuten Vergiftung sind Schleimhautreizungen, Kopfschmerzen, Schwindel, Übelkeit, Erbrechen, Rauschzustände oder Bewußtlosigkeit. Bei lang anhaltender Einwirkung von Benzol können sich Mattigkeit, Schwindelgefühle und Herzrhythmusstörungen einstellen, das Knochenmark, die Leber, die Milz und die Nieren können geschädigt werden.

Die immer größer werdenden Blechlawinen sind neben der Industrie die Hauptlieferanten für giftige Stoffe in unserer Atemluft.

Tabakrauch

Kinder sind Passivraucher. Das Rauchen im Beisein von Kindern ist unverantwortlich. Tabakrauch enthält Dioxine, Benzol, Formaldehyd und das Schwermetall Kadmium. Die Tabakgifte erregen Krebs, lösen Allergien aus und schwächen das Immunsystem. Die Gefahr, an Allergien und Bronchialasthma, aber auch an Leukämie zu erkranken, ist für passiv rauchende Kinder dramatisch hoch.
Mädchen sind besonders stark betroffen. Der hormonelle Schutzschild des weiblichen Geschlechts wird von dem Hormon Östrogen aufrechterhalten. Genau hier machen sich die schädlichen Wirkungen des Rauchens gravierend bemerkbar. Es kommt durch die Tabakgifte zu einem Absinken des Östrogenspiegels. Symptome einer akuten Tabakrauchvergiftung: Kopfschmerzen, Übelkeit, Erbrechen, Durchfall, Schwächegefühl in den Beinen, Krämpfe, Schock bis hin zu Atemlähmung. Langfristig kommt es zu Schleimhautreizungen besonders der Luftwege bis zur Bronchitis, Stoffwechselstörungen und vielen anderen Erkrankungen.
Schon vor der Geburt kann die kindliche Entwicklung durch Rauch beeinträchtigt werden. Man weiß um ein erhöhtes Frühgeburtsrisiko und um gehäuft auftretende kindliche Fehlentwicklungen.

Ozon

Das hochaggressive Reizgas entsteht in den Sommermonaten durch Abgase und Sonneneinstrahlung in Bodennähe. Ozon ist ein Atemgift und zerstört bei längerer Einwirkung die Schleimhaut der Atemwege, was zu einem vorzeitigen Altern der Lunge führt.
Dramatisch daran ist, daß eindeutige Symptome erst auftreten, wenn schon weit über 60 Prozent der Lunge zerstört sind. Es entstehen Husten, Brustschmerzen beim tiefen Einatmen, Asthma, aber auch eine Schädigung der Augenbindehaut (Augenbrennen, Tränenreiz oder Verlust der Tränenflüssigkeit). Schon kurze Einwirkzeiten von Ozon führen ab einer bestimmten Konzentration (200 µg) zu Gesundheitsschäden, die einer Verätzung der Schleimhäute vergleichbar sind. Es kommt zu einer gesteigerten Durchlässigkeit der Schleimhäute gegenüber anderen Schadstoffen. Das kann zu einer zunehmenden Allergiesierung führen. Darüber hinaus führt Ozon zu entzündlichen Reaktionen der Schleimhäute im gesamten Atmungstrakt.

Kinder haben einen gesteigerten Bewegungsdrang im Freien; sie wollen bei schönem Wetter baden und draußen herumtoben. Bei erhöhten Ozonwerten kann das fatal sein.

Bei erhöhten Ozonwerten kommt es als Warnsymptom schnell zu Müdigkeit, Kopfschmerzen, Übelkeit. Eindeutig lassen sich Ozonsymptome bei Kindern schon lange vor den gesetzlich festgesetzten Höchstgrenzen feststellen.

Asbest

Die Asbestsanierung verschlingt Milliarden. Das beseitigte Material muß luftdicht verschlossen und entsorgt werden.

Die Mineralfaser Asbest wurde aufgrund ihrer besonderen Eigenschaften zur Isolierung in größtem Umfang industriell genutzt. Wegen ihrer Feuerfestigkeit wurde die Faser häufig verwendet. Asbestfasern lösen sich durch Abrieb oder Alterung und können so in der Umgebungsluft in hoher Dichte nachgewiesen werden. Die Verarbeitung asbesthaltiger Materialien ist besonders gefährlich. Große Mengen von Fasern werden dabei inhaliert. Die Folge ist in vielen Fällen ein durch Asbestfaserstaub verursachter Lungenkrebs, der tödlich verläuft. Asbestfasern verunreinigen inzwischen teilweise auch das Trinkwasser.
Auch alternativ zum Asbest eingesetzte Mineralfasern wie Stein- oder Glaswolle scheinen nicht ganz risikofrei zu sein.

Metalle

Luft, Wasser und Nahrungsmittel enthalten giftige Schwermetalle in einer Konzentration wie nie zuvor. Auch Obst und Gemüse aus biologischen Anbaugebieten sind betroffen. Manche Metalle wie Blei, Quecksilber und Kupfer wirken auf den Gehirnstoffwechsel und verursachen Depressionen, emotionale Labilität oder Aggressivität.

Aluminium

Dieses Metall ist für den menschlichen Organismus nicht lebensnotwendig, gelangt aber immer häufiger in den menschlichen Körper. Dort wird es vom Blut zu den Knochen, ins Knochenmark und ins Gehirn transportiert. Es besteht der Verdacht, daß Aluminium den Abbau von Knochensubstanz fördert und die Bildung von roten Blutkörperchen hemmt. Natürlicherweise kommt Aluminium in geringen Mengen in Pflanzen und tierischen Geweben vor und wird über Darm und Nieren ausgeschieden. In der Lebensmittelindustrie wird es in

Schmelzkäsen, Backpulver, Pökelsalzen und Emulgatoren verwendet. Auch Getränke wie Wein, Bier und Säfte können große Mengen an Aluminium enthalten. Besonders belastet kann auch Sojamilch sein. Lebensmittel in aluminiumausgeschlagenen Verpackungen wie Tees, Gewürze oder Gemüse- und Obstkonserven können ebenfalls deutliche Aluminiumrückstände aufweisen. Ferner enthalten einige Kosmetika und Medikamente, insbesondere Magensäurehemmer (Antazida), Aluminium.
Akute Aluminiumvergiftungen äußern sich in Erschöpfung, Verhaltens-, Sprach-, Konzentrations- und Gedächtnisstörungen.

Die Benutzung von Alufolie in der Küche ist ein weiterer Faktor für Aluminiumbelastung, der sich ebenso leicht vermeiden ließe wie die Verwendung von Lebensmitteln aus aluminiumhaltigen Verpackungen.

Blei

Weltweit werden jährlich über sechs Millionen Tonnen Blei produziert. Zwar ist Benzin bei uns heute überwiegend bleifrei, aber in den Dritte-Welt-Ländern wird nach wie vor bleihaltiges Benzin verwendet – und das in steigendem Maß.
Bleivergiftungen – auch mit kleinsten Mengen – führen zu Hyperaktivität, seelischer Labilität, Aggressionen, Weinerlichkeit, Ängstlichkeit, Introvertiertheit und Lernstörungen, da vor allem das Gehirn auf Blei reagiert.

Achtung: Blei!

- Der überwiegende Teil der täglichen Bleiaufnahme stammt aus der Nahrung: Blattgemüse, Innereien von Rindern, Roggen, Kondensmilch, Eier, Seefische, Lebensmittel aus verlöteten Konservendosen. Durchschnittlich liegen die Bleiwerte von Dosenlebensmitteln drei- bis viermal höher als die von Frischware. Tomatenmark ist am stärksten belastet.
- Vorsicht vor Keramikgeschirr unbekannter Herkunft! Keramik kann sehr hohe Bleikonzentrationen enthalten. In farbig glasierten Keramikwaren und emailliertem Kochgeschirr ist ein hoher Bleianteil in den Farben nachweisbar.
- Vorsicht bei Wasserleitungen in Altbauten! Die Zuleitungen können aus Bleirohren bestehen, die dann Blei in das Trinkwasser abgeben können.

Benutzen Sie das erste Wasser, das morgens aus der Leitung kommt, lieber zum Spülen oder Blumengießen statt zum Kaffee- oder Teekochen.

Kadmium

Das Metall Kadmium wird in größten Mengen in der Industrie verarbeitet: für Batterien, Kunststoffstabilisatoren, Rostschutz, Photozellen, Farbpigmente usw. Aber auch durch die Müllverbrennung und aus der Stein- und Braunkohleverbrennung werden Tonnen von Kadmium freigesetzt.
Emaillierungen von Töpfen und Pfannen sowie farbige Glasuren und Dekors von Keramikgeschirr enthalten kadmiumhaltige Verbindungen. Je knalliger die Farbe, desto höher der Kadmiumanteil; weiße Keramik enthält keine Schwermetalle. Besonders säurehaltige Speisen oder Getränke lösen das Metall aus der Farbe, so daß es in die Nahrungsmittel dringt.
In der Nahrungskette hat sich Kadmium längst angereichert. Spinat, Sellerie und Wildpilze sind besonders stark betroffen. In tierischen Nahrungsmitteln steckt es hauptsächlich in Innereien wie Nieren und Leber.
Veränderung der Blutbildung, Bluthochdruck, Hyperaktivität und Krebs sind bei einer Kadmiumvergiftung möglich. Ob sich bei Kindern, die einer erhöhten Kadmiumbelastung ausgesetzt sind, Zeichen von Hyperaktivität entwickeln können, wird derzeit diskutiert.

Kupfer

Tödliche Vergiftungen durch Kupfer im Trinkwasser wurden bei Säuglingen bekannt. Die Metallvergiftung führte zu Leberversagen. Man fand heraus, daß gerade neu verlegte Wasserleitungen aus Kupfer das Trinkwasser belasten. Besonders wenn über Nacht die Wassersäule in den Rohren steht, ist die zuerst entnommene Wasserportion am Morgen hochgradig belastet. Ein erhöhter Kupferspiegel kann zu Hyperaktivität und Gedächtnisschwäche führen.
Folgende Nahrungsmittel enthalten viel Kupfer: Austern, Krabben, Nüsse, Schokolade, Pilze, Sojaprodukte, Leber, Kakao, Kaffee.

Nickel

Durch industrielle Abgase, Abwasser und Klärschlamm gelangt Nickel in die Umwelt und die Nahrungskette. Nickel findet sich auch in Schmuck, Hosenknöpfen und Küchengeräten. Empfindliche Kinder können eine Nickelallergie entwickeln. Bei Allergien ist eine nickelarme Diät angebracht. Stark nickelhaltig sind Kakao, Soja, Linsen, Dosennahrung. Die akute Nickelvergiftung ruft schwere Brechdurchfälle, Nervenstörungen, Krämpfe und Lähmungen, Herzrhythmusstörungen und eventuellen Herzstillstand hervor.

Quecksilber

Die Diskussion darüber, ob Quecksilber aus Amalgamfüllungen freigesetzt wird oder nicht, geht hin und her. Inzwischen mehren sich jedoch die Anzeichen, daß dem tatsächlich so ist. Auch in etlichen Nahrungsmitteln, vor allem in Meeresfrüchten, steckt Quecksilber. Durch die Bakterien in Mund und Darm entstehen daraus hochgiftige Quecksilbersalze. Sie sind sehr aggressiv und führen schon bei schwach ausgeprägten Vergiftungen zu immunologischen Schwächen und Allergien.
Anfangssymptome einer Quecksilbervergiftung können u. a. Mattigkeit, Kopf- und Gliederschmerzen, Durchfälle oder Zahnfleischentzündungen sein. Später können z. B. Persönlichkeitsveränderungen auftreten.

Chlorgifte

Diese Gifte sind künstliche Substanzen aus der chemischen Industrie. Es handelt sich um Chlor- und Kohlenwasserstoffverbindungen, aus denen so unterschiedliche Stoffe wie Insektengifte, PVC-Weichmacher und FCKW hergestellt werden. Holzschutzmittel, Insektensprays, chemische Reinigungen, fette Nahrungsmittel und pestizidbehandeltes Obst und Gemüse bergen Chlorgiftgefahren.

Chlorgifte lagern sich konzentriert im Sperma bzw. im Gebärmutterhalsschleim und in den Eizellen ab. Die Folge kann Sterilität sein.

Dioxine

Das sind möglicherweise die stärksten Gifte, die je von Menschenhand geschaffen wurden. Sie werden zu mehr als 95 Prozent über die Nahrung aufgenommen. Eine unübersehbare Zahl von Produkten enthält Dioxin oder läßt es entstehen, wenn die Produkte entsorgt werden: Pflanzenschutz-, Holzschutz- und Unkrautvernichtungsmittel, Kosmetika, Shampoos und Babypuder. Während der Stillperiode nimmt der Säugling Dioxin aus der Muttermilch

Krank durch Chlorgifte

- Veränderungen des Hormonhaushaltes: Verlust der Zeugungsfähigkeit, Endometriose, Schilddrüsenüberfunktion, Mißbildungen an den Geschlechtsorganen
- Embryonale und kindliche Entwicklungsstörungen: Totgeburten, vermindertes Geburtsgewicht, Verhaltensstörungen, Intelligenzstörungen
- Krebs an unterschiedlichsten Organen
- Nervenschäden und dadurch bedingte Einschränkungen
- Immunstörungen und Allergien
- Leber- und Nierenschäden
- Hautkrankheiten, Ekzeme

Während der chlorierte Kohlenwasserstoff DDT bei uns schon lange verboten ist, wird er in Ländern der dritten Welt immer noch in großem Umfang eingesetzt.

auf und ist damit dem Gift wesentlich stärker ausgesetzt als jeder Erwachsene. In der ersten Woche nach der Geburt enthält die Muttermilch die höchsten Dioxinkonzentrationen. Dennoch hat das Stillen so viele positive Aspekte, daß nur in Fällen einer Extrembelastung der Muttermilch mit Dioxin darauf verzichtet werden sollte. Die chronische Vergiftung führt neben einer erhöhten Sterblichkeit im Tierversuch zu Veränderungen des Blutbilds, der Leberfunktion, des Herz-Kreislauf-Systems, der Haut und der Haare. Bösartige Tumore entstehen in der Leber, der Lunge und der Nase sowie der Schilddrüse. Als Mißbildungen wurden vorwiegend Gaumenspalten, Nierenschäden und Störungen der Knochenbildung beobachtet.

Pestizide

Viele Pestizide gehören ebenfalls zu den Chlorchemikalien. DDT, ein chlorierter Kohlenwasserstoff, wird als Gift gegen Insektenschädlinge eingesetzt. Obwohl es bei uns schon lange verboten ist, da es die Umwelt verseucht und sich im Körper anreichert, wird es in osteuropäischen Ländern und der dritten Welt immer noch in großen Mengen eingesetzt. Durch importierte Nahrungsmittel gelangt es in unsere Nahrungskette.

Rückstände von Pestiziden finden sich in Fisch und Fischprodukten und im Grundwasser. In den Generationen, die ihre Kinder noch mit

Lebertran quälten, wurden die Pestizide massiv verfüttert – angeblich der Gesundheit zuliebe. Auch heute noch ist pestizidbelastete Kindernahrung ein Thema. Angesichts des Skandals um pestizidhaltige Babykost 1995 haben Ernährungswissenschaftler zur Vorsicht bei Babykost geraten, deren Rohstoffe nicht aus ökologischem Anbau stammen.

Chlorierte Kohlenwasserstoffe führen zu nervösen Störungen, vergiften die Leber, schädigen das Immunsystem und begünstigen Hauterkrankungen, Erbschäden und Krebs. Kinder leiden an Hyperaktivität, zeigen Verhaltensstörungen und sind bei einer Vergiftung nicht mehr auf ihrem altersüblichen Intelligenzniveau.

Chronische Vergiftungssymptome durch Pestizide sind u. a. Nervenstörungen, Gangunsicherheit (z. B. beim Absteigen von Treppen) und Müdigkeit.

Weitere Schadstoffe

Nitrate

Diese wichtigen Pflanzennährstoffe kommen natürlicherweise im Boden vor. Da die Massenviehhaltung jedoch mehr Gülle produziert, als dem Boden normalerweise zuträglich ist, kommt es durch exzessive Gülledüngung zu einer erheblichen Nitratüberbelastung des Bodens und des Grundwassers. Über den Boden gelangen Nitrate auch in die Nahrung.

Nitrate an sich sind unschädlich, werden aber durch bestimmte Bakterien im Körper zu Nitrit umgewandelt. Dieses wirkt gefäßerweiternd, blutdrucksenkend und hemmt den Sauerstofftransport durch das Blut. Daher ist es besonders für Säuglinge gefährlich.

Mineralwässer können ebenfalls erhöhte Nitratgehalte aufweisen. Der Hinweis »Zur Zubereitung von Säuglingsnahrung geeignet« besagt, daß dieses Wasser nicht mit Nitrat belastet ist.

Formaldehyd

Das giftige Gas riecht stechend. Die chemische Industrie benötigt für unzählige Produkte Formaldehyd. Dementsprechend umfangreich existiert es in der Umwelt: Medikamente, Klebstoffe, Kosmetika, Duschgele, Haarwaschmittel, Deos, Düngemittel, Textilien, Farben, Leder, Holzwerkstoffe, Teppiche, Verpackungen, Waschmittel, Weichspüler enthalten Formaldehyd.

Formaldehyd-verseuchte Klassenzimmer führen zu Konzentrationsstörungen, Kopfschmerzen und Verhaltensstörungen der Schulkinder.

Besondere Aufmerksamkeit erlangte Formaldehyd durch vergiftete Baumaterialien, insbesondere Spanplatten, Sperrhölzer, Tischlerplatten, Furniere. Kindergärten, Schulen und private Eigenheime sind auch heute noch oft extrem belastet. Selbst in der Nahrungsmittelindustrie wird dieses Gift verarbeitet. Formaldehyd steckt in Aromastoffen, Emulgatoren, modifizierter Stärke, Konservierungsmitteln für Öle und Fette, in Naturdärmen für Wurstwaren usw.
Formaldehyd reizt die Schleimhäute und kann zu Allergien, Entzündungen, Krebs, Erbschäden und Mißbildungen von Ungeborenen führen. Hohe Konzentrationen in der Luft wirken lebensgefährlich. Aber selbst bei niedrigen Konzentrationen können Kopfschmerzen, Übelkeit, brennende und tränende Augen, Ohrenschmerzen, laufende Nase, Husten, Atembeschwerden, Hautausschläge, Streßanfälligkeit und eine erhöhte Anfälligkeit gegen andere Umwelteinflüsse entstehen.

Trinkwasserbelastung

Wasser wird zunehmend zum gesundheitlichen Risiko. Neben der oben angesprochenen Belastung durch Nitrate befinden sich im Trinkwasser auch Aluminium, Arsen, Asbest, Benzol, Blei, Chloride, Lösungsmittel, Pestizide, Quecksilber, Tenside und zahlreiche andere Umweltgifte sowie Arzneimittelrückstände. Akute Vergiftungen werden durch verseuchtes Trinkwasser nicht erwartet. Aber die Summe aller Belastungen ist entscheidend. Darum sollte insgesamt mehr Wert auf die Trinkwasserqualität gelegt werden. So fordert der Kinderschutzbund maximale Trinkwasserkonzentrationen für Nitrat von 50 Milligramm pro Liter – aber 90 sind in Deutschland erlaubt.

Wasserfilter

Der Wert von Trinkwasserfiltern ist umstritten. Es werden viele unterschiedliche Systeme angeboten, jedoch ist eine Beseitigung aller Rückstände durch eine nachträgliche Filterung schwierig und kaum vollständig möglich.
Einfachfilter, bei denen das Wasser durch auswechselbare Patronen geschickt wird, können bei unsachgemäßem Gebrauch verkeimen

und dadurch die Wasserqualität sogar noch verschlechtern. Nitrat, Asbest und anorganische Salze werden meist gar nicht eliminiert. Wird der Filter nicht oft genug gewechselt, können gespeicherte Schadstoffe dann mit einem Schwall in das Trinkwasser geraten. Nur Filter, die mit dem Verfahren der Umkehrosmose arbeiten, eliminieren zwischen 99,0 und 99,5 Prozent aller giftigen Substanzen aus dem Trinkwasser.

Physikalische Belastungen

UV-Strahlen

Die UV-Strahlen in der Atmosphäre sind aggressiv. Der überwiegende Teil der Strahlung wird allerdings durch die Ozonschicht, die die Erde umgibt, abgehalten.
Seit ca. 30 Jahren wird die schützende Ozonschicht zunehmend dünner. Es wird ein jährliches Abnehmen der Schutzschicht von 0,5 Prozent erwartet. In Australien und Chile treten seit Jahren ernsthafte Komplikationen auf: Pflanzenarten verkümmern, Tiere erblinden. Die Bevölkerung kann nur mit Schutzkleidung in die Sonne gehen.

Nitrat im Trinkwasser kann besonders für Kleinkinder gefährlich werden. Aber auch verschiedene Metalle, aus denen die Leitungsrohre bestehen, können das Wasser belasten. Lassen Sie daher immer erst etwas Wasser ablaufen, bevor ein Kind davon trinkt.

Jeder Sonnenbrand ist ein massiver Angriff auf die Zellen. Die Folge kann Hautkrebs im späteren Leben sein.

Besonders aggressiv sind die UVA- und B-Strahlen. Sie führen ab einer bestimmten Intensität zu einer Veränderung der Zellstruktur. Die Strahlen können tief in das Gewebe eindringen. Die Schäden sind nicht mehr zu beheben. Allergien und die Grundlage für Hautkrebs entwickeln sich – schon im Kindesalter!

Bösartige Hautveränderungen treten besonders an den Stellen auf, die intensiv der Sonnenbestrahlung ausgesetzt sind: Ohren, Gesicht, Nasenspitze, Kopfhaut. Sun-Blocker mit hohem Lichtschutzfaktor, Zinkoxidsalben, Kopfbedeckungen, T-Shirts, lange Hosen und Schuhe, die den Fußrücken bedecken, sind neben einer guten Sonnenbrille (nicht nur für Kinder) notwendig.

Vorsicht vor Sonne!

Hauttyp	Haut	Empfindlichkeit	Maximale Eigenschutzzeit
Sehr helle Haut	Immer Sonnenbrand	Keine Bräunung	10 Minuten
Helle Haut	Schnell Sonnenbrand	Bräunt wenig	20 Minuten
Leicht getönte Haut	Leichter Sonnenbrand	Bräunt gut	30 Minuten
Dunkle Haut	Fast nie Sonnenbrand	Intensive Bräunung	45 Minuten

Elektrosmog

Als besondere Form der Umweltbelastung wird der Elektrosmog diskutiert. Durch Strom entstehen niederfrequente elektrische und magnetische Wechselfelder, durch Funkwellen hochfrequente elektromagnetische Wellen oder Felder; sie sind je nach ihrer Quelle unterschiedlich stark.

Durch die globale Stromversorgung und die zunehmenden Kommunikationsmöglichkeiten (Radio, Fernsehen, Computer, Funktelefone) ist es zu einer intensiven Vernetzung der Erde mit unnatürlichen

elektromagnetischen Feldern gekommen. Die ehemals elektromagnetischen Wechselfelder haben sich dadurch radikal verändert. Ursprünglich wenige elektrische Einflüsse etwa durch Blitz oder Licht werden heute von einer Masse künstlicher elektromagnetischer Wellen überlagert.
Gestörte elektromagnetische Felder können zu deutlichen Regulationsstörungen in lebenden Organismen – auch Bäumen und Pflanzen – führen. Es gibt Anhaltspunkte dafür, daß Elektrosmog bei Kindern krebsfördernd wirkt. Auch Befindlichkeitsstörungen, Depressionen und Kopfschmerzen werden mit elektromagnetischen Feldern in Zusammenhang gebracht.

Wer ist betroffen?

Je stärker die Vorbelastung ist, um so stärker können elektrische Einflüsse zu Störungen oder Krankheiten führen. So ist es möglich, daß sensibilisierte und bereits umweltkranke Kinder sogar auf Starkstromleitungen des Elektroherdes innerhalb des Haushalts reagieren. Das gleiche gilt für Computer, Fernseher oder andere elektrische Geräte.

Grundsätzlich gilt, daß in Schlafräumen keine elektrischen Geräte stehen sollten. Wo das unvermeidbar ist, sollten sie vom Stromnetz getrennt sein.

Kinder sollten Abstand halten

- Elektrische Geräte brauchen erst mit der Steckdose verbunden zu werden, wenn sie benutzt werden. Erziehen Sie Ihr Kind entsprechend.
- Im Kinderzimmer dürfen Radiowecker und andere elektrische Geräte nicht näher als einen Meter am Bett und am Schreibtisch stehen.
- Kinder sollten mit drei Meter Abstand zum Fernseher sitzen.
- Lassen Sie Schulkinder sich nicht den ganzen Nachmittag mit Computerspielen amüsieren, und ermuntern Sie Computerfreaks immer mal wieder zu alternativen Aktivitäten.
- Bauen Sie im Kinderzimmer Netzfreischalter ein. Der Vorteil: Das Zimmer bleibt spannungsfrei, solange kein Gerät eingeschaltet wird. Betätigt man den Lichtschalter, so wird der Stromkreis wieder eingeschaltet.

Besonders kritisch müssen Eltern mit den akustischen Überwachungsgeräten für Babys, den sogenannten Babyphonen, umgehen. In einer Entfernung von zehn Zentimetern zu den elektrischen Geräten wurden starke elektrische und magnetische Wechselfelder festgestellt. Immunstörungen, Allergien, Nervosität, starke Schlafstörungen, Kopfschmerzen, Unwohlsein, Reizbarkeit, Wachstumsstörungen und Krampfanfälle können die Folge sein.

Textilgifte

Schützen Sie Ihr Kind, indem Sie Baumwolle aus ökologisch dynamischem Anbau kaufen. Auch Wolltextilien bzw. Wolle aus dem Inland ist gesünder, weil bei uns der Einsatz von Pestiziden zur Haltbarmachung streng verboten ist.

Jedes Kind kommt täglich 24 Stunden lang mit Textilien in Berührung: Während sich der Körper von Wohn- oder Umweltgiften immer wieder erholen kann, besteht diese Möglichkeit bei Belastungen durch Textilien fast nicht.

Vorsicht bei Textilgiften

Textilgifte stecken in fast jeder Kleidung, besonders in stark gefärbten. Sie können bei Kindern folgende Erkrankungen auslösen:

- Allergien der Haut
- Reizungen der Atemwege
- Verschiedene Krebsarten: Leber-, Blasen- oder Nierenkrebs

Baumwolle

Baumwolle wird weltweit in riesigen Monokulturen gezüchtet, die extrem anfällig gegenüber Schädlingen sind. Um Ertragsverluste zu vermeiden, werden die Sträucher etwa 25mal pro Saison von Flugzeugen aus besprüht. Dazu verwendet man Chemikalien wie DDT, Lindan, Dieldrin oder Heptachlor, die hierzulande wegen ihrer extremen Giftigkeit verboten sind. Anschließend werden die Pflanzen chemisch entlaubt, damit man die reifen Kapseln mit Pflückmaschinen ernten kann. Zur Entlaubung verwendet man meistens Phenoxykarbonsäure – ein Nervengift, das als chemischer Kampfstoff eingesetzt werden kann.

Rückstände dieser Gifte bleiben auch nach der Wäsche in der Baumwolle. Um Baumwollfasern pflegeleicht zu machen, werden häufig Formaldehyd und andere Chemikalien eingesetzt, die den Organismus zusätzlich belasten.

Schafwolle

Australien und Neuseeland liefern weltweit mit Abstand die meiste Wolle, was nur durch Massenschafzucht möglich ist. Bei dieser Form der Tierhaltung breitet sich leicht Ungeziefer im Fell der Tiere aus, z. B. Wanzen oder Zecken. Um Erkrankungen vorzubeugen, badet man die Schafe mehrfach vor der Schur in hochgiftigen Pestiziden, etwa Lindan. Bei den wochenlangen Schiffstransporten nach Europa wird die kostbare Fracht mit hochgiftigem Dieldrin eingenebelt, andernfalls würde sie von Motten aufgefressen. Zudem wird häufig eine Chlorbehandlung gegen Schimmelpilzbefall vorgenommen.
Rückstände all dieser Gifte können auch nach der industriellen Wäsche in der Rohfaser bleiben und später beim Tragen über die Haut in den Körper eingeschleust werden.

Synthetische Chemiefasern

Synthetische Chemiefasern wie Polyester, Polyamid oder Polyakryl werden aus Erdöl gewonnen. Dabei handelt es sich um ein neutrales, in keiner Weise giftig vorbelastetes Ausgangsmaterial.
Synthetische Chemiefasern enthalten – im Gegensatz zu Naturfasern – keine Rückstände von Schädlingsbekämpfungsmitteln, Unkrautvernichtern, Entlaubern, Motten- oder Schimmelpilzmitteln. Da sie pflegeleicht sind, werden allergieauslösende Substanzen wie Formaldehyd oder Glyoxal nie zugesetzt.
Vorsicht ist bei Chemiefasern geboten, wenn sie aus Billiglohnländern stammen, weil dort keinerlei Gesundheits- und Umweltauflagen existieren. Zu bedenken ist außerdem, daß z. B. bei der PVC-Herstellung und Entsorgung das Supergift Dioxin entstehen kann.

Allergische Hautreaktionen gegen synthetische Fasermaterialien kommen selten vor. Naturfasern wie Wolle werden oft schlechter vertragen.

Farbstoffe

Allen Textilfasern gemeinsam ist, daß sie gefärbt werden müssen – mit einer Ausnahme: Es gibt inzwischen grüne und braune Baumwolle – erzielt durch gentechnische Verfahren.

Textilien mit dem Etikett »Schadstoff-geprüft nach Öko-Tex-Standard 100« garantieren allen Eltern, daß eine Gefährdung der Gesundheit ihrer Kinder ausgeschlossen ist.

Dispersionsfarbstoffe sind problematisch, weil neun Tönungen Allergien auslösen können, vor allem Blau.

Einige Azobenzidinfarbstoffe können in sogenannte aromatische Amine aufgespalten werden, die dann krebserzeugend wirken. Sie sind auf dem Etikett nicht ausgewiesen. Bei der deutschen Textilproduktion werden diese Farbstoffe nie verwendet. Vorsicht aber bei Ware aus Billiglohnländern!

Als problematisch gelten auch Schwermetallkomplexfarbstoffe, die auf Nickel, Chrom und Kupfer basieren. Sie können Allergien auslösen, vor allem auf Nickel reagieren viele Menschen mit Hautausschlägen. Schwermetalle gelangen über die Haut in den kindlichen Organismus. Diese Schwermetalle werden zum Färben von Textilien aus deutscher Herkunft nicht verwendet.

Von Naturfarbstoffen sollte man annehmen, daß sie keine Risiken für die Gesundheit enthalten. Doch tatsächlich bestehen lediglich für den Gelbton Safran keine Bedenken.

Informationen entschlüsseln lernen

Kaufen Sie Ihrem Kind grundsätzlich keine Kleidung mit den Hinweisen »färbt ab«, »blutet aus« oder »alleine waschen«. Im Klartext bedeutet das, daß diese Textilien nicht farbecht sind. Giftige Färbekomponenten gelangen so nicht nur mit dem Waschen in die kommunalen Kläranlagen, sie können durch den Hautkontakt auch in den kindlichen Körper geschleust werden.

Gesundheits- und umweltbewußte Eltern sollten schwarze Kleidung bei ihren Kindern vermeiden. Denn damit Schwarz auf dem Stoff haftet, müssen die Produzenten bei der Textilveredelung Schwermetalle einsetzen.

Hautkontakt – Migration

Noch heute glauben die meisten Leute, die menschliche Haut sei eine Art wasserfeste Hülle, die als sichere Barriere vor allen Umwelt- und Textilgiften wirkt. Doch damit irren sie sich gewaltig. Naturheilkunde und Schulmedizin haben mit Heilpflastern und -salben längst bewiesen, wie gut durchlässig die Haut ist – für therapeutisch sinnvolle Substanzen ebenso wie für giftige. Unter Migration (lateinisch: migrare = wandern) versteht man den Vorgang, daß giftige Substanzen beim Tragen der Kleidung durch das Reiben an der Haut herausgelöst und über die Oberhaut in die Blutbahn eingeschleust werden. Dieser Mechanismus funktioniert besonders gut, wenn die Haut durch Schweiß stark aufgeweicht ist. Besonders bei allen schweißintensiven Aktivitäten wie Sport, Spiel, Toben sollte auf die Qualität von Kinderkleidern geachtet werden.

Chemiefreie Bekleidung bevorzugen

Es gibt inzwischen eine Reihe von Herstellern, die chemiefreie Kleidung anbieten. Vertrieben werden solche Kleidungsstücke und zum Teil noch viele andere umweltfreundliche Produkte über die unten aufgeführten Institutionen. Manche bieten ihre Produkte auch in Katalogen an. Neben chemiefreier Kleidung gibt es z.B. auch umweltfreundliche Büromaterialien und Reinigungsmittel.

Bezugsadressen für chemiefreie Bekleidung

- Greenpeace
  Vorsetzen 53
  2000 Hamburg 11
- COTTON COUNTRY
  Rudolf-Diesel-Straße 30
  28876 Oyten
- WASCHBÄR
  Umweltprodukt-Versand
  79093 Freiburg
- SIMON MORGEN-STEIN
  Bettelhofen 13
  88299 Leutkirch
- The Kiwi
  New Zealand Products
  Postfach 1745
  71307 Waiblingen
- meterweise (Stoffe aus Naturfasern)
  Breite Straße 26c
  33602 Bielefeld
- Nature's Best GmbH
  Benzstraße 3
  61381 Friedrichsdorf
- Wickelkiste
  Naturwarenversand
  Haller Straße 52
  33278 Gütersloh
- RAFFAUF & KOPPEN-BURG
  Postfach 1149
  53809 Ruppichteroth
- tebaron Natur-Kleidung
  Postfach 3609
  49026 Osnabrück

Weitere Informationen gibt es auf Ökomessen oder in Bioläden.

UMWELT-SCHUTZ IM KINDER-ZIMMER

Kinderzimmer sind leider nur allzuoft die kleinsten Räume einer Wohnung, und zudem werden sie noch immer mit vielen buntlackierten Möbeln aus Sperrholz und Kunststoff eingerichtet. Wenn auch noch der Teppichboden aus Synthetikfasern besteht und Plastikspielzeug in allen Farben leuchtet, dann droht Gefahr für Ihr Kind. Trennen Sie sich von ökologisch wertlosen, giftigen Möbeln, und schaffen Sie ein biologisch einwandfreies Kinderzimmer.

Kindgerecht und umweltfreundlich einrichten

Unbedenkliche Fußbodenbeläge

Bedenken Sie bei der Auswahl des Bodens, daß Kinder häufig auf dem Boden sitzen und dort beim Spielen direkten Hautkontakt mit giftigen Synthetikfasern haben.

Die Bodenbeläge im Kinderzimmer sollten aus erneuerbaren Rohstoffen hergestellt sein. Aus ökologischen Gründen sollten sie sich bei Herstellung, Gebrauch und Entsorgung möglichst umweltfreundlich verhalten und vor allem keine Schadstoffe (Biozide, Weichmacher, Formaldehyd oder Lösungsmittel) an die Raumluft abgeben.
Geeignet sind hier Holz- und Korkbeläge sowie Linoleum. Sie sollten zur Schonung mit Naturharzölen und Hartwachsen behandelt werden. Auf lösemittelhaltige Parkettversiegelung und aggressiven Kleber müssen Sie verzichten. Für die unterschiedlichen Bodenbelagarten gibt es bereits spezielle, lösemittelarme Dispersionskleber.

Bei textilen Bodenbelägen für das Kinderzimmer sollten Sie auf naturbelassene, nicht mit Bioziden behandelte Teppiche aus reiner Schurwolle, aus Kokos, Sisal, Ziegenhaar oder Baumwolle zurückgreifen. Die Unterseite, also das Trägermaterial, sollte nicht aus Kunststoffschaum bestehen, sondern aus Naturlatex oder Jute.
Böden aus Synthetikfasern stellen nicht nur ein Entsorgungsproblem dar, sie laden sich auch leichter elektrostatisch auf, ziehen den Staub stärker an und speichern außerdem kaum Feuchtigkeit – ein Sachverhalt, der sich ungünstig auf das Raumklima auswirkt.

Möbel – am besten aus Massivholz

Kindermöbel aus Plastik sind praktisch und abwaschbar, bunte Bezüge machen fröhlich, Tische und Stühle aus Sperrholz sind billig. Nach solchen Richtlinien sollte man ein Kinderzimmer keinesfalls einrichtet. In den häufig eher kleinen Räumen wird der vom Bundesgesundheitsamt empfohlene Richtwert von 0,1 parts per million (ppm) Formaldehydanteil an der Luft schnell überschritten.
Die gesündeste und umweltfreundlichste Lösung für das Kinderzimmer sind immer noch Massivholzmöbel, hergestellt aus heimischen Holzarten und mit formaldehydfreien Leimen verarbeitet.

Massivholzmöbel sind zwar meist erheblich teurer als Möbel aus Spanplatten oder Kunststoff, aber das rechnet sich – wenigstens, wenn Sie mehrere Kinder haben – allemal. Denn sie sind in der Regel wesentlich robuster und landen nicht wie die Sperrholzware in kürzester Zeit auf Mülldeponien oder in Verbrennungsanlagen.

Sinnvoll einrichten

Einige Hersteller bieten inzwischen ökologische Möbel fürs Kinderzimmer an, deren Einzelteile später z.B. für eine Schrankwand verwendet werden können. Umwandelbarkeit ist das Stichwort.

Außerdem gibt es eine breite Palette von »mitwachsenden« Möbeln, die auch im Jugend- und Erwachsenenalter noch zu gebrauchen sind. Damit haben Sie die Möglichkeit, den höheren Preis für Massivholzmöbel im Lauf der Zeit wieder auszugleichen.

Das Holz sollte, um wirklich nicht gesundheitsschädlich zu sein, offenporig mit Naturharzölen, Leinöl, Lasuren oder Bienenwachs behandelt sein. Holzschutzmittel sind in Innenräumen unnötig, auf Lacke kann in der Regel auch verzichtet werden. Wer das nicht will, sollte Lacke von Naturfarbenherstellern mit lückenloser Volldeklaration aller Inhaltsstoffe oder lösemittelarme Wasserlacke benutzen, für die es seit 1987 das Umweltzeichen, den Blauen Engel, gibt.

Spanplatten für den Möbelbau sind meist mit ungiftigen Klebern verleimt. Empfindliche Kinder können jedoch auch auf solche Isozyanatkleber allergisch reagieren. Die beste Alternative zu Möbeln aus Massivholz sind solche aus Leimholz, aus Tischlerplatten und naturholzfurnierten Platten.

Schöne Wände – Farben und Tapeten

Für den Anstrich der Wände in Kinderzimmern eignen sich am besten Kreide-Leim-Farben, (Naturharz-)Dispersionsfarben, Kalkkaseinanstriche und Silikatfarben. Achten Sie beim Kauf auf eine genaue Inhaltsstoffdeklaration, und erstehen Sie keinesfalls Produkte mit bioziden Zusätzen.

Leider sind Tapeten heutzutage meistens mit chemischen Zusatzstoffen versetzt. So wird z.B. versucht, die Reißfestigkeit der nassen Bahnen durch Kunstharze auf der Basis von Formaldehyd zu erhöhen. Auch Pilzgifte (Fungizide), die der Schimmelbildung vorbeugen sollen, werden eingesetzt. Kunststofftapeten aus Weich-PVC, Schaum-Polyurethan-Weichschaum oder Isoliertapeten aus Polystyrolschaum verschlechtern zudem das Raumklima, da sie keine

Feuchtigkeit aufnehmen und sich elektrostatisch aufladen können. Ihre Herstellung und Entsorgung sind problematisch.

Es gibt in Biobaumärkten viele umweltgerechte Alternativen, Boden und Wände schadstoffarm zu gestalten.

Tapeten aus Altpapier

Empfehlenswert sind Rauhfasertapeten mit dem Umweltzeichen. Sie müssen aus Altpapier hergestellt sein und dürfen keine gesundheitsschädlichen Stoffe enthalten. Gute Ware besteht aus unbehandelten Holzfasern, die zwischen zwei ungebleichten Papierschichten mit Naturharzen gebunden werden.

Wenn Sie genau wissen wollen, welche Einrichtungsgegenstände, Teppiche, Tapeten oder Spielsachen im Kinderzimmer durch Lösemittel belastet sind, können Sie den Grad der Verseuchung von einem Umweltexperten exakt messen lassen.

Spaß ohne Reue beim Malen und Basteln

Mit Fingerfarben in die vollen

Fingerfarben werden aus Farbpigmenten, Bindemitteln, Füllstoffen und Konservierungsmitteln hergestellt. Problematisch können hier Schwermetalle, Azofarbstoffe und einige Konservierungsmittel wie Formaldehyd und PHB-Ester sein. 1987 haben die Hersteller von Fingerfarben vereinbart, daß bestimmte, möglicherweise schädliche chemische Verbindungen nicht mehr eingesetzt werden. Dafür wird ein Bitterstoff zugesetzt, damit Kinder die Farbe nicht mehr essen. Bitte beachten Sie die Hinweise bezüglich der Verträglichkeit auf der Verpackung. Kaufen Sie auch nur Markenartikel und keine Billigimportware – denn darin können durchaus noch Schwermetalle verarbeitet sein.

Plakafarben – etwas für die Großen

Da Kinder Stifte gerne in den Mund stecken und darauf herumkauen, ist es wichtig, auf unbedenkliche Inhaltsstoffe zu achten.

Mit Plakafarben kann man wasserfest und großflächig malen. Sie enthalten manchmal organische Lösemittel, die auch über die Haut aufgenommen werden können. Für Kinder sind sie deshalb nicht unbedingt geeignet. Für sie gibt es angemessenere Malutensilien, wie z. B. Fingerfarben oder Deckfarben.

Wachsmalstifte

Wachsmalstifte bestehen in der Regel aus natürlichen oder synthetischen Wachsen und einer Beimischung von Kaolin (Porzellanerde). Die Inhaltsstoffe sind in der Regel völlig unbedenklich.

Deckfarben

Deckfarben enthalten nur in sehr geringen Mengen Schwermetallpigmente, die weit unter den Grenzwerten der europäischen Behörden liegen. Sie sind ebenfalls völlig unbedenklich.

Buntstifte und Bleistifte

Auch Buntstifte und Bleistifte sind im allgemeinen als unbedenklich einzustufen. Verzichten Sie aber auf den Kauf von Billigimportware, denn darin können eventuell noch Schwermetalle enthalten sein. Dasselbe gilt leider für den Lacküberzug von Blei- und Buntstiften.

Faserschreiber und Filzstifte – nicht unbedenklich

In Faserschreibern sind bisweilen gesundheitsschädliche aromatische Kohlenwasserstoffe wie Xylol oder Toluol sowie – als Konservierungsstoffe – Formaldehyd oder Diethylenglykol enthalten. Es gibt jedoch auch Filzstifte auf Wasser- bzw. Alkoholbasis oder Filzstifte mit Lebensmittelfarben, die lebensmittelrechtlich zugelassene Stoffe zur Konservierung einsetzen. Leider gibt es erst bei einigen Modellen Minen zum Nachfüllen; die meisten Fasermaler bleiben Ex-und-hopp-Artikel, mit denen die Umwelt unnötig belastet wird.
Die bunten Plastikhüllen und Kappen, die teilweise noch aus PVC bestehen, können giftige Schwermetalle enthalten. Für Kleinkinder sind Fasermaler prinzipiell ungeeignet.

Textmarker

Für Textmarker gilt dasselbe wie für Fasermaler. Auch sie sind manchmal mit gesundheitlich bedenklichen Lösemitteln und Konservierungsstoffen hergestellt. Einen guten Ersatz bilden nachspitzbare, unlackierte Trockentextmarker, die mittlerweile in vielen Farben und Stärken im Handel sind.

Erziehen Sie Ihr Kind schon früh umweltorientiert! Schon die Kleinen sollten lernen, daß Wegwerfartikel die Umwelt belasten und Kunststoff der Gesundheit abträglich ist.

Kugelschreiber

Kugelschreiber sind mit wäßrigen Lösungen aus Tensiden, Farbstoffen und Feuchthaltemitteln gefüllt. Diejenigen, bei denen die Schreibflüssigkeit dicker ist, enthalten ein Verdickungsmittel und organische Lösemittel, wie z.B. Benzylalkohol. Kaufen Sie Ihren Kindern keine Einwegkugelschreiber, sondern Modelle mit auswechselbarer Mine. Es gibt auch bereits sehr formschöne Kugelschreiber mit Holz- anstatt mit Kunststoffhülle.

Füllfederhalter

Schreibtinten enthalten in der Regel keine gefährlichen Stoffe. Problematisch ist nur rote Tinte mit Eosin, einem Farbstoff, der für kleine Kinder giftig ist. Damit durch Tintenpatronen nicht die Müllberge vergrößert werden, ist es besser, Kolbenfüller zu benutzen oder statt Tintenpatronen sogenannte Konverter einzusetzen.
Die bei Schulkindern seit einigen Jahren so beliebten Tintenkiller sind giftig und sollten besser gar nicht erst angeschafft werden.

Modelliermassen – Phantasie in 3-D

Der Salzteig hat eine sehr angenehme Konsistenz. Er läßt sich mit Lebensmittelfarben einfärben und hält sich in festverschlossenen Dosen recht lange.

Es gibt diverse Sorten von Modelliermassen: dauerelastische, lufttrocknende sowie im Backofen erhärtende Arten. Manche weisen problematische Inhaltsstoffe wie Schwermetalle, PVC, Weichmacher und polyzyklische aromatische Kohlenwasserstoffe auf. In solchen Fällen kann sich eine Gesundheitsgefährdung durch Verschlucken oder das Einatmen der Dämpfe ergeben, die beim Erhitzen der Masse im Backofen freiwerden.

Die lufttrocknenden Modelliermassen sind, was die Inhaltsstoffe angeht, weitgehend unbedenklich. Empfehlenswert sind Knetmassen aus Bienenwachs und mit Lebensmittelfarbstoffen.

Eine umweltfreundliche, chemiefreie Alternative zu synthetischer Knetmasse ist der Salzteig. Er läßt sich leicht selbst aus Wasser, Salz und Mehl im Verhältnis 1:2:2 herstellen. Salzteig darf aber wegen des hohen Salzanteils nicht gegessen werden!

Papier

Papier zum Basteln und Malen ist für Kinder schon früh ein vertrautes Material und kann dazu beitragen, daß umweltbewußtes Verhalten schon bald eingeübt und damit zur selbstverständlichen Handlungsmaxime wird. Die Verwendung von Recyclingpapieren sollte also eine Selbstverständlichkeit sein.

Zum Malen und für Schreibübungen eignen sich ausgezeichnet auch die altbewährten, aber leider aus der Mode gekommenen Schiefertafeln, die nach Gebrauch einfach abgewischt werden und dann für erneute Versuche zur Verfügung stehen.

Gefährliche Klebstoffe

In keinem Kinderzimmer sollten Kleber mit Inhaltsstoffen wie Toluol, Xylol, Azeton oder Methylazetat als Lösemittel auftauchen. Lösemittelhaltige Kleber mit Aufdrucken wie »feuergefährlich«, »von Kindern fernhalten«, »reizt Augen und Haut« oder »nicht ins Abwasser« gehören nicht in Kinderhände. Sie sind gesundheitsgefährdend, umweltbelastend und gehören in den Sondermüll. Gleiches gilt für Produkte mit einem Flammensymbol.

Für Kinder eignen sich Tapetenkleister ohne pilztötende Zusätze, Papierkleber auf Wasserbasis sowie Klebestifte.

Batterien – Müll aus dem Kinderzimmer

Immer mehr Spielsachen funktionieren heute mit Batterien – schließlich sollen Spielzeugautos und Computer genauso funktionieren wie bei den Großen. Bitte überlegen Sie, ob der Kauf solcher Artikel wirklich sinnvoll ist. Batterien verbrauchen bei der Herstellung ein Vielfaches an Energie dessen, was sie leisten, und außerdem ist die Entsorgung der verbrauchten Energiespender sehr problematisch.
Eine Alternative sind Akkus, die bis zu 1000mal wieder aufgeladen werden können. Die Aufladung erfolgt am besten durch solarbetriebene Ladegeräte, die es mittlerweile überall im Fachhandel gibt. Allerdings gehören irgendwann auch Akkus in den Sondermüll. Deshalb ist der Einsatz von Netzgeräten zu bevorzugen, wenn immer es möglich ist. Der Verzicht auf energieabhängige Spielzeuge ist aber allemal die ökologisch beste Möglichkeit.
Eine Regenerierung verbrauchter Nickel-Kadmium-Akkus ist bei der Firma ReNiCa, Wihelm-Dieß-Weg 13, 81927 München, möglich. Verbrauchte Batterien können bei einem Giftmobil oder bei einer Batteriesammelstelle abgegeben werden.

Mülltrennung sollte schon im Kinderzimmer beginnen und dort genauso selbstverständlich sein wie im gesamten Haushalt.

Die beste Alternative zu elektronischem oder Plastikspielzeug ist immer noch das Herumtollen in der Natur. Ein ausgedehnter Erkundungsspaziergang durch den Wald kann zu einer echten Erlebnistour werden, auf der die Kinder viele Materialien sammeln und daraus Spielsachen basteln können.

Passendes Spielzeug

Gutes Spielzeug darf weder bei der Herstellung noch bei der Entsorgung die Umwelt belasten.

Unter Umweltgesichtspunkten sollte gutes Kinderspielzeug zwei Voraussetzungen erfüllen: Zum einen muß es für die Kinder sicher und natürlich gesundheitlich unbedenklich sein; zum anderen sollte es das Umweltbewußtsein der Kinder schulen und dazu beitragen, daß sie sich später als Erwachsene umweltbewußt verhalten.

Das funktioniert dann am besten, wenn die Spielsachen kindgerecht gestaltet sind, so daß das Auge und das Gefühl des Kindes angesprochen werden und es sich gerne mit diesen Sachen beschäftigt.

Darauf sollten Sie beim Spielzeugkauf achten

- Kaufen Sie lieber weniger, aber von guter Qualität.
- Das Spielzeug sollte stabil, langlebig und im Bedarfsfall zu reparieren sein; so kann es auch in mehreren Kinderjahrgängen genutzt werden. Danach bieten sich Flohmärkte zum Verkaufen und Tauschen und damit zu weiterer Nutzung an.
- Einfache Spielsachen wie Bauklötze oder Baukastensysteme mit nicht allzu spezialisierten Teilen fördern die Entwicklung mehr als hochkomplizierte Dinge, deren Gebrauch eindeutig vorgegeben ist. Achten Sie darauf, daß ein Spielzeug Ihrem Kind etwas an Phantasie und Handlungsinitiative abverlangt und es nicht zum ausführenden Organ eines High-Tech-Apparates degradiert.
- Plüschtiere sollten unbedingt waschbar sein. Vor allem bei kleinen Kindern empfiehlt es sich, die Tiere bereits vor der ersten Benutzung zu waschen, da sie die Tiere häufig in den Mund nehmen.
- Holzspielsachen, die mit Pflanzenbeizen und Wachsbalsam bunt gebeizt sind, sind besser als lackierte.
- Spielsachen und Spiele mit aufwendiger oder unnötiger Verpackung sollten Sie zurückweisen.
- Es gibt Spiele, die an die Umweltproblematik heranführen. Ihnen sollten Sie bei heranwachsenden Kindern den Vorzug geben.

Windeln – zurück zum Stoff?

Eine eindeutige Antwort auf die Frage »Stoff- oder Höschenwindeln?« läßt sich unter ökologischen Gesichtspunkten derzeit nicht geben. Beide Windelarten belasten die Umwelt auf verschiedene Weise.

- Bei den Wegwerfwindeln wirken sich der hohe Energie-, Rohstoff- und Wasserverbrauch bei der Herstellung genauso negativ auf die Umwelt aus wie die entstehende Müllmenge.
- Bei den Stoffwindeln trüben die Abwasserbelastung und der Energieverbrauch beim Waschen die ökologische Bilanz.
- Wenn Sie Höschenwindeln benutzen, kaufen Sie ungebleichte oder zumindest sauerstoffgebleichte Produkte. Diese belasten die Gewässer deutlich weniger als chlorgebleichte.
- Wenn Sie zwecks Verringerung der Abfallberge Stoffwindeln bevorzugen, wenden Sie sich an einen Windelservice in Ihrer Nähe. So verringern Sie den Energie- und Wasserverbrauch beim Waschen, und Sie sparen Zeit und Mühe.

Bei der Wahl der richtigen Windel spielen auch Faktoren wie hautfreundlich und atmungsaktiv eine wichtige Rolle.

Die Entscheidung, ob Sie Wegwerf- oder Stoffwindeln für Ihr Baby verwenden sollen, ist sicher nicht einfach. Wägen Sie die Vor- und Nachteile beider Arten für sich, Ihr Baby und die Umwelt genau ab.

VORBEUGEN MIT GESUNDER ERNÄHRUNG

In den letzten 100 Jahren hat sich unsere Ernährungsweise verändert wie nie zuvor. Gewöhnt war der Mensch an vorwiegend pflanzliche Kost: Getreide, Gemüse, Früchte, Kräuter, Samen, Knollen und Wurzeln bestimmten die Mahlzeiten. Die Nahrung war reich an Ballaststoffen und Kohlenhydraten, weitgehend unbearbeitet und enthielt nur einen geringen Anteil Fleisch. Heute essen wir zu einem großen Teil Nahrung, deren Zusammensetzung häufig ungünstig ist: zuviel Fett, zuviel Eiweiß, zuviel Zucker und zuwenig Ballaststoffe. Die Folge: Immer mehr Menschen werden krank!

Die Folgen industriell gefertigter und bearbeiteter Lebensmittel

Guten Appetit! Die europäischen Regelungen bescheren uns insgesamt an die 300 zugelassene Zusatzstoffe für Lebensmittel.

Die Industrialisierung führte zu weitreichenden Veränderungen in den Lebens- und Ernährungsgewohnheiten. Die Lebensmittelindustrie hielt Einzug mit Brühwürfeln, Erbswurst und Konservendosen, Fertigprodukten und Tiefkühlkost, mit weißem Zucker, ausgemahlenem Mehl und geschältem Reis. Doch diese Entwicklung war nur mit Konservierungsmitteln möglich. Geschönte und aufgepäppelte – aber ernährungsphysiologisch minderwertige – Produkte werden heute in gigantischem Ausmaß verzehrt. Es gibt heute kaum noch einen Haushalt, in dem ausschließlich unbehandelte Produkte in den Kochtopf gelangen.

Heute essen viele ballaststoffarm, aber eiweiß- und fettreich; viel Fleisch und wenig Fisch kommt auf den Tisch. Das Angebot ist riesig, die Verlockung ist groß, doch der Nährwert ist minimal. Die Folge des hohen Verarbeitungsgrades unserer Lebensmittel ist eine Zunahme allergischer Reaktionen in der Bevölkerung: Hautausschläge, Verdauungsstörungen, Atemstörungen bis hin zum Asthma, Allergien, Verhaltensauffälligkeiten. Besonders betroffen sind die Kinder.

Quantität ist leicht produzierbar

Um die Verarbeitung von Rohstoffen in der Industrie zu optimieren, stehen hochkarätige Chemikalien und Techniken zur Verfügung. Selbst Kleinbetriebe, wie z.B. im Bäckerhandwerk, sehen sich gezwungen, auf solche Lebensmitteltechnologien zurückzugreifen. Der moderne Bäcker öffnet heute lediglich Tüten, deren Inhalt nach Anleitung mit Wasser zu mischen ist. Daraus entstehen die zahlreichen Brot- und Brötchensorten, auch viele der angeblich naturbelassenen Vollkornbrote, Vitalwecken oder Mehrkornstangen, die wir kennen. Gebacken wird in einem Bruchteil der Zeit, die ein Brotteig normalerweise allein zum Reifen brauchen würde. Backtreibmittel, Bleichmittel, Enzyme, Säureregulatoren, Schmelzsalze und Teigkonditionierungsmittel, die dazu beitragen, daß der Teig leichter verarbeitet werden kann, machen das möglich.

Eine zunehmende Gefahr

Etwa 50 chemische Fabriken stellen allein in Deutschland Tausende von künstlichen Aromen her. So werden jährlich ca. 15000 Tonnen chemische Geschmacksstoffe in etwa 15 Millionen Tonnen Lebensmitteln verarbeitet. Da die Deklaration für die künstlichen Aromen »naturidentisch« heißt, glauben viele Verbraucher, daß es sich hier um natürliche Zutaten handelt. »Naturidentisch« bedeutet jedoch lediglich, daß eine Substanz der Natur nachempfunden ist. Dies geschieht mit Hilfe einer Vielzahl chemischer Mittel.

Weder Lebensmittelchemiker noch Toxikologen (Giftexperten) kennen die Auswirkungen dieser künstlichen Substanzen auf den menschlichen Organismus. Von den weit über 2000 Geschmackszusätzen gelten bisher nur etwa 390 als unbedenklich. Einige stehen sogar im Verdacht, Krebs oder Erbgutveränderungen hervorzurufen. Da keine gesetzlichen Regelungen vorliegen, kennen die Behörden viele Zusätze gar nicht. Durch die unzulänglichen und zum Teil veralteten Lebensmittelgesetze fehlt es ihnen an Möglichkeiten, solche Zusätze auf Unbedenklichkeit zu überprüfen.

Lebensmittelallergiker und Eltern allergischer Kinder tun sich in dieser Lage schwer, unbedenkliche Lebensmittel zu finden. Wer vermutet schon, daß Weizenmehl im Roggenbrot oder Milcheiweiß in der Wurst oder im Orangensaft verarbeitet wird. Das sind böse Fallen, mit denen sich z.B. Weizen- oder Milcheiweißallergiker täglich auseinandersetzen müssen.

Vorsicht, Gentechnologie!

Der Verdacht auf Gesundheitsrisiken liegt nahe; neue wirkungsvolle Stoffe werden entwickelt, die mit natürlichen nicht vergleichbar sind.

Künstliche Veränderungen der Erb- und Zellsubstanzen machen vor der Lebensmittelindustrie nicht halt. Ob solche Veränderungen tatsächlich unbedenklich sind oder ob sie mit heute noch nicht abschätzbaren Gefahren verbunden sind, ist umstritten. Bisher eingesetzt werden gentechnisch veränderte Organismen in der Produktion von Enzymen, Lebensmittelzusatzstoffen, Futterzusatzstoffen, Pharmazeutika, Süßstoffen u.v.a.m.

Ebenfalls genutzt werden sie bei Fermentationsverfahren, z.B. in der Milch- und Fleischverarbeitung, sowie im Braugewerbe. Denkbar ist auch die Nutzung gentechnisch veränderter Pflanzen und Tiere. Jeder Bissen Salami, jedes Stück Gouda und jeder Löffel Joghurt

Krank durch Ernährung

Der menschliche Organismus ist dem des Steinzeitmenschen noch immer sehr ähnlich. Anpassungen verlaufen in sehr langen Zeiträumen, schnelle Veränderungen sind in der körperlichen Entwicklung nicht möglich. Weil der Körper auf andere Nahrungsmittel eingestellt ist, als ihm angeboten werden, kommt es zu zahlreichen Krankheiten.

- Erkrankungen der Verdauungsorgane
- Stoffwechselkrankheiten (Zuckerkrankheit, d.h. Diabetes mellitus Typ II, erhöhte Fett- und Cholesterinwerte)
- Herz-Kreislauf-Erkrankungen (Bluthochdruck, koronare Herzkrankheit, Herzinfarkt und Schlaganfall)
- Bindegewebs- und Muskelerkrankungen, rheumatische Beschwerden
- Karies und Zahnstein
- Übergewicht durch Ballaststoff- und Bewegungsmangel sowie durch energetisch hochkonzentrierte Nahrung (zuviel, zu fett, zu süß)
- Nahrungsmittelallergien durch Zusatzstoffe bei der Verarbeitung der Lebensmittel und durch Rückstände von Düngemitteln und Pflanzenschutzmitteln aus der Agrarwirtschaft sowie von Medikamenten (Hormone, Antibiotika, Herz- und Beruhigungsmittel) aus der Viehzucht
- Verringerung der Infektabwehr bei Infektionskrankheiten
- Krebserkrankungen (nicht zuletzt auch verursacht durch Rückstände in Lebensmitteln; besonders gefährlich sind die Hormone, die in der Massentierhaltung eingesetzt werden).

Etwa 400 Tonnen gentechnisch hergestellte Enzyme stecken auch in Spülmitteln für Geschirrspüler. Restspuren am Geschirr werden mitgegessen!

kann gentechnisch veränderte Bakterien enthalten. Molekularbiologen wissen, daß Bakterien ihr Erbgut auf andere Einzeller übertragen können. Das bedeutet: Gentechnisch veränderte Bakterien können z.B. mit den Darmbakterien Informationen austauschen. Erhebliche Störungen der Darmflora und unbekannte Krankheiten könnten die Folge sein. So kann die dadurch veränderte Darmschleimhaut beispielsweise zu Allergien führen.

Die heutigen Ernährungsgewohnheiten machen krank

Zuviel, zu fett und zu süß! Viele wissen, daß das die Hauptfehler in der Ernährung sind. Ernährungsberater, Krankenkassen und Ärzte predigen es und versuchen durch Programme und Schulungen, das Eßverhalten der Bevölkerung zu verändern.

Viel zuviel

Es können heute Produkte mit ausschließlichem Genußwert produziert werden, ernährungsphysiologisch sind sie wertlos oder sogar schädigend.

Die Menge zubereiteter Lebensmittel, die heute angeboten werden, ist fast unüberschaubar. Die Variationen der unterschiedlichsten Geschmacksrichtungen lassen jeden sein Lieblingsprodukt finden. Das reichlich vorhandene Angebot gestattet es, diese bevorzugte Nahrung oft und in großer Menge zu genießen.

Das Problem dabei ist, daß diese Nahrungsmittelzubereitungen meist nicht so zusammengesetzt sind, wie es für den Körper sinnvoll wäre. Es fehlen Vitamine, Spurenelemente, Mineralien, wichtige Fettsäuren und vor allem auch Ballaststoffe. Statt dessen werden große Mengen an künstlichen, unnatürlichen Fertigprodukten mit unbekannten Zusätzen und Konservierungsstoffen konsumiert.

Der mit dieser Nahrung erzeugte Ballaststoffmangel läßt ein Sättigungsgefühl nicht aufkommen. Es gibt nichts zu kauen, oft werden die weichen Speisen nur noch geschluckt. Die Folge: Wir essen zu schnell, schneller als der Magen dem Gehirn signalisieren kann: »Ich bin gefüllt.« Und wenn das Signal ankommt, dann haben wir schon längst zuviel Nahrung aufgenommen. Unwohlsein und Gewichtszunahme sind die Folgen.

Trotz dieses Überschusses an Nahrung ist die Ernährung eigentlich unvollständig. Mangel herrscht in vorgefertigten Lebensmitteln vor allem an den Vitaminen C, B1, B2, B6 und Folsäure. Außerdem fehlen Mineralstoffe, die für den Körper wichtige Linolsäure, Aminosäuren und andere Stoffe.

Zuviel Fett

Das Zuviel an Nahrung macht dick, aber in erster Linie trägt der hohe Anteil an fettreicher Nahrung zur Gewichtszunahme bei. Es ist nicht nur das sichtbare Fett in Form von Butter, Margarine, Öl oder als Fett-

rand am Fleisch, wovor wir uns hüten müssen, gefährlich sind vor allem die unsichtbaren Fette – versteckt in vielen Wurst- und Fleischsorten, Milchprodukten, Süßigkeiten, Nüssen und anderen Lebensmitteln, wo wir sie nicht vermuten würden.
Sicherlich trägt in erster Linie der hohe Fleischkonsum dazu bei, daß die Fettaufnahme in Deutschland viel zu hoch ist, wodurch Krankheiten wie Übergewicht, Fettstoffwechselstörungen, Zuckerkrankheit und Bluthochdruck begünstigt werden.

Zuviel tierisches Eiweiß

Ein hoher Fleischkonsum verursacht jedoch nicht nur Übergewicht, sondern bei Personen mit entsprechender Veranlagung auch Gicht. Ebenso werden Arteriosklerose (Gefäßverkalkung) und andere Stoffwechselerkrankungen gefördert. Tierische Fette im Übermaß genossen können Krebs verursachen – zumal wenn gleichzeitig zuwenig Gemüse und Obst gegessen werden. Der Grundstein wird meist schon im Kindesalter gelegt. Die Zusammensetzung der Darmflora verändert sich; Fäulnisbakterien vermehren sich übermäßig.
Eiweiß ist in pflanzlichen und tierischen Lebensmitteln enthalten. Doch heute beziehen 65 Prozent der Bevölkerung ihr Eiweiß aus tierischen Lebensmitteln – auch Kinder. Dabei kennen wir auch hochwertiges Eiweiß aus vielen Pflanzen. Eiweißhaltige Pflanzen haben zudem den Vorteil, frei von versteckten Fetten zu sein, und sie haben einen hohen Ballaststoffanteil. Wer seine Kinder vor Erkrankungen durch zu fett- und eiweißhaltige Nahrung bewahren will, sollte auf eine gesunde und natürliche Ernährung achten. Bedenken Sie: Die Einstellung zur Ernährung wird in den ersten Lebensjahren geprägt, und Eltern sind Vorbild – gutes wie schlechtes.

Torten sind ganz besonders schlechte Leckereien, da durch die Füllung und Verzierung aus Schokoladenlasur, Butter- oder Sahnecreme der Fettanteil zusätzlich deutlich steigt.

Zu süß

Laut Statistik ißt jeder Deutsche im Jahr 72 Pfund Zucker! Das sind in der Woche fast 700 Gramm. Das erscheint Ihnen zu hoch? Bedenken Sie: In jedem Glas Cola stecken elf Stück Würfelzucker.
Zucker ist ein reiner Energieträger und mitverantwortlich für Stoffwechselerkrankungen, Fettsucht und Karies. Zucker belastet die Bauchspeicheldrüse und führt zu starken Blutzuckerschwankungen. Durch Zucker kann es zu einem Mangel an Mineralstoffen kommen.

Heute ist Zucker ein stark bearbeitetes, gereinigtes Industrieprodukt, das nur noch Energie liefert. Dem Haushaltszucker fehlen nahezu vollständig die lebensnotwendigen Inhaltsstoffe wie Eiweiß, Fette, Ballaststoffe, Vitamine und Mineralstoffe. Ein vergleichbares Problem gibt es mit ausgemahlenem Mehl. Bei Mehl mit einem Ausmahlungsgrad von 40 Prozent (Type 405) werden aus 100 Gramm Getreide nur 40 Gramm als Mehl gewonnen. 60 Gramm sind somit Abfall oder werden anderweitig verwertet. Damit gehen nicht nur Ballaststoffe verloren, die vor allem in der Außenschicht stecken, es sind auch andere Verluste zu vermerken: Vitamine, Mineralstoffe, hochwertige Eiweiße und für den Körper wichtige Fettsäuren fehlen den heutigen Mehlprodukten.

Die Kombination von Auszugsmehlen und Zuckern, wie sie in vielen Süßigkeiten, Kuchen etc. zu finden ist, verdoppelt also das Problem. Die Nahrung ist energiereich, ohne wirklich nährstoffhaltig zu sein. Im Gegenteil: Der Abbau von ausgemahlenem Mehl und Zucker im Körper verbraucht auch noch verschiedene Nährstoffe, so z.B. Vitamin B1. Mehl aus dem vollen Korn und unraffinierter Zucker etwa in süßen Früchten liefern diese Stoffe mit. Ihnen wurden keine Inhaltsstoffe entzogen. Deshalb ist es so wichtig, die von Kindern begehrten Süßigkeiten sorgfältig und bewußt auszuwählen.

Zuwenig Ballaststoffe

Der Begriff »Ballaststoffe« vermittelt den Eindruck, als wären diese Stoffe überflüssiger Ballast. Aber das Gegenteil ist der Fall.

Industriell hergestellte Nahrungsmittel sind nicht nur durch Energiekonzentration und Mangel an essentiellen Inhaltsstoffen gekennzeichnet, sondern auch durch Mangel an Ballaststoffen. Ballaststoffmangel aber hat zur Folge, daß viele Kinder schon im Kindesalter an Störungen im Verdauungsbereich leiden, die sich z.B. zu Erkrankungen des Dickdarms und der Gallenwege entwickeln können. Auch wenn diese Krankheiten Kinder erfreulicherweise nur im Ausnahmefall treffen, ist zu berücksichtigen: Mit der kindlichen Ernährung wird die Basis für ein langfristig gesundes oder aber krankes Leben gelegt. Eltern sind dafür verantwortlich, die Grundlagen für ein gesundes Leben auch über das Kindesalter hinaus zu schaffen. Dazu trägt eine gesunde, ausgewogene Ernährung in erheblichem Maß bei. So schützen die unverdaulichen Nahrungsbestandteile beispielsweise vor Krebserkrankungen.

Was sind Ballaststoffe?

Ballaststoffe sind die unverdaulichen Nahrungsbestandteile von Gemüse, Getreiden und Früchten, die die Verdauung fördern und zur Gesunderhaltung beitragen.

Ihre feste Beschaffenheit und ihr Faseranteil machen ein gründliches Kauen der Nahrung notwendig. Das dadurch bedingte bessere Einspeicheln der Nahrung fördert die Selbstreinigung der Zähne. Die quellbaren Bestandteile rufen ein besseres Sättigungsgefühl hervor und sorgen dafür, daß der Speisebrei langsamer in den Darm weitergeleitet wird. Das Sättigungsgefühl hält länger an; die Lust auf den Snack zwischendurch schwindet. Zudem fördern Ballaststoffe die Bewegungsabläufe in der Magen-Darm-Muskulatur. Der Speisebrei wird besser durchmischt, und die Magen- und Darmwände sind besser durchblutet, was vorteilhaft ist für die Aufnahme und Weiterleitung von Nährstoffen aus der Nahrung.

Bei der Umstellung auf ballaststoffreiche Vollwertkost kann es am Anfang zu Bauchbeschwerden kommen, besonders wenn die Darmflora schon geschädigt ist. Lassen Sie sich also Zeit!

Gemüse und frischer Salat sind reich an Ballaststoffen und schmecken zu jeder Jahreszeit. Kaufen Sie am besten biologisch angebaute Produkte auf dem Markt oder direkt beim Biobauern.

Ballaststoffreiche Ernährung

- Vollkornprodukte (Schrotbrot, Vollkornnudeln, Vollreis)
- Obst und Gemüse (frische Salate, Rohkost, frisches Obst sowie gedünstetes Gemüse)
- Gekochte Hülsenfrüchte wie Linsen, Bohnen, Erbsen (rohe Hülsenfrüchte sind giftig!)
- Sprossen (u.a. Hafer, Mungobohnen, Rettich, Sonnenblumenkerne)
- Nüsse und Samen (Sesam, Leinsaat, Mandeln etc.; pur oder als Sprossen geeignet)

Der Gehalt an Ballaststoffen schwankt je nach Getreideart. Dinkelvollkornmehl enthält in der Regel weniger Ballaststoffe als Weizen- und Roggenmehl. Bei den Auszugsmehlen liegt Roggen im Vergleich zu Dinkel und Weizen bezüglich der unverdaulichen Bestandteile vorn.

Vorsicht: Ballaststoffreiche Nahrung wie Getreidebrei und Müsli kann bei Kleinkindern zum Darmverschluß führen! Achten Sie auf eine ausreichende Flüssigkeitszufuhr.

Was leisten Ballaststoffe sonst noch?

Die aufsaugenden Eigenschaften der Ballaststoffe sorgen für die Bindung giftiger Substanzen aus der Nahrung. Das Schwermetall Kadmium kann z.B. durch Ballaststoffe aus dem Körper entfernt werden. Ballaststoffe binden auch Gallensäuren und tragen somit zur Senkung des Cholesterinspiegels bei.

Sie unterstützen die Darmflora, da die unverdaulichen Nahrungsbestandteile teilweise als Nahrung für die verschiedenen Darmbakterien dienen. Im Gegensatz dazu führt eine ballaststoffarme, zuckerhaltige Nahrung zur starken Vermehrung von Fremdkeimen und Pilzen wie z.B. Candida albicans.

Ballaststoff ist nicht gleich Ballaststoff

Allerdings müssen die Ballaststoffe darmfreundlich ausgewählt werden. Es wäre übertrieben, jetzt völlig auf das Zerkleinern z.B. des Korns zu verzichten. Zu viele und zu grobe Nahrungsanteile sind für den menschlichen Verdauungsapparat ungeeignet. Die Annahme, daß volles Korn ein guter Vitamin- und Minerallieferant sei, ist deshalb unzutreffend, weil das menschliche Verdauungssystem die Zellwände, in denen die Ballaststoffe hauptsächlich stecken, nicht auflösen kann. Daher wird Getreide geschrotet und eingeweicht; es kann gekocht oder roh verwendet werden. Wegen der Quellfähigkeit ballaststoffreicher Nahrung ist es erforderlich, daß genügend Flüssigkeit zur Verfügung steht. Damit dieses Wasser nicht dem Körper entzogen wird, ist es notwendig, genügend zu trinken. Fehlt es an Flüssigkeit, kann es zu lebensgefährlichen Darmverschlüssen kommen.

Die Wirkung von säurebildenden Lebensmitteln

Die heutige Kost besteht zu einem großen Teil aus Lebensmitteln und Fertigprodukten, die durch die Stoffwechselprozesse zu Säuren abgebaut werden. Dabei handelt es sich nicht um Produkte, die wir auch vom Geschmack her als sauer empfinden – im Gegenteil: Süßigkeiten, Weißmehlprodukte, Fleisch- und Wurstprodukte, Eier und Käse gehören zu den Lebensmitteln, die besonders stark säurebildend sind. Basische Lebensmittel wie Salate, Gemüse, Obst und besonders Kartoffeln bewirken das Gegenteil.

Mit Salaten, Obst, Gemüse und insbesondere Kartoffeln schützen Sie Ihren Körper davor zu »versauern«.

Krankheitsursache Übersäuerung

Einige naturheilkundliche Ärzte und Ernährungswissenschaftler sehen in einer Übersäuerung des Gewebes die Ursache für viele schwere Erkrankungen wie Rheuma, Migräne, Herzinfarkt und Schlaganfall. Der Mechanismus einer solchen Gewebeübersäuerung ist jedoch noch nicht befriedigend geklärt. Auch gibt es hinsichtlich der Diagnostik und ihrer Auswertung noch sehr viele Fragen. Dennoch sind die Indizien dafür, daß eine Übersäuerung des Körpergewebes sich gesundheitlich negativ äußert, nicht von der Hand zu weisen, auch wenn sie wissenschaftlich noch nicht ausreichend erklärbar sind. Eine gesunde Vollwertkost garantiert mit viel Gemüse und Obst sehr viele Basen, wodurch eine Gewebeübersäuerung vermieden wird. Die z.B. in Obst, Gemüse oder Kartoffeln enthaltenen organischen Säuren werden im Organismus zu Kohlendioxid und Wasser verarbeitet, so daß basische Elemente übrigbleiben.

Täglich gesund ernähren

- Kaufen Sie naturbelassene, möglichst wenig verarbeitete Nahrung.
- Verwenden Sie Obst und Gemüse so frisch wie möglich; vermeiden Sie das Aufwärmen von Speisen.
- Essen Sie Obst und Gemüse der Region, in der Sie wohnen, im Einklang mit den jahreszeitlichen Rhythmen; Kinder brauchen zu Weihnachten keine Erdbeeren.
- Kaufen Sie Lebensmittel aus natürlichem, kontrolliertem Anbau und artgerechter Tierhaltung und ohne künstliche Zusatzstoffe.
- Achten Sie bei der Zubereitung der Mahlzeiten für Kinder ganz besonders auf die Qualität der Nahrungsmittel und eine schonende Verarbeitung. Nur so erhalten Ihre Kinder alle lebensnotwendigen Vitamine und Mineralien und müssen nicht mit Mangelerscheinungen leben.

Die Wirkung sekundärer Pflanzenstoffe

Je höher der vegetarische Anteil in der Ernährung ist, desto höher ist auch die Zufuhr von Gesundheitsschutzfaktoren wie sekundären Pflanzenstoffen.

Obst und Gemüse enthalten wertvolle Inhaltsstoffe wie Vitamine, Mineralien, Spurenelemente; das ist bekannt. Es gibt aber noch eine Gruppe von Wirkstoffen, die ebenfalls einen erheblichen Einfluß auf die Gesundheit ausüben können. Es handelt sich um die sogenannten sekundären Pflanzenstoffe. Sie kommen zwar in nur relativ geringen Mengen vor, besitzen aber ausgeprägte gesundheitsfördernde Eigenschaften.

Sekundäre Pflanzenstoffe zählen nicht zu den Nährstoffen. Vielmehr handelt es sich um natürliche chemische Verbindungen, die von der betreffenden Pflanze zu ihrem eigenen Schutz gebildet werden. Farbstoffe, Abwehrstoffe und Wachstumsregulatoren gehören dazu. Als Duft- und Aromastoffe beeinflussen sie uns in der Auswahl unserer Nahrungsmittel. Inzwischen konnten zahlreiche sekundäre Pflanzenstoffe mit einer äußerst gesundheitsförderlichen Wirkung gefunden werden, Pflanzenstoffe, die früher nur bezüglich ihrer Schädlichkeit untersucht wurden. So konnten Stoffe in Gemüse und Obst nachgewiesen werden, die wie Medikamente wirken und z.B. gegen Krebs,

Infektionen oder freie Radikale wirksam sind. Die bekanntesten sind Karotinoide in grünblättrigen Gemüsen und vielen farbigen Früchten, Senföle, z.B. im Meerrettich, und Flavonoide, die in fast allen Pflanzen enthalten sind. Je stärker die Ernährung in Richtung lebendige Vollwertkost ausgerichtet ist, um so mehr sekundäre Pflanzenstoffe nehmen wir regelmäßig auf.

Gesund mit sekundären Pflanzenstoffen

Als natürliche Gesundheitsschützer wirken sekundäre Pflanzenstoffe positiv gegen Krebs und Thrombosen. Sie haben eine antibiotische, entzündungshemmende und verdauungsfördernde Wirkung, regulieren das Immunsystem, den Blutdruck und den Blutzuckerspiegel und können zu hohe Cholesterinwerte senken.

Die regelmäßige Zufuhr sekundärer Pflanzenstoffe trägt zur Gesundheit und Leistungsfähigkeit bei.

- Zwiebelgewächse enthalten schwefelhaltige sekundäre Pflanzenstoffe, die antibiotische Wirkungen aufweisen. Viele alte Hausrezepte empfehlen Zwiebeln, Knoblauch oder Meerrettich bei verschiedenen Infekten.
- Schmackhafte Gewürze können als Ersatz für Konservierungsmittel eingesetzt werden. So verhindern Bohnenkraut, Knoblauch, Kümmel, Muskatblüte, Nelken, Oregano, Pfeffer, Piment, Sternanis, Thymian und Zimt das Wachstum von Schimmelpilzen. Die Wirkung wird bereits in haushaltsüblichen Mengen entfaltet.
- Gerade Brot und Gebäck können mit solchen natürlichen, schmackhaften Zusätzen haltbarer gemacht werden.

Vollwertkost ist mehr als nur Essen

Zerlegt man einen Apfel in seine Bestandteile (Eiweiß, Fett, Kohlenhydrate, Wasser, Vitamine, Mineralstoffe, Faserstoffe) und gibt diese Teile in ein Gefäß, so erhält man selbst nach kräftigem Schütteln keinen Apfel. Auch geschmacklich hat dieses Gemisch nichts mit einem Apfel zu tun.

Lebensmittel sind nicht nur als Gemisch vieler verschiedener Stoffe, sondern auch als Ganzes zu betrachten. Ein vollständiges, unverändertes Nahrungsmittel wirkt anders auf den Körper als einzelne

Viele Familien sind wirtschaftlich nicht in der Lage, ihren Tisch mit den teuren Produkten aus dem Bioanbau zu decken. Suchen Sie nach geeigneten Kompromissen!

Bestandteile. Daher ist es immer besser, Sie ernähren Ihre Kinder vom ersten Tag an so natürlich und vollwertig, daß sich Mangelerscheinungen und Krankheiten erst gar nicht einstellen. Denn so sinnvoll Nahrungsergänzungen wie Vitamin- und Mineraltabletten auch sein mögen, sie sind nicht Bestandteil einer natürlichen Ernährung, sondern Teil einer Behandlung!

Naturbelassen und vollwertig

Die Wahrscheinlichkeit, daß eine Mahlzeit alle lebenswichtigen Bestandteile enthält, ist um so größer, je weniger behandelt, also je naturbelassener die Lebensmittel sind. Eine Vollwertnahrung enthält alle notwendigen Vitamine, Mineralien, Aminosäuren und Spurenelemente, die für die Gesunderhaltung notwendig sind. Ganz besonders wichtig ist das natürlich für Kinder.

Grundvoraussetzung für eine Vollwerternährung sind Produkte aus kontrolliert ökologischem Landbau. Biobauern streben nicht nur die Erzeugung gesunder Lebensmittel an, sondern schonen zudem die Umwelt. Ihre Grundprinzipien lauten:

- Energiesparender Einsatz von Rohstoffen und Betriebsmitteln aus möglichst nahen Quellen
- Erhaltung und Förderung einer nachhaltigen Bodenfruchtbarkeit

Ein Biogärtner untersucht seine Pflanzen genauestens auf Schädlingsbefall. Findet er Ungeziefer, dann setzt er natürliche Bekämpfungsmethoden ein und greift nicht zur »chemischen Keule«.

- Verbot von synthetischen chemischen Düngemitteln, Pflanzenbehandlungs-, Lagerschutz- und Reifemitteln sowie Hormonen und Wachstumsregulatoren
- Möglichst Kombination von Ackerbau und Tierhaltung

Entsprechende Produkte müssen den Hinweis »aus kontrolliertem Anbau« tragen. Vorsicht bei Bezeichnungen wie »Bio« oder ähnlichem, der Name ist gesetzlich nicht geschützt!

Schadstofffrei ist heute nichts

Völlige Freiheit von Umweltchemikalien, beispielsweise von den Schwermetallen Blei, Kadmium und Quecksilber, kann aber auch der ökologische Landbau nicht garantieren, da die Belastung von Luft, Boden und Wasser nicht beeinflußt werden kann. Die Produkte aus dem ökologischen Landbau sind jedoch entschieden rückstandsärmer als herkömmlich erzeugte Nahrungsmittel.
Der Biolandwirt arbeitet völlig giftfrei und ohne Kunstdünger; damit leistet er einen wertvollen Beitrag zur Erhaltung und Wiederherstellung der natürlichen Umwelt. Die konsequente Unterstützung des ökologischen Landbaus ist der erste Schritt, Umwelt und Qualität der Nahrung positiv zu beeinflussen.

Empfehlungen für eine vollwertige Ernährung

Für die vollwertige Ernährung gilt, daß es bezüglich der Lebensmittelauswahl keinerlei Verbote gibt. Gelegentliche Ausnahmen wirken sich meist nicht negativ auf die Gesundheit aus. Empfohlen werden insbesondere:

- Getreide und Getreideprodukte
- Viel Obst und Gemüse, teils als Roh- bzw. Frischkost
- Kartoffeln und Hülsenfrüchte
- Hochwertige Fette (jedoch sparsam eingesetzt)
- Vorzugsmilch und Milchprodukte ohne Zutaten
- Nur gelegentlich Fleisch, Fisch und Eier
- Reichlich Gewürze und Kräuter, jedoch sparsam Salz
- Obst, eingeweichtes Trockenobst, kaltgeschleuderter Honig als Süßmittel
- Kontrolliertes Quellwasser, natürliches Mineralwasser, ungesüßte Kräuter- und Früchtetees als Getränke

Die Nahrungsmittel sollten aus kontrolliert ökologischer Landwirtschaft stammen und möglichst kurze Transportwege haben.

NÄHRSTOFFE STÄRKEN UND HEILEN

Eine neue medizinische Richtung geht davon aus, daß viele Menschen ihren Körper heute nicht genügend mit Nährstoffen versorgen, und setzt dem eine entsprechende Therapie entgegen, die unter dem Namen »orthomolekulare Medizin« bekannt geworden ist. Ziel dieser natürlichen Therapie mit Nährstoffen ist es, durch eine Optimierung der Versorgung krank machende Faktoren auszuschalten, einen maximalen Selbstschutz aufzubauen und die Selbstheilungskräfte des Körpers im Krankheitsfall zu unterstützen.

Die orthomolekulare Medizin verbessert den körpereigenen Schutz

Die orthomolekulare Medizin beschäftigt sich mit der Bedeutung der Mikronährstoffe für die Gesundheit. Ziel einer orthomolekular orientierten Therapie ist es, die Nährstoffsituation im Organismus zu verbessern, krank machende Faktoren auszuschalten und die körpereigenen Schutz- und Selbstheilungsmechanismen zu stärken. Dazu nutzt sie pharmakologische Eigenschaften verschiedener Nährstoffsubstanzen, die dem Körper über eine bestimmte Zeit in sehr hohen Dosen, sogenannten Megadosen, angeboten werden. So kann z.B. mit hochdosiertem Vitamin C das Immunsystem unterstützt werden. Nebenwirkungen sind bei fachgerechter Anwendung kaum zu erwarten.

Damit die orthomolekulare Medizin wirkungsvoll eingesetzt werden kann, muß ein Nährstoffstatus aus dem Vollblut der zu behandelnden Person erstellt werden; er sollte heute zur Routineuntersuchung gehören. Gerade bei Kindern ist eine solche einfache Untersuchung bedeutsam.

Als besonderer Vorteil der orthomolekularen Medizin gilt die große therapeutische Sicherheit. Nebenwirkungen sind bei fachgerechter Anwendung kaum zu erwarten.

Mit Nährstoffen die Heilung fördern

Im wesentlichen werden bei der orthomolekularen Behandlung Vitamine, Spurenelemente, Mineralien, Aminosäuren, Enzyme und Fettsäuren eingesetzt. Sie bieten einen guten Schutz vor Umweltgiften, unterstützen die körpereigenen Entgiftungsvorgänge und leisten bei der Anregung des Immunsystems gute Dienste.

Proteindefizite, die bei bestimmten Grunderkrankungen oder bei Mangelernährung auftreten können, führen insbesondere in den lymphatischen Organen, die bei der Abwehr dienen, zu erheblichen Aktivitätsminderungen, was empfindliche Störungen des Immunsystems zur Folge hat.

Die wichtigsten Schutzfaktoren

- Vitamine (A, C, E und Beta-Karotin, Niazin)
- Spurenelemente (z.B. Selen und Zink)
- Bioflavonoide, auch als Vitamin P bezeichnet
- Reduziertes Glutathion

Eine Kombination von Antioxidantien erzielt eine stärkere Wirkung als eine einzelne Substanz.

Andere Nährstoffe (Antioxidantien oder Enzyme) werden aus den Vitaminen und Spurenelementen im Körper gebildet. Zur Therapie sollten sinnvollerweise sich ergänzende Substanzen – also Vitamine und Spurenelemente und Mineralien und Bioflavonoide – eingesetzt werden. Nur so kann die Schutzfunktion der Nährstoffe optimal genutzt werden. Vitamin C z.B. weist eine besondere Beziehung zum Zellinneren (Zytoplasma) auf und schützt damit den Zellkern. Beta-Karotin ist ein Spezialist für den Raum zwischen den Zellen. Aminosäuren greifen in Entgiftungsvorgänge ein. Die Aminosäuren Methionin sowie Zystein enthalten Schwefel und können Schwermetalle binden. Die Schadstoffe werden dann über die Nieren ausgeschieden.

Vorsicht vor unerwünschten Zusätzen

In der pharmazeutischen Industrie werden Unmengen von Zusätzen zur Herstellung einzelner Präparate verwendet. Einige dieser Zusätze sind für allergisch reagierende oder besonders empfindliche Kinder bedenklich. So können diverse Farbstoffe sowie Aromen, Hefen, Zucker, Mais, Milchpulver, Laktose, magensaftresistente Überzüge, Bindemittel unter Umständen den Wert einer Nährstoffbehandlung vollständig zunichte machen, weil Kinder sie nicht vertragen.

Es sollte aus diesem Grund bei der Verordnung von Arzneien unbedingt darauf geachtet werden, daß die Präparate möglichst hypoallergen hergestellt sind, d.h., es sollen Substanzen verwendet werden, von denen bekannt ist, daß sie keine Allergien hervorrufen, oder von denen Sie wissen, daß Ihr Kind sie verträgt. Apotheker sind auch heute noch in der Lage, Kapseln oder Zäpfchen selbst herzustellen. Das garantiert die Verwendung verträglicher und genau definierter Hilfsstoffe.

Vitamin A

Vitamin A kommt fast ausschließlich im tierischen und menschlichen Organismus vor. In der Pflanzenwelt existieren Vitamin-A-Vorstufen, die sogenannten Karotinoide – z.B. in hoher Konzentration in der Karotte. Karotinoide haben die wichtige Funktion eines sogenannten Provitamins (das ist die chemische Vorstufe eines Vitamins). Innerhalb des Darms kann der Körper daraus Vitamin A selbst bilden. Die Leber ist ein wesentlicher Vitamin-A-Speicher. Das gilt auch für die tierische Leber, die teilweise so hohe Konzentrationen von Vitamin A aufweist, daß der häufige Verzehr – vor allem bei Kleinkindern und Säuglingen – unerwünschte Überdosierungen hervorrufen kann.

Vitamin A stärkt die Abwehr und die Augen

Am bekanntesten ist die Beziehung zwischen Vitamin A und den Augen. Ein Mangel an diesem fettlöslichen Vitamin führt zur Nachtblindheit. Aber noch viele weitere Funktionen des Körpers hängen von einer ausreichenden Versorgung ab. So kommt es aufgrund der immunmodulierenden Wirkung von Vitamin A bei einem Mangel zu einer gesteigerten Infektanfälligkeit oder zu Akne.

Ein Vitamin-A-Mangel kann zu einem Abbau von lymphatischem Gewebe führen.

Vitamin-A-Mangel ist leicht zu verhindern und tritt auch relativ selten auf. Aber bei bestimmten Erkrankungen kann es zu Aufnahmestörungen des Vitamin A kommen: bei chronischem Durchfall oder einer Bakterienfehlbesiedelung im Darm. Auch chronisch entzündliche Prozesse können langfristig zu einem Mangel führen.

Die Vitamin-A-Therapie

Eine Vitamin-A-Therapie wirkt sich positiv auf Haut und Schleimhäute (auch Darmschleimhäute!) aus. Gerade bei Kindern mit chronischen Infekten oder einer ausgeprägten Neurodermitis kann ein Einsatz sinnvoll sein – aber nur in niedriger Dosierung! Die genaue Dosierung müssen Sie auf jeden Fall mit Ihrem Arzt besprechen. Nur er kann über die einzusetzende Menge entscheiden. Vitamin-A-Überdosierungen sind gefährlich! Der erwähnte Effekt auf die Schleimhaut verbessert deren Abwehr. Krankheitskeime werden besser bekämpft. Außerdem wird Vitamin A zum Aufbau bestimmter Eiweißbausteine benötigt, die zur Bildung von Antikörpern notwendig sind.

Dosierung von Vitamin A

Maßeinheit für Vitamin A sind meist IE, die Internationalen Einheiten. Zur Vorbeugung geben Sie Ihrem Kind 1500 bis 10000 IE; für eine Therapie, die nur unter ärztlicher Aufsicht durchgeführt werden darf, sind 5000 bis 15000 IE täglich empfehlenswert. Da es bei Kindern schnell zu einer Überdosierung kommen kann, ist es wichtig, auf mögliche Veränderungen zu achten: Hautschälung, Schlafstörungen, Appetitstörungen und Gewichtsverlust deuten auf eine Überdosierung hin. Fragen Sie einen erfahrenen Therapeuten.

Beta-Karotin

In der Schwangerschaft ist Vorsicht geboten bei synthetischen Verwandten der Vitamin-A-Säure, den sogenannten Retinoiden. Es kann zu Mißbildungen kommen.

Das auch als Provitamin A bezeichnete Beta-Karotin wird im Körper zu Vitamin A umgewandelt. In frischen Früchten und Gemüsen ist Beta-Karotin reichlich enthalten. Trotzdem wird für Kinder zur Vorbeugung eine zusätzliche Gabe von 15 Milligramm täglich empfohlen. Nebenwirkungen sind selbst bei weit höheren Dosierungen nicht zu erwarten, daher ist Beta-Karotin unproblematischer im Einsatz als Vitamin A.

Vitamin E

Dieses Vitamin wird ausschließlich von Pflanzen gebildet und findet sich als fettlösliches Vitamin in pflanzlichen Ölen, vor allem in Weizenkeimöl. Erst 1968 wurde die Bedeutung des Vitamin E für den menschlichen Organismus erkannt. Das mag daran liegen, daß ein Vitamin-E-Mangel beim Menschen nicht deutlich erkennbar ist.

Vitamin E schützt vor freien Radikalen

In der Medizin hat Vitamin E – möglichst natürlichen Ursprungs, z. B. aus Weizenkeimöl gewonnen – inzwischen einen festen Platz als eines der wichtigsten Antioxidantien und als Fänger sogenannter freier Radikale. Es konnte nachgewiesen werden, daß Vitamin E insbesondere die ungesättigten Fettsäuren der Zellmembranen schützt. Diese gefährdeten Zellmembranen lagern in regelmäßigen Abständen Vitamin E zu ihrem Schutz ein. Aufgrund der zunehmenden Konfrontation des Organismus mit aggressiven Radikalen, die den Körper schädigen und Krebs erzeugen können, kommt dem Vitamin E heute eine bedeutende Stellung zu.

Was sind freie Radikale?

Ungesättigte Atommoleküle, die nur ein Elektron besitzen, werden freie Radikale genannt. Das ihnen fehlende zweite Elektron holen sie sich aus Körperzellen, die sie damit schädigen.
Freie Radikale existieren in Schadstoffen und Umweltgiften und werden mit der Nahrung oder Atemluft aufgenommen. Im Körper bilden sie sich auch durch Fäulnis- und Gärungsprozesse im Darm.
Sind die Körperzellen durch einen zu schwachen Immunschutz geschwächt, teilen sich Elektronenpaare, und es entstehen aus einem gesunden Paar zwei freie Radikale. Sie greifen benachbarte Zellen an, um sich ihr fehlendes Elektron zu sichern, und entfachen damit eine Kettenreaktion. Freie Radikale sind äußerst aggressiv und für schwere Krankheiten wie beispielsweise Krebs mitverantwortlich.

Vitamin-E-Therapie

Die Behandlung mit Vitamin E hat inzwischen ihren festen Platz bei Erkrankungen, in deren Verlauf vermehrt freie Radikale gebildet werden: z. B. bei entzündlichem Rheuma, Erkrankungen der Herzgefäße oder Hauterkrankungen. Darüber hinaus bietet sich ein Einsatz aber auch als Schutz vor Umwelteinflüssen an. Da Vitamin E durch die Reaktion mit Oxidantien verbraucht wird, muß es – vor allem bei vermehrten freien Radikalen – zusätzlich zur Nahrung gegeben werden.
Neben einem Vitamin-E-Mangel liegt meist auch ein Magnesiummangel vor. Die zunehmend angebotenen Kombinationen von Magnesium und Vitamin E haben somit ihre Berechtigung.
Bei allen Erkrankungen oder Lebensumständen, die zu einer erhöhten Konfrontation mit freien Radikalen führen, ist Vitamin E angebracht. Ebenso kann ein Defizit an Magnesium für die Einnahme von Vitamin E sprechen.
Weitere Anwendungsbereiche für Vitamin E sind: Gefäßerkrankungen und eine notwendige Verbesserung der Blutfließeigenschaften, Herzkrankheiten, Dauerstreß bei Schulkindern, Zuckerkrankheit, Innenohrschäden durch Lärm, neurologische Erkrankungen, vege-

Speiseöle und Nüsse tragen erheblich zur Vitamin-E-Versorgung bei. Jedoch dürfen sie nicht zu viele ungünstige Fettsäuren haben. Besonders geeignet sind Haselnüsse und Weizenkeimöl.

tative Störungen, Schilddrüsenüberfunktion, Skelett- und Gelenkerkrankungen. Auch alle, die Auto- und Industrieabgasen ausgesetzt sind, also besonders Großstadtkinder, benötigen Vitamin E.

Dosierung von Vitamin E

Der Bedarf von Kindern an Vitamin E ist nicht genau bekannt. Von Bedeutung ist natürlich ihre jeweilige Konfrontation mit freien Radikalen bzw. einer Erkrankung, die mit einer erhöhten Bildung freier Radikale einhergeht. Forschungsergebnisse weisen außerdem darauf hin, daß sehr hohe Vitamin-E-Spiegel dem Krebs vorbeugen.
Je nach Situation werden Dosierungen zwischen 200 und 500 Milligramm täglich empfohlen. Vitamin E in natürlicher Form – z. B. Weizenkeimöl – ist synthetischem vorzuziehen. Eine Kombination mit Magnesium und Vitamin C ist sinnvoll.

Vitamin C

Interessant ist die Bedeutung von Vitamin C für das wichtigste fettlösliche Antioxidans, das Vitamin E. Vitamin C kann es teilweise im Organismus regenerieren, so daß für eine erhöhte Wirkung von Vitamin E das Vitamin C sehr wichtig ist.

Vitamin C wird von vielen Pflanzen und Tieren aus Glukose aufgebaut. Der menschliche Körper hat jedoch diese Fähigkeit im Lauf seiner Entwicklung verloren, so daß er auf eine regelmäßige Zufuhr angewiesen ist. Geben Sie Ihrem Kind viel Frischkost, da Vitamin C schnell abgebaut wird, wenn Obst und Gemüse länger liegen. Außerdem wird Vitamin C durch Umweltgifte zerstört. So ist der Vitamin-C-Gehalt heute in vielen Agrarprodukten niedrig.

Vitamin C entgiftet

Vitamin C spielt in unzähligen Zellreaktionen eine bedeutende Rolle. Besonders hervorzuheben sind die Hemmung der Nitrosaminbildung, die positive Wirkung als Radikalefänger und die Inaktivierung vieler Giftstoffe und chemischer Medikamente.

Vitamin-C-Therapie

Vitamin C spielt bei der Verhütung oder Bekämpfung von Infektionskrankheiten eine große Rolle. Es unterstützt die körpereigene Abwehr. So wird durch Vitamin C die Freßtätigkeit (Phagozytose) der weißen Blutkörperchen unterstützt. Außerdem werden die weißen Blutkörperchen vor einer Zerstörung durch freie Radikale geschützt; diese vermehren sich bei Entzündungen.

Vorzugsweise nimmt man sogenanntes gepuffertes Vitamin C, bei dem die Säure – es handelt sich ja um Askorbinsäure – gebunden und neutralisiert ist. So sind hohe Dosen besser für den Magen verträglich. Vitamin-C-Tabletten, möglichst aus natürlichen Rohstoffen und ohne unnötige Zusätze, sollten dem einfachen Askorbinsäurepulver vorgezogen werden, da sie angenehmer einzunehmen sind.

Dosierung von Vitamin C

In hohen Dosen kann man mit Vitamin C antibiotische Effekte zur Bekämpfung von Infektionen erzielen. Vitamin C enthalten z. B. die Präparate Super C Komplex, Acid free C und – speziell für Kinder – C 500 Orthica (A: Cevitol 500 mg; CH: Bio-C).
Dosierungen zwischen ein und drei Gramm sind pro Tag sinnvoll. Wichtig ist, daß der Vitamin-C-Bedarf nicht konstant gleich ist. Bei bestimmten Erkrankungen, wie z. B. akuten Infekten, liegt der Bedarf deutlich höher als bei gesunden Kindern.
Bei einer Therapie mit Azetylsalizylsäure oder Antibiotika kommt es zu einer erhöhten Vitamin-C-Ausscheidung. Somit empfiehlt sich in diesem Fall eine Erhöhung der Dosis um 200 bis 400 Milligramm zum Ausgleich!

Eine hochdosierte Vitamintherapie ist für Kinder ungeeignet! Besprechen Sie die Dosis mit einem erfahrenen Therapeuten oder Arzt.

Die Mistel ist seit Jahrhunderten als Heilpflanze bekannt. Heute weiß man, daß ihre wohltuende Wirkung zum Teil auf dem Gehalt an Procianidin, einer äußerst wirksamen Substanz, beruht.

Die Natur hält viele Heilmittel bereit. Wir müssen nur zugreifen und sie sinnvoll nutzen. Außerdem ist die Forschung gefordert, mehr über die heilenden Pflanzenstoffe herauszufinden.

Da die Aufnahme von Vitamin C mit steigender Dosis deutlich abnimmt – nach drei Gramm als Einzeldosis beträgt sie nur noch 40 Prozent –, bietet sich für eine Therapie mit hohen Dosen die Injektion an. Sie wird aber eher für Erwachsene empfohlen.

Bioflavonoide

Die Bioflavonoide – auch Vitamin P genannt – sind in der Natur massenhaft zu finden. Sie kommen in Früchten, Kernen, Blättern und Rinden vor. Koniferen haben in ihrer Rinde einen hohen Anteil eines extrem wirksamen Flavonoids, des Procianidins. Es ist bei der Behandlung z. B. von Gefäßerkrankungen besonders gut einzusetzen.

Vitamin C plus Bioflavonoide

Während Vitamin C allgemein gut bekannt ist und bereits von vielen Therapeuten in hohen Dosen eingesetzt wird, spielen Bioflavonoide bisher eine noch eher untergeordnete Rolle in der Medizin.
Doch Bioflavonoide zeichnen sich durch ein großes Wirkungsspektrum aus und bergen phantastische Möglichkeiten der Behandlung. Überall, wo freie Radikale zu bekämpfen sind, können sie eingesetzt werden.
Dabei ist die Kombination mit Vitamin C besonders hervorzuheben. Interessanterweise wird Vitamin C durch Flavonoide stabilisiert und vor einer Verbindung mit Sauerstoff (Oxidation) geschützt. Somit kann Vitamin C wesentlich länger halten und den Organismus schützen.

Procianidine schützen den Körper

Die heilsame Wirkung von so bekannten Kräutern und Pflanzen wie Crataegus, Mistel, Ginkgo biloba oder grünem Tee ist auf Procianidin zurückzuführen. Es reguliert zusätzlich den Cholesterinstoffwechsel und stabilisiert die Gefäßwände. Zudem gilt es als einer der größten Radikalefänger. Procianidine sind 50mal aktiver als Vitamin E und 20mal aktiver als Vitamin C, wenn es darum geht, freie Radikale im Körper abzufangen.

Zink

Zink erfüllt in der Biologie einzigartige Funktionen. Im menschlichen Stoffwechsel sind mittlerweile ca. 200 Enzyme bekannt, in denen Zink als aktiver Bestandteil enthalten ist. Im Kindesalter spielt Zink eine besonders herausragende Rolle.

Zinkabhängige Enzyme spielen im Aufbau- und Betriebsstoffwechsel, in der Zellteilung, bei der Stabilisation der Zellmembranen – vor allem der Nervenzellen – sowie im Hormon- und Immunsystem eine Schlüsselrolle.

Eigentlich sollte bei normaler mitteleuropäischer Ernährung Zinkmangel nicht vorkommen. Dennoch beobachten vor allem Heilpraktiker, daß viele Kinder, die in ihren Praxen vorgestellt werden, an einer gravierenden Unterversorgung mit Zink leiden. Eine große Zahl von Erkrankungen und Symptomen erweist sich ihrer Ansicht nach als nicht behandelbar, weil ein Zinkmangel übersehen wurde.

Da der Anspruch an eine gesunderhaltende, lebendige Vitalkost für die breite Bevölkerung sicherlich nicht realisierbar ist, wäre über eine künstliche Zinkanreicherung der Industrienahrung zu diskutieren.

Zinkmangel schon bei Babys

Zink ist in der Muttermilch höher dosiert als in anderer Säuglingsnahrung. Bei Kindern, die nicht gestillt werden können, sollte daher auf eine zinkangereicherte Babynahrung geachtet werden.

Ist es erst einmal zu einer ausgeprägten Unterversorgung mit Zink gekommen, bleibt das Defizit auch bei annähernd optimalen Ernährungsumständen bestehen, da die tägliche Zinkzufuhr zum Ausgleich höher sein müßte, als das mit Lebensmitteln zu erreichen ist. Darüber hinaus spielt der gesundheitliche Zustand eine bedeutende Rolle. Kinder mit chronischen Infekten oder Ekzemen haben einen höheren Zinkbedarf als gesunde. Durch die Konfrontation mit Schwermetallen (z.B. Blei und Kadmium) steigt der Zinkbedarf drastisch. Eine Unterversorgung scheint vorprogrammiert zu sein. Zusammenhänge existieren zwischen der Säuglingssterblichkeit und der Zinkversorgung. Darüber hinaus konnten Gedeih- und Wachstumsstörungen beobachtet werden, die innerhalb kürzester Zeit durch eine Zinkzufuhr behoben werden konnten. Besonders Frühgeborene leiden an einer kritischen Unterversorgung mit Zink. Vollblutuntersuchungen bei Schwangeren haben ergeben, daß im letzten Drittel der Schwangerschaft die Zink- und Magnesiumwerte abnehmen. Dieses Phänomen ist als erhöhter Bedarf des Kindes zu werten.

Akute und chronische Infekte, Nasennebenhöhlenentzündungen und Darmerkrankungen bedingen einen höheren Zinkbedarf.

Ursachen des Zinkmangels

Hauptursache eines Zinkmangels ist sicherlich die unzureichende Versorgung in der Nahrungskette sowie die globale Vergiftung durch Umweltgifte. Der Feldanbau in Monokulturen und zahlreiche Eingriffe in die Natur bescherten uns minderwertige Nahrungsmittel. Die Lebensmittelindustrie verursacht bei der Verarbeitung von Lebensmitteln einen weiteren Qualitätsverlust. Zusätzlich verdrängen Schwermetalle und andere Gifte in der Natur das Zink oder verhindern die Zinkbindung in der Nahrung.

Die Zinkaufnahme steigern

- Aus tierischen Nahrungsmitteln wird Zink gut aufgenommen. Fleisch und Innereien weisen die höchsten Konzentrationen auf. Natürlich ist nach wie vor trotzdem ein verringerter Fleischkonsum anzustreben.
- Die Zinkaufnahme wird deutlich verschlechtert durch phytinhaltige Nahrungsmittel wie z.B. Soja- und Getreideprodukte sowie Hülsenfrüchte. Vorsicht: Alle pflanzlichen Nahrungsmittel enthalten Phytin. Zink geht mit Phytaten eine sehr stabile Verbindung ein und kann dann vom Körper nicht mehr aufgenommen werden. Vegetarier leiden häufig unter starkem Zinkmangel.
- Auch Ballaststoffe behindern die Aufnahme. Zinktabletten sollten also möglichst nicht in Verbindung mit phytinhaltiger oder ballaststoffreicher Nahrung eingenommen werden.
- Ebenso wirkt sich der Konsum von raffinierten Kohlenhydraten (Zucker, Weißmehl, Süßigkeiten, Cola etc.) negativ auf die Zinkbilanz aus. Es kommt zu einer erhöhten Ausscheidung über die Nieren. Natürliche Kohlenhydrate, insbesondere Traubenzucker aus Früchten, verbessern dagegen die Zinkaufnahme.

Übermäßiges Schwitzen im Sommer, beim Sport und Toben, Fieber und chronischer Durchfall führen zu einer verstärkten Zinkausscheidung.

Zink stärkt das Immunsystem

Die Infektanfälligkeit gehört zu den Leitsymptomen eines Zinkmangels. Bei einem Mangel kommt es zu einer Reduktion der Gesamtzahl der Lymphozyten (weißen Blutkörperchen), besonders auch der sogenannten T-Killer- und T-Helfer-Zellen. Beide Zellarten spielen bei der Tumor- und Infektabwehr eine Schlüsselrolle. Die Thymusdrüse, die »Ausbildungsstätte« für das kindliche Immunsystem, ver-

Zinkgehalt der Nahrungsmittel

Nahrungsmittel	Zinkgehalt (mg pro 100 g)
Aal	0,7
Ananas	0,25
Äpfel	0,1
Aprikosen	0,02
Bananen	0,25
Blumenkohl	0,2
Butter	0,4
Chicorée	0,2
Edamer Käse	4,2–5,3
Erbsen	3,5–4,2
Erdbeeren	0,1
Grüne Bohnen	0,02
Gurken	0,12
Haferflocken	4,4
Hühnerei	1,1
Hühnerschenkel	2,4
Kalbsleber	6,6
Karotten	0,5
Kartoffeln	0,25
Kohlrabi	0,15
Kopfsalat	0,15
Lachs	0,8
Linsen	2,0–9,0
Margarine	0,2
Nüsse	2,5
Orangen	0,15
Pfirsiche	0,02
Pflaumen	0,05
Pilze	1,0
Rinderleber	5,1
Rindfleisch	4,2
Roggenbrot	2,0
Rosenkohl	0,9
Rote Johannisbeeren	0,25
Schweinefilet	1,8
Schweinekotelett	4,5
Shrimps	1,5
Spargel	0,5
Speiseöle	0,1–0,4
Spinat	0,2
Toastbrot	0,2
Vollkornbrot	2,1
Vollmilch	0,5
Weintrauben	0,1
Weizenmehl	0,8–2,4

Einseitige Kost, Fertignahrung, Fast food, Radikaldiäten vorwiegend von Jugendlichen und rein vegetarische Speisen, von denen man sich über längere Zeiträume ausschließlich ernährt, lassen Zinkmangel entstehen.

kleinert sich bei Zinkmangel und ist dann in ihrer Funktion eingeschränkt. Die Folge ist eine immunologische Schwäche mit verminderter Antikörperbildung.
Im Vergleich zu anderen Spurenelementen konnte nur bei Zink eine eindeutig stimulierende Wirkung auf das Immunsystem nachgewiesen werden. Bestimmte immunologische Vorgänge können fast ausschließlich von Zink erfüllt werden. Zink hemmt darüber hinaus überschießende Immunprozesse und hilft so allergischen Kindern.

Antibiotika werden überflüssig, wenn die Ursache der Infektion bzw. Immunschwäche behoben ist: Zinktabletten statt Pharmaka.

Zink und Vitamin A

Sehr wichtig ist der Zusammenhang zwischen Zink und Vitamin A. Durch ein Zinkdefizit kommt es zu einer Umwandlungsstörung von Vitamin A, was letztlich einem Vitaminmangel gleicht. Vitamin A ist aber als schleimhautschützendes Vitamin von besonderer Bedeutung für das Immunsystem.

Zinkmangel verursacht Hauterkrankungen

- Bei der Neurodermitis finden wir in 70 bis 80 Prozent der Fälle eine Unterversorgung mit Zink. So ist eine Zinkbehandlung auch für die Neurodermitis wichtig! Liegt ein nichterkannter Zinkmangel vor, sind in der Regel alle anderen Therapieversuche zum Scheitern verurteilt!
- Zink spielt im Hautstoffwechsel sowie bei den allergisch entzündlichen Vorgängen im Gewebe eine entscheidende Rolle. So wird z. B. die Substanz Histamin in bestimmten Zellen mit Zink an Heparin gebunden. Fehlt Zink, ist diese Bindung eingeschränkt. Die Folge: Die Zelle kann Histamin nicht ausreichend binden, was eine vermehrte Histaminfreisetzung nach sich zieht. Histamin ist für den akuten Juckreiz der Hauterkrankungen verantwortlich.

Zink beeinflußt den Gehirnstoffwechsel

Fehlt Zink, ist der Stoffwechsel im Gehirn negativ beeinflußt. Lag in der Schwangerschaft ein Defizit vor, kann es zu Entwicklungsstörungen des fötalen Gehirns kommen, was sich nach der Geburt in starker Unruhe, vermehrtem Schreien sowie Schlafstörungen ausdrücken kann. In der ganzen Kindheit können dann Aggressivität, Lethargie, Konzentrations- und Lernschwäche auftreten.

Nährstoffe für Kleinkinder

Ab dem sechsten Lebensmonat – bei nicht gestillten Säuglingen auch früher – werden im täglichen Wechsel die folgenden zwei Mischungen empfohlen.

Vitamin B1	5 Milligramm
Vitamin B2	5 Milligramm
Vitamin B6	5 Milligramm
Kalziumpantothenat	5 Milligramm

Gehen Sie mit diesem Rezept in die Apotheke. Der Apotheker mischt die einzelnen Stoffe mit Kalziumaskorbat und füllt sie in ungefärbte Kapseln.

Selen (z. B. als S. Methionin)	10 Mikrogramm
Beta-Karotin	5 Milligramm
L-Zystein-HCL	10 Milligramm
Glutathion, red.	10 Milligramm
Dimethylglyzin	10 Milligramm
Zinkorotat	20 Milligramm
Vitamin E	50 IE

Lassen Sie auch dieses Rezept von einem Apotheker zubereiten. Er füllt die Stoffe in ungefärbte Kapseln.

Die Kapseln der zweiten Mischung müssen Sie kühl aufbewahren; Ihr Kind darf sie nicht zusammen mit Vitamin C nehmen. Lassen Sie sich die Kapseln vom Apotheker herstellen; bei Problemen können Sie sich auch an die Kreuz-Apotheke in Kassel wenden, die alle Rohstoffe auf Lager hat und häufig verschickt:

- Kreuz-Apotheke
  Frankfurter Straße 60
  34121 Kassel

Bestens für Kleinkinder sind auch die Dino-multi Kautabletten (A: Sanostol-Sirup; CH: Multi-Sanasol) geeignet, ein sinnvoll zusammengesetztes Präparat mit Multivitaminen und Mineralien in kindgerechter Dosierung.

Zinkmangel führt auch zur Abnahme der Streßtoleranz und zu Depressionen. Ein Zinkmangel führt außerdem zu einer erhöhten Konzentration von Kupfer im Vollblut, die sich wiederum negativ auf die Gehirnfunktion auswirken kann. Die Therapie zur Senkung des Kupferspiegels besteht u. a. in einer Zinkgabe. Die Symptome sollen sich dadurch zuverlässig beeinflussen lassen.

Aggressionen lassen bei Kindern nach einer Zinkbehandlung erheblich nach, die Aktivität nimmt zu, sie erscheinen ausgeglichener, freundlicher, die schulischen Leistungen werden besser.

Zink kontra Schwermetalle

Ein ausgeglichener Zinkstatus mindert die negativen Auswirkungen von Schwermetallbelastungen, wie sie Quecksilber und Kadmium mit sich bringen; sie wirken sich negativ auf den Gehirnstoffwechsel aus. Liegen solche schleichenden Vergiftungen vor, ist Zink ein Entgiftungsmittel von besonderer Bedeutung! Leidet Ihr Kind an einer Vergiftung mit Schwermetallen, wie sie besonders unter Großstadtkindern nicht selten sind, sollten Sie von einem spezialisierten Labor den Zinkstatus bestimmen und dann von einem Therapeuten eine sogenannte DMPS-Entgiftung durchführen lassen.

Zink beeinflußt den Zuckerstoffwechsel

Zwischen Zink, Insulin und dem Zuckerstoffwechsel besteht eine Verbindung. Zuckerkranke scheiden häufig zwei- bis dreimal mehr Zink über den Urin aus als Gesunde. Somit erklärt sich der oft gefundene Zinkmangel bei Zuckerkranken. Das wiederum hat zur Folge, daß die Blutzuckerregulation noch stärker beeinträchtigt wird. Bei der Synthese von Proinsulin zu Insulin spielt das Metall eine entscheidende Rolle. Der Insulinaufbau wird durch ein Zinkdefizit verlangsamt, was einen Insulinmangel nach sich zieht. Ein Defizit scheint darüber hinaus eine verminderte Insulinspeicherung zu bewirken.

Zinktherapie

Zinkpasten eignen sich sehr gut zum Auftragen auf die erkrankten Hautstellen, besonders wenn es sich um akute und blutige Ekzeme handelt. Verwenden Sie weiche Zinkpaste oder Zinklotion bei nässenden Ekzemen. Die akute Reaktion wird schnell gelindert, das Nässen läßt deutlich nach. Allerdings führt die Behandlung zu einem starken Austrocknen der Haut, so daß es sinnvoll ist, bei nicht nässenden Ekzemen gleichzeitig eine fettreiche Salbe anzuwenden: z.B. Linola Fett (A und CH: Linola Fett). Da die äußerliche Anwendung stark weiß und schmierig aufträgt, nutzen Sie am besten die Abendstunden und die Nacht zur Behandlung. Zink wirkt sich positiv auf Virusinfektionen aus. Gut hilft es bei Herpes labialis. Bei der Behandlung ist die Kombination von Zink und Heparin am wirksamsten: z.B. Lipactin Gel (A und CH: Virudermin Gel).

- Dosen von 15 Milligramm reichen als Tagesdosis bei einem Zinkdefizit nicht aus! Diese Dosis ist höchstens geeignet, bei relativ ausgeglichenen Zinkverhältnissen einen Mangel vorsorglich zu verhüten.
- Bei ausgeprägten Defiziten und entsprechenden Symptomen müssen 25 Milligramm elementares Zink pro Tag über Wochen oder gar Monate zugeführt werden.
- Unternehmen Sie keine Selbsttherapie mit hohen Zinkdosen bei Kindern!
- Wichtig ist die regelmäßige Laborkontrolle. Dabei hat sich ein vierteljährlicher Untersuchungsabstand als sinnvoll erwiesen.
- Bei ausgeprägten Defiziten werden Sie schnell feststellen, daß es bis zu zwölf Monate und länger dauern kann, bis die Werte ausgeglichen sind. Parallel zum Anstieg des Zinkgehalts in den Zellen läßt sich die stetige Verbesserung der Symptomatik beobachten.
- Eine Erhaltungsdosis von 10 bis 15 Milligramm täglich ist sinnvoll, um ein erneutes Defizit zu vermeiden.

Bei der Behandlung der Akne ist eine Zinksubstitution vielen anderen Therapien – vor allem mit Antibiotika – deutlich überlegen. Entscheidend für den Erfolg einer Zinkbehandlung ist eine ausreichend hohe Dosierung.

Weitere Elemente

Nie ohne Kupfer

Veränderungen der Serumkupferkonzentration gehören zu den am schnellsten eintretenden Abwehrreaktionen des Organismus bei verschiedenen Infektionen, insbesondere bei Viruserkrankungen. Letztlich spielt Kupfer bei allen Entzündungen eine zentrale Rolle. Durch schnelle Erhöhung der Kupferkonzentration im Blut wird der antientzündliche Effekt des Kupfers genutzt. Ohne Kupfer kann das Immunsystem nicht optimal funktionieren.

Auch bei der Blutbildung spielt Kupfer eine primäre Rolle. Durch Kupfermangel kommt es zur Blutarmut, die sich wiederum negativ auf das Immunsystem auswirkt.

Zink, Spurenelemente und Mineralien

Element	Unterdrückt	Wird unterdrückt durch
Blei	Eisen, Kalium, Kalzium	Selen, Zink
Eisen	–	Blei, Kobald, Magnesium, Zink
Kalzium	Fluor, Kupfer, Lithium, Mangan, Zink	Blei, Chrom, Schwefel
Kupfer	Phosphor, Zink	Kadmium, Kalzium, Mangan, Schwefel, Silber
Phosphor	Natrium	Kupfer, Molybdän
Schwefel	Kalzium, Kupfer, Selen	Zink
Zink	Blei, Eisen, Kadmium, Schwefel	Kalzium

Selen gegen Krebs

Durch relativ selenarme Böden ist ein Mangel an diesem wichtigen Element recht häufig. Besonders betroffen von Selenmangel sind der Herzmuskel und das Immunsystem. Selen stimuliert die Immunabwehr, und Mangelerscheinungen lassen viele Krebsarten entstehen. Von ganz wesentlicher Bedeutung ist, daß das Selen vor freien Radikalen schützt. Umweltgifte wie Chemikalien, Quecksilber und Ozon werden durch Selen abgefangen.

Nosodentherapie zur Entgiftung

Paracelsus prägte den Satz: »Denn es ist die Dosis, welche ein Gift zum Heilmittel macht.«

Nosoden sind nach den Regeln der klassischen Homöopathie aufbereitete Verdünnungen verschiedenster Substanzen, die aus krankhaft veränderten Organen von Mensch oder Tier, inaktivierten Krankheitserregern oder Giften hergestellt werden. Beobachtungen haben ergeben, daß man mit Hilfe von Verdünnungen bestimmter Giftstoffe ebendieses Gift aus seinem Depot im Körper herauslösen kann. Die Anwendung einer Nosodentherapie folgt also streng dem Prinzip der

Ähnlichkeit, d. h., daß ein Giftstoff, der Krankheiten oder Symptome verursacht, in einer homöopathisch aufbereiteten Form diese Erscheinungen bekämpft bzw. Entgiftungsvorgänge einleitet.

Entgiftung nicht garantiert

Auch wenn es sich bei der Nosodentherapie um eine seit langer Zeit eingeführte Therapie handelt, beruht sie dennoch lediglich auf Hypothesen. Die beobachteten Reaktionen sind keine eindeutigen Belege dafür, ob, in welchem Umfang und bei welchen Giften eine Entgiftung tatsächlich stattgefunden hat. Es ist daher davor zu warnen, sich bei Verdacht auf eine Amalgam- oder Quecksilbervergiftung darauf zu verlassen, daß eine Nosodentherapie den Körper tatsächlich wirkungsvoll entgiftet. Auch ist derzeit nicht abzuschätzen, wie lange die Nosoden verabreicht werden müssen, um eine maximale Entgiftung zu bewirken.

Nach dem Grundsatz »Ähnliches heilt Ähnliches« von Hahnemann, dem Begründer der Homöopathie, geht die Nosodentherapie vor.

Nosoden kaufen

Die Firma Pascoe bietet seit langem Giftgruppen in Nosodenform an. Erhältlich sind Nosodenkomplexe in Form von Tropfen, die eine Fülle von Chemikalien (auch Medikamente) und Giften (z. B. Pflanzenschutzmittel) in unterschiedlich zusammengestellten Mischungen enthalten. Informationen und Therapiehinweise nennt: Pascoe GmbH, Schiffenberger Weg 55, 35394 Gießen. Vor dem Einsatz von Nosoden sollten Sie mit Ihrem Arzt oder Heilpraktiker sprechen.

Autonosoden

Sie werden aus körpereigenen Stoffen wie Blut oder Urin hergestellt. Der Vorteil einer solch individuellen Therapie liegt darin, daß sämtliche Gifte im Blut und – in meist noch konzentrierter Form – im Urin zu finden sind. Durch eine nach homöopathischen Regeln hergestellte Verdünnungsreihe (Potenzierung) der Körpersäfte erhalten Sie vom Therapeuten ein individuelles Medikament, das exakt Ihrer Vergiftung entspricht. Für Kinder werden nur Autonosoden aus Urin hergestellt. Eine regelmäßige Einnahme der Autonosoden kann die durch Gifte ausgelösten Symptome behandeln und Entgiftungsvorgänge anregen. Allerdings ist auch hierbei noch nicht der entgültige wissenschaftliche Nachweis der Wirksamkeit erbracht.

UMWELT UND KRANKHEIT

Die Verbreitung schädlicher Stoffe in der Umwelt ist weit fortgeschritten. Kleine Kinder sind ganz besonders betroffen, da sie häufig auf dem Fußboden herumkrabbeln und so direkten Hautkontakt mit den Chemiefasern der Teppichböden haben. Sie stecken vieles in den Mund, kauen auf Plastikspielzeug herum und laufen auf der Straße genau in der Höhe, in der sich die meisten Autoabgase befinden. Da können Umwelterkrankungen keine Überraschung mehr sein.

Umweltbedingte Erkrankungen erkennen

Das Erkennen von umweltbedingten Erkrankungen bei einer routinemäßigen ärztlichen Untersuchung ist schwierig. Es bedarf gezielter Hinweise durch Eltern, die das Krankheitsbild und das Verhalten ihres Sprößlings genau beobachten und analysieren. Dennoch sind häufig Widerstände aus Nichtwissen, Halbwissen und Nicht-wissenwollen zu überwinden, die von den Eltern große Einsatzbereitschaft, Kenntnisse und enorme Kraft fordern.
Ist eine umweltbedingte Erkrankung einmal nachgewiesen, können lange Instanzenwege auf die Eltern zukommen, in denen sie das Recht ihrer Kinder auf eine gesunde Umwelt gegen viele Widerstände von seiten der Industrie, Politik und Rechtsprechung durchsetzen müssen.
Der einfache Test auf der nächsten Seite hilft Ihnen, sich einen Überblick über die Umweltbelastungen, denen Ihr Kind ausgesetzt ist, zu verschaffen.

Umweltbedingt erkrankt?

Umweltbedingte Erkrankungen sind meist schwer zu erkennen, da sie sich schleichend entwickeln. Außer bei akuten Vergiftungen gibt es keine klassischen Symptome, die nichtinformierte Eltern an eine Giftbelastung denken lassen würden. Klagen Kinder über Niedergeschlagenheit, Müdigkeit oder zeigen sie Leistungsschwäche und Verhaltensstörungen, haben sie häufig Infekte, Kopfschmerzen, Augenreizungen, unterschiedlichste Allergien oder Ekzeme, leiden sie unter Nervenschmerzen, Schwindel, Benommenheit, Haarausfall, Leberfunktionsstörungen u. v. a. m., dann kann das Ausdruck verschiedenster Erkrankungen sein. Alle diese Symptome können auch bei überbelasteten Kindern auftreten, bei Kindern, die unter großem psychischen Streß stehen, und eben auch bei solchen Kindern, deren Organismus mit den Umweltbelastungen nicht mehr allein fertig wird und darauf mit solch unspezifischen Symptomen reagiert, die eine Diagnose so schwierig machen.

Streß bedeutet für Kinder schulischen Leistungsdruck, Ärger mit Eltern, Geschwistern, Spielkameraden, mangelnde Aufmerksamkeit, Strafen – mit den sich daraus ergebenden Ängsten.

Dieser Fragebogen kann Ihnen Anhaltspunkte geben, in welchen Bereichen Ihr Kind besonders belastet ist.

Testen Sie mögliche Umweltbelastungen Ihres Kindes

Psychische Situation	Entspannt	0
	Angespannt, gefordert	1
	Gestreßt und überfordert	2
Ernährung	Kontrolliert ökologische Produkte	0
	Lebensmittel aus dem Supermarkt	1
	Fertignahrung, Tiefkühlkost	2
Wohnung	Baubiologisch, ökologisch einwandfrei	0
	Schadstoffarme Bauweise und Möbel	1
	Verarbeitetes Holz, neue Möbel, Erstbezug, Hauptverkehrsstraße, nahe Industrie	2
Kindergarten, Schule, Hort	Baubiologisch einwandfrei, auf dem Land	0
	Mit einigen Schadstoffen	1
	In Großstädten, mit Weg über Hauptverkehrsstraßen	2
Spielen und Sport	Auf dem Land, in unbelasteter Natur	0
	Mit einigen Schadstoffen	1
	Schadstoffreich, Basteln mit Kleber, Farben, Sport in der Stadt	2

Auswertung

Füllen Sie den Fragebogen objektiv für Ihr Kind aus, und zählen Sie die Punkte zusammen. Wenn Sie nicht mehr als vier Punkte haben, sind die Umweltbelastung und damit die Gefahr, an einer Umwelterkrankung in Zukunft zu leiden, für Ihr Kind gering. Bei fünf bis sieben Punkten ist die Belastung nur mäßig, doch sollten Sie über Veränderungen nachdenken. Entfernen Sie z. B. schadstoffreiche Materialien aus der Wohnung. Mit acht bis zehn Punkten ist Ihr Kind einer starken Belastung ausgesetzt; eine Erkrankung ist möglich. Lassen Sie es gründlich von einem Arzt untersuchen.

Quelle: Kind und Umwelt, II. Münchner Ökopädiatrie Seminar. Mabuse Verlag. Frankfurt 1993

Hinweise auf eine Umweltbelastung

Treten solche Symptome gehäuft auf oder erweist sich ihre Behandlung als besonders schwierig, sollte die Möglichkeit einer umweltbedingten Erkrankung in Betracht gezogen werden.
Besondere Vorsicht ist geboten bei Beschwerden, die zeitlich im Zusammenhang mit folgenden Ereignissen oder Umständen stehen:

- Durchgeführte Renovierungsarbeiten, Umzug oder Einzug in Neubauten (zu Hause, aber auch im Kindergarten und in der Schule)
- Kontakt mit chemischen Farben oder Holzschutzmitteln
- Neue Teppichböden oder Teppiche – auch echte Teppiche wie China- oder Perserteppiche
- Entfernung oder Legen von Amalgamfüllungen oder anderen Zahnmaterialien

Wer an einer Hauptverkehrsstraße wohnt, in der Nähe einer Müllverbrennungsanlage oder einer chemischen Fabrik lebt, dessen Kinder sind besonders betroffen. Größte Vorsicht ist geboten, wenn das Auto im Innenraum nach Treibstoff riecht, die Umgebung (auch im PKW!) modrig oder feucht und schimmelig riecht. Hier müssen unbedingt die Ursachen gesucht und beseitigt werden.
Einen deutlichen Hinweis geben auch häufig kranke oder sterbende Haustiere, auffallend viele tote Insekten im Haus oder schlecht gedeihende und absterbende Zimmerpflanzen. Hier herrscht kein gesundes Klima mehr.

Ganz besonders verdächtig sind Bauten aus den siebziger und achtziger Jahren. Sie stecken voller Holz mit Holzschutzmitteln, haben häufig Kunststoffenster und synthetische Teppichböden. Erst nach Jahren der Gifteinwirkung zeigen sich die ersten Symptome.

Tun Sie alles, um Ihre Kinder zu schützen

- Sie haben es als Verbraucher in der Hand, bevorzugt schadstoffarme Waren aus ökologischem Anbau zu fordern. Kaufen Sie Nahrungsmittel nur von regionalen Anbietern, und erkundigen Sie sich, wo und wie ein Produkt hergestellt wurde. Bevorzugen Sie Produkte aus kontrolliertem Anbau.
- Grundsätzlich müssen Obst und Gemüse unter fließend warmem Wasser mit einer Gemüsebürste kräftig abgebürstet werden. Schalen sollten entfernt werden. Bei Kohl und Salat entfernen Sie die äußeren Blätter. Essen Sie keine Früchte, die direkt am Straßenrand wachsen oder verkauft werden. Meiden Sie Treibhausware, und kaufen Sie möglichst regionales und jahreszeitlich übliches Gemüse und Obst. Es ist weniger belastet.

Sehr oft sind öffentliche Gebäude mit Umweltgiften belastet. Achten Sie darauf, ob Ihr Kind nach der Schule oder dem Kindergarten gesundheitlich auffällig wird: Müdigkeit, Kopfschmerzen, Augenbrennen, Schnupfen?

- Kaufen Sie besonders sparsame Autos. Schützen Sie sich und Ihr Kind beim Tanken. Am besten vermeiden Sie, daß Kinder dabei anwesend sind. Nehmen Sie keinen Reservekanister mit ins Auto. Benzol dringt durch das Kunststoffmaterial! Wenn Ihr Auto im Innenraum nach Benzin riecht, fahren Sie sofort in eine Werkstatt! Laufen Sie öfter mit Ihrem Kind, oder fahren Sie zusammen Rad – aber nicht in der Hauptverkehrszeit und bei Ozonsmog.
- Kaufen Sie Ihren Kindern keine Spielsachen aus PVC, und meiden Sie selbst solche Produkte. Bei der PVC-Produktion entstehen nämlich die hochgiftigen Furane und Dioxine.
- Achten Sie im Haushalt auf sanfte Reinigungsmittel. Benutzen Sie z. B. kein Backofenspray, keine Herdputzmittel, keine WC-Reiniger und Teppichreiniger, WC-Wasserkastenzusätze und Abfluß- oder Rohrreiniger. Diese Mittel sind aggressiv und überflüssig. Statt dessen nehmen Sie Allzweckreiniger oder Seifenreiniger, Handgeschirrspülmittel, Haushaltsessig oder Zitronensäure, Scheuermittel und Spiritus.
- Beim Zahnarzt brauchen Sie keine Diskussion über Füllstoffe und das Gift Fluor zu provozieren, wenn Sie durch richtige Ernährung und Zahnpflege Karies bei Ihrem Kind vermeiden. Und wenn erste Füllungen notwendig sind: Es gibt zunehmend Zahnärzte, die kein Amalgam mehr verwenden.
- Achten Sie auf Wohngifte. Häufig sind die Luftschadstoffe in Innenräumen bis 10000mal höher als draußen! Formaldehyd aus Möbeln und Küchen, Asbest aus Nachtspeicheröfen, Dioxine, Holzschutzmittel, Lösungsmittel aus Farben und Teppichen, Pestizide wie z. B. Lindan aus handgeknüpften Orientteppichen – überall lauert die chemische Gefahr.
- Gigantische Mengen von bei uns verbotenen Pestiziden (z. B. Lindan) werden in Baumwollanbaugebieten unkontrolliert benutzt. Außerdem werden unzählige hochgiftige Substanzen zur Veredelung der Textilien eingesetzt zwecks Reißfestigkeit, Gleitfähigkeit etc. Farbstoffe können Kontaktallergien hervorrufen. Mehrmals gewaschene Kleidung hat ihre Giftigkeit verloren. Keinesfalls sollten Sie neue Kleidungsstücke ungewaschen Ihren Kindern anziehen. Unterwäsche kann man inzwischen auch in Naturläden oder ähnlichen Geschäften kaufen.

Folgen ausgasender Holzschutzmittel

- **Allgemeine Beschwerden:** Kopfschmerzen, Unwohlsein, Konzentrationsstörungen, vermehrte Müdigkeit, Schlafstörungen, Schwindel
- **Psychische Störungen:** schnelle Ermüdung, Mattigkeit, Reizbarkeit, Labilität, Aggressivität, Konzentrationsmangel, innere Unruhe, Schlafstörungen
- **Organische Beschwerden:** Harnwegs- und Nasen-Rachen-Raum-Infekte, Rachenschleimhaut- und Mandelrötung, Bronchitis, Bronchialasthma, Pseudokrupp, wiederholt auftretende Darmpilze, Milz- und Lymphknotenschäden, Nierenfunktionsstörungen, Lebererkrankungen
- **Nervliche Belastungen:** Schmerzüberempfindlichkeit, vegetative Schwäche oder Labilität, Nervenschäden, Sehstörungen, Mißempfindungen
- **Hautbeschwerden:** Akne, Neigung zu Pilzbefall, Hautentzündungen, Haarausfall

Kinderkrankheiten sind sinnvoll

Viele naturheilkundlich arbeitende Ärzte, Homöopathen und Heilpraktiker bezweifeln, daß es richtig ist, jede Krankheit, jeden Fieberanfall im Kindesalter sofort zu bekämpfen. Sie stehen auf dem Standpunkt, daß der kindliche Organismus mit vielen Infektionen allein zurechtkommt und dadurch das Immunsystem auf Dauer gestärkt wird. Darüber hinaus ist bei vielen Kindern auch zu beobachten, daß sie während einer fieberhaften Erkrankung geistig wie körperlich einen Entwicklungsschub durchmachen und damit insgesamt gestärkt aus der Erkrankung hervorgehen. Sie sind ein Stück reifer geworden und haben die Kräfte ihres eigenen Körpers, mit einer Krankheit fertig zu werden, erfahren.

Naturheilkundler und Heilpraktiker sehen daher erst, wenn die Symptome zu schwerwiegend werden und das Fieber zu hoch steigt, die Notwendigkeit, den Körper in seinen eigenen Abwehrmechanismen zu unterstützen.

Man tut seinem Kind nicht unbedingt etwas Gutes, wenn man jegliches Krankheitssymptom medikamentös unterdrückt – auch wenn das »niemals kranke Kind« ein Wunschtraum zu sein scheint.

Der Körper heilt sich selbst

Krankheiten geben dem kindlichen Organismus die Chance, sein Immunsystem zu trainieren und aufzubauen.

Oft kommt der Organismus ganz allein mit einer Infektion zurecht, wenn er nur alle Voraussetzungen dafür hat: gesunde Ernährung, gesundes Darmmilieu, liebevolle Zuwendung etc.

- So dient z.B. bei einer Halsentzündung die Temperaturerhöhung der Keimbekämpfung und der Erhöhung der Freßtätigkeit der weißen Blutzellen; die Absonderungen der Schleimhäute helfen bei der Säuberung und Beseitigung von Zelltrümmern, Viren oder Bakterien.
- Die Bildung von Antikörpern findet bei einer Körpertemperatur von 39 °C zehnmal schneller statt als bei 37 °C. Fieber fördert die Bildung der Immunsubstanz Interferon. Eine Temperatur von 39 °C gilt für diese Vorgänge als optimal. Erst höher steigendes Fieber (über 39 °C) sollte sanft gesenkt werden, etwa mit Waden- oder Leibwickeln.

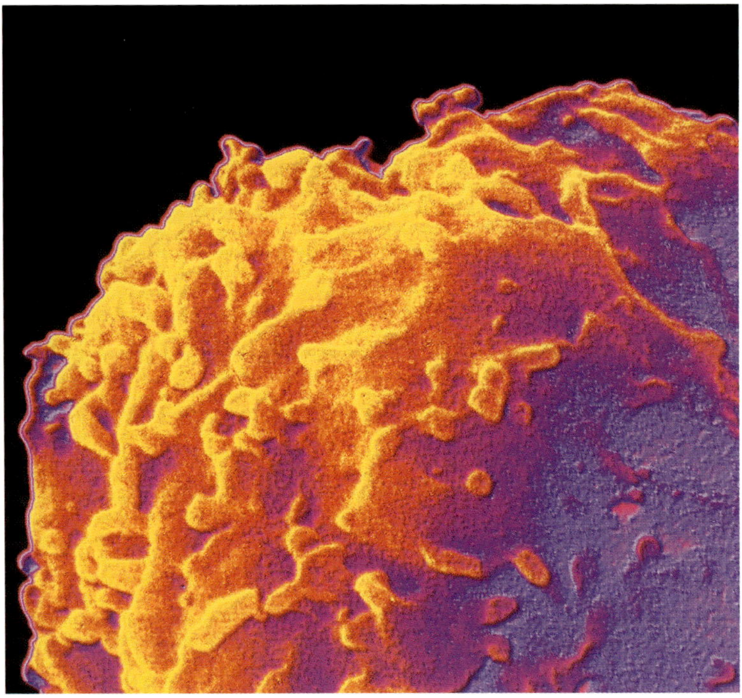

Der Granulozyt ist eine der Zellen, die im menschlichen Immunsystem für die Bekämpfung eingedrungener Bakterien verantwortlich sind (25000fache Vergrößerung im Rasterelektronenmikroskop).

Abgesehen davon, daß es einige Krankheiten gibt, die unbedingt behandelt werden müssen, gilt für viele Erkrankungen im Kindesalter, daß sie nicht medikamentös unterdrückt werden sollten. Geschieht dies, liegen die Folgen auf der Hand: Die Erreger und/oder deren Stoffwechselgifte werden nicht ausgeschieden, sondern im Bindegewebe abgelagert. Außerdem kann der kindliche Organismus seine »Immunschule« nicht oder nur äußerst unzureichend absolvieren, so daß er beim nächsten Infekt noch hilfloser den Erregern gegenübersteht. Es kann zu immer wiederkehrenden Infekten kommen, die dem Versuch dienen, die zurückbehaltenen Stoffwechselgifte loszuwerden. Somit muß eine sinnvolle Infekttherapie die körpereigenen Bemühungen unterstützen!

Naturheilkundlich heilen

Im Vordergrund einer naturheilkundlichen Behandlung steht die Stärkung der körpereigenen Abwehr. Sie soll lernen, mit möglichst vielen Erregern zurechtzukommen, und aus diesem Prozeß gestärkt für den nächsten Infekt hervorgehen. Sie können bei der Behandlung Ihres Kindes mehrere Wege gleichzeitig einschlagen.

Spezifische Therapien setzen eine möglichst genaue Diagnose voraus und versuchen die augenblicklichen Defizite im Körper – etwa an Mineralstoffen oder Spurenelementen – gezielt zu beseitigen.

Bei unspezifischen Therapien handelt es sich um eine Vorgehensweise mit Maßnahmen, die erfahrungsgemäß positiven Einfluß auf das Immunsystem im allgemeinen ausüben, wie z.B. ein pflanzlicher Wirkstoff wie Sonnenhut (Echinacea), die Reinigung des Körpers durch Teefasten oder die Durchblutungsförderung durch Waschungen nach Kneipp.

Zur Behandlung steht eine große Palette an naturheilkundlichen Präparaten aus der Homöopathie, der Pflanzenheilkunde und der Mikrobiologie zur Verfügung.

In vielen Fällen läßt sich mit einer solch individuell angepaßten Behandlung die Gesamtsituation deutlich verbessern. Das Immunsystem erlangt nach und nach seine Abwehrfähigkeit zurück und setzt sich aktiv und wirkungsvoll mit Infektionen auseinander. Die Voraussetzungen zur selbständigen Ausheilung von Infektionen sind wieder gegeben.

Ob der tägliche Kontakt mit ansteckenden Keimen zu einer Erkrankung führt, hängt im wesentlichen davon ab, ob das Immunsystem so gut trainiert ist, daß es seinen Abwehraufgaben nachkommen kann.

Das Immunsystem stimulieren

Nicht selten müssen aber zusätzlich Immunstimulanzien eingesetzt werden, um ein Kind wirklich zu heilen. Hierfür steht eine große Zahl pflanzlicher, homöopathischer und enzymatischer Präparate zur Verfügung.

Pflanzliche und homöopathische Immunstimulanzien

Bei einem vorgeschädigten Immunsystem kann es durchaus sinnvoll sein, Esberitox als Dauertherapie über einige Monate zu geben, z.B. im Winter. Auch eine Kombination von Esberitox und Symbioflor I (auch in Österreich und der Schweiz erhältlich) ist möglich. Lassen Sie sich bezüglich der Dosierung fachlich beraten.

Bei Bakterien- oder Virusinfekten lassen sich zuverlässig pflanzliche Substanzen nutzen, um das Immunsystem anzuregen und damit den Krankheitsverlauf zu verkürzen, Komplikationen zu vermeiden und Rückfällen vorzubeugen. Inzwischen sind die Möglichkeiten der Immunstimulation mit der Pflanzenheilkunde hinreichend bekannt.
So konnten eine deutlich gesteigerte Stimulierung der Lymphozyten (weiße Blutkörperchen, die der Immunabwehr dienen) sowie eine erhöhte Ausschüttung von sogenannten Zytokinen (körpereigene Botenstoffe, die das Immunsystem beeinflussen) nachgewiesen werden.
Darüber hinaus ließ sich belegen, daß Abwehrkörper (Immunglobulin M) bei einer solchen Behandlung schneller bzw. vermehrt gebildet werden. All das trägt dazu bei, daß der kleine Körper sich schließlich selbst helfen kann.

Präparate

In der Praxis erweisen sich Sonnenhut (Echinacea), Wilder Indigo (Baptisia tinctoria) und Lebensbaum (Thuja occidentalis) als besonders wirksam. Ein regelrechter Klassiker unter den Fertigarzneimitteln zur Immunstimulation ist das Präparat Esberitox (A: Echina fora Tropfen; CH: Resivit), ein altbewährtes, zuverlässiges Mittel mit einer breiten Wirkung. Es enthält Sonnenhut, Wilden Indigo und Lebensbaum. Esberitox bewirkt bei akuten Infekten – gleichgültig, ob durch Viren oder Bakterien bedingt – ein rascheres Überwinden des Infekts und bietet Schutz vor Komplikationen. Ein besonderer Vorteil pflanzlicher Immunstimulanzien sind die vielfältigen Darreichungsformen als Tabletten, Tropfen und Zäpfchen. Für Kinder eignen sich die Tabletten hervorragend, da sie angenehm schmecken und nicht geschluckt werden müssen. Für kleinere Kinder sind Zäpfchen geeigneter.

Antibiotika

Leider gibt es – bei einer Umstellung auf naturheilkundliche Maßnahmen – immer wieder Situationen, in denen drohende Komplikationen oder zu starke Symptome eine antibiotische Behandlung erforderlich machen. Wird gleichzeitig eine intensive alternative Therapie eingesetzt, können Sie die Krankheit rasch bekämpfen und die Nebenwirkungen sehr viel geringer halten. Je öfter das Immunsystem allein eine Infektion durchgestanden hat, um so seltener werden Medikamente notwendig.

Sollte eine Antibiotikatherapie bereits begonnen worden oder unumgänglich sein, ist eine Begleittherapie mit Esberitox sinnvoll. So kann ein Schutz des Immunsystems gegen die Nebenwirkungen des Antibiotikums erreicht werden! Wichtig: Die Unterstützung der Abwehrkräfte sollte mindestens zwei bis drei Wochen über die Gabe des Antibiotikums hinaus erfolgen.

Antibiotika sind Arzneimittel für den Notfall. Die leichtfertige und unkritische Verordnung konfrontiert uns zunehmend mit ernsten Problemen wie z. B. immunologischen Schwächen und Resistenzbildungen von Bakterien.

Haben Sie Geduld!

Spektakuläre Blitzerfolge sind nicht Ziel oder Zweck der Naturheilkunde. Auch kann es in den ersten Wochen einer Therapie den Anschein haben, daß sich gar nichts verändert. Im Gegenteil, manchmal treten sogar heftige Reaktionen und stärkere Beschwerden auf. Man nennt dieses Phänomen Erstverschlimmerung.

Durch die zunehmend verbesserte Immunität setzt sich der kindliche Körper intensiver mit den Krankheitserregern auseinander. Oft müssen chronische Infektionen ausgeheilt oder ständig unterdrückte Erkrankungen nun erstmals richtig durchlebt werden. Somit sind diese Reaktionen wünschenswert und durchaus positiv zu bewerten. Prinzipiell gilt, daß der notwendige Zeitaufwand um so größer ist, je länger die Krankheit oder die Symptome bereits bestanden haben.

Besserung in Sicht

Recht schnell werden Sie nach einer solchen Behandlung feststellen, daß Ihr Kind zwar noch relativ häufig Infektionen hat, diese aber schneller überwindet als früher. Vermeiden Sie alles, was das erstarkte Immunsystem wieder schwächt oder schädigt: Fehl- und Mangelernährung, dauerhafte Darmstörungen, Überforderung, mangelnde Aufmerksamkeit.

Infektanfälligkeit

Achten Sie als Eltern darauf, wenn ein Kind krank wird, welche Situation die Krankheit vielleicht mitbedingt haben könnte.

In den letzten 15 Jahren nehmen Infektionen im Säuglings- und Kleinkindalter zu. Nach der Entdeckung der Impfungen und des Penizillins dachte man, nicht nur die gefährlichen, manchmal tödlichen Infektionskrankheiten im Griff zu haben, sondern auch die vielen sogenannten banalen fieberhaften Infekte. Antibiotika und Impfungen sollten die Kindheit krankheitsfrei gestalten.

Heute müssen wir feststellen, daß das eine Illusion war. Zwar sterben Kinder heute nur noch in den seltensten Fällen an den Komplikationen einer fieberhaften Erkrankung, statt dessen sind bösartige Erkrankungen an die erste Stelle der kindlichen Todesfälle gerückt. Es ist jedoch zu beobachten, daß Infekte gehäuft auftreten und sich oft wiederholen. Eine außergewöhnlich große Zahl von Kindern bekommt bis zu 13- oder 14mal im Jahr Antibiotika verordnet.

Viele Kinder haben ein geschwächtes Immunsystem, das gegen die vielfältigen Einflüsse ungesunder Ernährung, belasteter Umwelt, psychischer Streßfaktoren nicht mehr ankommt, so daß jeder kleinste Infekt sich zu einer massiven Erkrankung auswächst.

Was ist das kindliche Immunsystem?

In den ersten Lebenstagen hat das Neugeborene in seinem Blut noch einen Schutz durch mütterliche Abwehrkörper. Sie sind schnell abgebaut und müssen dann über die Muttermilch zugeführt werden. Gestillte Kinder sind so vor fast allen Infekten gefeit. Selbst wenn die stillende Mutter an einer Erkältung erkrankt, bleibt der Säugling in der Regel gesund. So wird das kindliche Immunsystem in den ersten sechs Monaten kräftig unterstützt und geschützt. Ganz allmählich kann es selbst lernen, sich mit Fremdstoffen auseinanderzusetzen. Es lernt, mit Krankheitserregern umzugehen und gegen sie anzugehen.

Das Immunsystem reift

Eine wesentliche Aufgabe erfüllt die Thymusdrüse, die über dem Herzen des Kindes liegt. Hier wird eine regelrechte »Immunschule« für die Abwehrkörper des Kindes bereitgestellt. Die Thymusdrüse ist im Kindesalter deshalb erheblich größer als bei Erwachsenen, die ein ausgebildetes Immunsystem haben. Erst zwischen dem 10. und

15. Lebensjahr ist das Immunsystem voll entwickelt. Aus medizinisch ganzheitlicher Sicht benötigt es dazu nicht nur eine kindgerechte Ernährung, sondern auch die kindertypischen Infektionskrankheiten. Infekte wie Schnupfen oder fiebrige Erkältungen sind ganz natürliche und wichtige Erscheinungen im Kindesalter. Sie trainieren das Immunsystem und verbessern ständig die Abwehrleistung. Deshalb kann eine infektfreie Kindheit kein therapeutisches Ziel sein. Erst eine starke Häufung von Infekten und nur kurze symptomfreie Intervalle sind krankhaft und führen zu einer Schwächung des Immunsystems. In der Schulmedizin gilt ein Kind als infektanfällig, wenn es pro Jahr mehr als eine bestimmte Anzahl von Infekten durchmacht:

- Zwischen Säuglingsalter und drittem Lebensjahr mehr als zehn bis zwölf Infekte
- Im Kindergartenalter mehr als acht bis zehn Infekte
- Als Schulkind mehr als sechs bis acht Infekte

Bei einer ausschließlich schulmedizinisch-medikamentösen Behandlung von grippalen Infekten und Entzündungen der oberen Luftwege kommt es zu einem Teufelskreis. Das Immunsystem wird durch die Antibiotika und Antifiebermittel nachhaltig geschwächt.

Bei häufigen Infekten kann das Immunsystem durch homöopathische oder naturheilkundliche Maßnahmen gestärkt werden.

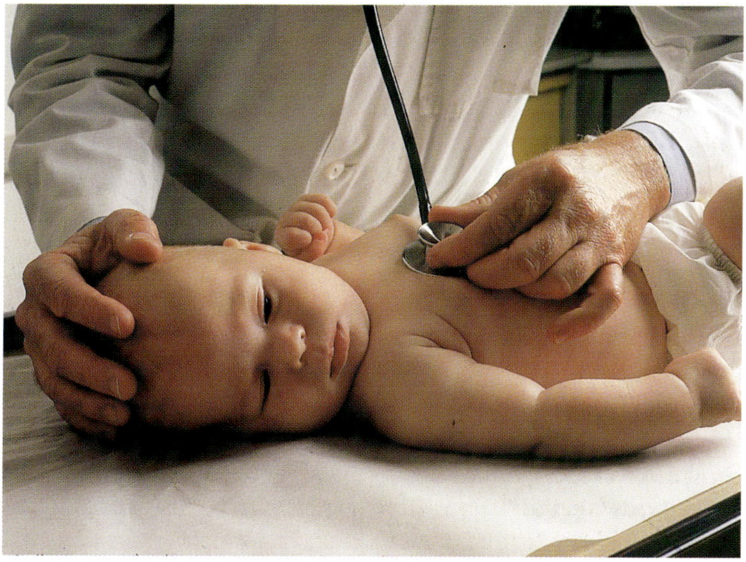

Infektionskrankheiten sind wichtig für die Entwicklung des kindlichen Immunsystems. Wenn Ihr Kind jedoch an erheblich mehr Infekten pro Jahr erkrankt, als es normalerweise üblich ist, dann müssen Sie es von einem Kinderarzt gründlich untersuchen lassen.

Wegen seiner komplexen und vielfältigen Aufgaben in Verdauung, Entgiftung und Immunabwehr spricht man vom Darm auch als Steuerzentrale des Wohlbefindens.

In der Regel sind bei Kindern auch die Gaumen- und Rachenmandeln bei Infekten mitbetroffen. Später kann es zu einer chronischen Belastung der Nasennebenhöhlen kommen, die erst nach dem ersten Lebensjahr ausgebildet werden.

Durch die ständigen Entzündungen kommt es nicht nur zu einem Funktionsverlust dieser Abwehrorgane, sondern es kann sich auch ein Störherd entwickeln. So gehen z.B. von den geschwächten und bereits veränderten Mandeln Impulse aus, die den kindlichen Organismus in Mitleidenschaft ziehen und so zu weiteren Krankheitssymptomen führen. Es können sich Polypen entwickeln, die häufig operativ entfernt werden müssen. Diese Wucherungen haben eine mangelhafte Belüftung des Nasen-Rachen-Raumes zur Folge, was eine Entzündung der Nasennebenhöhlen und des Mittelohrs fördern kann.

Der Darm – das Zentrum des Immunsystems

Die Darmschleimhaut ist das größte körpereigene Abwehrsystem. Der intensive Kontakt mit etwa 10^{14} Mikroorganismen (ca. 500 bis 600 verschiedene Spezies!) auf einer gigantisch großen Schleimhautoberfläche (etwa 300 Quadratmeter) führt zu einer immensen Stimulation des Immunsystems. Darmspezifische Bakterien bilden eine wirksame Immunbarriere.

Anfällig seit den ersten Stunden

Nach der Geburt macht das Neugeborene innerhalb der ersten Stunden seine erste Keimbesiedelungsphase durch. Die Art der Keime ist abhängig von der unmittelbaren Umgebung. Die Scheidenflora der Mutter spielt ebenfalls eine große Rolle. Denn hier kommt es zum ersten Kontakt mit Mikroben.

Bedauerlicherweise kann es nun schon bei der Erstbesiedelung des Säuglings mit Mikroorganismen zu Störungen kommen. Eine krankhafte Scheidenflora der Mutter (z.B. Herpes genitalis), ungesunde Krankenhauskeime und nicht zuletzt Ernährungsfehler können zu einer Besiedelung mit Fäulniserregern und/oder Hefe- oder Schimmelpilzen führen. Hier können zukünftige Probleme mit dem Immunsystem und die Entstehung von Allergien schon vorprogrammiert werden.

Krankhafte Bakterien

Ist der Darm eines Säuglings mit krank machenden Bakterien besiedelt, kann das sofortige Auswirkungen auf seine Gesundheit haben. Es kommt zu Koliken, Blähungen, Verstopfung oder Durchfall. Auch die Beeinflussung von Krankheiten der oberen Luftwege durch eine krankhafte Darmbesiedelung wird diskutiert: Dauerschnupfen, Mittelohrentzündung, Reizhusten etc. können die Folge sein.

Der Organismus des Kindes kann sich noch nicht so erfolgreich gegen Umweltschadstoffe wehren wie der des Erwachsenen.

Immunstörungen durch Giftbelastung

Der kindliche Organismus reagiert besonders empfindlich auf Umweltschadstoffe. Die Fähigkeit, giftige Substanzen unschädlich zu machen und auszuscheiden, ist noch deutlich der des Erwachsenen unterlegen. Zudem haben eine Veränderung der Schleimhäute und eine nicht körpergemäße Bakterienflora zur Folge, daß die Aufnahme untypischer Mikroorganismen und Nahrungspartikel möglich ist. Dadurch können erhebliche Mengen an Stoffwechselgiften entstehen, die das Allgemeinbefinden beträchtlich beeinflussen. Müdigkeit, Benommenheit, Schwindel, Kopfschmerzen und Migräne können so auftreten.

Das kindliche Immunsystem wird beeinflußt

Fünf wesentliche Faktoren beeinflussen das Immunsystem der Kinder nachhaltig:

- Ernährung: Schlechte Ernährung der Mutter während Schwangerschaft und Stillzeit, Kuhmilch- und Hühnereiprodukte in den ersten Lebensmonaten, Nährstoffmangel, Fehlernährung des Kindes, Genußmittel aus Zucker, Farbstoffen etc.
- Giftbelastung: Umweltgifte in Luft, Wasser und Nahrung, Tabakrauch, Alkohol
- Medikamente: Unkritische Antibiotika- und Antifiebertherapie
- Seelische Faktoren: Belastende Familiensituationen und Schulstreß
- Veranlagung: Genetisch vererbte Immunschwäche

Diagnose einer Schwäche des Immunsystems

Die moderne mikrobiologische Stuhlanalyse gibt dem Therapeuten Auskunft über die Immunleistung des Darms. Weiter werden mit Zungen-, Nasen- und Rachenabstrichen neben den Stuhlanalysen die tatsächlichen Besiedelungsverhältnisse des Körpers erfaßt.
Spezifische Störungen sind mit bestimmten Keimgruppen und deren Vermehrung in Verbindung zu bringen. Es können entsprechende Diagnosen gestellt werden.

Behandlung immungeschwächter Kinder

Darmtherapie ist Immuntherapie

Eine durchgreifende Verbesserung der körpereigenen Abwehr kann nur eine Behandlung erreichen, die auf eine Regeneration der Darmschleimhaut und der Darmbakterien abzielt. Dies geschieht durch eine Nahrungsumstellung, die sich grundsätzlich an den Regeln der Vollwertkost orientiert, aber frei von Kuhmilch- und Eiprodukten sein muß. Der Anteil an unverdaulichen Ballaststoffen und grober Rohkost sollte nicht zu hoch sein. Ganze Körner sind zu meiden. Ebenso sollte Gemüse als Rohkost so stark zerkleinert werden, daß eine Verdauung möglich ist. Ist das nicht der Fall, so werden lediglich die Fäulnisflora und die Gasbildung im Dickdarm gefördert.

Mikrobiologische Therapie

Zur Dosierung von Fertigpräparaten aus der Apotheke beachten Sie bitte den Beipackzettel! Säuglinge erhalten niedrigere Dosierungen als Klein- und Schulkinder.

Die mikrobiologische Therapie bedeutet Hilfe zur Selbsthilfe. Sie stellt die normalen Besiedelungsverhältnisse im Bereich der Darmschleimhäute wieder her. Dies geschieht mit diversen Bakterienpräparaten, die von der pharmazeutischen Industrie angeboten werden. Eine solche Behandlung ist immer als Langzeitmaßnahme zu planen. Um die Schleimhautoberfläche zu regenerieren und Fremdkeime zu verdrängen, bedarf es einiger Monate konsequenter Einnahme.
Allerdings stellt sich ein immunstimulierender Effekt deutlich früher ein. Lange bevor sich die Besiedelungsverhältnisse annähernd normalisiert haben, ist ein Erfolg zu verzeichnen. Die Darmschleimhaut wird zu einer erhöhten Abwehr angeregt, sie wird geschützt und regeneriert – der Bakterienrasen auf der Darmschleimhaut gilt als erste Abwehrbarriere.

Symbioflor I ist ein hervorragendes Basismittel zur Langzeitbehandlung der Infektanfälligkeit. Zuverlässig wirksam ist es auch bei akuten Infekten, insbesondere im Hals-Nasen-Ohren-Bereich.

Fertigpräparate zur mikrobiologischen Behandlung

Medikamente	Wirkung
Symbioflor I Tropfen (auch in Österreich erhältlich)	Aktivierung der körpereigenen Abwehrkräfte. Gut geeignet zur Behandlung der Entzündung der Nasennebenhöhlen (Nasentropfen) und zur Inhalation. Eines der wichtigsten Mittel zur Behandlung der Infektanfälligkeit und zur Nachbehandlung nach Antibiotika
Colibiogen infantibus fürKinder (kann bei der Firma Laves, Barbarastraße 14, 30952 Ronnenberg, bestellt werden)	Sehr geeignet zur Behandlung von Allergien, Bronchialerkrankungen, Darmstörungen (Krämpfe), Immunstörungen, Hauterkrankungen (Neurodermitis)
Lactobact omni FOS Pulver (auch in Österreich erhältlich)	Sehr gutes Basismittel zur Behandlung gestörter Darmflora (Dysbiose) nach Antibiotikatherapie; bei Appetitlosigkeit der Kinder und zur Immunstimulation
Mutaflor Kapseln (auch in Österreich erhältlich)	Zur Behandlung der Dickdarmflora bei gestörter Darmflora (Dysbiose) und Immunstörungen. Sollte nicht ohne Vorbehandlung gegeben werden, z. B. Colibiogen (siehe oben) oder Rephalysin (nur in Deutschland erhältlich)

Enzyme

Enzyme sind Biokatalysatoren, also Stoffe, die in kleinster Menge und ohne sich dabei zu verbrauchen oder zu verändern, im großem Umfang chemische Reaktionen im Körper ermöglichen. Es sind Eiweißbausteine, die erheblich an den komplexen und schnellen Reaktionen des Stoffwechsels, des Immunsystems und an fast allen anderen Steuerungen beteiligt sind. Ohne Enzyme wäre Leben nicht denkbar.

In der Medizin gehört die Nutzung von Enzymen zu den älteren Verfahren. Bei der Behandlung von Wunden werden Enzyme schon seit Urzeiten eingesetzt. Auch heute noch legen viele Naturvölker zerkaute Feigenblätter auf offene Wunden. Heute weiß man, daß diese Blätter Enzyme enthalten. Sie bauen abgestorbene Reste von Gewebe ab, verbessern die Durchblutung, wirken entzündungshemmend und abschwellend. Dadurch heilen die Wunden schneller und besser ab.

Enzyme eignen sich sehr gut zur Kombinationstherapie mit Antibiotika! Sie unterstützen das Immunsystem des Körpers und helfen vor allem bei entzündlichen Krankheitserscheinungen.

Enzyme statt Antibiotika

Das Immunsystem kann durch eine künstliche Zufuhr von Enzymen unterstützt und reguliert werden. Enzyme stimulieren die Freßzellen und die Killerzellen, und damit funktioniert die körpereigene Abwehr besser. Darüber hinaus scheinen Enzyme eine deutlich bakterienhemmende, nicht bakterientötende Wirkung zu haben, die bestimmte Keimarten ähnlich ausgeprägt wie Antibiotika beeinträchtigt.

Enzyme wirken

- Entzündungshemmend und abschwellend durch den Abbau von Zelltrümmern und Entzündungsstoffen, Verflüssigung von Schleimansammlungen – z.B. bei Erkrankungen der Bronchien oder der Nasennebenhöhlen
- Hemmend auf die zellaggressiven Immunkomplexe
- Stimulierend auf körpereigene Freßzellen und Killerzellen
- Wahrscheinlich hemmend auf Bakterien und Viren
- Beschleunigend auf Reparaturvorgänge im Körper
- Erhöhend auf die Wirkung von Antibiotika, da durch eine Enzymtherapie die Wirkstoffkonzentration am Ort der Entzündung gesteigert wird
- Verbessernd auf die Durchblutung

Auch wenn Enzympräparate von vielen noch kritisch beurteilt werden, gibt es heute viele gute Präparate. Die Klassiker Wobe-Mugos (auch in Österreich und in der Schweiz erhältlich) oder Phlogenzym (auch in Österreich und in der Schweiz erhältlich) sind gut verträglich und selbst bei hoher Dosierung für Kinder einfach einzunehmen.

Dosierung: Ab dem zweiten Lebensjahr geben Sie bei akuten Infekten dreimal ein Dragee täglich. Kommt es zu hochfieberhaften Infekten oder eitrigen Entzündungen im Bereich der Nebenhöhlen, der Mandeln oder der Bronchien, können Sie die Dosierung verdoppeln. Bei höheren Dosierungen kommt es zu einer charakteristischen Veränderung des Stuhlgeruchs.

Enzymklistiere

Eine besonders effiziente Möglichkeit bieten Enzymklistiere (z.B. Wobe-Mugos-Klistiertabletten; A und CH: Wobe-Mugos). Klistiere kommen jedoch nur für ältere Kinder ab dem siebten Lebensjahr in Frage. Der Vorteil liegt darin, daß die rektale Gabe besonders hohe Dosierungen ermöglicht und darüber hinaus eine optimale Aufnahme der Enzyme im Körper gewährleistet. Klistiere sind immer dann sinnvoll, wenn in Absprache mit dem Arzt eine Antibiotikatherapie umgangen werden soll oder wenn ein massiver Virusinfekt vorliegt. Die Wirkung tritt schnell ein und ist zuverlässig. Gerade bei starken grippalen Erscheinungen können Sie die Symptome schnell in den Griff bekommen. Je nach Alter des Kindes wählt man zwischen ein und zwei Klistiertabletten einmal täglich.

Die Enzymklistiere sollten besonders schweren Infekten vorbehalten sein. Über ihren Einsatz entscheidet am besten der behandelnde Therapeut.

Klistiere für Kinder

In der Apotheke erhalten Sie ein fertiges Set mit allen notwendigen Hilfsmitteln. Orientieren Sie sich bei der Dosierung am Beipackzettel, oder lassen Sie sich vom Apotheker beraten.

Sinnvoll ist es, vorher darauf zu achten, daß der Darm entleert ist. Am zweckmäßigsten führen Sie zunächst einen Einlauf mit lauwarmem Wasser durch – etwa 10 bis 20 Milliliter. So kommt es schnell zu einer zuverlässigen Entleerung des Enddarms. Wird anschließend die Klistiertablette aufgelöst und verabreicht, muß so lange wie möglich der Wirkstoff im Darm gehalten werden – mindestens 20 bis 30 Minuten. Da das nicht sehr angenehm ist, sollten Sie vorher mit Ihrem Kind darüber sprechen und ihm die Notwendigkeit und den Sinn der Behandlung erklären.

Da die Enzyme in konzentrierter Form den After reizen können, ist es zweckmäßig, den analen Bereich vorher mit einer Schutzsalbe zu schützen.

Enzympräparate im Einsatz

Präparat	Einsatz	Säugling	Kleinkind	Schulkind
Phlogenzym (auch in Österreich/Schweiz)	Entzündungen: Hals-Nasen-Ohren-Bereich, Atmungsorgane, Darm	–	3mal 1	3mal 2
Wobenzym Dragees (auch in Österreich und in der Schweiz)	Starke Entzündungen: im Hals-Nasen-Ohren-Bereich, Atmungsorgane, Darm	–	3mal 1 Dragee oder 1 Teilstrich Granulat	3mal 2 bis 5 Dragees oder 3 bis 5 Teilstriche Granulat
Wobe-Mugos Tabletten (auch in Österreich und in der Schweiz)	Massive Entzündungen und Viruserkrankungen	Therapie nur nach Absprache mit dem Arzt!	3mal 1 bis 2 Tabletten	3mal 2 bis 4 Tabletten
Wobe-Mugos Klistiertabletten (auch in Österreich/Schweiz)	Intensivste Möglichkeit der Enzymtherapie; als Begleittherapie bei bedrohlichen Infektionen	Nur in Absprache mit dem Arzt!	1mal 1 Klistiertablette täglich	1mal 2 bis 3 Klistiertabletten täglich

Enzyme müssen vor Operationen abgesetzt werden, um eine erhöhte Blutungsbereitschaft zu verhindern.

Behandlung bei gehäufter Infektanfälligkeit

Je öfter ein erkrankter kleiner Körper mit Medikamenten wie Antibiotika, fiebersenkenden Mitteln oder Kortison behandelt wurde, um so eher entwickelt er eine chronische Krankheitsanfälligkeit. Stoffe, die bei Auseinandersetzungen mit Krankheitserregern und deren Stoffwechselgiften entstehen, werden nicht mehr unschädlich gemacht und ausgeschieden, sondern blockieren das Abwehrsystem. Jetzt ist das Kind geschwächt.

Neben stark wirksamen Homöopathika sind es die alten Naturheilverfahren, die Möglichkeiten bieten, diese Stoffe auszuscheiden:

- Kneippsche Anwendungen: Bäder, Güsse, Einreibungen, Wickel, Umschläge
- Reinigungseinläufe mit warmem Wasser und Kräuterzusätzen
- Gesunde, naturbelassene Ernährung, Vollwertkost

- Im akuten Stadium einer Erkrankung viel trinken und wenig essen – oder fasten
- Ruhe und ausreichend Schlaf, keine Aufregung
- Körperliche Bewegung, die nicht überfordert
- Reizabbau: kein Fernsehen, Video, keine Computerspiele

Der Organismus ist mit zahlreichen Selbstheilungsfähigkeiten gesegnet, so daß viele Krankheiten bei richtiger Verhaltensweise ganz von allein ausheilen. Mit einer gesunden Lebensweise und Ernährung kann er diese Kräfte aktivieren und zu einer gesunden Kindheit beitragen.

Stillen beeinflußt das Immunsystem

Unzweifelhaft ist die Muttermilch für ein optimales Gedeihen unserer Kinder unersetzbar. Sie trägt in besonderer Weise zum Heranreifen des riesigen Immunsystems Darm und zu einem funktionsstarken und belastbaren Abwehrapparat bei.

Muttermilch

Die Qualität der Muttermilch, ihr Nährwert und ihre Verträglichkeit sichern ein optimales Gedeihen des Säuglings. Frauenmilch enthält alles, was das Baby benötigt, insgesamt etwa 50 verschiedene Stoffe, darunter arteigenes Eiweiß, besonders zusammengesetztes Fett, Milchzucker, Mineralstoffe, Enzyme, Spurenelemente, Vitamine sowie Abwehrstoffe. Alle Bestandteile der Frauenmilch sind in einem harmonischen Gleichgewicht gemischt. Die Muttermilch verändert sich mit den Magen-Darm-Funktionen des Neugeborenen. Dieses allmähliche Mitwachsen der Muttermilch mit der Fähigkeit des Kindes, seine Nahrung zu verarbeiten, kann von industriell hergestellter Säuglingsmilch nicht kopiert werden.

Muttermilch enthält zahlreiche Enzyme, Bioaktivatoren und Immunstoffe, die ihr nicht nur den Rang eines einfachen Nährmittels für den Säugling, sondern auch bis zu einem gewissen Grad den eines Schutz- und Heilmittels verleihen. Dagegen ist die mögliche Schadstoffbelastung unerheblich!

Auch wenn die heutige Muttermilch stärker durch Umweltgifte belastet ist als etwa vor 100 Jahren, ist ihre Qualität durch nichts zu ersetzen.

Atemwegserkrankungen

Atemwegserkrankungen nehmen in bedrohlichem Maß zu und stellen im Kindesalter weltweit die Todesursache Nr. 1 dar. Bronchialasthma weist die größte Zuwachsrate aller Erkrankungen auf. Umwelteinflüsse wie Abgase oder Tabakrauch sowie nicht zuletzt die Psyche sind die wichtigsten Ursachen. Durch die Zunahme der Ozonbelastung in den Sommermonaten häufen sich die Beschwerden bei vorgeschädigten Atemwegen, insbesondere auch bei Allergikern.

Was sind Atemwegserkrankungen?

Asthmaattacken nehmen bei Ozonsmog deutlich zu. Das Reizgas schädigt die Schleimhäute, so daß die Empfindlichkeit gegenüber anderen Schadstoffen drastisch erhöht wird.

Die eingeatmeten Schadstoffe beeinträchtigen in der Hauptsache das Flimmerepithel der Atemwege, das normalerweise dafür sorgt, daß Fremdkörper aus den Atemwegen hinaustransportiert werden. Die feinen Härchen werden durch die in der Luft befindlichen Gifte zerstört. Die zunehmende Lähmung und Zerstörung des Flimmerepithels führen dazu, daß die eingeatmeten Partikel längere Zeit auf die Schleimhäute einwirken können. Wirken weiter Umweltgifte ungehindert ein, kann sich eine Schädigung der Nervenendigungen in der Schleimhaut einstellen. Dadurch kommt es zu weiteren Einschränkungen körpereigener Abwehrmechanismen wie Niesen und Husten, die normalerweise ebenfalls dafür sorgen, daß Schadstoffe aus dem Körper heraustransportiert werden. Dieser Prozeß findet bei Kindern erheblich schneller und intensiver als bei Erwachsenen statt.

Ursachen von Atemwegserkrankungen

Viren stehen bei den infektbedingten Atemwegserkrankungen an erster Stelle. Influenza- und Parainfluenzaviren sind die häufigsten Erreger. Da sie keine Immunität hinterlassen, sind wiederholte Infektionen normal. Eine zunehmende Abwehrschwäche der Schleimhäute erleichtert eine Infektion.

- Da zunehmend krebsauslösende Stoffe in der Luft konzentriert sind, ist die bereits geschädigte Schleimhaut vor allem in den Bronchien für bösartige Erkrankungen anfällig.
- In vielen Fällen kommt es bei Kindergartenkindern zu chronischen Atemwegserkrankungen, die die Kleinen zu Dauerpatienten machen.

Darmflora und Atemwegserkrankungen

Vorgeschädigte Schleimhäute fördern allergische Reaktionen; da machen auch die Darmschleimhäute keine Ausnahme. Nicht selten ist bei Kindern mit Atemwegserkrankungen die Darmflora verändert. Begleiterscheinungen wie Blähungen, dünne, klebrige Stühle, Neigung zu Durchfällen und/oder ein veränderter pH-Wert des Stuhls sind typisch. Krank machende Keime, Schimmel- und Hefepilze lassen sich auffallend häufig in hohen Werten nachweisen. Die Fremdkeime selbst können Allergien fördern, oder sie drängen die normale Darmflora zurück und behindern so die gesunde Darmfunktion.

Bakterienspezifische Peptide, die sich günstig auf die Bronchialschleimhäute auswirken, enthält das Präparat Colibiogen (A und CH siehe Kasten Seite 87) in hoher Konzentration. Es hat sich hervorragend zur Therapie bei chronischen Atemwegserkrankungen sowie Allergien bewährt.

Studien zeigen, daß in den neuen Bundesländern die Atemwegserkrankungen deutlich höher liegen als im Westen, dafür ist aber die dortige Allergierate niedriger. Atemwegsinfekte im Kindesalter können zu einem schwerwiegenden Dauerproblem für Eltern und Kind werden.

- Viele Kinder wurden mit Asbest und Formaldehyd belastet, da die meisten Kinderkrippen und Kindergärten zumindest bis vor kurzem verseucht waren – besonders in der ehemaligen DDR.
- Auch über die Nahrung aufgenommene Schadstoffe können Wegbereiter für Atemwegserkrankungen sein.

Symptome und Ursachen

Husten

Husten ist ein Schutzreflex und kann eine Vielzahl von Ursachen haben. Als Schutz vor Erstickung und Krankheiten dient er, wenn durch den Hustenreflex Fremdkörper, die in die Luftwege eingedrungen sind, explosionsartig wieder herausbefördert werden. Letztlich passiert dasselbe auch im Krankheitsfall, etwa wenn bei Infektionen der Atemwege schädigende Keime oder ein Zuviel an Schleim aus den Atemwegen entfernt wird. Husten tritt häufig auf als Folge von Infektionen der Atemwege oder des Rachens. Auch Veränderungen am Kehlkopf, Tuberkulose, Bronchitis oder Lungen- und Rippenfellentzündungen können Husten auslösen.

Husten durch Viren und Bakterien

Husten ist die häufigste Erscheinung bei Atemwegserkrankungen. Üblicherweise wird das Symptom Husten mit einer erhöhten Schleimansammlung im Bereich der oberen Atemwege und der Bronchien in Verbindung gebracht. Die häufigsten hustenauslösenden Infekte sind Rachenkatarrhe (Pharyngitis).

Kinder reagieren deutlich empfindlicher auf luftgetragene Schadstoffe, die zu Reizungen der Atemwege und dem trockenen Husten führen. Da die vorgeschädigten Schleimhäute Schadstoffe nicht mehr so gut abwehren können, besteht ein erhöhtes Risiko für Virusinfekte, die immer wieder die Gefahr der Entstehung eines kindlichen Bronchialasthmas in sich bergen.

Eine häufige Komplikation bei allen Infektionen der Atemwege ist ein Absteigen der Infektion bis in die Lungen. Besonders schlimm kann es werden, wenn eine zunächst bestehende Virusinfektion von einem bakteriellen Infekt überlagert wird. Das erkennen Sie daran, daß der ausgehustete Schleim zunehmend gelblich oder grünlich wird. Absteigende Infektionen bergen immer die Gefahr der Lungenentzündung in sich.

Stark verunreinigte Luft belastet die kindlichen Atemwege extrem. So ist das gehäufte Auftreten von Pseudokrupp in Großstädten nicht verwunderlich.

Pseudokrupp

Der Pseudokrupp ist eine typische Atemwegserkrankung im Kindesalter, die sich als akute Kehlkopfentzündung mit bellenden Hustenattacken und einem pfeifenden Atemgeräusch beim Einatmen bemerkbar macht. Die Entzündung kann sich vom Kehlkopf über die Luftröhre bis in die Bronchien ausbreiten. Dramatisch ist die zunehmende Verengung der Luftwege, die neben den typischen Atemgeräuschen zu starken Ängsten bei den betroffenen Kindern wie Eltern führt. Da der Atemwiderstand zunehmend erhöht wird, ringt das Kind unter deutlichen Einziehungen der Muskulatur oberhalb des Schlüsselbeins und der Zwischenrippenmuskulatur qualvoll nach Luft. Gesicht und Lippen können sich blau färben.

Die anatomischen Besonderheiten der kindlichen Atemwege (dünnkalibrige Atemwege) führen bei Schwellungen rasch zu den beschriebenen Symptomen. In der Regel treten sie in Verbindung mit gewöhnlichen Infekten auf.

Viren und Schadstoffe als Ursache

Schwefeldioxid und Holzschutzmittel stehen im Verdacht, die Anfälligkeit für Pseudokrupp zu erhöhen.

Die Diskussion, ob eine Verbindung zwischen Luftschadstoffen oder Smog und vermehrten Krupperkrankungen besteht, wird sehr kontrovers und nicht immer ganz sachlich geführt. Auch wenn es zunächst so scheint, daß der Pseudokrupp eine virusbedingte Erkrankung ist, spielen Luftschadstoffe mit Sicherheit eine Rolle; eine Vorschädigung der kindlichen Schleimhäute durch giftige Substanzen erhöht die Anfälligkeit für Pseudokrupp.

Meist kommt es in der ersten Nachthälfte zu anfallartigen Attacken. Nicht selten müssen die Eltern stärker beruhigt werden als die betroffenen Kinder, aber häufig liegt eine wirkliche Notfallsituation vor, die schnellstes ärztliches Handeln notwendig macht.

Wenn die Kinder lebhaft schreiend, mit lautem Atemgeräusch nach Luft ringen, ist die Sauerstoffunterversorgung noch nicht gefährlich weit fortgeschritten. Lassen Sie es aber nicht so weit kommen, daß das Kind zunehmend müde, schlaff und weinerlich und die Atmung flach wird. Schon bevor das zuvor ausgeprägte Atemgeräusch abnimmt und die Blauverfärbung von Fingernägeln, Lippen und des Gesichts auf Sauerstoffunterversorgung schließen läßt, sollte unbedingt der Arzt eingreifen und dem Kind die Atmung erleichtern.

Schweregrade bei Pseudokrupp

Stadium 0: Vorwiegend bellender Husten, Zeichen eines banalen HNO-Infektes. Die Diagnose »Krupp« ist in diesem Stadium eher unsicher.

Stadium 1: Bellender Husten, pfeifende, juchzende Atemgeräusche – vor allem wenn das Kind wach ist, geringe Einbuchtung im Bereich der Lungenkuppel oberhalb des Schlüsselbeins beim Einatmen.

Stadium 2: Bellender Husten, pfeifende Atemgeräusche auch im Schlaf, Einsenkung am vorderen Hals und an den Rippen.

Stadium 3: Eher »schwächlicher« Husten, nicht mehr so ausgeprägte pfeifende Atemgeräusche bei eher flacher Atmung, schwere Atemnot, blaue Verfärbung, herabgesetzte Muskelspannung – absolute Notfallsituation, akute Lebensgefahr!

Bronchialasthma

Bronchialasthma ist für Kinder sehr qualvoll, und Anfälle sind beängstigend. Häufig kündigen sie sich durch Unruhe und hektische Aktivität an.

Das Bronchialasthma zeigt sich durch eine anfallweise oder chronisch auftretende Atemnot, bedingt durch eine Verengung der Bronchien. Dabei spielen neben der Verkrampfung der Bronchialmuskulatur eine vermehrte Absonderung von zähem Schleim sowie die Schwellung der Atemwegsschleimhäute eine entscheidende Rolle. Zudem kommt es innerhalb der Bronchialschleimhaut zu einer Gefäßerweiterung. Dadurch werden Blutplasma und verschiedene Entzündungszellen abgesondert. Durch diesen Prozeß können die kleinen Bronchialäste der Lunge verlegt werden, und ein Kollaps der Lungenbläschen kann sich entwickeln, da die Luft in ihnen aufgesaugt wird und damit ihre Innenwände zusammengezogen werden.

Bei chronischem Bronchialasthma kann sich als Folge des erhöhten Druckwiderstands im Gefäßsystem der Lunge eine Überlastung der rechten Herzhälfte einstellen. Nicht selten entwickeln sich im Erwachsenenalter schwerwiegende Veränderungen an der Lunge mit starken Beeinträchtigungen des gesamten Organismus.

Das allergische Asthma

Viele asthmakranke Kinder reagieren auf Tierhaare, Pollen, Schimmelpilze oder Hausstaub. Die Abwehrzellen in der Bronchialschleimhaut lösen nach dem Kontakt mit dem Allergen eine Kaskade von Reaktionen aus; die wichtigsten sind Schwellungen der Schleimhäute, vermehrte Sekretbildung, Krämpfe der Bronchialmuskulatur. Durch ein massenhaftes Auftreten von Entzündungszellen am Ort des Geschehens kommt es nicht selten zu einer chronischen Entzündung der Schleimhaut.

Bei Kindern, die in den ersten Lebensjahren an einer Dermatitis (Hautentzündung) leiden, kommt es ab dem fünften Lebensjahr oft zu einer Verlagerung der Symptome. Die Haut wird zunehmend gesund, dafür kommt es jetzt zu allergischem Schnupfen. Es folgen chronische Entzündungen der oberen Luftwege, ebenfalls allergisch. Diese Entwicklung kann sich bis zum Eintritt asthmatischer oder anderer allergischer Beschwerden fortsetzen.

Asthmaanfälle treten gehäuft nachts und in den frühen Morgenstunden auf. Kinder brauchen dann Hilfe und besonderes Verständnis.

Psychogenes Asthma

Manche Therapeuten sind überzeugt davon, daß die Ursachen für Asthma überdurchschnittlich oft, wenn nicht sogar immer in psychischen Faktoren zu suchen sind. Da Asthma in jedem Fall eine schwere seelische Belastung des Kindes und auch seiner Familie darstellt, sollte es heute selbstverständlich sein, die psychische Betreuung von Kindern mit Asthma zum Teil der Therapie zu machen. Das ist kein Widerspruch zur Notwendigkeit der Umweltmedizin. Durch die Einbindung des gesamten Kindes – und nicht nur seiner erkrankten Organe – wird die Umweltmedizin seinen seelischen Ansprüchen erst voll gerecht.

Behandlung

Erste Maßnahmen bei Husten

- Vermeidung eventueller Schadstoffe. Dazu gehört unabdingbar ein striktes Rauchverbot in der Umgebung der Kinder.
- Viel trinken. Die Flüssigkeit trägt dazu bei, daß sich der Schleim lösen kann.
- Keine Haustiere bei allergischem Asthma – auch wenn Hund oder Katze noch so geliebt wird.

- Heilkräuter – zur Inhalation, als Badezusatz oder Hustentee.
- Kalte Brustwickel nach Kneipp sowie Abreibungen mit Franzbranntwein; anschließend ins warme Bett.
- Gerade in der kalten Jahreszeit trocknet die Heizungsluft die ohnehin geschädigten Schleimhäute aus. Bei der Anfeuchtung der Raumluft ist zu beachten, daß keine Schimmelpilze entstehen. Vorsicht ist daher bei vielen Raumbefeuchtern angeraten. Die einfachste Maßnahme ist immer noch häufiges Lüften.

Bei Husten, der hartnäckig über mehr als vier Wochen hält, sollte auf jeden Fall der Arzt aufgesucht werden.

Kältereize

Die Erfahrung von Saunabesuchern zeigt eindrucksvoll, daß ein häufiger Wechsel zwischen warm und kalt eine Erkältungsanfälligkeit deutlich reduzieren kann; auch Kinder können Sie mit in die Sauna nehmen.

Ein mangelnder Trainingseffekt an sich gut durchbluteter Schleimhäute verstärkt die Infektanfälligkeit. Mangelnde Kältereize reduzieren die Fähigkeit der Gefäße in der Schleimhaut, sich schnell zu verengen. Funktioniert dieser Verengungsreflex nicht einwandfrei, ist die lokale Immunleistung der Schleimhäute vermindert.

Kältereize scheinen gerade beim infektanfälligen Kind vielen Eltern paradox. Gehen Sie dennoch mit Ihrem Kind – auch in der naßkalten Jahreszeit – häufig an die frische Luft.

Raumbefeuchtung und Inhalationen

Sorgen Sie für ausreichend Feuchtigkeit in der Wohnung, vor allem aber im Kinderzimmer. Dazu stellen Sie eine Schüssel mit Wasser ins Zimmer, oder hängen Sie feuchte Tücher oder Wäsche auf. Sie können dem Wasser Pfefferminz- oder Eukalyptusöl (z.B. Pinimenthol; A: Pinimenthol; CH: Tumarol) zufügen. Vorsicht ist jedoch bei allergischen Kindern geboten. Duftöle können eine allergische Reaktion verursachen!

- Die Kinder können bei Atemwegserkrankungen feuchte Luft auch direkt einatmen: Machen Sie Inhalationen mit Prospan Tropfen (auch in Österreich und in der Schweiz erhältlich). Lassen Sie Ihr Kind zwei- bis viermal täglich inhalieren.
- Bei Bronchitis geben Sie Bronchoforton-Solinat (A und CH: Bronchoforton) oder Babiforton-Inhalation (A und CH: Babiforton): drei bis vier Tropfen in einem Glas Wasser aufgelöst über den Tag verteilt inhalieren.

Einreibungen

Außer mit Franzbranntwein können Sie das kranke Kind mit ätherischen Ölen einreiben. Tumarol Kinderbalsam (A: Pinimenthol; CH: Tumarol Kinderbalsam) eignet sich dazu bestens; beginnen Sie gleich am Anfang eines Infekts! Auf Brust und Rücken aufgetragen, läßt er die Schleimhäute abschwellen und fördert die Durchblutung. Bei Säuglingen nehmen Sie Baby-Transpulmin (A: Baby Luuf-Balsam; CH: Baby Liberol). Franzbranntwein können Sie vor der Abreibung in der Hand erwärmen. Bei allergischen Kindern kann es jedoch zu Reaktionen kommen.

Heilpflanzentees

Bei hustenden und erkälteten Säuglingen sind die Heilpflanzentees noch nicht geeignet.

- Mischen Sie bei akutem Hustenreiz je 25 Gramm Anis, Eibisch, Huflattich und Königskerze. Zwei Teelöffel Kräutermischung mit einer Tasse heißem Wasser überbrühen, 20 Minuten ziehen lassen, mit Fenchelhonig süßen. Kleinkinder trinken zwei bis drei Tassen, Schulkinder drei bis vier Tassen täglich.
- Bei längerem Husten mischen Sie je 30 Gramm Schlüsselblume, Spitzwegerich und Thymian. Einen gehäuften Teelöffel der Mischung mit einer Tasse heißem Wasser überbrühen, 20 Minuten ziehen lassen, mit Fenchelhonig süßen. Kleinkinder erhalten ein bis zwei Tassen, Schulkinder zwei bis drei Tassen täglich. Denken Sie daran, daß längerer Husten unbedingt durch einen Arzt beurteilt werden muß.
- Bei Krampf- und Keuchhusten mischen Sie je 25 Gramm Anis, Mannstreu, Sonnentau, Thymian. Einen Teelöffel Kräuter mit einer Tasse heißem Wasser überbrühen, 20 Minuten ziehen lassen, mit Fenchelhonig süßen. Kleinkinder erhalten drei Tassen, Schulkinder drei bis fünf Tassen täglich.

Fenchelsaft

Pressen Sie Fenchelknollen im Entsafter aus, und geben Sie Kleinkindern täglich ein halbes Glas, Schulkindern ein Glas. Der Fenchelsaft fördert bei Husten den Auswurf, löst Hustenkrämpfe und beruhigt die Kinder. Da Fenchelsaft einen sehr eigenen Geschmack hat, der Kindern häufig nicht behagt, können Sie den Saft mit Karotten und Äpfeln mischen.

Medikamente bei Husten

Medikament	Einsatz	Säugling	Kleinkind	Schulkind
Prospan Kinder-Zäpfchen, -Saft oder Tabletten (auch in Österreich/Schweiz)	Akuter Husten, Bronchitis, chronische Verläufe	1- bis 2mal 1 Zäpfchen; 3- bis 4mal 1 Teelöffel Saft	2mal 1 Zäpfchen; 3- bis 5mal 1 Teelöffel Saft	3mal 1 Zäpfchen; 4- bis 5mal 2 Teelöffel Saft
Wobenzym Dragees (auch in Österreich und in der Schweiz)	Bei viralen und bakteriellen Entzündungen der Atemwege	–	3mal 1 Dragee; 3mal 1 Teilstrich Granulat	3mal 2 bis 5 Dragees; 3mal 2 bis 5 Teilstriche Granulat
Symbioflor I (auch in Österreich/Schweiz)	Zur Immunstimulation. Im akuten Stadium bis zu 1mal stündlich	3- bis 5mal 10 Tropfen	5- bis 10mal 10 bis 20 Tropfen	5- bis 10mal 10 bis 20 Tropfen
Colibiogen infantibus (A und CH: siehe Seite 87)	Zur Immunstimulation; besondere Wirkung auf die Atemwege	2mal ½ Teelöffel nüchtern	1- bis 2mal 1 Teelöffel	2mal 1 Teelöffel
Komplex-Homöopathie: Ipecacuanha, Drosera, Cuprum aceticum, Viropect-Pulver (auch in Österreich und in der Schweiz)	Gegen Krampf- und Keuchhusten	Im akuten Stadium: alle 2 bis 3 Stunden 1 kleine Messerspitze	Im akuten Stadium: stündlich 1 Messerspitze	Im akuten Stadium: stündlich 1 Messerspitze
Homöopathie: Apis, Belladonna Globuli (auch in Österreich und in der Schweiz)	Bei Pseudokrupp (Schleimhautschwellungen)	3- bis 5mal 5 Globuli	Stündlich 8 Globuli	Stündlich 8 Globuli

Vorsicht bei Bronchitis

Besteht der Verdacht, daß sich die Infektion zu einer Bronchitis entwickelt, sollten unverzüglich intensive Maßnahmen getroffen werden; setzt die Therapie frühzeitig genug ein, kann häufig auf Antibiotika verzichtet werden. Schleimlösende Kapseln auf Heilkräuterbasis, die gleichzeitig eine schleimhautdesinfizierende Wirkung haben (z.B. Gelomyrtol; A: Gelomyrtol; CH: keine), hochdosierte Enzyme (z.B. Phlogenzym; A und CH: Phlogenzym), Immunstimulanzien (Esberitox, Colibiogen oral, Symbioflor I; A: Echina fora, Colibiogen, Symbioflor I; CH: Resivit, Colibiogen, Symbioflor I), sowie Inhalationen, Wickel, Atemgymnastik und Abklopfungen bieten hervorragende Behandlungsmöglichkeiten. Wichtig ist außerdem, daß Sie Ihrem Kind sehr viel zu trinken geben, um den Schleim zu verflüssigen und damit zu lösen.

Bei Asthma gehört Ihr Kind auf jeden Fall in ärztliche Behandlung. Je nach Schwere und Ursache des Asthmas muß es genauestens medikamentös eingestellt werden. Die in der Tabelle (Seite 102) genannten Therapeutika dienen der Unterstützung der ärztlichen Therapie und können diese keinesfalls ersetzen. Achten Sie darauf, daß Ihr Kind die Asthmanotfallmedikamente rechtzeitig anwendet. Ein Asthmaanfall ist nicht nur qualvoll, sondern er schädigt auch Bronchien und Lungengewebe.

Pseudokrupp behandeln

Pseudokrupp kann im Ernstfall lebensbedrohliche Formen annehmen. In einem solchen Fall ist die stationäre Notaufnahme zwingend.

Im Stadium 1 und 2 bei Pseudokrupp (siehe Seite 96) können die Beruhigung des Kindes sowie die Anfeuchtung der Raumluft bzw. Inhalationen völlig ausreichend sein, um die Krise zu überstehen. Der überwiegende Teil der Kinder überwindet so die Erkrankung.

Mit zunehmender Atemnot ist eine schulmedizinische Betreuung unumgänglich. Der Einsatz von kortisonhaltigen Zäpfchen ist umstritten. Tatsache ist, daß Kortison die geschwollenen Schleimhäute abschwellen läßt. Das scheint aber oft genug auch ohne die synthetischen Hormone zu geschehen. Kortisonzäpfchen empfehlen sich in Absprache mit dem Arzt als Alternative zur stationären Einweisung.

Das Stadium 3 bedeutet akute Lebensgefahr, und Kinder gehören in diesem Zustand schnellstens auf die Intensivstation.

Therapie bei Bronchialasthma

Behandlung	Ziel	Säugling	Kleinkind	Schulkind
Colibiogen infantibus (A und CH: siehe Kasten Seite 87)	Zur Langzeitbehandlung; Steigerung der Abwehrkräfte; Aktivierung der Bronchialschleimhaut	2- bis 3mal ½ Teelöffel nüchtern	2- bis 3mal 1 Teelöffel	3- bis 5mal 1 Teelöffel
Anningzochin Pulver (A und CH: wie Colibiogen)	Zur Immunstimulation	–	1 Kapsel	1 Kapsel
Teemischung aus Thymian, Sonnentau, Mannstreu, Anis zu gleichen Teilen auf 100 Gramm gemischt	Bei asthmatischen und spastischen Atemwegsbeschwerden	–	1 Teelöffel auf 1 Tasse, 20 Minuten ziehen lassen; 3 Tassen täglich	3 bis 5 Tassen täglich
Komplex-Homöopathie: Tartephedreel Tropfen (Heel), Drosera-Homaccord Tropfen (Heel)	Bei asthmatischen Beschwerden	3mal 3 Tropfen im Wechsel	3- bis 10mal 5 Tropfen im Wechsel	3- bis 10mal 10 Tropfen im Wechsel
Asthmakhell N-Tropfen (A und CH: Asthmakhell-Tropfen)	Bei asthmatischen Beschwerden	1 Tropfen pro Lebensmonat, höchstens 3 Tropfen	3- bis 4mal täglich 10 Tropfen	3- bis 5mal 15 bis 20 Tropfen
Intal zur Inhalation (A und CH: Intal jeweils rezeptpflichtig)	Zur Anfallprophylaxe als Dauertherapie	–	Ab 2. Lebensjahr 3- bis 4mal täglich	3- bis 4mal täglich

Allergisches Asthma behandeln

Die schulmedizinische Therapie von Atemwegserkrankungen bewirkt eine medikamentöse Weitstellung der Bronchien beim Anfall und/oder zur Anfallsvorbeugung. Empfohlen werden Glukokortikoidsprays, auch bei milden Asthmaformen. Die dadurch erreichte Dämpfung der überreagierenden Bronchien weist im Verhältnis zu anderen Maßnahmen ein nur geringes Risiko auf, daß die Stoffe bei richtiger Anwendung am Entzündungsort wirken, nicht aber in den Körper aufgenommen werden. Nebenwirkungen können jedoch nie völlig ausgeschlossen werden.

Letztlich bleibt jedoch im akuten Stadium eines Asthmaanfalls keine andere Alternative; in schweren Fällen von Asthma kommt man auch außerhalb des akuten Anfalls manchmal nicht um die Anwendung von Kortikoiden und anderen starken Mitteln herum, vorausgesetzt, alle anderen Maßnahmen haben sich nicht bewährt. Besprechen Sie sich mit einem erfahrenen Kinderarzt. Zur Inhalation bietet sich als Prophylaxe Cromoglizinsäure an. Diese Substanz kann auch bei Nahrungsmittelallergien oder Kontaktallergien erfolgreich eingesetzt werden.

Urintherapie als Immuntherapie

Dem Organismus werden bei dieser noch sehr umstrittenen Behandlungsform eigene Stoffe entnommen und wieder zugeführt. Bei Kindern nimmt man Urin, der im Labor in seine Bestandteile zerlegt und biochemisch verarbeitet wird. Je nach Behandlungsart werden die gewonnenen Produkte wieder zusammengeführt und als Tropfen, Nasentropfen, Inhalations- oder Injektionsmittel verabreicht.

Die Immuntherapie mit Urin nennt sich AHIT und wurde von dem Ludwigshafener Arzt Horst Kief entwickelt. Auskunft über AHIT gibt die Firma Imbiopharm, Karl-Benz-Straße 2, 69198 Schrießheim.

Immunstimulation mit Anningzochin

Ebenfalls noch nicht allgemein anerkannt ist die Therapie mit Mykobakterien, die jedoch in Versuchen bei 88 von 100 Asthmapatienten Erfolg verzeichnete. Der Großteil der Patientengruppe war jünger als 13 Jahre. Die unspezifische Immunstimulation mit Anningzochin ist nach Ansicht vieler Heilpraktiker eine sehr gute Behandlungsform für chronische Atemwegserkrankungen. Da das Präparat nur in großen Abständen gegeben wird (Intervallbehandlung mit 30 bis 90 Tagen Abstand), eignet sich diese Therapie hervorragend für Kinder und in Kombination mit anderen Maßnahmen.

Bei Asthmakranken ziehen sich bei verschiedenen Reizen die Bronchien krankhaft zusammen. Zudem besteht in den Atemwegen eine ständige Entzündung.

Wirkstoffe bei allergischem Asthma

Im folgenden nennen wir Ihnen einige Wirkstoffe, die sich in der Therapie von Asthma bewährt haben. Sie sollten jedoch nur in Absprache mit dem Arzt eingesetzt werden. Er kann das Krankheitsbild des Kindes am besten beurteilen und die richtige Therapie einleiten.

- Ephedra vulgaris enthält Ephedrin, das das sympathische Nervensystem erregt und krampflösend wirkt. Auch bei allergischen Asthmazuständen ist es geeignet. Es wirkt relativ schnell und ist z. B. enthalten in den Kombipräparaten Atmazon-Tropfen, Cefedrin N, auch in Ampullenform, Cefedrin H (A: Asthma-Frenon).
- Ammi visnaga enthält Khellin, das Krämpfe gut löst, relativ lang anhält und am deutlichsten in den kindlichen Bronchien wirkt. Als Monosubstanz ist es in den Präparaten Khellangan N oder Carduben Kapseln (in Österreich und in der Schweiz kein vergleichbares Präparat erhältlich) enthalten.
- Diprophyllin ähnelt dem klassischen Asthmamittel Theophyllin. Es erreicht ca. 50 Prozent der Wirksamkeit des Theophyllins, hat aber deutlich weniger Nebenwirkungen. Für die Behandlung des kindlichen Asthmas ist es als Diprophyllin Tabletten (A: Isophyllen; CH: Astho-Med) im Handel.
  Zur Injektion gibt es für Notfälle das Präparat Neobiphyllin (A: Austrophyllin; CH: Neo-Biphyllin). Als Therapieversuch spritzt der Arzt bei akuten Anfällen – besonders auch bei zusätzlichen Herzbeschwerden – ein bis zwei Ampullen intravenös.

Alternative Heilverfahren für die Psyche

Kinder, die an psychisch bedingtem Asthma leiden, reagieren besonders gut auf alternative Heilmethoden – vorausgesetzt, es besteht eine liebevolle, warme Beziehung zwischen Therapeut und Patient. Nach einiger Zeit kommen die alten Beschwerden aber wieder. Die erneute Behandlung, oft mit anderen Ansatzpunkten, bringt wieder Linderung.

Dieses Phänomen macht deutlich, daß es sich hierbei um eine vorübergehende Aktivierung der Selbstheilungskräfte handelt, die größtenteils von der Persönlichkeit des Therapeuten abhängt. Sein intensives Zuhören, die liebevolle Betreuung, das ehrliche Interesse am Schicksal des Kindes vermitteln ein Gefühl der Geborgenheit.
Eine psychotherapeutische Betreuung muß dem Kind die Möglichkeit eröffnen, sich selbst aus diesem Teufelskreis zu befreien. Die Schwierigkeit wird darin bestehen, es von dieser Notwendigkeit zu überzeugen. Das braucht meist viel Zeit und Geduld und Verständnis von seiten des Therapeuten und der Familie.

Neue Wege – Das Gelsenkirchener Modell

Bei vielen Kindern haben sich Ansätze, die das Kind als Person in den Mittelpunkt der Therapie setzen, sehr bewährt.

In der Städtischen Kinderklinik Gelsenkirchen geht man seit einigen Jahren in der Behandlung des Asthmas einen neuen Weg. Hier sieht man in der Atemwegserkrankung in erster Linie eine funktionelle Fehlsteuerung des Hypothalamus (Teil des Gehirns). Dieser steuert die Immunvorgänge und damit auch die Art und Stärke einer Reaktion des Immunsystems auf einen Reiz.
Der Hypothalamus selbst reagiert stark auf Gefühle wie z.B. Angst. Nun unterstellt man in Gelsenkirchen, daß dem Asthma ein Gefühl vorausgegangen sein muß, das in seiner Eigenschaft elementar, unerwartet, schockähnlich ist. Gelingt es dem Betroffenen nicht, dieses Gefühl nach einer gewissen Zeit zu überwinden, entsteht eine chronische Krankheit. Es kommt zu einer dauerhaften Irritation des Hypothalamus, was eine dauerhafte Veränderung der Immunreaktionen nach sich zieht.

Gefühle beherrschen das Immunsystem

Das Gefühl verändert über den Hypothalamus die körpereigene Immunabwehr. In dieser ersten Phase, in der das Gefühl das Kind intensiv beschäftigt, entsteht Streß, der die Immunabwehr so beeinflußt, daß die Krankheit nicht auftreten kann. Erst wenn das krank machende Gefühl überwunden ist, beginnt die zweite Phase. Die Anspannung läßt nach, und jetzt sind im Immunsystem die Bedingungen dafür gegeben, daß der Betroffene an Asthma erkranken kann. Zumeist entwickelt sich die Verengung der Bronchien ein bis zwei Tage nach Beginn der Entspannungsphase.

Gewisse Lebenssituationen können beim Kind Ängste auslösen, die ihm sprichwörtlich die Luft zum Atmen nehmen.

Das Problem suchen

Wird nun durch eine spezielle Fragetechnik eines Therapeuten die Situation gefunden, in der die Ängste entstanden, ist die Ursache des Asthmas gefunden. Bei Kindern handelt es sich häufig um Erfahrungen wie Ablehnung durch Spielkameraden, Geschwisterrivalitäten oder die Geburt eines zweiten Kindes.

Gerade im Verhalten zwischen Kind und Eltern können sich aber auch Rituale einschleichen, die zu einer Zementierung der Krankheit führen. Es besteht die Gefahr einer überstarken Bindung, die verhindert, daß sich der Nachwuchs lösen kann, ohne erneut Ängste aufzubauen. Da das Kind krank ist, wird es allzuoft auch so von den Eltern behandelt. Eine zwar gutgemeinte, aber letztlich blockierende oder gar erstickende Überfürsorglichkeit verhindert die Entwicklung einer starken, selbstsicheren Persönlichkeit.

Alternativ heilen

Das Gelsenkirchener Behandlungsverfahren für Asthma konzentriert sich im besonderen auf Maßnahmen wie:

- Autogenes Training: zur Entspannung und zum Aufbau eines neuen Körpergefühls
- Bewältigungsstrategien: Sie helfen, mit Trennungssituationen umzugehen, ohne daß Krankheitssymptome auftreten
- Selbstwahrnehmungstraining: Es hilft den Kindern, Gefühle, die Spannungen hervorrufen, bewußt wahrzunehmen
- Stärkung des Selbstbewußtseins: Ziel ist das Erreichen eines altersgerechten Entwicklungszustands
- Stärkung eines positiven Elterngefühls: Die Eltern sollen sich als ausreichend gute Eltern empfinden und ihre Meßlatte diesbezüglich nicht zu hoch legen.
- Anstreben einer optimalen Entsagung: Die Kinder müssen lernen, Bedürfnisse aufzuschieben und sich anzupassen, ohne mit Erpressungsritualen – der Luftnot – zu reagieren
- Ernährungsrichtlinien: wenig Fleisch, viel Gemüse, Obst und Salat
- Schadstoffarme Lebensweise

Mittelohrentzündung

Die Mittelohrentzündung ist eine der meistgestellten Diagnosen im Kindesalter.
Einjährige Kinder sind von ständig wiederkehrenden Mittelohrinfekten am häufigsten betroffen: Etwa ein Viertel von ihnen leidet daran. Unter den Zwei- bis Fünfjährigen treffen häufigere Mittelohrentzündungen noch 18 bis 20 Prozent; und von den Kindern zwischen dem sechsten und zehnten Lebensjahr leiden zehn Prozent unter dieser Krankheit. Die Mittelohrentzündung geht sehr oft einher mit einer Infektion der oberen Luftwege.

Was ist eine Mittelohrentzündung?

Die Ohrtrompete – das ist der Teil des Mittelohrs, der für den Druckausgleich sorgt, z.B. wenn man durch einen Tunnel fährt – wird bei einer bakteriellen Infektion durch die Anschwellung der Schleimhaut im Nasen- und Rachenraum verschlossen und kann daraufhin das Mittelohr nicht mehr belüften. Dort sammelt sich Schleim an, auf dem sich die Bakterien oder Viren weiter ausbreiten. Die Entzündung im Ohr ist die Folge.

Bei der Mittelohrentzündung besteht nicht nur die Gefahr, daß das Trommelfell zerreißt, sondern sie kann auch chronisch werden und ist dann langwierig zu behandeln.

Die Mittelohrentzündung (Otitis media) ist eine ausgesprochen schmerzhafte Erkrankung. Ohrenschmerzen bei einer akuten Entzündung gehören zu den gemeinsten Schmerzen überhaupt. Die Kleinen müssen schwer leiden. Dramatisch kann das besonders bei Säuglingen und Kleinkindern werden, die den Eltern noch nicht mitteilen können, wo es weh tut. Die Schmerzen hören ohne Therapie erst auf, wenn das Trommelfell einreißt und der eitrige Schleim abfließen kann. Obwohl das Trommelfell in den nächsten Wochen auch von allein wieder vollständig ausheilt, darf man es nicht soweit kommen lassen.

Komplikationen

Bei weiterem Fortschreiten der Entzündung kann es nämlich zu einer Beteiligung des Warzenfortsatzes – das ist ein siebartiger, lufthaltiger Knochenteil hinter dem Ohr – kommen. Diese gefährliche Komplikation erkennen Sie nicht nur am Druckschmerz – tasten Sie den knöchernen Bereich hinter der Ohrmuschel ab –, sondern auch oft schon an der durch Schwellung nach vorn gedrückten Ohrmuschel. Häufig ist sie bei Kindern von sehr hohem Fieber begleitet.

Die chronischen Folgen

Eine weitere Komplikation der Mittelohrentzündung ist, daß sie leicht zu einer chronischen Erkrankung wird. Durch die Entzündung bilden sich häufig Ergüsse hinter dem Trommelfell. Sie können wäßrig, schleimig, blutig, eitrig oder auch lufthaltig sein. Die Folge ist Schwerhörigkeit. Das fällt zunächst durch das ständige »Was?« der Kinder auf. Durch Flüsterproben – z.B. unbemerkt den Namen des Kindes leise rufen – können die Eltern dieses Problem schnell selbst feststellen. Auch in so einem Fall sollten Sie sofort mit Ihrem Kind zum Arzt gehen.

Spätestens nach drei Monaten sollten der Erguß und die so ausgelöste Schwerhörigkeit verschwunden sein. Dauert sie länger an, können Folgeschäden nicht ausgeschlossen werden. Besonders schmerzlich ist die zunehmende soziale Isolierung der Kinder, da sie aufgrund des ständigen Hörproblems von ihren Spielkameraden ausgegrenzt werden.

Ursachen der Mittelohrentzündung

Das unanständige Hochziehen des Nasensekrets ist medizinisch betrachtet eine ganz natürliche Entsorgung.

Kinder, die schon die Nase schneuzen können, entwickeln nicht selten dann eine Mittelohrentzündung, wenn sie von den Eltern immer wieder angehalten werden, häufig und fest die Nase zu putzen. Dadurch entsteht ein zu hoher Druck innerhalb der Nasenräume, infiziertes Sekret dringt in die Nasennebenhöhlen und über die Ohrtrompete ins Ohr. Auf diesem Weg wird häufig auch das Mittelohr infiziert. Dieser Zusammenhang ist nicht allgemein bekannt, das gehäufte Auftreten von Mittelohrinfekten während der Grippewellen bzw. typischerweise am Ende eines überstandenen grippalen Infekts spricht jedoch für sich.

Die unterschiedlichen Erreger

Welche Erreger nun die Mittelohrentzündung auslösen, hängt von der Keimbesiedelung im Nasen-Rachen-Raum ab. Durch diverse Umwelteinflüsse (Ozonsmog) und häufig verschriebene Antibiotika werden die normalen Besiedelungsverhältnisse empfindlich gestört. Kommt der natürlichen Keimbesiedelung eine spezifische Schutzfunktion zu, die z. B. eine ungestüme Vermehrung der krank machenden Erreger verhindert, so passiert bei unnatürlich veränderter Besiedelung das Gegenteil: Die schützende Keimflora wird abgebaut zugunsten schädlicher Keime, die nun ungestört immer wieder aufs neue Infektionen verursachen oder zumindest den epidemieartigen Infektwellen günstige Voraussetzungen bieten.

Allergische Ursachen

Durch die extreme Zunahme der Allergien leiden die Kinder heute zunehmend Mittelohrentzündungen, die als Folge von allergischem Schnupfen oder Heuschnupfen entstehen können. Bei allergischen Erkrankungen, die die oberen Luftwege betreffen, werden dieselben Mechanismen in Gang gesetzt, die auch bei Infekten zum Verschluß der Ohrtrompete führen. Solange die Zusammenhänge zwischen Allergie und Mittelohrinfektion nicht erkannt werden, kommt es zwangsläufig zu enttäuschenden Behandlungsverläufen. Weder naturheilkundliche Therapeutika noch die schulmedizinischen Medikamente werden zum Erfolg führen, wenn die allergischen Ursachen übersehen werden. Nur so gelingt es, die richtigen Maßnahmen einzuleiten und die geeigneten Medikamente einzusetzen, um die Verbindung zwischen Mittelohr und Nasenraum freizuhalten. Das ermöglicht freien Sekretabfluß.

Wie bei den meisten Erkrankungen ist es wichtig, daß Kinder, Eltern und Therapeuten zusammenarbeiten, um die Heilung zu fördern.

Das richtige Schneuzen

Wird ein Taschentuch benutzt, so ist darauf zu achten, daß nicht beide Nasenöffnungen zugehalten werden, um einen höheren Druck beim Schneuzen zu erreichen. Vor allem das schnelle und kurze Zuhalten beider Nasenöffnungen während des Schneuzens ist gefährlich. So wird immer wieder Schleim durch den hohen inneren Nasendruck in die Nebenhöhlen und in das Ohr gedrückt.

Sinnvoll ist viel eher, ein Nasenloch gänzlich geschlossen zu halten und nur durch eine Öffnung kräftig auszublasen.

Symptome der Mittelohrentzündung

Heftiges, nicht zu beruhigendes Schreien im Säuglingsalter, häufig begleitet von akut auftretendem Fieber, ist ein verdächtiges Zeichen. Ebenfalls deuten vorangegangene banale Infekte mit eitrigem Schnupfen in die Richtung Mittelohrentzündung.

Auch eine Entzündung des Gehörgangs, also eine Irritation vor dem Trommelfell, kann große, qualvolle Schmerzen hervorrufen. Bei kleinen Kindern sind dann sehr ähnliche Gesten wie bei der Mittelohrentzündung zu beobachten: In beiden Fällen berühren sie öfter unbeholfen ihre Ohren, ziehen an der Ohrmuschel und sind auffallend quengelig.

Ein Kind mit Ohrenschmerzen gehört in ärztliche Behandlung. Die Gefahr ernsthafter Komplikationen ist sehr groß.

Ein relativ einfacher Test gibt weitere Anhaltspunkte:

- Bei einer Mittelohrentzündung ist ein leichtes Ziehen am Ohrläppchen schmerzhaft. Das Kind reagiert mit Abwehr oder Schreien.
- Bei einer Gehörgangsentzündung reagiert das Kind ganz ähnlich, wenn man den knorpeligen Wulst vor der Gehörgangsöffnung (von der Wange aus gesehen) in Richtung Gehörgang drückt.
- Sollte das Abtasten des Warzenfortsatzes hinter der Ohrmuschel schmerzhaft sein – eventuell ist er auch gerötet –, ist höchste Gefahr im Verzug und Eile geboten! Bringen Sie Ihr Kind unverzüglich zum Kinderarzt!

Diagnose

Die Entscheidung, eine Antibiotikatherapie einzuleiten oder nicht, gehört in die Hand erfahrener Therapeuten. Sinnvoll ist die Konsultation eines naturheilkundlich aufgeschlossenen Hals-Nasen-Ohren-Arztes. Schon aufgrund der optimalen Untersuchungsvoraussetzungen (z.B. wesentlich besseres optisches Instrumentarium) kann er die Ursachen der Ohrenerkrankung Ihres Kindes sicher diagnostizieren und die richtige Therapie einleiten.

Bakterien oder Viren?

Diese Differenzierung ist für die Behandlung sehr wichtig. Virusbedingte Entzündungen können nicht mit Antibiotika therapiert werden. Viren sprechen nämlich auf sie nicht an. Nur Bakterien werden auf verschiedensten Wegen von den antibiotischen Substanzen gehemmt oder abgetötet.

Behandlung der Mittelohrentzündung

Die chronische Mittelohrentzündung

Die Entfernung der Rachenmandeln (Adenotomie) sowie das Einsetzen einer Drainage in das Trommelfell (Parazentese) sind die häufigsten chirurgischen Eingriffe, die bei einer chronischen Mittelohrentzündung erforderlich werden.

Antibiotika sind unerläßlich

Ohne Antibiotikabehandlung kann es sogar zu einer Entzündung im Schädelinneren kommen, was eine lebensgefährliche Entzündung der Hirnhäute nach sich zieht. Es kann dann notwendig werden, außer einer antibiotischen Therapie den Warzenfortsatz chirurgisch zu behandeln. Eine solche Therapie kann aber immer nur eine Notfalllösung und die letzte Konsequenz sein! Keinesfalls dürfen Antibiotika als einzige Lösung angesehen werden.

Naturheilmittel

Geeignete Naturheilmittel beschleunigen die Heilung der Entzündung und können auch den ständigen Rückfällen Einhalt gebieten.
Warnen muß man an dieser Stelle vor alten Naturheilweisen in Form von Wärmeanwendungen, warmem oder gar heißem Öl, das früher den Kindern in den Gehörgang getropft wurde, und vor Bestrahlungen. Diese Maßnahmen würden ziemlich sicher zu einer Verschlimmerung führen.

Vorsicht: Geben Sie Ihrem Kind bei Mittelohrentzündung niemals Tropfen in das betroffene Ohr, wenn sich das Trommelfell bereits geöffnet hat.

Homöopathische Mittel

Wird eine Mittelohrentzündung rechtzeitig erkannt, kann einer Verschlimmerung und einer später wiederkehrenden Entzündung mit homöopathischen Mitteln sehr gut vorgebeugt werden. Das akute Krankheitsbild klingt durch sie meist sicher ab.
Angewandt werden Ohrentropfen sowie einzunehmende Homöopathika. Entsprechend dem akuten und schmerzhaften, häufig eitrigen und/oder nässenden Beschwerdebild kommen folgende Substanzen in die engere Wahl: Aconitum, Apis, Belladonna, Mercurio, Lachesis, Silicea. Auch Chamomilla, Dulcamara, Terrum phosphoricum und Pulsatilla haben sich bei der Behandlung von Ohrenschmerzen bewährt.

Die Behandlungsvorschläge sollten mit dem Arzt abgesprochen werden. Sie können andere ärztliche Maßnahmen ergänzen.

Behandlung einer Mittelohrentzündung nach Katarrhen

- Aconit compositum Ohrentropfen: drei- bis viermal täglich angewärmt auf Körpertemperatur zwei Tropfen.
- Silicea compositum: drei- bis fünfmal täglich fünf bis acht Globuli.
- Apis oder Levisticum: drei- bis sechsmal täglich fünf bis acht Globuli im Wechsel mit Silicea compositum.

Ist die Mittelohrentzündung durch eine allergische Reaktion der oberen Luftwege ausgelöst worden oder zumindest nicht Folge einer Erkältung, geben Sie Ihrem Kind folgendes:

- Aconit compositum Ohrentropfen: drei- bis viermal täglich angewärmt auf Körpertemperatur zwei Tropfen.
- Bei eitriger Entzündung Apis oder Belladonna cum Mercurio: sechs- bis achtmal täglich (bis alle zwei Stunden) fünf bis acht Globuli; je akuter, desto häufiger.
- Silicea compositum: drei- bis sechsmal täglich fünf bis acht Globuli.
- Lachesis compositum: drei- bis sechsmal täglich fünf bis acht Globuli bei heftigen Verläufen mit allgemeinen Krankheitserscheinungen wie Fieber, Gliederschmerzen etc. und zur Vorbeugung von Komplikationen bei eitrigen Prozessen.

Die genannten homöopathischen Medikamente erhalten Sie auch in Österreich und in der Schweiz in Apotheken.

Die Schmerzen lindern

Nichts ist schlimmer für die Kinder als starke Schmerzen. Greifen Sie daher sofort ein.
Bei Kindern jeden Alters bietet sich Paracetamol an (z.B. Benuron Saft; A: Tylenol; CH: Ben-u-ron). Dieser Wirkstoff beseitigt zuverlässig die Schmerzen, wirkt leicht entzündungshemmend, und Ihr Kind findet wieder erholsamen Schlaf.
Otodolor Ohrentropfen (A und CH: Otalgan) wirken schmerzstillend durch ein Lokalanästhetikum und entzündungshemmend durch

Phenazon und können bei starken Schmerzen bis zu stündlich angewendet werden; jeweils einige Tropfen. Das ist sinnvoll, um die Zeit bis zu einer spezifischen Behandlung oder bis zur Wirkung der Behandlung zu überbrücken.

Zwiebeln für die Nacht

Um die Mittelohrentzündung auch über Nacht zu behandeln und die Schmerzen zu lindern, empfiehlt sich eine Zwiebelauflage: Hacken Sie eine kleine Zwiebel fein, füllen Sie sie in einen dünnen, sauberen Baumwollstrumpf, und befestigen Sie ihn mit einem Stirnband auf dem erkrankten Ohr. Die Wirkung ist zuverlässig.
Fühlt sich Ihr Kind jedoch von dem doch recht intensiven Zwiebelgeruch abgestoßen, sollten Sie es nicht mit diesem alten Hausmittel zusätzlich plagen.

Alte Hausmittel schaffen in vielen Fällen Erleichterung ohne Nebenwirkungen. Manchmal jedoch sind sie dem Kranken unangenehm.

Behandlung beim Erguß

Bei einem Erguß ist die Absprache mit dem Arzt nötig. Wenn Sie Bedenken haben, das Trommelfell Ihres Kindes eröffnen zu lassen, lohnt sich ein Versuch mit

- Levisticum Ohrentropfen (auch in Österreich und in der Schweiz): zwei- bis viermal täglich
- Kalium muriaticum D6 (auch in Österreich und in der Schweiz): dreimal täglich eine Tablette oder fünf Globuli.

Candida albicans – Befall des Verdauungssystems

Was ist Candida albicans?

In den letzten Jahren ist der Pilz Candida albicans in den Blickpunkt von Patienten und Ärzten gerückt. Den Hefepilz Candida betrachten die einen als Bestandteil der normalen Darmflora und sehen folglich in ihm keinen Krankmacher; die anderen geißeln ihn als Krankmacher Nr. 1.
Candida albicans ist ein Hefepilz. Häufig ist er in der Darmflora zu finden, ohne daß das irgendwelche medizinischen Auswirkungen

hat. Manchmal löst er jedoch eine Reihe von Beschwerden bis hin zu schweren Erkrankungen aus. Ein Befall mit Candida albicans gilt jedoch immer als Zeichen dafür, daß eine Störung des Körpermilieus vorliegt – ganz gleich, ob der Hefepilz das Kind krank macht oder nicht.

Medizinisch relevante Hefepilze sind Candida albicans, der etwa 80 Prozent der Pilzinfektionen verursacht, Candida glabrata, Candida krusei, Candida parapsilosis und Candida tropicalis. Diese Sorten sind allerdings eher selten zu finden.

Die Zahl der Hefepilzerkrankungen scheint sich enorm gesteigert zu haben, jedoch hält man erst seit einigen Jahren gezielt nach dieser Art von Erregern Ausschau. Es ist nicht von der Hand zu weisen, daß veränderte Ernährungsgewohnheiten einem vermehrten Hefepilzbefall Vorschub leisten.

Auswirkungen des Pilzes

Wahrscheinlich ist mittlerweile jeder vierte oder gar zweite Bundesbürger mit Hefepilzen besiedelt.

Candida scheint Allergien zu verursachen. In vielen Fällen entwickelt sich eine Überreaktion des Körpers gegen Candida albicans. So lassen sich bei einer nicht geringen Anzahl von Patienten spezifische Candidaimmunstoffe nachweisen, die anzeigen, daß bereits eine Schleimhautinfektion stattgefunden hat.

Bevorzugte Reviere von Candida

Ein Hefepilzbefall kann im gesamten Verdauungstrakt einschließlich des Mundraums, im Genitalbereich, auf der Haut, in Wunden oder – als ernsthafte Komplikation – im Blut und in inneren Organen vorkommen. Die weitaus häufigste – und viel zu oft unerkannte – Besiedelung findet im Verdauungstrakt statt. Vor allem der Dünndarm mit seinen vielen Millionen Zotten bietet den Pilzen optimale Verhältnisse für Vermehrung und Ausbreitung.

Pilze verbinden sich sehr eng mit der Schleimhaut. Somit können Pilznester entstehen, die in einfachen Stuhlproben übersehen werden, da sich durch dieses intensive Anhaften nur eine geringe Menge an Pilzzellen im Stuhl befindet. Unter Umständen kann im Darm ein dichter Pilzrasen entstehen, der zunehmend größere Schleimhautflächen überwuchert. Diese Schleimhaut verliert ihre normale Funktion, es kommt zu einer Schleimhautentzündung, die mit einer Irritation des Immunsystems verbunden ist. Gerade die Darmschleimhaut ist aber als riesiges Immunorgan zur Krankheitsabwehr wichtig für die Gesunderhaltung der Kinder.

Wer ist besonders gefährdet?

Häufig sind Säuglinge und Kleinkinder, besonders auch Neurodermitiskinder, von Candida albicans befallen. Kommt es zu einer Vermehrung der Pilze, können im Extremfall sogar Entwicklungsstörungen bei den kleinen Patienten auftreten. Aufgrund der relativ luftdichten Verpackung des Pos in Windeln können sich die aus dem Darm stammenden Pilze auch prächtig auf der Haut vermehren. Hochakute, nässende und schmerzhafte Hautinfektionen entstehen, die sich immer mehr ausbreiten.

Candida albicans ist clever

Voraussetzung für eine Infizierung ist, daß sich der Hefepilz an Haut- und Schleimhautoberflächen anheftet. Diese Fähigkeit ist bei Candida besonders ausgeprägt. Außerdem scheint er in der Lage zu sein, Oberflächenstrukturen von körpereigenen Zellen nachzuahmen. Man spricht davon, daß er sich maskiert, so daß das Immunsystem getäuscht wird und ihn nicht so leicht als Fremdkörper erkennen kann. Wenn das Immunsystem dennoch merkt, daß es sich um körperfremde Zellen handelt, entwickelt der Körper Antikörper. Diese greifen nun möglicherweise nicht nur die maskierten Candidazellen an, sondern auch die sehr ähnlich gebauten Körperzellen, die der Candidapilz zu seiner Maskierung nachgeahmt hat.

Voraussetzung für die Entstehung einer Pilzinfektion ist meist eine Vorschädigung des Organismus, z.B. die Zerstörung der normalen Darmflora durch eine längere Antibiotikatherapie.

Ursachen einer Pilzerkrankung

Normalerweise durchlaufen die an sich harmlosen Hefepilze den Darm. Das Immunsystem und die gesunde Keimflora verhindern, daß sich Pilze ansiedeln und vermehren. Durch negative Umwelteinflüsse und eine falsche Ernährung, aber auch durch den Einfluß von Medikamenten, z.B. Antibiotika, kommt es jedoch bei vielen Kindern zu Störungen. Auch Umweltgifte können das körpereigene Abwehrsystem schwächen. Viele Chemikalien, wie z.B. Pestizide, dämpfen die gesunden Abwehrreaktionen. Dadurch kann der Körper den Pilz nicht mehr an einer abnormen Vermehrung hindern.

Candida albicans ist selten allein

Candida albicans tritt fast nie als alleinige Krankheit auf; sie ist zur Krankheit der Kranken geworden. Die Ursachen für dieses Phänomen sind:

- Umweltbelastung: immunologische Schwächen
- Fehlernährung: Süßigkeiten und Zucker, süße Limonaden
- Stoffwechselstörungen im Bereich der Schleimhäute, vor allem der Darmschleimhaut
- Nährstoffdefizite: Die Folge sind reduzierte körpereigene Abwehrkräfte und eine Funktionsbeeinträchtigung der Schleimhäute
- Medikamentöse Behandlung: Antibiotika, Kortison
- Vorerkrankungen wie z. B. Zuckerkrankheit oder Krebs

Pilze gedeihen im süßen Milieu

Mehr über die Anti-Pilz-Diät können Sie in den beiden Ratgebern »Heildiät gegen Pilze im Körper« und »Pilze im Körper – krank ohne Grund?«, die ebenfalls im Südwest Verlag erschienen sind, lesen.

Hefepilze lieben Süßes und Kohlenhydrate in jeder Form, ganz gleich, ob es sich um Haushaltszucker, Fruchtzucker oder Honig, Obst oder Weißmehl handelt. Durch Zucker können sich die Pilze prächtig vermehren. Unter optimalen Umständen verdoppelt sich ihre Zahl in ca. 20 Minuten! So werden aus 100 Zellen in einer einzigen Nacht zehn Millionen Pilzzellen. Eine bestehende Pilzinfektion des Verdauungstraktes kann deshalb nicht ohne strenge Diät behandelt werden, so schwer sie für manche Kinder auch sein mag.

Vorsicht: Nährstoffmangel!

Nährstoffmangel spielt bei der Entwicklung einer Hefepilzinfektion eine sehr große Rolle. Ganz besonders wichtig ist das Element Zink. Gerade bei der jüngeren Generation existieren zunehmend ganz erhebliche Zinkdefizite. Dieses Spurenelement ist aber für das Immunsystem, die Haut und Schleimhaut und zum Mobilisieren des Schleimhautvitamins A aus der Leber unentbehrlich. Ein unerkannter Zinkmangel macht eine erfolgreiche Pilzbehandlung fast unmöglich! Auch Eisen- oder Magnesiummangel wirkt sich negativ auf eine Pilzerkrankung aus. Achten Sie deshalb auf eine gesunde und vollwertige Ernährung Ihrer Kinder.

Mundsoor dank Schnuller

Chemische Desinfektionsmittel für Schnuller und Fläschchen halten viele Mütter für praktisch und unerläßlich, da die lieben Kleinen die Schnuller immer wieder auf den dreckigen Boden werfen. Doch gerade sie sorgen nicht nur für Hygiene, sondern bieten auch ideale Bedingungen für die starke Vermehrung von Pilzen. Die Folge ist Soor (Candidainfektion) im kindlichen Mundraum. Verzichten Sie deshalb der Gesundheit Ihres Kindes zuliebe auf derlei Desinfektionsmittel. Greifen Sie auf das bewährte Auskochen zurück (zehn Minuten reichen), und kaufen Sie öfter einen neuen Schnuller.

Krank durch Medikamente

Nicht nur die vielen unnatürlichen Lebensbedingungen, sondern auch die Entwicklung in der Medizin hat den Pilzerkrankungen massiv Vorschub geleistet. So ist die gefährlichste Form einer Pilzinfektion, die sogenannte systemische Mykose, häufig durch ärztliche Maßnahmen bedingt; sie kann jedoch auch Folge eines Immundefekts sein. Die Hauptursachen für diese Pilzinfektion liegen in Therapien mit Antibiotika und Kortikoiden. Auch Bestrahlung, Chemotherapie oder schwere operative Eingriffe sowie intensivmedizinische Behandlungen haben bei Kindern oft zur Folge, daß der akute Immunstreß die körpereigenen Abwehrkräfte so massiv unterdrückt, daß sich Pilze explosionsartig vermehren und ins Körperinnere gelangen können.

Ein beim gesunden Kind harmloser Pilz wird durch Reduzierung der Abwehrkräfte oder durch eine Veränderung des körpereigenen Milieus (pH-Verschiebungen) zu einem krank machenden, gefährlichen Erreger. Je massiver die Vorschädigung, um so gefährlicher ist eine Pilzinfektion!

Stuhlproben ergaben, daß fast alle Kinder, die mit Antibiotika behandelt wurden, vermehrt Pilze im Darm haben. In dieser Zeit ist eine besonders konsequente Anti-Pilz-Diät wichtig.

Wandernde Pilze

Darminfektionen beginnen nicht selten im Mundbereich. In Zahnfleischtaschen, kariösen Zähnen und auf der Zunge können streuende Candidaherde liegen. Die Zahnbürste wird dann schnell zu einem Pilznest! Generelle Empfehlung der Zahnärzte: Alle zwei Monate für jeden eine neue Zahnbürste! Nach einer Erkrankung sollte sie sofort ausgetauscht werden.

Symptome einer Pilzinfektion

Candida löst umfangreiche Allgemeinsymptome aus. Aber nicht bei jedem Kind, das Hefepilze im Darm hat, müssen Reaktionen auftreten. Allergien auf Candida albicans sind noch weitgehend unbekannt.

Candida schwächt den Körper

Das von den Hefepilzen gebildete Gas im Darm kann sogar das Zwerchfell nach oben drücken, so daß es durch den Platzmangel im Brustraum zu Herzschmerzen kommen kann.

Krank machende Candidapilze bilden giftige Substanzen, die über den Darm in das Blut- und Lymphsystem gebracht werden. Da bevorzugt Kohlenhydrate (Zucker, Obst, Mehlspeisen etc.) von Candida vergärt werden, bilden sich Fuselalkohol und Kohlensäuregas. Dieser Alkohol ist eine sehr minderwertige, giftige Alkoholverbindung. Das Gas führt zu heftigen Blähungen und zu einer starken Auftreibung des gesamten Bauchs. Völlegefühl, Darmkrämpfe und Bauchschmerzen sind die Folge. Der giftige Alkohol führt über Wochen oder Monate zu einer erheblichen Belastung der kindlichen Leber. Es kann im Extremfall zu deutlich erhöhten Leberwerten kommen. Auch andere Erkrankungen können sich auf der Basis von Hefepilzinfektionen bilden. Wenn Symptome sich nicht richtig ausheilen lassen, sollte man auch an eine Candidainfektion denken.

Mögliche Symptome krank machender Hefepilze

- Kopfschmerzen, Migräne
- Konzentrations- und Leistungsstörungen
- Psychische Störungen: Gereiztheit, Aggressivität, Lustlosigkeit, Hysterie
- Chronische Müdigkeit, Schwindelanfälle
- Muskelschwäche, rheumaartige Symptome
- Gesteigerte Geruchsempfindlichkeit
- Beläge in Mund und Rachen
- Hauterkrankungen: Ekzeme, Juckreiz, Rötungen, Analjucken, schlecht heilende Wunden
- Harnwegsbeschwerden
- Blähungen, Völlegefühl, Wechsel zwischen Durchfall und Verstopfung, Darmkrämpfe, Druckgefühle
- Nahrungsmittelunverträglichkeit und -allergien

Candida löst viele Symptome aus

In letzter Zeit leiden immer mehr Kinder unter einem chronischen Schnupfen. Die Nasenschleimhaut ist ständig geschwollen, die Atmung stark beeinträchtigt. Ununterbrochen wird ein klares, dünnflüssiges Sekret gebildet. Für viele Kinder kommt es zu einer erheblichen Beeinträchtigung des Allgemeinbefindens, ganz zu schweigen von dem unerhört lästigen Schnupfen.

Wenn eine allergische Ursache ausgeschlossen wurde, sollte man auch hier an eine Candidabesiedelung als möglichen Grund denken. Der Pilz besiedelt die Nasenschleimhäute und führt hier – genau wie im Darm – zu massiven Reaktionen. Ein Abstrich gibt schnell Aufschluß. Wichtig ist in solchen Fällen, daß eine Stuhluntersuchung und ein Mundabstrich veranlaßt werden, da eine Sekundärinfektion des Verdauungstrakts durch Verschlucken von Nasensekret sehr wahrscheinlich ist. Gehen Sie mit Ihrem Kind zum Spezialisten.

Ärzte untersuchen Pilzpatienten häufig erst einmal auf Diabetes, die Zuckerkrankheit, denn viele fühlen sich oft schlapp und wie »unterzuckert«.

Netzhautinfektion

Hefepilze können wandern – vom kariösen Zahn in den Darm, vom Darm in die Blutbahn, von der Blutbahn in die Lunge, die Niere usw. Auch eine Infektion der Netzhaut kann auf diesem Wege stattfinden, selbst wenn das eine äußerst seltene Komplikation ist. Der Augenarzt kann in diesem Fall bei der Augenspiegelung Candida-albicans-Herde auf der Netzhaut erkennen. Durch eine Anti-Pilz-Behandlung heilt die Erkrankung unter Narbenbildung aus.

Diagnostik von Pilzerkrankungen

Vier Untersuchungsmethoden stehen dem Therapeuten für die Diagnose zur Verfügung:

- Kultur: Abstrich, Stuhlanalyse und Urinuntersuchung
- Fluoreszensmikroskopie, sogenannte Woodlampe
- Pilzserologie im Blut: Antigen- und Antikörperbestimmung im Blut
- Allergiehauttest

Eine Stuhlanalyse sollte idealerweise dreimal durchgeführt und von einem Mundabstrich ergänzt werden. Erst danach ergibt sich eine genügend große Sicherheit für die Diagnostik auf Candidabefall, aufgrund deren dann die Therapie eingeleitet werden kann.

Bei einer konsequenten Behandlung und einer Anti-Candida-Diät normalisieren sich die erhöhten Werte innerhalb von zwei bis drei Monaten langsam.

Pilze mögen nichts Saures

In einem sauren Milieu fühlen sich die Pilze nicht wohl und lösen sich von der Schleimhaut, an die sie sich zuvor geheftet haben. Dieses Phänomen sollten Sie sich zunutze machen: Drei Tage vor der Stuhlprobe geben Sie dem Kind täglich morgens einen Teelöffel Apfelessig auf ein Glas Wasser. Das säuert das Darmmilieu ausreichend an, um Candida von der Schleimhaut zu lösen! Jetzt ist die Chance, bei der Stuhlprobe lebende Zellen zu erhalten, bedeutend größer! Die genaueren Untersuchungsergebnisse führen Sie zuverlässig zur geeignetsten Behandlung.

Behandlung von Candida albicans

Bei einem völlig gesunden Kind besteht keine Veranlassung, jeder Candida-albicans-Zelle hinterherzujagen! Die Anzahl der Pilzzellen, der Ort der Besiedelung und das Beschwerdebild sind ausschlaggebend für die Behandlung. Vorsicht ist geboten bei Fieberkranken, Immunschwachen, nach schweren Unfällen oder Operationen, bei einer Therapie mit Antibiotika oder Kortison, bei Krebskranken, Allergikern, Haut- oder Zuckerkranken. In diesen Fällen reduzieren Sie das Risiko eines massiven Candida-albicans-Befalls durch vollwertige Ernährung und den Verzicht auf Zucker, Honig, Süßigkeiten und Weißmehl.

Pilze sind hartnäckig

Die meisten krank machenden Hefepilze sind ausgesprochene Überlebenskünstler. Aus diesem Grund gelingt es auch nicht, allein durch eine Anti-Pilz-Diät alle Pilze abzutöten. Im Gegenteil: Ohne medikamentöse Unterstützung (Anti-Pilz-Mittel) können sie eher angeregt werden zu entarten.

Die Inhalation muß nach den Anweisungen des Apothekers oder Therapeuten erfolgen.

Candida in der Nase behandeln

Ist Candida auf der Nasenschleimhaut durch einen Abstrich nachgewiesen, wird mit Inhalationen eines einfachen Anti-Pilz-Mittels (steriles Nystatinpulver; A: Mycostatin; CH: Rivostatin) behandelt. Im Anschluß an eine 8- bis 14tägige Nystatininhalation wird mit geeigneten Homöopathika (Nigersan-Tropfen; auch in Österreich und in der Schweiz) und mit einem Bakterienpräparat (Symbioflor I; auch in

Österreich und in der Schweiz) durch Inhalationen die Nasenschleimhaut gekräftigt und für die Abwehr der Krankheitserreger stimuliert.

Die Behandlung des ganzen Kindes

Die Psyche kann – ebenso wie Streß – die immunologischen Leistungen des kindlichen Körpers ganz erheblich stören. Ängste, Beziehungskonflikte, unterdrückte Gefühle oder Bedürfnisse wirken sich negativ auf die Gesundheit aus. Durch einfühlsame Gespräche sollte in jeder Kinderarztpraxis eine vertrauensvolle Atmosphäre geschaffen werden, die es ermöglicht, auch die nichtkörperlichen Beschwerden und Nöte anzusprechen.

Keinesfalls sollte sich bei einer Pilzerkrankung die Behandlung auf bloßes Abtöten und Beseitigen der Pilze beschränken. Sonst kann es zu einem Rückfall kommen.

Die medikamentöse Behandlung

Um den Pilz abzutöten, wird Candida albicans mit spezifischen Anti-Pilz-Mitteln (Antimykotika), mit Symbionten (lebende Darmbakterien), immunstimulierenden Maßnahmen und einer sogenannten Anti-Pilz-Diät behandelt. Besonders wichtig ist die Behandlung mit Symbionten, die die durch den Pilzbefall reduzierte und geschwächte Darmflora ergänzen und stärken: Mutaflor Kapseln und Lactobact omni FOS sowie Orthicaflora Kapseln bieten sich an (jeweils auch in Österreich und in der Schweiz).

Nystatin

Das klassische Anti-Candida-Mittel ist das Nystatin (A: Mycostatin; CH: Rivostatin), das es in den verschiedensten Formen gibt: als Dragee, als Lösung zum Einnehmen, als steriles Pulver zum Inhalieren bei einem Pilzbefall der Atemwege und als Salbe für Hautinfektionen. Die Nystatintherapie hat den Vorteil, daß sie bei oraler Anwendung kaum Nebenwirkungen hervorruft – wenn überhaupt, dann treten Übelkeit oder Bauchschmerzen auf. Selten kann es auch zu einer allergischen Reaktion kommen.

Laktulose bei Verschlechterung

Kommt es bei Kindern mit starkem Pilzbefall während der Behandlung zu einem massiven Absterben von Hefezellen, kann das zunächst eine Verschlechterung des Befindens hervorrufen, die einige Tage anhält. Der Grund dafür ist das plötzliche Freiwerden größe-

Auch die sogenannten Bioflavonoide – Vitamin P genannt – wirken gegen die freiwerdenden Pilzgifte.

rer Mengen Pilzgifte. Sie werden beim Zerfall der Zellen freigesetzt. Auch nach einer explosionsartigen Vermehrung von Candida aufgrund von Ernährungsfehlern – z. B. viel Süßigkeiten, süßes Obst, süße Getränke – kann es durch Kostumstellung zu einem massiven Absterben von Hefezellen kommen, was den gleichen Effekt hat. Die Kohlenhydrate sind im Körper verbraucht, die Pilze finden keine weitere Nahrung und sterben ab.

Linderung bringt in beiden Fällen die Einnahme von Laktulose, einem synthetischen Zucker, der von Candida nicht verarbeitet werden kann und vom Darm nicht aufgenommen wird. Laktulose bindet die Gifte und sorgt für ihre Ausscheidung. Außerdem wirkt sie ab einer gewissen Konzentration sanft abführend.

Die Zähne nicht vergessen

Alle Mühe, den Darm mit Diät und Arzneimitteln pilzfrei zu bekommen, ist vergebens, wenn die Mundhöhle, kariöse Zähne oder Zahnfleischtaschen als Pilzreservoir vergessen werden. Deshalb sollten Sie mit Ihrem Kind den Zahnarzt aufsuchen, die Zahnbürste vor der Therapie und danach alle zwei Wochen wechseln und pilzabtötende Mundwässer bereitstellen!

Teebaumöl

Eine besonders starke Wirkung hat das Öl der Teebaumpflanze (Melaleuca alternifolia). Bei uns ist es z. B. als Zusatz in Zahnpasta in Apotheken erhältlich. Tatsächlich hat dieses Öl eine ausgezeichnete pilzabtötende Wirkung. Es wird seit vielen tausend Jahren von australischen Ureinwohnern als Heilmittel genutzt.

Zwischenzeitlich ist es recht gut untersucht, und seine Wirkung gegen Pilze ist belegt. Dabei besitzt es kaum Nebenwirkungen. Auf die Haut aufgebracht oder in speziellen Vaginalzäpfchen wirkt es zuverlässig und schnell gegen Candida.

Die Anti-Pilz-Diät

Eine Ernährungsumstellung sorgt für die Veränderung des Darmmilieus, in dem sich Candida bis dahin sehr wohl gefühlt hat. Werden bestimmte Nahrungsmittel, vor allem Süßes, gemieden, findet der Pilz zunehmend schlechtere Lebensbedingungen. Die Diät entlastet

> **Ungeeignete Nahrungsmittel für candidainfizierte Kinder**
>
> - Hefe und alle hefehaltigen Nahrungsmittel; häufig besteht eine Unverträglichkeit gegenüber sogenannten Nutzhefen; darüber hinaus stehen auch Lebensmittelhefen im Verdacht, an verschiedenen Krankheitsprozessen beteiligt zu sein
> - Zucker, alle zuckerhaltigen Nahrungsmittel und Getränke sowie Honig
> - Obst – auch herbes oder saures Obst enthält Fruchtzucker – und Rosinen sowie Fruchtsäfte
> - Getrocknete Gewürze – wegen häufigem Schimmelpilzbefall und daraus resultierenden Allergien oder Kreuzallergien
> - Senf, Ketchup, Mayonnaise, Barbecuesaucen und Salatfertigdressings (enthalten Zucker)
> - Kartoffeln und Reis, auch Vollkornreis, da die Stärke im Korn sehr gut für Candida verwertbar ist
> - Pilze, sie sind häufig von Schimmelpilzen befallen
> - Alle Produkte, die Malz enthalten
> - Getreidetrockenprodukte, gemischtes Müsli
> - Dosennahrung und Aufgewärmtes, sofern Sie es nicht eingefroren hatten
> - Backmischungen und alle Weißmehlprodukte

das körpereigene Immunsystem und schafft so bessere Voraussetzungen, damit sich der kleine Körper gegen die Candida zur Wehr setzen kann.

Hefe, hefehaltiges Brot und Kuchen, Weißmehl und Zucker sind tabu! Hilfreich dagegen ist Knoblauch. Doch sollten Sie ein Kind, das Knoblauch nicht mag, dazu nicht zwingen!

Ein gesundes Darmmilieu wird durch Ernährung und die Besiedelung mit natürlichen Darmbakterien gewährleistet. Die Behandlung dient der Wiederherstellung dieses Mikroökosystems.

Ernährungsumstellung

Die unumgängliche Ernährungsumstellung stellt für den Großteil der betroffenen Kinder die größte Hürde dar. Liebgewonnene Gewohnheiten und Gelüste müssen aufgegeben werden. Gerade kleine Kinder verzweifeln oft, weil alles, was sie am liebsten essen, verboten ist. Der Unmut ist verständlich. Motivieren Sie Ihr Kind zu der Diät, und unterstützen Sie es. Die Diät ist zeitlich begrenzt auf drei bis vier Wochen, und in sehr vielen Fällen stellt sich ein zunehmendes Wohlbefinden wieder ein. Quälende Symptome verschwinden langsam, das Wohlbefinden steigt, dem Kind geht es besser.

Allergien

Zwischen 1973 und 1988 haben sich Asthmaerkrankungen in Deutschland verdoppelt, Ekzeme sind um 150 Prozent angestiegen und Heuschnupfen um 70 Prozent.

Noch ist nicht jeder allergisch krank, doch mittlerweile besteht der dringende Verdacht, daß jeder zweite in Deutschland an allergischen Symptomen leidet. In den Medien wird fast täglich über die alarmierend wachsende Zahl der Allergiker berichtet. Kaum eine andere Krankheit hat derartig hohe Zuwachsraten. Pollenflugnachrichten und Ozonwertermittlungen sind selbstverständlich geworden, die Autoindustrie wirbt mit Pollenfiltern im Auto, um Allergiker zu schützen. Zunehmend erkranken Kinder an Heuschnupfen und Nahrungsmittelallergien, im Verlauf dieser Erkrankungen kommt es bei vielen zu allergischem Bronchialasthma – daran sterben in Deutschland schon heute ca. 5000 bis 6000 Menschen jährlich.

Was ist eine Allergie?

Eine Allergie ist eine unangemessene und überschießende Reaktion des Immunsystems auf einen an sich harmlosen Reiz. Dieser Fehlreaktion geht stets eine Sensibilisierung voraus: Beim ersten Kontakt mit einer Substanz, die dann zum Allergen wird, z.B. Blütenpollen, oder mit einem Antigen – das ist körperfremdes Eiweiß, z.B. Hühnereiweiß – wird das Immunsystem im kindlichen Körper verändert.
Immunzellen werden aktiviert, die hochspezialisierte Antikörper bilden. Solche Zellen zeichnen sich u.a. durch ihr Gedächtnis aus. Dieses bewirkt, daß jeder erneute Kontakt mit dem gleichen Fremdstoff eine unterschiedlich heftige, aber in jedem Fall unangemessene Immunantwort auslöst. Dadurch wird eine immunologische Kettenreaktion hervorgerufen, die entzündliche und gewebeschädigende Auswirkungen nach sich zieht. So entstehen Symptome wie tränende Augen, Schnupfen, Hautausschlag etc.

Allergisch auf unterschiedlichste Stoffe

Bei immer mehr Menschen werden ganz alltägliche Substanzen, z.B. Blütenpollen, Tierhaare, Weizenmehl oder Milch, vom Körper als gefährlich eingestuft und bekämpft. Diese Bekämpfungsmaßnahmen dienen normalerweise dazu, tatsächlich für den Menschen gefährliche Substanzen aus dem Organismus zu verdrängen. Eine Allergie könnte man also als übergroße Vorsicht des Körpers gegen fremde Substanzen auslegen, der harmlose Substanzen nicht als solche erkennt und einordnet.

Die hauptsächlich auftretenden Allergien sind sogenannte Typ-I-Allergien. Sie zeichnen sich dadurch aus, daß es innerhalb von Sekunden oder Minuten zu einer allergischen Reaktion unterschiedlichster Stärke kommt.

Im Zusammenhang mit Nahrungsmitteln werden häufig auch Reaktionen beobachtet, die zwar nicht durch das Immunsystem ausgelöst werden, aber die gleichen Symptome hervorrufen wie Allergien. Man nennt dieses Phänomen Pseudoallergie. Beide, Typ-I-Allergien ebenso wie Pseudoallergien, können im Extremfall zu lebensbedrohlichen Zuständen führen, die einen sofortigen Notarzteinsatz erforderlich machen.

Die allergische Reaktion

Eine Allergie spielt sich in den immunologisch aktiven Zellsystemen und deren Umgebung ab. Wie weitreichend die Umgebung ist, hängt von der Art der Allergie ab. Sie variiert zwischen einer Ganzkörperreaktion, z.B. der schockartigen Reaktion, die meist auf Eiweiß einsetzt, und einer lokal begrenzten Reaktion der Haut, Bronchien oder Gefäße, z.B. Husten, Niesen, tränende Augen oder eine Hautrötung. Ein übergeordnetes Steuerungsorgan im Gehirn, der Hypothalamus, fungiert hier als Kontrollorgan und reguliert die allergische Antwort.

Das hochkomplexe Zusammenspiel zwischen den einzelnen Immunzellen und dem Hypothalamus gehört zu den kompliziertesten und gleichzeitig faszinierendsten Regulationsphänomenen des Körpers.

Allergie Typ I

Es gibt vier Typen von Allergien, die sich für den Laien hauptsächlich daran erkennen lassen, wann die Reaktion eintritt und wie lange sie andauert. Das, was man im Volksmund klassischerweise unter Allergie versteht, ist eine überschießende Reaktion des Immunsystems auf äußere Stoffe, die z.B. eingeatmet wurden. Diese Allergie wird dem

Es gibt vier Allergietypen, die unterschiedliche Reaktionen beschreiben. Der bekannteste und häufigste ist der hier aufgeführte Typ I, der Soforttyp.

Typ I zugeordnet. D.h., in diesem Fall erfolgt eine Reaktion innerhalb weniger Sekunden oder Minuten. Hauptverursacher sind Blütenpollen und Gräser, Staub und Tierhaare. Normalerweise würde der Betroffene kaum etwas von dem Kontakt mit einem solchen Fremdstoff merken; der Körper könnte ihn allein bestens abwehren. Doch bei einer Übersensibilisierung kommt es zu einer vermehrten Produktion von sogenanntem Immunglobulin E im Blut und damit zu den beschriebenen überschießenden Reaktionen auf den Fremdkörper. Die Folge: Das Kind reagiert allergisch.

Der Antikörper Immunglobulin E

Immunglobulin E hat wie alle anderen Antikörpergruppen die Aufgabe, eingewanderte Fremdstoffe (Antigene) im Körper zu erkennen, diese Informationen zu speichern und die Antigene bei einem Zweitkontakt an sich zu binden. Haben mindestens zwei nebeneinanderliegende Immunglobulin-E-Moleküle einen Antigenkontakt – das ist dann der Fall, wenn sehr viele Antigene im Blut sind –, wird die Aktivierung von Mastzellen oder basophilen Granulozyten (bestimmte Immunzellen) ausgelöst. Sie sollen den Eindringling beseitigen.

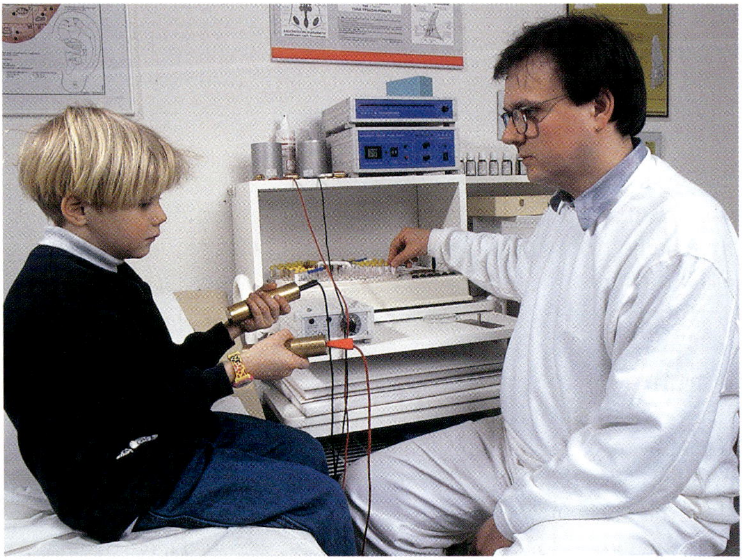

Die Bioresonanztherapie ist eine Methode, die sehr häufig erfolgreich von Heilpraktikern zur Behandlung von Allergien eingesetzt wird. Sie ist vollkommen schmerzlos und nebenwirkungsfrei.

Komplikationen einer andauernden allergischen Reaktion

Werden allergische Symptome nicht behandelt und gestoppt, entsteht eine immunologische Kettenreaktion. Diese kann sich nach kurzer Zeit verselbständigen, zu einem chronischen Zustand werden. Für den Ablauf einer solchen Reaktionskaskade ist das Immunglobulin E verantwortlich. Seine Markierung der Eindringlinge ist eine Voraussetzung für das Einsetzen der allergischen Reaktion.

Nun werden Gewebshormone, die sogenannten Histamine, freigesetzt. Sie führen zu den typischen Veränderungen im Gewebe. So kommt es zunächst zu einer Rötung und Schwellung. Dieser Frühphase, die Sekunden bis höchstens 60 Minuten nach dem Allergenkontakt abläuft, ist eine histaminbedingte Gewebsentzündung. Histamine sind sogenannte Mediatoren, die der Körper beim Kontakt mit dem Allergen freisetzt. Nach 6 bis 24 Stunden beginnt die Spätphase, in der weitere entzündliche Vorgänge im Gewebe verursacht werden. Dadurch werden weitere Abwehrzellen an den Ort des Geschehens gelockt. Zwar verfügen auch sie zum Teil über entzündungshemmende Stoffe, doch reicht ihre Kapazität meist nicht aus, um die Kettenreaktion zum Stillstand zu bringen. So entwickeln sich Entzündungen, die weitere Freßzellen in das irritierte Gewebe locken.

Auch die kindliche Hyperaktivität kann auf pseudoallergischen Reaktionen beruhen. Das Zielorgan der auslösenden Stoffe ist dann das Gehirn.

Ein Teufelskreis entsteht, der eine erhöhte Empfindlichkeit der sensiblen Nervenfasern nach sich zieht und die Symptome weiter verschlimmert.

Pseudoallergien

Es gibt Substanzen, die Allergiesymptome hervorrufen – aber unter Umgehung der immunologischen Phänomene! In diesen Fällen spricht man von Pseudoallergien. Bestimmte Nahrungsmittel, Konservierungs- und Farbstoffe sind in der Lage, direkt mit den Mastzellen der Schleimhäute zu reagieren; sie setzen dadurch das Gewebshormon Histamin frei. Die Histaminreaktion verursacht dann die oben beschriebenen Symptome.

Es kann wenige Minuten bis mehrere Stunden dauern, bis Symptome auftreten. Neben Kreislaufbeschwerden und Herzrasen sind Durchfall, Erbrechen, Krämpfe und Hautreaktionen typisch. Ein klassisches Symptom der Pseudoallergie ist die Nesselsucht (Urtikaria), die häufig in sehr milder Form an den Handinnenflächen oder Fußsohlen sichtbar wird. Eine ausgeprägte Nesselbildung in der Handinnenfläche oder an den Fußsohlen ist schmerzhaft im Gegensatz zu einem Juckreiz im Gesicht. Nesselsucht kann jedoch auch Zeichen einer Typ-I-Allergie sein. Letzte Sicherheit gibt nur eine fachmännische Abklärung.

Ursachen der allergischen Reaktion

Die Sensibilisierung beginnt in den ersten Monaten

Allergien nehmen immer mehr zu; das ist nicht nur die Folge ständig wachsender Schadstoffe in der Luft oder in der Nahrung, sondern auch ein Zeichen vermehrter Immunschwäche der Kinder.

Das gesamte Immunsystem des kindlichen Darms ist auf die Muttermilch ausgerichtet. Kein Nahrungsmittel kann ihre ideale Zusammensetzung und ihre optimalen Eigenschaften für das Immunsystem in geeigneter Weise nachahmen. Fremdeiweiße führen daher häufig zu allergischen Reaktionen. Bekommen Säuglinge statt Muttermilch Kuhmilch, d.h. artfremdes Eiweiß, kann sich die Darmschleimhaut verändern; auch eine veränderte Darmflora kann die Folge sein.
Wichtige natürliche Keimgruppen, wie z.B. milchsäurebildende Laktobazillen, werden zugunsten von Fäulniserregern zurückgedrängt. Es kann leichter zu Entzündungen der Darmschleimhäute kommen, da der schützende Bakterienrasen sowie die schützende Schleimhaut nur unvollständig ausgeprägt sind. Durch den unnatürlich intensiven Kontakt zwischen Darmwand und Darminhalt kann sich folglich die allergische Reaktion entwickeln. Darüber hinaus kann es zu einer Irritation des gesamten Immunsystems kommen.

Wenn nicht gestillt werden kann

Falls der Säugling aus irgendeinem Grund nicht gestillt werden kann, sollte unbedingt eine hypoallergene Säuglingsnahrung gefüttert werden. Das gleiche gilt für Kinder, die sehr früh abgestillt werden müssen.
Die Nahrungsmittelindustrie hat inzwischen Säuglingsnahrung entwickelt, durch die recht zuverlässig allergische Reaktionen vermieden werden. Diese Produkte sollten in den ersten sechs bis neun Monaten als Basisernährung dienen.

Ab wann zufüttern?

Das kindliche Verdauungssystem ist erst ab dem neunten Lebensmonat ausgereift. Jetzt nimmt das Risiko einer Sensibilisierung für allergische Reaktionen gegen artfremdes Eiweiß ab.

Somit gelten folgende Empfehlungen: Die Umstellung von Muttermilch oder hypoallergener Kunstnahrung sollte ab dem sechsten Lebensmonat eingeleitet werden. Das Zufüttern sollte schrittweise erfolgen, wobei Einzelprodukte zu bevorzugen sind, z.B. nur Birne, Apfel, Karotten, Bananen etc. Nahrung mit bekannt hohem Allergiepotential wie Sojaprodukte, Ei und

Der Darm verursacht Allergien

Für die Entstehung einer Allergie kommt der Schleimhautbarriere des Darms eine Schlüsselrolle zu. Nahrungsmittel bestehen aus körperfremden Substanzen, die vom Körper abgebaut werden müssen. Die Schleimhäute des Verdauungstrakts bilden eine natürliche Barriere, die das Eindringen körperfremder Stoffe in den Körper verhindert, bevor diese im Darm in einzelne verträgliche Bausteine zerlegt worden sind.

Unmittelbar unter der Schleimhaut befindet sich das darminterne Immunsystem, das sogenannte Darmwandlymphatikum. Es prüft alle Stoffe, die die Schleimhaut passieren, auf mögliche Feinde und leitet gegebenenfalls Abwehrvorgänge ein. Dies ist nicht zuletzt von einer gesunden Bakterienflora abhängig. Bei allergischen Reaktionen ist immer auch eine Schädigung dieses Systems festzustellen! Die gesunde Bakterienflora ist abgebaut und durch krankheitserregende, fremde Mikroorganismen verändert. Die Ursachen einer veränderten Darmschleimhaut sind vielfältig: Falsche Ernährung, Antibiotika-, Kortisontherapien, Infektionen, negativer Streß gehören dazu.

Kuhmilcheiweiß oder Sojaeiweiß in der Ernährung von Säuglingen fördert allergische Erkrankungen. Das Füttern von fremdem Eiweiß erzeugt gefährliche Immunreaktionen.

Freie Radikale und Schadstoffe verschlimmern Allergien

Durch die massive Konzentration von Luftschadstoffen müssen wir heute feststellen, daß viele Allergene aggressiver zu werden scheinen. Ursache dafür sind Schadstoffe, die sich auf den Pollen ablagern

Bei der Entwicklung von Allergien spielen chronische Entzündungen eine Rolle. Sie rufen unnatürliche Dauerreize hervor; Fehlreaktionen sind die Folge. Das vegetative Nervensystem ist dauerhaft in eine erhöhte Alarmbereitschaft versetzt.

und als aggressive Radikale fungieren. Untersuchungen haben ergeben, daß Schwefel von den Pollen aufgenommen wird; diese Verschmutzung scheint die Pollen negativ zu verändern und ihre schädigende Wirkung zu vervielfachen.

Ebenso hat der Ozonsmog negative Auswirkungen auf Allergiker. Das Reizgas irritiert die Schleimhäute. Das führt zu einer fortschreitenden Schädigung der Schleimhäute der Luftwege. Als Folge ergibt sich eine massive Zunahme von Allergien. Da die eigentliche Schutzfunktion der Schleimhäute nicht mehr ausreichend besteht, können die Fremdstoffe unmittelbarer mit dem Immunsystem reagieren.

Des weiteren können Schadstoffe das Immunsystem direkt manipulieren. Besonders Chlorchemikalien, die z.B. Bestandteil vieler Pestizide sind, verursachen häufig Allergien. Allergische Kettenreaktionen werden durch die unterschiedlichsten Substanzen aktiviert, z.B. durch Formaldehyd. Auch Dioxine verändern immunologische Vorgänge, und direkte Allergien auf einzelne Chemikalien sind keine Seltenheit.

Rauch als Ursache für Allergien

Tabakrauch gehört zu den stark allergieprovozierenden Faktoren. Insbesondere Kinder sind dem schädlichen Passivrauchen schutzlos ausgeliefert. Ein wesentlicher Grund für die Aggressivität des Tabakrauchs könnte die Verseuchung der Tabakblätter mit Pestiziden und anderen Pflanzenschutzmitteln sein. Beim Verbrennen des Tabaks entstehen nicht nur Nikotin und Teerprodukte, sondern es entweichen auch so extreme Gifte wie Benzol, Dioxin und Formaldehyd. Diese stören das Immunsystem empfindlich. Allergien und Krebserkrankungen können die Folge sein.

Verantwortungsbewußte Eltern geben schon der Gesundheit ihrer Kinder zuliebe das Rauchen auf.

Schimmel- und Hefepilze verursachen Allergien

Ähnlich wie die Pollen gehören Schimmelpilze und deren Sporen zu unserer natürlichen Umgebung; die Menschheit ist ihnen seit Jahrtausenden ausgesetzt und eigentlich immer gut mit ihnen zurechtgekommen.

Schimmelpilzallergiker, aufgepaßt!

Die heutigen Lebensumstände scheinen jedoch dazu zu führen, daß die von Schimmelpilzen gebildeten Gifte und Schadstoffe intensiver auf den Körper einwirken können und daher deutlichere Schäden verursachen.

- Schimmel- und Hefepilze lösen Infektionen der Atemwege aus. Die zunehmend perfekte Isolierung der Wohnräume läßt die Luftfeuchtigkeit ansteigen und verringert den Luftaustausch, wodurch die Pilze optimal wachsen können – besonders intensiv in der Heizperiode.
- Schimmelpilzallergiker sollten keine Handtücher im Badezimmer lagern. Durch die erhöhte Luftfeuchtigkeit bilden sich sehr schnell Pilze im Stoff.
- Klimaanlagen können ganz extrem zur Verbreitung von Schimmelpilzen beitragen. Die Filteranlagen der Anlagen sind nicht selten schlecht gewartet und werden so rasch von Pilzen durchsetzt.
- Pilze verhindern Sie in der Wohnung durch ausreichendes Lüften, eine Raumtemperatur von19 bis 21 °C und eine Luftfeuchtigkeit unter 50 Prozent. Eine so geringe Luftfeuchtigkeit birgt jedoch andere Probleme in sich, so z. B. die Austrocknung der Schleimhäute, die ebenfalls wieder zu ihrer Schädigung beiträgt.
- Vorsicht ist geboten, wenn frischgestrichene Wände noch nicht trocken sind. Werden nun Möbelstücke zu früh an die Wand gerückt, kann durch den mangelnden Luftaustausch Schimmel entstehen.
- Biomülltonnen sind eine neue Gefahrenquelle. Innerhalb kurzer Zeit bilden sich hier neben vielfältigen Bakterien- auch Schimmelpilzkulturen. Bei jedem Öffnen und Schließen der Tonne werden diese massiv eingeatmet. Besonders in den heißen Sommermonaten sind sie die reinsten Brutstätten.
- Ein weiteres Risiko bergen Produkte der Lebensmittel-, Pharma- und Kosmetikindustrie. Pilze bilden Enzyme, die zur Herstellung der verschiedensten Produkte gebraucht werden. Schätzungen zufolge werden bei uns jährlich 1000 Tonnen Schimmelpilzenzyme verarbeitet. Die so hergestellten Produkte können ebenfalls Allergien auslösen.

Hefe- und Schimmelpilzallergien rufen ähnliche Symptome wie Heuschnupfen hervor. Werden Schimmelpilzsporen eingeatmet, kann es zu massiven Reaktionen der Atemwege kommen.

Parfüm als Ursache von Allergien

In den letzten Jahren nehmen Duftstoffallergien rapide zu. Die massive Verbreitung künstlicher Düfte, z.B. in Wasch- und Hygieneprodukten, aber auch in vielen anderen Erzeugnissen, hat dazu geführt, daß solche Allergien heute weiter verbreitet sind als die Konservierungsmittelallergien.
Ebenfalls häufen sich Kontaktallergien nach der Berührung mit Lebensmittelaromen, z.B. Zimt- und Vanillinaroma.
Kritisch bei dieser zunehmenden Duftstoffallergie ist auch die zunehmend verbreitete Aromatherapie zu betrachten. Durch natürliche Aromen, die mit Duftlampen im Raum verteilt und so eingeatmet werden, sollen Heilwirkungen der Öle genutzt werden. Bei manchen Kindern können statt dessen jedoch heftige allergische Reaktionen wie Husten, Augenbrennen, Lidschwellungen oder Ekzeme auftreten. Häufig empfinden die Betroffenen Übelkeit und ein unspezifisches Unwohlsein.

Physikalische Reize lösen Allergien aus

Allergien werden von allen möglichen Stoffen ausgelöst. Auf diesem Gebiet gibt es fast nichts, was es nicht gibt.

Allergische Symptome an der Haut können durch Sonne, Kälte, Hitze, Wasser oder Berührung hervorgerufen werden.
Häufig reagieren Kinder nach dem Duschen oder Schwimmen mit heftigen, juckenden Hautrötungen. Auch schweißnasse Haut kann derartige allergische Symptome zeigen. Durch die Naturheilkunde können diese Symptome in vielen Fällen wirksam bekämpft werden.

Nahrungsmittelallergien

Durch Nahrungsmittel verursachte Allergien sind vielfältig. So muß unterschieden werden, ob sich die Reaktionen auf das Verdauungssystem beschränken oder andere Organsysteme, insbesondere das Gehirn, mitreagieren. Wichtig sind bei Nahrungsmittelunverträglichkeiten auch die chemischen Verunreinigungen der Lebensmittel. Häufig werden die Reaktionen erst durch die chemische Verbindung mehrerer Lebensmittel bei der Verarbeitung ausgelöst.
Gedacht werden muß ebenso an Lebensmittelverfälschungen durch Pflanzenschutzmittel, Futtermittelzusätze, Medikamente und Schimmelpilzsporen bei der Nutztieraufzucht, Konservierungs- und Farbstoffe, Geschmacksverstärker, Emulgatoren, Weißmacher, Treib-

Die klassischen Nahrungsmittelallergene

- **Gemüse:** Sellerie, Karotten, Bohnen, Kartoffeln, Petersilie, Paprika, Zwiebel
- **Eiweiß:** Hühnerei, Fisch, Schaltiere, Fleisch, Hühnerfleisch
- **Milch/Käse:** Kuhmilch, Käse, Milchsauerprodukte
- **Getreide:** Weizen, Roggen, Reis, Mais
- **Obst:** Apfel, Banane, Mango, Trauben, Zitrusfrüchte
- **Gewürze:** Gewürzmischungen, Curry, Glutamat, Knoblauch, Muskat, Paprika, Peperoni, Senf, Zimt
- **Nüsse/Samen:** Walnüsse, Mandeln, Sesam, Pistazien, Sonnenblumen-, Pinienkerne, Erdnüsse
- **Anderes:** Farbstoffe, Hefe, Kakao, Konservierungsmittel, Schokolade, Zucker

mittel, Weichmacherenzyme, Binde- oder Trennmittel. Wer vermutet schon in einem Stück Wurst Kuhmilch, Molke, Sellerie oder Soja? So ist bei allergischen Kindern vor allen Fertigprodukten zu warnen!

Vorsicht bei Schimmelpilzen an Gewürzen, Obst und Gemüse! Sie produzieren nicht nur stark wirksame Gifte, sondern auch Allergien. Schimmelpilzallergien sind weit verbreitet.

Kreuzreaktionen von Nahrungsmitteln und Pollen

Als Kreuzreaktion bezeichnet man das Phänomen, daß das Immunsystem nicht nur auf spezifische Allergene reagiert, sondern auch gleichzeitig auf Stoffe, die eine ähnliche oder gleiche Struktur haben. Bekannt sind solche Kreuzreaktionen bei folgenden Kombinationen:

- Frisches Stein- und Kernobst reagiert mit Frühblühern wie Haselnuß, Erle, Birke.
- Roher Sellerie, Petersilie, Curry, Thymian reagieren mit Gräsern.
- Rohes Gemüse wie Sellerie, Petersilie, Karotten, Fenchel und Gewürze reagiert mit Korbblütlern.

Hier wird ersichtlich, warum Kinder mit Heuschnupfen oft empfindlich auf Rohkost reagieren können. Wir wissen, daß allergieauslösende Eiweißverbindungen in der Rohkost durch Hitze zerstört werden; gekochtes Gemüse wird von Allergikern meist besser vertragen.
Fisch, Weichtiere und Erdnüsse verlieren durch Erhitzen nicht ihre allergieauslösende Eiweißstruktur.

Symptome

Es kann nach dem Kontakt mit der unverträglichen Substanz zu heftigen Wutausbrüchen und starker Hyperaktivität kommen. Meist sind die Kinder in diesem Stadium von ihren Mitmenschen nicht erreichbar. Sie reagieren weder auf Zuwendung noch auf Schimpfen.

Allergien können sich in einem breiten Spektrum von unklaren Symptomen zeigen: Müdigkeit, Kopfschmerzen, Verhaltensstörungen, Übelkeit, Husten, Schnupfen, Augenbrennen, Unruhe, unklare Bauchschmerzen, Ekzeme, Juckreiz usw. Auch Symptome, die man normalerweise nicht mit einer Allergie in Verbindung bringt, sollten bei lang anhaltendem Bestehen auf eine mögliche allergische Ursache hin überprüft werden.

Geistige und seelische Störungen

Weniger bekannt ist die Tatsache, daß geistige und seelische Störungen bei Kindern durch Lebensmittel ausgelöst werden können. Erreichen die Allergene das Gehirn, können schwere geistige Veränderungen bis hin zu Verhaltensstörungen und Lernschwierigkeiten auftreten. Ein typisches Symptom ist auch die chronische Müdigkeit.

Wo zeigen sich allergische Reaktionen?

- Auf der gesamten Haut
- An den Schleimhäuten des Auges, des Kehlkopfes, der Atemwege (Nase, Nebenhöhlen, Rachen, Bronchien) und des Magen-Darm-Trakts (Lippen, Mundschleimhaut, Gaumen, Zunge, Mundschleimhaut)
- Am Herz-Kreislauf-System
- An den Lymphknoten und am Lymphsystem
- Am zentralen Nervensystem
- Am vegetativen Nervensystem und an der Psyche

Symptome einer allergischen Reaktion

Haut	Schleimhaut	Herz-Kreislauf-System
Dermatitis (Hautentzündung), Ekzem, Nesselfieber	Anschwellung, Kribbeln, Brennen, Jucken; Schnupfen; Augenjucken, tränende Augen, Bindehautentzündung; Brechreiz, Übelkeit, Dünndarmentzündung; Bronchialasthma	Kopfschmerzen; Kollaps, Schock

Symptome bei Nahrungsmittelallergie

In der klinischen Ökologie geht man davon aus, daß der Wechsel zwischen Anregungs- und Entzugsphase ein wesentliches Merkmal versteckter Nahrungsmittelallergien ist. In einem bei jedem Kind individuellen Zeitablauf wechselt nach dieser Ansicht der körperliche, geistige und/oder seelische Zustand nach dem Kontakt mit einem allergieauslösenden Lebensmittel.

Zunächst erlebt das Kind eine allgemeine Stimulation, durch die es sich leistungsfähig, belastbar und sogar euphorisch fühlen kann. Auf seine Umwelt wirkt es in diesem Zustand bemerkenswert gesund. Nach Stunden, manchmal sogar nach Tagen nimmt diese Reaktion ab. Es kommt zu einem Wechsel: Müdigkeit, Erschöpfung und Verhaltensstörungen sind jetzt typisch. Häufig folgen den geistig-seelischen Symptomen körperliche Beschwerden. So kann es zu Ekzemschüben, Muskelschmerzen, unregelmäßigem Puls, verstopfter Nase oder Asthma kommen. Nach einer bestimmten Zeit ist das Normalstadium, ein symptomfreies Intervall, wieder erreicht.

Eine Allergie kann sich auf vielfältige Weise ausdrücken. Bekannt sind die Reaktionen an Haut und Schleimhäuten, im Verdauungsbereich und an den Atmungsorganen.

Da manche Kinder auf verschiedene Nahrungsmittel gleichzeitig reagieren können, kommt es häufig zu einem wiederholten, extremen Wechsel dieser Symptome. Gerade aber diese Symptomenvielfalt ist es, die bei den meisten Eltern und Ärzten großes Mißtrauen schürt und zu der Diagnose »psychosomatisch stigmatisiert« führt. Die Wartezimmer der Haut- und Kinderärzte sind voll mit kleinen Patienten, die unter solch heimtückischen, nicht erkannten Allergien leiden.

Zielorgane allergischer Reaktion

Alle Allergene haben spezifische Zielorgane, mit deren Zellen sie reagieren. So können die Haut, die Schleimhäute der Nase, der Bronchien oder des Darms genauso betroffen sein wie z.B. die Rückenmuskulatur. Man nimmt an, daß auch das Gehirn Zielorgan für Antigenattacken sein kann. In diesem Fall sollen Aggressionen, Depressionen, Ängste oder gar schizoide Reaktionen die Folgen sein. Es ist keineswegs ausgeschlossen, daß durch ein und dasselbe Allergen gleich mehrere Symptome ausgelöst werden. So können zu den seelisch-geistigen Symptomen noch körperliche wie Herzrasen, Hitzewallungen, Gelenk- und Muskelschmerzen dazukommen. Die Vielfalt der Symptomatik erschwert eine Diagnose.

Acht Phasen der allergischen Reaktion aus Sicht der klinischen Ökologie

Nach dem Kontakt mit einem Allergen befindet sich ein Kind in acht verschiedenen Phasen, wobei die ersten vier als Anregungszeit angesehen werden, die letzten vier dagegen als eine Art Katerphase, in der sich die negativen Auswirkungen der Allergie durchsetzen.

Phase 1 Angeregt, munter
Phase 2 Aktiv, aufgedreht nervös, reizbar, überängstlich, ungeschickt
Phase 3 Überaktiv, wie betrunken, negativ
Phase 4 Unkontrolliert, wild erregt, gedächtnisgestört
Phase 5 Deprimiert, verwirrt, gedächtnisgestört oder stumpfsinnig
Phase 6 Konfus, benommen, menschenscheu, schlecht gelaunt
Phase 7 Geistig erschöpft, leidend, kurzatmig; Hautausschläge sind möglich
Phase 8 Müde, geistesabwesend, überempfindlich, allergischer Schnupfen

Diagnose von Allergien

Leider sind Bluttests nicht absolut zuverlässig. So gibt es häufig falsche negative Resultate, d.h., der Test fällt negativ aus, obwohl eine Unverträglichkeit bzw. Allergie vorliegt.

Neben einer gründlichen Befragung des Kindes und der Eltern, die sich auch auf eventuelle Schadstoffe im Wohnbereich ausdehnen muß, sind Blutuntersuchungen notwendig, um Schadstoff- und Schwermetallbelastungen nachzuweisen. Hauttests zeigen eine Unverträglichkeit von Pollen, Hausstaub, Tierhaaren und vielen anderen Allergenen an. Auch der Ausschluß von Darmpilzen, einer generellen Störung der Darmflora oder von Nährstoffdefiziten – Zink, Selen, Vitamin C – gehört zur Diagnose allergischer Erkrankungen. In Allergietests werden die Werte von Immunglobulin E und G im Blut bestimmt. Wird eine Nahrungsmittelallergie vermutet, ist ein Immunglobulin-G-Allergietest hilfreich, doch ist er erst ab dem fünften Lebensjahr sinnvoll, da bei jüngeren Kindern derlei Allergien sehr selten sind.

Test auf Nahrungsmittelallergie

Folgende Nahrungsmittel, Gewürze, Sporen und Pilze werden verwendet, um allergische Reaktionen auf einzelne Lebensmittel zu testen:

- Nahrungsmittel: Eiklar, Eigelb, Kuhmilch, Weizenmehl, Maismehl, Tomate, Schweinefleisch, Rindfleisch, Karotte, Kartoffel, Grünkernmehl
- Gewürze: Anis, Curry, Kümmel, Knoblauch, Muskat, Paprika, Pfeffer, Senf
- Schimmelpilze: Penicillium notatum, Cladosporium herbarum, Alternaria tenius, Botrytis cinerea, Penicillium brevicompactum, Bier- und Backhefe, Aspergillus orycae, Candida albicans

Hauttests

- Beim Scratchtest wird mit einer Impflanzette die Haut ca. 0,5 Zentimeter eingeritzt, die verdächtigen Substanzen werden in die oberste Hautschicht eingerieben. Die nach kurzer Zeit auftretenden Hautreaktionen werden bewertet.
- Beim Pricktest, auch Stichtest genannt, bringt der Arzt mit einer Pricknadel einen zuvor auf die Haut gesetzten Tropfen des Allergens in die erste Hautschicht ein.
- Beim Epikutan- oder Pflastertest werden die Substanzen auf die Haut gebracht, fortlaufend numeriert, mit Pflastern fixiert und nach ein bis zwei Tagen begutachtet. Dieser Test ist zuverlässig bei Kontaktekzemen, also allergischen Hautveränderungen, die nach dem Kontakt mit einer bestimmten Substanz auftreten.

Bei Verdacht auf Allergie sollten Sie sich testen lassen. Solche Tests bringen Klarheit darüber, worauf Sie allergisch reagieren.

Der Provokations- und Neutralisationstest

Bei diesem Test werden Antigene in genau festgelegten Verdünnungen in die Haut gespritzt. Die Lösungen werden in einem homöopathischen Verdünnungsverfahren hergestellt. Positive Reaktionen zeigen sich in örtlichen Hautveränderungen: Quaddeln unterschiedlicher Intensität, die ab einer bestimmten Größe eindeutig als eine allergische Reaktion zu bewerten sind. Darüber hinaus können sich

Bei dieser Testmethode bestätigt sich die homöopathische Regel, daß eine Substanz ihre krankheitserregende Wirkung ab einer bestimmten Verdünnungsstufe verliert und heilen kann.

aber auch Symptome einstellen, die das Kind kennt und die die Eltern bisher nicht einordnen konnten: z.B. Augenbrennen nach Milchgetränken, Herzklopfen nach Weizenprodukten, Traurigkeit nach Konservierungsstoffen usw.
Kommt es zu einer positiven Reaktion, wird nach etwa acht Minuten die nächsthöhere Verdünnung der gleichen Substanz gespritzt. Bilden sich erneut Quaddeln oder bleiben die Symptome unverändert, wird nach weiteren acht Minuten wieder die nächsthöhere Verdünnungsstufe getestet. Es stehen üblicherweise sieben bis acht Verdünnungsstufen von jedem Antigen zur Verfügung. Bei jedem Kind findet man so seine persönliche Verdünnungsstufe, bei der weder Quaddeln noch Symptome entstehen. Damit ist die neutralisierende Dosis gefunden. Ihre Höhe zeigt die Intensität der Allergie. Je höher die erreichte Verdünnung ist, um so massiver ist die Allergie.
Bei Kleinkindern oder Kindern, die sehr große Angst vor Spritzen haben, kann der Test auch mit einer Lösung durchgeführt werden, die eingenommen wird.

Behandlung

Ist ein Kind an einer Allergie erkrankt, ist es gut, das Immunsystem mit Basisstoffen – Mineralien und Vitaminen – zu kräftigen. Es gibt die Auffassung, daß dadurch überschießende, krankhafte Reaktionen des Körpers abgeschwächt und eventuell verhindert werden können.
Allergien können nie allein mit einem Medikament oder einer naturheilkundlichen Methode beseitigt werden, wenn nicht zugleich die gesamten Lebensbedingungen des Kindes verändert werden. Entscheidend ist vor allem, daß das Kind keinen Kontakt mehr mit den allergieauslösenden Stoffen hat.

Allergietropfen

Entsprechend dem Ergebnis eines Provokations- und Neutralisationstests kann der naturheilkundliche Therapeut für jedes allergisch reagierende Kind individuelle Allergietropfen mischen, die neutralisierende Verdünnungen enthalten. Sie müssen nach einem individuellen Schema eingenommen werden.

- In Akutphasen, wie z.B. der Pollenflugzeit, kann es notwendig sein, die Tropfen ein- bis zweimal täglich zu geben.

- Die Tropfen geben Sie dem Kind einschleichend: Sie beginnen mit einem Antigenfläschchen; in der ersten Woche erhält das Kind einen Tropfen alle zwei Tage. Die Tropfen werden unter die Zunge gegeben!
- Wird diese Dosierung ohne negative Reaktionen vertragen, steigern Sie die Dosis ab der zweiten Woche auf zwei Tropfen alle zwei Tage.
- In der dritten Woche wird dann auf die höchste Dosis von drei Tropfen alle zwei Tage gesteigert.
- Kommt es allerdings in der Einschleichphase zu Reaktionen, wird die Dosis, die keine Reaktionen hervorruft, zunächst zwei bis drei Wochen beibehalten. Danach wird die Dosis erneut erhöht.
- Das zweite und eventuell dritte Antigenfläschchen wird erst eingesetzt, wenn Ihr Kind das vorherige problemlos vertragen hat.
- Gelegentlich muß nach einigen Wochen ein zweiter Test eine Veränderung ermitteln; das ist notwendig, wenn das Kind nach anfänglicher Symptomenbesserung plötzlich wieder vermehrt allergisch reagiert.

Aus schulmedizinischer Sicht ist nur eine Hypo- oder Desensibilisierungstherapie auf Dauer erfolgreich. Dabei werden über einen längeren Zeitraum stark verdünnte wäßrige Lösungen des Allergens in ansteigenden Konzentrationen unter die Haut gespritzt.

Allergisch reagierende Kinder sollten nicht täglich gleiche Nahrungsmittel bekommen. Das würde die Wahrscheinlichkeit, eine Allergie zu entwickeln, vergrößern.

Die Rotationsdiät

Das Prinzip der von der Naturheilkunde empfohlenen Rotationsdiät beruht darauf, bestimmte Lebensmittel in einem vier- bis siebentägigen Rhythmus zu essen. Es dauert nämlich etwa drei Tage, bis ein Lebensmittel vollständig aus dem Organismus ausgeschieden ist. Das Immunsystem kann sich wesentlich schneller erholen, wenn Allergien hervorrufende Nahrungsmittel nur alle vier bis sieben Tage verzehrt werden. Allein dadurch kann die Allergiebereitschaft des Körpers deutlich abnehmen.

Wenn die Rotation zu Testzwecken eingesetzt wird, muß ein Tagebuch geführt werden. Darin müssen Sie mehrmals täglich das Befinden Ihres Kindes notieren. Zusätzlich existiert ein Speiseplan, der genau festlegt, an welchen Tagen welche Lebensmittel gegessen werden dürfen.

Wichtig: Bei schweren Allergien darf die Diät nur unter therapeutischer Aufsicht erfolgen. Es kann zu extremen Reaktionen kommen!

Haben Sie die Lebensmittel ermittelt, die bei Ihrem Kind allergische Reaktionen hervorrufen, werden sie genauer untersucht: Fünf Tage lang darf das Kind sie nicht essen, danach erhält es auf nüchternen Magen ein einzelnes nach dem anderen – das nimmt insgesamt einige Tage Zeit in Anspruch. In Zukunft darf Ihr Kind die eindeutig ermittelten Lebensmittel leider nicht mehr essen! Sein Wohlbefinden sollte das wert sein.

Ernährung bei Pseudoallergien

Typische Nahrungsmittel, die Pseudoallergien hervorrufen, sind: Bananen, Erdbeeren, Sauerkraut, Tomaten, Schaltiere und Fisch, Schokolade, Nüsse.
Manche Nahrungsmittel enthalten einen sehr hohen Gehalt an gewebaktiven Hormonen, die nach dem Verzehr ebenfalls pseudoallergische Symptome auslösen können.

Nahrungsmittel, die Allergien auslösen

- Nahrungsmittel, die Histamin (Erdbeeren, viele Schweizer Käse, Gouda, Chedar, Pökelfleisch, Tomaten, Dosennahrung mit Fleisch, Sardinen, Thunfisch etc.) oder Serotonin (Bananen) enthalten.
- Farbstoffe wie Tartrazin (Gummibärchen), Tyramin in Käse (Camembert, Parmesan), Hefe, Schokolade, Zitrusfrüchte.
- Zusätze oder Rückstände in Nahrungsmitteln (Pestizide, Azofarbstoffe, Säuren etc.); bringen Sie also keine Fertiggerichte und vorbehandelten Lebensmittel auf den Tisch.
- Salizylate in Früchten; geben Sie Ihrem Kind daher nur einheimisches Obst vom Biobauern.
- Fertiggewürze enthalten häufig Glutamat und andere nicht aufgeführte Bestandteile, die Allergieschübe auslösen. Lesen Sie das Kleingedruckte auf der Packung genau!
- Fischkonserven sind besonders kritisch. Sie enthalten große Mengen Benzoesäure, das Fischeiweiß selbst ist häufig Verursacher der Symptome, und in einigen Fischarten kann besonders viel Histamin entstehen.

Geben Sie Ihrem Kind keine Lebensmittel mit hohem Salizylatgehalt

Ein stark allergisches Kind kann auf die folgenden Dinge reagieren:

- Obst:
  Apfelsinen, Äpfel, Ananas, Aprikosen, Avocados, alle Beerenarten, Datteln, Feigen, Guaven, Kirschen, Lychees, Mandarinen, Melonen, Pampelmusen, Passionsfrüchte, Pfirsiche, Pflaumen, Rhabarber, Rosinen, Trauben, Zitronen
- Gemüse:
  Alfalfa, Auberginen, Brokkoli, Endiviensalat, Gurken, ungeschälte Kartoffeln, süße Kartoffeln, Möhren, Oliven, Pfeffer, Pilze, Radieschen, rote Bete, Rüben, Saubohnen, Salatbohnen, Spargel, Spinat, Tomaten, Zucchini, Zwiebeln
- Gewürze:
  Anissamen, Cayennepfeffer, Curry, Dill, Kümmel, Muskat, Oregano, Paprika, Rosmarin, Salbei, Selleriesamen, Senf, Thymian, Zimt (viele Gewürze enthalten extrem große Mengen an Salizylaten)
- Getränke:
  Cola, die meisten Fruchtsäfte, alkoholische Getränke, Kaffee, Pfefferminztee, schwarzer Tee
- Nüsse und Samen:
  Erdnüsse, Kokosnüsse, Mandeln, Paranüsse, Pistazien, Sesamkörner, Walnüsse
- Süßes und Fertignahrung:
  Honig, Lakritze, Pfefferminze; hefehaltige Produkte und viele verpackte oder konservierte Nahrungsmittel können hoch salizylathaltig sein.

Schütten Sie das Kind nicht mit dem Bade aus. Probieren Sie sorgfältig aus, was Ihr Kind verträgt und was nicht.

Antihistaminika helfen

Substanzen, die die Wirkung des Allergien auslösenden Histamins im Körper Ihres Kindes hemmen, heißen Antihistaminika. Moderne Antihistaminika wirken darüber hinaus noch gegen Entzündungen. Eine Therapie mit Antihistaminika ist immer dann angezeigt, wenn es um rasche Linderung geht. Bei massiven allergischen Schüben ist es den Kindern nicht zuzumuten, die Symptome zu ertragen, zumal einige Präparate inzwischen gut erprobt sind und keine wesentlichen Risiken beinhalten.

Antihistaminika und Cromoglizinsäure können Sie zum Teil rezeptfrei in der Apotheke für Ihr Kind kaufen.

Ein Teil der Antihistaminika durchwandert die Blut-Hirn-Schranke und wirkt dadurch beruhigend. Die Präparate Valeriana comp Tavegil, Polarouil, Fenistil (A: Tavegyl, Fenistil – rezeptpflichtig; CH: Tavegyl, Fenistil) nutzen dies und können zudem bei Schlafstörungen und Erregungszuständen eingesetzt werden. Andere Antihistaminika haben keine Auswirkung auf das Gehirn und machen nicht müde, z. B. Zyrtec (A und CH: Zyrtec).

Wichtig: Geben Sie Ihrem Kind keine Antihistaminika, wenn es verwirrt reagiert, stark erregt ist, Bronchialasthma hat, an Herz-Kreislauf-Beschwerden leidet oder unter sechs Jahren alt ist. Gefahren wie Erregung, Krampfanfälle, Halluzinationen sind auch bei geringer Überdosierung gegeben. Unbedingt ist ein Therapeut zu befragen.

Nußsorten mit hohem Salizylatgehalt wie z.B. Erd- und Walnüsse, Pistazien, Mandeln u.a. sollten allergiegefährdete Kinder möglichst nicht essen.

Cromoglizinsäure zur Vorbeugung

Seit 1965 wird das Dinatriumsalz der Cromoglizinsäure vorbeugend bei Bronchialasthma (Intal), allergischem Schnupfen (z.B. Lomupren-Nasenspray; A: Lomusol; CH: Cromodyn) sowie bei allergischen Bindehautentzündungen (z.B. Opticrom; A: Allercrom; CH: Opticrom) eingesetzt. Da diese Präparate die vermehrte Histaminausschüttung nach dem Allergenkontakt verhindern, lag es nahe, über solche Medikamente auch auf Nahrungsmittelallergien einzuwirken. Das Medikament Colimune (nur in Deutschland erhältlich) bietet einen guten Schutz bei massiven Nahrungsmittelallergien.
Wichtig ist, daß die Substanz vor dem Allergenkontakt eingenommen wird, wobei ein Zeitintervall von 15 bis 30 Minuten günstig ist. Die Wirkung hält etwa vier Stunden an. Eine Therapie mit Cromoglizinsäure kann allerdings nur eine vorübergehende und lindernde Maßnahme sein. Sie beseitigt die Allergie nicht!

Eigenblutbehandlung

Die Eigenblutbehandlung ist ein klassisches Verfahren der Naturheilkunde, in der Schulmedizin aber noch umstritten. Das ursprüngliche Verfahren ist sehr einfach: Es wird venöses Blut entnommen und in den großen Gesäßmuskel gespritzt. Inzwischen gibt es eine Fülle von Abwandlungen, bei denen das Blut vor der Injektion verändert oder mit anderen Medikamenten – z.B. Echinacea, Ozon, homöopathischen Mitteln – vermischt wird.
Das Grundprinzip ist bei allen Verfahren gleich: Durch den Reiz des eigenen Bluts werden eine Reihe von immunologischen Reaktionen ausgelöst.

Organotherapie

Die Vorstellung, kranken Organen und Geweben zur Heilung Faktoren aus gleichartigen gesunden Organen zuzuführen, ist nicht neu. Bei der Behandlung von Allergien sollten die Organe in die Behandlung mit einbezogen werden, die einen verändernden Einfluß auf das Immunsystem ausüben: das Zwischenhirn, Schleimhäute, Milz, Thymus und Lymphknoten sowie die Nebennieren.
Bei der Auswahl der Präparate ist darauf zu achten, daß die Wirkstoffe nicht selbst eine allergische Abwehrreaktion auslösen.

Durch eine Milztherapie läßt sich eine deutliche Harmonisierung des gesamten Hormonhaushalts erzielen.

Die gewählten Verdünnungen D12 bis D6 bauen bei allergischen Kindern eine immunologische Toleranz auf, so daß Nebenwirkungen nicht zu befürchten sind. Geeignete Medikamente gibt es z.B. von der Firma vitOrgan. Sprechen Sie darüber mit Ihrem Therapeuten. Milzpräparate entfalten eine antiallergische Wirkung, indem sie die Freisetzung von Histamin aus den Blutkörperchen verhindern. Man konnte beobachten, daß Allergien durch Milzextrakte abgeschwächt oder sogar geheilt wurden.

Behandlung mit Bakterien

Die Behandlung mit lebensfähigen Bakterien kann auf eine lange Tradition zurückblicken. Bewährt haben sich bei Allergien Behandlungen mit Lakto- und Bifidumkulturen (z.B. Lactobact omni FOS; A und CH: ebenfalls erhältlich) sowie mit Kolibakterien (z.B. Colibiogen; siehe Kasten Seite 87). Sie steigern den Zellstoffwechsel im Darm und wirken so den bei Allergien häufigen Zellschädigungen der Darmschleimhaut entgegen. Auch das Immunsystem wird dadurch gestärkt, was einen Rückgang der allergischen Reaktionen bewirkt.

Allgemeine Verhaltensregeln

Handgeknüpfte Teppiche, z.B. aus China, Indien, dem Iran, sind in der Regel hochgradig belastet. In diesen Ländern kümmert sich niemand um europäische Pestizidverbote.

Eltern und Kinder, die die Allergie in den Griff kriegen wollen, müssen lernen, überflüssige Provokationen zu vermeiden. Erklären Sie Ihrem Kind deshalb ausführlich die Zusammenhänge von Ursache und Symptomen bei einer Allergie, und unterstützen Sie das Kind bei allen Umstellungsmaßnahmen.

- Die Ernährung sollten Sie auf eine möglichst schadstoffarme, basische Vollwertkost (siehe Seite 49) umstellen. Alle Lebensmittel, auf die das Kind allergisch reagiert, sind vom Essensplan zu streichen!
- Entwickeln Sie ein zunehmendes Konsumbewußtsein, und erziehen Sie Ihr Kind entsprechend: Textilgifte sind zu meiden; ungefärbte Kleidung birgt die wenigsten Risiken.
- Bevorzugen Sie Produkte, die auf Schadstoffe geprüft sind oder die schadstofffrei hergestellt werden. Kaufen Sie möglichst erzeugernah, z.B. direkt von Bauernhöfen, die ihren Betrieb ökologisch betreiben. Suchen Sie sich einen guten Naturkostladen.

- Verzichten Sie Ihrem Kind zuliebe auf parfümierte Seifen, Shampoos, Badezusätze und Cremes.
- Richten Sie die Wohnung und besonders das Kinderzimmer allergen- und schadstoffarm ein. Entfernen Sie Schimmel sofort. Trennen Sie sich eventuell von einem vorhandenen Haustier.

Neurodermitis

Neurodermitis ist zu einem alltäglichen Begriff geworden. Besonders Kinder leiden in zunehmendem Maß an dieser quälenden Hauterkrankung. Die Neurodermitis zeichnet sich nicht nur durch unstillbaren Juckreiz aus, sondern auch durch den ständigen Wechsel zwischen Hoffnung und Frustration: Hoffnung, daß die nächste Therapie, nach der unermüdlich und verzweifelt gesucht wird, jetzt endlich helfen wird; Hoffnung, daß das erscheinungsfreie Intervall dauerhaft bleibt; und Frustration, weil es wieder nicht der Fall ist.

Dieses Kapitel ist ganz besonders Eltern mit neurodermitiskranken Kindern gewidmet. Fassen Sie Mut!

Der Leidensweg kleiner Kinder

Die Entwicklung von Allergien und Neurodermitis setzt meist mit einer Nahrungsmittelallergie ein, aus ihr entwickelt sich die Neurodermitis, dann kommt es zu einer Allergie der oberen Atemwege, an die sich eine Allergie der unteren Atemwege anschließt; schließlich setzt eine Hyperaktivität der Bronchien ein, deren Endpunkt das Bronchialasthma sein kann.

Für die Neurodermitis existieren verschiedenste Begriffe, die häufig für Verwirrung sorgen:

- Endogenes Ekzem
- Neurodermitis constitutionalis
- Atopisches Ekzem
- Atopische Dermatitis
- Säuglingsekzem
- Milchschorf

Unterscheidung von Neurodermitis und Milchschorf

Neurodermitis	Nässende Dermatitis, Milchschorf
Meist ab dem 3. Lebensmonat	Ab den ersten Lebenswochen
Gesicht mehr betroffen als behaarter Kopf	Behaarter Kopf mehr als Gesicht betroffen
Gesicht mehr seitlich als zentral betroffen	Gesicht mehr zentral als seitlich betroffen
Nässend, entzündlich, geringe Schuppung	Starke, dicke, gelblich-fettige und stinkende Schuppung
Starker Juckreiz (»krankes Kind«)	Kein Juckreiz (»gesundes Kind«)

Bis zum dritten Lebensmonat spricht man vom Säuglingsekzem oder Milchschorf, erst danach von Neurodermitis. Prinzipiell handelt es sich aber um dasselbe Krankheitsbild, wobei unterschiedliche Verlaufsformen und zeitliche Unterschiede in den individuellen Beschwerden üblich sind. Hier wird der Einfachheit halber der Begriff »Neurodermitis« oder »endogenes Ekzem« benutzt.
Es gibt milde Formen einer Neurodermitis, die kaum behandelt werden müssen und die die Kinder ebensowenig beeinträchtigen. Dem gegenüber stehen schwere Krankheitsbilder, die zeitweise nur stationär in einer Klinik und unter hohem Kortisoneinsatz beherrscht werden können.

Die ganze Familie leidet

Betroffene Eltern finden nur wenig Unterstützung bei der Behandlung von Neurodermitiskindern. Kinderärzte kennen sich zuwenig aus, Hautärzte verschreiben Kortison.

Dramatisch kann die Situation bei einer akuten Neurodermitis vor allem bei Säuglingen und Kleinkindern werden. Die ganze Familie leidet unendlich mit dem kleinen Wesen, kann doch der ganze Körper befallen, die Haut vollständig mit blutenden und nässenden Rötungen überzogen sein, und der ganze Ausdruck des Kindes symbolisiert nur noch Leid.
Die Eltern können nicht konkret helfen, sondern nur versuchen, die Beschwerden zu lindern. Es gibt keinen Schlaf mehr, und es gibt keinen Alltag mehr. Wer kann sich anmaßen, den am Boden zerstörten Eltern neurotisches Verhalten als Ursache der Neurodermitis vorzuwerfen? Damit soll hier keinesfalls die psychische Komponente des endogenen Ekzems verworfen werden.

Neurodermitiskinder brauchen viel Zuwendung

Morgens fällt nicht selten der erste Blick der Eltern auf die Haut des Kindes anstatt in seine Augen. So wird das Kind schließlich erfahren, daß das Wohlbefinden der Eltern vom Zustand seiner Haut abhängt. Hieraus können sich kindliche Schuldgefühle entwickeln: Das Kind fühlt sich verantwortlich für das mangelnde Wohlbefinden der Eltern. Darüber hinaus kann das Gefühl erwachen, daß es nicht um seiner selbst willen geliebt wird, sondern nur als Kind mit gesunder Haut.

Ein Appell an alle Eltern: Kinder mit einer ausgeprägten Neurodermitis brauchen unendlich viel Liebe, Verständnis und viel Körperkontakt. Die Eltern müssen lernen, ihr Schicksal so gut wie möglich zu tragen und ihrem Kind trotz all der Anstrengungen und Entbehrungen ihre Liebe zu schenken. Es soll viel am Körper getragen werden, nachts darf es im elterlichen Bett schlafen. So kann dem Kind am besten geholfen werden, mit nächtlichen Juckkrisen fertig zu werden.

Kranke Kinder verwöhnen?

Die Angst, ein Kind zu sehr zu verwöhnen und dadurch zu verziehen, oder die Angst, es werde den Eltern eines Tages auf dem Kopf herumtanzen, ist völlig unbegründet. Chronisch kranke Kinder laufen immer Gefahr, eine Sonderstellung in der Familie einzunehmen. Angst, Unruhe und übermäßiges Bemuttern sind aber nicht gleichzusetzen mit Liebe und Aufmerksamkeit. Gerade bei Juckkrisen oder Beschwerden in der Nacht kommt es auf die liebevolle Geduld der Eltern an. Wer lernt zu akzeptieren, daß sein Kind an Neurodermitis erkrankt ist, wird entspannter mit der Krankheit umgehen können. Darüber zu verzweifeln, daß man nachts nicht mehr schlafen kann, daß das Kind viel weint und daß doch eigentlich alles ganz anders sein könnte, kostet nur Kraft. Problematisch kann die Situation dann werden, wenn bei den Eltern zunehmend Aggressionen gegen das Kind und seine Krankheit entstehen. Andere, zusätzliche Sorgen, die Ansprüche der Geschwister, finanzielle Nöte könnten die Gründe sein. In solchen Fällen ist dringend eine familientherapeutische Unterstützung zu empfehlen.

Eltern von erkrankten Kindern können Zugang zu Gefühlen finden, die ihnen sonst vielleicht verschlossen bleiben würden. Sie haben die Chance, bedingungslose Liebe zu lernen und zu leben.

Ursachen der Neurodermitis

Ob und wann ein Ekzem ausbricht, hängt von vielen verschiedenen Faktoren ab. Die Tatsache, daß die Neurodermitis immer häufiger direkt nach der Geburt ausbricht und daß das Stillen keinen Schutz mehr vor Ekzemen bietet, kann ein Hinweis auf die zunehmende Verschlechterung unserer Lebensbedingungen sein.
Tritt die Erkrankung erst nach mehreren Lebensjahren auf, so können die unterschiedlichsten Lebensbedingungen und -umstände als Ursache in Frage kommen. Auch genetische Faktoren kommen als Auslöser in Frage. Dabei ist zu beobachten, daß eine Veranlagung zu Ekzemen vom kindlichen Körper über einige Jahre hinweg ausgeglichen werden kann. Erst wenn die Reserven aufgebraucht sind oder die Kraft des Körpers am Ende ist, kommt es zum Ausbruch der Ekzeme oder der Neurodermitis.

Vererbung

Auch hohe Ozonwerte verschlechtern das Befinden vieler Neurodermitiker.

Zweifellos spielt die Vererbung die entscheidende Rolle. Sind beide Elternteile mit Neurodermitis belastet, so kommt es in 75 Prozent der Fälle zu einer Erkrankung bei den gezeugten Kindern. Es können aber auch ganze Generationen übersprungen werden. Was genau vererbt wird, ist noch ungeklärt.
Allerdings besteht der dringende Verdacht, daß Umweltgifte einen negativen Einfluß auf die menschlichen Gene ausüben. Es könnte also durch eine Giftwirkung zu Erbgutschäden kommen, die sich dann als Neurodermitis zeigen. Andererseits könnten Gifte auch zu einer Störung des Immunsystems und damit in der Folge zu Hauterkrankungen führen.

Allergierisiko bei Familienbelastung

Erkrankte	Häufigkeit
Beide Eltern	40 – 60 Prozent
Ein Elternteil	20 – 40 Prozent
Ein Geschwister	25 – 35 Prozent
Keine familiäre Belastung	5 – 10 Prozent

Begleiterscheinung Allergie

Die Auslöser der Neurodermitis sind individuell ganz unterschiedlich. So gibt es Patienten, bei denen allergische Reaktionen im Vordergrund stehen, bei anderen sind es mikrobiologische Veränderungen der Darmflora. Ein massiver Zinkmangel wird von den einen als Auslöser der Neurodermitis angesehen, andere vertreten die Auffassung, daß der zu diagnostizierende schwere Zinkmangel eine Folge der Neurodermitiserkrankung ist. Ebenso sind seelische Probleme als Hauptauslöser möglich. Diese Ursachen können allein auftreten, oder – und das ist weit häufiger der Fall – eine Kombination mehrerer Faktoren löst die Neurodermitis aus.

Fast immer spielt aber die allergische Reaktion eine Rolle – daher hat sich auch der Begriff »atopische Dermatitis« eingebürgert; Atopie bedeutet Allergie. Durch die genetisch bedingte Schwäche oder Störung im Hautstoffwechsel kommt es fast immer zu einer allergenabhängigen Reaktion der Haut. In den meisten Fällen existieren noch andere Allergien wie Heuschnupfen oder, meist ab dem fünften Lebensjahr, ein allergisches Bronchialasthma.

Neurodermitis bereitet den Boden für Hefepilzinfektionen

Auf neurodermitiskranker Haut breiten sich Hefepilzinfektionen leicht aus. Das Ekzem zeigt sich als aggressive Rötung. Es entstehen ein erheblicher Juckreiz, Schmerz und eventuell Fieber. Gerade vom Säuglingsalter bis zum Ende der Windelzeit findet sich im Windelbereich häufig eine ausgebreitete Hefepilzinfektion. Unbehandelt dehnt sich die Infektion weiter aus. Der Rand erscheint einmal durch kleine, pustelförmige Absiedelungen der Rötungen aufgelockert, manchmal ist er auch scharf abgegrenzt.

Neurodermitishaut ist dünnwandig und empfindlich. Sie bietet Pilzen und Bakterien vielfache Möglichkeiten für einen Angriff.

Handelt es sich um eine Hefepilzinfektion der Haut, muß dringend eine gründliche Candidadiagnostik durchgeführt werden (siehe »Candida albicans«, Seite 113). Durch nystatinhaltige Salbenpräparate (z.B. Multilind Heilpaste; A: Mycostatin; CH: Rivostatin) und eine Darmsanierung bekommt man die Pilzinfektion in der Regel schnell in den Griff.

Ekzemartige Hautveränderungen, meist als diffuse, trockene und blasse Rötung, eventuell mit kleinen Pusteln bedeckt, können eine Reaktion auf massive Hefepilzbesiedelung des Darms sein.

Ursachen für den schubweisen Verlauf

Viele Betroffene quält immer wieder die Frage, wieso ganz plötzlich eine Verschlechterung der Haut eintritt. Oft setzt bei völliger oder zumindest weitgehender Beschwerdefreiheit ein plötzlicher starker Schub ein.
Neben den Nahrungsmitteln und Allergien lösen meist ganz individuelle Konstellationen die Beschwerden aus. Der schubweise Verlauf der Neurodermitis ist ein Charakteristikum dieser Erkrankung.
Typische Momente für eine Verschlimmerung – vor allem bei Säuglingen und Kleinkindern – sind die folgenden Zeitpunkte:

- Zahnen
- Beginnende Infekte; während Fieberattacken meist völliges Abheilen, danach wieder Aufblühen der Ekzeme
- Starke Wetter- oder Klimawechsel
- Schreck, Streß, ungewohnte Lebensumstände – Urlaub, Krankenhausaufenthalt, Umzug etc.
- Kontakt mit Duftstoffen, bestimmten Pflanzen, Chemikalien, Farben, Lacken etc.
- Auch nach den Routineimpfungen im Kindesalter kommt es häufig zur Auslösung eines Neurodermitisschubs.

Bakterielle Infektionen

Bei vielen Neurodermitikern kommt es im Winter und Frühjahr zu einer Verschlechterung des Hautbilds.

Eine durch Bakterien verursachte Infektion der neurodermitiskranken Haut ist ebenfalls möglich. Da die Kinderhaut sehr empfindlich gegenüber Krankheitserregern wie Staphylokokken und Streptokokken ist, können diese Hautinfektionen auslösen – Impetigo genannt. Es bilden sich Blasen unterschiedlicher Größe, die sich rasch öffnen. Eine honiggelbe, eitrige Absonderung führt zu den typischen Krusten auf der Haut. So bilden sich scharf umschriebene, mit Krusten bedeckte, von einem entzündlich roten Hof umgebene Herde.
Der Ursache ist meist in der immungeschwächten Ekzemhaut zu finden. Die schnelle Ausbreitung kommt aufgrund von Schmierinfektionen zustande, die immer neue Herde bilden und nicht mit einem massiven Schub der Neurodermitis verwechselt werden dürfen.

Falsche Kleidung

Im Säuglings- und Kleinkindalter spielen bei entzündlichen Hautveränderungen, Ekzemen und neurodermitischen Schüben synthetische Kleidungsstücke eine große Rolle. Hautpartien, die unmittelbar mit Synthetikfasern in Berührung kommen (z. B. die Beine bei Strumpfhosen), reagieren bei entsprechender Veranlagung mit scharf begrenzten, juckenden Ekzemen. Nähte und eingenähte Wäscheinformationen oder Firmennamen sind überwiegend aus Synthetik und reizen besonders stark, weil sie sehr rauh sind. So ist es sinnvoll, sie vollständig zu entfernen und Nähte nach außen zu tragen.
Trockene Haut reagiert deutlich schneller und intensiver auf solche Reizungen. Regelmäßiges Eincremen der Haut ist eine gute Möglichkeit, die Empfindlichkeit herabzusetzen.

Giftbelastung

Durch belastete Säuglingsnahrung, leider auch Muttermilch, kann es heute tatsächlich zu einer Vergiftung mit Pestiziden kommen. So kann insbesondere durch das früher in der Agrarchemie verwendete Lindan das kindliche Immunsystem schwer geschädigt werden. Eine massive Neurodermitis kann eine der möglichen Folgen sein. Lindan wurde auch in Babynahrung aus Europa nachgewiesen. Auch Orangensaftprodukte und Pflanzenöle können mit Lindan belastet sein. Darüber hinaus kommt auch eine Belastung mit Nitrat häufig vor. Durch den Bakterienstoffwechsel der Darmflora wird es zu dem für Säuglinge besonders gefährlichen Nitrit umgewandelt.

Die richtige Kleidung zu finden ist für Neurodermitiker besonders schwer. Stoffe aus natürlichen Fasern und sorgfältig verarbeitete Kleidungsstücke sind bei der Suche zu bevorzugen.

Mangelerscheinungen

Bei der Neurodermitis spielen folgende Substanzen eine besondere Rolle: Zink, Vitamin A, B6 und C, Folsäure, Magnesium, Kalzium, Gamma-Linolensäure und Beta-Karotin.
Eine ausführliche Labordiagnose findet einen möglichen Mangel dieser Stoffe. Mikronährstoffdefizite dürfen keinesfalls übersehen werden. Andernfalls hat eine Behandlung, die sich allein auf äußere Ursachen stützt, keinen Erfolg.
Liegt ein nichterkannter Zinkmangel vor, sind in der Regel alle Therapieversuche zum Scheitern verurteilt! Besonders Kinder haben häufig Zinkmangel!

Als wichtigste Vorstufe der Gewebehormone nimmt die Gamma-Linolensäure Einfluß auf die Blutzirkulation, die Haut und das Immunsystem sowie auf viele weitere Stoffwechselfunktionen. Bei Menschen mit allergischer Veranlagung ist die Umwandlung von der Linolsäure in die lebensnotwendige Fettsäure Gamma-Linolensäure gestört. Durch den daraus resultierenden Mangel an Prostaglandin E1, einem sehr wichtigen Hormon, kann es zu trockener und schuppiger Haut, Reizbarkeit, Antriebsschwäche, Infektionen und noch einigem mehr kommen. Daher wird bei der Behandlung der Neurodermitis auch Gamma-Linolensäure von außen zugeführt.

Der Darm beeinflußt die Haut

Es besteht ein auffallend enger Zusammenhang zwischen der Veränderung des Darmmilieus bei fehlenden Laktobazillen und dem endogenen Ekzem.

Es besteht ein sehr enger Zusammenhang zwischen Ekzemen und Darm. Durch bestimmte Darmbakterien sowie Hefe- und Schimmelpilze kann ein endogenes Ekzem erheblich verschlechtert oder gar verursacht werden.
Andererseits scheinen bestimmte Bakterien in der Lage zu sein, die Neurodermitis positiv zu beeinflussen. So findet sich bei jedem Neurodermitiskind ein Mangel oder ein weitgehendes Fehlen von Laktobazillen. Sie bilden die sehr wichtige Milchsäure und senken somit den pH-Wert im Darm. Ein saures Darmmilieu ist wichtig für das optimale Funktionieren der Verdauungsvorgänge und das Unterdrücken der Fäulniserreger, die Nahrungsbestandteile zersetzen und dabei Stoffwechselgifte bilden.

Hefepilze im Darm verschlimmern Neurodermitis

Ein Candida-albicans-Befall der Verdauungsorgane, insbesondere des Darms, kann eine bestehende Neurodermitis erheblich verschlimmern. Wenn sich der Hefepilz deutlich vermehren kann und zunehmend den Darm besiedelt, kommt es bei erkrankten Kindern zu einer Verschlechterung des Krankheitsbilds.
Nach einer mikrobiologischen Stuhlanalyse werden fehlende Keimgruppen, vorwiegend Laktobazillen, zugeführt. Eine solche Darmtherapie ist immer als Langzeittherapie einzuplanen; über Jahre hinweg müssen Bakterienkulturen eingenommen werden. Diese Maßnahme wirkt sich insgesamt sehr günstig auf die Gesundheit und das Immunsystem aus.

»Das vertrag' ich nicht!«

Bei vielen Neurodermitiskindern kann man beobachten, daß bestimmte Nahrungsmittel, Lebensmittelzusatzstoffe und Genußmittel Ekzemschübe auslösen. Es gibt einige typische Unverträglichkeiten, die bei den meisten Patienten auftreten, sowie ganz individuelle Reaktionen auf bestimmte Substanzen (siehe »Allergien«, Seite 124).

Die Vielzahl der Faktoren, die einen erneuten Neurodermitisschub auslösen können, macht es so schwierig, krank machende Situationen zu meiden.

Herderkrankungen

Bei gefährdeten Kindern scheinen bestimmte Störherde die Neurodermitis auslösen zu können. So gibt es Belege dafür, daß z.B. eine Erkrankung im Hals-Nasen-Ohren-Bereich ein endogenes Ekzem auslösen kann. Dieser Verdacht drängt sich insbesondere bei den Kindern auf, die nicht erblich belastet sind und keine Allergien haben.

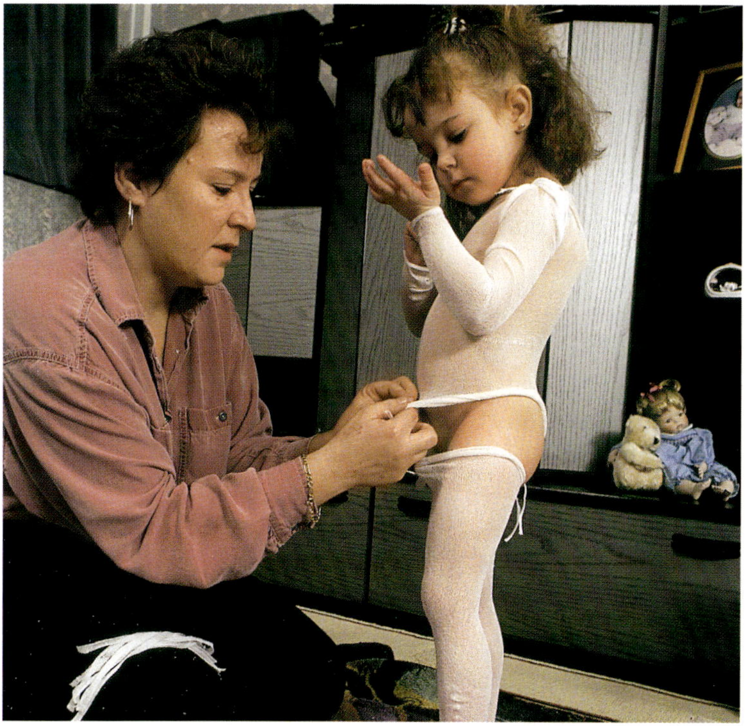

Oft wird Kindern, die unter Neurodermitis leiden, eine Schutzkleidung aus Mull angezogen, um die Infektionsgefahr beim Kratzen und ein Verkleben der Haut mit der Kleidung zu verhindern.

Die Psyche macht krank

Viele kennen das Phänomen: Geht es den Eltern gut, so geht es auch den Kindern gut!

Menschen mit Neurodermitis sind äußerst sensible Wesen. Durch Mangelerscheinungen, insbesondere Magnesium- und Zinkdefizite, scheint diese vielen als Labilität erscheinende Eigenart deutlich verstärkt werden zu können. Die Gefahr, daß sich durch eine Erziehung, bei der das Kind zuwenig Wärme und Liebe erfährt, die Krankheit verschlechtert oder erst ausbricht, ist besonders groß!
Durch seelische Anspannungen kommt es leicht zu Verschlechterungen des Hautbildes oder zu Ekzemschüben. Ängste oder Aggressionen, die nicht bewußt verarbeitet werden oder zu intensiv auf das Kind einwirken, werden dann über die Haut ausgedrückt. Man spricht von der Organsprache der Haut. Hier wird eine psychologische Einzel- oder Familientherapie notwendig.

Symptome einer Neurodermitis

Die Erscheinungsformen können deutlich variieren. Allerdings gibt es Leitsymptome, die in der Regel vorhanden sind. Dazu gehören der Juckreiz, die entzündliche Rötung, eine trockene Haut und ein schubweiser Verlauf der Hauterscheinungen. Ausdehnung, Heftigkeit und Ort der Ekzeme sind abhängig vom Zustand des kindlichen Immunsystems und vom Alter des betroffenen Kindes.

Das Säuglingsekzem

Im Säuglingsalter zeigt sich das Ekzem zunächst als Milchschorf. Die Hautveränderung erhielt ihren Namen, weil eine Ähnlichkeit mit angebrannter Milch besteht. Es kommt in nässenden Hautzonen zu einer goldfarbenen, stinkenden Krustenbildung am behaarten Kopf, im Gesicht, an der oberen Brustpartie sowie an den Streckseiten der Beine.
Der Milchschorf kann bis zum zweiten Lebensjahr unvollständig zurücktreten. Es muß keinesfalls ein Übergang in eine Neurodermitis stattfinden. Sobald allerdings typische Stellen – wie z.B. die Kniekehlen – befallen sind und sich ein starker Juckreiz einstellt, ist die Diagnose »Neurodermitis« fast eindeutig. Wenn kein Juckreiz vorhanden ist, liegt meist keine Neurodermitis vor.
Der Name Milchschorf hat oft dazu geführt, daß man eine Milchunverträglichkeit als Ursache unterstellte.

Neurodermitiskranke Haut ist insgesamt trocken und glanzlos. Die Nägel sind meist durch ständiges Kratzen abgenutzt und glänzen.

Ekzeme wie Milchschorf oder das nässende Ekzem können die Kinder zwar fürchterlich entstellen, beeinträchtigen aber deren Allgemeinbefinden häufig nur wenig. Wenn kein quälender Juckreiz entsteht, strahlen aus völlig verkrusteten und verklebten Gesichtern gesunde Kinderaugen. Anders bei der Neurodermitis: Diese Kinder machen häufig einen gequälten und leidenden Eindruck.

Der weitere Verlauf

Geht das Säuglingsekzem in eine Neurodermitis über, kommt es im Laufe der Zeit häufig zu einem trockeneren Krankheitsbild. Die Beschwerden beschränken sich zunehmend auf Hals, Ohrbereich, Ellenbeuge und Kniekehle. Aber sehr häufig wird auch das Gesicht, besonders die Wangen, befallen. Im Lauf der Jahre zeigt sich das Ekzem dann überwiegend an Ellenbogen und Kniekehlen.

Zunehmende Verschlechterung alarmiert

Es hat den Anschein, daß sich in den letzten Jahren schwerere Verlaufsformen mehren, bei denen Gesicht, Oberkörper und Hände befallen bleiben. Meist kommt es zu jahreszeitlichen Schwankungen der Symptomatik. Üblicherweise geht es vielen Patienten in den Sommermonaten deutlich besser als im Winter. Die UV-Strahlen der Sonne fördern eine Abheilung. Aber auch hier zeichnet sich eine Wende ab: Durch den extremen Anstieg der Ozonwerte während Schönwetterperioden kommt es bei vielen Kindern jetzt eher zu einer heftigen Verschlechterung der Haut.

Die schubweisen Beschwerden

Die erkrankten Kinder leiden an verminderter Talgproduktion, bei Streß an überschießender Schweißabsonderung, Entzündungen und dadurch bedingtem Juckreiz. Durch eine Immunstörung kommt es zu einer Entzündung im Hautgewebe, die von einer gestörten Wasserbindung und Talgproduktion begleitet wird. Somit ist die Neurodermitis streng genommen gar keine Hauterkrankung, sondern viel eher eine Immunstörung, die sich u. a. an der Haut zeigt.
Allerdings können diese Beschwerden zeitweise vollständig verschwinden, so daß man nicht von einer unheilbaren Krankheit sprechen kann, eher von einer dauerhaften Neigung zur Neurodermitis.

Merkmale der Neurodermitis

Allgemeine Merkmale eines an Neurodermitits erkrankten Kindes:

- Allgemeine Blässe
- Doppelte Lidfalte
- Weißer Dermographismus: Zieht man mit einem stumpfen Gegenstand eine Linie auf der Haut, entsteht ein weißer Strich; bei gesunder Haut kommt es nach mechanischer Reizung zu einer Gefäßerweiterung, was eine Rötung verursacht
- Gestörte Schweißabsonderung, besonders an den Ellenbogen und Kniekehlen

Spezielle Merkmale an den befallenen Hautstellen:

- Starke Rötung und Juckreiz
- Grobe Fältelung der Haut (Elefantenhaut)
- Kratzspuren, oft blutig, besonders nach der Nachtruhe
- Nässende oder stark trockene Hautbereiche
- Quaddelbildung auf der Haut.

Streß in der Nacht

Hauptsymptom der Neurodermitis ist der quälende Juckreiz mit besonderen Juckkrisen während der Nacht, bei denen sich die Kinder, ohne es zu merken, tiefe Hautwunden zufügen können.

Eine besondere Belastung erfolgt in den Nächten. Die Kinder sind durch den Juckreiz sehr unruhig und kratzen häufig und sehr heftig. Achten Sie unbedingt darauf, daß die Fingernägel Ihres Kindes immer kurz geschnitten sind.

Eltern, die ihre Kinder im gemeinsamen Bett mitschlafen lassen, wissen, wie zermürbend dieses Kratzen ist. Das Geräusch geht jedem durch Mark und Bein, die Unruhe läßt kaum Schlaf zu. Die Kinder selbst versuchen zu schlafen, werfen sich aber ständig hin und her, ziehen sich aus und wandern im ganzen Bett umher. Linderung bringt vielen Kindern in der Nacht ständiger Körperkontakt.

Der Grund für die nächtliche Verschlimmerung liegt zum einen darin, daß die tagsüber übliche Ablenkung fehlt und daß es zu einem Wärmestau unter der Decke kommt. Zum anderen sinkt in der Nacht der körpereigene Kortisolspiegel, wodurch der entzündungshemmende und juckreizlindernde Effekt dieses Hormons nachläßt.

Aus dem Tagebuch eines zehnjährigen Kindes

»Wenn die Haut so juckt, will ich oft lieber tot sein, um das Gefühl nicht mehr zu haben. Ich habe aber auch große Angst vor dem Sterben. Obwohl ich schon gerieben, gekratzt, geschubbert habe, hört und hört es einfach nicht auf. Die Haut tut so weh, sie ist ganz naß und entzündet.

Ich habe Wut und Lust, alles kaputtzumachen. Auch meine ganze Haut. Ich kann gar nicht sagen, wie sich mein juckender, schmerzender, klebriger und feuchter Körper anfühlt. Nachts ist es besonders schlimm. Die Kleider auf der Haut tun gut, wenn sie glatt und weich sind, und gleichzeitig sind sie lästig, weil sie zu warm, zu kalt, zu kratzig und zu weich sind. Jede Bewegung oder wie ich mich lege, muß ich genau ausprobieren. Liegt meine Haut aufeinander, tut es manchmal gut, und manchmal ist es ganz falsch. Ich glaube, ich kann es nicht mehr aushalten. Wenn ich mich so fühle, könnte ich alles um mich herum und mich selbst kaputtmachen. Ich will nicht, daß mich jemand sieht. Ich will meine Augen nicht mehr aufmachen.«

Die Suche nach den Ursachen

Um eine optimale Behandlungsform zu finden, müssen die sehr individuellen Ursachen herausgefunden werden. So kann ein Mangel an Mineralien, Spurenelementen, Vitaminen, Aminosäuren oder Fettsäuren eine Rolle spielen. Es können negativer Streß oder seelische Probleme wie Konflikte im Elternhaus, im Kindergarten oder in der Schule eine Rolle spielen. Weiterhin kann die Ernährung – Fast food, Süßigkeiten, allergenreiche Nahrungsmittel – schuld sein. Daraus resultieren häufig Veränderungen im Darm. In vielen Fällen läßt sich kein direkter Auslöser ermitteln – auch dann kann man Behandlungsmethoden finden, die dem Kind Erleichterung verschaffen.

Die Suche nach den Ursachen der Neurodermitis ist langwierig und häufig nicht erfolgreich. Dennoch lassen sich Behandlungsformen finden, die das Leiden erleichtern oder ganz zum Abklingen bringen.

Behandlung

Die Lebensumstände können erheblichen Einfluß auf die Verlaufsform des Ekzems nehmen, ebenso die therapeutischen Bemühungen, die einen schweren Verlauf der Neurodermitis zumindest verhüten

oder lindern können. Das Krankheitsbild ist mit einer gezielten Nährstofftherapie und einer angepaßten Lebenssituation positiv zu beeinflussen. Es gibt jedoch auch Situationen, in denen schwere Schübe zeitlich begrenzt mit Kortison behandelt werden müssen. Darüber muß dann der Arzt entscheiden.
Die Behandlung einer Neurodermitis muß einen Zusammenhang mit Mangelerscheinungen, Darmkeimen und Pilzen oder Umweltbelastungen berücksichtigen. Auch einen Zusammenhang zwischen Ernährung und Hautreaktionen gilt es zu bedenken.

Kortisonsalben

Aufgeklärte und verantwortungsbewußte Eltern können im Lauf der Zeit selbst entscheiden, wann sie zu Kortison greifen.

Eine Therapie mit kortisonhaltigen Salben kann trotz aller Bedenken und negativer Erfahrungen kurzfristig notwendig und segensreich sein. Die Angst vor einem beschränkten Einsatz einer Salbe mit Hormonen wie dem Kortison ist unbegründet, vor allem, da Kortison in Salbenform an der aufgetragenen Stelle gut wirkt, aber andere Körpersysteme kaum beeinflußt.
Doch sollten Kortisonpräparate nie allein zur Behandlung einer Neurodermitis eingesetzt werden. Zu viele Ursachen der Erkrankung könnten so übersehen werden. Eine entsprechende Begleittherapie kann Kortison ganz überflüssig machen.
Bei manchen Patienten zeigen sich die Beschwerden nur ein- bis zweimal wöchentlich oder zu kurzen Zeiten im Jahr. Wenn sie dann äußerst schmerzhaft, juckend oder sehr lästig sind (z.B. zwischen den Fingern, im Anal- oder Genitalbereich, im Gesicht), kann durchaus zu Kortisonsalben gegriffen werden.

Antihistaminika

Bei akuten Juckkrisen und Ekzemschüben können Antihistaminika hilfreich sein. Ein beruhigender Effekt kann gerade für die Nacht von Vorteil sein (z.B. die Präparate Fenistil oder Tavegil; A: Fenistil, Tavegyl – rezeptpflichtig; CH: Fenistil, Tavegyl).
Das Salbenpräparat Sensicutan (derzeit nur in Deutschland erhältlich) enthält neben hochkonzentrierten Auszügen aus der Kamille Heparin, das das entzündungsfördernde Histamin bindet. Der juckreizstillende Effekt ist für ein kortisonfreies Präparat recht gut.

Empfehlenswerte Fertigpräparate

Präparat	Substanzen und Wirkung
Hewekzem novo (A: Hermalind; CH: Turexan)	Heilsalbe; leicht fettend. Sehr gutes Basispräparat für Beschwerden bei trockener Haut
Sensicutan (nur in Deutschland erhältlich)	Nichtfettende Salbe. Gut geeignet für nässende Ekzeme. Gute juckreizstillende Eigenschaften, angenehme Salbengrundlage
Ureata-Harnstoff-salbe (A: Basodexan; CH: Excipial)	10prozentige Harnstoffsalbe
Linola Fett Salbe (A und CH: Linola Fett)	Fettende Basissalbe. Gut für trockene Ekzeme
Tannolact-Creme (A: Tannosynt; CH: Tannosynt)	Gerbstoffcreme. Wirkt entzündungshemmend und juckreizstillend. Besonders für Hautstellen geeignet, die ständig aneinanderreiben: Achselhöhle; Anal- und Genitalbereich; unter der Brust. Wirkt auch günstig bei Bakterien- und Pilzinfektionen
Multilind Heilsalbe (A: Mycostatin-Zinkoxid; CH: Multilind)	Bei Pilzinfektionen. Enthält neben Nystatin auch Zink
Weiche Zinkpaste (A: Cutimix; CH: Oxyplastin)	Bei akuten, nässenden Ekzemen
BasisCreSa (A und CH: Basiscreme)	Gutes Basispräparat für trockene und auch nässende Hautveränderungen. Kühlend. Als wirkstofffreie Intervallbehandlung zur Hautpflege sehr gut geeignet, da keine Konservierungs-, Farb- und Geruchsstoffe enthalten sind. Auch als Grundlage für Spezialrezepturen.

Jeder muß selbst herausfinden, welches Präparat ihm am besten hilft, und leider ändert sich auch das manchmal. Was bisher Erleichterung brachte, ist nun wirkungslos. Dann geht die Suche erneut los.

Ein ganz besonderer Saft

In der Naturheilkunde wird die Eigenharntherapie schon lange geschätzt. Häufig wird sie in Form von Injektionen verabreicht, ganz ähnlich der Eigenbluttherapie. Eine frappierende Wirkung erzielen die Injektionen häufig bei allergischem Asthma und anderen Allergien sowie Hauterkrankungen.

Aber es gibt auch eine Schattenseite dieser Therapie. Die Nieren haben die Aufgabe zu entgiften, und mithin werden unter Umständen auch erhebliche Mengen an Umweltgiften ausgeschieden. Sie werden dem Körper bei der Eigenharntherapie aufs neue zugeführt. Somit kann die Therapie mit Eigenurin aus umweltmedizinischen Gesichtspunkten nicht empfohlen werden.

Ganz anders ist eine Behandlung mit Urin nach homöopathischen Regeln. Eine Behandlung mit homöopathischen Verdünnungen aus Urin ist die sogenannte antihomologe Immuntherapie, bei der Urin erst in seine Bestandteile zerlegt wird, um dann zu Tropfen, Nasentropfen, Injektionen oder Inhalationen verarbeitet zu werden (siehe Seite 103). Die Behandlung dauert mehrere Monate. Etwa die Hälfte der Kinder ist nach einer solchen Behandlung beschwerdefrei; Erstverschlimmerungen sind jedoch möglich, aber aus homöopathischer Sicht nur ein Zeichen, daß der Körper reagiert.

Nächtlichem Juckreiz begegnen

Tagsüber sind die Kinder müde, unausgeschlafen, schlecht gelaunt und nervös. Sie weinen häufig, sind aggressiv und unlustig.

Kommt es zu heftigen Schüben von Juckreiz in der Nacht, so hilft bei kleinen Kindern meist nur noch das Umhertragen. In manchen Fällen können Fenistil Tropfen (auch in Österreich und in der Schweiz erhältlich) Erleichterung verschaffen. Der Bewegungsrhythmus und der Körperkontakt helfen den Kindern, sich zu beruhigen und – solange sie getragen werden – Schlaf zu finden. Wenn die Kinder extrem unruhig sind und leiden, sind Aufstehen und Umherlaufen in der Regel einfacher zu ertragen, als sich gemeinsam im Bett weiterzuquälen. Die Kraft, so etwas längere Zeit durchzustehen, finden Eltern und Kinder – wenn sie die richtige Einstellung haben – eigenartigerweise immer wieder.

In diesen Momenten ist es ganz besonders wichtig, daß die Eltern das Loslassen üben und lernen, nicht darüber nachzudenken, daß sie eigentlich jetzt wie alle im Bett liegen könnten. Natürlich besteht hier eine Gefahr: Das Kind registriert, daß Jucken und Leiden die Eltern dazu bewegen, sich mehr um es zu bemühen. Empfindet nun das Kind ohnehin einen Mangel an Zuwendung, kann es die elterliche Fürsorge und Liebe über das Leiden erpressen. Unter Umständen ist dann eine Familientherapie nötig und hilfreich.

Der Neurodermitisoverall

Ganz neu ist der für Kinder entwickelte Neurodermitisoverall. Durch integrierte Fäustlinge schützt er die Kinder davor, sich blutig zu kratzen. So kann der Juckreiz abgebaut werden, ohne daß die Haut weiter geschädigt wird und somit noch stärker juckt. Die Fäustlinge sind mit einem variabel verschließbaren Gummizug am Handgelenk befestigt. Ein Rausschlüpfen aus dem Fäustling ist unmöglich. An besonders gefährdeten Stellen, wie Armbeugen, Ellenbogen, Kniekehlen und Hals, ist der Overall doppelt gearbeitet. So können die Kinder dem Juckreiz nachgeben, ohne die Haut zu schädigen. Den Overall gibt es in jeder Apotheke. Die meisten Krankenkassen beteiligen sich an den Kosten.

Zinkpasten

Zink bindet in den Zellen Histamin. Fehlt Zink, wird vermehrt Histamin freigesetzt. Histamin ist – neben anderen aggressiven Gewebshormonen – für die akuten juckenden Hauterscheinungen verantwortlich.

Zinkpasten eignen sich sehr gut zum Auftragen auf die befallenen Hautstellen, besonders wenn es sich um akute und blutige Ekzeme handelt (weiche Zinkpaste oder Zinklotion verwendet man am besten bei nässenden Ekzemen). Da die äußerliche Anwendung weiß und schmierig ist, eignet sich die Anwendung für die Abendstunden und die Nacht.

Neurodermitis tritt bei seelischen Nöten schubweise auf. Haut, Psyche und Immunsystem scheinen untrennbar miteinander verbunden zu sein.

Nicht jede Hautreaktion muß allergisch sein, und falls eine Allergie besteht, ist sie selten die alleinige Krankheitsursache für die Neurodermitis. Bestimmte Nahrungssubstanzen sind, regelmäßig eingenommen, in der Lage, einen regulierenden und heilenden Einfluß zu nehmen. So können sich bei einigen Patienten z.B. lange Rohkostperioden sehr günstig auf das Hautleiden auswirken. Diese Form der Ernährung ist allerdings für kleinere Kinder ungeeignet. In jedem

Fall muß eine Bereitschaft seitens des Patienten bestehen, sich aktiv und kreativ mit seiner Ernährung auseinanderzusetzen und zu experimentieren.

Gamma-Linolensäure zuführen

Während der Stillzeit sollten Sie Gamma-Linolensäure zu sich nehmen, damit Sie und Ihr Kind keinen Mangel entwickeln.

Durch die Zufuhr von Gamma-Linolensäure – z.B. in Form von Borretschsamenöl – werden die Stoffwechselstörung und der dadurch bedingte Mangel bei Allergikern ausgeglichen. Borretsch ist die Pflanze mit dem höchsten Anteil an Gamma-Linolensäure: etwa 25 Prozent! Auch Nachtkerzenöl ist reich an Gamma-Linolensäure.
Bei einer Therapie zeigt sich ein dosisabhängiger Effekt ab einer Zufuhr von 240 bis 340 Milligramm täglich. Das entspricht etwa zwei bis drei Kapseln eines guten Präparats (z.B. Quintesal; auch in Österreich und in der Schweiz erhältlich).
Ein therapeutischer Erfolg tritt manchmal schon nach zwölf Wochen, meist aber erst nach sechs Monaten auf. Liegt ein genetisch bedingter Defekt im Stoffwechsel vor, muß lebenslang Gamma-Linolensäure eingenommen werden. Die Daueranwendung ist völlig unproblematisch.

Fehlende Laktobazillen im Darm ersetzen

Gute Erfahrungen bei der Zufuhr von Laktobazillen wurden mit den Präparaten Colibiogen (siehe Kasten Seite 87) und Lactobact omni FOS (auch in Österreich und in der Schweiz) gemacht. Eine Behandlung sollte immer als Langzeitmaßnahme über sechs bis zwölf Monate oder länger eingeplant werden.

Die Haut eincremen

Ein aufmerksames und häufiges Cremen mit den geeigneten Präparaten verhindert in der Regel Komplikationen wie Infektionen oder zunehmenden Juckreiz durch Austrocknung. Die Empfehlung, überhaupt nicht zu cremen, weil die Haut sonst nie lernen würde, ausreichend Flüssigkeit zu speichern, ist bei Neurodermitis unsinnig. Eine neurodermitische Haut kann nicht lernen, Feuchtigkeit zu speichern!
Zudem tut der zärtliche, leicht massierende Hautkontakt beim Eincremen auch der Psyche Ihres Kindes gut.

Sonnenschutz

Kinder mit Ekzemen können eindeutig feststellen, daß eine Sonnenbestrahlung heilsam für ihre Haut ist. Doch mittlerweile ist die aggressive UV-Strahlung viel zu gefährlich, als daß eine uneingeschränkte Empfehlung ausgesprochen werden könnte. Eine Ausnahme ist der Aufenthalt am Toten Meer.

Mittlerweile stehen spezifische, für Allergiker konzipierte Sonnenschutzpräparate zur Verfügung. Das Allergierisiko vieler herkömmlicher Präparate läßt sich durch die Verwendung solcher Sonnenschutzprogramme auf ein Minimum reduzieren.

Bei guten Sonnenschutzprodukten ist die Schutzleistung gerade in Hinsicht auf die UVA- und UVB-Strahlen optimiert. Dank neuartiger Zusammensetzungen sind keine Konservierungsstoffe enthalten.

Sofortmaßnahmen bei akuter Neurodermitis

- Besteht der Verdacht, daß das Kind mit einem allergieauslösenden Stoff in Berührung gekommen ist, sollte es sofort mit kühlem Wasser – möglichst ohne Seife – gewaschen werden.
- Dehnen sich das Ekzem und der Juckreiz über größere Hautflächen aus, können kühlende Bäder – wenn überhaupt, nur mit Salz aus dem Toten Meer als Zusatz – wohltuend und erleichternd wirken.
- Feuchte, kühlende Umschläge mit Kamillensud beruhigen die Haut. Tauchen Sie dazu ein ausreichend großes Leintuch in starken Kamillentee, wringen Sie es aus, und legen Sie es mehrfach täglich auf die entzündeten Hautstellen.
- Auf nässende Hautpartien tragen Sie Zink als Schüttelmixtur oder weiche Zinkpaste (D: weiche Zinkpaste; A: Cutimix; CH: Oxyplastin) auf.

In Absprache mit dem Arzt können auch folgende Maßnahmen getroffen werden:

- Es kann durchaus notwendig sein, bei akuten Neurodermitisschüben auf einige extrem reagierende Hautstellen ein Kortisonpräparat aufzutragen.
- Besteht der Verdacht, daß ein Lebensmittel oder ein Allergen die Ursache ist, können Sie Kindern Zyrtec Tropfen oder Saft (auch in Österreich und in der Schweiz erhältlich) geben.

Besonders wohltuend ist ein Aufenthalt am Toten Meer. Er kann das Hautbild für Monate verbessern. Inzwischen gibt es Salz aus dem Toten Meer auch als Badezusatz zu kaufen.

Klimatherapie

So, wie das Großstadtklima Allergien und Neurodermitis meist verschlechtert, können sich Seeklima und Hochgebirgsklima äußerst positiv auswirken. Das ist jedoch nur eine Faustregel, da die Kinder individuell sehr unterschiedlich reagieren.

Insbesondere das Seeklima und das Baden im Meer haben häufig einen sehr guten Einfluß. Meist beobachtet man eine kurzfristige Verschlechterung, danach ein schnelles Abheilen der Ekzeme.

Eine ganz besondere Wirkung übt der Aufenthalt am Toten Meer aus. Das Tote Meer liegt etwa 400 Meter unter dem Meeresspiegel und ist damit die tiefste Wasserfläche der Erde.

Da die Temperaturen in dieser Region teilweise sehr hoch liegen, verdunstet das Wasser rasch, und der Wasserspiegel bleibt etwa konstant. Eine weitere Folge der starken Verdunstung ist der hohe Salz-

Kinder mit Allergien oder Neurodermitis fühlen sich während eines Aufenthaltes am Meer oft sehr viel wohler.

gehalt von etwa 30 Prozent, das Wasser trägt den Körper. Neben dem Salz birgt das Tote Meer weitere wichtige Mineralstoffe wie Magnesium, Kalium, Brom u.a. Die Luft enthält etwa zehn Prozent mehr Sauerstoff als normal, und ihr Bromgehalt wirkt beruhigend und entspannend.

Der hohe Salzgehalt der Luft sowie die tiefe Lage ermöglichen eine ungewöhnliche Sonneneinstrahlung. Das UV-Licht wird durch die Salze gefiltert. Diese Naturgegebenheiten bilden zusammen mit der durchschnittlichen Sonnenscheindauer von mehr als 300 Tagen im Jahr eine einmalige Heilkraft. Die meisten Kassen übernehmen eine Heilbehandlung am Toten Meer. Es wurden schon vor Jahren deutschsprachige Therapiezentren eingerichtet. Die Organisation erfolgt von Deutschland aus.

Bäder

Baden ist bei Neurodermitis möglich. Doch das tägliche Baden der Säuglinge und Kleinkinder ist unsinnig. Prinzipiell sollten kleine Kinder nur dann gebadet werden, wenn sie Freude daran haben. Aus hygienischen Gründen ist es überflüssig. Sollten die Ekzeme nässen oder hat das Kind eine Infektion, ist das Baden verboten.

Benutzen Sie rückfettende, ölige Badezusätze. Seife ist nicht erwünscht, zumal sie die fettende Wirkung der Zusätze beeinträchtigt. Eine besondere Möglichkeit bietet der Zusatz von Meersalz aus dem Toten Meer. Dieses Salz hat eine völlig andere Zusammensetzung als das Salz aus der Nordsee oder dem Mittelmeer. Es enthält einen nur geringen Anteil an Kochsalz, dafür aber um so mehr Magnesium und Kalium, was neben den gleichfalls vorhandenen Bromverbindungen sehr gut für den Stoffwechsel – insbesondere der Haut – ist. Ein Bad mit Zusätzen aus dem Toten Meer ist nur abends angebracht, da es sehr beruhigend wirkt. Somit eignet es sich gut für nervöse, schlecht schlafende Kinder. Wichtig ist auch, daß die Wassertemperatur nicht zu hoch ist. Nach dem Bad ist die Haut sorgfältig zu trocknen, aber bitte nicht rubbeln, sondern sanft trockentupfen.

Da bei einem solchen Bad keine fettenden Zusätze erlaubt sind, muß die Haut nach dem Bad sehr sorgfältig eingecremt werden. Hier bieten sich Produkte an, die ebenfalls Wirkstoffe aus dem Toten Meer enthalten.

Ein Bad ist Streß für die Haut, weil es das wenige Fett, das die Haut produziert, auch noch auslaugt. Mit den richtigen Zusätzen kann Baden in Maßen Besserung bewirken. Wichtig ist, daß die Haut anschließend sorgfältig eingecremt wird.

Körperkontakt heilt

In der Intensivmedizin setzt sich mittlerweile die Erkenntnis durch, daß bei Frühgeborenen und Risikokindern der Körperkontakt und die Muttermilch die ideale Ergänzung sämtlicher medizinischer High-Tech-Therapien sind.
Ein interessanter Ansatz in der Behandlung von chronischen Hautkrankheiten ist der Versuch, durch intensive Berührungsreize die Heilung zu beeinflussen. Hautkranke Kinder sollten besonders intensiv massiert werden, wobei die erkrankten Stellen jedoch ausgespart werden sollten. Auch wenn man nicht davon ausgehen kann, daß eine Massage die Neurodermitis von Säuglingen und Kleinkindern heilt, so handelt es sich doch um eine hervorragende Linderungsmaßnahme. Und vielleicht sind langfristig sogar die Selbstheilungskräfte so stark zu mobilisieren, daß die Ekzeme mehr und mehr zurückgehen.

Das erkrankte Kind stärken

Alle Maßnahmen, die die Psyche des Kindes stärken, tragen auch dazu bei, daß es die Neurodermitis besser verkraftet.

Gerade bei einer Neurodermitis, die schon seit der Säuglingszeit besteht, können sich spezifische Verhaltensmuster zwischen Kind und Eltern einschleichen, die zu einer Zementierung der Krankheit führen.

- Es besteht die Gefahr einer überstarken Bindung zwischen Eltern und Kind, die verhindert, daß es sich lösen kann, ohne Trennungsängste zu erleben.
- In vielen Fällen übertragen die Eltern ihre eigenen Ängste und Probleme auf ihr Kind. Die Folge sind soziale Entwicklungsprobleme – z.B. im Umgang mit Gleichaltrigen.
- Da das Kind krank ist, wird es allzuoft ausschließlich als solches von den Eltern behandelt. Eine zwar gutgemeinte, aber letztlich blockierende oder gar erstickende Überfürsorglichkeit verhindert die Entwicklung einer starken, selbstsicheren Persönlichkeit.

So schleifen sich Verhaltensrituale ein, die verhindern, daß das Kind Spannungssituationen überwinden kann, ohne mit Krankheitsschüben zu reagieren.

Das Selbstbewußtsein steigern

Dazu eignen sich zahlreiche Entspannungsübungen, die ein positives Körperbewußtsein hervorrufen, und alle Maßnahmen, die das Selbstwertgefühl des Kindes steigern, ohne es übertrieben zu verwöhnen.

- Autogenes Training: Bewältigungsstrategien für Problemsituationen werden erlernt, ohne daß Krankheitssymptome auftreten.
- Selbstwahrnehmungstraining: Es hilft, Gefühle, die Spannungen hervorrufen, bewußt wahrzunehmen.
- Stärkung des Selbstbewußtseins.
- Erlernen einer optimalen Entsagung: Kinder müssen lernen, Bedürfnisse aufzuschieben und sich anzupassen, ohne mit Erpressungsritualen (Kratzen!) zu reagieren.

Stillen schützt Kinder heute vor Ekzemen und Allergien nicht mehr. Auch voll gestillte Kinder können innerhalb der ersten Lebensmonate erkranken. Die Anlage zu einer Neurodermitis ist nicht heilbar! Das bedeutet aber keinesfalls, daß Ekzemkinder ihr Leben lang leiden müssen!

Vorbeugen

Um die Entwicklung über erste Allergien im Säuglingsalter zu Neurodermitis und schwerwiegenden weiteren Allergien zu durchbrechen, sollte bei Kindern, die eine allergische Veranlagung aufweisen, eine vorbeugende Dauertherapie durchgeführt werden – auch in beschwerdefreien Intervallen.
Die Ernährung ist streng auf eine gesunderhaltende Vollwertkost auszurichten. Ausnahmen sind erlaubt, aber nur zu besonderen Gelegenheiten und somit nicht zu häufig. Mikronährstoffmangel muß durch regelmäßige Vollblutanalysen ausgeschlossen werden.
Antibiotische Maßnahmen sollten die absolute Ausnahme sein. Die Eltern der betroffenen Kinder müssen stets über umweltrelevante Fragen informiert sein. Das gleiche gilt für die seelische Entwicklung des Kindes. Familienkonflikte müssen rechtzeitig erkannt und durch therapeutische Unterstützung aufgearbeitet werden.

Die Impetigo muß antibiotisch behandelt werden

Bleiben Hautinfektionen mit sich öffnenden Blasen, die Impetigo, unbehandelt, kann es zu einem massiven Befall von immer mehr Hautarealen kommen. Die von den Bakterien gebildeten Stoffwechselgifte können die Haut abermals massiv schädigen (Dermatitis exfoliativa).
Rechtzeitig eingesetzte antibiotikahaltige Cremes verhindern eine weitere Ausdehnung der Impetigo. Es ist zu bezweifeln, daß man darauf verzichten kann, da pflanzliche Salbenpräparate sicher nicht genügend wirksam sind. Zumindest sollte man sie nur kurzfristig als Versuch einsetzen und rechtzeitig eine medikamentöse Behandlung einleiten.

Leukämie

Leukämie durch atomare Strahlen

Die atomare Verseuchung gibt es nicht erst seit Tschernobyl. Ein Nuklearwaffenkrieg und Hunderte von Nuklearwaffentests weltweit haben bereits seit Jahrzehnten zu einer globalen Verseuchung mit einer gefährlichen Niedrigstrahlung geführt. Seit den fünfziger Jahren pflügen die Atommächte mit ihren Tests unterirdisch die Erde um. 935 Atombomben wurden von den Amerikanern gezündet, 171 von den Franzosen. Schockierenderweise hat Frankreich – gegen massiven weltweiten Protest – 1995 und Anfang 1996 acht weitere Tests im Mururoa-Atoll durchgeführt.

Wertvolle Strahlen und Strahlengefahr

Leukämie ist weder mit einer Ernährungs- noch Lebensumstellung, auch nicht mit naturheilkundlichen Heilverfahren zu kurieren.

Als vor ziemlich genau 100 Jahren W.C. Röntgen die medizinisch nutzbaren Strahlen entdeckte, konnte sich niemand vorstellen, daß dadurch ein ungeheures Leid in die Welt gesetzt würde. Strahlenschutz war aufgrund der mangelnden Kenntnis der Gefahren, die von Röntgens Strahlen ausgingen, völlig unbekannt.

Erst der Abwurf der Atombombe Ende des Zweiten Weltkriegs in Hiroschima und Nagasaki ließ die Welt der Wissenschaftler zusammenbrechen. Niemand, auch nicht der Physiker Robert Oppenheimer, hatte die geringste Ahnung über die bisher ungekannte Zerstörungskraft von Strahlen gehabt. Als etwa im Jahr 1950 bei den Überlebenden des Atomangriffs vermehrt Leukämie festgestellt wurde, entdeckte man den Zusammenhang zwischen Zellentartungen und radioaktiver Strahlung.

Alle Strahlen sind gefährlich

Es gibt keine künstliche Strahlendosis – auch wenn sie noch so gering ist –, die nicht gesundheitsschädlich ist. Wir wissen heute, daß Niedrigstrahlung zu Immunstörungen und Krebs führt.

Während die medizinisch genutzten radioaktiven Strahlen nur Stunden oder wenige Tage benötigen, um vollständig zu zerfallen, haben die weitaus gefährlicheren Strahlen aus Atomanlagen oder Atombomben ungeheuer lange Zerfallszeiten. Dementsprechend lange kommt es am Ort der Ablagerung zu einer Dauerbestrahlung.

Ablagerung radioaktiver Substanzen im Körper

- Strontium 90 wird hauptsächlich im Knochen abgelagert; eine Veränderung der Blutbildung (Leukämie) und Knochenkrebs können die Folgen sein.
- Jod 129 wird in der Schilddrüse angereichert und kann zu Schilddrüsenkrebs führen.
- Plutonium, ein künstliches Radionukleid und das giftigste Element überhaupt, wird eingeatmet und in der Lunge angereichert. 500 Gramm in der Atmosphäre verteiltes Plutonium würden bei ca. neun Milliarden Menschen Lungenkrebs auslösen!

Die Halbwertszeiten reichen von Sekunden bis hin zu Millionen von Jahren. Die größte Rolle bei der Strahlengefahr spielt die Nahrungskette. Durch die Verseuchung des Bodens und der Pflanzen gelangt das radioaktive Material z. B. über Kuhmilch und Fleisch sowie über alle landwirtschaftlichen Produkte in den Nahrungskreislauf des Menschen. Das betrifft also bereits schon Säuglinge!

Zur Zeit wird jährlich bei ca. 2000 Kindern zwischen ein und fünf Jahren eine bösartige Erkrankung wie z. B. Leukämie diagnostiziert.

Tschernobyl ist nicht vergessen

Nach wie vor ist auch heute noch Vorsicht geboten: Haselnüsse, schwarzer Tee aus der Türkei, Pfefferminz- und Hagebuttentee aus Bulgarien, Gewürze wie Oregano oder Pfeffer aus den Balkanländern, Muscheln, einige Fische, Wildtiere und -pilze, wildwachsende Beeren, Schafskäse aus Bulgarien, Italien, Griechenland und auch Honig sind von den Strahlen zum Teil noch immer belastet und werden es noch viele Jahre bleiben.
Bis heute sind ca. 100000 Strahlentote in Weißrußland nach dem Reaktorunfall in Tschernobyl zu beklagen. Die nächsten Jahrzehnte werden es etliche Hundertausend mehr sein. Wieder einmal haben Kinder das größte Risiko zu tragen!

Was ist gefährdet?

Als strahlenempfindlich gelten alle Körpergewebe, deren Zellen eine hohe Teilungsfrequenz haben: Knochenmark, Drüsen, Schleimhäute. Das Knochenmark ist bei Kindern ganz besonders empfindlich, was ein hohes Leukämierisiko nach sich zieht.

Eingeschränkte Regenerierung bei Kindern

Der Organismus verfügt zwar über die Fähigkeit, strahlenbedingte Veränderungen in den Zellkernen zu erkennen, doch ist die daraufhin eingeleitete Reparatur des Körpers ein langwieriger Prozeß, der keinesfalls immer schnell genug durchgeführt werden kann. Ob dieser komplexe Vorgang überhaupt möglich ist und wann, hängt wiederum von weiteren Faktoren ab, z. B. davon, in welcher Phase sich die Zellteilung gerade befindet.

Je nachdem, wie jung der betroffene Körper ist, findet ein mehr oder weniger schneller Zellteilungszyklus statt. Je kürzer dieser Zyklus nun ist, um so kürzer ist die vorhandene Zeit, in der die Reparaturvorgänge möglich sind. Zu oft ist die Zeit nicht ausreichend, so daß der entstandene Schaden im Erbmaterial fixiert und an die nächsten Zellen weitergegeben wird. Alle Nachfolger der ursprünglich veränderten Zelle werden damit entartet gebildet.

So wird verständlich, daß Leukämie die häufigste Krebserkrankung im Kleinkindalter ist. Ältere Menschen haben eine entsprechend niedrigere Zellteilungsrate, was eine höhere Strahlenresistenz mit sich bringt. Auch wenn es zu mehr oder weniger vielen Entartungen kommt, ist doch die Zeitspanne bis zum Ausbruch der bösartigen Erkrankung erheblich größer.

Jod bietet Schutz

Achtung: Jodhaltige Präparate können bei vorbelasteten Personen und Allergikern zu Hautausschlägen führen.

Einen bedingten Schutz vor Strahlenschäden an der Schilddrüse bietet Jod. Bei einem ausreichenden Jodangebot wird das strahlende Jod 129 nicht im gleichen Maß in der Schilddrüse abgelagert, sondern bis zu 70 Prozent weniger. Eine prophylaktische, unkontrollierte Jodgabe ist allerdings mit den Risiken einer Schilddrüsenfunktionsstörung (Hyperthyreose, Überfunktion) verbunden!

Wichtig ist jedoch bei Kindern immer, einen Jodmangel zu verhindern bzw. ihm vorzubeugen – dies gilt vornehmlich für Jodmangelgebiete. Eine gute Nahrungsergänzung ist in diesem Zusammenhang jodiertes Speisesalz. Auch sollten Sie häufiger Meeresfisch auf den Speiseplan setzen, denn diese Fischsorten enthalten erwiesenermaßen viel Jod. Ansonsten besteht nur die Möglichkeit, auf bekanntermaßen strahlende Nahrungsmittel zu verzichten – aber das sollte sowieso eine Selbstverständlichkeit sein für verantwortungsbewußte Eltern.

Kinder sind besonders betroffen

- Bei Kindern existiert eine meist sehr lange Latenzphase, die vom Primärschaden, den nicht reparierten Mutationen (Veränderungen) im Erbgut einer Zelle, bis zum Ausbruch einer Krebskrankheit vergeht; die Kinder erleben die Spätfolgen noch, die Großeltern nicht mehr.
- Bei Kindern wird z. B. Strontium 90 leichter im Körper eingebaut und angereichert; ihr Knochenmark steht dann unter Dauerbeschuß der radioaktiven Strahlen mit der Folge möglicher Gefahren für das Immunsystem: Neben einer gestörten Infektabwehr sind auch das Erkennen und Abtöten von Krebszellen dann nicht mehr optimal.
- Bei Kindern besteht die größere Wahrscheinlichkeit als bei Erwachsenen, daß in Zellen mit hoher Teilungsfrequenz – und die besitzt gerade der wachsende Körper – ein Strahlenschaden nicht rechtzeitig repariert wird.

Leukämie durch Umweltgifte

Benzol vergiftet

Dieses Gift wird überwiegend durch das Verbrennen von bleifreiem Benzin freigesetzt. Aber auch Raucher und Kinder als Passivraucher atmen dieses Gift ein. In verkehrsreichen Gebieten haben Kinder 60 bis 70 Prozent höhere Benzolwerte im Blut als Landkinder. Erhebliche Belastungen können in Innenräumen von Autos auftreten, wenn nicht genügend Frischluft zugeführt wird.

An Tankstellen sind die Schadstoffkonzentrationen besonders hoch. Kinder halten sich besser fern.

Benzol erzeugt Krebs

Benzol ist ein Nervengift, wirkt erbgutschädigend, verändert das blutbildende System und kann als krebserregendes Gift besonders im Kindesalter Leukämie hervorrufen. Beim Abbau des Gifts in der Leber entstehen zusätzlich neue schädliche Abbauprodukte, die aggressiven freien Radikale.

Aber auch in Lebensmitteln – wie kürzlich in einigen Olivenölmarken – werden gravierend hohe Benzolwerte nachgewiesen. Es hat Monate gedauert, bis die Behörden die Verbraucher gewarnt haben.

VERHALTENS- UND LERN-STÖRUNGEN

Die Klagen von Eltern und Lehrern über verhaltensauffällige oder verhaltensgestörte Kinder, über Hyperaktivität, Leistungs- und Lernstörungen haben in den letzten Jahren rapide zugenommen. Kinder reagieren naturgemäß hochsensibel auf die unüberschaubaren negativen Einflüsse, die bereits im Mutterleib und nach der Geburt in noch weit verstärkter Form auf sie einwirken.

Was sind Verhaltens- und Lernstörungen?

Ursachen kindlicher Verhaltensstörungen

Die noch junge Wissenschaft der klinischen Ökologie sieht einen engen Zusammenhang zwischen verschiedensten Schadstoffeinwirkungen auf den Körper und Verhaltensstörungen im Kindesalter. Im folgenden werden diese Zusammenhänge aus Sicht klinischer Ökologen dargestellt. Bereits die Mutter gibt ihrem noch ungeborenen Kind unter Umständen schon eine ganze Menge an Schadstoffen mit, die den Grundstein zu späteren Entwicklungs- und Verhaltensstörungen des Kindes legen können.

Aluminium, Blei, Quecksilber und Kupfer wirken sich bei einer schleichenden Vergiftung u.a. auf den Gehirnstoffwechsel und somit auf das Verhalten aus.

Negative Umwelteinflüsse

Neben psychosozialen Einflüssen innerhalb der Familie wirken sich die folgenden Umwelteinflüsse besonders gravierend auf die körperlich-seelische Gesundheit und das Wohlbefinden von Kindern aus.

- Vor der Geburt: Quecksilber, Zinn und Kupfer aus Amalgamzahnfüllungen der Mutter, Tabakrauch, Alkoholgenuß, Drogen- und Medikamentenmißbrauch der Mutter, Blei, Aluminium, Kadmium, Kupfer, Quecksilber aus Trinkwasser und Nahrung, ungezählte chemische Giftstoffe und deren unbekannte Abbauprodukte im Trinkwasser, in der Nahrung und in der Luft, Nährstoffdefizite der Mutter, negativer Streß der Mutter
- Nach der Geburt: Hochgiftige Chemikalien und Schwermetalle in der Muttermilch, vergiftete Nahrung und vergiftetes Trinkwasser, vergiftete Luft, Wohngifte (aus Möbeln, Teppichen, Farben, Hölzern), vergiftete Bekleidung, degenerierte Zivilisationskost (Mikrowelle, Fertiggerichte) mit den daraus resultierenden Nährstoffmängeln

Aluminiumvergiftung

Die Bedeutung der Schwermetallvergiftung wird immer noch nicht ausreichend beachtet. Luft, Wasser und Nahrungsmittel enthalten die giftigen Spurenelemente heute in einer Konzentration wie nie zuvor. Selbst Obst und Gemüse aus biologischen Anbaugebieten sind betroffen.

Aluminium steckt in pflanzlicher und tierischer Nahrung, wird in der Lebensmittelindustrie, z. B. bei Schmelzkäse, verwendet und ist in Medikamenten, Hygieneprodukten, Kochtöpfen und Alufolie enthalten.

Bleivergiftung

Blei steckt in bleihaltigem Benzin; eine besondere Gefährdung ist für Kinder an vielbefahrenen Straßen gegeben. Das passive Mitrauchen im Wohnzimmer und in Lokalen erhöht die Bleibelastung. In Altbauten ist Vorsicht geboten: Die Wasserrohre sind häufig noch aus Blei. Vorsicht auch bei Eßkeramik unbekannter Herkunft; sie kann sehr hohe Bleikonzentrationen enthalten! Vorsicht bei langgelagerten Konserven in Zinndosen; die darin enthaltenen Nahrungsmittel können hohe Bleigehalte aufweisen. Blei ist ein starkes Gehirngift!

Quecksilbervergiftung

Mundbakterien sowie die Keime der Darmflora sind in der Lage, relativ ungefährliches anorganisches Quecksilber in hochgiftiges Quecksilbersalz zu verwandeln.

Dieses hochgiftige Schwermetall finden wir zunehmend konzentriert in der Nahrungskette, ganz besonders in Fischen. Quecksilber führt zu starken Entwicklungs- und Gesundheitsschäden. Degenerationserscheinungen des Gehirns und des Nervensystems sind nachweisbar. Die Störungen der Entwicklung müssen sich nicht unmittelbar nach der Geburt zeigen. Bei Kindern, deren Mütter mit Quecksilber belastet waren, nehmen häufig die Schädigungen erst in der zweiten Lebenshälfte ausgeprägte Formen an.

Pflanzenschutzmittel

DDT, ein chlorierter Kohlenwasserstoff, wird als Gift gegen Insektenschädlinge eingesetzt. 1977 wurde DDT in Deutschland verboten. Doch die Chemiefirmen produzieren weiter – für den Export.

Durch importierte Nahrungsmittel kommt es zu uns zurück. Außerdem werden die hochgiftigen chlorierten Kohlenwasserstoffe in Gewässern, Böden und Organismen kaum abgebaut. So bleiben sie jahrzehntelang in der Umwelt und gelangen über den Nahrungskreislauf immer konzentrierter in den Menschen.

Fehl- und Mangelernährung

Ein sehr hoher Stellenwert kommt der Fehl- und Mangelernährung bei kindlichen Verhaltens- und Lernstörungen zu. Der Verzehr von Kunstnahrungsmitteln, die lange haltbar sind, einen minimalen Zubereitungsaufwand versprechen, dafür einen hohen Anteil an Fremdstoffen, minimalen Nährwert und maximale Kaloriendichte haben, führt zu Vitalstoffdefiziten und versteckten Allergien. Die Mangelerscheinungen führen wiederum zu einer deutlich erhöhten Anfälligkeit gegen giftige Substanzen. Bestimmte Mängel im Körper und spezifische Umweltgifte führen zusammen zu auffälligen Störungen des körperlich-geistig-seelischen Wohlbefindens – teilweise so stark ausgeprägt, daß sie als geistige Störungen oder psychiatrische Krankheitsbilder fehlinterpretiert werden.

Eine Diät ohne künstliche Nahrungsmittelzusätze und natürliche Salizylate beeinflußt Lernschwierigkeiten, Hyperaktivität und Verhaltensstörungen günstig.

Allergie – eine zerstörte Kindheit

Lern- und Verhaltensstörungen können auf allergische Ursachen zurückzuführen sein. Hier ein Beispiel.
Ein Junge erkrankte im Alter von vier Jahren an einer umfassenden Allergie, die zu Verhaltensauffälligkeiten, u.a. Hyperaktivität, führte. In der Schule erhielt er schlechte Beurteilungen, wurde zunehmend isoliert und galt bei Lehrern und Mitschülern als Außenseiter. Erst im Alter von 13 Jahren wurde die Ursache seines Leidens erkannt: eine Nahrungsmittelallergie.
Als er die Allergene mied, wurde er einer der besten und wohlgelittensten Schüler. Neun Jahre kommunikative Isolierung, Unverständnis seiner Mitmenschen und eine deprimierende Verhaltensbeurteilung hatte er erdulden müssen. Eltern, Lehrer und Ärzte waren bis zu dem Zeitpunkt hilflos, an dem die Eltern von der Möglichkeit einer Therapie erfuhren, die natürliche und chemische Umweltfaktoren und Nahrungszusatzstoffe berücksichtigt.

Einmal ist keinmal! Aber wie oft einmal? Monatlich, wöchentlich, täglich? Für Zucker gilt: So selten wie möglich.

Süßer Wahnsinn

Der Anteil an raffinierten Kohlenhydraten, hauptsächlich in Form von verstecktem Zucker und Weißmehl, ist bei Kindern und Jugendlichen absurd hoch. Die gesellschaftliche Bedeutung von Zucker steht dem Problem des Alkohols und Nikotins in nichts nach! Es existiert eine echte Zuckersucht mit ganz ähnlichen Folgen für die Gesundheit, wie sie bei Alkohol- und Nikotinabhängigen zu finden sind. Zuckermißbrauch führt neben Allergien und Pilzbefall unter Umständen zu spezifischen Blutzuckerschwankungen, die einen gestörten Gehirnstoffwechsel zur Folge haben.

Gummibärchen, die süßen »Verführer«, werden von allen Altersstufen gerne genascht, können aber aufgrund ihres Gehalts an Zucker und Zusatzstoffen schwerwiegende Folgen haben.

Symptome, die durch einen gestörten Zuckerstoffwechsel ausgelöst werden können, sind: Kopfschmerzen, Erschöpfung, Müdigkeit, Schwächegefühl oder Schwächeanfälle, permanentes Gähnen, Zittern, Heißhungergefühle mit Zittern und/oder Übelkeit, Muskelschmerzen, Rückenschmerzen, kalte Hände oder Füße, Muskelzucken, Schlaflosigkeit, Alpträume, Ängste, Schweißausbrüche, Schüttelkrämpfe, Juckreiz, Ekzeme, Herzklopfen, chronische Darmschwierigkeiten, Depressionen, Irritiertheit, Weinkrämpfe, Konzentrationsstörungen, geistige Verwirrung, Aggressivität, Entschlußlosigkeit, Überaktivität.

Diagnose

Der Anteil der Erkrankungen, der durch falsche Ernährung entsteht, ist außergewöhnlich hoch. Hierunter fallen auch seelische Störungen und die angeblich psychosomatischen Beschwerden. Die Diagnose ist relativ einfach. Die richtige Labortechnik und die umfassende Befragung des Kindes wie der Eltern über tägliche Essens- und Lebensgewohnheiten zeigen es.
Untersucht wird das Vollblut, also die Blutzellen. Die Elemente Zink, Magnesium, Selen, Kalium und Eisen beispielsweise kommen zwischen 70 und 90 Prozent in den Blutzellen vor.

Eine ausgewogene, vollwertige, abwechslungsreiche Ernährung trägt dazu bei, Gesundheitsprobleme zu vermeiden.

Symptome

- Vergiftungen mit Aluminium führen zu Erschöpfung, Verhaltensstörungen, Sprachstörungen, Konzentrations- und Gedächtnisstörungen.
- Vergiftungen mit Blei führen zu Hyperaktivität, seelischer Labilität, Aggressionen, Weinerlichkeit, Ängstlichkeit, Introvertiertheit und Lernstörungen.
- Eine Quecksilbervergiftung löst Vergeßlichkeit und Konzentrationsstörungen, Persönlichkeitsveränderungen, eine veränderte Aussprache, Allergien, Bauchschmerzen, Energielosigkeit, Kopfschmerzen und Migräne, Schwindel, Hyperaktivität, Verhaltensveränderungen, Schlaflosigkeit und eine Reihe weiterer unspezifischer Symptome oder Erkrankungen aus.
- Chlorierte Kohlenwasserstoffe führen zu nervösen Störungen, vergiften die Leber und schädigen das Immunsystem.

Behandlung

Vorsicht bei Aluminium

Verbannen Sie das Aluminium aus der Küche (keine Aluminiumtöpfe, keine Alufolie verwenden!); verbieten Sie Colagetränke; kaufen Sie keine Lebensmittel mit Backpulver, und lassen Sie im Bad keine Deos herumstehen; sie enthalten Aluminium!
Vitamin B6, Kalzium und Magnesium verdrängen Aluminium aus den Körperdepots; achten Sie deshalb auf diese Biostoffe bei der täglichen Ernährung Ihres Kindes.

Eine Bleibelastung behandeln

Vorsicht: Vitamin D kann bei zu hohen Dosen eine Bleibelastung begünstigen.

Kalzium kann Blei verdrängen, bzw. eine Bleiüberlastung wird durch zuwenig Kalzium gefördert! Sorgen Sie daher für eine kalziumreiche Ernährung Ihres Kindes. Kalzium, Vitamin B, besonders B6, Vitamin C, Folsäure, Chrom, Pektin und schwefelhaltige Aminosäuren schützen vor Bleivergiftungen bzw. können erhöhte Bleidepots abbauen. Und gehen Sie mit Ihrem erkrankten Kind am Wochenende aus der Stadt, meiden Sie vielbefahrene Straßen!

Quecksilbervergiftungen ausheilen

Oberstes Gebot ist der Zufuhrstop. Es müssen vorhandene Amalgamfüllungen sorgfältig entfernt werden. Dabei ist vor der Sanierung durch geeignete Laboruntersuchungen zu klären, ob eventuell ein Kupfer-, Zink- und/oder Selenmangel vorliegt. Zink wirkt den Auswirkungen von giftigen Schwermetallen entgegen. Je höher der Zinkspiegel, desto geringer die giftigen Wirkungen von Quecksilber. Außerdem fördert eine Zinkzufuhr die Ausscheidung von Quecksilber, das sich nicht in den Zellen befindet. Ein Zinkmangel verstärkt also die Auswirkungen der Quecksilbervergiftung.
Selen hat neben vielen bedeutenden Eigenschaften im menschlichen Körper die Fähigkeit, Quecksilber zu binden. Es entsteht das unschädliche Quecksilberselenid, das der Organismus ausscheiden kann. Achten Sie daher bei Kindern auf eine zink- und selenreiche Ernährung! Zink findet man vorwiegend in Vollkornprodukten, Naturreis, Samen und Nüssen sowie in Eigelb, Muskelfleisch und Austern. Selen ist in Biohefe, Vollkornprodukten, Naturreis, Knoblauch, Käse, Eiern und Schaltieren enthalten.

Liegt in der Schwangerschaft ein Zinkmangel vor, kann es zu Entwicklungsstörungen des fötalen Gehirns kommen, was sich später beim Kind in Aggressivität, Lethargie, mangelndem Konzentrationsvermögen, schlechten schulischen Leistungen äußert.

Auf die Ernährung kommt es an

- **Eisen:** Ein Mangel stört die Gehirnfunktion, verursacht Lern- und Verhaltensstörungen.
  Folgende Nahrungsmittel enthalten viel Eisen: Hirse, Hafer, Sesam, Sonnenblumenkerne, Linsen, Fleisch und Innereien, Schaltiere, Eigelb und grünes Blattgemüse.
- **Magnesium:** Magnesiummangel führt neben vielen anderen Symptomen zu aggressivem Verhalten, mangelndem seelischen Gleichgewicht, vegetativer Instabilität, Müdigkeit, Lernstörungen, seelischen Verkrampfungen.
  Folgende Nahrungsmittel enthalten viel Magnesium: Alle Vollkornprodukte, Milch, Nüsse, grünes Gemüse, Fisch.
- **Zink:** Zinkmangel kann Hyperaktivität, Unlust, Depressionen und mangelnde seelische Stabilität bewirken. Sogar Schizophrenie und Zinkmangel können in Zusammenhang stehen. Ein Mangel führt außerdem zu Kupferüberschuß, der sich negativ auf die Gehirnfunktion auswirkt. Typische Symptome von Zinkmangel sind deutliche Infektanfälligkeit und Hauterkrankungen (Neurodermitis, Ekzeme, Akne). Die Zinkaufnahme wird verschlechtert durch phytinhaltige Nahrungsmittel wie z.B. Sojaprodukte. Zinktabletten sollten Sie Ihrem Kind also nicht in Verbindung mit Sojaspeisen geben.
  Folgende Nahrungsmittel enthalten viel Zink: Weizenkleie, Fische und Schaltiere, Erbsen, Karotten, Fleisch.
- **Vitamin B6:** Ein Mangel führt zu Hyperaktivität, Depressionen und mangelnder Traumerinnerung.
  Folgende Nahrungsmittel enthalten viel Vitamin B6: Bierhefe (Tabletten), Sojaprodukte, Mais, Linsen, Eigelb, Erbsen, Weizenkeime, Obst, Fleisch, Leber, Fisch, Milch und Milchprodukte, Walnüsse.
- **Kupfer:** Ein erhöhter Kupferspiegel kann zu Hyperaktivität und Gedächtnisschwäche führen.
  Folgende Nahrungsmittel enthalten viel Kupfer: Krabben, Nüsse, Schokolade, Pilze, Sojaprodukte, Leber, Kakao, Kaffee.

Grundsätzlich gelten bei Verhaltensstörungen die gleichen Ernährungsrichtlinien wie bei Allergien.

Die Giftaufnahme vermeiden

Ein Schutz vor Giften ist nur bedingt möglich. Durch artgerechte Tierhaltung, ökologischen Landbau und Verzicht auf jegliche Chemie können Nahrungsmittel giftarm – giftfrei geht schon nicht mehr! – hergestellt werden. Also: Bevorzugen Sie Biokost, oder bauen Sie selbst soweit irgend möglich an. Und kaufen Sie direkt bei den ländlichen Erzeugern; Ihr Kind wird Sie sicher gern begleiten.

Heute unentbehrlich – die Nahrungsergänzung

Aufgrund der Zusammenhänge von Vitalstoffmangel und Erkrankung ist es heute von größter Bedeutung, regelmäßig Nahrungsergänzungsmittel einzunehmen. Allerdings ist es empfehlenswert, durch geeignete Labortests und durch ein ausführliches Arztgespräch den momentanen Bedarf zu überprüfen. Regelmäßige Kontrollen verhindern, daß durch zu hohe Zufuhr eine Überversorgung eintritt. Selen beispielsweise kann sehr rasch in giftige Bereiche ansteigen.

Die richtige Konzentration von Nahrungsergänzungsmitteln spielt eine übergeordnete Rolle bei einer ganzheitlichen Behandlung von Verhaltensstörungen. Gute Bioverfügbarkeit, gute Aufnahme im Körper, eine ausreichend hohe Konzentration, ein Minimum an notwendigen Zusatzstoffen, keine allergieauslösenden Zusätze wie Mais, Zucker, Hefe, Milch, Soja, möglichst natürliche Rohstoffe aus kontrolliertem Anbau sind wichtige Kriterien für geeignete Nahrungsergänzungspräparate.

Der Darm steht im Mittelpunkt

Fehlernährung und maßloser Antibiotikaeinsatz sind die Hauptverursacher massiver Störungen des Ökosystems Darmschleimhaut. Doch die gesunde Darmbakterienflora ist eine Grundvoraussetzung für gesundes Leben. Verändert sich das Darmmilieu durch falsche Ernährung oder andere Ursachen, verschiebt sich die Zusammensetzung der Darmflora. Insbesondere kann es zu einem Befall mit Candida albicans, einem Hefepilz, kommen.

Empfindliche Störungen des Gemütszustands sind ebenfalls möglich. Aggressivität, Gereiztheit, Erschöpfung, Weinerlichkeit, Depressionen können als Symptome eines Pilzbefalls im Darm auftreten.

Das Beste für die Gesundheit Ihres Kindes

- Achten Sie auf gesunde, vollwertige Nahrung aus kontrolliert biologischem Landbau. Falls nötig: Ernährung umstellen!
- Verwenden Sie kein Leitungswasser zum Kochen.
- Keine Gewöhnung an Zucker und Industriesüßigkeiten. Falls es schon geschehen ist: Sofortige Entwöhnung!
- Rauchen Sie nicht! Vor allem nicht im Beisein von Kindern! Das ist Körperverletzung.
- Meiden Sie mit Ihrem Kind die Stadt und vielbefahrene Straßen.
- Dulden Sie keine chemisch behandelten Hölzer in der Wohnung (Möbel, Regale, Wand- und Deckenverkleidungen).
- Achten Sie auf Textilgifte. Vorsicht bei neuen Kleidungsstücken! Vor dem ersten Tragen müssen Sie sie mehrmals waschen. Fragen Sie gezielt nach schadstofffreien Textilien.
- Bei anstehenden Renovierungsarbeiten müssen Sie auf unschädliche Farben und Lacke achten. Kleine Kinder sollten bei Renovierungsarbeiten nicht danebenstehen.
- Achten Sie auf Symptome, die besonders nach dem Besuch von Kindergarten oder Schule auftreten: abnorme Müdigkeit, Augenbrennen, Kopfschmerzen, Depressionen. An Schadstoffbelastung in öffentlichen Gebäuden müssen Sie leider immer denken!
- Lassen Sie den Zahnarzt keine Amalgamfüllungen legen. Falls sie schon vorhanden sind, sollten Sie sie entfernen lassen. Anschließend muß aber eine Entgiftung des Körpers erfolgen!
- Bedenken Sie: Zimmerpflanzen reduzieren Wohngifte. Aber schaffen Sie keine giftigen Pflanzen ins Haus! Achten Sie auf Schimmelpilzbildung in der Blumenerde.
- Schon in der Schwangerschaft sollte der Zinkstatus zum Wohl Ihres Kindes bestimmt werden.
- Verbieten Sie Horrorfilme! Schränken Sie den Fernsehkonsum stark ein; Kinder sollten nur ausgesuchte, ihrem Alter entsprechende Sendungen sehen.

Alle diese Maßnahmen, die Ihrem Kind guttun, fördern auch die Gesundheit Ihrer Familie und Ihre eigene.

Kommt eine homöopathische Behandlung in Frage, so sollten die Eltern einen versierten Therapeuten aufsuchen. Die Homöopathie setzt viel Erfahrung voraus.

Homöopathische Mittel

- Chamomilla (Kamille) hilft bei Überempfindlichkeit der Sinne und der Nerven, Schlaflosigkeit infolge von Nervosität, großer Unruhe, wenn das Kind nicht im Bett bleibt und herumgetragen werden will, nach Ärger und Zorn, besonders bei reizbaren, ungeduldigen Kindern, die unleidlich störrisch sind oder viel schreien, alles übertreiben, nachts zusammenfahren, schreckhaft sind, Angstträume haben. Hohe Potenzen wie D30 sind vorzuziehen.
- Nux vomica (Brechnuß) hilft bei nervösem Temperament, cholerischen, hypochondrischen und egoistischen Kindern, übergroßer Reizbarkeit, hitzigem und zornigem Wesen, einer Verschlimmerung morgens, besonders nach dem Erwachen, bei Schlaflosigkeit, Unruhe, Gedächtnisstörungen, wenn das Kind sich leicht verspricht und verschreibt, Worte ausläßt. Hohe Potenzen wie D30 sind vorzuziehen.

Verantwortung der Eltern

Die überwiegende Mehrheit der Menschen in den technisierten Ländern scheint heute nicht mehr in der Lage zu sein, Dinge, die ihnen abträglich sind, die sie gefährden, instinktiv zu meiden oder zu verhindern. Das Gefühl für richtiges oder falsches Verhalten, die Fähigkeit, Verantwortung zu übernehmen, ist vielen verlorengegangen.

Erziehung

Dank der heute üblichen Erziehung, bei der das heranwachsende Wesen geachtet und respektiert wird, werden Kinder in ihrem Selbstvertrauen gestärkt und können im Vertrauen auf sich Verantwortung für sich selbst und die Umwelt übernehmen lernen. Hierbei kommt Eltern und Erziehern eine wichtige Rolle zu.

Häufig jedoch führt eine falsch verstandene Erziehung zu verheerenden Folgen für die Psyche des Heranwachsenden. Ein Schwachpunkt vieler Eltern ist die mangelnde Fähigkeit zur kritischen Selbstreflexion. Die Fehler und Probleme, die bei der Erziehung von Kindern entstehen, werden in äußeren Umständen, in anderen Personen oder in den Kindern selbst gesehen und nicht im Handeln der Eltern.

Verbote und Unterdrückung

Immer noch werden viele Jungen ab einem gewissen Alter angehalten, Gefühle wie Trauer, Mitgefühl, Sehnsucht nicht zu zeigen. Manche Eltern verweigern ihrem Kind auch grundsätzlich das Recht auf die Aussage »Ich will« oder »Ich will nicht«. Das Kind hat sich ganz dem elterlichen Willen zu fügen. So müssen viele Kinder schon in der Kleinkindphase begreifen, daß sie besser nicht gegen die elterlichen Ansprüche rebellieren.

Ziel der Erziehung ist nur zu oft, eine völlige Anpassung des Kindes zu erreichen. Damit wird die Eigenständigkeit der kindlichen Seele unterdrückt. Anpassung scheint erreicht, wenn sich das Kind mit dem elterlichen Blick regieren läßt! Man könnte meinen, es handele sich bei der Erziehung einzig um einen endlosen Kampf, in dem die Eltern siegen müssen. Bei dieser Art der Erziehung erfahren Kinder, daß sie sich anpassen müssen und nicht selbst verantwortlich für ihr Leben sind.

Die Möglichkeiten einer folgenreichen Traumatisierung der kindlichen Seele sind vielseitig und subtil. Häufig unüberlegt benutzte Bemerkungen, Gesten und Blicke können sich fatal auswirken.

Anti-Streß-Programme

Für Kinder werden derzeit Anti-Streß-Programme an der Universitätsklinik Münster erprobt, um auf die krank machende Spirale Streß einzuwirken. Die nicht kindgerechte Erziehung sowie die weitgehend von Erwachsenen vorgegebenen Freizeitangebote, das übermäßige Fernsehen und Videosehen, aber auch Computerspiele machen es notwendig, daß Kinder bereits Streßbewältigungsprogramme über sich ergehen lassen müssen, um nicht ernsthaft krank zu werden.

Verdrängt, vergessen, unterdrückt

Kinder vergessen durch Verdrängung und Abspaltung, was ihnen seit frühester Kindheit angetan wurde. Die kindliche Seele arrangiert sich mit den Gegebenheiten – selbst den grausamsten – und ist ganz auf ein emotionales und reelles Überleben fixiert. Das geht auf Kosten der eigenen Persönlichkeit. Sie wird Stück für Stück in inneren Gewahrsam genommen und verdrängt. Respekt und Achtung vor der Persönlichkeit des Kindes sind Elterntugenden, die selten sind.

Ein grenzenloses Verwöhnen soll hier keinesfalls propagiert werden! Kinder, die vor Konflikten bewahrt werden, die nie entbehren gelernt haben, bekommen Probleme im späteren Leben.

Die Verdrängung setzt sich bei den Erwachsenen fort, weil es der menschlichen Seele nicht gelingt, aus sich selbst heraus zu erkennen, ob eine Bedrohung für die eigene Persönlichkeit vorhanden ist. Die kindlichen Erfahrungsmuster, das kindliche Bild über sich selbst und die Welt, werden unbemerkt in das Erwachsenenleben integriert. Außerdem werden wesentliche menschliche Entwicklungsstufen nicht erreicht. Sie aber wären die Voraussetzung für die Entstehung einer selbstbewußten Persönlichkeit, einer gesunden Sensibilität und einer Fähigkeit zur Selbstreflexion. Und nur mit diesen Tugenden wäre Verantwortung möglich.

Kinder annehmen lernen

Jede Mutter und jeder Vater kennt die Herausforderung, wenn sie bestimmte Eigenschaften und Charakterzüge ihrer Kinder akzeptieren oder tolerieren müssen. So kann es äußerst schmerzhaft sein, wenn Eltern ihr Kind lieben, aber es ihnen nicht gelingt, seine ganze Eigenart zu achten.

Viele dieser individuellen Eigenschaften sind zu Beginn der kindlichen Entwicklung anstrengend für die Eltern; kleine Kinder reagieren oft überzogen, aggressiv. Doch sollten diese Eigenheiten nicht als Schwäche angesehen und unterdrückt werden; sonst werden Persönlichkeitsanteile zerstört. Vielleicht sind es gerade die Anteile, die das Individuum ausmachen, es von anderen unterscheiden und die sich später als besondere Fähigkeiten entpuppen.

Kinder bleiben loyal

Kinder sind unendlich tolerant und loyal ihren Eltern gegenüber – ganz gleich, wieviel Ungerechtigkeiten und Grausamkeiten sie schon erfahren haben. Fatal ist die Tatsache, daß Eltern diese Loyalität verwechseln mit einer gesunden Kind-Eltern-Beziehung.

Sehr häufig ändert sich ab der Pubertät die Loyalität gegenüber den Eltern. Ablehnung, Trotz, Verachtung oder sogar Gewalttätigkeiten ernten die Eltern nun als Früchte dessen, was von ihnen zuvor gesät wurde.

Schule, Video und Fernseher

Die Bequemlichkeit, Kinder mit Süßem, Fernseher, Video und Computerspielen pflegeleicht zu halten, nimmt einen katastrophalen Einfluß auf die Persönlichkeitsentwicklung. Es kommt sogar zu einer Veränderung der Gehirnfunktion. Paradoxa und Gegensätzlichkeiten werden nicht mehr erkannt und unter Umgehung von Gefühlen hingenommen. Die Folge: Die Gewaltbereitschaft steigt, die Wahrnehmungsfähigkeit nimmt ab, und ein gesundes Verantwortungsgefühl für die eigene Person kann nicht entwickelt werden.

Kinder kosten Zeit

Ist ein Kind erkrankt, rührt sich bei vielen Eltern heute kein natürliches, intuitives Verantwortungsgefühl mehr. Zuwendung und liebevolle Pflege werden durch den Kinderarzt und verschriebene Medikamente ersetzt.

In der Naturheilkunde ist man der Auffassung, daß die Kinderkrankheiten und die damit verbundene Zuwendung der Eltern für die Entwicklung eines Kindes von entscheidender Bedeutung sind. Wir können beobachten, daß Kinder nach einem stärkeren Infekt, vor allem aber nach einer Kinderkrankheit auch mit hohem Fieber, auf der körperlichen wie geistigen Ebene einen Entwicklungsschub durchgemacht haben. Die moderne Gesellschaft schränkt die Möglichkeiten der Kinder ein, durch die Erfahrung Krankheit in ihrer natürlichen Entwicklung weiterzukommen.

Selbst wenn Kinder regelmäßig übernächtigt und ohne Frühstück in die Schule kommen, meinen viele Eltern, Lernschwächen seien ein Problem des Lehrers.

Das Unterbewußte ergründen

Im Unterbewußten ist weit mehr verankert, als viele vermuten. Während das Unterbewußtsein ca. 70 bis 80 Prozent des Lebens bestimmt, beeinflußt das Bewußtsein lediglich 20 bis 30 Prozent.

Wir sollten ergründen, was in uns vorgeht, was die wahren Motive unseres Handelns und Denkens sind. Warum reagieren wir gerade so und nicht anders auf unsere Kinder? Was empfinden wir wirklich für unsere Kinder? Nur wenn wir das wissen, können wir uns von aufgezwungenen Handlungsweisen wieder befreien und selbstverantwortlich leben und erziehen. Erst wenn man sich über die Persönlichkeit des Kindes im klaren ist, kann man es optimal führen und anleiten. Nichts anderes bedeutet Erziehung.

Von der ersten Stunde an

Maßlosigkeit, Suchtverhalten und Gleichgültigkeit als Ausdruck des Verlustes wahrer Werte sind angeblich besondere Merkmale der heutigen Jugend. Warum ist das so, und warum werden so viele Kinder so früh schwer krank?

Bereits im Säuglingsalter werden die Weichen für die Entwicklung einer gesunden und stabilen Persönlichkeit gestellt. Nicht nur das Stillen ist von vorrangiger Bedeutung, sondern auch Art und Dauer des Körperkontakts zwischen Eltern und Kind nehmen Einfluß auf die Entwicklung. Jedes Neugeborene braucht Zuwendung, Körperkontakt und Erfahrungen. Immerhin war die Zeit bis zur Geburt ein einziges Berührtwerden, ein tiefes Geborgensein in der Wärme des mütterlichen Schoßes. Nichts konnte erschüttern, nichts war fremd.

Kinder verlangen nach Nähe und Zuwendung

Wir alle kennen das eigenartige Gefühl, wenn kurze Zeit nach der Erfüllung eines Herzenswunsches sich das Vakuum aufs neue einstellt. So konsumiert man sich krank!

Nach der Geburt ist es überlebenswichtig für das Kind, daß es Zuwendung und Sicherheit bekommt, die Sicherheit, die es in der Geborgenheit des mütterlichen Schoßes neun Monate lang erfahren hat. Immer noch werden viele Eltern durch Erziehungsratschläge ihrer Eltern oder anderer Personen in ihren natürlichen Gefühlen, sich dem Kind zuzuwenden, wenn es schreit, oder es nachts zu sich ins Bett zu nehmen, verunsichert.

Ihnen wird eingeredet, daß sie ihr Kind verwöhnen würden, wenn sie sich ihm bei jedem Schreien gleich zuwenden, daß ihr Kind sie nur tyrannisieren wolle, wenn es nachts schreit, daß sie dem scheinbar unstillbaren Verlangen ihres Kindes nach Nähe und Zuwendung auf keinen Fall nachgeben düften, da es dann nicht lernen könne, selbständig zu werden.

In der Verhaltensforschung setzt sich jedoch mehr und mehr die Ansicht durch, daß man insbesondere in den ersten beiden Jahren ein Kind gar nicht verwöhnen kann und daß erst der Mangel an Liebe das Kind dazu zwinge, sich die Aufmerksamkeit und Zwendung der Eltern zu erkämpfen. Es kann doch einfach nicht sein, daß das Kind aus der neunmonatigen Geborgenheit, in der es 24 Stunden am Tag mit der Mutter verbunden war, in eine Welt geboren wird, in der es übergangslos nur noch wenige Stunden Kontakt zur Mutter oder den Eltern hat.

Verantwortung des Staates

Die derzeitige Umweltpolitik, die Verschwendung von Forschungsgeldern für lebensfeindliche Technologien, das Verschlafen der Entwicklung alternativer Energiequellen sind deutliche Mißstände, die auf Kosten der menschlichen Gesundheit gehen. Notwendige Entscheidungen werden hinauszögert. Und selbst wenn erdrückende Erkenntnisse – der Bezug ausströmender Schadstoffe auf vermehrte Erkrankungen im Kindesalter – veröffentlicht werden, geschieht nichts!

Es ist die Pflicht eines jeden Staates, die Gesundheit seiner Bürger zu schützen und Gefahren abzuwehren. Er muß die Schadstoffansammlung in der Umwelt kontrollieren und eindämmen.

Gesetzliche Grenzwerte

Das deutsche Bundesgesundheitsamt orientierte sich bei der Festlegung gesetzlicher Grenzwerte für Schadstoffkonzentrationen an einem 70 Kilogramm schweren Erwachsenen – obwohl zweifelsfrei feststeht, daß die hauptsächlich Gefährdeten Kinder sind. So haben Umfragen bei Kinderärzten ergeben, daß es Zusammenhänge zwischen akuten Befindlichkeitsstörungen, Augen- und Atemwegsreizungen und hohen Ozonwerten im Sommer gibt.

Das Elektromobil ist eine – zwar langsamere – Alternative zum herkömmlichen Auto, aber mit seinem Einsatz könnte die Schadstoffbelastung durch den Straßenverkehr erheblich gesenkt werden.

Der Staat muß aufklären

Wir wissen, daß die Empfindlichkeit eines Kindes gegenüber Schadstoffen etwa 40- bis 150mal höher liegt als bei einem Erwachsenen. Die steigende Zahl der chronisch kranken Kinder belegt dies. Zur Zeit wird jährlich bei ca. 2000 deutschen Kindern, meist zwischen dem ersten und fünften Lebensjahr, eine bösartige Erkrankung wie z.B. Leukämie diagnostiziert.

Viele Bürger fühlen sich vom Staat im Stich gelassen. Informationen kommen zu spät oder gar nicht. Alternativen werden nicht energisch genug angegangen.

Der Staat ist dazu verpflichtet, die Bevölkerung – insbesondere Kinder – vor gesundheitlichen Schäden durch Ernährungsfehler zu schützen. Er muß über Gefahren bestimmter Technologien aufklären und die Grundlagen, auf denen z.B. ein gesundes Leben möglich ist, schaffen.

Gezielter Aufklärung bedarf es vor allem darüber, welche Gefährdungen von Lebensmitteln ausgehen – seien es Schadstoffe, die durch den Gebrauch von Pflanzenschutzmitteln in die Nahrungskette eingehen, oder sei es die technologische Zubereitung von Lebensmitteln selbst, etwa um sie zu konservieren. Kindern nehmen wöchentlich aus der Nahrung 55 Mikrogramm Blei und 7 Mikrogramm Kadmium zu sich, Säuglinge 78 und 19 Mikrogramm.

Kinder heute

In unserer Gesellschaft ist es für Kinder trotz des materiellen Wohlstands und der Befriedigung der Grundbedürfnisse wie Nahrung, Kleidung und Wohnung extrem schwierig, sich zu orientieren und klare Vorstellungen über sich selbst zu bekommen. Sie sind täglich mit vielen doppelbödigen und einander ausschließenden Botschaften konfrontiert.

Grenzen erfahren

Kinder brauchen Grenzen, um zu wissen, welche ihrer Verhaltensweisen angemessen sind und welche nicht. Grundsätzlich gibt es zwei Möglichkeiten, Kindern Grenzen beizubringen.

- Die ersten Grenzen werden von außen durch Umwelt, Gesellschaft und Eltern gesetzt.
- Grenzen werden durch eigene Erfahrungen wahrgenommen.

Freiräume zur Entfaltung werden immer kleiner

Jungen brauchen heute mehr denn je Väter, die ihnen aus der Verunsicherung heraushelfen – doch leider haben sie meist selbst Probleme mit ihrem Männerbild.

Nun gibt es in unserer Gesellschaft die Tendenz, daß immer weniger Grenzen für Kinder wirklich erfahrbar sind. Die Gesellschaft erwartet von Kindern immer früher immer angepaßteres Verhalten. Das geht schon in den Krabbelgruppen los und setzt sich über Kindergarten und Schule fort.

In jeder gesellschaftlichen Entwicklung verändern sich Grenzen und die Art, Grenzen zu ziehen. Die derzeitige gesellschaftliche Entwicklung führt dazu, daß Kinder nicht mehr selbst erfahren können, was falsch oder richtig ist. Sie orientieren sich mehr oder weniger an den Grenzen der Erwachsenen. Diese Grenzen sind aber nicht ihre eigenen gewachsenen und selbst erfahrenen Grenzen, sondern recht brüchige Krücken, die in Konfliktfällen oder schwierigen Situationen den Kindern keine Orientierung und Stütze sein können.

Die Freiräume der Kinder, ihre Welt zu erfahren, auszuprobieren, was richtig und was falsch ist, welche Wirkung durch welches Verhalten erzielt wird, werden immer kleiner.

Gewalt nimmt zu

Ein Beispiel ist die zunehmende Gewalttätigkeit auf den Schulhöfen. Früher hörten Kinder mit dem Raufen und Kämpfen auf, wenn der schwächere Gegner sich ergab. Heute beginnen die Kinder erst richtig draufloszuschlagen, wenn der Gegner sich ergibt. Von Lehrern und Erwachsenen gesetzte Grenzen – »Du darfst nicht schlagen!« – haben nicht den gleichen Wert, wie wirklich erfahrene und erlebte Grenzen: »Ich habe jemanden verletzt. Er weint. Ich habe zu stark zugeschlagen. Ich werde ihm jetzt helfen.«

Dies gilt insbesondere für Jungen, die nach den Verbesserungen in der Mädchenerziehung, ausgelöst durch die 68-Bewegung, heute großen Unsicherheiten ausgesetzt sind. Wie soll sich ein Junge heutzutage eigentlich verhalten? In der Schule? Gegenüber Gleichaltrigen? Jungen werden mit ihren Verunsicherungen häufig im Stich gelassen. Benehmen sie sich dann aggressiv, werden sie als schwierig und auffällig eingestuft.

Ärger und Wut abbauen

In unserer Gesellschaft sollen Kinder gut gelaunt sein, artig, pflegeleicht, vernünftig, bescheiden; unauffällig, wenn es um Spaß und Freude geht; auffällig, wenn es um Intelligenzleistungen geht.

Eine große Bedeutung bei verhaltensauffälligen Kindern hat ihre Art, Ärger auszudrücken. Ärger und Wut sind die wahrscheinlich am wenigsten tolerierten Empfindungen in unserer Gesellschaft. Und doch kennt jeder sie von frühester Kindheit an.

- Ärger wird – wenn überhaupt – nur heimlich hinter verschlossenen Türen und im engsten Familienkreis ausgedrückt.
- Ärger wird als unerwünscht, unangenehm und lästig bewertet.

Dabei ist Ärger nur ein Gefühl, das ausdrückt: Hier ist meine Grenze, bis hierhin ertrage ich die Welt, weiter kann ich nicht gehen.

Der Ärger im Kinderzimmer

Kindlicher Ärger ist eine Grundlage dafür, für sich selbst zu sorgen und seine Position in der Welt zu finden und zu behaupten. Ärger ist im Leben jedes Kindes unvermeidbar.

Die Gewalttätigkeit bei Kindern und Jugendlichen nimmt heutzutage – vor allem in der Schule – immer mehr zu.

Während Erwachsene untereinander kaum Ärger ausdrücken – es sei denn als Ehepartner –, meinen Eltern, ihren Kindern gegenüber jederzeit Ärger ablassen zu dürfen. Im Extremfall wird die tagsüber dem Kollegen gegenüber nicht ausgedrückte Wut dann abends an den Kindern ausgelassen.
Kinder dagegen werden für den Ausdruck ihrer ärgerlichen Gefühle zurechtgewiesen oder bestraft. Es stört Erwachsene, wenn Kinder ärgerlich reagieren. Ärgerliche Kinder geben Erwachsenen das Gefühl von Ohnmacht und Angst oder führen ihnen den eigenen Ärger vor Augen. Beides ist ihnen unangenehm.

Kinder blocken ab

Durch die widersprüchlichen Verhaltensweisen der Eltern werden Kinder verunsichert und verwirrt. Dies zeigt sich dann häufig recht deutlich bei Jugendlichen, die mit diesen Widersprüchen nicht mehr zurechtkommen und sich gegen die Eltern auflehnen.
Die meisten Kinder entscheiden sich recht früh dazu, ihren Ärger zu unterdrücken. Unterdrückter Ärger aber blockiert die gesunden Wachstumskräfte der Kinder und kann zu ganz unterschiedlichen körperlichen wie seelischen Störungen führen.

Unterschiedliche Ansprüche der Eltern an ihr eigenes Verhalten und an das des Kindes verwirren. Wie soll das Kind entscheiden, was richtig ist?

Eine Bitte an die Eltern

Aufgabe der Eltern wäre es anzuerkennen, daß ärgerliche Gefühle im Leben unvermeidbar sind und daß der Ausdruck dieser Gefühle für die kindliche Entwicklung erstrebenswert und wichtig ist. Es geht darum, den Kindern Hilfsmittel, Alternativen und Möglichkeiten anzubieten, die ihnen helfen, direkt oder indirekt – je nach Situation – ihren Ärger auszudrücken. Nur so bewahren Sie Ihre Kinder vor gewalttätigen Reaktionen.

- Haben Sie deshalb in Zukunft mehr Verständnis für die kleinen und großen Nöte Ihrer Kinder. Die Kleinen brauchen festgelegte Grenzen, an die sich auch die Eltern selbst halten, und selbst erfahrbare Grenzen, damit sie erleben können, wie weit sie selbst schon gehen können. Wo Kinder um diese Erfahrungen betrogen werden, entstehen geistige und körperliche Blockaden, die langfristig zu Krankheitsanfälligkeit und Erkrankung führen.

Wichtige Fachbegriffe

A

Allergen

Jede Substanz, die – als Antigen – im Organismus eine überschießende, für den Körper schädliche Abwehrreaktion hervorruft, wird als Allergen bezeichnet.

Antigen

Jede Substanz, die – nachdem sie in den Organismus eingedrungen ist – das Immunsystem zu einer Immunantwort anregen kann, wird Antigen genannt. Die Immunzellen erkennen diese Substanz als fremd und beginnen, gegen sie Antikörper zu bilden und spezielle Abwehrzellen zu produzieren.

Antikörper

Das sind komplexe Eiweißmoleküle, die von den zuständigen Zellen des Immunsystems eigens gegen jedes einzelne Antigen hergestellt werden. Antikörper spüren das Antigen, gegen das sie produziert wurden, im Organismus auf und heften sich daran an. Dadurch ist das Antigen als Eindringling gekennzeichnet und kann von anderen Immunzellen beseitigt werden.

B

Ballaststoffe

Ballaststoffe – auch Faserstoffe genannt – sind die nicht resorbierbaren, d.h. die vom Körper nicht aufnehmbaren Nahrungsbestandteile, die besonders reichhaltig in pflanzlichen Lebensmitteln enthalten sind. Sie führen zu einer Zunahme des Darminhalts. Dadurch wird ein Dehnungsreiz ausgelöst, der die Darmbewegungen und damit die Verdauung anregt. Außerdem fördern sie die Ausscheidung von Schlacken und Giftstoffen.

Biostoffe

Die Bezeichnung »Biostoffe« wurde als Oberbegriff definiert für »essentielle Nährstoffe« (Vitamine etc.) und »bioaktive Substanzen«, also für alle Stoffe in Obst und Gemüse, die Einfluß auf unsere Gesundheit haben.

Freie Radikale

F

Moleküle und Atome, die ein Defizit an einem oder mehreren Elektronen in der Außenschale haben und chemisch hoch reaktiv sind, nennt man freie Radikale. Sie streben einen Ausgleich ihrer positiven und negativen Ladungen an. Die fehlende negative Ladung wird einem anderen neutralen Molekül entrissen, wodurch dieses selbst zu einem Radikal wird und ein weiteres Molekül angreift. Damit setzt eine Kettenreaktion ein. Die aggressive Wirkung der freien Radikale schädigt den Organismus und kann unter Umständen zu schwerwiegenden Erkankungen wie Krebs führen.

Histamin

H

Hormonähnliche Substanz, die von den sogenannten Mastzellen freigesetzt wird, wenn sie gereizt werden (etwa durch den Kontakt mit einem Allergen). Histamin bewirkt, daß die Blutgefäße erweitert und durchlässig werden. Dadurch wird die Durchblutung erhöht, das Gewebe rot und heiß. Außerdem treten aus dem Blut vermehrt Flüssigkeit und weiße Blutkörperchen aus. Die Folge: Das Gewebe schwillt an, schmerzt oder juckt, eine Entzündung beginnt.

Immunglobuline

I

Biochemische Bezeichnung für Antikörper. Es gibt verschiedene Gruppen, z.B. Immunglobuline A, E, G, M. Wenn ein Mensch eine Infektion überstanden und Antikörper (Immunglobuline) gegen diesen Erreger gebildet hat oder wenn er auf etwas allergisch reagiert und die entsprechenden Immunglobuline gebildet hat, kann man diese anschließend in seinem Blut nachweisen. Die Höhe der einzelnen Immunglobuline gibt dem Arzt Auskunft z.B. über ein Krankheitsstadium oder über das Vorliegen einer Allergie.

Immunsystem

Das körpereigene Abwehrsystem aus Organen, Zellen und Eiweißmolekülen, die den Organismus vor den verschiedensten Eindringlingen schützen. Zu den Organen gehören das Knochenmark, die Thymusdrüse (Bries), die Milz, die Lymphknoten und Teile der Darmschleimhaut. Die Zellen des Immunsystems gehören zu der großen Gruppe der weißen Blutkörperchen.

M

Mineralstoffe, Spurenelemente

Metalle, die im Körper vorkommen und die lebensnotwendig sind. Je nachdem, in welchen Mengen diese Metalle benötigt werden, unterscheidet man die Mineralstoffe (z.B. Magnesium, Kalzium) von den Spurenelementen (Eisen, Zink, Kupfer, Chrom etc.). Im Normalfall werden die meisten dieser Substanzen dem Körper bei ausgewogener Ernährung in ausreichender Menge zugeführt. Bei diversen Erkrankungen, z.B. durch erhöhten Verbrauch, bzw. bei verminderter Aufnahme der Stoffe wird es nötig, sie dem Organismus zusätzlich zuzuführen.

P

Pestizide

Schadstoffe, die gegen Schädlinge jeglicher Art eingesetzt werden, bezeichnet man als Pestizide. Dazu zählen u.a. Insektizide (gegen Insekten), Herbizide (gegen Unkraut), Fungizide (gegen Pilzbefall). Pestizide schädigen das Nervensystem – bei ausreichend hoher Dosis auch beim Menschen. Sie gehören zu den gefährlichsten chemischen Substanzen in der Umwelt.

R

Radikalefänger

Das sind Moleküle (z.B. Vitamin A, C, E, Beta-Karotin, Selen, Flavonoide etc.), die ein freies Radikal abfangen bzw. neutralisieren können, ohne dabei selber zum aktiven Radikal zu werden. Sie können also die zerstörerische Kettenreaktion, die durch die aggressiven Radikale in Gang gesetzt wird, unterbrechen.

S

Schwermetalle

Schwermetalle blockieren zahlreiche lebenswichtige Enzyme und führen so zu verschiedenen Stoffwechselstörungen. Schwermetalle gelangen am häufigsten aus belasteten Böden (in der Umgebung von Industrieanlagen) in Nutzpflanzen und von dort auf dem Nahrungsmittelpfad in den menschlichen Körper.

V

Vitamine

Lebenswichtige Substanzen, die der menschliche Körper nicht selbst produzieren kann. Deshalb ist der Mensch auf die regelmäßige Versorgung mit Vitaminen durch die Nahrung angewiesen.

Wichtige Adressen

Aktion stillende Mütter gegen atomare Bedrohung
Susettestraße 4
22763 Hamburg

Allergie-Verein Europa
Marienstraße 57
99817 Eisenach

Arbeitsgemeinschaft »Allergiekrankes Kind«
Hauptstraße 29
35745 Herborn

Arbeitskreis für Elektrosensible
Alleestraße 135
44793 Bochum

Arbeitskreis Überaktives Kind e. V.
Dieterichstraße 9
30159 Hannover

Elterninitiative Restrisiko e. V.
Danzigerstraße 77
65191 Wiesbaden

Elterninitiative zur Förderung hyperaktiver Kinder
c/o Alexandra Stamp
Nikolastraße 31
84034 Landshut

Gemeinschaftslabor Dr. Schiwara und Partner
Haferwende 12
28035 Bremen
(spezialisiert auf Schadstoffanalyse)

Greenpeace e. V.
Vorsetzen 53
20450 Hamburg

Initiative gegen die Verletzung ökologischer Kinderrechte
Wundtstraße 40
14057 Berlin

Institut Fresenius
Im Maisel 14
65232 Taunusstein
(spezialisiert auf Innenraum-/Bauökologie, Luftmeßtechnik)

Institut für Umweltkrankheiten
Im Kurpark 1
34308 Bad Emstal

Interessengemeinschaft der Holzschutzmittelgeschädigten
Geldernerstraße 380
47623 Kevelaer

Interessengemeinschaft der Umweltgeschädigten
c/o E. Sumser
Fichtenstraße 23
85774 Unterföhring

KATALYSE Institut für angewandte Umweltforschung e.V.
Weinsbergstraße 190
50825 Köln

Kind und Umwelt e.V.
Weichselstraße 52
12045 Berlin

Laboratorium Dr. Bayer GmbH
Bosperwaldstraße 26
70184 Stuttgart
(spezialisiert auf Immunologie, Mikronährstoffe, Schadstoffanalyse, Candida-Diagnostik)

Neurodermitiker Bund e.V.
Mozartstraße 11
22083 Hamburg

Verein zum Schutz der Kinder vor Schadstoffen
c/o Michael Becker
Theodor-Körner-Straße 32

Literatur

Bergen, Nora: Allergie bei Kindern. Umweltschadstoffe, Nahrungsmittelunverträglichkeiten und Inhalationsallergien. dtv-Verlag. München 1995

Cernaj, Dr. Ingeborg: Fit und gesund durch ein starkes Immunsystem. Südwest Verlag. 2. Auflage, München 1996

Cernaj, Dr. Ingeborg: MCS – Krank durch Umweltgifte. Das multiple chemische Syndrom – eine Krankheit und ihre Ursachen. Südwest Verlag. München 1995

Chivian, E.v./McCally, M./Hu, H. (Hrsg.): Krank durch Umwelt: Was jeder über die Umweltgifte wissen sollte. Beck Verlag. München 1996

Guzek, G./Lange, E.: Pilze im Körper – Krank ohne Grund? Südwest Verlag. 13. Auflage, München 1996

Kluge, Heidelore: Durch Teebaumöl gesund und schön. Südwest Verlag. 6. Auflage, München 1996

Lange, Elisabeth: Heildiät gegen Pilze im Körper. Südwest Verlag. 2. Auflage, München 1996

Markus, H./Fink, H.: Ich fühle mich krank, und weiß nicht warum. Ehrenwirth Verlag. München 1993

Martin, Michael: Umweltmedizin für Heilpraktiker. Aesculus Verlag. München 1996

Nieder, Karl: Gesundheit und Umwelt. Praktische Ratschläge bei umweltbedingten Gesundheitsstörungen. Rita G. Fischer Verlag. Frankfurt 1981

Rauch-Petz, Dr. Gisela: Gesunde Nahrung ohne Gift. Südwest Verlag. München 1996

Rauch-Petz, Dr. Gisela: Heilende Biostoffe aus dem Gemüsekorb. Südwest Verlag. München 1995

Schreiber, G./Bergen, U.v.: Das chronische Müdigkeitssyndrom. Südwest Verlag. 2. Auflage, München 1996

Schulte-Uebbing, Claus: Heilige Hildegard. Umweltkrankheiten natürlich behandeln, Giftstoffe erkennen und vermeiden. Pattloch Verlag. Augsburg 1995

Wormer, Dr. Eberhard: Gifte im Haus. Südwest Verlag. München 1996

Zittlau, J./Kriegisch, N./Heinke, D.: Hausmittel. Die bewährte Hausapotheke gegen alle Krankheiten. Südwest Verlag. München 1996

Bildnachweis
Alfred Pasieka, Hilden: 78; Archiv Kraxenberger, München: Titelbild (Fond); Bilderberg, Hamburg: 8 (N.N.), 23 (Bossemeyer); Claudia Rehm, Stockdorf: 30; Fotoarchiv, Essen: 12, 38, 47, 52, 54, 61, 72, 187 (Andreas Riedmiller), 14, 176 (Jochen Tack), 33 (Dirk Eisermann), 39 (N.N.), 94 (Henning Christoph), 126 (Jörg Meyer), 164 (Markus Dworaczyk); IFA, Taufkirchen: 2 (Nacivet), 83, 190 (West Stock), 142 (AGE); Mauritius, Mittenwald: 6 (Palmer); Tony Stone, München: Titelbild (Einklinker) (Dale Durfee), 40 (Peter Cade), 153 (Penny Tweedie); Transglobe, Hamburg:172 (Gaillard-Jerrican)

Hinweis
Das vorliegende Buch ist sorgfältig erarbeitet worden. Dennoch erfolgen alle Angaben ohne Gewähr. Weder Autoren noch Verlag können für eventuelle Nachteile oder Schäden, die aus den im Buch gegebenen praktischen Hinweisen resultieren, eine Haftung übernehmen.

Dank der Autoren
Für die Mitarbeit danken wir Anna Reimann, Diplompsychologin, und Michael Rieländer, Sachverständiger für Textilien.

Impressum

Redaktion: Dr. Judith Schuler
Redaktionsleitung: Josef K. Pöllath
Medizinische Fachberatung: Dr. med. Christiane Lentz
Bildredaktion: Barbara Glöggler
Produktion: Manfred Metzger
Umschlag: Heinz Kraxenberger, München
DTP/Satz: AVAK Publikationsdesign, München
Druck und Bindung: Legoprint, Trento

Printed in Italy

Gedruckt auf chlor- und säurearmem Papier

ISBN 3-517-1796-5

Register

A

B

C

D

E

F

O

P

Q

R

S

T

U

V

W

X

Z